Monika Felten
Kristall der Macht

PIPER

Zu diesem Buch

Die Kristalle der Macht bilden den Steinkreis, der über den Schlaf eines uralten und abgrundtief bösen Dämons auf der Insel Nintau wacht. Die Maor-Say Noelani, die Priesterin der Insel, hütet den Kreis wie ihren Augapfel. Doch sie ist jung, und sie ist allein. Denn der Preis, den sie für den Schutz ihres Volkes zahlt, ist hoch: Sie darf keinen Kontakt zu ihrer Familie pflegen, auch nicht zu ihrer Zwillingsschwester Kaori. Eines Tages wird das Dorf durch eine verheerende Katastrophe vernichtet. Und Noelani kommen Zweifel: War es wirklich der Dämon? Oder gibt es eine andere Erklärung? Gemeinsam mit den wenigen Überlebenden macht sie sich auf die Suche nach der Wahrheit – und erfährt mehr, als sie sich jemals erträumt hat.

Monika Felten, geboren 1965, gewann mit ihrer Saga von Thale zweimal den Deutschen Phantastik Preis. Die Trilogie »Das Erbe der Runen« war ebenfalls ein großer Erfolg. Zuletzt erschien »Die Nebelelfen«. Monika Felten lebt mit ihrer Familie in der Holsteinischen Schweiz.
Weiteres zur Autorin: www.monikafelten.de

Monika Felten

KRISTALL DER MACHT

Roman

Piper München Zürich

Entdecke die Welt der Piper Fantasy:

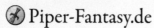

Von Monika Felten liegen bei Piper vor:
Die Nebelelfen
Elfenfeuer. Die Saga von Thale 1
Die Macht des Elfenfeuers. Die Saga von Thale 2
Die Hüterin des Elfenfeuers. Die Saga von Thale 3
Die Elfen des Sees
Die Nebelsängerin. Das Erbe der Runen 1
Die Feuerpriesterin. Das Erbe der Runen 2
Die Schattenweberin. Das Erbe der Runen 3
Kristall der Macht

Ungekürzte Taschenbuchausgabe
April 2012
© 2010 Piper Verlag GmbH, München
© 2010 Monika Felten vertreten durch: AVA International GmbH Autoren- und Verlagsagentur www.ava-international.de
Umschlagkonzeption: semper smile, München
Umschlaggestaltung: www.guter-punkt.de
Umschlagabbildung: Guter Punkt unter Verwendung eines Motivs von DarkGeometryStudios/shutterstock
Satz: Satz für Satz. Barbara Reischmann, München
Karte: Erhard Ringer
Papier: Pamo Super von Arctic Paper Mochenwangen GmbH, Deutschland
Druck und Bindung: CPI - Clausen & Bosse, Leck
Printed in Germany   ISBN 978-3-492-26853-0

KRISTALL
DER MACHT

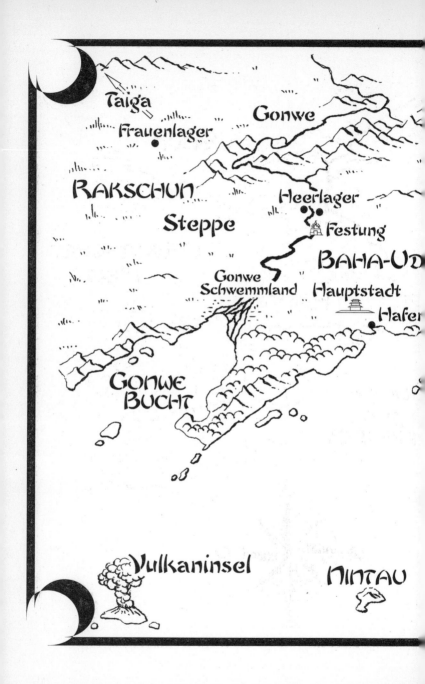

Prolog

Noelani sah den Luantar kommen.

Vor dem Hintergrund der untergehenden Sonne rauschte er über das Meer heran. Schnell, zornig, todbringend. Seine mächtigen Schwingen peitschten das Wasser, die Augen glühten wie Kohlenstücke in dem wuchtigen Schädel. Noelani spürte, dass etwas Furchtbares geschehen würde, aber obwohl sie sich ängstigte wie noch nie in ihrem Leben, konnte sie sich nicht von der Stelle rühren.

Sie wollte schreien und die Menschen unten im Dorf warnen, doch es kam kein Laut über ihre Lippen. Von ihrem erhöhten Standpunkt auf der Klippe aus musste sie hilflos mit ansehen, wie der Luantar das Maul aufriss und dem Dorf eine Wolke aus tödlichem gelbem Atem entgegenschickte. Wie eine düstere Woge rollte sie heran, verschlang den Horizont, das Meer und den Strand mit seinem Brodeln und löschte schließlich sogar das Sonnenlicht aus.

Aus dem Dorf waren Schreie zu hören, verzweifelte Schreie – Todesschreie. Der Dunst nahm Noelani die Sicht, aber sie musste nichts sehen, sie wusste, was dort unten vor sich ging, wusste, dass ihr Volk in diesem Augenblick ausgelöscht wurde.

Ihr Herz hämmerte wie wild.

Kaori, ich muss Kaori retten! Der Gedanke löste die Starre, die das Grauen in ihre Glieder getragen hatte. Aber sosehr sie sich auch mühte, sie konnte den Platz auf der Klippe nicht verlassen. Als sie an sich herunterblickte, erkannte sie, dass ihren Füßen Wurzeln entsprossen, die sich tief in den Boden gegraben hatten. Panik stieg in ihr auf. Mit bloßen Händen versuchte sie, sich aus dem Erdreich zu befreien, grub, wühlte und zerrte unter Tränen an den Wurzeln, bis ihre Finger blutig waren – doch vergeblich.

Kaori! Noelani schluchzte auf, als etwas ihre Wange streifte ... ein Windzug, der sie innerlich zu Eis erstarren ließ. Sie spürte die Nähe der dämonischen Bestie, noch ehe sie den Kopf hob und den Luantar erblickte, der mit kraftvollem Flügelschlag nur wenige Schritte vor der Klippe in der Luft zu stehen schien, den blutüberströmten Leichnam Kaoris wie eine Trophäe im halb geöffneten Maul ...

»Kaori!«

Mit einem Schrei fuhr Noelani aus dem Schlaf auf. Sie keuchte. Schweiß rann ihr über die Stirn, und obwohl es in der Hütte drückend heiß war, zitterte sie am ganzen Körper. Die Bilder des Albtraums und die damit verbundene Angst hallten noch in ihr nach und machten es ihr schwer, in die Wirklichkeit zurückzufinden.

»Ich bin hier.« Kaori, die neben ihr geschlafen hatte, setzte sich auf, schloss sie in die Arme und strich ihr über das zerzauste schwarze Haar. »Ich bin hier«, raunte sie Noelani zu. »Schscht, schscht ... Es ist alles gut.«

Noelani zögerte, unsicher noch, ob sie wachte oder träumte. Dann lehnte sie den Kopf an Kaoris Schulter, starrte auf den schmalen Lichtstreifen, den der Mond durch das kleine Fenster in den Raum warf, und wartete darauf, dass sich der Aufruhr in ihrem Innern beruhigte. Kaori war bei ihr. Alles war gut.

»Hast du wieder von dem Dämon geträumt?«, fragte Kaori sanft, ohne die Umarmung zu lösen.

Noelani nickte, sprechen konnte sie noch nicht.

»Der Luantar kann uns nicht mehr gefährlich werden, das weißt du doch.«

»Ja.« Noelanis Lippen bebten, als sie mühsam das eine Wort formte. Kaori sagte die Wahrheit. Der schreckliche Dämon, der die Insel einst heimgesucht und die Bewohner von Nintau fast alle getötet hatte, war besiegt, sein Körper zu Stein erstarrt. Solange die Maor-Say über ihn wachte, würde er niemals wieder Unheil über die Insel bringen können. Keiner fürchtete ihn mehr, außer vielleicht die Kinder, wenn sie zum ersten Mal den Berg zum Tempel hinaufstiegen, um am Fuße des Dämonenfelsens die Geschichte des großen Unheils zu hören, das die versteinerte Bestie über Nintau und seine Bewohner gebracht hatte.

Obwohl ihr Weg zum Dämonenfels schon mehr als fünf Jahre zurücklag, erinnerte sich Noelani daran, als sei es gestern gewesen. Auch sie hatte sich gefürchtet. Auch sie hatte gelitten. Jedes Wort der Maor-Say, die den Kindern von der längst vergangenen Katastrophe erzählt hatte, hatte in ihrem Kopf Bilder entstehen lassen, ganz so als ob sie selbst dabei gewesen wäre. Bilder von Tod, Leid und Zerstörung und so entsetzlich, dass ihre junge Seele daran zu zerbrechen drohte. Sie hatte stark sein wollen an diesem Tag, aber sie hatte es nicht vermocht. Als sie es nicht mehr ausgehalten hatte, hatte sie zu weinen begonnen.

Es war ein Glück, dass Kaori damals bei ihr gewesen war. Unerschütterlich in dem Glauben verhaftet, dass Nintau sicher war, hatte Kaori sie getröstet, so wie sie es auch heute noch tat, wenn der Luantar ihr im Traum auflauerte. Und wie schon so oft in den vergangenen Jahren gelang es Kaori auch jetzt, ihr ein wenig von der Zuversicht zu schenken, die sie selbst spürte.

»Es war nur ein Traum«, sagte Kaori leise und löste die Umarmung ein wenig, damit Noelani sich aufrichten konnte. »Der Dämon wird uns niemals wieder ein Leid antun. Nicht, solange die Maor-Say über ihn und die fünf Geweihten wacht.«

»Ich weiß.« Noelani nickte tapfer, wischte eine Träne fort und fügte entschuldigend hinzu: »Ich sage es mir immer wieder, aber der Traum will nicht weichen.«

»Das nächste Mal nimm im Traum einen Bogen zur Hand und schieß ein paar Pfeile auf den Luantar«, riet Kaori. »Die alte Magobe sagt immer: ›Nur wer seine Ängste bekämpft, wird sie am Ende besiegen.‹«

»Ich werde es versuchen.« Noelani nickte tapfer. Kaoris Worte und ihre Nähe taten ihr gut. Solange sie bei ihr war, würde ihr nichts geschehen.

Der Mond wanderte weiter. Während die furchtbaren Traumbilder allmählich verblassten, legten sich die beiden Mädchen nieder, um noch ein wenig zu schlafen. Noelani entspannte sich. In dieser Nacht würde ihr der Luantar nicht mehr auflauern.

Aber er würde wiederkommen.

1. Buch
Der Atem des Todes

1

Sorgsam darauf bedacht, kein Wasser zu verschütten, stellte Noelani die tönerne Schale auf dem niedrigen Tisch in der Mitte des Raums ab.

Als sich die Wasseroberfläche beruhigt hatte, zog sie ein Kissen heran und kniete vor dem Tisch nieder. Sodann kreuzte sie die Arme vor der Brust, schloss die Augen und nahm einen tiefen Atemzug. Die schwülwarme Luft des Abends trug den Duft der Mondlilien in ihr Schlafgemach. Die Nachtblüher wuchsen überall an den Hängen des geweihten Bergs und öffneten ihre Kelche erst im Mondschein, damit sich die daumengroßen Nachtschweber an ihrem Nektar laben konnten. In den Legenden ihres Volkes hieß es, der Luantar selbst habe die Samenkörner der Lilie in seinen Exkrementen auf die Insel getragen, und keiner auf Nintau zweifelte daran, dass es genau so gewesen war.

Für Noelani und all die anderen Frauen, die vor ihr als Maor-Say im Tempel über den Schlaf des Luantar gewacht hatten, waren die Lilien von unschätzbarem Wert. Der betörende Duft machte es ihnen leicht, den Geist vom Körper zu lösen und Dinge zu sehen, die ihren Augen sonst verborgen geblieben wären.

Die Gabe, den eigenen Geist ohne die Beschränkungen des Körpers auf die Reise zu schicken, war das Zeichen der Maor-Say und nur wenigen auf der Insel angeboren. Oft gab es über Jahre hinweg keine Nachkommen mit dieser Gabe, aber wie durch ein Wunder hatte noch niemals eine Maor-Say dem Ende ihrer Lebensspanne entgegengesehen, ohne dass zuvor eine würdige Nachfolgerin oder ein Nachfolger geboren worden waren.

Kaori ...

Der Name ihrer Zwillingsschwester tauchte unvermittelt in Noelanis Gedanken auf, und für einen Augenblick geriet ihre innere Ruhe ins Wanken. Ein leiser Seufzer entfloh ihren Lippen, während sie versuchte, den Schmerz und die Schuldgefühle zu verdrängen, die sie immer dann heimsuchten, wenn sie an ihre Schwester dachte. Obwohl sie seit Jahren dagegen ankämpfte und sich äußerlich nichts anmerken ließ, hatte sie die Nöte nie wirklich überwunden, die ihr die Wahl zur Maor-Say ins Herz getragen hatte.

Sie selbst war immer die Zurückhaltende und Ängstliche gewesen, schüchtern und still. Nicht so stark wie Kaori, die mutig und selbstbewusst voranschritt und sich jeder Herausforderung stellte. Hatte jemand die beiden Mädchen angesprochen, war es immer Kaori gewesen, die geantwortet hatte, und wenn eine Entscheidung getroffen werden musste, hatte Noelani den Entschluss ihrer Schwester stets dankbar angenommen.

Nachdem ihre Mutter die Gabe der Geistreise im Alter von fünf Jahren bei ihren Töchtern entdeckt hatte, waren alle überzeugt gewesen, dass Kaori es sein würde, die eines fernen Tages im Tempel leben und über den Schlaf des Luantar wachen würde. Wie selbstverständlich hatte man damit begonnen, Kaori auf die wichtige Aufgabe vorzubereiten, und wie selbstverständlich hatte Noelani es akzeptiert.

Im Schatten ihrer vielbeachteten Schwester hatte sie fast sechzehn Jahre lang ein unauffälliges Leben geführt. Ein angenehmes Leben ohne Zwänge und Erwartungen, das ihrem scheuen Gemüt entsprach und an das sie sich gern zurückerinnerte.

Ihr Weg schien vorgezeichnet. Eines Tages würde sie heiraten und wie ihre Mutter das Leben einer Fischerfrau führen, während Kaori der alternden Maor-Say in den Tempel folgen und deren Erbe antreten würde. Alles war gut und richtig gewesen – bis zu dem Morgen vor vier Jahren, als die greise Maor-Say mit ihrem Gefolge in das Fischerdorf gekommen war und sie – Noelani – entgegen allen Erwartungen zu ihrer Nachfolgerin bestimmt hatte.

Schweigend hatte die Alte bei der feierlichen Zeremonie mit ihrem dürren Finger auf Noelani gedeutet und sich auch durch den Dorfältesten, der ihr in höflich-eindringlichen Worten hatte zu verstehen geben wollen, dass sie die beiden jungen Frauen wohl versehentlich verwechselt habe, nicht von ihrer Entscheidung abbringen lassen.

Heute wusste Noelani, dass die Maor-Say sie damals ganz bewusst erwählt hatte. Die Gründe dafür aber kannte sie nicht. Die alte Priesterin hatte sie mit ins Grab genommen, als ihr Geist vor einem Jahr die Reise in das Reich der Toten angetreten hatte.

Noelani presste die Lippen fest zusammen, schob die bedrückenden Gedanken zur Seite und zwang sich, ihr Augenmerk wieder auf die Wasserschale zu richten. Ein leichter Windzug strich durch die geöffneten Fenster, und der Duft der Lilienblüten erinnerte sie daran, was zu tun war.

Morgen würden die ersten Waitun am Südstrand der Insel an Land gehen, um dort im warmen Sand ihre Eier abzulegen. Die Ankunft der großen Schildkröten wurde seit Generationen mit einem feierlichen Fest begangen, denn es bedeutete, dass sich die Regenzeit ihrem Ende zuneigte.

Es war die Aufgabe der Maor-Say, den richtigen Tag für das Fest zu bestimmen. Sie allein konnte die Schildkröten im Meer durch eine Geistreise ausfindig machen und so den Zeitpunkt ihrer Ankunft bestimmen. Noelani seufzte und nahm einen tiefen Atemzug. Im vergangenen Jahr hatte die alte Maor-Say sie in das Ritual eingeweiht, als sie die Ankunft der Schildkröten viele Tage im Voraus bestimmt hatte. Diesmal musste sie es allein vollziehen. Konzentriert blickte Noelani in die Wasserschale und erschuf vor ihrem geistigen Auge das Bild des Ozeans, dessen türkisblaues Wasser die Insel von allen Seiten umgab. Wie schon in den Tagen zuvor machte es ihr der Geruch der Lilien leicht, sich auf das Wasser zu besinnen, und ehe sie sich versah, war sie auch schon im Meer.

Mondlicht flutete durch die Wasseroberfläche und ließ die Korallen des Riffs in magischem Silber erstrahlen. Dazwischen bewegten sich schläfrig ein paar Fische hin und her. Der Anblick war so friedlich, dass eine Woge aus Glück und Stolz durch Noelanis Körper flutete.

Der Dämon hatte ihre Heimat dereinst zerstört. Für eine Weile mochte er sein Ziel erreicht haben, die Insel und alles Leben auf ihr zu vernichten – besiegt hatte er es nicht.

Sein todbringender Atem hatte nicht alles auslöschen können.

Einige wenige Menschen, Tiere und Pflanzen hatten die Katastrophe überlebt. Ihrem Mut und ihrer Beharrlichkeit war es zu verdanken, dass das Leben im Lauf der Jahre vielfältiger und schöner auf die Insel zurückgekehrt war. Nintau war zu einem Paradies geworden, und Noelani war glücklich, ein Teil davon zu sein. Gern wäre sie länger am Korallenriff geblieben, um sich an dem Anblick zu erfreuen, aber es waren nicht die Fische, die zu suchen sie aufgebrochen war.

Sie suchte die Schildkröten.

Irgendwo jenseits des Riffs, weit draußen im Ozean, hatte sie zwei Abende zuvor die ersten der großen Waitun-Schildkröten entdeckt, die sich rasch auf die Insel zubewegten. Sie mussten Nintau schon sehr nahe sein. Doch wohin Noelani auch blickte, nirgends konnte sie die Umrisse einer Waitun entdecken.

Noelani war verunsichert, gab aber nicht auf. Entschlossen lenkte sie ihren Geist gegen die Strömung. Dies war ihr erstes Waitunfest als Maor-Say. Die Vorbereitungen hatten den ganzen Tag angedauert und waren fast abgeschlossen. Es durfte nicht sein, dass sie sich geirrt hatte.

»Ich irre mich nicht!« Noelani spürte, wie sich ihre Hände zu Fäusten ballten. So schnell würde sie die Suche nicht aufgeben. Sie hatte die Schildkröten gesehen, dessen war sie gewiss. Es waren zwei gewesen und beide hatten zielstrebig auf den Strand von Nintau zugehalten. Noelani presste die Lippen fest aufeinander und setzte die Reise in die Tiefen des Ozeans fort. Längst hatte sie das Riff hinter sich gelassen und auch den Ort, an dem sie die Schildkröten zuvor gesehen hatte. Ringsumher gab es nichts als Wasser, doch sosehr sie ihre Sinne auch anstrengte, nirgends fand sie eine Spur der Waitun.

Halte ein! Du gehst zu weit!

Die mahnende Stimme in ihrem Bewusstsein erinnerte sie daran, dass sie die Grenzen der Geistreise zu überschreiten drohte. Selbst unter dem Einfluss der Liliendüfte durfte sie sich nicht weiter als einen Tagesmarsch von ihrem Körper entfernen. Die Gefahr, dass die Verbindung abriss und Körper und Geist für immer getrennt blieben, war zu groß.

Nur ein kleines Stück noch.

Noelani keuchte vor Anstrengung.

Sie müssen hier sein. Ich weiß es.

Verbissen kämpfte sie sich voran. Stück für Stück, ohne auf die Stimme zu achten, die sie immer lauter drängte, endlich kehrtzumachen. Die unsichtbaren Bande, die Körper und Geist zusammenhielten, spannten sich und machten ihr jede Bewegung doppelt schwer. War sie zunächst noch mühelos durch das Wasser geglitten, hatte sie nun das Gefühl, kaum noch voranzukommen.

Kehr um! Du wirst sterben.

Noelani wusste, dass die Stimme recht hatte, aber die Furcht zu versagen ließ sie alle Vorsicht vergessen. Sie hatte das Waitunfest für den kommenden Abend ausrufen lassen. Alle würden kommen, um das Ende der Regenzeit zu feiern. Alle!

Noelani schluchzte auf. Ihr Blick irrte umher, aber wohin sie auch sah, welche Richtung sie auch einschlug, überall bot sich ihr das gleiche Bild: nachtblaues Wasser, vom Mondlicht durchflutet – verlassen.

Panik stieg in ihr auf, als ihr bewusst wurde, dass keine Schildkröten kommen würden. Sie hatte sich geirrt. Zehn Jahre hatte man sie auf diesen Augenblick vorbereitet, und nun hatte sie versagt. Versagt. Versagt!

Noelani schnappte nach Luft. Ihr Herz raste. Das Bild, das sie im Geist heraufbeschworen hatte, begann zu verschwimmen.

Nein, nein! Nicht jetzt. Ich muss die Schildkröten suchen.

Noelani nahm all ihre Kraft zusammen und rang die aufkommende Schwäche nieder. Obwohl sie zu Tode erschöpft war, gelang es ihr noch einmal, in den Ozean zurückzukehren und ein Stück weit gegen den Strom zu schwimmen. Dann durchzuckte ein beißender Schmerz ihr Bewusstsein, ließ das Bild vor ihren Augen erlöschen und raubte ihr die Sinne.

Die Ohnmacht dauerte nur wenige Augenblicke. Als Noelani die Augen öffnete, fand sie sich am Boden liegend vor dem Tisch wieder. Die tönerne Schale war heruntergefallen und zerbrochen, das geweihte Wasser über den ganzen Lehmboden verspritzt. Ihr Kleid aus feinem Gewebe war nass und schmutzig. Ihr Kopf schmerzte, und doch konnte sie sich sofort wieder daran erinnern, was geschehen war. Und sie begriff, welch ein Glück sie gehabt hatte.

Ich hätte tot sein können! Der Gedanke jagte ihr einen Schauder über den Rücken. Die alte Maor-Say war nicht müde geworden, sie vor den Gefahren einer Geistreise zu warnen. Zum einen führte der Weg durch eine Sphäre, in der sich die Seelen Verstorbener aufhalten konnten, zum anderen mochte es den Tod bedeuten, wenn man sich bei einer solchen Reise zu weit von dem eigenen Körper entfernte. Noelani hatte den Ermahnungen aufmerksam gelauscht und verstehend genickt, doch erst jetzt, da sie dem Tod so nahe gewesen war, verstand sie wirklich, warum ihre Lehrmeisterin das getan hatte.

Ermattet hob Noelani den Kopf und blickte zum Fenster. Der Morgen war noch nicht angebrochen. Sie erwog, Jamak zu wecken, um ihm zu berichten, was sie gesehen hatte, verwarf den Gedanken aber gleich wieder. Solange es noch die Spur einer Hoffnung gab, dass die Waitun kommen würden, wollte sie ihn nicht mit ihren Sorgen belasten.

Noch war nichts verloren. Das Fest sollte erst am Abend stattfinden. Wenn sie geschlafen und sich ausgeruht hatte, würde sie sich noch einmal auf die Suche nach den Schildkröten begeben. Wenn sie auch dann keinen Erfolg hatte, war es immer noch früh genug, mit ihm darüber zu sprechen.

Jamak. Ein dünnes Lächeln umspielte Noelanis Lippen, als sie an ihren treuen Diener dachte, der doppelt so alt war wie sie. Seit sie im Alter von zehn Jahren in den Tempel gekommen war, war er Tag und Nacht für sie da. Die verstorbene Maor-Say hatte ihr den rundlichen, wortkargen Diener, dessen Gesicht sich schon bei der geringsten Anstrengung rötete, als Lehrer und Beschützer zur Seite gestellt. Seither war er nicht von ihrer Seite gewichen und hatte auch dann nicht die Beherrschung verloren, wenn sie mal wieder groben Unfug angestellt hatte. Mit den Jahren war er für sie unentbehrlich geworden.

Er war ihr Lehrer, Freund und Vater zugleich, aber auch ihr engster Vertrauter. Er hatte nie daran gezweifelt, dass sie die rechtmäßige Nachfolgerin der Maor-Say war. Bestimmt würde er einen Rat wissen, wenn sich herausstellte, dass sie sich mit der Ankunft der Schildkröten getäuscht hatte. Er würde sie dafür weder schelten noch verspotten.

Noelani seufzte. Er nicht ...

Ermattet richtete sie sich auf, ging zu ihrer Liegestatt und machte es sich dort bequem. Eine kurze Weile grübelte sie noch darüber nach, was der nächste Tag wohl bringen würde, dann fielen ihr die Augen zu. Und während der Schlaf sie auf samtenen Schwingen davontrug, hörte sie im Geiste schon die Stimmen der Spötter, die immer gewusst haben wollten, dass der Platz im Tempel allein Kaori zustand.

***

»Du musst das Schilf fester ziehen.« Kaori nahm dem Jungen die kleine Schilfmatte aus der Hand, an der er gerade arbeitete, und zeigte ihm die nötigen Handgriffe. »Siehst du, so ist es schön fest, und es kann kein Wasser eindringen.« Lächelnd gab sie ihm die Matte zurück und richtete das Wort dann an alle. »Ihr dürft nicht vergessen, dass die Flöße heute Abend die Sonnenlichter auf das Meer hinaustragen sollen. Wenn ihr sie zu locker flechtet, werden sie unter dem Gewicht der Lichter sinken. Habt ihr das verstanden?«

Die acht Mädchen und fünf Jungen, die Kaori bei Sonnenaufgang zum Weiher gefolgt waren, nickten eifrig. Sie hatten gut achtgegeben und versuchten es Kaori gleichzutun, indem sie die Schilffasern noch straffer zogen. Kaori lobte sie und wandte sich wieder ihrem eigenen Floß zu. Während die jüngeren Kinder noch an dem ersten Floß arbeiteten und die älteren bereits mit dem zweiten begonnen hatten, hatte sie das fünfte Floß beinahe fertig. Es war eine alte Tradition, der Sonne in der Nacht des Waitunfestes mit dem ablaufenden Wasser einen Gruß hinter den Horizont zu schicken. Die vielen hundert Sonnenlichter waren ein Ausdruck der Freude darüber, dass die kühle Regenzeit endlich ein Ende hatte und die Sonne für viele

Monate wieder trockene Wärme und Licht auf die Insel bringen würde.

Kaori arbeitete sehr geschickt. Schon als Kind hatte sie es geliebt, die kleinen Flöße für die Sonnenlichter zu flechten, und nun, da sie erwachsen war, bereitete es ihr große Freude zu sehen, dass sich die Jüngsten der Insel mit ebenso großem Eifer an den Vorbereitungen für das Fest beteiligten, wie sie es damals getan hatte.

Einige Mädchen summten bei der Arbeit ein Lied, während ringsumher der Dschungel langsam erwachte. Vögel begrüßten den beginnenden Morgen mit ihrem Gesang, Insekten schwirrten surrend umher, und hin und wieder verrieten knackende Äste, dass sich ein dürstendes Tier auf dem Weg zum Weiher befand.

»Pssst!« Kaori legte mahnend den Finger auf die Lippen und deutete auf eine Monkasikuh, die mit ihrem Kalb vorsichtig aus dem Dickicht trat, um ihren Durst am Weiher zu löschen. Die Kinder hielten den Atem an. Monkasi waren scheu und kamen nie in die Nähe des Dorfes. Eine Kuh mit ihrem Jungen hatte noch keines der Kinder gesehen. Gebannt verfolgten sie, wie das Muttertier mit hoch aufgerichteten Ohren an das Wasser trat und die Umgebung aufmerksam mit allen Sinnen erkundete, während das Kalb neben ihr stand und von dem Wasser trank. Nach einer Weile schien die Kuh zu dem Schluss zu kommen, dass ihnen keine Gefahr drohte. Sie senkte ergeben den Kopf, um zu saufen, als hoch oben in den Baumkronen Hunderte von rotköpfigen Naras wie auf ein geheimes Kommando hin lärmend aus ihren Schlafbäumen aufstiegen und unter aufgeregtem Gekreische nach Norden davonflogen.

Als das Kreischen in der Ferne verklang, waren die Monkasikuh und ihr Kalb verschwunden. »Schade.« Eines der Mädchen blickte zum verlassenen Weiher hinüber und zupfte sich ein paar Blätter und kleine Äste aus den Haaren, die der plötzliche Aufbruch der Naras auf die Gruppe hatte herabregnen lassen.

»Warum sind sie fortgeflogen?«, wollte einer der Jungen wissen.

»Ich weiß es nicht.« Kaori gab sich gelassen. »Vielleicht hat sie etwas erschreckt.«

»Ich habe noch nie einen so großen Schwarm Naras gesehen.«

»Du bist ja auch zum ersten Mal mit am Weiher.« Kaori lachte und fuhr dem Jungen neckend durch das lockige schwarze Haar. »Kommt, lasst uns weitermachen«, sagte sie und wandte sich wieder ihrem Floß zu. »Wir haben noch eine Menge Arbeit vor uns.«

Weit kamen sie nicht.

Kaum dass alle wieder mit dem Flechten begonnen hatten, brach erneut ein Tumult in den Bäumen aus. Schlimmer noch als zuvor regneten Äste und Blätter auf die kleine Gruppe herab, während die Luft von einem so panischen Zetern und Schreien erfüllt war, wie Kaori es niemals zuvor gehört hatte.

Affen!

Kaori legte den Kopf in den Nacken und schaute blinzelnd nach oben. Wo eben noch beschauliche Ruhe geherrscht hatte, wogten die Äste der Baumkronen nun wie von einem mächtigen Wind gepeitscht hin und her. Affen jeder Größe und Gattung bahnten sich in wilder Panik ihren Weg ins Innere der Insel. Die kleinen und wendigen nutzten dabei nicht selten die Körper der größeren Affen als Sprungbrett oder Brücke, um noch schneller voranzukommen.

Eine Horde von Schwarznasenäffchen überrannte rücksichtslos einen großen grauzottigen Baumbrüller, der nach einem Ast gegriffen und eine Verbindung zwischen zwei Bäumen geschaffen hatte. Baumbrüller galten als aggressiv und gefährlich. Nicht nur die anderen Affen der Insel, sondern auch die Menschen hatten großen Respekt vor den klugen und unberechenbaren Tieren, die ausgewachsen leicht die Größe eines Mannes erreichen konnten. Die kleinen Schwarznasenäffchen nahmen für gewöhnlich sofort Reißaus, wenn ein Baumbrüller auftauchte, denn wer unachtsam war, landete nicht selten im Magen der alles fressenden Artgenossen. An diesem Morgen aber schienen sie ihre angeborene Vorsicht vergessen zu haben. Ein Umstand, für den es nur eine Erklärung geben konnte: Ganz gleich, wovor die Affen flohen, es musste schlimmer sein als der Tod.

Kaori erschauderte. Als sie in sich hineinhorchte, glaubte auch sie eine Veränderung zu spüren. Es war nichts, das wirklich greifbar war, kaum mehr als eine Ahnung von Gefahr, ausgelöst durch die Panik der Tiere.

Vielleicht zieht ein Sturm auf?

Unsinn. Kaori schüttelte den Kopf und verdrängte das unheilvolle Gefühl, das sich in ihrer Magengegend ausbreitete. Die Zeit der Stürme lag hinter ihnen, und außerdem hatte es keinerlei Anzeichen für das Nahen eines Unwetters gegeben.

»Warum sind die Tiere so ängstlich?« Eines der Mädchen zupfte ungeduldig an Kaoris Kittel. Offenbar hatte sie die Frage nicht zum ersten Mal gestellt.

»Das ... das weiß ich nicht.« Kaori schüttelte den Kopf und seufzte. Gern hätte sie den Kindern eine bessere Antwort gegeben, aber es war die einzige, die sie hatte.

»Ich will nach Hause.« Minou, die jüngste der Gruppe, fing an zu weinen.

»Vielleicht ... zieht ein Sturm auf«, wagte eines der älteren Mädchen zu vermuten. »Wir sollten zurückgehen und nachsehen, was los ist.«

»Und die Flöße?« Kaori spürte, wie unruhig die Kinder waren. Ihr selbst ging es ja auch nicht anders. Andererseits hatten sie hier eine Aufgabe zu erfüllen. Hin- und hergerissen zwischen Neugier und Pflicht, überlegte sie fieberhaft, wie sie die Kinder beruhigen könnte.

»Wisst ihr was, wir ...«

Gellende Schreie, die der Wind vom fernen Dorf bis in den Wald hineintrug, ließen ihr die Worte auf den Lippen gefrieren. Am Strand musste etwas Furchtbares vor sich gehen! Sie verfluchte das Dickicht des Dschungels, das es ihr unmöglich machte, etwas zu sehen. So schloss sie die Augen, nahm einen tiefen Atemzug und versuchte, ihren Geist dorthin zu schicken, gab den Versuch aber sogleich wieder auf. Eine Geistreise war ihr nur im Zustand großer innerer Ruhe möglich. Furcht, Sorge oder auch nur eine kleine Aufregung stellten für ein solches Unterfangen ein unüberwindliches Hindernis dar. Sie hatte keine Wahl. Wenn sie wissen wollte, was am Strand vor sich ging, musste sie hinuntergehen und nachsehen.

»Mama!« Minou schluchzte bitterlich, und auch zwei andere Mädchen hatten Tränen in den Augen. Die Jungen blickten bleich und stumm in die Richtung, aus der die Schreie kamen, während die älteren Mädchen Kaori besorgt und fragend anschauten. Diese zögerte nicht. Sie stand auf und bedachte die Kinder mit einem langen, ernsten Blick. »Ihr bleibt hier«, ordnete sie in einem Ton an, der keine Widerrede duldete. »Nenele und Shui, ihr kümmert euch um die Kleinen. Ich laufe zum Dorf und sehe nach, was dort los ist.«

»Kommst du wieder?«, fragte ein Junge mit dünner Stimme.

»Natürlich.« Kaori zwang sich zu einem Lächeln und strich ihm aufmunternd über die Wange. »Macht euch keine Sorgen. Es wird alles gut.« Mit diesen Worten drehte sie sich um und rannte in den Dschungel hinein.

Dornige Ranken streiften ihre nackten Beine, als sie den schmalen Pfad entlanghetzte, der vom Weiher zum Dorf hinunterführte. Äste fuhren ihr peitschend übers Gesicht, verfingen sich in ihren Haaren und zerrten daran, aber all das kümmerte sie nicht. Die entsetzlichen Schreie wurden mit jedem Schritt lauter und ließen das Schlimmste befürchten. Obwohl Kaori die Angst wie einen eisernen Ring um die Brust spürte, hielt sie nicht inne, sondern beschleunigte ihre Schritte noch.

Im Geist kämpfte sie gegen Bilder von Riesenwellen an, die das Fischerdorf zu verschlingen drohten, gegen die Erinnerung an die zerstörerische Wucht einer Wasserhose, die Nintau gestreift hatte, als sie noch ein kleines Mädchen gewesen war, und gegen die alten Legenden, die von riesigen Seeungeheuern erzählten, welche schon so manches Fischerboot in die Tiefe gerissen haben sollten.

Sie hatte das Ende des Dschungels fast erreicht, als ihr die ersten Flüchtenden entgegenkamen. In blinder Panik stürmten sie durch das Unterholz, als ob sie von etwas verfolgt würden. Kaori wollte sie aufhalten und rief sie mit Namen an, aber keiner der Flüchtenden achtete auf sie. Kaori fluchte leise, dann setzte sie ihren Weg in entgegengesetzter Richtung fort und wäre dabei fast mit einem jungen Mann zusammengestoßen, der ihr vertraut war.

»Tamre!«

»Kaori?« Tamre schnappte nach Luft. »Verdammt, Kaori, was tust du hier? Du musst fliehen! Schnell!« Er packte ihre Hand und wollte sie mit sich ziehen, aber Kaori blieb standhaft und hielt ihn fest. »Warum?«, fragte sie. »Warum soll ich fliehen? Was geht da unten vor sich?«

»Der Luantar!« Tamres Blick flackerte irr, als er die beiden Worte keuchend hervorstieß. Er entwand sich ihrem Griff mit einem Ruck, spurtete los und rief: »Flieh, Kaori! Der Dämon ist erwacht!«

»Der Dämon?« Kaori glaubte, sich verhört zu haben. Ihre eigene Zwillingsschwester wachte als Maor-Say über den Luantar. Er konnte nicht erwacht sein. »So warte doch!« Ihr Ruf ging im Lärmen und Schreien der Flüchtenden unter. Tamre hörte sie nicht.

Kaori zögerte. Hin- und hergerissen zwischen der Verantwortung, die sie für die Kinder am Weiher trug, und dem Wunsch, den Grund für die Panik in Erfahrung zu bringen, erwog sie einen Augenblick lang, Tamres Rat Folge zu leisten. Dann setzte sie den Weg zum Strand fort.

Der Luantar kann nicht erwachen, machte sie sich selbst Mut, während sie sich einen Weg gegen den Strom der Flüchtenden bahnte. Tamre irrt. Alle irren sich! Der Dämon kann uns nicht gefährlich werden, solange eine Maor-Say über ihn wacht. Wir sind sicher! Sicher ...

Wie angewurzelt blieb Kaori an der Grenze zwischen Dschungel und Strand stehen, starrte auf den furchtbaren Anblick, der sich ihren Augen bot – und verstand.

Nicht Tamre war es, der sich irrte. Sie irrte sich. Der Luantar war nicht mehr gefangen, er war erwacht, und seine Rache war fürchterlich. Wie eine alles verschlingende Woge fegte sein gelber Atem über das Meer auf die Küste zu. Schnell, lautlos, todbringend.

Den Horizont hatte er bereits verschlungen. Nur Bruchteile eines Augenblicks trennten ihn vom Strand und dem kleinen Fischerdorf, in dem sich immer noch Menschen aufhielten. Kaori hörte sie schreien, verzweifelt und so voller Angst, wie sie noch niemals Menschen hatte schreien hören. Sie sah sie fliehen. Eine Mutter mit ihrem Kind an der Hand, einen Säugling fest an sich gepresst. Kinder, die weinend umherstolperten – verlassen und vergessen. Und die Alten,

Gebrechlichen, die nicht schnell genug waren, den Jungen zu folgen. Sie alle strebten dem Wald zu, der Schutz verhieß und ihnen doch keinen Schutz würde bieten können.

Kaori sah sie näher kommen und wusste noch im selben Augenblick, dass sie sterben würden. So wie alle. Ihre Freunde, ihre Familie, Tamre, die Kinder am Weiher – und sie selbst. Es gab keine Rettung, keinen Ort der Zuflucht, so wie es auch damals keinen gegeben hatte. Der Dämon war erwacht. Es war vorbei. Dies und anderes ging ihr durch den Kopf, als sie die schmutzig gelbe Wolke unaufhaltsam näher kommen sah. Gedanken und Erkenntnisse folgten einander rasend schnell, verblüffend scharf und von einer schonungslosen Eindringlichkeit, wie es sie wohl nur im Angesicht des Todes gab. Nicht ein einziger Gedanke galt der Flucht. Weder in dem Moment, da die Wolke den Strand überrollte, noch dann, als sie das Dorf und die Menschen verschlang und die Schreie der Flüchtenden erstickte. Kaori stand einfach nur da, starrte auf das Grauen und dachte an ihre Schwester, die all das nicht hatte verhindern können.

2

Die Festung brannte.

Rauch und Asche verdunkelten die aufgehende Sonne. Es roch nach schwelendem Holz und verbranntem Fleisch, nach geronnenem Blut und dem Schweiß der Krieger, die sich den Angreifern mit dem Mut der Verzweiflung entgegenwarfen, weil nicht verloren gegeben werden durfte, was doch längst schon verloren war.

Prinz Kavan stand auf der Brustwehr des inneren Rings aus hölzernen Palisaden und starrte auf das, was noch vor zwei Tagen das Herzstück der westlichen Verteidigungslinie gewesen war. Vor ihm, jenseits der lodernden Feuerstürme, die mit ihren glutheißen Flammenzungen in den Unterkünften der Krieger und über den Resten der äußeren Palisaden wüteten, lagen das grüne Schwemmland des

Gonwe und dahinter die unfruchtbare Steppe Baha-Uddins; hinter ihm schlängelte sich der Gonwe hin zum fruchtbaren Land seiner Ahnen, das zu beschützen er bei seinem Leben geschworen hatte.

Bei seinem Leben ...

Kavan ballte die Fäuste. Er hatte versagt, und das Wissen darum nährte den Hass auf die Rakschun, die sein Volk seit vielen Jahren bedrängten und ihm keinen Frieden gönnten. Tausende tapferer Krieger hatten in den zermürbenden Scharmützeln und heimtückischen Überfällen entlang der Grenze bereits ihr Leben gelassen. Gesunde und kräftige Männer, die nun nicht länger für ihre Familien sorgen und keinen Nachwuchs zeugen konnten.

König Azenor würde die Augen nicht mehr lange vor der Wahrheit verschließen können. Baha-Uddin blutete aus, und selbst wenn dieser Kampf doch noch gewonnen werden konnte, schien es nur eine Frage der Zeit, bis man gezwungen war, auch Frauen und Kinder zu den Waffen zu rufen.

Kavan seufzte und dachte zurück an die Zeit, als alles begonnen hatte. Damals, als die ersten Rakschun in kleinen ungeordneten Rebellentruppen gegen die Herrschaft des Königs aufbegehrt und die Brücke über den Fluss zu zerstören versucht hatten, waren es ausschließlich Freiwillige gewesen, die die Straßen und die Brücke gesichert hatten, auf der kostbare Erze und Minerale aus den Bergen zu den Städten an der Küste transportiert wurden. Abenteurer und Söldner, die es für ihre Bestimmung hielten, ihre Heimat zu beschützen.

In den vergangenen Jahren waren die Angriffe immer heftiger geworden. Die Brücke musste mit einer Festung geschützt werden, und die Erztransporte erhielten eine Eskorte der königlichen Truppen. Gleichzeitig war aber auch die Stärke der Angreifer sprunghaft gestiegen, und die Zahl der Verteidiger war fast so rasch dahingeschmolzen wie der Schnee im Frühling. Angesichts der schrecklichen Verluste hatte König Azenor keinen anderen Ausweg gesehen, als alle jungen Männer des Landes zur Sicherung der Grenze zu verpflichten – ein Entschluss, der die Rakschun zunächst überrascht hatte.

Das massive Aufgebot an frischen Truppen hatte den Angreifern empfindliche Verluste eingebracht. Es war den königlichen Kriegern sogar gelungen, die Rakschun aus ihren Lagern in der Steppe zu vertreiben und den fortwährenden Angriffen ein Ende zu bereiten.

Einige Offiziere hatten sich schon siegreich gewähnt, aber bald erfahren müssen, dass sie sich geirrt hatten. Nur ein halbes Jahr später hatten die Kundschafter in der Steppe das gewaltigste Rakschunheer entdeckt, das jemals gegen Baha-Uddin aufgeboten worden war, und obwohl die Generäle in aller Eile mit den Vorbereitungen zur Verteidigung begonnen hatten, hatten die Truppen des Königs der Wucht und dem Zorn der heranstürmenden Rakschun kaum etwas entgegensetzen können.

Und nun das Ende ... Kavan seufzte.

Über das Knistern und Fauchen der Flammen hinweg lauschte er dem Klirren der Waffen und den Todesschreien seiner Mannen. Die Gewissheit, dass er versagt hatte und dass sein Vater einen Rückzug niemals dulden würde, bewegte seine Gedanken. Im Königreich Baha-Uddin gab es keinen Platz für Feiglinge und Versager, auch dann nicht, wenn sie von königlichem Blut waren. Wer sein Leben in diesen dunklen Zeiten nicht auf dem Feld der Ehre für seine Heimat hingab, den erwarteten daheim Schande und Verachtung. Wer vor dem Feind floh, wurde gnadenlos verfolgt und dem Henker übergeben.

Kavan seufzte. In einer unbewussten Bewegung hob er die Hand und tastete nach seinem Schwert, wohl wissend, dass es für ihn keine Rückkehr gab. Er würde sterben, so wie seine Männer. Sterben ...

Erschaudernd fragte er sich, wie es wohl sein würde, wenn das Ende kam. Würde es schnell gehen? Würde es qualvoll sein? Die Rakschun waren für ihre Grausamkeit bekannt. Als Prinz konnte er keine Barmherzigkeit erwarten. Sie würden ihn foltern und ihren Forderungen an den König mit dem Übersenden einzelner Teile seines Körpers Nachdruck verleihen. Ein Finger, ein Ohr, ein Auge ... Stück für Stück würden sie ihn nach Baha-Uddin zurückschicken. So wie sie es mit seinem Bruder Marnek getan hatten. Und wie bei Marnek würde sein Vater auch diesmal nicht auf die Forderungen eingehen und am Ende eher den entsetzlich verstümmelten Kopf seines

Sohnes in Empfang nehmen, als den Rakschun auch nur einen Fingerbreit entgegenzukommen.

Prinz Kavan betrachtete seine Hände und spürte, wie sich Übelkeit in seinem Magen ausbreitete. Er wusste, was sein Vater von ihm erwartete. Die Worte, die Azenor vor seinem Aufbruch zur Festung freundlich, aber bestimmt gewählt hatte, waren eindeutig gewesen. »Was auch geschieht«, hatte er mit strengem Blick gesagt und ihm einen schlanken Dolch in die Hand gedrückt, »du darfst den Barbaren nicht in die Hände fallen. Denk an deinen Bruder. So etwas darf nicht noch einmal vorkommen.« Dann hatte er Kavans Finger fest um den Dolch geschlossen, genickt und hinzugefügt: »Trage diesen Dolch stets verborgen bei dir. Du weißt, was du zu tun hast. Ich verlasse mich auf dich.«

Kavans Hand zitterte, als er unter sein Gewand griff, um den Dolch hervorzuholen. Er wusste, dass dies der Augenblick war, von dem sein Vater gesprochen hatte, wusste, was er tun musste. Jetzt. Sofort. Solange noch Zeit dazu war ... Kavan zog die Luft scharf durch die Zähne und presste die Lippen fest aufeinander. Das Metall des Dolches war warm.

Als ob er lebt ...

Nur mit einer enormen Willensanstrengung gelang es ihm, die Waffe unter dem Gewand hervorzuziehen. Ein Sonnenstrahl durchbrach die Rauchwolken über der Festung und ließ die Klinge aufblitzen, als wolle das Licht Kavan verspotten.

»Stirb, Nichtswürdiger«, schien es zu höhnen. »Du hast versagt. Niemand wird dir nachtrauern. Das Leben wird ohne dich weitergehen ...« Dann war das Licht fort. Der Dolch lag grau und stumpf in seiner Hand.

»Du weißt, was du zu tun hast.« Wieder glaubte Kavan die Stimme seines Vaters zu hören. Und wieder zögerte er. Fast war ihm, als wären die Finger nicht die seinen, die sich da um den Dolch schlossen und die Spitze auf sein Herz richteten ...

Kavan hielt den Atem an.

»Tu es!« Die Stimme seines Vaters dröhnte in seinem Kopf. Drängend, fordernd, befehlend ...

Kavan umklammerte den Dolch so fest, dass die Knöchel weiß hervortraten. Er schwitzte und zitterte, während der Atem seinen Lungen keuchend entwich. Sein ganzes Leben lang hatte er getan, was sein Vater von ihm verlangt hatte. Nie hatte er aufbegehrt, nie widersprochen.

»Tu es jetzt!« Im Geiste sah Kavan König Azenor vor sich. Schlohweißes Haar umrahmte das hagere Gesicht, dessen stechend blaue Augen ihn in der von ihm so gefürchteten Strenge fixierten.

Kavan wand sich innerlich unter dem Blick wie ein geprügelter Hund, so wie er es immer tat, wenn er seinem Vater gegenüberstand und dieser ihn seine Macht spüren ließ. Die Furcht vor Azenors Zorn war allgegenwärtig. Selbst hier und jetzt, im Angesicht des Todes, auf dem letzten verlorenen Außenposten Baha-Uddins.

»Bring es zu Ende und stirb wie ein Mann!«

»Ja, Vater.« Kavan schloss die Augen, nahm all seinen verbliebenen Mut zusammen, krallte die Finger um den Griff des Dolches und machte sich bereit.

Jetzt!

Mit angehaltenem Atem wartete er auf den Schmerz, der das Eindringen der Klinge begleitete – aber nichts geschah.

Seine Arme gehorchten ihm nicht. Obwohl sein Verstand ihm sagte, dass es keinen anderen Weg gab, dass er gehorchen musste, konnte er die Tat nicht vollbringen. Etwas, das größer war als die Angst vor seinem Vater, ja sogar größer als die Furcht vor Folter und Schmerz durch die Rakschun, hielt ihn zurück und forderte seine Muskeln zum Ungehorsam auf. Es war dieselbe Kraft, die Helden in der Not über sich hinauswachsen lässt und Menschen dazu befähigt, das Unmögliche zu vollbringen. Diese Kraft versagte ihm nun einen ehrenhaften Tod.

Weil er Angst hatte.

Weil er ein Feigling war.

Weil er leben wollte.

»Mein Prinz!« Eine Hand legte sich auf seine Schulter und riss Kavan aus seinen Gedanken. Erschrocken ließ er den Dolch sinken und versuchte, ihn unauffällig unter seinem Gewand verschwinden zu lassen, während er sich straffte und umdrehte, als sei nichts geschehen.

»Du?« Kavan musterte sein Gegenüber mit einer Mischung aus Erstaunen und Missbilligung.

General Triffin war ein Krieger, der einem Heldenepos entsprungen schien. Ein Mann wie ein Bär, groß, mit breiten Schultern und Oberarmen, die man selbst mit beiden Händen nicht umfassen konnte. Eine lange Narbe zog sich von seinem rechten Ohr bis hinab zum Kinn und verlieh ihm ein verwegenes Aussehen, ein Eindruck, der von der Klappe über dem rechten Auge noch verstärkt wurde. Dabei war Triffin alles andere als ein Barbar. Er galt als klug und besonnen, und wenn er sich den Rakschun gegenüber auch unbarmherzig zeigte, stand das Wohl seiner Männer für ihn immer an erster Stelle. Die Krieger verehrten ihn und folgten ihm bedingungslos – wenn es sein musste, bis in den Tod.

»Was gibt es?« Prinz Kavan spürte, dass seine Stimme bebte und ärgerte sich. Er konnte nur hoffen, dass Triffin es vor dem Hintergrund des immer lauter werdenden Kampfgetümmels nicht bemerkte. »Dein Platz ist nicht hier, meine ich.«

»Verzeih, aber wir können die Festung nicht länger halten.« Triffin gab sich keine Mühe, den Schmerz über die schmähliche Niederlage zu verbergen. Zum ersten Mal in seinem Leben sah Kavan den Hünen bestürzt, mutlos und erfüllt von Sorge.

»Das ist mir nicht entgangen.« Kavan hob die Stimme gerade so weit an, dass es verwundert klang. Auf unbestimmte Weise fühlte er sich dem General in diesem Augenblick überlegen. Nicht, weil er mutiger war, und auch nicht, weil er noch an einen Sieg glaubte. Schon die Tatsache, dass er seine Gefühle besser verbergen konnte, verschaffte ihm Genugtuung.

»Und?« Triffin ballte in mühsam beherrschter Ungeduld die Hände zu Fäusten.

»Was und?« Kavan zog eine Augenbraue in die Höhe, ein Mienenspiel, das er von seinem Vater übernommen hatte. Er wusste, dass der Zeitpunkt mehr als unpassend für lange Diskussionen war, aber gerade deshalb genoss er es, den General auf die Folter zu spannen.

Es war vielleicht das letzte Mal, dass er dem Mann gegenüberstand, dem das Volk die Achtung und Bewunderung entgegenbrachte, nach der Kavan sich immer gesehnt hatte, und er genoss es, ihm in diesem letzten Moment zeigen zu können, wer von ihnen die größere Macht besaß.

»Prinz Kavan!« Triffin nahm einen tiefen Atemzug, trat einen Schritt vor und suchte den Blick des Prinzen. »Die Rakschun haben den inneren Ring durchbrochen. Unsere Männer sterben wie die Fliegen. Du musst den Rückzug befehlen, sonst sind wir verloren.«

»Rückzug?« Kavans Stimme klang hell und schrill, als er das Wort auf eine Weise wiederholte, die keinen Zweifel daran ließ, wie sehr er den Gedanken verabscheute. »Du kennst die Befehle«, sagte er von oben herab. »Von einem Rückzug ist darin nicht die Rede.«

»Aber die Krieger ...«

»Erfüllen ihre Pflicht.« Kavan bemerkte selbstgefällig, dass er dem wütenden Blick des Älteren mühelos standhielt. Da es für ihn keine Rückkehr gab, erschien es ihm nur gerecht, wenn auch die anderen ihr Leben ließen. Beflügelt von dem Gefühl der Überlegenheit, neigte er den Kopf leicht zur Seite und fügte spitz hinzu: »Solltest du als ihr Anführer nicht an ihrer Seite sein?«

»Sie sterben, Hoheit«, wiederholte Triffin finster und packte den Prinzen grob am Arm. »Sie sterben um eines Befehls willen, der so widersinnig ist wie der Versuch, die Flut vom Strand fernzuhalten. Die Rakschun überrennen uns. Wir müssen die Festung aufgeben, über die Brücke fliehen und sie zerstören. Am anderen Ufer sind wir in Sicherheit. Die Rakschun haben keine Boote. Es wird Monate dauern, bis sie uns folgen können.«

»Du wagst es, die Hand gegen deinen Prinzen zu erheben und die Befehle deines Königs infrage zu stellen?« Kavan löste sich aus dem Griff des Generals und rieb sich den Arm. »Es tut mir leid«, sagte er wohl wissend, dass Triffin die Lüge durchschauen würde. »Aber es steht mir nicht zu, die Befehle meines Vaters zu ändern. Und selbst wenn, ich würde es nicht tun. Die Brücke soll gehalten werden. Ich muss dir nicht sagen, wie wichtig sie ist. Deshalb wird die Festung verteidigt. Bis zum letzten Mann – verstanden? Jetzt verschwinde und ...« Weiter kam er nicht.

Das Letzte, was er sah, war Triffins Gesicht, das zu einer ausdruckslosen Maske erstarrt schien. »Vergebt mir, mein Prinz«, hörte er den General murmeln, dann traf ihn ein wuchtiger Schlag am Kopf und ließ das Bild vor seinen Augen erlöschen.

***

»Maor-Say! Maor-Say!« Die Tür flog auf und prallte so heftig gegen die Wand, dass der farbige Putz abblätterte und helle Flecken zurückblieben.

Das Geräusch riss Noelani aus dem tiefen Erschöpfungsschlaf, in den sie nach der erfolglosen Geistreise der Nacht gefallen war. Verwirrt blickte sie auf und versuchte, die Ursache für den Lärm ausfindig zu machen.

Neben ihrem Bett stand Semirah, ihre Dienerin. Ihr Haar war zerzaust, die Augen vor Furcht und Anspannung weit aufgerissen. Sie atmete schnell und zitterte trotz der Wärme, die die Strahlen der Morgensonne in den Raum trugen. Als sie bemerkte, dass Noelani erwacht war, legte sie die geöffneten Handflächen hastig wie zum Gebet gegeneinander, hob sie zum Zeichen der Ehrerbietung an die Stirn und senkte demütig das Haupt.

»Was fällt dir ein, hier solch eine Unruhe zu veranstalten?« Noelani ärgerte sich, dass Semirah sie geweckt hatte, und machte sich nicht die Mühe, ihren Unmut zu verbergen.

»Verzeih, Maor-Say! Verzeih!« Semirahs Stimme bebte vor Aufregung. »Ich ... ich ... Es ist ...«

»Nun sag schon: Was ist los?«, fragte Noelani eine Spur sanfter. »Wenn man dich so sieht, könnte man meinen ...«

»Der Luantar! O ehrwürdige Maor-Say, der Dämon ist erwacht«, rief Semirah mit wildem Blick. Ihre Stimme überschlug sich fast, als sie fortfuhr. »Er ... er hat das Dorf angegriffen, als die Sonne aufging ... Ich habe es gesehen ... Sein Atem hüllt die Küste ein ... Es ... es ist furchtbar.« Ein Schluchzen drang aus Semirahs Kehle und machte es ihr unmöglich weiterzusprechen. Überwältigt von Kummer und Schmerz schlug sie die Hände vor das Gesicht, sank auf die Knie und krümmte sich schluchzend zusammen.

»Der Dämon? Erwacht?« Noelani runzelte die Stirn. »Aber das ist unmöglich. Ich habe ihn erst gestern …«

»Es ist wahr, Noelani!« Jamak kam durch den Raum auf die beiden Frauen zugeeilt. Mit versteinerter Miene trat er vor Noelanis Bett und sagte: »Gerade sind zwei Bedienstete zurückgekehrt, die an der Klippe nach Möweneiern suchen wollten. Sie sind völlig verängstigt. Auch sie berichten, dass der Luantar über das Meer gekommen sei und das Dorf mit seinem Giftatem angegriffen habe.«

»Nein. Nein. Nein«, Noelani schüttelte nachdrücklich den Kopf, während sie das Wort wie eine Beschwörungsformel flüsternd wiederholte. Ihr war schwindelig. Das Bett, der Raum, ja das ganze Gebäude, alles schien sich um sie zu drehen, während sie verzweifelt versuchte, einen klaren Gedanken zu fassen. Die Hände fest in die bunt gewebte Decke gekrallt, schaute sie zuerst Jamak und dann Semirah an und flüsterte: »Das kann nicht sein.«

Jamak schwieg lange, als müsse er das, was er als Nächstes sagen wollte, erst abwägen. Dann schüttelte er fast unmerklich den Kopf und erwiderte leise: »Aber es ist so.«

Die Worte lösten die Starre, die Noelani ergriffen hatte. Plötzlich hatte sie es eilig. Ohne ein Wort schwang sie die Beine aus dem Bett, griff noch in derselben Bewegung nach ihrem seidenen Morgenmantel und schlüpfte mit bloßen Füßen in die Zehsandalen, die vor ihrem Bett bereitstanden. Mit aufgelöstem Haar, den Mantel nur halb geschlossen, eilte sie auf die Tür zu.

»Wo willst du hin?« Jamak vertrat ihr den Weg und hielt sie fest.

»Lass mich los!« Noelani versuchte, sich zu befreien, hatte damit aber keinen Erfolg.

»Was immer du vorhast, du darfst nicht überstürzt handeln«, mahnte Jamak. »Wenn es stimmt, was sie berichten …«

»Es stimmt nicht! Es kann nicht stimmen«, fuhr Noelani ihn an. »Und jetzt lass mich los!« Ihre langen Fingernägel krallten sich in seinen bloßen Unterarm und hinterließen kleine rote Halbmonde auf der Haut.

»Dann sag mir, was du vorhast.« Jamak schien den Schmerz nicht zu spüren.

»Ich bin die Maor-Say. Ich bin dir keine Rechenschaft schuldig.«

»Und ich bin der, der über dich wacht.« Jamak machte keine Anstalten, den Weg freizugeben.

»Das ist vorbei.« Noelani funkelte Jamak an, als trüge er die Schuld an dem, was an diesem Morgen geschah. Dieser zeigte sich davon jedoch völlig unbeeindruckt.

»Das wird nie vorbei sein«, sagte er bestimmt. »Ich werde immer über dich wachen und dich mit meinem Leben beschützen.«

»Ich bin kein Kind mehr. Schon lange nicht. Vergiss das nicht.«

»Ein Kind nicht – aber eine Frau.«

Noelani seufzte. So kam sie nicht weiter. Jamak konnte sehr beharrlich sein, und sie hatte keine Zeit für lange Streitgespräche. »Ich gehe hinunter«, sagte sie knapp.

»Ins Dorf?«

»Wohin sonst?

»Nein, Noelani. Das ist ...«

»... der einzige Weg, die Wahrheit zu erfahren.«

»Die erfährst du auch, wenn du deinen Geist auf Reisen schickst.«

»Mein Geist ist erschöpft.«

»Dann schicke einen der Dienstboten.«

»Wenn du glaubst, dass ich hier sitze und darauf warte, was andere mir berichten, irrst du dich.« Noelani reckte das Kinn vor, um ihren Worten Nachdruck zu verleihen. »Der Dämon schläft, so wahr ich hier stehe. Wer etwas anderes behauptet, lügt. Ich bin die Maor-Say, die Wächterin des Luantar. Ich würde spüren, wenn er sich regt. Aber ich habe nichts gespürt. Es gibt nicht einen einzigen Lebensfunken unter dem Gestein.« Sie schaute Jamak aufgebracht an. »Was immer heute Morgen geschehen ist, der Luantar kann es nicht gewesen sein. Die Dienstboten sind abergläubisch und ängstlich. Vermutlich werfen sie in ihrer Furcht die Wirklichkeit und die Legenden durcheinander. Ich bin sicher, dass alles halb so schlimm ist.

Vielleicht ist das, was sie gesehen haben, ein ungewöhnlicher Nebel oder Sand aus der fernen Wüste, den der Wind über den Ozean trägt. Was auch immer, ich werde hinuntergehen, nach der Ursache forschen und die Menschen beruhigen. So wie es meine Pflicht ist.« Sie verstummte und maß Jamak mit einem Blick, der keinen Zweifel daran ließ, dass sie von ihm Gehorsam erwartete.

Jamak ließ sie los und seufzte. »Also gut. Aber du gehst nicht allein.«

»Deine Sorge ehrt dich.« Noelani schenkte Jamak ein Lächeln zum Zeichen, dass sie ihm nicht böse war. »Aber ich kann sehr wohl auf mich aufpassen. Kümmere du dich um Semirah und die anderen. Wir müssen verhindern, dass sich die Gerüchte im Tempel herumsprechen. Nichts ist schlimmer als eine grundlose Panik.« Mit diesen Worten schob sie sich an Jamak vorbei und verließ den Raum.

3

Begleitet von krachenden Donnerschlägen, stiegen in kurzer Folge fünf Rauchpilze über den reißenden Wassern des Gonwe auf. Die gewaltigen Explosionen rissen die Brücke, die sich noch vor wenigen Augenblicken über den Fluss gespannt hatte, so mühelos in Stücke, als wäre sie aus Pergament erbaut. Planken, Pfähle und Stämme wurden wie Spielzeug in die Luft geschleudert, wo sie sich mit den Leibern der nachrückenden Rakschun mischten, um einen Atemzug später ins Wasser zu stürzen und von den Fluten fortgespült zu werden.

Als sich der Rauch verzog, war von dem imposanten Bauwerk nichts geblieben. Nur drei schwarz verkohlte Stämme, die wie abgebrochene Finger aus der Mitte des Flusses aufragten, erinnerten noch an die hölzerne Lebensader, über die der befestigte Außenposten Baha-Uddins am westlichen Ufer seinen Nachschub erhalten hatte.

General Triffin hörte die Krieger hinter sich jubeln und atmete auf.

Die Rakschun konnten ihnen nicht folgen. Der Gonwe war breit, tief und von einer reißenden Strömung durchzogen, die den verhassten Feinden ein Überqueren unmöglich machte. Sie waren – zumindest vorerst – in Sicherheit.

Keiner von ihnen hatte wirklich daran geglaubt, dass der Mechanismus, der die Brücke zerstören sollte, nach all den Jahren noch funktionieren würde. Triffin selbst hatte den Hebel betätigt, der die Sprengung einleiten sollte, während die letzten Krieger die Brücke verlassen hatten und die Rakschun am anderen Ufer in blindem Siegestaumel herangestürmt waren.

Er hatte gehofft und gebetet, aber einige bange Augenblicke lang war nichts geschehen. Dann endlich hatten die Sprengladungen gezündet.

Triffin war erleichtert, wusste aber auch, dass er sich schuldig gemacht hatte. Er hatte den Prinzen niedergeschlagen und schutzlos in der Festung zurückgelassen. Allein dafür gebührte ihm der Tod. Danach hatte er die überlebenden Krieger um sich geschart und ihnen entgegen den königlichen Anweisungen den Rückzug befohlen – auch das war eine Entscheidung, für die König Azenor ihn, ohne mit der Wimper zu zucken, dem Henker übergeben würde. Für all diese Vergehen, derer er sich in den vergangenen Stunden nach dem Kriegsrecht Baha-Uddins schuldig gemacht hatte, hatte er mehr als einmal den Tod verdient, doch das war ihm gleichgültig. Er hatte mehr als fünfhundert Leben gerettet. Das allein zählte.

Seite an Seite mit seinem Freund Prinz Marnek hatte General Triffin die Festung am Gonwe viele Monate gegen die fortwährenden Angriffe der Rakschun verteidigt und die Wege zu den Erzvorkommen in den Bergen gesichert, bis Marnek eines Tages auf einem Erkundungsritt von den Rakschun gefangen genommen und zu Tode gefoltert worden war.

Nach dem grausamen Mord an dem Thronerben hatte der König den Kampf gegen die Rakschun zu seinem persönlichen Rachefeldzug erklärt und verkünden lassen, dass es von nun an kein Erbarmen geben würde. Für jeden getöteten Rakschun hatte er ein hohes Kopfgeld ausgelobt, das für die zumeist aus armen Verhältnissen stammenden Krieger mehr als verlockend war. Die Jagd auf die Rakschun war dadurch zu einem Wettbewerb geworden, der immer grausamere Blüten getrieben hatte, und lange hatte es so ausgesehen, als könne die Rache des Königs die Feinde tatsächlich einschüchtern.

Aber der Schein trog, und was als Ansporn gedacht war, entwickelte sich schon bald zu einem Verhängnis für Baha-Uddin. In den beiden Jahren, die seit Prinz Marneks Tod vergangen waren, hatten mehr Krieger als jemals zuvor ihr Leben verloren. Immer öfter hatten Gruppen von Kriegern die Festung verlassen, um die Feinde zu überfallen, doch irgendwann hatten die Rakschun das Spiel durchschaut und sich auf die Überfälle vorbereitet. Die Jäger waren zu Gejagten geworden, und kaum einer, der ausgezogen war, die verhassten Feinde zu töten, war heil zurückgekehrt ...

General Triffin seufzte, als er an die vielen Männer dachte, die ihr Leben durch die Gier nach dem Gold verloren hatten. Tapfere Krieger, deren Schwerter kaum zu ersetzen waren, weil es in Baha-Uddin kaum noch wehrfähige Männer gab. Wie oft hatte er versucht, den König davon zu überzeugen, dass das Kopfgeld allein den Rakschun zuspielte, weil es die eigenen Männer unvorsichtig machte? Wie oft hatte er ihn angefleht, zu den bewährten Taktiken zurückzukehren? Aber Azenor hatte das alles nicht hören wollen. Statt einzulenken, hatte er ihm mit Prinz Kavan seinen jüngsten Sohn zur Seite gestellt, der nicht nur die Einhaltung der Befehle, sondern, wie General Triffin hinter vorgehaltener Hand erfahren hatte, auch seine eigenen Anweisungen überwachen sollte.

Triffin ballte die Fäuste und schaute zu den schwelenden Ruinen der Festung hinüber, die er mehr als zehn Jahre seine Heimat genannt hatte und die nun für so viele – viel zu viele – zu einem feurigen Grab geworden war.

In den mehr als zwanzig Jahren, die er Baha-Uddin nun gegen die Rakschun verteidigte, hatte er nicht ein einziges Mal gegen die königlichen Befehle aufbegehrt. Selbst dann nicht, wenn diese ihm absonderlich erschienen waren und hohe Verluste unter seinen Männern gefordert hatten.

An diesem Morgen aber hatte er das sinnlose hundertfache Sterben nicht länger mit ansehen und mit seinem Gewissen vereinbaren können. An diesem Morgen, der so vielen Freunden und Gefährten einen grausamen Tod beschert hatte, hatte er zum ersten Mal auf sein Herz gehört. Und hier und jetzt, im Angesicht der zerstörten Brücke, wusste er, dass er richtig gehandelt hatte.

Die Festung war verloren, seiner Heimat aber wurde eine Gnadenfrist zuteil, die genutzt werden konnte, um die am Boden liegende Verteidigung neu aufzustellen. Mehr als fünfhundert Kriegern, die laut Befehl des Königs in der Festung hätten sterben sollen, war die Flucht geglückt; zudem hatte die Sprengung der Brücke den Rakschun empfindliche Verluste zugefügt. Alles in allem war der Rückzug als ein Erfolg zu werten. Ein Erfolg, der sogar den Tod des Prinzen rechtfertigte.

Den Tod des Prinzen ...

Hastig schob Triffin den bedrückenden Gedanken beiseite. Er wusste, dass er von nun an mit der Schuld würde leben müssen, den Prinzen getötet zu haben. Niemand hatte gesehen, was zwischen ihnen vorgefallen war, und niemand würde ihn verdächtigen, aber er wusste, dass ihn die Schuld sein Leben lang begleiten würde.

Er hatte das Leben des jungen, unfähigen und zudem schwächlichen Prinzen gegen das von fünfhundert Kriegern getauscht. So betrachtet erschien Kavans Tod nur gerechtfertigt, und Triffin entschied, nicht weiter darüber nachzudenken.

Dennoch. Jemand würde dem König die Nachricht überbringen und ihm von dem Verlust der Festung und der zerstörten Brücke berichten müssen. Für einen Augenblick war Triffin versucht, einen Boten zu schicken, verwarf den Gedanken aber gleich wieder. Es war nicht vorauszusehen, wie König Azenor auf die Nachricht und deren Überbringer reagieren würde. Triffin zögerte kurz, dann entschied er, sich selbst auf den Weg zum Palast zu machen. Er war der Letzte, der Prinz Kavan lebend gesehen hatte. Allein. Es war ein Leichtes, dem Prinzen den Befehl zum Rückzug in die Schuhe zu schieben, auch wenn dieser ihn nicht hatte aussprechen wollen. So konnte Triffin die Ehre seiner Männer und die seine retten, ohne Gefahr zu laufen, den Zorn des Königs auf sich zu ziehen. Aber die Worte wollten gut gewählt sein. Einem Boten wollte er eine so wichtige Mission auf keinen Fall anvertrauen.

Triffin nickte selbstzufrieden. Sobald die Männer am Ufer ein provisorisches Lager errichtet hatten und die Aufgaben neu verteilt waren, würde er zum König reiten.

***

Das Dorf lag am Fuß der Klippe, dort, wo die schroffen Felsen flacher wurden und in den Dschungel mündeten. Es war ein einfaches Dorf mit einfachen Rundhütten, die aus dem errichtet worden waren, was der Dschungel zu bieten hatte. Und wie das Dorf und die Hütten waren auch die Menschen einfach, die dort lebten.

Die meisten von ihnen waren Fischer, die mit ihren Kanus tagaus, tagein auf das Meer hinausfuhren, um im seichten Wasser der Korallenriffe ihre Netze zu legen oder nach Muscheln zu tauchen. Einige wenige beherrschten ein Handwerk wie Weben oder Töpfern. Zwei von ihnen verstanden sich auf die Kunst des Heilens. Die Menschen auf Nintau waren arm, aber glücklich. Die Natur schenkte ihnen alles, was sie zum Leben benötigten, und obwohl Stürme und Fluten dem Dorf und seinen Bewohnern schon oft hart zugesetzt hatten, so waren sie doch immer wieder zurückgekehrt und hatten einen neuen Anfang gewagt.

Das Dorf trug keinen Namen; es brauchte keinen, denn es war die einzige Siedlung auf der Insel. Hier lebten die Nachkommen derer, die einst das Grauen überlebt und den Dämon besiegt hatten, und obwohl seit Generationen niemand mehr am Leben war, der den Tag der Zerstörung miterlebt hatte, war die Furcht, dass es eines Tages wieder geschehen könnte, in ihnen tief verwurzelt, denn in ihren Legenden lebte die Erinnerung an den Luantar weiter.

Es war der Glaube an die Macht der Maor-Say, der die Bewohner der Insel des Nachts ruhig schlafen ließ, kannte sie doch den geheimen Zauberspruch, der den Dämon aufs Neue zu Stein würde erstarren lassen, wenn der Bann zu brechen drohte. So war es immer gewesen und so hätte es auch in Zukunft sein sollen. Doch an diesem Morgen hatte das Schicksal entschieden, eine neue Seite im Buch des Lebens aufzuschlagen.

Noelani spürte es, lange bevor sie das Plateau auf der Klippe betrat, von dem aus sie auf das Dorf hinunterblicken konnte. Die Ahnung von Unheil begleitete sie und wurde mit jedem Schritt stärker. Zunächst konnte sie das Gefühl nicht in Worte fassen. Sie spürte nur, dass etwas fehlte. Etwas, für das sie noch keinen Namen hatte, das aber schon immer da gewesen war, so selbstverständlich, dass sie es nicht beachtet hatte.

Wie oft schon war sie den schmalen Pfad zum Plateau hinuntergegangen, um allein zu sein oder über das Meer zu blicken? Wie oft schon hatte sie ihre Sinne von dort aus der aufgehenden Sonne entgegengeschickt? Aber nie, nicht ein einziges Mal, hatte sie so wie an diesem Morgen empfunden, niemals eine solche Leere gespürt.

Eine Leere? – Nein!

Noelani blieb stehen. Das Erste, was ihr auffiel, war der Wind – oder besser der Nicht-Wind. Selbst hier oben auf der Klippe war es so windstill, dass es schon fast unheimlich war. Dann bemerkte sie die Stille, so bedrückend und vollkommen, wie sie nicht einmal die Nacht hervorbringen konnte.

Noelani lauschte angestrengt. Im Rauschen der Wellen hatte stets das Lied der Muschelmöwen mitgeklungen, die auf den kleinen Inseln des Riffs brüteten. Und Stimmen! Stimmen, die aus dem Dorf heraufschallten, Lachen oder Rufe, vom Wind zu unverständlichen Lauten verzerrt, aber so voller Fröhlichkeit und Leben, dass einem das Herz aufging.

Jetzt hörte sie nichts.

Nichts.

Außer dem leisen Rauschen der Wellen, die sanft über den Strand strichen, waren keine Laute zu hören. Nirgends gab es ein Zeichen von Leben. Eine Stille wie der Tod.

Noelani erschauderte. Nicht einmal hundert Schritte trennten sie noch vom Plateau. Hundert Schritte, um die Gewissheit zu erlangen, nach der es sie verlangte. Ihr Verstand drängte sie, hinunterzugehen und nachzusehen, aber ihre Beine gehorchten ihr nicht. Zu groß war die Angst vor dem, was sie vorfinden würde, zu unfassbar das mögliche Ausmaß ihres Versagens.

Kaori …

Noelani spürte, wie ihr beim Gedanken an ihre Zwillingsschwester die Tränen kamen. Energisch zwang sie sich zur Ruhe.

»Noch ist nichts gewiss«, murmelte sie leise vor sich hin und betete im Stillen darum, dass alles nur ein furchtbarer Irrtum war. Dann lief sie los.

Was immer sie erwartet hatte, als sie auf das Plateau hinaustrat, das gewiss nicht. Die endlose blaue Weite des Ozeans, der breite weiße Strand, der der Küste ein malerisches Aussehen verlieh, das Dorf mit seinen Hütten und den Booten, die an Stegen im flachen Wasser vertäut waren … von alldem war nichts zu sehen.

Noelani stockte der Atem, als sie den Blick über den schmutziggelben Dunst schweifen ließ, der die Welt zu ihren Füßen wie ein Bahrtuch bedeckte. So weit das Auge reichte, gab es nichts als diesen Dunst, aus dem der Dämonenfels, auf dem der Tempel errichtet worden war, wie ein einsamer Riese ragte. Noelani richtete den Blick wieder nach unten, wo sich die wogende Masse keine fünfzig Schritt unter ihr an die Klippe schmiegte, als wären die Wolken selbst zur Erde hinabgesunken und hätten alles mit einem Mantel aus zähem Nebel bedeckt.

Und während sie so dastand und zu verstehen versuchte, hörte sie doch etwas. Ein leises Fiepen drang von irgendwo unterhalb des Plateaus an ihre Ohren. Sie kniete nieder, blickte vorsichtig über die Kante und entdeckte ein Nest nur wenige Armlängen oberhalb des Nebels in einer Nische der Klippe, in dem sich drei junge Kliffschwalben ängstlich aneinanderdrängten. Alle drei besaßen schon das schwarz-weiße Federkleid ihrer Eltern, waren aber wohl noch nicht flügge.

Der Anblick trug ein kleines Licht in die Düsternis von Noelanis

Gedanken, denn auch wenn es nur das Fiepen von drei jungen Kliffschwalben war, so war es an diesem unwirklichen Morgen ein Zeichen für Leben. Sie setzte sich auf und wollte sich gerade abwenden, als der wogende Nebel unvermittelt höher stieg und ihr die Sicht auf die jungen Kliffschwalben raubte. Das Fiepen verstummte. Wenige Herzschläge später zog sich der Nebel wieder zurück und gab das Nest wieder frei. Noelani spähte hinunter und spürte einen heißen Stich in der Brust. Die jungen Schwalben waren tot.

So schnell ...

Keuchend ließ Noelani sich auf das Plateau zurücksinken. Sie hatte nach Beweisen gesucht und mehr gesehen, als sie ertragen konnte. Semirah hatte die Wahrheit gesagt. Der Dämon war erwacht und hatte sich in seinem jahrhundertealten Zorn bitter an den Bewohnern von Nintau gerächt. Der rasche Tod der jungen Schwalben ließ keinen Raum für Hoffnung. Alle, die sich in dem gelben Dunst befunden hatten, waren tot.

... alle tot! Alle!

Die Dorfbewohner, ihre Eltern, ihre Freunde, Kaori ... Noelani presste die Lippen fest aufeinander. Sie haben mir vertraut, dachte sie. Vertraut! Und ich habe versagt. Die Schuld an dem hundertfachen Tod ließ sie innerlich zu Eis erstarren. Kein Laut kam ihr über die Lippen, keine Träne benässte ihre Wange. Sie saß einfach nur da, starrte auf den Boden und wünschte, auch sie hätte der Tod ereilt. Dabei wäre es so einfach, seinem Ruf zu folgen, der Rand der Klippe war so nah. Nur ein paar Schritte und ...

»Nicht!«

Eine Hand berührte ihre Schulter. Noelani zuckte zusammen. Für einen Augenblick klammerte sie sich an die Hoffnung, dass ihr Vater dem Giftatem des Dämons auf wunderbare Weise entronnen sei und nun hinter ihr stünde, um sie zu trösten und ihr zu sagen, dass ihrer Mutter und Kaori nichts geschehen sei. Aber es war nicht das wettergegerbte, von schütterem weißem Haar umrahmte Gesicht ihres Vaters, in das sie blickte, als sie sich umwandte. Es war Jamak.

»Tu es nicht«, sagte er noch einmal.

Noelani wandte sich ab. Sie sagte nichts, fühlte nichts, dachte nichts. Starr wie der Dämon, den zu hüten sie geschworen hatte, starrte sie wieder auf das Meer aus giftigen Nebelschwaden hinaus, ohne den Horizont zu sehen und ohne einen Funken Hoffnung im Herzen, während hinter ihrer Stirn unablässig ein einziges Wort aufflammte: Warum?

»Komm.« Dem sanften Druck von Jamaks Hand folgend, richtete Noelani sich willenlos auf wie eine Fadenpuppe und hielt den Blick weiter in die Ferne gerichtet. »Du kannst nichts mehr für sie tun.« Er wandte sich zum Gehen, aber sie rührte sich nicht. Die Leere in ihr war vollkommen.

Warum? Warum ...?

»Komm, Noelani!« Sie wusste, dass die Worte ihr galten, aber erst als Jamak sie am Arm fasste, drehte sie sich um und ließ sich von ihm wegführen.

Auf dem Rückweg zum Tempel holte die Erinnerung sie ein. Bilder von Menschen, die sie ins Herz geschlossen hatte, tauchten vor ihrem geistigen Auge auf. Alle lachten und waren glücklich, und immer standen sie im Sonnenschein. Sie sah ihre Mutter vor der Hütte sitzen, ihren Vater, der winkend zum Fischen aufs Meer hinausfuhr, Kaori, die erschöpft nach einem Wettlauf am Strand lag. Sie sah Verwandte und Freunde und fühlte – nichts.

Wo Schmerz hätte wüten sollen, war nur eine große und kalte Leere, als hätte der Luantar ihr mit seinem Giftatem auch die Fähigkeit zu trauern genommen.

In diesem Augenblick war sie froh, Jamak an ihrer Seite zu wissen. Der kluge Jamak, der immer Rat wusste. Der starke Jamak, der immer da war, wenn sie ihn brauchte. Der sanfte Jamak, der sie tröstete und durch die Dunkelheit führte – Jamak, der ihr gerade das Leben gerettet hatte. Selbstbewusst hatte sie den Tempel verlassen, überzeugt, dass Semirah und die anderen sich irrten. Hochmütig hatte sie Jamak spüren lassen, dass sie seines Schutzes nicht länger bedurfte, und ihm befohlen, im Tempel zu bleiben. Nun kehrte sie zurück, gebrochen und wie ein hilfloses Kind von seiner Hand geführt.

Sie hatte versagt. Alle wussten es. Die Blicke der Dienerschaft sprachen Bände. Niemand sagte ein Wort, als Jamak Noelani zu ihrem Schlafgemach führte, aber die Wut über ihr Versagen war deutlich zu spüren und drang selbst durch die Lethargie, die Noelani erfasst hatte, zu ihr durch. Sie war froh, als sich die Tür hinter ihr schloss und Jamak sie zu ihrem Bett begleitete. Sie legte sich nieder, obwohl sie nicht müde war, starrte mit offenen Augen an die Decke und trank gehorsam den Tee, den er ihr reichte. Und immer noch fühlte sie nichts.

Es waren die Kräuter in dem Tee, die ihr die Stimme schließlich wiedergaben. Nach einer Zeit, in der Minuten, aber auch Stunden verstrichen sein mochten, nahm sie all ihre Kraft zusammen und stellte die eine Frage, deren Antwort ihre Hoffnungen nähren oder für immer zerstören würde.

»Sie sind tot. Nicht wahr?«

»Alle.« Jamak nickte. Als Noelani ihn anschaute, schien er um Jahre gealtert. Auch er hatte eine Familie im Dorf gehabt. Eine Frau und zwei süße Mädchen.

»Lass mich allein.«

»Aber Noelani ...«

»Bitte.«

Er widersprach nicht. Leise erhob er sich, neigte zum Abschied kurz das Haupt und sagte: »Wenn du mich brauchst, rufe einfach. Ich bin in deiner Nähe.«

»Ich weiß.« Noelani nickte matt. Der Tee hatte seine Wirkung entfaltet und einen Teil der Leere aus ihrem Herzen vertrieben, aber es war kein guter Tausch, denn nun drohte der Schmerz sie zu überwältigen, und sie wollte nicht, dass Jamak sie weinen sah. Schweigend schaute sie ihm nach, als er zur Tür ging, richtete dann aber doch noch einmal das Wort an ihn: »Jamak?«

»Ja?«

»Ich danke dir.«

Er schenkte ihr ein trauriges Lächeln und schloss leise die Tür hinter sich. Die einkehrende Ruhe brach den Damm, der die Tränen zurückgehalten hatte. Noelani schluchzte auf, warf sich im Bett herum, vergrub das Gesicht in den Kissen und ergab sich dem Sturm der Gefühle, der begleitet von Weinkrämpfen wie ein Rudel Raubtiere in ihr wütete und sie zu zerreißen drohte. Kummer, Schmerz und Scham bahnten sich mit Macht einen Weg aus ihrem Innern, und sie wehrte sich nicht dagegen.

Es gab keinen Trost und keine Hoffnung und während sie all der Inselbewohner gedachte, denen ihr Versagen einen so grausamen Tod beschert hatte, war es nur ein einziger Name, den sie in ihrer Verzweiflung immer wieder schluchzte: »Kaori!«

***

Grau.

Alles war grau. Und still.

Sie war nicht allein. Es gab noch andere, die sich in dem Grau bewegten. Viele. Sehen konnte sie sie nicht, aber sie spürte ihre Nähe. Im hintersten Winkel ihres Bewusstseins blitzte der Gedanke auf, dass sie sich fürchten müsse, doch als sie in sich hineinhorchte, fand sie keine Regung. Das graue Nichts, durch das sie sich bewegte, schien ihre Empfindungen ausgelöscht zu haben.

Sie versuchte, sich zu erinnern, wie sie an diesen Ort gekommen war. Der Versuch scheiterte schon im Ansatz, und da sie keine Gefühle besaß, nahm sie die Erkenntnis, keine Erinnerungen zu haben, wie selbstverständlich hin.

Alles war richtig, alles war gut. Es schien, als ob sie selbst zu einem Teil des allgegenwärtigen Graus geworden sei. Körperlos, ohne Gefühle und Erinnerungen, ohne Namen, ohne Vergangenheit und ohne Zukunft, aber nicht ohne Ziel. Obwohl sie nicht wusste, wohin ihr Weg führte, war es doch offensichtlich, dass sie sich zielstrebig auf etwas zubewegte. So wie alle anderen auch. Durch Stille und Düsternis hindurch, allein und doch nicht allein.

Wie lange sie so dahintrieb, wusste sie nicht. Die Zeit, so kam es ihr vor, spielte an diesem Ort keine Rolle. Dann entdeckte sie das Licht. Warm und einladend erhellte es das Nebelgrau in der Ferne. Es schien sie zu rufen, und tatsächlich spürte sie, dass sie nun schneller vorankam. Wenig später konnte sie zum ersten Mal die anderen erkennen: gesichtslose graue Gestalten, die sich im Zwielicht bewegten und wie sie auf das Licht zustrebten. Körperlos und doch nicht unsichtbar, mit fließenden Konturen, die nur vage erahnen ließen, dass es sich um Menschen handelte.

Menschen. Das Wort schlich sich wie selbstverständlich in ihre Gedanken. Bin ich ein Mensch? Sie versuchte die Frage zu beantworten, aber es gab keine Erinnerung, auf die sie hätte zurückgreifen können, und so blieb das Wort für sie nicht mehr als eine sinnentleerte Buchstabenfolge. Die ungelöste Frage schwebte davon, und bald hatte sie sie vergessen. Schweigend reihte sie sich in die endlose Prozession derer ein, die auf das Licht zustrebten. Das Licht war wichtig, das fühlte sie. Es war die Erfüllung all dessen, wonach sie sich jemals gesehnt hatte. Was immer vorher auch gewesen sein mochte, hier endeten alle Wege, hier liefen alle Schicksale zusammen, um jenseits des Lichts einen neuen Anfang zu nehmen.

In der Ferne sah sie die Ersten in das Leuchten treten, sah, wie sie ihre Umrisse verloren und selbst zu einem Teil des Lichts wurden, hell und frei. Der Anblick weckte eine große Sehnsucht in ihr. Jetzt gab es nur noch das Licht. Das Ziel! Sie wollte sich schneller bewegen, stellte aber sogleich fest, dass sie keinen Einfluss auf ihre Fortbewegung hatte. Alles schien nach einem streng geordneten Plan abzulaufen, in dem es keinen Raum für eigene Entscheidungen gab. So ließ sie sich mit der Menge treiben und wartete, während sie mehr und mehr den Augenblick herbeisehnte, in dem auch sie eins werden würde mit dem Licht.

Bald war sie so nah, dass sie Gestalten erkennen konnte, die sich schwebend in dem Licht bewegten. Auch sie waren schemenhaft, aber nicht grau, sondern strahlend schön, Lichtgeschöpfe, wie sie bezaubernder nicht hätten sein können. Wann immer eine graue Gestalt aus dem Nebel das Tor durchschritt, schlossen sie sie in die Arme und trugen sie davon, während das Grau verblasste und ein weiteres Lichtgeschöpf geboren wurde.

Das Ziel. Sie hatte es gefunden. Sie konnte den Blick nicht von dem Tanz der Lichtgeschöpfe abwenden. Gleich! Gleich würde auch sie an der Reihe sein und ...

»Du nicht!«

Ein Schatten schob sich vor das Licht, und sie spürte, wie sie aufgehalten wurde. Es war niemand zu sehen, aber die Worte hallten in ihrem Bewusstsein wie Donnerschläge nach.

Sie wollte etwas einwenden, aber sie hatte keine Stimme. Sie wollte sich an dem Schatten vorbeidrängen, aber sie konnte sich nicht bewegen. Hilflos musste sie mit ansehen, wie die grauen Gestalten weiterzogen, während ihr der Zutritt zum Licht verwehrt wurde. In ihrer Verzweiflung nahm sie all ihre Kraft zusammen und formte einen einzigen kurzen Gedanken: »Warum?«

»Weil du nicht vollkommen bist. Gemeinsam seid ihr aufgebrochen, und nur gemeinsam könnt ihr zurückkehren. So lautet das Gesetz. Und jetzt geh!«

Das letzte Wort war noch nicht gesprochen, da fühlte sie einen Sog, der an ihr riss und sie von dem Licht fortzerrte. Sie stemmte sich dagegen, doch ihre Kräfte reichten nicht aus. Der Sog trug sie fort, zurück in das Nebelgrau, während das Licht immer kleiner wurde und ihren Blicken entschwand.

Nein, nein! Sie schluchzte auf. Verzweifelt wehrte sie sich gegen die Kräfte, die auf sie einwirkten und ihr versagten, wonach sie sich mehr als alles andere gesehnt hatte – doch vergeblich. Als das Licht nicht mehr zu sehen war, gab sie ihren Widerstand auf. Ihre Erinnerung löste sich auf, sie vergaß, warum sie sich gegen den Sog gewehrt hatte. So glitt sie dahin, stumm und willenlos, ein grauer Schatten im Nirgendwo, während sich das allgegenwärtige Grau langsam in einen schmutzig-gelben Nebel verwandelte, in dem sich nach und nach die Umrisse von Büschen und Bäumen abzeichneten ...

Blinzelnd öffnete Kaori die Augen.

Was sie sah, war gespenstisch. Ein zäher gelber Dunst hatte den Wald verschlungen; träge hing er zwischen den Bäumen und bedeckte den Boden. Es dauerte einen Augenblick, bis sie sich wieder daran erinnerte, was geschehen war. Die flüchtenden Menschen, der Nebel, der über das Meer kam und das Dorf überrollte, das Gefühl zu ersticken ...

Vorsichtig richtete sie sich auf – und erblickte sogleich die erste Tote. Es war die Mutter, die mit ihren beiden Kindern vor dem Nebel geflohen war. Den erstickten Säugling hielt sie in den leblosen Armen, das Gesicht hatte sie ihrer Tochter zugewandt. Diese lag nur zwei Schritte entfernt, die Hand hilfesuchend ausgestreckt, die Augen vor Angst und Entsetzen weit aufgerissen, den Mund zu einem stummen Schrei geöffnet.

Kaori wandte sich erschaudernd ab. Der Anblick der Toten war für sie nur schwer zu ertragen. Überall zwischen den Bäumen lagen verkrümmte Körper, Männer, Frauen und Kinder, aber auch Tiere. Manche wurden gnädig von dem Dunst oder Büschen verdeckt, andere waren so nah, dass Kaori ihnen in die erloschenen Augen blicken konnte.

Tot. Sie sind alle tot. Alle außer mir. Grauen schnürte Kaori die Kehle zu. Dann fielen ihr die Kinder ein, die sie am Weiher zurückgelassen hatte.

Bei den Göttern ...

Sie sprang auf und wollte zum Weiher zurücklaufen, hielt aber mitten in der Bewegung inne und starrte mit einer Mischung aus Unglauben und Entsetzen auf die zusammengesunkene Gestalt, die unter ihr am Boden lag – auf sich selbst.

Unmöglich! Kaori schnappte nach Luft. Das konnte nicht sein. Sie war nicht tot, konnte nicht tot sein. Sie war doch hier, fühlte, dachte, sah ... Das musste eine Sinnestäuschung sein. Kaori kniff die Augen fest zusammen und zählte bis fünf. Doch vergeblich. Als sie die Augen wieder öffnete, bot sich ihr das gleiche Bild.

Ein Irrtum war ausgeschlossen. Dort am Boden lag sie selbst, bleich und starr, die Hände um den Hals verkrampft mit einem Gesichtsausdruck, der von großer Qual kündete.

Nein!

Kaori schüttelte heftig den Kopf, aber das verstörende Bild ließ sich nicht verscheuchen.

Nein, nein, nein ...

Ich bin nicht tot. Ich lebe. Ich lebe doch!

Ich ... ich muss verrückt geworden sein.

Fort, nur fort von diesem furchtbaren Ort! Der Gedanke kam, und Kaori reagierte sofort. Von wilder Panik erfasst, wirbelte sie herum und floh in den Wald hinein. Über Wurzeln und Astwerk, vorbei an Toten, deren erloschene Augen sie anzustarren schienen – und manchmal, ohne es zu bemerken, auch mitten durch die Stämme der Bäume hindurch.

4

Die Tränen versiegten, der Schmerz aber blieb. Noelani ahnte, dass sie ihn niemals würde überwinden können. Zu grausam hatte das Schicksal ihrem Volk mitgespielt, zu viele Menschen, die sie liebte, hatte sie verloren. Von diesem Morgen an, dessen war sie sich gewiss, würden Schmerz und Trauer ihre ständigen Begleiter sein, so wie die Schmach über ihr Versagen und das Wissen um die Schuld, die sie auf sich geladen hatte.

Sie hätte die Menschen ihrer Heimat schützen sollen, so wie es Generationen von Maor-Say vor ihr getan hatten. Man hatte sie darin ausgebildet, die feinen Schwingungen zu spüren, die von dem versteinerten Dämon ausgingen. Sie hätte die Veränderung spüren und die Bewohner der Insel warnen müssen.

Aber sie hatte nichts gespürt.

Heute nicht und auch nicht am Abend zuvor, als sie den Luantar aufgesucht hatte, um die rituellen Handlungen durchzuführen, die ihn nach der Überlieferung in seiner steinernen Hülle gefangen hielten, und zu beten.

Vielleicht habe ich etwas falsch gemacht? Der Gedanke tauchte ganz unvermittelt hinter ihrer Stirn auf und setzte sich dort fest.

Hatte sie etwas übersehen, vergessen oder anders gemacht, als es die Überlieferung vorschrieb? Hatte sie am Ende selbst die Katastrophe durch Unachtsamkeit oder Unwissen heraufbeschworen? Noelani überlegte fieberhaft. Schritt für Schritt ging sie noch einmal alles durch, was sie getan hatte, fand jedoch keinen Fehler und keine Versäumnisse. Aber was war es dann? Die Frage ließ Noelani keine Ruhe. Sie musste wissen, was geschehen war, musste etwas tun – irgendetwas.

Und dann wusste sie es. Ruckartig setzte sie sich im Bett auf. Hier im Tempel würde sie keine Antworten auf die Fragen bekommen, die sie quälten. Es gab nur einen Ort, an dem sie diese finden würde – oben auf dem Berg, dort, wo der Dämon in seiner steinernen Hülle gefangen saß. Noelani zögerte nicht, schlüpfte aus dem Bett und verließ ihr Schlafgemach. Auf bloßen Füßen hastete sie durch den Tempel, ohne auf die Bediensteten zu achten, die in Gruppen ratlos und trauernd beisammenstanden und ihr verwundert nachblickten.

Ihre Beine fanden den Weg wie von selbst, als sie die Tempelanlage verließ und den steilen, von Wind und Regen ausgewaschenen Pfad zum Dämonenfels erklomm, so wie sie es in den vergangenen Jahren schon Hunderte Male getan hatte. Sie hatte den Aufstieg stets als ermüdend empfunden, diesmal aber war jeder Schritt von Entschlossenheit geprägt, und sie spürte keine Erschöpfung.

Nur ein einziges Mal schaute sie sich um – und erschrak.

Der Giftatem des Luantar war überall. Einsam ragte der Berg, auf dem der Tempel errichtet worden war, aus dem Nebel hervor, der sich in alle Himmelsrichtungen bis zum Horizont erstreckte. Der Anblick war so entsetzlich und furchteinflößend, dass sie ihr Gesicht sofort wieder der Sonne zuwandte, die so mild von einem wolkenlosen Himmel schien, als wolle sie die Überlebenden des Dämonenzorns verspotten.

Noelani presste die Lippen zusammen. Geh weiter!, spornte sie sich in Gedanken an. Schau nach vorn und nicht zurück. Nicht zurück. Dabei malte sie sich aus, was sie oben am Dämonenfelsen erwarten würde. Gewiss hatte der Luantar in seiner Wut die Statuen der fünf Jungfrauen zerstört, die in einem Kreis um ihn herum aufgestellt waren und ihn mit der Magie ihrer Kristallherzen am Erwachen hindern sollten.

Die fünf Jungfrauen wurden auf der Insel wie Heldinnen verehrt, denn sie hatten einst ihr Leben gegeben, um die Insel und ihre Bewohner vor dem Dämon zu schützen. Die Überlieferungen berichteten davon, wie der Luantar die Insel eines Tages ohne jeden Grund angegriffen und fast alle Bewohner mit seinem Giftatem getötet hatte. Die wenigen Überlebenden hatten sich auf den Berg geflüchtet, der auch damals über dem Nebel aufgeragt haben musste. Dort hatten sie ausgeharrt und gehofft, dass sie von dem Giftatem verschont blieben. Der Dämon aber war noch einmal zurückgekehrt, um sein Werk zu vollenden und auch die letzten Inselbewohner zu töten.

Als er sich genähert hatte, war ihm die Maor-Say der Insel mutig entgegengetreten. Damals waren die Maor-Say noch keine Dämonenhüterinnen gewesen, sondern Frauen, die die Gabe besaßen, echte Magie zu weben. Diese Gabe aber war inzwischen verloren gegangen. Allein die Fähigkeit der Geistreise war den Maor-Say geblieben und zeichnete sie als Nachkommen der einst so mächtigen Blutslinie aus.

Es hieß, die Maor-Say habe den Dämon um Gnade angefleht, seine Weisheit gepriesen und ihm einen Handel vorgeschlagen. Wenn er die Insel verschonen würde, würden die Bewohner ihm zeit seines Lebens alle zehn Jahre fünf Jungfrauen als Opfer darbringen.

Der Dämon hatte eingewilligt und noch am selben Abend die Tributzahlung auf dem Berg eingefordert. Als die Sonne untergegangen war, hatte er die Jungfrauen an Pfähle gebunden auf einer Wiese vorgefunden. Die Pfähle waren im Kreis angeordnet gewesen, und so hatte er sich zufrieden in der Mitte niedergelegt und sich am Anblick der Jungfrauen ergötzt, bis er eingeschlafen war.

Auf diesen Augenblick hatten die Frauen nur gewartet. Eine jede hatte einen Kristall bei sich gehabt, den sie hervorgeholt hatten, ehe sie gemeinsam die magische Litanei anstimmten, die die Maor-Say sie gelehrt hatte. Schon die ersten Verse, so hieß es, hätten den Luantar gelähmt, und die nächsten hätten ihn zu Stein erstarren lassen, ohne dass er sich dagegen hätte wehren können. Die List der alten Maor-Say war geglückt, aber sie hatte einen hohen Preis gefordert, denn mit dem Dämon waren auch die fünf Jungfrauen zu Stein erstarrt. Die magischen Kristalle waren in ihren Steinleibern eingeschlossen und hielten den Zauber aufrecht, während die Jungfrauen noch immer um den versteinerten Leib des Dämons aufgestellt waren. Glaubte man der Überlieferung, würde der Luantar sich so lange nicht rühren können, wie der Kreis unbeschadet war und die Kristalle an ihren Plätzen blieben.

Solange die Kristalle an ihren Plätzen blieben ... Noelani durchzuckte ein eisiger Schrecken. Konnte es sein, dass die Kristalle gestohlen worden waren? War es möglich, dass jemand den Dämon absichtlich erweckt hatte? Neid, Missgunst und Rachegelüste waren auch den Bewohnern der Insel nicht fremd. Wie weit mochte eine verzweifelte Seele bereit sein zu gehen? So weit, ein ganzes Volk auszulöschen? Der Gedanke überstieg Noelanis Vorstellungsvermögen. Von der Hand zu weisen war er jedoch nicht.

Sie schritt schneller aus und reckte den Kopf, um über die Büsche hinweg einen Blick auf die Wiese zu erhaschen. Die ganze Zeit über hatte sie sich ausgemalt, was sie am Dämonenfels erwarten würde. Ein verlassener Ruheplatz, aufgewühltes Erdreich, zerstörte Statuen, geknicktes Strauchwerk ... all das war ihr in den Sinn gekommen, aber die Wirklichkeit sah ganz anders aus: Auf der Wiese hatte sich nichts verändert.

Nichts!

Noelani blieb stehen und fuhr sich mit der Hand über die Augen, doch das Bild änderte sich nicht. Der Dämon lag wie seit Generationen an seinem Platz, von Moos, Ranken und kleinen Blattgewächsen halb überwuchert, reglos und stumm. Die versteinerten Jungfrauen standen so unerschütterlich um ihn herum wie am ersten Tag. Keine von ihnen wirkte beschädigt, und nirgends konnte Noelani Anzeichen dafür erkennen, dass jemand versucht hatte, die Kristalle aus dem Stein zu entfernen. Alles war wie immer – und doch war es völlig anders.

Noelani blinzelte verwirrt. Der Ruheplatz des Luantar war einer der wenigen Plätze auf Nintau, den die Katastrophe nicht erreicht hatte. Drei Schwarznasenäffchen, die sich an den Früchten auf dem Opferaltar gütlich taten, und das aufgeregte Gezwitscher einer

Gruppe von rotköpfigen Naras kündeten davon, dass sich einige Tiere auf dem Berg hatten in Sicherheit bringen können – dass nicht alles verloren war. Aber gerade das war es, was Noelani stutzig machte.

Wenn der Dämon schuld an dem Unglück war, müsste hier alles seinen Anfang genommen haben. Die Wut und Zerstörungskraft der entfesselten Bestie hätte deutliche Spuren hinterlassen müssen. Die Statuen der Jungfrauen, die den Dämon damals überlistet hatten, wären von ihm gewiss zerstört worden, und nur ein Trümmerhaufen aus Geröll und entwurzelten Pflanzen hätte noch davon gekündet, wo der Luantar geruht hatte.

Aber so ...?

Noelani setzte sich auf einen Felsen, starrte erst den versteinerten Dämon und dann die Jungfrauen an und schüttelte den Kopf. Sie hätte erleichtert sein müssen, dass sich hier nichts verändert hatte, denn wenn der Dämon noch schlief, bedeutete das, dass sie keine Schuld an dem Unglück traf. Aber sie war es nicht – im Gegenteil. Sie war noch beunruhigter als zuvor. Das Bild, das sich ihr hier bot, wollte so gar nicht zu dem passen, was die Bediensteten berichtet hatten, und auch nicht zu der Überlieferung, in der es hieß, der Dämon trage die Schuld an der verheerenden Katastrophe von damals.

War am Ende alles eine Lüge? Ein Irrtum? Noelani runzelte die Stirn. Was immer zuvor geschehen war, an diesem Morgen hatte der Dämon nichts mit dem Unglück und dem hundertfachen Sterben zu tun, das Nintau heimgesucht hatte, so viel war sicher. Und wenn ein anderer Luantar gekommen war? Vielleicht hatte er eine Mutter, die all die Jahrhunderte nach ihm gesucht hatte? Vielleicht hatte sie ihn in der vergangenen Nacht hier entdeckt und Rache genommen für das, was man ihm angetan hatte? War es nicht möglich, dass auch Dämonen Familienbande pflegten? Je länger Noelani darüber nachdachte, desto einleuchtender erschien ihr die Möglichkeit, und sie spürte ein lähmendes Entsetzen in sich, als sie begriff, welch folgenschweren Fehler ihr Volk gemacht hatte: Wie hatten sie nur annehmen können, dass es nur diesen einen Dämon gab?

Je weiter sie dem Gedanken folgte, desto mehr schlich sich ein anderes Gefühl in ihre Trauer: Wut. Wut auf alle, die damals so kurzsichtig gehandelt hatten. Auf die Maor-Say, die brav die Traditionen gepflegt hatten, ohne sie zu hinterfragen, und Wut auf sich selbst, weil auch sie nicht klüger gewesen war als die Maor-Say vor ihr. Wie alle hatte sie den Überlieferungen blind vertraut und geglaubt, es genüge, die alten Riten und Gebräuche zu pflegen, ohne zu bedenken, dass die Welt nicht nur aus dieser Insel bestand und dass es dort draußen auch noch andere Gefahren – und Dämonen – geben konnte.

Und jetzt ist es zu spät! Zu spät ...

Noelani ballte die Fäuste und schnappte nach Luft. Wut und Trauer vereinten sich in ihr zu einem Sturm von Gefühlen, der in ihren Eingeweiden wütete wie ein wildes Tier. Ihr Herz raste, und ihr Atem ging stoßweise, während Trauer und Wut ihr einen Ring um die Brust legten, der sich langsam immer enger zog und sie zu ersticken drohte. Schließlich hielt sie es nicht mehr aus. Sie sprang auf, stürmte auf die erste der steinernen Jungfrauen zu und versetzte dieser einen so heftigen Stoß, als trage sie allein die Schuld an dem Unglück, das die Insel heimgesucht hatte.

»Ihr habt lange genug über den Dämon gewacht«, rief sie unter Tränen, während sie dem steinernen Frauenbildnis einen weiteren Stoß versetzte. »Ich gebe ihn frei. Nintau ist zerstört. Es gibt nichts mehr, was ihr beschützen müsst.« Die Statue bewegte sich nicht, aber das machte Noelani nur noch wütender. Wie sie es beim Waytan, der waffenlosen Kampftechnik ihres Volkes, gelernt hatte, versetzte sie der Statue mit einem lauten Schrei einen gekonnten Fußtritt gegen die Brust.

Diesmal hatte sie Erfolg. Unter unheilvollem Knirschen kippte die Statue nach hinten und zerbarst. Die Arme brachen ab, der Brustkorb zersplitterte, und der Kopf rollte ein Stück weit den Abhang hinunter.

Noelani erschrak. Das Gefühl, einen entsetzlichen Frevel begangen zu haben, flammte kurz hinter ihrer Stirn auf, aber die Reue war zu schwach und wurde von der Wut, die in ihr loderte, sogleich verdrängt. Nach einem kurzen Blick auf die zerstörte Statue wandte sie sich um und setzte ihr Werk an der nächsten steinernen Jungfrau fort.

Es gab für sie kein Halten mehr. Eine Statue nach der anderen fiel ihrem Wüten zum Opfer, und obwohl ihre Fußsohlen längst bluteten, dachte sie nicht ans Aufhören. Sie war entschlossen, den Dämon zu befreien, damit er zu denen zurückkehren konnte, die nach ihm gesucht hatten. Dabei erschien es ihr nur gerecht, wenn er erwachte und sie tötete. Sie hatte es verdient. Was hatte sie denn noch zu verlieren? Kaori und alle, die ihr jemals etwas bedeutet hatten, waren tot, und sie wünschte sich nichts sehnlicher, als wieder mit ihnen vereint zu sein.

Aber der Dämon erwachte nicht. Nicht, als die letzte der Jungfrauen zerschmettert am Boden lag, und auch nicht, als Noelani sich in blinder Raserei auf den Felsen stürzte und mit den Fäusten gegen den Stein hämmerte, bis auch ihre Hände zu bluten begannen.

»Wach auf!«, schrie sie den Luantar unter Tränen an. »Ich gebe dich frei! Verdammt, wach doch auf!« – Vergeblich. Nicht die kleinste Regung im Stein deutete darauf hin, dass ein Lebensfunke in dem Fels erwachte. Kein Zucken, kein Erbeben – nichts.

Irgendwann verließen Noelani die Kräfte, und sie sank zu Boden, wo sie sich schluchzend zusammenkauerte. Sie hatte das Schlimmste getan, dessen man sich auf Nintau schuldig machen konnte. Sie hatte den Kreis der steinernen Jungfrauen zerstört, aber anders als in der Überlieferung beschworen, hatte sie den Dämon damit nicht zum Leben erweckt. Stein blieb Stein. Kalt und leblos.

Eine Lüge!

Plötzlich wurde Noelani alles klar. Sie ballte die Hände zu Fäusten und schrie ihre Pein in den Morgen hinaus. Ihr Leben und alles, woran sie je geglaubt hatte, lagen in Scherben. Ihre Angehörigen und ihre Freunde waren tot. Die Zukunft war dunkel. Aber schlimmer noch als das war die Erkenntnis, dass sie ihr ganzes Leben lang belogen worden war.

Es gab gar keinen Dämon. Es hatte nie einen gegeben. Und es gab auch niemanden, der nach ihm gesucht hatte.

Sie hatte sich geirrt. Die Überlieferung war eine Lüge. Ihr Leben als Maor-Say war ebenso eine Lüge wie die Sicherheit, in der sich ihr Volk gewähnt hatte. All die Jahre hatten sie sich vor dem Dämon zu schützen versucht, dabei kam die Bedrohung von ganz woanders, von einem unbekannten Ort.

Warum?

Warum haben uns die Alten belogen?

Warum?

Noelani schluchzte auf, zog die Beine an den Körper und vergrub das Gesicht in den Händen. Sie fühlte sich leer und ausgebrannt und fand kaum noch die Kraft zu weinen. Während die Sonne immer höher stieg und sie mit ihren freundlichen Strahlen wärmte, saß sie einfach nur da, weinte und dachte an Kaori.

Kaori, die sie niemals wiedersehen würde und die sie so schmerzlich vermisste, als sei mit ihr ein Teil ihres Selbst gestorben.

* * *

Kaori wusste, was sie erwartete, noch ehe sie den Weiher erreichte. Obwohl der Nebel sehr dicht war und die Düsternis unter den Bäumen ihr Einzelheiten ersparte, ließen die vielen Toten, die ihren Weg säumten, keinen Zweifel an der bösartigen Wirkung des Nebels aufkommen. Auf halber Strecke stieß sie auf eine ganze Horde veredeter Affen. Die meisten waren aus den Bäumen zu Boden gestürzt, andere hingen aufgespießt an Ästen oder kopfüber in Astgabeln. Auch einen Baumbrüller fand sie, und ganz in der Nähe des Teichs lag die tote Monkasikuh neben ihrem Jungen.

Am Weiher angekommen, blieb Kaori erschüttert stehen. Sie hatte geahnt, dass die Kinder tot sein würden; es jedoch mit eigenen Augen zu sehen war mehr, als sie ertragen konnte. Immerhin, der Tod musste schnell gekommen sein. Die Kinder waren dort zusammengesunken, wo sie gesessen hatten, und lagen wie schlafend am Boden. Einige hielten die Flechtmatten noch in den Händen. Nur Minou, die Kleinste, hatte sich in die Arme eines älteren Mädchens geflüchtet. Ihre Augen waren weit aufgerissen und zeugten von der

Furcht, die sie mit ihren letzten qualvollen Atemzügen durchlitten haben musste.

Der Anblick brach Kaori fast das Herz. Ich bin schuld, dachte sie kummervoll. Ich bin schuld daran, dass sie gestorben sind, denn ich habe ihnen gesagt, dass sie hier auf mich warten sollen. Sie waren so brav und haben getan, was ich verlangt habe, aber bei den Göttern, um welchen Preis?

Kaori wollte weinen, doch sie hatte keine Tränen. So kniete sie nieder und hob die Hand, um Minou die Augen zu schließen. Als sie das bleiche Gesicht des Mädchens berührte, glitt ihre Hand mitten hindurch.

Bei den Göttern! Erschrocken zog sie die Hand zurück, als hätte sie sich verbrannt. Sie wartete einen Augenblick und versuchte es erneut. Das Ergebnis blieb dasselbe. Die Finger trafen auf keinen Widerstand. Kaori starrte ihre Hand an, als gehöre sie einer Fremden. Sie hatte eine wächserne Farbe und war so durchscheinend, dass sie den Waldboden darunter erkennen konnte.

... wie eine Geisterhand. Kaori atmete schwer. Zumindest fühlte es sich so an, als ob sie schwer atmen würde, denn als sie in sich hineinspürte, erkannte sie, dass sie in Wirklichkeit gar nicht atmete.

Was ist mit mir? Die Frage drängte sich ihr auf, obwohl sie überflüssig war. Die durchscheinende, bleiche Hand, der ausbleibende Atem und die Tatsache, dass sie sich selbst am Boden hatte liegen sehen, ließen nur einen Schluss zu: Sie war tot!

Tot! Die Erkenntnis war so ungeheuerlich, dass ihr Verstand sich weigerte, sie anzunehmen. Ich bin nicht tot, dachte sie. Ich ... ich kann nicht tot sein. Ich bin doch hier! Hier!

Wild um sich greifend, versuchte Kaori etwas zu fassen zu bekommen, aber weder Stöcke noch Steine oder Blätter wollten sich dem zupackenden Griff ihrer Hände ergeben. Es war, als sei sie selbst zu einem Teil des allgegenwärtigen Nebels geworden.

Tot ... Geister ... Nebel ... verloren ... vergessen ... ver...

Halt! Kaori zwang sich zur Ruhe. Sie musste nachdenken. Irgendetwas war mit ihr passiert, nachdem sie den Strand erreicht hatte und von dem Nebel eingehüllt worden war. Eingehüllt ... Es war geradezu lächerlich zu glauben, dass der Nebel sie nicht getötet hatte. Sie war ein Lebewesen wie alle anderen auch und hatte dem Gift nichts entgegenzusetzen gehabt.

Aber wenn ich hier bin, wo sind dann die anderen? Aufgebracht schaute sie sich um.

Hunderte mussten gestorben sein, denen es vermutlich wie ihr erging. Verlorene Seelen, die nun auf der Suche nach Freunden oder Familienangehörigen auf der Insel umherirrten oder nach etwas suchten, das ihnen Halt geben konnte. Doch vergeblich, sie konnte niemanden sehen. Sie war allein.

Vielleicht sind sie woanders.

Der Gedanke machte ihr Mut. Sie erhob sich, streifte eine Weile im Wald umher und gelangte schließlich zum Dorf. Sosehr sie sich mühte, nirgends fand sie einen Hinweis darauf, dass noch andere ihr Schicksal teilten. Schließlich gab sie die Suche auf und ging hinunter zum Strand. Hier brachen sich die Wellen im seichten Wasser, als sei alles wie zuvor, doch sie führten die Zeugnisse des großen Sterbens unverkennbar mit sich. Tote Fische, Schildkröten und Seevögel wurden von der Brandung am Strand zu einer dunklen Linie angehäuft, die sich irgendwo in der Ferne im Nebel verlor.

Kaori stieg über die nassen Kadaver hinweg und ging so weit ins Meer hinaus, bis ihr das Wasser bis zum Knie reichte. Sie spürte weder den Sand unter den bloßen Füßen noch die Kühle des Wassers auf der Haut. Als sie an sich herunterblickte, verwunderte es sie nicht zu sehen, dass die Wellen durch ihre Beine hindurchrollten, als gäbe es sie gar nicht.

Weil ich tot bin! Der Anblick des Wassers unter ihr löschte die letzten Zweifel aus. Warum ich? Warum?, fragte sie sich.

Und plötzlich wusste sie es. Ohne dass sie etwas dazu tun musste, tauchten vor ihrem geistigen Auge Bilder auf. Bilder von grauen Gestalten in einer grauen Welt, die sich langsam auf ein helles Licht zubewegten, während in ihrem Kopf eine körperlose Stimme wisperte: *Weil du nicht vollkommen bist. Gemeinsam seid ihr aufgebrochen, und nur gemeinsam könnt ihr zurückkehren. So lautet das Gesetz.*

Gemeinsam seid ihr aufgebrochen ... In Gedanken wiederholte

Kaori, was die Stimme gesagt hatte – und verstand. Die Worte konnten sich nur auf ihre Geburt beziehen. Gemeinsam mit Noelani hatte ihr Leben begonnen.

… nur gemeinsam könnt ihr zurückkehren. Obwohl sie kein Herz mehr hatte, das in ihrer Brust hätte schneller schlagen können, spürte Kaori eine freudige Aufregung. Die Worte konnten nur eines bedeuten: Noelani war noch am Leben! Kaori wirbelte herum und begann zu laufen, schneller und schneller, so schnell, wie sie es in ihrer sterblichen Hülle niemals vermocht hätte. Der Strand und das Dorf blieben hinter ihr zurück, während der Wald zu einem konturlosen graugrünen Farbmuster verschmolz, das in Windeseile an ihr vorüberzog. Zum ersten Mal fand sie Gefallen an ihrer neuen Gestalt und erkannte die Möglichkeiten, die sich ihr damit eröffneten. Sie verspürte weder Hunger noch Durst, keinen Schmerz und keine Erschöpfung. Ihre Kräfte schienen unerschöpflich und schwanden selbst dann nicht, als sie mit dem Aufstieg zum Tempel begann.

5

»Bei den Göttern, was hast du getan?« Fassungslos starrte Jamak auf das Bild der Verwüstung, das sich ihm am Ruheplatz des Luantar bot. Die steinernen Jungfrauen waren umgestürzt und lagen in Trümmern. Lediglich die Rümpfe und die Köpfe der Skulpturen waren noch als solche zu erkennen, obgleich in den Brustkörben der Jungfrauen handtellergroße Löcher klafften. Die Gliedmaßen waren zerbrochen und über den ganzen Platz verstreut, wie achtlos fortgeworfener Schutt. Und mittendrin kauerte Noelani und starrte auf etwas, das Jamak verborgen blieb.

Der Anblick der jungen Frau, die ihm im Laufe der Jahre wie eine Tochter ans Herz gewachsen war, dämpfte die Wut ein wenig, die Jamak angesichts der Zerstörung empfand. Langsam ging er auf Noelani zu, kniete sich neben sie, legte den Arm um ihre Schultern und zog sie an sich, wie es Väter zu tun pflegen, die ihre Töchter trösten.

Noelani wehrte sich nicht. Stumm ließ sie es geschehen, als er sie in die Arme schloss und ihr über das Haar strich, wie er es früher immer getan hatte, wenn das Heimweh sie plagte oder ein anderer Kummer in ihr wütete. So saßen sie schweigend beisammen, der Mentor und die Maor-Say inmitten der Trümmer all dessen, woran sie geglaubt und wofür sie gelebt hatten.

Die Zeit verstrich. Das Schweigen dauerte an. Er wartete.

Es war ein vages Gefühl, das ihm sagte, dass sie zu sprechen bereit war, und so lockerte er die Arme ein wenig, um ihr den Raum zu geben, den sie benötigte. Schließlich fand sie die Kraft, das Wort an ihn zu richten: »Lügen! Es waren alles Lügen«, stieß sie hervor, und die Verbitterung, die darin mitschwang, machte es ihm erneut unmöglich, ihr zu zürnen.

»Lügen?«, hakte er nach.

»Ja, Lügen. Die Legende des Luantar ist eine einzige Lüge.« Sie hob den Arm, deutete auf das Untier und fragte: »Sieht so ein versteinerter Dämon aus, der heute Morgen zum Leben erwacht ist?«

»Wohl kaum.« Jamak legte die Stirn in Falten und fügte hinzu: »Ich vermute, er wäre dann nicht mehr hier.«

»Eben.« Noelani nickte. »Dieser Dämon hier tut niemandem etwas zuleide. Er ist nicht schuld an dem Unheil, das über unser Volk gekommen ist. Er ist und bleibt versteinert. Aber damit nicht genug. Auch die Geschichte der Jungfrauen, die angeblich über ihn wachen, ist eine Lüge.« Sie öffnete die geballte Faust, hielt Jamak die fünf Kristalle entgegen, die in den Skulpturen eingeschlossen waren, und gab ein kurzes, freudloses Lachen von sich. »Die Kristalle gibt es wirklich«, fuhr sie fort. »Aber sie sind nicht das, was sie sein sollen. Wie du siehst, habe ich alle Statuen zerstört und ihnen die Kristalle entrissen, aber dieser Dämon schläft immer noch. Er wacht nicht auf, so wie es vorhergesagt wurde.« Sie schaute ihn eindringlich an. »Er wacht nicht auf – verstehst du? Er kann gar nicht aufwachen, weil er nur ein Felsen ist, der zufällig wie ein Luantar aussieht. Unsere Rituale, unser Glaube ... alles gründet auf Lügen, die die Alten in ihre

Legenden verwoben haben. Sie haben uns getäuscht.« Noelani holte aus und schleuderte einen der Kristalle in das nahe Gebüsch.

»... getäuscht.« Dem ersten folgte ein weiterer Kristall.

»... getäuscht.« Wieder flog ein Kristall in die Büsche.

»... und noch mal getäuscht.« Auch der vierte Kristall landete irgendwo jenseits des freien Platzes. »All die Jahre, bis ...«

»Warte!« Jamak hielt ihren Arm fest, ehe sie den fünften Kristall wegwerfen konnte. »Warum hast du die Skulpturen zerstört?«, fragte er, in der Hoffnung, sie ein wenig beruhigen zu können.

Noelani verstummte, zögerte kurz, ließ den Arm sinken und sagte dann: »Weil ich den Luantar freigeben wollte. Ich dachte zunächst, es sei ein anderer Dämon gekommen, der Rache nehmen wollte für das, was wir diesem hier angetan haben. Aber ich ... ich habe mich geirrt. Was immer die Insel heimgesucht hat, ist nicht das Werk eines Dämons, weder von diesem hier noch von einem anderen. Es war falsch. Alles war falsch. Wir fühlten uns sicher und ahnten nicht, wie schutzlos wir in Wirklichkeit waren. Vielleicht hätten wir eine Möglichkeit gehabt, uns zu retten, wenn wir die wahre Ursache gekannt hätten. Vielleicht hätten wir fliehen können. Wir aber waren blind und taub und ...«

»Du musst dir keine Vorwürfe machen.« Jamak spürte, wie aufgewühlt Noelani war, dass sie sich quälte und nach Antworten suchte. »Wir wissen nicht, wie die Legenden entstanden sind, und wir werden es nie erfahren. Wir wurden hier geboren und sind mit ihnen aufgewachsen. Wir glaubten den Überlieferungen bedingungslos und würden auch heute nicht an ihnen zweifeln, wenn das Unheil nicht erneut über uns gekommen wäre und uns eines Besseren belehrt hätte. Was geschehen ist, können wir nicht ändern, die Toten nicht wieder lebendig machen. Niemand darf es uns verwehren, zu trauern und denen zu zürnen, die uns in die Irre führten, aber bei alledem dürfen wir nicht vergessen, dass es auch Überlebende gibt, denen wir verpflichtet sind.«

»Überlebende?« Noelani schaute Jamak spöttisch an. »Wie viele? Drei? Fünf? Zehn? Eine Handvoll armseliger Geschöpfe, die ...«

»Mehr als hundert!«

Noelani riss erstaunt die Augen auf. »Hundert? Aber wie ...?«

»Die meisten kommen aus höher gelegenen Gebieten, aber offensichtlich ist es auch einigen aus dem Dorf gelungen, die Hänge zu erklimmen, ehe der Nebel sie einholte«, berichtete Jamak. »Eine Gruppe Jäger war im Wald, andere hielten sich auf den Hügeln auf. Als ich mich auf den Weg zu dir machte, hatten mehr als hundert von ihnen den Weg zum Tempel gefunden, und ich zweifle nicht, dass es inzwischen noch viel mehr geworden sind, die dort Zuflucht gesucht haben.«

»So viele?« Es war nicht zu übersehen, wie aufgeregt Noelani mit einem Mal war. »Was ist mit Kaori?«, fragte sie hoffnungsvoll. »Ist sie ...?«

»Ich weiß es nicht.« Jamak schüttelte bedauernd den Kopf. »Ich habe sie nicht gesehen«, sagte er und fügte rasch hinzu: »Aber du darfst die Hoffnung nicht aufgeben, vielleicht hat sie den Tempel ja inzwischen erreicht.«

»Dann lass uns hinuntergehen und nachsehen.« Plötzlich hatte Noelani es eilig. Achtlos ließ sie den Kristall fallen und richtete sich auf, hielt dann aber mitten in der Bewegung inne.

»Was ist los?« Auch Jamak hatte sich erhoben.

»Glaubst du, es ist klug zurückzugehen?«, fragte Noelani besorgt. »Die Menschen sind überzeugt, dass der Dämon erwacht ist und Rache genommen hat. Du sagst, sie suchen Zuflucht im Tempel, aber das stimmt nicht. Als Maor-Say hätte ich über den Luantar wachen sollen, also geben sie mir die Schuld an dem furchtbaren Unglück und kommen nur zum Tempel, um Genugtuung ... und vielleicht auch meinen Tod zu fordern.«

»Das glaube ich nicht.« Jamak schüttelte den Kopf. »Natürlich sind viele der Flüchtlinge verwirrt, verzweifelt und hilflos, aber sie sind nicht von dem Wunsch nach Rache beseelt. Sie kommen zum Tempel, weil es der einzige Ort ist, an dem sie sich sicher fühlen, weil sie darauf vertrauen, dass die Maor-Say ... dass du ihnen helfen kannst.«

»Aber das ... das kann ich nicht!« Noelani rang in einer hilflosen Geste die Hände. »Ich bin doch genau so verzweifelt und hilflos wie sie und ...«

»Du bist nicht wie sie, du bist die Maor-Say.« Jamak betonte jedes Wort, um ihm mehr Gewicht zu verleihen. Er konnte sehen, wie es in ihrem Gesicht arbeitete. Wie sie mit sich rang. Sie war noch jung und unerfahren. Eine zurückhaltende und scheue Person, die sich selbst erst finden musste, nicht die geborene Anführerin, die ihr Volk jetzt so dringend gebraucht hätte. Gerade erst hatte sie begonnen, sich mit den Aufgaben und Pflichten einer Maor-Say vertraut zu machen – und nun erlegte ihr das Schicksal eine solch ungeheure Verantwortung auf.

Jamak seufzte erneut. Er beneidete sie nicht um diese Aufgabe. »Dich trifft keine Schuld, und du kannst es beweisen«, fuhr er ruhig fort. »Wer es nicht glauben will, kann sich hier mit eigenen Augen davon überzeugen.«

»Und dann?«

»Werden sie dich fragen, was sie tun sollen.«

»Aber das weiß ich nicht.«

»Das solltest du besser für dich behalten.« Jamak überlegte kurz und fügte hinzu: »Lass dich nicht drängen. Versuche Zeit zu gewinnen. Sei stark. Gib dich zuversichtlich, aber mache ihnen keine Versprechungen, die du nicht halten kannst.«

»Zeit.« Nun war es Noelani, die seufzte. »Ich glaube nicht, dass ein Aufschub mir weiterhilft. Dir muss ich es nicht sagen, du weißt, dass ich mich früher immer auf Kaori verlassen habe. Von klein auf habe ich den Weg in ihrem Schatten gewählt und nie gelernt, eigene Entscheidungen zu treffen oder Verantwortung zu übernehmen. Die Zeit im Tempel war viel zu kurz, um das Versäumte nachzuholen, zumal ich auch dort immer im Schatten der Maor-Say stand und nur langsam gelernt habe, eigenverantwortlich zu handeln. Verstehst du nicht? Ich kann die Überlebenden unmöglich anführen. Ich kann ja noch nicht einmal für mich selbst einstehen.«

»Ich weiß.« Jamak schloss Noelani wieder in die Arme. »Aber ich fürchte, du wirst dich nicht vor der Verantwortung davonstehlen können, die das Schicksal dir auferlegt hat. Die Menschen lieben und achten dich. Du bist diejenige, zu der sie aufschauen. Alles, was ich tun kann, ist, dir meine Hilfe und meinen Rat anzubieten.«

»Ich habe Angst, Jamak.« Noelanis Stimme bebte. »Ich wünschte, Kaori wäre hier. Sie würde wissen, was zu tun ist.«

»Ich bete für dich und dafür, dass sie unter den Überlebenden ist.« Jamak wusste, wie gering die Aussichten waren, dass Kaori dem Giftatem entkommen war, aber er wollte Noelani nicht den Funken Hoffnung nehmen, den die Nachricht von den Überlebenden in ihr Herz getragen hatte. So sagte er nur: »Vielleicht war das Schicksal auch ihr wohlgesonnen.«

»Kaori ist klug, und sie ist stark. Wenn es jemand geschafft hat, dann sie.« Noelanis Augen leuchteten, als sie alle Zuversicht, die sie aufbringen konnte, in ihre Worte legte. »Komm!«, sagte sie und straffte sich. »Lass uns zum Tempel zurückgehen und nach ihr suchen.«

***

Noelani!

Beim Anblick der geliebten Schwester spürte Kaori ein leichtes Erbeben, etwas, das sie vor Kurzem vermutlich noch als tiefes Glücksgefühl bezeichnet hätte. Ohne einen eigenen Körper war es sehr viel weniger intensiv, aber es tat wohl, Noelani bei guter Gesundheit zu sehen. Sie erreichte den Platz des versteinerten Dämons in dem Augenblick, als Noelani und Jamak sich an den Abstieg machten.

»*Noelani, warte!*«

Kaori rief so laut sie konnte und hob die Arme, um sich bemerkbar zu machen, während sie über die Gesteinstrümmer hinweg auf ihre Zwillingsschwester zuglitt – doch vergeblich. Noelani und Jamak bemerkten sie nicht. Kaori bewegte sich schneller, überholte die beiden und versperrte ihnen den Weg, aber auch das hatte nicht den gewünschten Erfolg. Noelani und Jamak gingen einfach durch sie hindurch. Sie sprachen weiter miteinander und bemerkten sie nicht.

»*Schwester!*« Kaori spürte eine Verzweiflung in sich aufsteigen, die dem Gefühl zu ihren Lebzeiten schon sehr nahe kam.

Was sollte sie tun? Was konnte sie tun?

Sie war allein. Nicht tot und nicht am Leben und, wie es schien, gefangen in einer Welt, die sich irgendwo zwischen dem Reich der Ahnen und der Welt der Lebenden befand. Einsamer konnte eine Seele nicht sein.

Unschlüssig blickte sie Noelani und Jamak nach, bis die beiden hinter einer Biegung verschwanden. Einer plötzlichen Eingebung folgend, setzte sie sich in Bewegung, um ihnen zu folgen, hielt jedoch sogleich wieder inne. Warum sollte ich das tun?, dachte sie betrübt. Sie können mich nicht sehen und nicht hören. Ich gehöre nicht mehr zu ihnen. Ich gehöre nirgendwo hin.

»Das ist das Los der Untoten«, tönte eine unheimliche Stimme, die ein hässliches kehliges Lachen folgen ließ. Kaori zuckte zusammen und wirbelte herum. »Wer ist da?«, fragte sie, das Gefühl eines heftig klopfenden Herzens in der durchscheinenden Brust.

Stille.

»Wer ist da?« Ihr Blick irrte suchend umher.

Wieder nur Stille.

Obwohl die Vernunft ihr sagte, dass es nichts mehr gab, wovor sie sich fürchten musste, weil sie den Tod schon hinter sich hatte, spürte sie einen Anflug von Panik. »Zeig dich«, rief sie und hoffte, dass ihr die Furcht nicht anzumerken war. »Ich habe dich gehört. Ich weiß, dass du da bist.«

»Gar nichts weißt du, Menschenfrau.« Die Verachtung, die in den Worten mitschwang, ließ Kaori unweigerlich zurückweichen, verriet ihr aber auch, woher die Stimme kam. Wer immer da zu ihr sprach, musste sich hinter dem steinernen Dämon verstecken. Den Gedanken, hinüberzuschweben und nachzusehen, verwarf sie sofort wieder. Stattdessen nahm sie all ihren Mut zusammen und versuchte, das Wesen mit Worten aus seinem Versteck zu locken.

»Aber du, du weißt wohl alles – wie?«, fragte sie herausfordernd.

Schweigen.

»Warum versteckst du dich?«

Die Stimme blieb ihr auch hierauf die Antwort schuldig.

»Du hast Angst.«

Die dunkle Stimme ließ erneut das dumpfe, spöttische Lachen ertönen. »Angst«, grollte sie. »Du solltest Angst haben.«

»Ich bin tot!« Kaori war erstaunt, wie leicht ihr das Eingeständnis über die Lippen kam, fuhr aber gleich fort: »Wovor sollte ich mich jetzt noch fürchten?«

»Tot?« Das Wesen lachte wieder. »O nein, du bist nicht tot. Du Närrin weißt nicht, wovon du redest. Nicht alles, was nicht lebt, ist tot.«

Nun war es Kaori, die schwieg. Was hätte sie auch sagen sollen?

Ihr Körper lag unten am Rand des Dorfes. Der Nebel hatte sie dahingerafft wie all die anderen auch. So viel war sicher. Sie war nicht mehr am Leben – war also tot.

»Du bist neu hier«, stellte die Stimme fest.

»Du nicht?« Kaori rechnete nicht wirklich mit einer Antwort, aber diesmal bekam sie eine.

»Nein.«

Sie horchte auf. »Gibt es hier noch mehr, die wie wir sind?«

»Jetzt nicht mehr.«

»Was heißt das?«

»Dass wir allein sind.«

»Und wo sind die anderen?«

»Tot.«

»Ach wirklich? Das sind wir ja wohl auch.« Kaori seufzte.

»Nein, das sind wir nicht.«

»Aber was sind wir dann?«

»Irgendetwas dazwischen – du zumindest.«

»Und was bist du?«

»Gefangen.«

»Aha.« Allmählich begann das seltsame Gespräch Kaori zu verwirren. »Aber die anderen sind tot?«, vergewisserte sie sich noch einmal. »Richtig tot?«

»Ja.«

»Hat der Nebel sie getötet?«

»Nein.«

»Wer dann?«

»Die Maor-Say.«

»Das ... das ist nicht wahr. Du lügst. Eine Maor-Say tötet nicht.«

»Ich lüge nicht.« Grollender Zorn schwang in der Stimme mit, aber Kaori achtete nicht darauf.

»Doch, du lügst«, beharrte sie. »Noelani würde nie ...«

»Es ist, wie ich es sage«, grollte die Stimme. »Die Maor-Say tötete die anderen, indem sie die Statuen zerstörte.«

»Die Jungfrauen!« Kaori schluckte trocken. »Aber sie ... sie waren doch ... sie ... sie sind doch schon seit Generationen ...«

»Tot?«, fiel die Stimme ihr ins Wort. »Nein, sie waren nicht tot. Sie waren wie du ...« Endlose Augenblicke verstrichen, dann geriet der Fels in Bewegung. Die Umrisse des Gesteins verschwammen, als verliere es plötzlich seine Festigkeit, während sich aus dem Felsen allmählich die finstere Gestalt des furchtbarsten Wesens löste, das Kaori jemals gesehen hatte – eines Luantars!

***

»Jamak, warte!« Noelani, die hinter Jamak den steilen Pfad hinabstieg, berührte ihren väterlichen Freund und Vertrauten leicht am Arm. Sie hatten den Tempel fast erreicht, und obwohl jenseits des Dickichts noch nichts von dem prachtvollen Bau zu sehen war, ließ das aufgeregte Stimmengewirr, das sich über dem Tempelgelände erhob, schon jetzt erahnen, dass sich dort eine große Anzahl von Menschen versammelt haben musste.

»Was ist los?« Jamak blieb stehen und drehte sich zu ihr um. »Fürchtest du dich?«

»Nein.« Noelani schüttelte den Kopf, aber dann nickte sie und sagte leise: »Ja, doch, irgendwie schon.« Mehr denn je wurde ihr bewusst, wie unzureichend sie sich bisher in die Rolle einer Maor-Say eingefunden hatte. Von der ruhigen, respekteinflößenden Erhabenheit, die ihre Vorgängerin ausgestrahlt hatte, war sie weit entfernt, und sie bezweifelte, dass sie diese jemals würde erreichen können. »Sie werden zornig sein und mich beschuldigen, versagt zu haben.«

»Und du wirst ihnen sagen, dass sie sich irren«, entgegnete Jamak.

»Du bist unschuldig an dem, was geschehen ist, und kannst es sogar beweisen. Wenn sie das verstanden haben, werden sie dir nicht mehr zürnen.«

»Ich hoffe, du behältst recht.« Noelani nickte und straffte sich. Im Herzen fühlte sie sich wie ein Kind, das sich einer viel zu großen Aufgabe gegenübersah, und wie ein Kind sehnte auch sie sich in der Not nach Beistand. »Hilfst du mir?«, fragte sie.

»Habe ich dir jemals meine Hilfe versagt?«

»Nein.«

»Worauf wartest du dann noch?« Jamak schenkte ihr ein aufmunterndes Lächeln und forderte sie mit einer einladenden Handbewegung auf weiterzugehen. Seite an Seite legten sie die letzten Schritte zum Tempel zurück. Während Noelanis Herz immer heftiger pochte und die Furcht, den Überlebenden gegenüberzutreten, ihr die Kehle zuschnürte, wirkte Jamak so unerschütterlich wie ein Fels in der Brandung. Noelani bewunderte ihn im Stillen für seinen Gleichmut. Sie wusste, dass auch er Verwandte und Freunde im Dorf verloren hatte, doch er ließ sich nichts anmerken. Er war ein Mensch, der immer die jeweilige Notwendigkeit erkannte und den Blick stets nach vorn richtete. Die Vergangenheit schien in seinem Leben, das er bis zur Selbstaufgabe dem Dienst der Maor-Say verschrieben hatte, kaum eine Rolle zu spielen. Er besaß die Erfahrung, die ihr fehlte. Er würde die richtigen Worte finden, falls sie versagen sollte. Sie war froh, ihn bei sich zu haben, denn ihm vertraute sie wie keinem Zweiten.

Dieses Vertrauen war es, das ihr den Rücken stärkte, als sie aus dem Dickicht auf den Platz hinaustrat, der den Tempel umgab, und sich den Flüchtlingen zeigte.

Augenblicklich trat Stille ein. Alle starrten sie an.

Noelani wusste, dass sie etwas sagen musste, aber ihre Kehle war wie zugeschnürt. Verzweifelt suchte sie nach Worten; alles, was ihr in den Sinn kam, erschien ihr mit einem Mal belanglos. Hohle Worte, die angesichts des furchtbaren Unheils weder Trost noch Hoffnung spendeten.

Die Stimmung unter den Flüchtlingen war geprägt von Trauer

und Verzweiflung. Die wenigen, die sich wiedergefunden hatten und sich in glücklicher Umarmung aneinanderklammerten, konnten nicht über das Leid und den Kummer der vielen anderen hinwegtäuschen, die nur das hatten retten können, was sie am Leib trugen. Viele lagen am Boden, erschöpft von der Flucht oder entkräftet, weil eine Trauer, die jedes Ermessen überstieg, in ihnen wütete. Andere kauerten mit angewinkelten Beinen im Schatten des Tempels und starrten blicklos zu ihr hinüber, während sie die Lippen wie bei einem eintönigen Singsang bewegten.

Noelani war erschüttert. Während sie nach Worten suchte, irrte ihr Blick umher, in der Hoffnung, irgendwo in der Menge Kaori zu entdecken. Was sie fand, waren harte und unversöhnliche Blicke, von denen jeder einzelne zu sagen schien: »Du bist schuld an unserem Elend.«

Endlos tröpfelte die Zeit dahin. Das Schweigen vertiefte sich und lastete schließlich so schwer über dem Platz, dass Noelani glaubte, es mit den Händen greifen zu können, während die Blicke der Anwesenden sich weiter verfinsterten, gleich einem Unwetter, das den Himmel unaufhaltsam verdunkelte.

»Sag etwas«, raunte Jamak ihr zu.

Noelani straffte sich. Sie hatte sich nichts vorzuwerfen, trotzdem fühlte sie sich klein und schutzlos und wünschte sich weit fort von diesem Ort, an dem sie keine Freunde hatte.

»Bürger von Nintau«, hob sie schließlich mit viel zu dünner Stimme an, schluckte dann hart gegen den Kloß an, der ihr im Hals saß, und fügte deutlich lauter hinzu: »Meine Freunde, ich ...«

»Wir sind nicht deine Freunde, Mörderin!« Ein junger Mann in der ersten Reihe hob drohend die Faust, und als hätten die anderen nur darauf gewartet, stimmten sie sogleich in den Schmähkanon ein.

»Mörderin!«

»Elende Dämonenbuhle!«

»Verfluchte Verräterin!« Diese und schlimmere Schimpfworte erhoben sich in einem wütenden Sturm über der Menge und ließen Noelani verstummen, ehe sie den Satz beendet hatte. Die Wut auf die Maor-Say, so schien es, verlieh selbst den Erschöpften neue Kräfte, denn auch sie erhoben sich und reckten zornig ihre Fäuste in die Höhe, die nicht selten ein Messer oder einen Knüppel umklammerten. Noch hielt der anerzogene Respekt vor der Maor-Say sie davon zurück, handgreiflich zu werden. Aber es schien nur eine Frage der Zeit, bis auch der letzte Funken Ehrfurcht vom unterdrückten Zorn erstickt werden würde.

»Hilf mir, Jamak!« Noelani schaute Jamak flehend an. »Bitte.«

Jamak nickte kurz, trat einen Schritt vor und stellte sich schützend vor Noelani. Dann rief er mit lauter, durchdringender Stimme: »Schweigt, ihr Affen!« Nicht jeder kam der Aufforderung nach, aber die machtvolle Stimme blieb nicht ohne Wirkung, und es wurde deutlich ruhiger. »Wer seid ihr, dass ihr euch erdreistet, in dieser respektlosen Weise über die Maor-Say zu richten?«, fuhr Jamak herausfordernd fort und fügte sogleich hinzu: »Wer seid ihr, dass ihr es wagt, sie auf übelste Weise zu verleumden?«

»Sie hat den Bann des Luantar gebrochen!«

»Sie ist schuld, dass meine Familie tot ist!«

»Sie hat versagt!«

Überall wurden Stimmen laut, die bittere Vorwürfe erhoben, aber auch darauf war Jamak vorbereitet. »Das ist nicht wahr!«, rief er so laut und nachdrücklich, dass die Rufe abrupt verstummten. Den wenigen Worten ließ er eine wohl bemessene Pause folgen und fuhr dann fort: »Der Dämon ist nicht erwacht. Er ruht wie schon seit Generationen oben auf dem Berg.«

»Lüge! Das ist eine Lüge«, keifte eine Frau. »Ich habe den Luantar gesehen. Ich sah die Menschen in seinem Atem sterben. Ich ...«

»Du hast den Dämon gesehen?«, fragte Jamak lauernd. »Dann sage mir: Wie sah er aus, der Dämon?«

»Nun ja ... also ...« Die Frau wich Jamaks forschendem Blick aus. »So genau kann ich es nun auch wieder nicht sagen. Er flog ja im Schatten des Giftatems, den er vor sich herblies, über das Meer.«

»Dann hast du also nur seinen Atem über das Meer kommen sehen?«, hakte Jamak nach.

»Ja schon, er war ja noch so weit weg und ich habe am Strand

Muscheln gesammelt. Als der Atem kam, bin ich um mein Leben gelaufen. Immer den Berg hinauf.«

»Da hört ihr es«, triumphierte Jamak. »Sie hat den Dämon nicht gesehen. Aber nicht, weil er zu weit entfernt war, sondern weil es gar keinen Dämon gab, der unsere Insel angegriffen hat. Es ist, wie ich gesagt habe: Der Luantar ruht noch immer oben auf dem Berg – als ein Hügel aus Stein.«

»Das glaube ich erst, wenn ich es gesehen habe!«, rief ein junger Bursche in zerschlissener Kleidung.

»Wer es nicht glauben kann, der mag hinaufgehen und sich selbst davon überzeugen, dass ich die Wahrheit sage.« Jamak trat einen Schritt zur Seite und deutete auf den Pfad, der zum Dämonenfelsen hinaufführte. »Am besten, ihr wählt einige von euch aus, die hinaufgehen und nachsehen.«

Kaum hatte er das gesagt, erhob sich ein vielstimmiges Gemurmel gleich einem summenden Bienenschwarm über dem Platz. Es dauerte nicht lange, da traten drei Frauen und vier Männer vor. »Wir werden gehen«, sagte einer.

»Nun denn.« Jamak gab den Weg frei. »Geht hinauf und berichtet allen hier, was ihr gesehen habt.«

***

»Nun, wo ist dein Mut jetzt, Menschenfrau? Wo?« Die Stimme des Luantar dröhnte über den Platz. Als eine Geistererscheinung hatte sich die finstere Gestalt aus dem Felsen gelöst und zu voller Größe von fast sechs Schritt aufgerichtet. Der behaarte Leib thronte auf zwei stämmigen angewinkelten Beinen, die in langen, mit dicken dreizehigen Klauen besetzten Füßen endeten. Der wuchtige Schädel ähnelte dem eines Stiers mit langen, nach unten gebogenen Hörnern an beiden Schläfen und einer flachen Schnauze. Die Arme waren fast so muskulös wie die Beine; die Hände sahen wie riesige Klauen aus, während zwischen den Schulterblättern zwei mächtige, mit spitzen Dornen bewehrte Schwingen hervorwuchsen, deren Spannweite doppelt so groß war wie der Körper selbst. Wäre sie noch am

Leben gewesen, hätte der Anblick Kaori zu Tode erschreckt, und auch jetzt genügte er, um sie ein paar Schritte zurückweichen zu lassen.

»Angst?« Der Dämon neigte das gehörnte Haupt etwas zur Seite und ließ eine weiße Dampfwolke aus den schwarzen Nüstern entweichen. Kaori antwortete nicht. Unfähig, ein Wort zu sagen, starrte sie den Dämon an. »Angst?« Der Dämon beugte sich nun so weit herunter, dass sein albtraumhaftes Antlitz mit Kaori auf Augenhöhe war. »Wo ist dein Mut, Menschenfrau?«, fragte er noch einmal, und diesmal schwang etwas Lauerndes in seiner Stimme mit.

»Du ... du bist der Luantar«, sagte Kaori mit dünner Stimme.

»Gut erkannt.« Der Dämon richtete sich auf und breitete die Schwingen aus.

»Aber du bist tot.«

»Tot?« Der Kopf des Dämons schoss so ruckartig heran, dass Kaori erschrocken zurücktaumelte. »O nein! Ich bin nicht tot«, fauchte er, richtete sich zu voller Größe auf und brüllte mit urgewaltiger Stimme: »Niemand tötet einen Dämon! Dämonen sind unsterblich.« Kaum hatte er das gesagt, beugte er sich wieder zu Kaori hinab und fragte: »Was bin ich?«

»Ich ... ich verstehe nicht.« Kaori fühlte sich, als zittere sie am ganzen Körper. Sie hatte geglaubt, mit dem Tod das Schlimmste schon hinter sich zu haben, aber sie hatte sich geirrt. Diesem furchtbaren Untier gegenüberzustehen war furchteinflößender als alles, was ihr bisher zugestoßen war.

»Ich habe es dir gesagt«, grollte der Dämon. »Denk nach. Was bin ich?«

Kaori versuchte, sich zu erinnern, aber die Antwort wollte ihr nicht einfallen. »Ein Dämon?«, fragte sie vorsichtig.

»DENK NACH!«, forderte der Dämon.

»Aber ich weiß es nicht.«

»Denke!«

»Das tue ich ja.«

»Nein. Du denkst nicht. Du redest nur.«

»Und wenn ich mich nicht erinnern kann?«

»Dann bist du es nicht wert, dass ich mich mit dir abgebe.«

»So?« Die überhebliche Art des Luantar machte nun auch Kaori wütend. »Dann verschwinde doch. Ich habe dich nicht gerufen.«

»Das wird aber ziemlich einsam für dich«, gab der Dämon zu bedenken. »Die anderen waren immerhin zu fünft.«

»Gefangen!« Plötzlich fiel es Kaori wieder ein. »Du sagtest, dass du gefangen bist.« Sie überlegte kurz und fügte dann hinzu: »Unsere Legenden sagen, dass die Maor-Say dich in Stein verwandelt und getötet hat.«

»Eure Legenden erzählen nichts als Lügen«, wetterte der Dämon verächtlich. »Die Maor-Say hätte mich zu gern getötet, aber sie war zu schwach. Ihre Kräfte reichten gerade dazu, meinen Körper hier gefangen zu setzen. Meinen Geist aber konnte sie nicht bezwingen.«

»Du hast mein Volk damals fast völlig ausgerottet«, warf Kaori dem Dämon vor. »Du hast hundertfachen Tod und unsägliches Leid über die Menschen von Nintau gebracht. Der Tod wäre ...«

»Das ist nicht wahr!« Der Dämon unterstrich seine Worte mit einem aufgebrachten Flügelschlag. »Ich habe niemanden getötet. Ich bin selbst ein Opfer dessen, was damals geschehen ist.«

»Du? Ein Opfer?«, fast hätte Kaori laut gelacht. »Das glaube ich dir nicht!«

»Schweig!« Die Klaue des Dämons schoss vor, packte Kaori und hob sie mühelos in die Höhe. »Du weißt nicht, wovon du sprichst«, fauchte er. »Was du zu wissen glaubst, stammt aus den verlogenen Legenden, die die Maor-Say in die Welt gesetzt hat, um ihr eigenes Versagen zu verbergen. Ein Lügengebilde, dazu geschaffen, die Wahrheit so lange geheim zu halten, bis das Unheil euch erneut heimsucht. Ich habe dein Volk nicht getötet. Damals nicht und auch diesmal nicht.«

»Und warum bist du dann hier?« Mehr als drei Schritt über dem Boden in der Klaue des Dämons schwebend, bemerkte Kaori überrascht, dass sie kaum noch Furcht empfand. »Warum hat die Maor-Say deinen Körper in Stein verwandelt, wenn du unschuldig bist?«

»Weil sie einen Schuldigen brauchte.« Der Dämon schnaubte vor Wut. »Sie wusste nicht, woher der Nebel gekommen war, und es war ihr wohl auch gleichgültig. Sie fürchtete nur um ihre Macht und wollte von den Überlebenden als glorreiche Retterin angesehen werden. Deshalb beschwor sie mich. Mittels Magie riss sie mich aus der Welt, die ich meine Heimat nannte, verwandelte meinen Körper zu Stein und gab meinen Geist der ewigen Verbannung anheim.«

»Keine Maor-Say hat die Macht, einen Luantar zu beschwören.«

»Heute nicht mehr«, räumte der Dämon ein. »Das Erbe der Magie ist nur noch schwach in denen vorhanden, die die Gabe der Geistreise ihr Eigen nennen. Damals aber entstammten die Maor-Say einer Gruppe sehr mächtiger Magierinnen, die uns Dämonen sehr wohl zu unterwerfen wussten.«

Kaori schaute ihn prüfend an. Obwohl es keine Beweise dafür gab, spürte sie, dass er die Wahrheit sagte. »Das war unrecht.«

»Menschen sind so.«

»Nicht alle.«

»Aber die meisten.«

Kaori entschloss sich einzulenken. »Wenn das alles wahr ist«, sagte sie. »Wenn es sich tatsächlich so zugetragen hat, wie du es mir erzählt hast … dann kannst du mir sicher auch eine Frage beantworten.«

»Und welche?«

Kaori zögerte kurz, dann erhob sie das Wort: »Wenn er nicht von dir stammt, woher kommt dann der tödliche Nebel?«

»Was geht mich das an? Der Nebel kommt und geht, mich kümmert er nicht.«

»Aber du weißt es«, hakte Kaori nach.

»Warum willst du das wissen?«, antwortete der Dämon mit einer Gegenfrage. »Du bist tot. Dir kann er nichts mehr anhaben.« Ohne dass Kaori ihn darum gebeten hatte, setzte er sie wieder auf den Boden.

»Mir nicht, aber denen, die überlebt haben.« Kaori schaute den Dämon eindringlich an. »Sie müssen erfahren, dass die Legende eine Lüge ist. Nur so können sie begreifen, in welcher Gefahr sie selbst dann noch schweben, wenn der Nebel sich verzogen hat.«

»Warum?« Der Dämon gab sich gelangweilt.

»Weil sie sich dann schützen können.«

»Schützen!« Der Dämon spie das Wort aus, als hätte es einen bitteren Beigeschmack. »Die Menschen von Nintau sind mir gleich. Sie hassen mich und halten mich für eine todbringende Bestie. Warum sollte ich ihnen helfen?«

»Weil sie dann ihren Fehler erkennen und dich nicht mehr für eine Bestie halten«, versuchte Kaori zu erklären. »Und ... und weil sie dann vielleicht auch einen Weg suchen, um ihre Schuld wiedergutzumachen und dich zu befreien. Ich meine, wenn die Maor-Say die Jungfrauen erlöst hat, indem sie die Statuen zerstörte, könnte man dich vielleicht auch ...«

»... befreien, indem mein Steinkörper zerstört wird?« Eine leichte Traurigkeit schwang in der Stimme des Luantar mit. »So einfach ist das nicht.«

»Nicht?«

»Nein.«

»Weil der Fels nicht zerstört werden kann?«

»Nein.«

»Warum dann?«

»Weil sie dafür die Maor-Say töten müssten.«

***

Die Sonne neigte sich dem Horizont entgegen, als auf dem Pfad nahe dem Tempel endlich wieder eilige Schritte zu hören waren. In der Zeit nach dem Aufbruch der Gruppe hatte sich ein gespanntes Schweigen über den Platz gelegt. Nur wenige hatten leise miteinander gesprochen, die meisten hatten einfach nur dagesessen und gewartet.

»Sie kommen!« Die beiden Worte aus dem Mund eines jungen Mädchens, das der Gruppe voller Ungeduld entgegengeeilt war und nun den Platz als Erste erreichte, kam einem Zauberspruch gleich, der die Menschen zu neuem Leben erweckte. Das summende Stimmengewirr setzte wieder ein, als die Wartenden sich erhoben, um besser sehen zu können, und dabei erneut miteinander zu reden begannen. Als endlich der erste der Rückkehrer auf den Platz trat, wurde es schlagartig still. »Es ist wahr!«, verkündete er ohne Umschweife. »Der Dämon ist nicht geweckt worden. Er liegt steif und starr auf seinem Platz. Die Jungfrauen hingegen ...«

»... habe ich mit meinen eigenen Händen zerstört«, fiel Jamak dem Sprecher ins Wort.

»Aber ...« Noelani war empört über die Lüge. Sie wollte etwas einwenden, aber Jamak schüttelte nur mahnend den Kopf und gab ihr mit einem Blick zu verstehen, dass sie schweigen möge.

»Warum?«, fragte der junge Mann, der für die Kundschafter sprach. »Warum hast du sie zerstört?«

»Weil ich Beweise suchte«, gab Jamak freimütig zu. »Als ich sah, dass der Dämon nicht erwacht ist, wurde mir klar, dass wir all die Jahre mit einer Lüge gelebt haben. Der Dämon war nie eine Gefahr für uns. Das Wissen um den Bann sollte uns in Sicherheit wiegen, aber wir waren niemals sicher. Deshalb wollte ich wissen, ob auch die Macht, die den Jungfrauen zugeschrieben wird, eine Lüge ist, und nachdem ich sie zerstört hatte, musste ich feststellen, dass dem tatsächlich so ist.«

»Wenn es der Dämon nicht war, wer oder was hat dann meinen Mann und Kinder getötet?«, fragte eine Frau unter Tränen.

»Auf diese Frage werden wir so schnell keine Antwort finden.« Noelani nutzte die Gelegenheit, um wieder das Wort zu ergreifen. Sie war Jamak unendlich dankbar für seine Hilfe, wollte aber nicht hinter ihm zurückstehen. »Wenn wir früher an den Überlieferungen gezweifelt, sie hinterfragt und nach Antworten gesucht hätten, hätten wir sie vielleicht gefunden. Dann wäre das Schreckliche heute nicht geschehen, dessen bin ich gewiss. So aber lebten wir blind und taub in den Tag hinein, im Vertrauen auf die Legenden, die uns glauben machten, in Sicherheit zu sein. Wir kennen die Ursache für die Katastrophe nicht, doch eines ist gewiss: Was zweimal geschehen ist, kann immer wieder geschehen.«

Sie zögerte kurz, weil sie nicht sicher war, wie die Versammelten das Ergebnis ihrer Überlegungen aufnehmen würden, dann sagte sie: »Solange wir nicht wissen, woher die giftige Wolke stammt, können wir keine Gegenmaßnahmen ergreifen, und solange dies nicht geschehen ist, werden wir auf Nintau nicht sicher sein.« Noelani ließ den Blick über die Menge schweifen. Niemand sagte etwas, aber es war nicht zu übersehen, dass die Stimmung umgeschlagen war. Die Menschen schauten nicht mehr so finster, nicht einer reckte die Faust in die Höhe, und niemand wagte es jetzt noch, sie zu beschimpfen. Statt Wut, Zorn und Rachegedanken lastete eine Stimmung auf dem Platz, die erfüllt war von tiefer Bestürzung und Ratlosigkeit.

»Aber was ... was sollen wir tun?« Die helle Stimme irgendwo aus der Menge brach den Bann, den das Schweigen über die Menschen gelegt hatte. Alle Blicke waren nun auf Noelani gerichtet, hoffend, bangend, wartend. Es war, wie Jamak schon angedeutet hatte: Wer es bis hierher geschafft hatte, hatte alles verloren. Familie, Freunde und auch die Hoffnung.

So wie ich. Hastig schob Noelani den Gedanken beiseite. Kaori war nicht unter den Überlebenden, das hatte sie während des Wartens schmerzlich erfahren müssen, aber sie durfte sich nicht der Trauer hingeben, die in ihrem Herzen wütete. Sie musste stark sein. Ein Vorbild. So wie es die Maor-Say immer gewesen waren. Jamak hatte die Lage richtig eingeschätzt. Die Überlebenden waren in ihrer Verzweiflung hilflos wie Kinder, die sich nach einer starken Maor-Say sehnten. Einer Maor-Say, die ihnen den Weg wies und ihnen sagte, was zu tun war. Was sie selbst fühlte, war nebensächlich. Hier und jetzt musste sie Stärke zeigen.

Noelani überlegte kurz, dann fasste sie einen Entschluss. »Auch ich kann noch nicht sagen, was die Zukunft bringen wird«, sagte sie mit fester Stimme. »Aber ich bin sicher, dass wir sie meistern werden: gemeinsam. So wie unsere Urahnen es schon einmal getan haben. Solange der Nebel die Insel bedeckt, können wir nicht zurückkehren, um die Toten zu bestatten und von ihnen Abschied zu nehmen, aber wir werden die Götter anrufen und gemeinsam für sie beten.«

Zustimmendes Gemurmel erhob sich, doch Noelani war noch nicht fertig. »Ich sehe«, hob sie erneut an, »dass viele von euch nur das retten konnten, was sie am Leib tragen. Deshalb will ich alles mit euch teilen, was ich besitze. Wir werden die Vorratskammern öffnen, damit ihr keinen Hunger leidet, und auch das Wasser der Quelle ist für euch bestimmt. Meine Dienerinnen werden alle Gefäße zusammentragen, die es im Tempel gibt, damit ihr euch Wasser holen könnt. Wer keine Kleidung hat, wende sich an meine treue Dienerin Semirah. Sie wird versuchen, einen passenden Kittel zu finden.« Sie machte eine Pause, um Atem zu schöpfen, und sagte dann: »Meine Freunde. Ich weiß, all das ist viel zu wenig, aber es muss genügen, um die ärgste Not zu lindern. Die kommenden Tage werden für uns alle hart werden, aber gemeinsam werden wir auch das durchstehen, dessen bin ich gewiss.

Heute Abend aber wollen wir unsere Gedanken all denen widmen, die so grausam aus unserer Mitte gerissen wurden. Wenn die Sonne untergegangen ist, werden wir ein Trauerfeuer entzünden und gemeinsam die Worte des Abschieds sprechen. Ich bin sicher, dass die Verstorbenen sie hören werden, wo immer sie jetzt auch sein mögen.«

»Danke!«

»Du bist so großzügig.«

»Mögen die Götter dich segnen, Maor-Say.«

Von allen Seiten drangen Stimmen des Dankes an Noelanis Ohren. Auch Jamak nickte ihr anerkennend zu und sagte leise: »Gut gemacht.«

6

»... die Maor-Say töten?«, fassungslos starrte Kaori den Dämon an. »Warum?«

»Weil der Bann an die Linie der Maor-Say gebunden ist«, grollte dieser. »Erst wenn eine Maor-Say stirbt, ohne eine Nachfolgerin zu hinterlassen, bin ich frei.«

»Dann ... dann waren die Jungfrauen ...«

»Eine nette Beigabe, aber nicht wirklich wichtig. Der Bann hätte auch so Bestand gehabt. Das war der Maor-Say jedoch wohl nicht eindrucksvoll genug.«

»Man hat sie umsonst geopfert?« Kaori konnte nicht glauben, was sie da hörte. »Und die Kristalle?«

»Oh, die waren schon von einiger Bedeutung. Immerhin dienten sie dazu, die Macht der Magie auf mich zu lenken und meinen Körper in Stein zu verwandeln. Aber wie du siehst, bleibe ich auch jetzt versteinert, obwohl die Maor-Say die steinernen Hüllen der Jungfrauen zerstört und die Kristalle mitgenommen hat.«

»Unfassbar.« Kaori ließ den Blick schweifen, während sie das ganze Ausmaß des Betrugs zu ermessen versuchte. »Heißt das, wir waren niemals sicher?«

»Nicht einen Tag.«

»Und es kann wieder geschehen?«

»Jederzeit.«

»Dann muss ich die anderen warnen.« Kaori wirbelte herum und schaute zu dem Dämon auf. »Also, was ist nun? Weißt du, woher der Nebel kommt, oder nicht?«

»Ich weiß es, aber ich werde es dir nicht verraten.«

»Warum nicht?«

»Weil er mein Freund ist.« Auf dem Gesicht des Dämons glaubte Kaori so etwas wie ein Grinsen zu erkennen.

»Dein Freund?«, rief sie aus. »Aber er tötet mein Volk!«

»Eben.« Das Grinsen des Dämons vertiefte sich. »Und wenn er euch alle vernichtet hat, bin ich frei.«

»Das ist grausam.«

»Es ist gerecht«, fauchte der Dämon, breitete die Schwingen aus und ließ den langen Schwanz so ruckartig durch die Luft peitschen, dass Kaori unwillkürlich zusammenzuckte. »Grausam ist, was mir angetan wurde. Seit Generationen schon warte ich darauf, dass der Nebel zurückkehrt und sein Werk vollendet. Tag um Tag, Jahr um Jahr, gefangen in der Einsamkeit dieser Welt ohne Aussicht auf Erlösung, fiebere ich dem Augenblick entgegen, da die Maor-Say endlich sterben wird, ohne dass es jemanden gibt, der ihren Platz einnehmen kann. Aber das Schicksal meinte es gut mit euch. Wann immer der Nebel aufzog, trugen die Winde ihn in eine andere Richtung. Nie hat er Nintau erreicht. Selbst als das Schicksal mir gewogen schien und der Nebel die Insel nach Generationen wieder umschloss, war mir das Glück nicht wohlgesonnen, denn die Maor-Say blieb am Leben, und ich muss nun ...«

»... weiter warten?« Endlich begriff Kaori, was der Dämon ihr sagen wollte. Die Bewohner von Nintau lebten allein und abgeschieden. Es gab für sie keine Feinde und somit auch kaum Hoffnung für den Dämon, dass eine Maor-Say unerwartet starb.

»Genau.«

»Das ist grausam.«

»Dämonen sind so.«

»Alle?«

»Alle.« Er schien etwas zu überlegen, dann beugte er sich zu Kaori herab und zischte: »Ich schulde euch Menschen nichts. Im Gegenteil. Es ist nur recht, wenn ihr für das büßt, was eure Vorfahren mir angetan haben.« Er machte eine bedeutungsvolle Pause und sagte dann: »Aber wenn dir so viel an der Rettung deines Volkes liegt, können wir einen Handel schließen: Du tötest die Maor-Say, und ich gebe dir im Gegenzug die Möglichkeit, dein Volk in Sicherheit zu bringen, indem ich dir die Herkunft des Nebels verrate.«

»Ich soll Noelani töten?« Fassungslos starrte Kaori den Dämon an, nahm einen tiefen Atemzug und erwiderte nachdrücklich: »Niemals!«

»Wie du meinst.« Die Gestalt des Luantar begann zu verschwimmen. »Ich habe schon so lange gewartet. Ich habe Zeit. Wenn du bereit bist, weißt du, wo du mich finden kannst.«

»Warte!« Kaori machte ein paar Schritte auf den Dämon zu, dessen Gestalt sich schon fast aufgelöst hatte. »Das kannst du nicht machen«, rief sie. »Auch wir sind Opfer der Lüge. Auch wir haben dafür bitter bezahlt. Mit unserem Leben. Wir ...«

Sie brach ab und starrte den Felsen an, der nun wieder so unbeweglich vor ihr lag, wie er es schon seit Generationen getan hatte. Der Dämon würde ihr nicht mehr antworten. Er war fort.

***

»Tot?« Das hagere Gesicht des alternden Königs zeigte keine Regung, als er die Schreibfeder sinken ließ und zum ersten Mal, seit dieser den Raum betreten hatte, zu seinem obersten General aufschaute.

Triffin erschauderte. In all den Jahren, die er König Azenor nun schon diente, hatte er sich nicht an den durchdringenden Blick der eisblauen Augen gewöhnen können, der bis auf den Grund der Seele zu reichen schien, dazu geeignet, jede Lüge sofort zu entlarven. Ein Blick, so unergründlich wie die Tiefen des Meeres. Ein Blick, der sich niemals änderte, ganz gleich, ob der König ein Todesurteil sprach oder Milde walten ließ. Ein Blick, den alle fürchteten.

General Triffin war ein Mann der Ehre, gewissenhaft, aufrichtig und seinem König treu ergeben. Nie hatte er einen Grund gehabt, sich vor Azenor zu fürchten, dennoch war ihm das dumpfe Gefühl der Angst wohlvertraut, das sich immer dann wie flüssiges Eis in seiner Magengrube ausbreitete, wenn der König ihn anblickte. Diesmal jedoch war die Angst berechtigt. Denn dieses eine Mal würde er seinen König belügen.

»Kavan starb als Held«, begann er den Bericht, den er sich in den zwei Tagen des einsamen Ritts durch die Steppe Baha-Uddins Wort für Wort sorgsam zurechtgelegt und so lange wiederholt hatte, bis er fast schon selbst daran glaubte. »Ich sah ihn auf der Festungsmauer gegen fünf Rakschun gleichzeitig kämpfen und wollte ihm zu Hilfe eilen ...« Er senkte die Stimme gerade so weit, dass ein deutliches Bedauern darin mitschwang, und fuhr fort: »Aber ich kam zu spät. Ein hinterrücks abgeschossener Pfeil verwundete ihn tödlich, ehe ich ihn erreichen konnte. Aber er ging nicht zu Boden, nein. Von dem Pfeil durchbohrt gelang es ihm noch, drei der Angreifer mit in den Tod zu nehmen, ehe ihn die Kräfte verließen.« Er verstummte, als überwältigten die furchtbaren Bilder vom Tod des Prinzen ihn auch jetzt noch, und fügte dann eine Spur leiser hinzu:

»Es tut mir leid, Majestät. Ich wünschte, Euch bessere Kunde bringen zu können.«

»Dann ist es gelungen, die Festung zu halten?« Nicht das kleinste Zucken im Gesicht des Königs ließ darauf schließen, ob die Nachricht vom Tod seines jüngsten Sohnes ihn berührte. Die Frage stellte er so nüchtern, als erkundige er sich danach, ob die Knappen sein Pferd gesattelt hätten.

»Prinz Kavan starb, um seinen Männern die Flucht über den Fluss zu ermöglichen. Er selbst gab ihnen den Befehl zum Rückzug.« General Triffin schüttelte bedauernd den Kopf. »Das Heer der Rakschun war übermächtig. Wir mussten die Festung aufgeben.«

»Aufgeben?« Mit einer plötzlichen Bewegung, die sein gebrechliches Äußeres Lügen strafte, schoss König Azenor in die Höhe. Die Feder entglitt seinen Händen und hinterließ einen hässlichen Tintenfleck auf dem Pergament, das er gerade studiert hatte, während sein Stuhl polternd nach hinten kippte und von einem eilig herbeigehuschten Knappen nahezu lautlos wieder aufgerichtet wurde. »Er hat die Festung aufgegeben?«, ereiferte sich Azenor, als könne er nicht glauben, was er da hören musste.

»Ja, Majestät.«

»Dieser elende Feigling.« Außer sich vor Wut griff der König nach dem Tintenfass und schleuderte es quer durch den prachtvoll ausgestatteten Audienzsaal. »Wie kann er es wagen, meine Befehle zu missachten?«, rief er aus, Zornesröte im bleichen Gesicht. »Diese verdammte Memme. Ich hatte ihm ausdrücklich befohlen, die Festung um jeden Preis zu halten. Wenn er heimkehrt, werde ich ihm ...«

»Kavan ist tot, Euer Majestät«, wagte Triffin zu erinnern.

»Ah ja. Nun, umso besser.« Azenor schnappte nach Luft, zeigte aber keine Spur von Trauer. »Das erspart mir die Schande, meinem unfähigen Sprössling noch einmal gegenübertreten zu müssen«, giftete er. »Tot kann er wenigstens keinen Schaden mehr anrichten.«

»Aber er ...« Triffin war fassungslos. Wie alle im Land wusste auch er, dass Azenor seinen Erstgeborenen Prinz Marnek immer bevorzugt hatte. Dass er aber selbst im Tode nur Verachtung für den Prinzen übrig hatte, hätte Triffin nicht erwartet.

»Er ist tot. Ich weiß, ich weiß.« Azenor ließ ihn nicht ausreden. »Das ändert nichts daran, dass er sich meinen Befehlen widersetzt und feige zugelassen hat, dass die Rakschun die Festung zerstören, die sein Bruder all die Jahre erfolgreich verteidigt hat.«

»Es war der richtige Weg. Sonst ...«

»Schweig!« Azenors Stimme schnitt wie ein Peitschenhieb durch die Luft. »Richtig wäre es gewesen, die Brücke zu zerstören und so lange zu kämpfen, bis auch der letzte Krieger kein Schwert mehr halten kann. Welch ein ruhmvoller Tod ist es zu wissen, dass man Hunderte Feinde mit sich genommen und den Rakschun bis zum letzten Atemzug empfindliche Verluste zugefügt hat. Nur dem Mutigen wird Ehre zuteil. Wahre Helden werden nicht vergessen. Kavan aber hat sein Andenken durch Feigheit beschmutzt und sein Land und seinen König verraten. Jede Erinnerung an ihn soll noch heute vernichtet werden. Nie wieder soll sein Name in diesen Hallen erklingen.« Azenor atmete schwer und ließ sich auf seinen Stuhl sinken. »Mein eigen Fleisch und Blut hat Schande über mich gebracht«, fuhr er etwas leiser fort und klagte voller Selbstmitleid: »Ihr Götter, was habe ich nur getan, mit einem solchen Sohn gestraft zu werden?« Damit schien das Thema für ihn erledigt zu sein, denn er nahm die Feder wieder zur Hand, tunkte sie in das neue Tintenfass, das ihm sein aufmerksamer Knappe reichte, und widmete sich wieder den Pergamenten, als sei nichts weiter geschehen.

Triffin wartete. Das Verhalten des Königs verwirrte ihn, er war aber auch erleichtert. Azenors Wut hatte sich wie erhofft gegen Kavan gerichtet. Nichts deutete darauf hin, dass der König an seinen Worten zweifelte. Aber er war noch nicht fertig. »Mein König?«, wagte er nach einer kurzen Zeit des Schweigens zu sagen.

»Was noch?« Der barsche Tonfall des Regenten ließ keinen Zweifel daran, dass die Wut immer noch in ihm gärte.

Triffin räusperte sich. »Die Festung liegt in Schutt und Asche, die Brücke über den Gonwe gibt es nicht mehr«, sagte er knapp und fügte eilig hinzu: »Aber es gibt auch gute Nachrichten. Die Sprengung der Brücke hat den Rakschun gewaltige Verluste zugefügt und verschafft uns genügend Zeit, unsere Truppen neu auszurüsten und aufzustocken.

Die Rakschun können Baha-Uddin zudem nicht erreichen, da sie weder über Boote verfügen noch genügend Holz haben, um eine neue Brücke zu errichten. Dennoch sollten wir nicht den Fehler machen, uns in Sicherheit zu wiegen. Die Rakschun werden alles daransetzen, auch dieses letzte Hindernis zu überwinden. Wir täten gut daran, uns rechtzeitig für den Fall zu rüsten, da sie sich anschicken, den Fluss zu überqueren.«

»Ihr hättet gut daran getan, die Festung zu halten.« Die Faust des Königs fuhr krachend auf die Tischplatte nieder. »Die Festung sicherte den Zugang zu den Erzvorräten in den Bergen. Jetzt ist sie verloren, weil mein schwachköpfiger Sohn nicht willens war, sie zu halten. Ohne Erz keine Waffen. Ohne Waffen kein Heer. So einfach ist das.«

»Wir könnten versuchen, Erz auf dem Seeweg …«

»Nein!« Wieder ließ der König Triffin nicht ausreden. »König Erell von Osmun und Königin Viliana von Hanter werden angesichts des zermürbenden Krieges schon jetzt nicht müde, mir immer wieder ihre Hilfe anzubieten. Ein Angebot, das ich bisher immer ausschlagen konnte, da Baha-Uddin über genügend Erzvorräte verfügte. Wenn Erell und Viliana erfahren, dass die Festung gefallen ist, werden sie gute Geschäfte wittern und sich für ihre Erze königlich bezahlen lassen. Die warten nur darauf, dass ich bei ihnen anklopfe. Aber nicht mit mir!« Er spie auf den Boden und schaute Triffin aufgebracht an. »Wenn diese Blutsauger glauben, sich an der Niederlage vom Gonwe bereichern zu können, haben sie sich getäuscht. Lieber lasse ich alle Kessel, Spitzhacken und Kunstgegenstände Baha-Uddins einschmelzen und daraus Waffen fertigen, als von denen Erz zu kaufen.«

Triffin schwieg. Die große Politik war nicht seine Sache, obwohl auch er wusste, dass König Azenor kein gutes Verhältnis zu den Nachbarländern pflegte. Seine Sorge galt vielmehr der Bevölkerung Baha-Uddins, die vor den Rakschun zu schützen er geschworen hatte.

»Wie lange?« Die Frage des Königs überraschte Triffin.

»Verzeiht, ich verstehe nicht.«

»Wie lange wird es dauern, bis die Rakschun Boote oder eine Brücke gebaut haben?«

»Ein Jahr, vielleicht mehr, vielleicht weniger. Das ist schwer zu sagen. Die Wälder, die ihnen Holz liefern können, liegen weit im Norden. Der Transport der Stämme wird viel Kraft und Zeit in Anspruch nehmen. Außerdem verfügen die Rakschun über keinerlei Erfahrung im Boots- und Brückenbau. Rückschläge sind nicht auszuschließen und werden sie zusätzlich aufhalten.«

»Gut.« Dem König schien die vage Auskunft zu genügen. »In den nächsten Tagen werde ich den Kriegsrat über die jüngsten Ereignisse in Kenntnis setzen. Dann werden wir über das weitere Vorgehen beraten.«

***

»Komm zurück!« Wütend schlug Kaori mit der Faust gegen den Felsen, traf jedoch auf keinen Widerstand. Die Hand glitt einfach hindurch. »Verdammt!« Dass es nichts gab, an dem sie ihre Wut auslassen konnte, brachte sie fast zur Raserei. Aufgebracht schwebte sie auf dem Plateau umher und versuchte, ihrer überbordenden Gefühle Herr zu werden, um wieder klar denken zu können.

Noelani muss es wissen, dachte sie bei sich. Sie muss die Wahrheit erfahren, damit das Schreckliche nicht noch einmal geschieht. Aber wie?

Wie?

Wenn der Dämon ihr nicht helfen wollte, musste sie sich selbst auf die Suche nach Antworten begeben, daran führte kein Weg vorbei. Aber wo sollte sie beginnen? Kaori überlegte fieberhaft. Dann fiel ihr etwas ein: *Wann immer der Nebel aufzog, trugen die Winde ihn in eine andere Richtung. Nie hat er Nintau erreicht*, hatte der Dämon gesagt und ihr damit, ohne es zu ahnen, einen Hinweis gegeben. Wenn der Nebel sich mit dem Wind bewegte, musste sie sich nur in die entgegengesetzte Richtung begeben, um zur Quelle des Nebels zu gelangen.

In Erinnerung an das vergangene Leben glaubte Kaori zu spüren, wie sich ihr Herzschlag beschleunigte, als sie die Möglichkeit erwog. Die Ernüchterung ließ jedoch nicht lange auf sich warten, denn als sie sich umschaute, erkannte sie, dass sich kein Lüftchen regte. Der Nebel umschloss die Insel wie ein schmutziges Bahrtuch, und nicht die kleinste Bewegung gab Aufschluss darüber, aus welcher Richtung er gekommen war.

»O nein.« Das Hochgefühl wich erneut der Verzweiflung, und wieder begann sie rastlos hin und her zu schweben. Der Nebel war mit dem Wind über das Meer gekommen, so viel wusste sie jetzt. Aber woher? Aus welcher Richtung? Kaori seufzte und versuchte, sich in Erinnerung zu rufen, was sie gesehen hatte, bevor sie gestorben war. Viel war es nicht, und die Bilder waren undeutlich und verzerrt. Sie erinnerte sich nur schwach, dass sie zum Strand gelaufen war, um nachzusehen, was dort los war. Dabei waren ihr viele flüchtende Menschen entgegengekommen ...

Tamre!

Der Name tauchte so unvermittelt in ihren Gedanken auf, dass sie ihn zunächst nicht einordnen konnte, aber dann wusste sie es wieder. Sie hatte Tamre gesehen. Er war geflohen und hatte ihr etwas zugerufen, aber sie hatte nicht auf ihn gehört. Sie war einfach weitergelaufen. Zum Strand. Und dann ... dann hatte sie ihn gesehen – den Nebel. Wie eine alles verschlingende Woge war er über das Meer auf die Küste zugefegt. Schnell, lautlos, todbringend. Den Horizont hatte er bereits verschlungen gehabt, und nur Bruchteile eines Augenblicks hatten ihn noch vom Strand und dem kleinen Fischerdorf getrennt.

»Das ist es.« Kaori hielt mitten in der Bewegung inne. Der Nebel war direkt auf das Dorf zugekommen, also musste sie die Quelle irgendwo dort draußen vor der Küste suchen. Kaori zögerte nicht. In einer Welt, in der weder Hunger noch Durst und Erschöpfung zählten, gab es nichts, was sie davon abhalten konnte, unverzüglich aufzubrechen. Ohne sich noch einmal umzublicken, glitt sie die Hänge des Bergs hinab, tauchte einen Augenblick später in den Nebel ein und machte sich auf den Weg zum Dorf, wo sie die Suche beginnen wollte.

Es war ein gutes Gefühl, endlich eine Aufgabe zu haben, ein Ziel. Etwas, das ihrem körperlosen Dasein einen Sinn gab und, mehr noch, die Gelegenheit, ihr Volk vor weiterem Unheil zu bewahren. Wenn es ihr gelang, Noelani die Wahrheit erkennen zu lassen, war ihr Tod nicht umsonst gewesen. Und wenngleich sie das furchtbare Schicksal der Kinder am Weiher damit nicht ungeschehen machen konnte, so konnte sie dadurch vielleicht einen kleinen Teil der Schuld sühnen, die so schwer auf ihr lastete.

Wenig später erreichte sie das Dorf und den Strand. Fünf einfache Holzstege, an denen die Fischer ihre Boote festmachten, führten weit ins seichte Wasser hinaus. Die meisten Boote lagen noch so da, wie die Männer sie am Abend vor der Katastrophe zurückgelassen hatten. In einigen sah Kaori Tote liegen, Fischer, die das Unheil auf dem Meer hatten kommen sehen und die nicht schnell genug gewesen waren, um ihm zu entkommen. Im Wasser trieben reglose Körper zwischen allerlei anderem Unrat und toten Fischen. Einige hatte die Flut an Land gespült. Der Anblick war grauenhaft, und Kaori zwang sich, nicht hinzusehen. *Es sind nur ihre Hüllen, weiter nichts,* versuchte sie sich selbst zu beruhigen. *Sie treiben im Wasser, so wie meine Hülle am Waldrand liegt.*

Für den Bruchteil eines Augenblicks überlegte sie, ob sie zurückkehren und nach ihrem Körper suchen sollte, verwarf den Gedanken aber wieder. Der Anblick der verwesenden Toten war alles andere als erfreulich, und sie entschied, dass sie sich lieber so in Erinnerung behalten wollte, wie sie in der Blüte ihres Lebens ausgesehen hatte.

Ohne die Leichen in den Booten eines weiteren Blickes zu würdigen, glitt sie auf einen der Stege hinaus und versuchte zu bestimmen, welche Richtung sie einschlagen musste, um die Suche zu beginnen. Wie schon oben bei dem Dämonenfelsen regte sich auch hier kein Lüftchen, aber die Stege waren gute Wegweiser. Wie ausgestreckte Finger wiesen sie in Richtung der untergehenden Sonne, und sie war sich jetzt fast sicher, dass auch die Nebelwand aus dieser Richtung gekommen war.

»Also los.« Ein einziger Gedanke genügte, schon schoss Kaori pfeilschnell durch den Nebel dahin. Der Steg blieb hinter ihr zurück, während sie sich in die Richtung bewegte, von der sie annahm, dass es Westen war. Als sie das Dorf hinter sich nicht mehr sehen konnte, schwebte sie höher, durchbrach den Nebel und fand sich unter einem Himmel wieder, den die Sonne kaum eine Handbreit über dem Horizont in leuchtenden Rot- und Orangetönen erstrahlen ließ. Darunter breitete sich der Nebel wie eine schmutzige Decke aus.

Kaori seufzte. Ohne den Hinweis des Dämons und das Wissen, dass der Wind am Morgen des Unglücks auf Westen gedreht hatte, hätte sie die Suche in diesem Augenblick abbrechen müssen, so aber hielt sie unbeirrt auf die Sonne zu, voller Hoffnung, irgendwann den Ort zu erreichen, an dem der Nebel seinen Ursprung hatte.

Pfeilgleich schoss sie dahin, schneller als der Wind und ohne auch nur den geringsten Luftwiderstand zu spüren, während die Sonne sich unaufhaltsam dem Horizont zuneigte und im Osten bereits die ersten Sterne ihr Antlitz auf dem samtenen Blau des Abendhimmels zeigten.

Es wird bald dunkel. Kaori erschrak. Wie sollte sie ihr Ziel im Dunkeln erkennen? Wie den Rückweg finden? Obwohl der Dämon davon gesprochen hatte, dass es eine weite Reise war, hatte sie nicht damit gerechnet, dass es so lange dauern würde. Nun war es für eine Umkehr zu spät. Sie konnte nur hoffen und auf das Glück vertrauen. Ein prüfender Blick zur Sonne ließ nichts Gutes erahnen. Aus der glutroten Scheibe war inzwischen ein glühender Halbkreis geworden, der rasch zusammenschmolz. Bald würde ihr nur noch ein Silberstreif am Horizont den Weg weisen.

Wenn ich überhaupt auf dem richtigen Weg bin ...

Kaori versuchte, nicht auf die Zweifel zu achten, die eine leise Stimme ihr immer wieder einzuflüstern versuchte. Sie hatte so viel gewagt und war schon so weit geflogen. Es durfte einfach nicht sein, dass sie sich irrte. Dass der Nebel sich unter ihr immer noch in alle Richtungen erstreckte, nahm sie als ein gutes Zeichen. Aber das schwindende Licht bereitete ihr Sorgen und mit ihm die Aussicht, vielleicht die ganze Nacht an Ort und Stelle verharren zu müssen, bis es wieder hell wurde. Sie versuchte, schneller zu fliegen, musste aber einsehen, dass es auch für ein körperloses Wesen Grenzen gab.

Bald darauf erlosch der letzte glühende Funke am Horizont. Die Sonne war fort. Mit sinkendem Mut beobachtete Kaori, wie die Nachtschatten aus dem Osten den Nebel mehr und mehr vor ihren Blicken verbargen, bis sich unter ihr ein Meer aus Finsternis erstreckte. Doch gerade als sie aufgeben und den Morgen abwarten wollte, bemerkte sie aus den Augenwinkeln ein unstetes Flackern im Westen, das von einem gewaltigen Feuer herzurühren schien. Neugierig hielt sie darauf zu.

Der Weg war weiter, als sie vermutet hatte. Es wurde dunkel, aber das bereitete ihr nun keine Sorge mehr, denn anders als zu Lebzeiten konnte sie selbst in der mondlosen Nacht noch alles gut erkennen. Es überraschte sie, dass sie ohne Licht noch fast so gut sehen konnte wie bei Tage, obgleich den Dingen des Nachts die Farbe fehlte.

Kaori fasste neuen Mut, richtete den Blick voraus und erkannte in der Ferne die Umrisse einer Insel, die sich mehr als hundert Schritt über den Ozean erhob und nur aus einem einzigen finsteren Berg zu bestehen schien. Die Hänge waren kahl und glänzten feucht im Licht der Sterne. Am eindrucksvollsten aber war der Gipfel. Er war nicht spitz, wie Kaori es von den Bergen ihrer Heimat kannte, sondern sah aus wie ein riesiges Maul. Ein glutgefüllter Krater, der sich zum Himmel hin öffnete, als wolle er die Sterne verschlingen. Und aus diesem Maul – Kaori hätte vor Erleichterung am liebsten laut geschrien – quoll unablässig der Nebel. Wie ein unheilvoller Atem floss er in breitem Strom den westlichen Hang hinab bis zum Meer, wo er von einer kaum spürbaren Luftströmung nach Westen getragen wurde.

Ein Berg.

Es war unglaublich. Die alten Legenden waren nichts als Lügen. Kein Dämon, sondern ein Berg, aus dessen Schlund giftiger Dampf an die Erdoberfläche trat, war schuld an dem tausendfachen Tod in ihrer Heimat. Ein Berg, so alt wie die Welt, dessen gewaltiger Zerstörungskraft nicht einmal die mächtigste Zauberin würde Einhalt gebieten können.

Ein Todesberg.

Kaori glaubte zu spüren, wie ihr die Kehle eng wurde, als sie das ganze Ausmaß der Bedrohung begriff und erkannte, welch ungeheures Glück ihr Volk in den vergangenen Jahrhunderten gehabt hatte.

»Glück!« Kaori sprach das Wort aus, als hätte es einen bitteren Beigeschmack. Die Sicherheit, in der sie sich gewähnt hatten, hatte es nie gegeben, und auch in Zukunft würden die Menschen auf Nintau nicht sicher sein.

Je länger Kaori darüber nachdachte, desto mehr war sie davon überzeugt, dass es für ihr Volk nur einen Weg gab, zu überleben. Dies zu entscheiden lag jedoch nicht in ihrer Macht, denn die Welt der Lebenden war ihr verschlossen. Sie musste Noelani erreichen. Noelani war die Maor-Say, ihr würden die Menschen folgen.

Kaori drehte sich um und machte sich auf den Rückweg. Sie hatte genug gesehen. Nun galt es einen Weg zu finden, Noelani die Wahrheit wissen zu lassen, und sie hatte auch schon einen Plan, wie ihr das gelingen konnte.

***

Am Morgen des dritten Tages, nachdem die Katastrophe Nintau heimgesucht hatte, stand Noelani wieder auf dem kleinen Plateau, von dem aus sie den tödlichen Nebel zum ersten Mal gesehen hatte. Die Sonne schien von einem wolkenlosen Himmel. Es war warm, und irgendwo in den Gehölzen hinter ihr ließ ein kleiner Vogel sein Lied erklingen. Noelani schloss die Augen und gab sich dem trügerischen Gefühl hin, dass alles so war wie früher. Dass es keine Not und kein Elend gab, dass all die unschuldigen Menschen noch am Leben waren, dass die Natur ringsumher in den leuchtenden Farben erstrahlte, die der Inselsommer stets hervorzauberte – und dass Kaori noch bei ihr war.

Kaori! Noelani spürte das gewohnte Kribbeln in der Nase, mit dem sich die Tränen ankündigten, und kämpfte dagegen an. »Eine Maor-Say zeigt ihre Gefühle nicht.« Das war die erste Regel, die man ihr im Tempel beigebracht hatte. »Eine Maor-Say ist gefeit gegen Kummer und Schmerz.«

Noelani schluckte gegen die Tränen an. Sie hatte hart daran gearbeitet, so zu werden, wie man es von ihr verlangte. Und tatsächlich hatte sie damit Erfolg gehabt – bis der Nebel kam und ihr den Menschen raubte, der ihr so nahestand wie niemand sonst. Mit Kaori, so schien es ihr, war ein Teil ihres Selbst gestorben. Aber sie musste stark sein. So trug sie am Tage die Maske der unerschütterlichen Maor-Say, die zuhörte, tröstete und Hoffnung spendete. Die Nacht jedoch gehörte den Tränen, die in der Einsamkeit ihres Schlafgemachs hemmungslos flossen, während sie die Götter für ihre Grausamkeit verfluchte und mit dem Schicksal haderte, das so hart mit ihr umsprang. Wenn dann die Sonne aufging und ihre Tränen trocknete, schlüpfte sie wieder in die Rolle der Erhabenen, wohl wissend, dass sich unter der Maske der Unnahbarkeit kaum mehr als eine dünne und verletzliche Haut verbarg.

Noelani kniff die Augen fest zusammen, atmete tief durch und rang den Kummer nieder, der sie zu überwältigen drohte, so wie man es sie gelehrt hatte. Fast wünschte sie, sie könne die Augen immer so geschlossen halten und nur das sehen, was die Erinnerung ihr zeigte, denn das Bild des friedlichen Sommertags verflog augenblicklich, sobald sie die Augen öffnete. Statt schaumgekrönter Wellen im Sonnenschein erstreckte sich zu ihren Füßen auch an diesem Morgen die wogende Nebelmasse, so zäh und träge, als hätte sie beschlossen, die kleine Insel für immer von der Außenwelt abzuschneiden.

»Er zieht nicht ab.« Jamak hatte sich lautlos genähert und trat neben sie. »Und solange kein Wind aufkommt, wird er sich auch nicht auflösen.«

»Ich wünschte, ich hätte die Macht, den Wind herbeizurufen.« Noelani betonte sorgsam jedes Wort, damit ihre Stimme nicht schwankte, und schüttelte den Kopf. »Der Gedanke, dass dort unten all die Toten ...« Sie brach erschüttert ab und fügte nach einer kurzen Pause hinzu: »Wir können sie nicht einmal bestatten.«

»Nein, das können wir nicht. Dabei wird es höchste Zeit«, pflichtete Jamak ihr bei und rümpfte die Nase. »Es ist warm. Der Geruch nach Verwesung wird bald unerträglich werden, und die Gefahr, dass Krankheiten ausbrechen, wächst mit jedem Tag. Nur gut, dass der Bach am Tempel von einer Quelle aus den Hügeln gespeist wird.«

»Können wir denn gar nichts tun?«, fragte Noelani.

»Ich fürchte, nein.« Jamak seufzte. »Erst muss sich der Nebel auflösen.«

Schweigend standen sie beisammen und beobachteten ein paar Möwen, die unschlüssig über dem Nebel kreisten. »Wasser haben wir genug«, sagte Noelani nachdenklich. »Aber die Vorräte gehen zur Neige. Noch ein oder zwei Tage, dann werden wir uns mit dem begnügen müssen, was die Hügel zu bieten haben.«

»Das werden wir auch müssen, wenn jetzt Wind aufkommt.« Jamak deutete auf den Nebel. »Dort unten gibt es kein Leben mehr«, sagte er düster. »Alles ist tot oder verdorben. Und ich fürchte, selbst das Meer und seine Lebewesen haben Schaden genommen. Von dort können wir keine Hilfe erwarten.«

»Das sind keine guten Aussichten.«

»Nein.«

»Meinst du, die Schildkröten haben es gewusst?«, fragte Noelani, um von dem bedrückenden Thema abzulenken. »Kann es sein, dass sie das Furchtbare gespürt haben, das geschehen wird? Ich habe sie doch gesehen und gespürt, dass sie zur Insel kommen werden, aber dann waren sie plötzlich fort.«

»Tiere sind oft sehr viel empfindsamer als wir Menschen«, meinte Jamak. »Mag sein, dass sie es gespürt haben. Aber genau werden wir das wohl nie erfahren.« Er blickte Noelani an und fragte: »Hast du schon versucht herauszufinden, woher der Nebel kommt?«

»Nein, ich ...« Noelani verstummte und suchte nach einer Antwort. Auf keinen Fall sollte Jamak etwas von ihrem Kummer und der Trauer über den Tod ihrer Schwester erfahren. Er musste nicht wissen, wie viele Tränen sie vergossen hatte. Er nicht und niemand sonst. So viele hatten ihre Liebsten verloren. So viele trauerten. Sie aber war die Maor-Say, sie musste den anderen ein Vorbild sein.

»... ich fühlte mich gestern noch zu schwach«, sagte sie gedehnt und fügte hinzu: »Die letzten Tage waren sehr anstrengend. Es gab so viel zu tun, und ich ... habe kaum geschlafen. Auch hat mir die Geistreise auf der Suche nach den Schildkröten mehr zugesetzt, als ich vermutet habe. Aber heute Abend werde ich es wagen. Heute Abend werde ich mich auf die Suche nach der Quelle des Nebels begeben. Das bin ich den Überlebenden schuldig. Sie haben ein Recht darauf, es zu erfahren.«

»Wenn du es möchtest, werde ich während der Reise an deiner Seite wachen«, bot Jamak an.

»Das ist nicht nötig.« Noelani schüttelte den Kopf. Nachts wollte sie allein sein. »Diesmal bin ich vorsichtig. Das verspreche ich.«

»Das ist gut.« Jamak schenkte ihr ein Lächeln. Dann trat er an den Rand der Klippe, sah nach unten und erstarrte. »Ihr Götter!«

»Was ist?« Noelani eilte zu ihm und blickte ebenfalls in die Tiefe. Das schmutzige Gelb des Nebels war abscheulich. Davon abgesehen, erkannte sie jedoch nichts Ungewöhnliches. »Was hast du?«, fragte sie noch einmal.

»Der Nebel.« Jamak deutete auf die wogenden Schwaden. »Siehst du es nicht? Er steigt!«

»Bist du sicher?« Noelani starrte angestrengt nach unten, konnte aber keine Veränderung ausmachen – oder doch? Um besser sehen zu können, kniete sie sich hin und suchte die Wand der Klippe nach dem Nest ab, in dem die jungen Kliffschwalben gehockt hatten. Sie glaubte sich zu erinnern, dass das Nest in einer Nische nur wenige Armlängen oberhalb des Nebels gelegen hatte, aber weder das Nest noch die Nische waren zu sehen – der Nebel hatte sie verschlungen. »Du hast recht.« Plötzlich bekam Noelani Angst. »Glaubst ... glaubst du, er wird noch weiter steigen?«, fragte sie verstört.

»Wenn kein Wind aufkommt ...« Jamak ließ den Satz unvollendet und seufzte. »Wir müssen ihn auf jeden Fall im Auge behalten.«

»Ich könnte Posten einteilen, die ...«

»Nein!« Jamak schnitt Noelani barsch das Wort ab, schien den scharfen Tonfall aber sogleich zu bereuen. Etwas sanfter fuhr er fort: »Wir dürfen es keinem sagen. Die Überlebenden haben Schreckliches durchgemacht. Die Gefahr, dass sie in Panik geraten, ist zu groß. Das würde niemandem helfen. Zwar gibt es noch keinen Grund zur Sorge, aber ich fürchte, wenn kein Wind aufkommt und der Nebel weiter steigt, wird dieses Plateau in spätestens drei Tagen verschwunden sein.«

»So bald schon?« Noelani erbleichte. Sie wusste, dass Jamak recht hatte, dennoch war ihr nicht wohl bei dem Gedanken, die Menschen im Tempel im Unklaren zu lassen. »Wenn der schlimmste Fall eintreten sollte und der Nebel die Plattform erreicht, werden wir den Tempel verlassen und die Hänge hinauf fliehen«, sagte sie auf eine Weise, die deutlich machte, dass auch sie mit dem Ärgsten rechnete. »Darauf müssen wir uns vorbereiten. Sonst stehen wir am Ende wieder ohne Kleidung und Nahrung da, so wie vor ein paar Tagen.«

»Natürlich müssen wir Vorbereitungen treffen.« Jamak nickte ernst. »Aber heimlich. Es genügt, wenn wir einige wenige einweihen, die uns dabei helfen, Bündel für den Notfall zu schnüren.« Er versuchte ein Lächeln und fügte hinzu: »Noch besteht Hoffnung, dass rechtzeitig Wind aufkommt. Ich werde regelmäßig nachsehen, wie der Nebel sich entwickelt. Ganz gleich, was auch geschehen mag: Diesmal sind wir gewarnt.«

»Mögen die Götter deine Worte erhören.« Als Noelani noch einmal einen Blick auf den Nebel warf, schien es ihr, als hätte dieser die Klippe bereits ein Stück weiter erklommen. Hastig schüttelte sie das beklemmende Gefühl nahenden Unheils ab, erhob sich und sagte: »Lass uns keine Zeit verlieren. Ich werde Semirah und einige andere Dienerinnen unter einem Vorwand Vorräte und Kleider für einen möglichen Aufbruch zusammentragen lassen, während ich nach der Ursache für den Nebel forsche und du das Geschehen hier im Auge behältst.« Sie nahm einen tiefen Atemzug; dann nickte sie, wie um sich selbst zuzustimmen, und meinte: »Das ist ein guter Plan. Falls wir noch höher hinauf müssen, werden wir gerüstet sein.«

7

Dass König Azenors Palast viele Ohren hatte, war in Baha-Uddin ein offenes Geheimnis, dem niemand wirklich nachspürte, weil es zu viele gab, die einen Vorteil aus den heimlichen Lauschern zogen. General Triffin hatte sich bisher nie darum gekümmert. Er war ein aufrechter Mann, der – mit einer Ausnahme – sowohl zu seinen Taten als auch zu seinen Worten stand und immer offen seine Meinung vertrat. Er hatte nicht wirklich damit gerechnet, dass seine Unterredung mit dem König, die Nachricht vom Tod des Prinzen und dem Fall der Festung am Gonwe lange geheim bleiben würden. Dass sie sich jedoch wie ein Lauffeuer in der Stadt verbreitete, überraschte ihn.

Als er am Morgen nach der Unterredung in einer der unzähligen Tavernen seine Morgenmahlzeit hatte zu sich nehmen wollen, war er vom Wirt erkannt und sofort mit Fragen bestürmt worden. Kurz darauf war die Schankstube so übervoll mit Neugierigen gewesen, dass Triffin sich wie ein Dieb aus der Hintertür geflüchtet hatte. Aber auch auf der Straße war ihm keine Ruhe vergönnt gewesen. Immer wieder war er erkannt und von den Menschen mit Fragen bedrängt worden. Von Müttern, die um ihre Söhne bangten, von Frauen, die wissen wollten, ob ihre Männer noch am Leben waren, und von Männern, die sich nach dem Fall der Festung um die Sicherheit des Landes sorgten. Der Rückweg zum Palast, in dem der General für die Dauer seines Aufenthalts Quartier bezogen hatte, war zu einem wahren Spießrutenlauf geworden, der erst am eisernen Tor des Palastes ein Ende gefunden hatte.

Nun saß Triffin allein im leeren Speisesaal und sann darüber nach, wie sich die Dinge entwickeln würden. Dass die Rakschun versuchen würden, den Gonwe zu überqueren, daran bestand für ihn kein Zweifel. Die Frage war nicht, ob sie es tun würden, sondern wann sie die nötigen Vorbereitungen dafür abgeschlossen hatten und wie er sich mit seinem kleinen Heer der Übermacht erwehren sollte. Triffin machte sich nichts vor. Unmittelbar vor dem Rückzug hatte er einen Blick auf das gewaltige Heer der Rakschun werfen können, das von allen Seiten auf die Festung eindrang. Selbst wenn es Hunderte gewesen waren, die bei der Sprengung der Brücke ihr Leben verloren hatten, so waren sie doch nur ein Bruchteil der Krieger gewesen. Verluste, die von den verhassten Feinden vermutlich schneller ersetzt werden konnten, als es den Truppen Baha-Uddins möglich war.

General Triffin ballte die Fäuste. Er hasste es, keine Antworten zu haben. Wie sollte er mit den wenigen Männern, die ihm geblieben waren, eine zehnfache Übermacht aufhalten? Wie sollte er mit einer Handvoll Kundschafter einen ganzen Flusslauf im Auge behalten? Bisher hatten sich die Kämpfe auf die Festung konzentriert, denn diese hatte die einzige Furt bewacht, an der man eine Brücke erreichen konnte. Jetzt war die Brücke zerstört. Wenn die Rakschun Boote bauten, konnten sie diese überall einsetzen und den Fluss unbemerkt überqueren.

Der General seufzte tief. Die Festung war gefallen. Die Rakschun hatten einen Sieg errungen, die Schlacht aber hatten sie noch nicht gewonnen. Das Schicksal gewährte den Truppen Baha-Uddins einen kleinen Aufschub, den es zu nutzen galt, aber Triffin wusste, dass auch dieser am Ende vermutlich nicht genügen würde, um das Blatt zu wenden. Wenn kein Wunder geschah, war seine Heimat verloren.

»Sieht nicht gut aus, da oben am Gonwe, nicht wahr?«

Triffin blickte auf und sah einen Mann mittleren Alters vor sich, der auf dem Kopf eine schäbige Lederkappe trug, unter der ein paar Büschel schwarzen Haares hervorschauten. Über dem rundlichen Bauch spannte sich eine dicke Lederschürze, die abgenutzt und fleckig war. Er stand am Nachbartisch, hatte sein Bündel abgestellt und schaute mit unverhohlener Neugier zu ihm herüber. Triffin hatte nur wenig Lust, sich in ein Gespräch verwickeln zu lassen.

»Es ist schon erstaunlich, wie schnell sich schlechte Nachrichten in der Stadt herumsprechen«, erwiderte er matt.

»Das Gerede der anderen kümmert mich nicht«, erwiderte der Mann redselig. »Da wird zu viel hineingetragen, das nicht der Wahrheit entspricht.« Er grinste. »Ich habe meine eigene Quelle.«

»So? Und welche?« Die Worte des Fremden ließen Triffin aufhorchen. Gab es womöglich Spione im königlichen Heer?

»Meinen Sohn.« Der Mann trat näher und setzte sich wie selbstverständlich dem General gegenüber. »Er schickt mir regelmäßig Nachrichten.«

»Wirklich?« Triffin zog erstaunt eine Augenbraue in die Höhe. Entweder war der Sohn des Fremden selbst ein Botenreiter, oder er hatte Mittel und Wege gefunden, einen der Kuriere, die ausschließlich im Dienst des Königs unterwegs waren, zu bestechen. »Ist er ein Kurier?«

»Ein Kurier? Nein.« Der Mann lachte. »Eine Nachricht mit dem Kurier zu versenden dauert viel zu lange. Ich kenne einen viel schnelleren Weg. Wisst Ihr, meine Frau bangt sehr um das Leben unseres Sohnes. Es tut ihr gut zu wissen, dass er noch am Leben ist – vor allem nach einer so vernichtenden Schlacht wie der letzten.«

Triffin runzelte die Stirn. Entweder war dieser Mann sehr mutig oder dumm. Er zweifelte nicht daran, dass er ihn ganz bewusst angesprochen hatte, aber wenn dem so war, dann gewiss nicht, um seinen eigenen Sohn als Verräter zu entlarven. Auf jeden Fall war es dem Fremden gelungen, seine Neugier zu wecken.

»Wer bist du?«, fragte er im Plauderton und nahm eine entspannte Haltung ein.

»Ich bin Mael, der Hof-Messerschmied, General«, erwiderte der Fremde auf eine Weise, die deutlich machte, dass er sehr wohl wusste, mit wem er es zu tun hatte. »Mein Sohn wurde im Frühling zwangsrekrutiert – er ist mein einziger.« Trauer lag in den Worten, aber kein Vorwurf. Es war zu spüren, dass der Messerschmied nicht gekommen war, um seinen Sohn frei zu bitten. Er hatte etwas anderes im Sinn.

»Was willst du von mir, Messerschmied?« Triffin war kein Freund vieler Worte. Seine Zeit war kostbar. Wenn der Fremde ein Anliegen hatte, sollte er es geradeheraus sagen. »Du bist doch sicher nicht gekommen, um den Tag mit hohlem Geschwätz zu verbringen.«

»Nein, das bin ich nicht.« Der Messerschmied lehnte sich grinsend zurück und entblößte dabei eine lückenhafte Zahnreihe. »Ich komme wegen der Boten.«

»Wegen der Boten?« Triffin war verwirrt. »Was habe ich damit zu schaffen?«

»Wisst Ihr, dass die Schlacht unter unseren Kriegern mehr als zweitausenddreihundert Opfer gefordert hat?«, fragte der Messerschmied mit wichtiger Miene. »Und dass Euer Stellvertreter in der Nacht seinen schweren Verletzungen erlegen ist?«

»Xederic ist tot?« Triffin starrte Mael fassungslos an. »Wie kannst du das wissen?«

»Ich sagte doch, ich habe schnelle Boten.« Der Schmied grinste wieder. »Seit Wochen versuche ich den König davon zu überzeugen, dass meine Boten schneller und zuverlässiger sind als alle Reiter, aber man lässt mich nicht zu ihm vor. Ich bin eben nur ein armer Messerschmied und nicht wert, mit dem König zu sprechen.«

»Und da dachtest du dir, ich könnte bei dem König ein Wort für dich einlegen.« Triffin war in Gedanken noch bei seinem toten Freund. Die Nachricht kam nicht unerwartet, schmerzte aber tief.

»So ist es.« Der Messerschmied nickte. »Die Gelegenheit, Euch hier allein anzutreffen, konnte ich mir nicht entgehen lassen.«

»Und was sind das für Boten?«, erkundigte sich Triffin. Er konnte sich nicht vorstellen, dass der Fremde wirklich etwas Brauchbares vorzuweisen hatte. Andererseits hatte er sich schon zu oft über die langen Botenwege geärgert, als dass er sich etwas Neuem so einfach verschließen konnte.

»Vögel.«

»Vögel?«

»Sprenkeltauben.«

»Ah.« Triffin war nun doch geneigt, dem Schmied eine Absage zu erteilen. Sprenkeltauben standen ob ihres zarten Fleisches zu besonderen Anlässen auf der Speisekarte des Königs. Dass dieses schmackhafte Federvieh Botendienste verrichten konnte, überstieg seine Vorstellungskraft bei Weitem. Kein Wunder, dass man den Schmied bei Hofe abgewiesen hatte.

»Wollt Ihr sie sehen?«, fragte der Schmied. »Ich halte sie in einem Verschlag im Hinterhof meiner Schmiede.«

»Ich weiß, wie Sprenkeltauben aussehen«, knurrte Triffin. »Und ich weiß, wie sie schmecken.«

»Aber Ihr wisst nicht, wie klug sie sind.« Mael zwinkerte Triffin zu.

»Es gibt wichtigere Dinge, als sich mit den Eigenarten von Tauben zu beschäftigen.«

»Das sehe ich anders. Meine Tauben könnten Baha-Uddin unschätzbare Dienste erweisen«, behauptete der Schmied. »Eine Botschaft vom Heer zum König wäre dann nicht Tage, sondern nur ein paar Stunden unterwegs.«

»Stunden?«

»Ja, Stunden.« Mael nickte. »General Xederic starb bei Sonnenaufgang. Jetzt ist es noch nicht einmal Mittag, und ich habe die Nachricht bereits erhalten.«

»Also schön, zeig sie mir.« Triffin erhob sich und warf dem Schmied einen finsteren Blick zu. »Aber ich warne dich, halte mich nicht zum Narren.«

***

Lautlos und unbemerkt von den vielen Menschen schwebte Kaori durch den Garten des Tempels, der sich binnen kürzester Zeit in ein Flüchtlingslager verwandelt hatte. Die Dunkelheit verbarg gnädig die schlimmsten Frevel, dennoch waren die Spuren der Verwüstung, die zu viele Menschen auf zu engem Raum hervorzubringen pflegen, nicht zu übersehen. Beete waren zertrampelt, Büsche und Blumen geknickt. Immer wieder stieß sie auf Unrat, achtlos fortgeworfen oder einfach liegen gelassen, weil andere Dinge wichtiger erschienen oder weil im allgemeinen Durcheinander niemand Zeit und Muße zum Aufräumen fand.

Zu Lebzeiten hätte der verwahrloste Anblick Kaori das Herz gebrochen, nun aber beachtete sie ihn kaum. Beete und Blumen waren nicht mehr wichtig. Wenn ihr Volk die Insel verließ, würde die Natur sich in kürzester Zeit zurückholen, was die Menschen ihr in den Jahren der Besiedlung abgerungen hatten. Bald würden nur noch Ruinen davon künden, dass hier einmal ein Tempel gestanden hatte. Der Garten würde verwildern, und die Brüllaffen würden die letzten Früchte von den Bäumen ernten.

Sie schwebte weiter, dorthin, wo sie ihre Schwester vermutete. Die Räume der Maor-Say lagen in der Mitte des Tempels, das wusste Kaori von Noelani. Sie selbst war nie dort gewesen, denn nur wenigen war es gestattet, sie zu betreten. Diesmal jedoch gab es keinen, der sie aufhielt, als sie ins Innere des Gebäudes schwebte und sich auf die Suche nach ihrer Zwillingsschwester machte.

Die außergewöhnliche Lage hatte auch vor dem Tempel nicht haltgemacht. Wo zuvor nur Dienerinnen und Priesterinnen Zutritt gehabt hatten, traf sie auf unzählige Flüchtlinge, meist Frauen mit kleinen Kindern, die in den Korridoren und Sälen des Tempels Schutz vor der Kühle der Nacht gesucht hatten. Die meisten schliefen tief und fest auf dünnen Schilfmatten oder Decken, andere saßen einfach nur da und starrten in die Dunkelheit.

Niemand bemerkte Kaori, die wie ein kühler Windhauch vorbeistrich und die Menschen für den Bruchteil eines Wimpernschlags erschaudern ließ. Ihr Gefühl leitete sie sicher durch den Palast bis hin zu einer Tür, hinter der verhaltene Geräusche zu hören waren.

Sie ist hier! Sie ist da drin! Kaori war sich ihrer Sache sicher. Nur einen Augenblick zögerte sie noch, dann glitt sie mitten durch die Tür hindurch ...

***

Noelani starrte auf das Wasser in der silbernen Schale, die vor ihr auf dem Tisch stand, als ein kühler Windhauch ihre Wange wie ein flüchtiger Kuss streifte und das Gefühl, nicht mehr allein zu sein, ihren Pulsschlag in die Höhe trieb. Kurz hob sie den Blick und schaute sich um, konnte aber nichts Ungewöhnliches entdecken.

»Bleib ruhig«, ermahnte sie sich leise. »Da ist nichts.« Sie zwang sich, gleichmäßig zu atmen, richtete den Blick wieder auf das Wasser und versuchte, nicht auf das Zittern ihrer Hände zu achten. Aber sie konnte sich nichts vormachen. Sie hatte Angst. Konzentriere dich, ermahnte sie sich in Gedanken – doch vergeblich. So sehr sie entschlossen war, die Ursache des Nebels zu ergründen, so sehr fürchtete sie sich auch vor der Geistreise in unbekannte Gefilde. Sie wusste weder, wie weit sie reisen musste, noch kannte sie die Richtung, die sie einzuschlagen hatte. Und weil sie am eigenen Leib erfahren hatte, was es bedeutete, sich zu weit vom eigenen Körper zu entfernen, mangelte es ihr an Mut, es noch einmal zu versuchen.

»Ich muss es tun. Es ist wichtig!«, sagte sie sich wohl schon zum hundertsten Mal. Aber die Vernunft war nicht stark genug, die Mauern der Angst einzureißen, die der Schrecken der letzten Geistreise um ihr Bewusstsein errichtet hatte.

Noelani seufzte, nahm den Strauß Lilien zur Hand, den sie am Nachmittag vorsorglich im Tempelgarten gepflückt hatte, und tat einen tiefen Atemzug. Der betörende Duft der Blumen entfaltete fast augenblicklich seine Wirkung, und sie richtete den Blick wieder auf die Wasserschale.

Endlich gelang es ihr, im Geist das Bild des tödlichen Nebels zu erschaffen, der rings um die Insel auf dem Ozean lastete. Für einen Augenblick kehrte die Furcht zurück, und das Gefühl, nicht allein zu sein, wurde übermächtig. Aber diesmal gelang es ihr, beides abzuwehren und aus ihrem Bewusstsein zu verdrängen. Ehe sie sich versah, war sie selbst Teil des Nebels und glitt wie ein Vogel über dem Wasser dahin.

Kein Mondlicht begleitete sie auf ihrem Weg durch das diffuse Zwielicht, das ihr mehr offenbarte, als ihr lieb war. Auf dem Wasser trieben die Überreste abgestorbener Pflanzen und Tiere. Ein stinkender, von toten Fischen durchsetzter Teppich.

Jamak hatte auch diesmal richtig vermutet: Das Meer und seine Bewohner waren von der todbringenden Wirkung des Nebels nicht verschont geblieben. Noelani nahm allen Mut zusammen, tauchte unter die Wasseroberfläche und bewegte sich dorthin, wo noch vor wenigen Tagen ein farbenfrohes Paradies aus bunten Korallen ihre Sinne erfreut hatte.

Nichts war davon geblieben. Die Korallen waren tot. Bleich umkränzten sie das Riff, während tote Muscheln, Seesterne, Krebstiere und Seeigel am Boden davon kündeten, welch zerstörerische Macht hier Einzug gehalten haben musste.

Noelani konnte den Anblick nicht länger ertragen. Sie tauchte auf, wohl wissend, dass sie die grauenhaften Bilder niemals würde vergessen können. Aber der grässliche Anblick bewirkte noch etwas anderes. Mehr denn je war sie entschlossen, nach der Ursache für das Sterben zu forschen.

***

»Noelani.« Zaghaft wob Kaori den Namen in das Zwielicht. Sie konnte ihre Schwester nicht sehen, nahm deren Geist aber als einen warmen, rötlichen Lichtschein wahr, der sich durch die Sphäre bewegte.

Schon im Tempel hatte sie versucht, Noelani auf sich aufmerksam zu machen. Sie hatte nach ihr gerufen und sie berührt, aber solange sich Noelani in der Welt der Lebenden aufhielt, war es ihr unmöglich, sich bemerkbar zu machen. So hatte sie sich zurückgezogen und gewartet, bis Noelani die Vorbereitungen abgeschlossen hatte und die Geistreise begann.

Als es endlich so weit war, hätte sie den entscheidenden Augenblick beinahe verpasst. Alles war so schnell gegangen. In Bruchteilen eines Augenblicks war das warme Licht über Noelanis Körper aufgestiegen und so schnell davon geschossen, dass Kaori ihm kaum hatte folgen können. Sie hatte all ihr Geschick aufwenden müssen, um Noelani nicht aus den Augen zu verlieren, deren Geist zielstrebig auf das Meer hinausschoss und dort in den Nebel eintauchte. Kaori war ihr wie ein Schatten gefolgt, immer darauf bedacht, den richtigen Moment abzuwarten, in dem sie Kontakt mit Noelani aufnehmen konnte. Als diese schließlich wieder auftauchte und innehielt, schien dieser gekommen.

»Noelani, Schwester«, versuchte Kaori es noch einmal. »Hörst du mich?«

***

Noelani!

Noelani zuckte zusammen. Hatte da jemand zu ihr gesprochen? Hier? Mitten im Nichts, an der Schwelle zum Tod? Unsinn. Energisch verwarf sie den Gedanken. Offenbar war sie schon so erschöpft, dass ihre Sinne ...

Noelani, Schwester. Hörst du mich?

Obwohl ihr Körper weit entfernt war, spürte Noelani, wie ihr Herz heftig zu pochen begann. Kaori!, schoss es ihr durch den Kopf. Das ist Kaori. Sie ist hier.

Sie kann nicht hier sein, hielt ihr Verstand dem dagegen. Das bilde ich mir alles nur ein. Kaori ist tot. Sie kann nicht ...

Noelani, Schwester ...

Da war sie wieder. Die Stimme aus dem Nichts. So zart und dünn wie aus weiter Ferne, aber auch so vertraut und voller Liebe, dass sie bei Noelani einen heftigen Sturm von Gefühlen auslöste. Ohne dass sie etwas dagegen unternehmen konnte, kehrte die Trauer um die geliebte Schwester zurück, die sie bisher kaum zugelassen und in Arbeit erstickt hatte. Kummer und Verzweiflung schienen nur auf einen Augenblick der Schwäche gewartet zu haben, um ihr die Seele mit scharfen Krallen zu zerfetzen, während sie machtvoll aus den Tiefen ihres Bewusstseins hervorstießen und sie übermannten, ohne dass sie etwas dagegen tun konnte.

Fast hätte ihre Geistreise ein jähes Ende gefunden, wäre da nicht auch die Hoffnung gewesen, dass es wirklich Kaori war, die da zu ihr sprach, und das unbändige Verlangen, ihre Schwester wiederzusehen. Die vertraute Nähe zu spüren, sie zu hören ...

Mit einer enormen Willensanstrengung gelang es Noelani, den Gefühlen Herr zu werden, die wie ein heftiger Wolkenbruch alle auf einmal auf sie einstürmten und das brüchige Gleichgewicht, das ihr die Geistreise ermöglichte, zu zerstören drohten.

So zaghaft und leise, als fürchte sie sich vor der Antwort, fragte sie: »Kaori? Kaori, bist du das?«

Sie lauschte, horchte und betete um eine Antwort, aber nichts geschah, während ihr das Herz weit entfernt in der Brust hämmerte und der Verstand ihr immer wieder sagte, dass sie sich hatte täuschen lassen, weil sie sich so sehr nach der geliebten Schwester sehnte. »Kaori, hörst du mich?«, fragte sie noch einmal und es klang wie ein Flehen.

Ich höre dich.

Drei Worte, die Noelani das Gleichgewicht rauben wollten. Wieder drohte die Geistreise ein jähes Ende zu nehmen, und wieder gelang es ihr, ihre überbordenden Gefühle unter Kontrolle zu bringen, auch wenn es diesmal ein heißer Freudentaumel war, der ihr die Sinne raubte.

»Kaori, Schwester! Wo ... wo bist du?« Noelanis Stimme bebte, als sie die Worte lautlos in die Sphäre wob. Zu groß war der Schmerz über den Verlust der geliebten Zwillingsschwester, zu tief und frisch die Wunden, die er gerissen hatte, und zu schmerzhaft die Hoffnung, die sie längst verloren geglaubt hatte und die nun mit Macht zu ihr zurückkehrte.

Ich bin hier, Schwester. Vor dir. Nur ein paar Schritte entfernt.

»Aber ich sehe dich nicht.«

Ich sehe dich, das muss genügen. Zu viel trennt uns, das nicht überwunden werden kann.

»Du ... du bist nicht tot, oder?« Verzweiflung schwang in Noelanis Worten mit.

Doch, das bin ich. Ich starb im Nebel, so wie alle anderen. Für mich gibt es kein Zurück, raunte die Stimme aus dem Nichts. Sie klang seltsam. Weiblich, ja, aber verzerrt und bei Weitem nicht so, wie Noelani die Stimme ihrer Schwester in Erinnerung hatte. Zweifel machten sich in ihr breit, und sie spürte, wie die Hoffnung schwand. Die Vernunft mahnte sie, sofort kehrtzumachen und das, was immer da zu ihr sprach, zurückzulassen, aber noch war die Sehnsucht zu groß und die Hoffnung nicht ganz erloschen.

»Wenn du wie alle anderen gestorben bist, warum sind sie dann nicht hier, so wie du?«, fragte Noelani misstrauisch.

Weil sie ins Licht gegangen sind.

»Und du?«

Für mich ist die Zeit noch nicht gekommen, erwiderte die Stimme. *Bitte, Noelani, du musst mir glauben. Ich habe schon so oft versucht, zu dir zu sprechen. Als du mit Jamak oben bei dem Dämonenfels warst, nachdem du die steinernen Jungfrauen zerstört hast und auch vorhin, als du die Geistreise beginnen wolltest. Aber in der Welt der Lebenden konnte ich dich nicht erreichen. Ich musste hier auf dich warten, und ich bin überglücklich, dass du mich hören kannst, denn es gibt Dinge, die du wissen musst.*

... vorhin, als du die Geistreise beginnen wolltest. Noelani dachte an das Gefühl der Kälte auf der Wange und die Ahnung, nicht allein zu sein. War es Kaori gewesen, deren Nähe sie gespürt hatte? War sie es wirklich, die hier zu ihr sprach?

Noelani zögerte. Sie wollte so gern glauben, dass es so war, blieb aber vorsichtig. Es war das erste Mal, dass sie in der Sphäre der Seelen jemandem begegnete. Sie hatte davon gehört, dass so etwas geschehen konnte, aber sie hätte niemals für möglich gehalten, dass ausgerechnet ihr es widerfuhr. Die Stimme machte ihr Angst. Sie klang fremd, und es fehlte das Gefühl der Vertrautheit, das sie sonst immer empfunden hatte, wenn sie in Kaoris Nähe war. Dennoch war da etwas, das sie davon abhielt, die Flucht zu ergreifen.

»Bist ... du es wirklich?«, fragte sie mit dünner Stimme.

Ja, Nanala.

Nanala! Beim Klang des Kosewortes aus Kindertagen wurde Noelani warm ums Herz. Niemand außer Kaori konnte wissen, dass sie den Namen einmal getragen hatte. Nanala war der Name einer wunderschönen Meeresprinzessin aus einem alten Märchen. Man sagte ihr nach, dass sie in einem Schloss in der Tiefe des Ozeans wohnte und in Vollmondnächten auf dem Riff sehnsuchtsvolle Lieder für ihren Liebsten sang, der ihr hatte folgen wollen und jämmerlich ertrunken war.

Noelani hatte als junges Mädchen immer davon geträumt, Nanala einmal zu sehen. Eine Zeit lang war sie deshalb in Vollmondnächten heimlich zum Riff geschlichen, um nach der Meeresprinzessin Ausschau zu halten. Kaori war das nicht entgangen, und so hatte sie Noelani manchmal liebevoll neckend Nanala genannt.

Noelani seufzte. Mehr denn je wünschte sie sich, dass ihre Schwester tatsächlich bei ihr war. Und dennoch ... *Traue der Stimme nicht,* flüsterte die Vernunft ihr zu. *Es kann eine Falle sein.*

Noelani überlegte fieberhaft. »Wovor habe ich mich als Kind in der Nacht am meisten gefürchtet?«, fragte sie schließlich.

Vor den Nachtschwebern.

Das stimmte. Einen besonderen Grund dafür hatte es nie gegeben, aber Noelani erinnerte sich noch gut daran, dass sie erst dann einschlafen konnte, wenn ihre Mutter auch den letzten kleinen Falter aus dem Zimmer gejagt hatte. Noelani spürte, wie ihr vor Glück die Kehle eng wurde, als sie begriff, dass es wirklich Kaori war, deren Stimme sie hörte. Trotzdem stellte sie noch eine letzte Frage: »Was hast du zum Abschied zu mir gesagt, als ich zum Tempel gehen musste?«

Dass wir nie wirklich getrennt sein werden, weil uns eine gemeinsame Seele innewohnt, die uns auch über den Tod hinaus miteinander verbindet. Ganz gleich, was auch passiert, habe ich dir geschworen, ich werde bei dir sein – und genau so ist es.

»Kaori, du ... du bist es wirklich.« Noelani schluchzte auf und schob alle Zweifel von sich. Sie hatte genug gehört. Sie wollte glauben, dass Kaori bei ihr war, wollte in ihrer Nähe sein. Dass sie ihre Schwester nicht sehen und nicht berühren konnte, war ihr gleich, solange sie nur wusste, dass Kaori nicht fort war, dass etwas von ihr bei ihr geblieben war – dass sie nicht allein war.

Ja, Nanala. Ich bin es. Vertraust du mir jetzt?

»Ja ... ja, ich vertraue dir.« Noelani sagte es aus ganzem Herzen.

* * *

»Ja, ich vertraue dir.«

Kaori atmete auf. Sie hatte befürchtet, dass Noelani ihr nicht glauben und sich von ihr abwenden würde. Nun war sie froh, dass es ihr gelungen war, die Zweifel und Ängste ihrer Zwillingsschwester zu zerstreuen. Überglücklich sandte sie Noelani einen liebevollen Gedanken und bemerkte, wie die Aura ihrer Schwester an Farbe gewann. »Wenn ich könnte, würde ich dich umarmen – so wie früher«, hörte sie Noelani mit einem Anflug von Wehmut sagen. »Ich war so traurig und verzweifelt, weil du dem Nebel nicht entkommen bist, aber jetzt weiß ich, dass ich dich nicht ganz verloren habe, und das macht den Schmerz erträglich.« Sie verstummte kurz und fügte dann hinzu: »Trotzdem wünschte ich, du wärst bei mir. Richtig. So wie früher. Ich ... ich brauche dich so. Die Flüchtlinge vertrauen mir und erwarten, dass ich sie führe, aber das kann ich nicht. Ich weiß doch auch nicht mehr als sie. Wie soll ich ihnen da sagen, was wir tun müssen?

Ich habe immer gewusst, dass du die bessere Maor-Say geworden wärst. Du bist stark. Ich war die Schwächere von uns beiden. Die Götter wissen, warum die Maor-Say damals mich erwählt hat. Eine Zeit lang dachte ich tatsächlich, ich könnte es lernen. Ich dachte, ich könnte eine gute Maor-Say werden, aber so ...? Ich wünschte, es wäre anders gekommen. Ich wünschte, ich ...«

»Noelani, beruhige dich«, unterbrach Kaori sanft den Gedankenfluss ihrer Schwester. »Du irrst dich, du bist nicht schwach. Du bist stark. So wie ich. In dir steckt viel mehr, als du wahrhaben willst. Es war nur so angenehm für dich, mich all die Jahre vorzuschieben. Aber auch ich bin nicht ganz unschuldig daran, dass alles so gekommen ist. Ich habe es dir leicht gemacht, denn ich habe gern die Führungsrolle für uns beide übernommen. Ich bin sicher, die alte Maor-Say hat das gewusst. Sie hat gespürt, dass du die Richtige bist. Sie wird ihre Gründe dafür gehabt haben, dich zu erwählen. Daran darfst du niemals zweifeln.«

»Aber ich weiß nicht, was wir tun sollen.« Noelanis Aura flackerte. Mehr noch als zuvor wirkte sie schwach und verletzlich. »Ich vermute, dass die Legende von dem Dämon eine Lüge ist, aber solange ich nicht weiß, woher der tödliche Nebel wirklich stammt, kann ich nichts ...«

»Ich weiß es.«

»Du?«

»Ja. Und ich werde es dir zeigen.«

»Aber wie ...? Woher ...?«

»Das ist nicht wichtig. Wichtig ist, dass du es mit eigenen Augen siehst.«

»Ist es weit weg?«

»Ja.«

»Weiter als ich ...?« Noelani ließ den Satz unvollendet, aber Kaori wusste, worauf sie hinauswollte.

»Ja.«

»Aber dann ...«

»Keine Sorge, dir wird nichts geschehen«, versicherte Kaori. »Ich bin bei dir. Ich werde dich begleiten. Selbst wenn die Geistverbindung reißt, wird dir nichts geschehen, denn diesmal bist du nicht allein. Ich werde dich sicher zurückführen.«

Noelani sagte nichts. Kaori spürte, wie sie mit sich rang. »Es ist wichtig«, sagte sie mit sanftem Nachdruck. »Für dich und für unser Volk.«

»Aber ich habe Angst.« Noelani schien etwas zu überlegen und fragte dann: »Warum sagst du es mir nicht einfach? Du kennst die Ursache doch. Du hast sie doch schon geseh...«

»Willst du mich schon wieder vorschieben, Noelani?«, fragte Kaori tadelnd. »So wie früher? Kaori hat ..., Kaori sagt ..., Kaori findet, dass ...? Nein. Das ist vorbei. Du wirst es dir selbst ansehen und eine eigene Entscheidung treffen. Es mag sein, dass es dieselbe ist, die ich auch getroffen hätte, aber das ist ohne Belang, denn es wird deine Entscheidung sein, und du wirst sie mit ganzem Herzen tragen.«

»Ist es so schlimm?«

»Schlimmer.«

»Dann will ich es sehen.«

»Ich wusste, dass du mutig bist.« Kaori glitt ganz nah an Noelani heran und streckte ihr die geisterhafte Hand entgegen. »Nimm meine Hand«, sagte sie.

»Wie denn? Ich sehe dich nicht.«

»Dann berühre ich dich. Aber erschrecke dich nicht.«

Kaori ließ ihre Hand in das rötliche Licht gleiten. Sie spürte, wie

Noelani unter der Berührung erschauderte. Für einen Augenblick wechselte die Aura in ein Rotviolett, aber sie zuckte nicht zurück. Dann beruhigte sich das Farbenspiel.

»Ich spüre dich«, hörte Kaori Noelani sagen. »Du bist so ... kalt.«

»Die Wärme gebührt den Lebenden«, erwiderte Kaori ohne Bitternis und fragte: »Bist du bereit?«

Noelani zögerte, als müsse sie erst all ihren Mut zusammennehmen, dann sagte sie: »Ja.«

Wie ein Pfeil schossen sie dahin, zuerst durch den Nebel und dann unter den Sternen hinweg. Weit. Weiter als jemals zuvor eines der Fischerboote von Nintau gefahren war. Wie lange die Reise dauerte, vermochte Noelani nicht zu sagen. »Was ist, wenn ich dies nicht überlebe?«, überlegte sie.

»Dann werden wir gemeinsam in das Licht gehen«, erwiderte Kaori sanft. »So wie es uns bestimmt ist. Aber keine Sorge. Du wirst leben.«

»Wie ist es, das Licht?«, wollte Noelani wissen. Jetzt, da sie Kaori bei sich wusste, schien es, als habe selbst der Tod seinen Schrecken verloren.

»Es ist warm und freundlich – wie eine Heimat. Ein Ziel.« Kaori seufzte leise. Es war seltsam. Solange sie gelebt hatte, hatte sie sich vor dem Tod gefürchtet, jetzt sehnte sie ihn mehr herbei, als sie dem Vergangenen nachtrauerte. Der Gedanke, dass alle das Licht hatten betreten dürfen, nur sie nicht, stimmte sie traurig. Sie beneidete die anderen darum, Erfüllung im Kreis ihrer Ahnen gefunden zu haben, und so war all ihr Sehnen nach vorn gerichtet, nicht zurück.

»Das klingt schön«, sagte Noelani und fügte fast schüchtern hinzu: »War es schlimm?«

»Was?«

»Zu sterben.«

»Oh ... na ja. Eigentlich habe ich davon gar nichts mitbekommen. Ich bin zum Strand gelaufen und habe den Nebel gesehen. Dann habe ich keine Luft bekommen und bin ohnmächtig geworden. Als ich wieder aufgewacht bin, dachte ich zuerst, mir wäre nichts passiert. Aber dann ...« Kaori verstummte, als sie den Augenblick des Schreckens in Gedanken noch einmal durchlebte.

»Dann?«, fragte Noelani neugierig.

»Dann wollte ich aufstehen und sah meinen Körper am Boden liegen. Da habe ich begriffen, was geschehen war.«

»Das klingt ja furchtbar.«

»Das war es zuerst auch. Aber jetzt habe ich mich damit abgefunden.« Kaori wusste, dass das eine Lüge war, aber sie wollte Noelani nicht noch mehr Kummer bereiten. »Ich bin so froh, einen Weg gefunden zu haben, dir nahe zu sein. Es tröstet mich ein wenig über die Einsamkeit hinweg«, fügte sie hinzu, und diesmal war es nicht gelogen.

»Bist du denn ganz allein?«, wollte Noelani wissen.

»Nicht ganz, da ist ...« Kaori brach ab. Sie hatte Noelani von dem Dämon erzählen wollen, aber etwas hielt sie zurück.

»Was? Was ist da?«

»Nichts. Es ist nichts«, sagte Kaori eine Spur zu hastig. »Ich habe dir doch gesagt, dass alle außer mir in das Licht gegangen sind.« Sie blickte voraus und erkannte die Umrisse des Todesbergs in der Ferne. »Wir sind bald da«, sagte sie, froh, von dem unangenehmen Thema ablenken zu können. »Richte den Blick nach vorn, dann siehst du, was mich und die anderen getötet hat.«

***

»Ein Berg?« Noelani starrte auf den schwarzen Giganten, dessen rauchgefüllter Krater sich weit über dem Meer erhob. Eine Weile schwieg sie, dann sagte sie: »Also ist es wahr. Wir haben mit einer Lüge gelebt. All die Jahre.«

»Wir waren niemals sicher«, pflichtete Kaori ihr bei. »Wir hatten einfach nur Glück, dass der Wind günstig stand, wenn der Berg seine giftigen Schwaden ausstieß.«

»Das bedeutet, dass es immer wieder geschehen kann.« Allmählich wurde Noelani klar, warum Kaori darauf bestanden hatte, dass sie sie begleitete. »Es gibt keinen Zauber, der uns schützen kann.«

»Es gibt nichts, das euch schützen könnte«, ergänzte Kaori. »Gar nichts.«

»Aber wie sollen wir dann weiterleben?«, überlegte Noelani mit einem Anflug von Verzweiflung in der Stimme. »Wie? Die Gewissheit, dass der Nebel jederzeit zurückkehren kann, wird uns niemals wieder Frieden finden lassen.« Sie verstummte und sann darüber nach, was zu tun war. Die Antwort ahnte sie bereits, aber noch war sie nicht bereit, sich diese einzugestehen. »Was soll ich tun?«, fragte sie Kaori mit dünner Stimme, so wie sie es immer getan hatte, wenn es ihr schwergefallen war, eine Entscheidung zu treffen. Doch anders als zu Lebzeiten, schwieg ihre Schwester diesmal.

»Bitte, Kaori, sag es mir. Was soll ich tun? Was soll ich den Überlebenden sagen?«

»Ich muss dir nicht helfen«, hörte sie Kaori sagen. »Du kennst die Antwort bereits. So wie du sie immer gekannt hast. Aber diesmal werde ich es dir nicht abnehmen, die Entscheidung zu treffen. Diesmal wirst du selbst handeln, so wie du es für richtig hältst. Du bist die Maor-Say. Du bist stark und klug, und vor allem bist du nicht auf den Rat eines Geistes angewiesen. Du siehst, was geschehen ist, und kehrst in dem Bewusstsein zurück, dass es immer wieder geschehen kann.

Zunächst aber kehrst du von dieser Geistreise nicht nur mit schlechten Neuigkeiten zurück. Siehst du es? Der Berg beruhigt sich. Es fließt kaum noch Rauch die Hänge hinab. Bald wird der Nebel auch Nintau aus seinen tödlichen Fängen entlassen und euch die Gelegenheit für einen neuen Anfang geben.«

Noelani betrachtete den Berg genauer und erkannte, dass Kaori recht hatte. Zwar war der Fuß des schwarzen Riesen noch von dicken Rauchschwaden verhüllt, aber im Krater selbst war nur noch wenig Rauch zu sehen.

»Wie viel Zeit bleibt uns?«, fragte sie. »Ein Jahr? Hundert Jahre?«

»Wer vermag das zu sagen?«, antwortete Kaori vielsagend.

»Dann müssen wir jeden Tag nutzen, als ob es der letzte wäre.« Noelani spürte eine grimmige Entschlossenheit in sich aufsteigen. Instinktiv spürte sie, dass der Berg ihr Feind war. Ein unbesiegbares

Monstrum, das sich anschickte, ihr Volk zu vernichten, und das selbst dann nicht ruhen würde, wenn Nintau zu einem öden Eiland mit vergifteter Erde geworden war. Kein Zauber und keine noch so verlogene Legende würden ihr Volk vor einem weiteren Schicksalsschlag bewahren können. Noelani spürte, wie ihr Herz weit entfernt auf der Insel heftig zu pochen begann, als sie sich der Tragweite ihrer Überlegungen bewusst wurde und erkannte, dass ihrem Volk nur ein Weg blieb, um zu überleben. Sie mussten Nintau verlassen.

»Du weißt, was das bedeutet, nicht wahr?«, wandte Noelani sich an ihre Schwester. »Du weißt, dass wir Nintau verlassen müssen, wenn wir nicht noch einmal von dem tödlichen Nebel überrascht werden wollen.«

»Es ist der einzige Weg.«

»Ein Weg ins Ungewisse.« Noelani seufzte. »Wir haben keine Schiffe, mit denen wir das Meer befahren können. Wir haben kein Ziel. Wir haben nichts. Nur unseren Mut und Verzweiflung.«

»... und die Gewissheit, dass es auf Nintau keine sichere Zukunft geben wird.«

»Ja, die haben wir auch.« Noelani spürte eine große Niedergeschlagenheit in sich aufkeimen. Die Aufgabe, ihr Volk in eine bessere Zukunft zu führen, erschien ihr plötzlich viel zu groß für ihre schmalen Schultern. Ein Abenteuer, das von vornherein zum Scheitern verurteilt war. »Ich ... ich kann das nicht allein entscheiden«, sagte sie. »Ich werde zurückkehren und allen berichten, was ich gesehen habe. Dann möge jeder seine Wahl treffen.«

»Das ist ein weiser Entschluss.« Kaori wirkte zufrieden. »Ich bin froh, dass du mir vertraut hast. Weißt du jetzt, warum es mir so wichtig war, dass du den Berg mit eigenen Augen siehst?«

»Ja, das weiß ich.« Noelani lächelte innerlich. »Lass uns zurückkehren«, schlug sie vor. »Ich habe genug gesehen.«

Kaum hatte sie das gesagt, spürte sie wieder die eisige Berührung ihrer Schwester. Augenblicklich wurde sie zurückgerissen. Fort von dem Berg, über das nebelverhangene Meer, hin zu dem einen Ort, an dem ihr Körper auf die Rückkehr der Seele wartete.

Als die Insel in der Ferne auftauchte, wurde Noelani von einer tiefen Sehnsucht erfasst. Niemals zuvor hatte sie eine so lange Geistreise unternommen, niemals ihren Körper so weit zurückgelassen. Sie sehnte sich nach dem Leben und der Wärme des Seins, aber kurz bevor es so weit war, dass sie in ihren Körper zurückkehrte, hielt sie noch einmal inne.

»Sehe ich dich wieder?«, fragte sie Kaori in banger Hoffnung.

»Ich werde hier sein, solange du lebst«, erwiderte Kaori. »Diese Welt verbindet Leben und Tod. In der Sphäre der Geister verschwimmen die Grenzen des Seins. Hier wirst du mich finden, wann immer du mich suchst.«

»Dann habe ich dich nicht ganz verloren.« Der Gedanke machte Noelani glücklich. Sie war ihrem Körper nun schon so nah, dass sie den Sog des Lebens spürte, der sie wie ein unsichtbares Band zurückführen würde. »Ich werde wiederkommen«, versprach sie und fügte hinzu: »Danke – für alles.« Dann gab sie den Widerstand gegen den Sog auf.

Das Gefühl der Enge, das sie jedes Mal überkam, wenn sie von einer Geistreise heimkehrte, erschien ihr nach der langen Reise geradezu unerträglich, aber schlimmer noch waren die Schmerzen, die diesmal wie hundert blutgierige Raubtiere an ihren Muskeln zerrten, bis die Ohnmacht nach ihr griff und den Qualen ein Ende bereitete.

8

»Und?« Die Neugier des Luantar, die in dem Wort mitschwang, war nicht zu überhören. »Hast du die Maor-Say getroffen?«

»Ja.« Kaori nickte. Im Mondlicht kam sie den Weg zum Ruheplatz des Dämons hinauf und trat vor den Felsen. »Ich habe mit ihr gesprochen, und sie hat mich zum Todesberg begleitet.«

»Dann hast du es also selbst herausgefunden?«

»Ja.«

»Du bist sehr klug.« Auf unbestimmbare Weise klang der Dämon traurig.

»Was ist mit dir?« Kaori legte den Kopf in den Nacken und schaute dorthin, wo sie das Antlitz des Luantar vermutete. Nachdem er sie bei ihrer letzten Begegnung so schroff abgewiesen hatte, erschien ihr sein Tonfall erstaunlich sanft.

»Nichts«, kam die Antwort von oben.

»Das glaube ich dir nicht?«

»Sie werden die Insel verlassen oder?«

»Ja, das werden sie wohl. Noelani hat erkannt, dass es hier keine sichere Zukunft für sie gibt.« Kaori verstummte und wechselte abrupt das Thema, weil ihr ein Gedanke kam. »Sag mal, wenn ich mit Noelani sprechen konnte, dann hätten die Jungfrauen die Maor-Say doch auch in dieser Sphäre erreichen können – oder nicht? Es wäre für sie ein Leichtes gewesen, einer der vielen Maor-Says, die nach dem Unheil über Nintau wachten, die Wahrheit zu sagen.«

»Ja, das wäre es.« Der Dämon nickte bedächtig. »Sie haben es auch versucht.«

»Und? Hatten sie Erfolg?«

»Das kommt darauf an.«

Kaori seufzte. Der Luantar schien diesmal gesprächig zu sein und sie war entschlossen, dies zu nutzen. »Ich würde es gern erfahren. Also, hatten sie Erfolg?«

»Wenn du meinst, ob es ihnen gelungen ist, der Maor-Say auf einer ihrer Geistreisen zu begegnen und ihr eine Botschaft zukommen zu lassen, dann lautet die Antwort: Ja«, hob der Dämon an. »Wenn du aber wissen willst, ob sie damit ihr Ziel erreicht haben, kennst du selbst die Antwort.«

Kaori nahm sich die Zeit, das Gehörte abzuwägen. Dann sagte sie: »Soll das heißen, die Maor-Say wusste, dass du gar nicht schuld an dem Unheil bist?«

»Ja.« Der Dämon löste sich aus dem Felsen und ließ sich in seiner Geistererscheinung auf dem Trümmerfeld neben seinem versteinerten Körper nieder. »Die Maor-Say, die mich versteinerte und die fünf

Jungfrauen opferte, wusste es. Aber sie hat dieses Wissen weder an das Volk noch an ihre Nachfolgerinnen weitergegeben, denn sie war machthungrig und egoistisch. Sie wollte ihr Leben nicht als Flüchtling in einem fremden Land fristen. Die Geister der fünf Jungfrauen versuchten immer wieder, sie umzustimmen. Am Ende aber mussten sie erkennen, dass sie ihr Leben einer Lüge geopfert hatten und dass sie ihr Volk nicht vor einer neuerlichen Heimsuchung würden schützen können. Sie waren so traurig und verzweifelt, dass ich ihnen wegen der List, die mich seither an diesen Ort bindet, nicht einmal böse sein konnte. Sie wussten es ja nicht besser und waren am Ende selbst Opfer des Irrglaubens.«

»Dann wurde mein Volk über all die Generationen hinweg belogen?« Kaori war fassungslos. »Wir wähnten uns in Sicherheit. Dabei war es nur Glück, dass wir all die Jahre unbehelligt leben konnten.«

»So kann man es sehen.«

»Aber warum haben die fünf es dann nicht den anderen verraten? Jede Maor-Say, die der ersten folgte, war in der Lage, eine Geistreise anzutreten. Und sie haben es auch getan. Warum haben die Jungfrauen ihnen nicht die Wahrheit gesagt?«

»Sie konnten es nicht.« Der Luantar seufzte. »Als die Maor-Say erkannte, dass die fünf nicht wirklich tot waren und sie sich ihr als Geister mitteilen konnten, legte sie einen Bann über die Statuen, der es den fünf unmöglich machte, ihre Hüllen zu verlassen. Von da an waren ihre Seelen in den Statuen gefangen. Niemals sollte jemand etwas von der Lüge der Maor-Say erfahren. Auch nach ihrem Tode wollte sie noch als Retterin von den Bewohnern Nintaus gefeiert werden.«

»Das ist grausam.« Kaori fehlten die Worte.

»Ja, das ist es.« Der Dämon nickte bedächtig. »Die Ärmsten haben sehr gelitten. Es ist gut, dass deine Schwester sie erlöst hat.«

»Warum hast du es nicht getan?«, fragte Kaori, die ihren eigenen Gedanken nachhing.

»Was?«

»Warum hast du den Maor-Says nicht gesagt, was wirklich los ist?«

»Ich habe es versucht, aber es ging nicht.«

»Was soll das heißen?« Kaoris Tonfall wurde eine Spur schärfer.

»Das bedeutet, dass ich es versucht habe. Ein ums andere Mal habe ich hier auf die Maor-Say gewartet, um ihr den Todesberg zu zeigen. Aber sie haben mir nie zugehört. Sobald sie nur meine Stimme hörten, ergriffen sie die Flucht und waren für mich unerreichbar.« Der Dämon stieß eine kleine weiße Wolke aus, Zeichen seiner gekränkten Ehre. »Irgendwann habe ich es aufgegeben. Ihr Menschen seid einfach zu schreckhaft.«

»Noelani hat sich auch erschreckt«, gab Kaori zu. »Es war nicht leicht, sie davon zu überzeugen, dass sie mir vertrauen kann.«

»Sie ist eben anders als du.« Auf dem Gesicht des Dämons glaubte Kaori so etwas wie ein Schmunzeln zu erkennen.

»Wie meinst du das?« Kaori sah ihn fragend an.

»So wie ich es gesagt habe«, wiederholte der Dämon. »Du bist die Erste, die sich nicht vor mir fürchtet – du bist mutig.«

***

»... bin ich unverzüglich aufgebrochen, um König Azenor vom Tod des Prinzen und dem Fall der Festung am Gonwe zu unterrichten.« General Triffin beendete seinen Bericht und ließ den Blick über die Gesichter der sieben Ehrwürdigen schweifen, die als Mitglieder des Kriegsrats über das weitere Vorgehen gegen die Rakschun entscheiden sollten. Es hatte ihn überrascht, dass der König den Rat schon am Abend nach seiner Ankunft einberufen hatte, denn noch bei der Unterredung am Vortag hatte es so ausgesehen, als hätte Azenor damit keine Eile.

Dass nun doch alles sehr schnell ging, freute Triffin, denn obwohl noch Monate bis zum nächsten Angriff der Rakschun vergehen mochten, mussten so schnell wie möglich Pläne zur Verstärkung der Truppen und zur Verteidigung der Grenze erarbeitet werden.

Triffin räusperte sich. Er hatte lange geredet, seine Kehle war trocken. Da angesichts der Niederlage offensichtlich alle die Sprache verloren zu haben schienen, setzte er sich und füllte seinen gläsernen Pokal mit rotem Wein aus einer Kristallkaraffe.

»Wie viele Männer haben wir verloren?«, wagte einer der Zuhörer schließlich zu fragen.

»Darüber habe ich keine Kunde.« Triffin setzte den Pokal ab und schüttelte den Kopf. »Ich brach unmittelbar nach der Sprengung der Brücke auf. Zu dieser Zeit war noch keine Zählung möglich. Ich wage aber zu behaupten, dass sich unsere Verluste auf mehrere tausend Mann belaufen.«

»So viele?« Der Fragende machte ein bestürztes Gesicht.

»Viel zu viele.« Triffin warf dem König aus seinem einen Auge einen scharfen Blick zu, doch dieser blieb gelassen.

»Keine Sorge, General, ich werde umgehend neue Truppen ausheben lassen«, sagte er ruhig.

»Neue Truppen?« Der junge Fürst Rivanon, ein Jugendfreund des Prinzen Kavan, erhob sich von seinem Platz und stützte die Hände auf den Tisch. »Verzeiht, wenn ich das sage, Eure Majestät, aber woher sollen diese Truppen kommen? Der lange Krieg hat Baha-Uddin zu einem Land der Greise und Frauen werden lassen. Die wenigen noch verbliebenen jungen Männer werden dringend für die Arbeit auf den Feldern gebraucht. Wir können nicht noch mehr ...«

»Natürlich können wir.« Der König hob die Stimme gerade so weit, dass er sich Gehör verschaffte. »Der Winter naht. Die Ernte ist eingebracht. In den kommenden Monaten wird es für die Faulpelze auf dem Land nichts zu tun geben. Der Dienst im Heer wird sie lehren, was Ordnung und Disziplin bedeuten.«

»Das wird nicht genügen«, mischte Triffin sich in die Debatte ein.

Alle schauten ihn an.

»So?« Der König zog fragend eine Augenbraue in die Höhe. »Und warum nicht, wenn ich fragen darf?«

»Weil wir den Gonwe niemals auf seiner ganzen Länge sichern können«, sagte Triffin grimmig. »Selbst dann nicht, wenn wir alle Greise und Knaben des Landes zum Dienst im Heer verpflichten.«

»Warum sollten wir das tun?«, fragte einer der Ratsmitglieder. »Der Gonwe ist ein tiefer und reißender Strom, der nicht so leicht überwunden werden kann. Ich denke, es genügt, wenn wir die Furt bewachen, an der die Festung gestanden hat. Eine andere Möglichkeit, den Fluss zu überqueren, haben sie nicht.«

»Sie könnten Boote und Flöße bauen. Oder eine Brücke.«

»Wie denn?« Der König stieß ein spöttisches Lachen aus. »Sie haben doch kein Holz.«

»Sie haben die Überreste der Festung und die der Brücke«, gab General Triffin zu bedenken. »Und sie sind nicht so dumm, wie manch einer hier gern glauben möchte.«

»Nun denn, wenn du die Rakschun so gut kennst, hast du sicher einen Plan, wie wir uns dieser Barbaren in Zukunft erwehren können.« Etwas Lauerndes lag im Blick des Königs, als er seinen General von der Seite her anschaute.

»Wie wir uns ihrer erwehren können, weiß ich noch nicht«, gab Triffin zu. »Aber wenn es uns gelingt, einen Spitzel bei ihnen einzuschleusen, wären wir vorbereitet, was immer sie auch planen.«

»Einen Spitzel?«, rief Fürst Rivanon aus. »Wie, bei den Pforten des Antavta, soll uns das gelingen? Willst du dir das Gesicht mit Schlamm färben, bis es die Farbe der Barbaren trägt, und die Haare schwärzen und dann über den Gonwe schwimmen? – Wohl kaum. Aber selbst wenn es uns gelingen sollte, einen Spitzel unter diese Barbaren zu bringen, wie soll er uns Bericht erstatten? Mit Trommelzeichen, Hornsignalen oder Rauchzeichen?« Er lachte über seine eigenen Worte und schüttelte den Kopf. »Mein lieber Triffin, dein Plan mag reizvoll sein, aber ich fürchte, er ist undurchführbar.«

»Nicht so voreilig, junger Fürst.« Triffin ließ sich nicht aus der Ruhe bringen. Er hatte sich seine Worte sehr genau überlegt und war entschlossen, den Plan durchzusetzen. »Ich habe unter meinen Männern einen zuverlässigen Waffenschmied, der nur der Abkömmling eines Bastards sein kann. Obwohl es schon viele Generationen zurückliegen muss, dass einer seiner Ahnen ein Rakschun war, trägt er noch heute die Züge der Barbaren. Diesem Mann wäre es ein Leichtes, sich unter die Rakschun zu mischen.«

»Ohne die Sprache zu sprechen und zu verstehen?« Fürst Rivanon blieb skeptisch. »Wohl kaum.«

»Er ist stumm.«

»Stumm?« Rivanon horchte auf. »Das ist nicht dein Ernst – oder? Ein stummer Spitzel wird kaum ...«

»Er kann lesen und schreiben ...«

»Oh, ein Gelehrter.«

»... und er hasst die Rakschun, die ihm einst in Gefangenschaft die Zunge herausschnitten, weil er ihnen nicht verraten wollte, wo unser Spähtrupp lagerte.«

»Oh, ein Held ist er auch.« Rivanon machte keinen Hehl daraus, wie wenig er von dem Plan hielt. In spöttischem Beifall schnalzte er mit der Zunge und sagte kühl: »Ich bin dagegen.«

»Und ich bin dafür.« General Triffin erhob sich, suchte den Blick seines jugendlichen Gegenübers und hielt ihn fest. »Aber wenn du einen besseren Plan hast – nur zu. Wir hören.«

»Nun ... also ... ich ... ich meine ... ich denke ...«

»Also nicht.« General Triffin nickte und schaute die Ratsmitglieder nacheinander scharf an. »Vielleicht hat sonst einer einen besseren Plan?«, fragte er herausfordernd und bemerkte zufrieden, wie einer nach dem anderen den Blick senkte. Rivanon hingegen hatte nicht vor, so schnell aufzugeben. »Du hast uns noch nicht verraten, wie wir die Botschaften erhalten können«, sagte er gerade so laut, dass alle es hören mussten, und fügte spöttisch hinzu: »Von einem Stummen.«

»Er wird uns schreiben.« Nicht die kleinste Regung in Triffins Gesicht verriet, wie sehr er sich über Rivanons Gehabe ärgerte.

»Schreiben?« Der junge Fürst lachte, als habe Triffin sich einen Scherz erlaubt. »Wunderbar, dann muss er ja nur noch über den Gonwe schwimmen und die Nachricht im Heerlager abgeben. Das ist wahrlich ein grandioser Plan. Soweit ich weiß, ist es noch niemandem gelungen, den Gonwe schwimmend zu passieren.«

Er warf einen beifallheischenden Blick in die Runde und nickte Triffin ritterlich zu, als auch andere in sein Lachen einstimmten.

»Das wird nicht nötig sein«, erwiderte Triffin gelassen. »Die Nachricht wird aus der Luft kommen.«

»Aus der Luft?«, riefen einige Ratsmitglieder erstaunt aus, und Rivanon fragte spitz: »Soll das heißen, dass dein stummer Schreiberling fliegen kann?«

»Er nicht, aber seht selbst.« Triffin drehte sich um und gab dem Lakaien an der Tür ein Zeichen. Dieser öffnete die Tür und gewährte einem feisten Mann mit schäbiger Lederschürze Einlass, der einen verhangenen Vogelkäfig mit sich führte, aus dem ein leises Gurren zu hören war.

»Triffin! Was erlaubst du dir?« Der König war aufgebracht, und auch die anderen Ratsmitglieder starrten voller Abscheu auf den ärmlich wirkenden Mann, der sich nicht um ihre Schmährufe scherte, selbstbewusst näher trat, in respektvollem Abstand verharrte und sich höflich verneigte.

»Das ist Mael!«, stellte Triffin den Hinzugekommenen vor. »Er ist der Messerschmied am Hofe, aber das tut hier nichts zur Sache. Viel wichtiger als sein Handwerk ist das, was er euch nun zeigen wird.« Er gab dem Schmied ein Zeichen, worauf dieser das Tuch über dem Käfig entfernte. Ein Raunen lief durch den Saal, als die Ratsmitglieder erkannten, was darunter zum Vorschein kam.

»Eine Sprenkeltaube?« Fürst Rivanon schaute Triffin empört an. »Es ist wirklich unglaublich. Da kommen wir hier zusammen, um darüber zu beraten, wie wir unsere Heimat vor den barbarischen Feinden beschützen können, und du denkst ans Essen.«

»Galan ist nicht hier, um als Festbraten zu enden«, mischte sich der Messerschmied ungefragt ein, was erneut zu heftigen Unmutsbekundungen führte.

»Ah, Galan!« Rivanon ging nicht auf das ungebührliche Verhalten des Fremden ein. Er erhob sich, schritt um den Tisch herum und trat vor den Käfig, die eine Hand an den dünnen Kinnbart gelegt wie ein Koch, der auf dem Markt die Ware für die nächste Mahlzeit begutachtete. Dann sagte er: »Das ist der erste Braten, der mir begegnet, der einen Namen trägt.«

Schallendes Gelächter löste die Anspannung, die alle ergriffen hatte, doch der Frohsinn war nur von kurzer Dauer.

»Du hast nicht richtig zugehört, junger Freund«, tadelte Triffin höflich. »Diese Taube ist viel zu wertvoll, um sie zu verspeisen.«

»Sie ist etwas dünn, aber wertvoll?« Rivanon schaute den General herausfordernd an. »Ich kann an ihr nichts von Wert erkennen.«

»Sie ist eine kluge Taube.« Wieder mischte sich der Messerschmied ungefragt ein. »Was man von einigen in dieser Runde nicht ...«

»Genug!« Triffins befehlsgewohnte Stimme ließ den Messerschmied abrupt verstummen. Der General bemerkte sehr wohl, dass Mael dabei war, sich um Kopf und Kragen zu reden, und spielte seinen letzten Trumpf aus: »Diese Taube hat schon in den frühen Morgenstunden die Kunde vom Tode General Xederics an den Hof getragen. Er starb im Morgengrauen an den Folgen seiner schweren Verletzungen.«

»Xederic!«

»Xederic ist tot?«

»Bei den Pforten des Antavta!«

Bestürzung, Entsetzen und Trauer wechselten in rascher Folge auf den Gesichtern der Anwesenden. Aber es gab auch Zweifler. »Das glaube ich erst, wenn der Bote mit der Todesnachricht hier eintrifft.« Fürst Rivanons Stimme erhob sich klar und deutlich über das allgemeine Stimmengewirr.

»Er wird kommen!« Triffin ließ sich nicht beirren. Auch er trauerte um den Freund, den er verloren hatte, aber die langen Jahre des Kämpfens und Abschiednehmens hatten ihn hart gemacht und gelehrt, seine Gefühle vor den anderen zu verbergen. »Dann werdet ihr erkennen, dass der Messerschmied mit seinen Tauben einen wahren Schatz beherbergt, den zu nutzen wir uns nicht entgehen lassen dürfen.« Er drehte sich um, schaute den König an und fragte direkt: »Wie denkt Ihr darüber, Majestät?«

Augenblicklich trat Stille ein. Alle Blicke waren nun auf König Azenor gerichtet, der die hitzige Auseinandersetzung mit stoischer Ruhe verfolgt hatte. Dieser ließ sich wie immer die Zeit, seine Antwort sorgsam abzuwägen, ehe er die Haltung ein wenig straffte und sagte: »Nun, ich gebe zu, ich finde den Gedanken an einen schnellen Boten sehr reizvoll. Allerdings steht der Beweis für die Richtigkeit der vorgetragenen Worte noch aus. Sobald dieser erbracht ist – oder auch nicht –, werde ich meine Meinung dazu kundtun.«

Es war nicht zu übersehen, dass die diplomatische Antwort niemanden im Saal wirklich zufriedenstellte, dennoch gab Triffin sich zuversichtlich. »Dann gehe ich davon aus, dass die Tauben schon bald in Eure Dienste treten werden.«

»Wir werden sehen.« Der König lächelte vielsagend und sagte: »Da wir nun schon einmal beisammensitzen, wäre es sehr reizvoll zu erfahren, wie die Tauben die Nachrichten überbringen. Sie werden sie ja wohl kaum im Schnabel halten. Vor allem aber, General, bin ich daran interessiert, wie der Plan mit dem stummen Schmied und der Taube umgesetzt werden soll.«

»Die Tauben überbringen die Nachrichten, indem ihnen das Pergament ans Bein gebunden wird«, antwortete der Messerschmied wie selbstverständlich.

»Und woher wissen sie, wohin sie die Nachricht bringen sollen?«, fragte Rivanon. »Erzähl mir nicht, dass du es ihnen sagst.«

»Nein, so einfach ist das nicht.« General Triffin ergriff wieder das Wort. »Das Geheimnis liegt darin, dass Sprenkeltauben immer an den Ort ihrer Geburt zurückfinden, wo immer sie auch sein mögen, und darin, dass sie in der Lage sind, einen Menschen als Freund anzunehmen.«

»Einen Freund?« Rivanon konnte sich ein Lachen nur mühsam verkneifen. »Verzeih, Triffin, aber was für ein Unsinn ist das nun wieder?«

»Das ist kein Unsinn«, erwiderte Triffin kühl. »Es ist das Ergebnis monatelanger Übung.«

»Das wie aussieht?«, wollte der König wissen.

»Nun, unmittelbar bevor die jungen Tauben schlüpfen, nimmt man der Mutter das Gelege fort und übergibt es einem Pfleger, der die jungen Tauben umsorgt. Dadurch entsteht offenbar eine ganz besondere Bindung, die es den Vögeln erlaubt, ihren Ziehvater überall ausfindig zu machen. Dieselbe Bindung entwickeln sie zum Ort ihrer Geburt, denn es ist der Ort, an dem auch sie später brüten werden. Lässt der Ziehvater die Tauben fliegen, kehren sie an den Ort ihrer Geburt zurück. Von dort wiederum finden sie ihren Ziehvater mühelos, wenn man ihnen dessen Namen zuraunt, ehe man sie fliegen lässt.«

»Das ist Magie«, rief einer der Ratsmitglieder aus und klagte damit indirekt den Messerschmied an, denn Magie auszuüben war in Baha-Uddin strengstens verboten.

»Nein, es ist ihnen angeboren«, entgegnete der Messerschmied mit mühsam unterdrücktem Zorn. »Und es ist der Lohn für viele Monate harter Arbeit. Wer es nicht glauben will, der ...«

»Beruhige dich, Mael«, fiel Triffin dem Mann ins Wort. »Ich glaube dir und ich bin sicher, die anderen werden dir auch glauben. Wenn nicht heute, dann spätestens, wenn mein Plan gelingt.«

»Und wie lautet dieser glorreiche Plan?«, fragte Rivanon auf eine Weise, die deutlich machte, dass er nur auf eine Gelegenheit wartete, Triffin zu verspotten.

»Der glorreiche Plan ist ganz einfach«, antwortete Triffin ruhig. »Wir überlassen dem stummen Schmied ein Gelege und ...«

***

»Noelani. Bei allem, was heilig ist, wach auf!«

Unsanftes Rütteln und eine laute Stimme rissen Noelani aus dem tiefen Erschöpfungsschlaf, den die ungewöhnlich lange Geistreise der vergangenen Nacht ihr beschert hatte. Murrend drehte sie sich auf die andere Seite und zog sich die Decke über den Kopf, aber die Stimme gab keine Ruhe.

»Noelani! Verdammt, Noelani, wach endlich auf.«

Eine Hand packte ihre Schulter und rüttelte sie erneut.

»Lass mich.« Noelani schlug die Hand fort und genoss die Ruhe, die jedoch nicht von Dauer war.

»Noelani!« Mit einem Ruck wurde die Decke fortgezogen.

»Was ...?« Noelani fuhr auf und schaute sich um. Die *Heilige Ruhe*, wie der Schlaf der Maor-Say nach einer Geistreise genannt wurde, durfte nicht gestört werden. So lautete das ungeschriebene Gesetz des Tempels. Der erschöpfte Geist konnte großen Schaden nehmen, wenn er sich nicht erholen konnte – und die Reise mit Kaori war besonders kräftezehrend gewesen.

»Jamak.« Noelanis Stimme wurde sanfter, als sie ihren väterlichen Freund und engsten Vertrauten vor dem Bett stehen sah. Sie richtete sich auf, winkelte die Knie an, schlang die Arme darum und fragte gähnend: »Warum weckst du mich auf?«

Jamak warf einen raschen Blick nach rechts und nach links, als müsse er sich vergewissern, dass sie allein waren, dann sagte er: »Der Nebel! Er steigt viel schneller, als wir gedacht haben!«

Augenblicklich war Noelani hellwach. »Wie schnell?«

»Er wird den oberen Rand der Klippe noch vor Sonnenuntergang erreicht haben.«

»Bei den Göttern!« Noelani schnappte nach Luft. Ihr Blick wanderte zum Fenster, durch das helles Sonnenlicht in den Raum fiel. »Wie spät ist es?«

»Fast Mittag.« Noch nie hatte Noelani Jamak so ernst gesehen. »Ich habe schon einige Maßnahmen eingeleitet. Seit dem frühen Morgen schaffen wir Lebensmittel, Decken und allerlei Gerätschaften auf das Plateau des steinernen Dämons. Da oben weht ein leichter Wind. Dort werden wir sicher sein.«

»Fragt sich nur, wie lange«, sagte Noelani düster und fragte dann: »Wissen alle Bescheid?«

»Das ließ sich nicht verhindern. Die beiden jungen Frauen, die den Nebel am Plateau entdeckt haben, haben die Nachricht sofort überall verbreitet.« Er seufzte. »Ich konnte eine Panik gerade noch verhindern, aber es wäre gut, wenn du zu den Menschen sprechen würdest. Sie haben große Angst.«

»Zu Recht.« Noelani schwang die Beine aus dem Bett und kleidete sich an. »Es ist gut, dass du ihnen Aufgaben gegeben hast«, sagte sie. »Die Arbeit lenkt sie ab.«

»Es wäre trotzdem sehr wichtig, wenn du ein paar Worte an sie richten würdest. Sag etwas, das sie aufbaut. Die meisten haben nicht viel mehr als ihr Leben retten können. Ein wenig Hoffnung …«

»Hoffnung?«, fiel Noelani Jamak ins Wort. »Es gibt keine Hoffnung. Nicht für uns und nicht für diese Insel.«

»Woher weißt du das?« Jamak schaute Noelani fragend an, zögerte kurz und fragte dann: »Hast du es gesehen? Hast du herausfinden können, woher die giftigen Dämpfe stammen?«

»Ja. Ja, das habe ich.« Noelani nickte. »Die Dämpfe stammen von einem Berg, weit draußen auf dem Meer, der offenbar immer wieder giftigen Rauch ausstößt. Allein dem Wind, der in den vergangenen Jahrhunderten günstig stand, haben wir es zu verdanken, dass diese Rauchwolken Nintau nicht viel öfter erreicht haben. Es ist, wie ich schon vermutet habe: Die Legende von dem Angriff des Dämons ist eine einzige Lüge.«

»Wirst du es den anderen sagen?«

»Ja.« Noelani nickte ernst. »Sie müssen es wissen. So werden sie erkennen, dass unser Volk nur dann eine Zukunft hat, wenn wir die Insel verlassen und uns auf den Weg machen, um eine neue Heimat zu suchen.«

»Aber wir haben keine Schiffe.«

»Dann müssen wir welche bauen.«

»Und der Nebel?«, fragte Jamak. »Wie sollen wir Schiffe bauen, wenn wir nicht an den Strand hinuntergehen können?«

»Der Nebel wird uns nicht mehr lange bedrängen«, erwiderte Noelani mit fester Stimme. »Der Berg beruhigt sich. Er stößt keinen Rauch mehr aus. Das habe ich mit eigenen Augen gesehen.«

»Aber der Nebel steigt.« Jamak schien Noelanis Zuversicht nicht teilen zu können.

»Ja, noch.« Noelani lächelte. »Aber nicht mehr lange. Wir werden auf dem Berg ausharren, bis Wind aufkommt und ihn vertreibt. Oder bis er von alleine abgezogen ist. Das kann nicht mehr lange dauern. Der Legende nach hielt er sich auch damals nur wenige Tage.« Noelani legte alle Zuversicht, die sie aufbringen konnte, in ihre Worte. »Sobald der Wind den Nebel fortgetragen hat, werden wir mit der Arbeit beginnen.«

2. Buch
Das Land der Hoffnung

1

Baha-Uddin, sechs Monate später ...

»Kannst du etwas sehen? Hörst du etwas?« Ungeduld und eine große Unruhe spiegelten sich in den geflüsterten Worten von General Triffin, als er sich dem Hauptmann zuwandte, der neben ihm ritt.

»Nein.«

»Verdammt.« Triffin spie auf den Boden. Das gesunde Auge zu einem schmalen Schlitz verengt, starrte er in die mondlose Dunkelheit über dem Gonwe und lauschte, aber sosehr er sich auch bemühte, nichts deutete darauf hin, dass das Boot zurückkehrte.

Sollte am Ende alles vergebens gewesen sein? Die Aufzucht der Sprenkeltauben, die monatelange Ausbildung des stummen Arkon im Umgang mit ihnen? Die Anstrengung des jungen Schmieds zu lernen, sich wie ein echter Rakschun zu benehmen und sich die fremde Sprache anzueignen? Triffin ballte die Fäuste. In dieser Nacht würde sich entscheiden, ob die Mühe der vergangenen Monate Früchte tragen und sein Plan gelingen würde. Er wusste, dass ihm nicht mehr viel Zeit blieb. Gern hätte er Arkon noch länger bei Mael und den Tauben gelassen, um die Ausbildung zu beenden. Aber Zeit war ein kostbares Gut, das er nicht besaß.

Die großen Flöße, die seit Monaten auf der anderen Seite des Flusses zusammengezimmert wurden, waren selbst aus großer Entfernung gut zu erkennen und ließen keinen Zweifel daran aufkommen, dass der Angriff der Rakschun näher rückte. Doch das allein war zu wenig. Um eine schlagkräftige Verteidigung vorzubereiten, musste Triffin mehr und vor allem genauere Angaben haben. Wie viele Krieger umfasste das Heer? Wo würden sie übersetzen und vor allem wann?

Der Plan, einen Spitzel über den Gonwe zu schicken, der ihm die Antworten auf die drängenden Fragen zukommen ließ, war Triffins einzige Hoffnung, den Siegeszug der Rakschun aufhalten zu können. Nur wenn er seine Truppen im richtigen Moment an der richtigen Stelle positionierte, bestand noch Aussicht, die Invasoren zurückzuschlagen.

Nur dann ...

Triffin nahm einen tiefen Atemzug. Trotz aller Anstrengungen war es ihm in den Monaten nach dem Fall der Festung nicht gelungen, die Schlagkraft des königlichen Heeres wiederherzustellen. Zu wenige der Männer, die man noch hatte rekrutieren können, taugten zum Kriegsdienst, denn mehr als dümmliche Knechte, junge, disziplinlose Hitzköpfe und gebrechliche Greise hatte Baha-Uddin nicht zu bieten. Genau genommen war die Verstärkung für die Truppe eher eine Belastung als eine Bereicherung.

Dazu kamen Ströme von Flüchtlingen, die heimatlos umherzogen oder in eilig errichteten Lagern auf bessere Zeiten warteten. Zunächst waren es ausschließlich junge Männer gewesen, die versuchten, auf diese Weise ihrer Rekrutierung zu entgehen. Seit dem Fall der Festung aber waren immer mehr Familien aus dem fruchtbaren Schwemmland des Gonwe fortgezogen. Verlassene Gehöfte, Anwesen mit unbestellten Feldern und herrenlosem Vieh zeugten von der Furcht der Menschen, die entweder an der Küste oder in den Nachbarländern Schutz suchten. Inzwischen hatten König Erell von Osmun und Königin Viliana von Hanter die Grenzen geschlossen und gewährten den Flüchtlingen keine Zuflucht mehr. Dies wiederum hatte zur Folge, dass die Menschen in den Süden flüchteten, wo rings um die Hauptstadt ein halbes Dutzend Lager entstanden waren, die ständig weiter wuchsen. Das Zusammenleben so vieler Menschen auf engem Raum trug bereits erste bittere Früchte. Gegen Ende des Winters hatte eine Hungersnot mehr als zweitausend Opfer gefordert, weil die Vorräte erschöpft waren und König Azenor sich geweigert hatte, Unsummen für die völlig überteuerten Nahrungsmittel aus Osmun oder Hanter zu bezahlen. Später kamen Krankheiten hinzu, die sich durch schmutziges Wasser und Heerscharen von Ratten in den Lagern rasch verbreiteten. Das Elend der Flüchtlinge war unbeschreiblich, jeder Tag ein Kampf ums Überleben. Es wurde geraubt, geplündert und nicht selten auch getötet. Die Menschen in der Stadt waren immer weniger bereit, den Hungernden zu helfen, und spöttische Stimmen behaupteten bereits, dass die Rakschun bald nicht mehr angreifen müssten, weil sich das Volk von Baha-Uddin über kurz oder lang selbst ausgerottet haben würde.

Triffin war entschlossen, es nicht so weit kommen zu lassen. Und er war überzeugt, dass sein Plan gelingen würde – zumindest war er davon überzeugt gewesen, bis das Boot mit den beiden Kriegern, die Arkon über den Gonwe bringen sollten, seinen Blicken entschwunden war. Das war kurz vor Mitternacht gewesen. Inzwischen plagten ihn Zweifel, denn im Osten zog der neue Tag bereits mit einem ersten hellen Streifen am Horizont herauf. Das Boot hätte längst zurück sein müssen ...

»Da kommen sie!« Als hätte der Hauptmann seine Gedanken gelesen, deutete er in diesem Augenblick auf den Fluss hinaus. Triffin sah auf und erkannte im mondlosen Zwielicht einen schlanken Schatten, der langsam auf sie zuglitt. »Endlich!« Mit einem Aufatmen schwang er sich aus dem Sattel und trat ans Ufer, wo sich das Boot gerade auf das sandige Ufer schob. Die beiden Krieger waren allein. Arkon war nicht mehr an Bord. »Befehl ausgeführt!«, meldete einer der Krieger in dem für die Truppen Baha-Uddins knappen Tonfall. »Der Spitzel konnte unbemerkt an Land gehen.«

»Hervorragend!« Die Worte vertrieben Triffins letzte Zweifel. »Bringt das Boot zum Karren, wir kehren ins Lager zurück. Hier können wir nichts mehr ausrichten.« Und etwas leiser fügte er hinzu: »Mögen die Götter Arkon schützen und leiten.«

***

Draußen war es noch dunkel. Das Feuer in der Mitte des geräumigen Rundzeltes war fast heruntergebrannt. Es war kalt. Taro fröstelte, als er die viel zu dünne Decke zur Seite schlug und sich auf seinem harten Nachtlager nahe der Tür aufrichtete. Er hatte es sich angewöhnt, als Erster aufzustehen, um das Feuer neu zu entfachen. So ersparte er sich die schmerzhaften Fußtritte von Dedra, der Hauptfrau von Olufemi, dem das Rundzelt gehörte.

Dedra war nicht begeistert gewesen, als Olufemi Taro als Sklaven in sein Zelt gebracht hatte. Für sie war er ein Schmarotzer, der die ohnehin kargen Rationen an Nahrung weiter schmälerte und zudem ständiger Aufsicht bedurfte. Auch kränkte es sie, dass Olufemi ihr ungefragt einen Sklaven ins Haus schleppte, denn sie war eine stolze Frau, die sich keine Versäumnisse oder gar Faulheit nachsagen lassen wollte. Olufemi aber hatte nachdrücklich darauf bestanden, dass Taro blieb, und keine Widerrede geduldet. Dedra hatte sich seinem Wunsch gefügt, aber es verging kein Tag, an dem sie Taro nicht spüren ließ, wie sehr sie ihn verachtete.

Wann immer es möglich war, demütigte sie ihn und fügte ihm Schmerzen zu, und er war sicher, dass er es nur der Angst vor Olufemi zu verdanken hatte, dass sie ihn nicht längst hatte verhungern oder erfrieren lassen, so wie es vielen anderen Sklaven in diesem Winter voller Entbehrungen ergangen war.

Das Leben eines Sklaven zählte nichts bei den Rakschun, das hatte Taro schnell begriffen, und so hatte er sich nach anfänglichem Aufbegehren in seine Rolle gefügt und seine Kraft fortan darauf verwendet, Dedras Schikanen zu entgehen. Frühes Aufstehen war nur eine der vielen Kleinigkeiten, die ihm das Leben leichter machten.

Vorsichtig blies Taro die Asche über der Glut fort und legte eine Handvoll trockenes Gras darauf. Als die Funken sich mehrten und das Gras verzehrten, nahm er einen der getrockneten Dungfladen, die neben der Feuerstelle bereitlagen, und hielt ihn so lange in die züngelnden Flammen, bis er Feuer gefangen hatte. Dann legte er ihn auf das Gras und begann, weitere Dungfladen aufzuschichten. Obwohl er es schon so oft getan hatte, empfand er auch an diesem Morgen wieder einen leisen Triumph, als das Feuer rasch heranwuchs und eine heimelige Wärme verströmte. Er hatte gewonnen. Im ewigen Kampf gegen Kälte und Dunkelheit war er auch an diesem Morgen als Sieger hervorgegangen, wohl wissend, dass beides zurückkehren würde, sobald sich alle Bewohner des Zeltes zum Schlafen niedergelegt hatten.

Lächelnd streckte Taro die Hände dem Feuer entgegen und genoss die Wärme, während er den Blick über die schlafenden Zeltbewohner schweifen ließ.

Olufemi hatte die Nacht wie sooft in den vergangenen Wochen am Fluss verbracht, wo sich das Heer der Rakschun auf die entscheidende Schlacht gegen die Truppen aus Baha-Uddin vorbereitete. Dedra schlief allein auf dem breiten, mit Fellen bedeckten Bett, das sie in friedlichen Zeiten mit Olufemi teilte. Daneben, auf einfachen, mit Gräsern gefüllten Säcken, schliefen die drei Gebärfrauen des Familienoberhauptes mit ihren Kindern. Bei den Rakschun wurde das Ansehen eines Mannes an der Zahl seiner männlichen Nachkommen gemessen. Während die Hauptfrau als unberührbar galt und kinderlos blieb, war es die Aufgabe der Gebärfrauen, dem Mann viele Söhne zu schenken.

Taro beneidete die Frauen nicht. Oft kam es ihm so vor, als ob ihnen in der straffen Rangordnung der Rakschun nur wenig mehr Ansehen als den Sklaven entgegengebracht wurde. Ihre alleinige Aufgabe war es, Kinder zu empfangen, sie zu gebären und sie in den ersten Lebensjahren zu umsorgen. Frauen, die viele Jungen gebaren, standen in der Gunst höher als jene, die Mädchen zur Welt brachten. Wenn eine Frau keine Kinder bekam, wurde sie verstoßen und musste sich fortan mit Betteln oder Hurendiensten verdingen.

Die Kinder selbst durften nicht lange bei ihren Müttern bleiben. Im Alter von fünf Jahren wurden die Jungen von den Familien getrennt und zu Kriegern ausgebildet, während die Mädchen so lange im Zelt blieben, bis sie vom Familienoberhaupt an einen anderen Mann verkauft oder verschenkt wurden. Nur wenige hatten das Glück, eine Hauptfrau zu werden. Die meisten teilten das Schicksal ihrer Mütter, denen aufgrund der ununterbrochenen Schwangerschaften oft nur ein kurzes Leben gegeben war.

In den wenigen Monaten, die Taro in Olufemis Zelt lebte, war eine seiner Gebärfrauen gestorben. Sie verblutete bei der Geburt ihres sechsten Kindes. Doch statt zu trauern, hatte Olufemi nur Zorn für sie übrig gehabt, weil sie ihren ungeborenen Sohn mit in den Tod genommen hatte.

Nur einen Tag später hatte Olufemi Halona in das Rundzelt geführt, eine junge Frau von besonderer Schönheit, kaum sechzehn Jahre alt und so stolz und erhaben, wie Taro es bisher nur von Dedra kannte. Später hatte er erfahren, dass Halona die Hauptfrau eines jungen Kriegers gewesen war, der bei der Schlacht um die Festung am Fluss sein Leben gelassen hatte. Wie bei den Rakschun üblich, wurde der Besitz des Gefallenen unter denen geteilt, die überlebt hatten. Olufemi nahm Halona als Gebärfrau in seinen Besitz auf, aber ihr Stolz war ungebrochen, und sie hatte sich beharrlich geweigert, sich ihm hinzugeben.

»Die muss ich erst noch zähmen«, hatte Olufemi lachend erklärt und alle bis auf Dedra aus dem Zelt geschickt. Als man sie wieder eingelassen hatte, hatten sie Halona zusammengekrümmt auf ihrem Lager vorgefunden, das Gesicht gerötet und geschwollen, die Decke blutbefleckt. Sie hatte gezittert und war immer wieder wie unter großen Schmerzen zusammengezuckt. Doch selbst in diesem elenden Zustand hatte Olufemi ihr keine Ruhe gegönnt.

Obwohl er im Lager am Fluss gebraucht wurde, hatte er von da an jede Nacht bei seiner neuen Frau gelegen und sie die Pflichten einer Gebärfrau gelehrt. Halona hatte es stumm ertragen, aber Taro hatte sie im Dunkeln oft weinen gehört und sich geschämt, weil er es nicht wagte, ihr zu helfen. Inzwischen waren knapp vier Monate vergangen, und die Wölbung ihres Leibes ließ keinen Zweifel daran, dass sie Olufemis Kind unter dem Herzen trug.

Ein warmes Gefühl durchflutete Taro, als sein Blick auf Halona verweilte. Dunkle Locken verdeckten im Schlaf ihr Gesicht. Es trug noch immer Spuren der Misshandlungen, die nur langsam verheilten, aber das tat ihrer Schönheit keinen Abbruch. Wie Taro hatte auch sie dazugelernt. Sie gab sich demütig und gehorsam, doch wer ihr in die Augen schaute, konnte sehen, dass ihr Stolz ungebrochen war. Olufemi mochte ihren Leib besitzen. Ihr Geist war frei.

Sie ist wie ich. Auf unbestimmte Weise fühlte Taro sich Halona verbunden, und wenn das neue Leben, das in ihr heranreifte, ihr hartes Los nicht würde ändern können, so war es für ihn doch tröstlich zu wissen, dass er sie zumindest in den nächsten Monaten nachts nicht mehr würde weinen hören.

Aus den Augenwinkeln bemerkte er, wie Dedra sich unter den Fellen regte. Es wurde höchste Zeit, das Zelt zu verlassen und mit dem Dungsammeln zu beginnen. Holz war ein kostbarer Rohstoff in der Steppe, und so musste der getrocknete Dung der Pferde und Rinder als Brennstoff herhalten. Es war die Aufgabe der Sklaven, den frischen Dung jeden Morgen einzusammeln und ihn zum Trockenplatz zu bringen. Das Lager war riesig, und obwohl die Männer ein eigenes Kriegslager am Fluss errichtet hatten, war der Bedarf an Trockendung für die Herdfeuer von Tausenden Familien gewaltig. Über den Winter waren die Vorräte zudem fast völlig aufgebraucht worden, und die Sonne hatte noch nicht genügend Kraft, um den frischen Dung so schnell zu trocknen, wie er benötigt wurde.

Taro warf einen letzten Blick auf das Feuer, legte noch einen Dungfladen nach und erhob sich, um sein Tagewerk zu beginnen. Die abgewetzte Weste aus dünnem Rinderfell wärmte ihn nur spärlich, als er in den frostkalten Morgen hinaustrat, den Dungkorb schulterte und sich auf den Weg zu den Weiden machte. Auch beim Dungsammeln kam ihm das frühe Aufstehen zugute. An den ersten Tagen war er als einer der Letzten bei den Tieren eingetroffen und hatte den ganz frischen, weichen und oft noch warmen Dung einsammeln müssen, um den Korb voll zu bekommen.

Heute war der Frost sein Freund. Wenn er sich beeilte, würde er den Dung gefroren einsammeln können. Das würde ihm die Arbeit erleichtern und seine Hände sauber halten. So zögerte er nicht länger und machte sich mit weit ausgreifenden Schritten auf den Weg.

Bei den Weiden angekommen, musste er feststellen, dass auch andere die Gunst der frühen Stunde zu nutzen wussten. Im Licht der Dämmerung erkannte er mehr als zwei Dutzend Gestalten, die sich in den eigentümlichen Bewegungen der Dungsammler zwischen den dösenden Tieren bewegten. Die Herde der Rakschun bestand aus zweitausend genügsamen Rindern und mehr als tausend kleinwüchsigen Steppenpferden, die die Reiter der Rakschun weit in das

Land des Erzfeindes tragen sollten, sobald es ihnen gelungen war, am jenseitigen Ufer des Gonwe ein Lager zu errichten. Ein rascher Blick bestätigte Taro, dass es an diesem Morgen nicht anders war als in den Monaten zuvor. Die meisten Sklaven bewegten sich zwischen den Rindern, da diese sich von den umherhuschenden Gestalten nicht stören ließen. Die Pferde hingegen machte die Unruhe nervös. Und das war gefährlich. Zweimal schon war Taro Zeuge geworden, wie einem Sklaven der Schädel von einem machtvollen Huftritt zerschmettert wurde. Das furchtbare Schicksal der beiden hielt viele Sklaven davon ab, den Pferdedung zu sammeln. Taro war das nur recht. Zielstrebig schlug er den Weg zu dem Teil der Weide ein, wo die Pferde standen, und begann mit der Arbeit.

Hier war er allein. Und das war gut so. Die Sklaven der Rakschun waren ein bunt zusammengewürfelter Haufen. Ihre Herkunft war so unterschiedlich wie die Hautfarbe und die Sprache, denn Händler brachten sie über die Steppe und boten sie im Lager feil. Alte und Junge, Männer, Frauen und auch Kinder. Doch obwohl kein Schicksal dem anderen glich, war Taro unter ihnen etwas Besonderes. Er war Taro, ohne Namen. Ein Sklave ohne Erinnerung und wie es schien auch ohne Vergangenheit. Immer wieder hatte er versucht, sich zu erinnern. Doch was er auch getan hatte, sein Leben begann für ihn an dem Tag, als Olufemi ihn gekauft, ihm den Namen Taro gegeben und ihn in sein Rundzelt geführt hatte. Was davor geschehen war, lag im Dunkeln. Kindheit und Jugend gab es für Taro ebenso wenig wie eine Familie oder Freunde. Er kannte kein Heimweh und besaß nichts, dem er nachtrauern konnte. Die anderen verspotteten ihn deshalb, aber er kannte es ja nicht anders. Sein einziger Freund war Pever, ein Mann mittleren Alters, der von allen verachtet wurde, weil er der einzige Sklave im Lager war, der aus Baha-Uddin stammte. Taro wusste, dass er schwimmend über den Gonwe geflohen war, weil seine eigenen Kameraden ihm nach dem Leben getrachtet hatten. Den Grund dafür hatte Pever ihm nicht verraten, aber er beteuerte immer wieder, dass er allen Schmähungen und Misshandlungen zum Trotz nicht in seine Heimat zurückkehren wolle, solange König Azenor dort herrsche.

Taro konnte die Schmähungen der anderen nicht so leicht ertragen. Sie führten dazu, dass er sich mehr und mehr von den übrigen Sklaven fernhielt. So wie an diesem Morgen, als er den gefrorenen Pferdedung vorsichtig mit den Fingern vom Boden löste und in den Korb legte. Es dauerte nicht lange, bis der Korb gefüllt war. Er schulterte diesen und wollte sich gerade auf den Rückweg machen, als er aus den Augenwinkeln eine Bewegung bemerkte. Zuerst dachte er, es sei einer der anderen Sklaven, der sich auch auf den Weg zu den Pferden gemacht hatte, dann aber sah er, dass der Mann keinen Korb bei sich trug. Auch war er nicht in Lumpen gehüllt, wie es die Sklaven der Rakschun in der Regel waren. Im Gegenteil, sein knielanger, mit Fell besetzter Mantel kündete wie die warmen Fellstiefel von bescheidenem Wohlstand, und die lederne Tasche, die er über die Schulter trug, war von solider Machart.

Als er näher kam, fand Taro seine Vermutung bestätigt. Wie bei Olufemi waren die langen schwarzen Haare des Fremden dicht am Kopf zu dünnen Zöpfen geflochten. Im Nacken fielen sie bis auf die Schultern herab und wurden von einem einfachen Lederband zusammengehalten. Das bartlose Gesicht mit den vollen Lippen und der kurzen, breiten Nase trug unverkennbar die Züge der Rakschun und wies zudem eine Reihe heller Schmucknarben auf der nussbraunen Haut auf, die wie ein Band über die Stirn verliefen und dem Fremden ein barbarisches Aussehen verliehen.

Er schien etwas jünger zu sein als Taro, hatte aber eine ähnlich kraftstrotzende Statur mit breiten Schultern, die selbst unter dem dicken Mantel noch gut zu erkennen war. Der Fremde bemerkte ihn und hielt mit weit ausgreifenden Schritten auf ihn zu. Hastig senkte Taro den Blick, wie es sich für einen Sklaven geziemte, und blieb stehen. Er war sicher, dass der Fremde ihn ansprechen würde, aber nichts dergleichen geschah. Taro musterte den Fremden verstohlen, ohne den Blick dabei zu heben. Als dieser nach einer Weile immer noch keine Anstalten machte, ihn anzusprechen, fragte er demütig: »Was kann ich für dich tun, Herr?«

Der Fremde gab unverständliche gutturale Laute von sich und bewegte die Arme, als wolle er Taro etwas erklären. Aber dieser verstand kein Wort. »Ich ... ich verstehe nicht«, sagte er und unterstrich die Worte mit einem hilflosen Achselzucken.

Der Fremde verstummte und schien etwas zu überlegen, dann schrieb er mit dem Finger etwas in den Sand.

»Wie ... weit ist es ... zum Heer?«, las Taro stockend. Er war einer der wenigen Sklaven, die lesen und schreiben konnten. Und obwohl die Erinnerung daran, wo er es gelernt hatte, verloren war, hatte er sich die Fähigkeit bewahrt.

»Zu Fuß einen halben Tagesmarsch«, beeilte er sich zu erklären. »Mit einem Pferd ...«

Der Fremde schüttelte energisch den Kopf

»Oh, du ... du hast kein Pferd.« Taro nickte. »Ja, dann ...« Er zog bedauernd die Schultern in die Höhe, während er überlegte, wie er dem Fremden weiterhelfen konnte. »Vielleicht kannst du auf einem der Wagen mitfahren, die Nahrung und Gerät zum Heer bringen«, überlegte er laut, warf prüfend einen Blick auf den Stand der Sonne und fügte hinzu: »Die Wagen brechen jeden Morgen kurz nach Sonnenaufgang auf.«

»Wo?« Der Fremde schien es wirklich eilig zu haben, denn er kritzelte das Wort hastig in den Sand.

»Auf dem Platz in der Mitte des Lagers«, erwiderte Taro. »Dort werden alle Waren gesammelt und verladen. Wenn du möchtest, führe ich dich hin.«

Der Fremde gab ein leises Grollen von sich, nickte und setzte sich in Bewegung. Schweigend begleitete er Taro durch das Gewirr aus Rundzelten, in denen geschäftige Geräusche darauf schließen ließen, dass die Bewohner erwacht waren. Über den meisten Zelten stieg schon der Rauch der Herdfeuer auf. Träge hing er in der windstillen Luft zwischen den Zelten. Der strenge Geruch von verbranntem Dung machte das Atmen schwer, und Taro war froh, als sie den freien Platz erreichten, auf dem die Karren schon fast fertig beladen zur Abfahrt bereitstanden. »Am besten, du wendest dich an Essien«, sagte er und deutete auf einen Mann in einem roten Gewand, der gerade das Geschirr der Pferde überprüfte. »Er steht da vorn bei dem ersten Wagen und führt heute die Gruppe an.«

Der Fremde nickte Taro zu und machte sich auf den Weg, ohne sich noch einmal umzusehen. Taro schaute ihm nach und schüttelte den Kopf. Er hätte gern den Namen des stummen Mannes erfahren oder etwas darüber, was er hier zu suchen hatte. So aber begnügte er sich damit, das ungleiche Gespräch der beiden Männer aus der Ferne noch ein wenig zu beobachten. Während der Fremde wieder etwas in den Sand schrieb, antwortete Essien mit seiner rauen, befehlsgewohnten Stimme. Ganz offensichtlich wurden sie sich einig, denn der Fremde nahm auf dem Kutschbock Platz und verließ das Dorf an der Seite des Wagenführers, der die Zügel in die Hand genommen hatte.

Taro sah ihnen nach, als eine Taube mit klatschendem Flügelschlag über ihn hinwegschoss und sich so selbstverständlich auf die Plane des ersten Wagens setzte, als sei auch sie von Essien dazu aufgefordert worden.

Als der Wagen zwischen den Rundzelten nicht mehr zu sehen war, schulterte Taro seinen Dungkorb und machte sich auf den Weg zum Dungplatz. Er war spät dran. Die Fladen begannen bereits aufzutauen. Wenn er sich nicht sputete, würde das Auflegen der Fladen auf die Flechtmatten ihm doch noch schmutzige und stinkende Hände einbringen.

2

»Bist du sicher, dass die Boote einem Sturm standhalten werden?« Prüfend betrachtete Noelani eines der zehn seltsamen Gefährte, die am Strand aufgereiht zur Abreise bereitstanden.

»Ganz sicher.« Jamak, der die Arbeit an den Booten in den vergangenen Monaten überwacht hatte, nickte und fügte nicht minder zuversichtlich hinzu: »Mach dir keine Sorgen. Es wird keinen Sturm geben.«

»Mögen die Götter deine Worte erhören und uns gnädig sein.«

Noelani ging um das Boot herum und musterte es eingehend. Es hatte die Bezeichnung Boot nicht wirklich verdient, denn es ähnelte mehr einem Floß mit vier Kufen und einem großen Segel. Da sich niemand auf der Insel mit dem Bau von Schiffen auskannte, hatten sich die Bewohner entschlossen, die verwaisten Fischerboote zu nutzen, um von der Insel zu fliehen. Vier der Boote dienten dem Schiff als Unterbau. Darüber war ein fester Boden aus dicken Brettern genagelt worden, sodass eine Plattform entstand, die etwa dreißig Menschen mit ihren Habseligkeiten und den Vorräten für die Dauer der Reise genügend Platz bot. Eine kleine Reling sollte dafür sorgen, dass niemand von Bord fallen konnte. In der Mitte des Bootes erhob sich ein Mast, den die Überlebenden von Nintau aus schlanken Baumschösslingen gezimmert hatten. Daran war ein kunterbuntes Segel befestigt, das die Frauen in mühsamer Arbeit aus allen Stoffen gefertigt hatten, die sie auf der Insel hatten auftreiben können. Stoffe waren schon immer kostbar gewesen auf Nintau, und so hatte selbst die Kleidung der Verstorbenen für die vielen Segel verwendet werden müssen.

Noelani erschauderte, als sie den bunt gewebten Rock entdeckte, den ihre Mutter an Festtagen immer getragen hatte. Doch wie so oft, wenn die Erinnerung sie zu überwältigen drohte, schob sie die Gedanken weit von sich und richtete den Blick nach vorn. Sie wollte weder an die unbeschwerte Zeit vor noch an die grauenhaften Tage nach dem Nebel denken und schon gar nicht an die furchtbaren Schrecken, die sie erlebt hatte, als sie sich ins Dorf gewagt hatte. Der Anblick, der sich ihr dort geboten hatte, war schlimmer gewesen als alles, was sie in ihrem Leben bisher gesehen hatte. Die Bilder der Toten mit Schwärmen von Fliegen auf den aufgedunsenen Leibern und der bestialische Gestank nach Tod und Verwesung verfolgte sie selbst jetzt, Monate später, in ihren Träumen und nährte die unendliche Trauer darüber, dass so etwas den friedliebenden Menschen hatte widerfahren müssen.

Am liebsten wäre sie damals fortgerannt. Aber sie hatte es nicht getan. Mit einer Gruppe von Männern und Frauen, die stark genug waren, das Grauen zu ertragen, hatte sie bis zur Erschöpfung geholfen, die Toten zu bestatten. Die Totenfeuer, riesige Scheiterhaufen, deren Glut die Leiber zu Asche hatte zerfallen lassen, hatten fast zwei Wochen lang gebrannt. Ein hundertfacher Abschied, ohne die liebevoll gebundenen Blumenkränze der Angehörigen, ohne Musik und ohne die traditionellen Gebete, die die Verstorbenen auf ihrem Weg zu den Ahnen begleiten sollten. Ein Abschied, den Noelani nur deshalb ertragen hatte, weil Kaori ihr versichert hatte, dass in den Körpern keine Seelen mehr wohnten und dass alle auch ohne Gebete den Weg zu den Ahnen gefunden hatten.

Dennoch hatte auch sie die Tränen kaum zurückhalten können. Nachts, wenn sie allein war, hatte sie wach gelegen und um die geweint, die nicht mehr waren. Als die Feuer nach zwölf Tagen erloschen waren, war sie so erschöpft gewesen, dass sie ihr Bett drei Tage lang nicht hatte verlassen können.

In dieser Zeit war es ihr eine große Hilfe gewesen, dass Jamak sich um den Bau der Schiffe kümmerte und die Flucht von der Insel vorbereitete.

Nachdem Noelani allen Überlebenden in einer großen Versammlung berichtet hatte, was sie über den Todesberg herausgefunden hatte, hatten alle für ihren Plan gestimmt, die Insel zu verlassen, auch wenn niemand wusste, wohin die Reise sie führen würde. Es war, wie Jamak es vorhergesehen hatte: Die Überlebenden suchten einen Anführer, der ihrem Dasein einen neuen Sinn gab, und Noelani hatte sich mit ihrem unermüdlichen Einsatz und dem Wissen um die Bedrohung durch den Todesberg in ihren Augen als fähig erwiesen, diese Rolle zu übernehmen.

Die ersten Monate waren dennoch nicht leicht gewesen. Noelani hatte viel lernen müssen, aber sie war mit der Aufgabe gewachsen. Dass Jamak und auch Kaori ihr immer mit Rat und Tat zur Seite standen, war ihr eine große Hilfe, und schließlich hatte sie sich mit der Rolle abgefunden, die das Schicksal ihr zugedacht hatte. Inzwischen fühlte sie sich stark genug, die zehn Boote in eine neue Heimat zu führen. Es war ein gutes Gefühl.

»Es ist alles bereit. Wann brechen wir auf?«, hörte sie Jamak hinter sich fragen.

»Sobald der Wind auf Süden dreht.« Noelani war sich ihrer Sache ganz sicher. Kaori hatte sich auf den Weg gemacht, um einen nahe gelegenen Küstenabschnitt zu finden, der nicht von den todbringenden Dämpfen des Todesberges erreicht werden konnte. Noelani glaubte sich zu erinnern, dass es fernab der Inselgruppe, zu der Nintau als einziges bewohntes Eiland gehörte, ein großes Land geben sollte.

Früher, so hieß es in der Überlieferung, waren Schiffe von dort gekommen, um auf Nintau ihre Wasservorräte aufzufüllen, aber dann hatte der tödliche Nebel fast alles Leben auf der Insel vernichtet. Die Menschen von den Schiffen hatten die Zerstörung vermutlich gesehen. Sie hatten Nintau zunächst gemieden und schließlich vergessen.

Das Land, aus dem sie gekommen waren, aber gab es noch immer. Glaubte man den Überlieferungen, lag es irgendwo im Norden. Eine grüne Küste, gesäumt von feinem weißem Sand, so wurde es beschrieben.

Kaori hatte danach gesucht und es gefunden. Bei günstigem Südwind, so hatte sie geschätzt, würde die Reise dorthin etwa eine Woche dauern.

Noelani vermied es, daran zu denken, was geschehen würde, wenn der Wind plötzlich drehen und sie auf das Meer hinaustreiben würde. Keiner der Überlebenden hatte auch nur annähernd Erfahrung mit Booten, die größer waren als die Fischerboote der Insel, und obwohl es an jedem der Boote ein Ruder gab, wusste niemand wirklich, wie man es bei widrigen Bedingungen bedienen sollte. Was, wenn es Strömungen gab, die sie in eine andere Richtung drängten? Wenn ein Sturm aufkam und die Boote voneinander trennte, sie kentern oder zerbrechen ließ?

Die Phantasie gaukelte Noelani furchtbare Bilder von Ertrinkenden vor, die ihr hilfesuchend die Hände entgegenstreckten, von Trümmern, die auf dem Wasser trieben, und von zerfetzten Segeln, deren Überreste nutzlos im Wind flatterten, während das Boot selbst immer weiter aufs Meer hinausgetrieben wurde.

»An was denkst du?« Jamaks dunkle Stimme holte Noelani in die

Wirklichkeit zurück. »Du siehst so besorgt aus. Haben wir etwas vergessen?«

»Nein.« Noelani schüttelte den Kopf und nahm einen tiefen Atemzug. »Nein, es ... es ist alles in Ordnung.«

»Wirklich?« Jamak kannte sie lange genug, um nicht auf den Schwindel hereinzufallen. »Das glaube ich dir nicht.«

»Ach, es ist nur ...« Noelani zögerte und entschied, sich Jamak anzuvertrauen. »Es kann so viel passieren unterwegs. Ich muss immer wieder daran denken. Und dann bin ich mir nicht mehr sicher, ob wir das Richtige tun.«

»Du zweifelst? Jetzt?« Jamak starrte Noelani an. Ihre Offenheit schien ihn zu überraschen. »Aber es war doch deine Idee, die Insel zu verlassen.«

»Ja, das stimmt. Es war mein Plan.« Noelani nickte. »Und ich bin auch nach wie vor davon überzeugt, dass wir nicht hierbleiben können. Ich frage mich nur, ob wir nicht zu überstürzt handeln. Schau dir die Boote an. Es sind die besten, die wir in der kurzen Zeit bauen konnten, aber sind sie auch sicher? Was, wenn sie der langen Reise nicht standhalten? Die Regenzeit naht. Was, wenn ein Sturm sie zerbricht? Was, wenn die Taue reißen, die die Boote miteinander verbinden, und wir getrennt werden? Dann habe ich unser Volk nicht in ein neues Leben, sondern in den Tod geführt.«

»Du musst dir die Verantwortung für die Reise nicht allein aufbürden«, sagte Jamak. »Die Menschen hier wissen um die Gefahren, die sie auf dem Meer erwarten. Aber sie zögern nicht. Alle sind entschlossen, dir zu folgen – wenn das Schicksal es will, auch bis in den Tod.«

»Ich weiß.« Noelani schenkte Jamak ein Lächeln. »Trotzdem fühle ich mich für sie verantwortlich. Aber du hast recht, wir sollten voller Zuversicht nach vorn schauen. Kao...« Sie brach ab, weil sie niemandem, nicht einmal Jamak, etwas von Kaoris Geist erzählt hatte, und fuhr nach einem kurzen Hüsteln fort: »Ich habe das Land – unser Ziel – schon mehrfach im Geiste gesehen. Wenn das Wetter uns gewogen ist, sollten wir die Küste binnen weniger Tage erreichen.«

»Und genau das werden wir.« Nun war es Jamak, der lächelte. »Ich werde alles verladen lassen. Sobald der Wind auf Süden dreht, stechen wir in See.«

* * *

Das Erste, was Taro spürte, als er das Rundzelt betrat, war der beißende Schmerz der siebenschwänzigen Peitsche mit den geflochtenen Lederbändern auf dem Rücken. Sie diente den Hauptfrauen zur Züchtigung der Sklaven und war bei allen gefürchtet. Taro hatte sie in den ersten Wochen häufig zu spüren bekommen. Noch immer erinnerten ihn die Narben auf seinen Armen und dem Rücken an die Schmerzen und Demütigungen, die er erfahren hatte. Inzwischen hatte er gelernt, mit Dedras Wut und Jähzorn zu leben, sodass ihm die Peitsche oft erspart blieb; an diesem Morgen aber traf ihn der Schmerz ohne jede Vorwarnung.

»Wo warst du so lange, Nichtsnutz?«, herrschte Dedra ihn an und unterstrich ihre Worte mit einem weiteren Schlag. »Wo?«

»Ich ... ich ...« Taro duckte sich, weil die Peitsche schon wieder auf ihn herabfuhr, biss die Zähne zusammen, um den Schmerz zu ertragen, und presste hervor: »Ich war Dung sammeln wie jeden Morgen. Auf dem Weg zum Trockenplatz bat mich ein Fremder, ihm den Weg zu den Wagen zu zeigen, die zum Heerlager fahren.«

»Ach, und da hast du dir gedacht, du drückst dich mal eben vor deinen Pflichten und machst einen kleinen Umweg für diesen Fremden.« Dedras Stimme bebte vor Zorn, aber sie schlug nicht noch einmal zu.

»Es ... es war kein Umweg«, wagte Taro einzuwenden. »Ich habe kaum Zeit ver...«

»Schweig!« Taro zuckte in Erwartung eines Peitschenhiebes zusammen, aber dieser blieb aus. »Sind die Wagen noch im Lager?«, fragte Dedra mürrisch.

»Nein, sie ...«

»Dann hast du doch kostbare Zeit verschwendet.« Wieder ließ Dedra ihn nicht ausreden.

»Ich verstehe nicht.« Taro war verwirrt. Was hatte er mit den Wagen zu schaffen?

Statt einer Erklärung hielt Dedra ihm einen abgegriffenen Lederbeutel unter die Nase. »Erkennst du das hier?«, fragte sie.

»Ja, es gehört …«

»Das genügt.« Mit einer herrischen Handbewegung schnitt Dedra ihm das Wort ab. »Er hat es hier vergessen. Du weißt, dass der Inhalt sehr kostbar ist. Zu kostbar, um den Beutel diesen nichtsnutzigen und verschlagenen Wagenführern anzuvertrauen. Deshalb habe ich beschlossen, dass du ihm den Beutel bringen wirst.«

»Ich soll ins Heerlager gehen?« Taro glaubte sich verhört zu haben. »Aber die Wagen sind schon fort.«

»Ja, und dass du nicht mit ihnen fährst, ist allein deine Schuld.« Dedras Stimme gewann wieder an Schärfe. »Wenn ich jemanden hätte, der dich begleiten könnte, würde ich dich den ganzen Weg zur Strafe zu Fuß gehen lassen«, drohte sie finster. »Aber du hast Glück, es gibt niemanden, der dich bewachen könnte. Deshalb werde ich dich morgen in aller Frühe zum Platz begleiten und dich in die Obhut der Wagenführer geben.« Sie hob drohend die Peitsche. »Aber ich warne dich, versuche nicht zu fliehen. Dann, oder wenn auch nur eine Winzigkeit des Pulvers fehlen sollte, das in diesem Beutel ist, ist dein Leben verwirkt.«

»Ja, Herrin.« Taro duckte sich demütig, sein Herz aber war voller Freude. Er würde der Enge des Zeltes für einen Tag entfliehen. Kein Dungsammeln, keine Dreckarbeit und vor allem keine Schläge von Dedra. Und er würde das Heerlager sehen, eine Gunst, die bisher nur wenigen Sklaven zuteilgeworden war. Dass Olufemi den Beutel mit dem Heilpulver vergessen hatte, war für ihn ein glücklicher Zufall. Für Olufemi selbst konnte es gefährlich werden.

Der Beutel enthielt eine Mischung getrockneter und zermahlener Fruchtstände von seltenen Blumen. Es war ein sehr starkes Rauschmittel, das die Heiler immer dann einsetzten, wenn ein Krieger heftige Schmerzen litt. Die betäubende Wirkung des Pulvers setzte schnell ein und ließ den Verwundeten alle Schmerzen ertragen, selbst wenn ihm ein Arm oder Bein abgetrennt werden musste.

Aber das Pulver war nach der verlustreichen Schlacht um die Festung fast aufgebraucht, und die Blüten waren nur schwer zu bekommen. So mussten die Heiler ihr peinvolles Werk immer öfter verrichten, ohne dem Kranken dabei eine Linderung verschaffen zu können. Aus diesem Grund durfte niemand wissen, dass Olufemi das kostbare Pulver besaß. So wie auch nur wenige wussten, dass er an einer seltenen Krankheit litt, die ihn in unregelmäßigen Abständen mit heftigen Krämpfen heimsuchte. Eine Krankheit, die nur durch die Einnahme der Kräuter gelindert werden konnte.

Taro hatte durch Zufall davon erfahren. Er war mit Olufemi zu Pferd unterwegs gewesen, um nach versprengten Rindern zu suchen, die ein Unwetter von der Herde getrennt hatte. Sie waren noch nicht lange geritten, als ein plötzlicher Krampf den hünenhaften Olufemi vom Rücken des Pferdes zu Boden geworfen hatte, wo er mit Schaum vor dem Mund hilflos zuckend liegen geblieben war.

Sie waren allein gewesen. Taro hätte unbemerkt fliehen können, und für einen Augenblick hatte er dies auch erwogen. Er hatte gefürchtet, dass man ihn des Mordes beschuldigen könnte, wenn Olufemi starb, aber dann hatte er sich besonnen und war seinem Herrn zu Hilfe geeilt.

Dieser hatte ihm unter Schmerzen zu verstehen gegeben, was er tun sollte. Taro hatte den Lederbeutel von Olufemis Gürtel gelöst und ihm eine Prise von dem Pulver in den Mund gegeben. Es hatte nicht lange gedauert, bis die Wirkung eingetreten war und die Krämpfe schwächer geworden waren.

Taro hatte Olufemi bei seinem Leben schwören müssen, dass er niemandem etwas von dem Vorfall erzählen würde. Noch heute fragte er sich, warum Olufemi ihn damals nicht einfach getötet hatte, um sein Geheimnis zu bewahren. Dass er es nicht getan hatte, ließ ihn noch heute vermuten, dass sein Herr ihn auf seine ganz eigene Weise gern hatte.

Dennoch hätte er es nicht im Traum für möglich gehalten, dass Dedra ihm gestatten würde, zum Heer zu reisen, um Olufemi den Beutel mit den Kräutern zu bringen. Umso mehr fieberte er dem nächsten Morgen entgegen und der Reise, die ihm für einen Tag ein wenig Freiheit bescheren würde.

Die Freude währte nicht lange.

Nur wenige Minuten nachdem Dedra ihn am nächsten Morgen an Essien übergeben hatte, zerplatzte Taros Traum von der Freiheit wie eine Luftblase auf dem Wasser. Statt wie tags zuvor der Fremde neben Essien auf dem Kutschbock zu sitzen, musste er die Fahrt eingepfercht zwischen Kisten und Körben auf der Ladefläche eines Karrens verbringen. Seine Hände und Füße waren mit Lederriemen gefesselt, und man hatte ihn wie ein Stück Vieh an einen Pfosten gebunden, um jeden Fluchtversuch schon im Keim zu ersticken.

Niemand kümmerte sich um ihn. Während Durst und Hunger unter den warmen Strahlen der Spätsommersonne fast unerträglich wurden, schnitten ihm die Fesseln tief in die Haut und machten jede Bewegung zur Qual. Nicht einmal in den Schlaf konnte er sich flüchten, da die unbequeme Haltung und das Ruckeln des Karrens jede Entspannung unmöglich machten. Zu Beginn der Reise versuchte er noch sich abzulenken, indem er den Blick auf die Umgebung richtete. Aber die karge Steppenlandschaft wartete kaum mit Abwechslung auf. Wohin er auch blickte, überall sah er nur trockenes Gras, Hügel und Steine. Nur hin und wieder bot ein Busch oder ein verkrüppelter Baum dem Auge etwas Abwechslung. Einmal sah er in der Ferne eine kleine Gruppe von Springböcken, jenen kleinwüchsigen Steppengazellen, die von den Rakschun gnadenlos gejagt und fast ausgerottet worden waren.

Unter dem Rumpeln der Räder auf dem holprigen Pfad tröpfelte die Zeit dahin. Minuten wurden zu Stunden und bald kam es Taro so vor, als wäre er schon ewig unterwegs. Er verlor das Interesse an der Umgebung, döste vor sich hin und bekam zunächst gar nicht mit, als das Land um ihn herum langsam grün wurde. Erst als Büsche von gesundem und kräftigem Wuchs in immer größerer Zahl auftauchten und der triste gelbbraune Steppenboden einem Teppich aus grünen Gräsern wich, wurde ihm bewusst, dass sie sich dem Ziel der Reise näherten.

Das Schwemmland des Gonwe war eine fruchtbare Ebene, die sich wie ein breites, grünes Band mit Wiesen und kleinen Wäldern entlang des Flusslaufs schlängelte. Hier wuchs das Gras, das als Heu die Rinder und Pferde der Rakschun im Winter ernährte. Hier wurde das Getreide angebaut, aus dem die Frauen Brote und Teigwaren herstellten.

Taro wusste, dass viele Frauen sich ein Lager im Schwemmland wünschten, aber die Männer fürchteten auch nach der Erstürmung der Festung noch immer einen Angriff von König Azenors Truppen. So hatten sie bestimmt, dass das Lager nicht verlegt werden sollte, weil es ihnen im Landesinneren für die Frauen und Kinder sicherer erschien.

Die Frauen waren enttäuscht gewesen, als man ihnen die Entscheidung mitgeteilt hatte, aber wie bei den Rakschun üblich, hatten sie sich, ohne zu murren, dem Willen der Männer gefügt.

Taro hatte sich bisher nie Gedanken darüber gemacht, welcher Ort für ein Lager besser geeignet wäre. Das Leben eines Sklaven war hart und entbehrungsreich, ganz gleich wo sein Herr das Rundzelt errichtete.

Außerdem hatte er in den letzten Monaten viel Zeit damit zugebracht, vergeblich nach seinen verlorenen Erinnerungen zu forschen. Jetzt aber, da er die üppige Vegetation des Schwemmlands mit eigenen Augen sah, die Büsche mit ihrem bunten Herbstlaub und das von gelben und violetten Blumen durchzogene Gras, wurde ihm bewusst, wie viel angenehmer es sein musste, hier zu leben ...

... da war ein Garten. Blumenduft erfüllte die Luft. Die Sonne schien auf eine Frau mit langem goldenem Haar. Sie hatte den Arm voller Blumen und kam lachend auf ihn zu ...

Was war das?

Taro blinzelte verwirrt. Das Herz klopfte ihm wie wild in der Brust, als er sich das Bild, das er im Geiste gesehen hatte, in Erinnerung rief. Es hatte etwas Warmes und Vertrautes an sich, und er wusste instinktiv, dass es eine Szene aus seiner Vergangenheit gewesen sein musste, die urplötzlich wieder aufgetaucht war. Diese Frau war keine Fremde für ihn. Fast glaubte er, ihren Namen in Gedanken zu hören, doch als er ihn fassen wollte, entschlüpfte er ihm wie ein kleiner Vogel, den er in den Händen hielt und doch nicht festhalten konnte.

Die Erkenntnis, soeben einen winzigen Blick in die verloren geglaubte Vergangenheit erhascht zu haben, wühlte Taro innerlich so auf, dass er Hunger und Durst darüber vergaß. Verbissen forschte er in seinen Gedanken nach weiteren Erinnerungen, indem er sich die Bilder immer wieder ins Gedächtnis rief. Aber was er auch tat, mehr als Blumen und das liebreizende Antlitz der Frau mit den goldenen Haaren zeigten sich ihm nicht. Hoffnung und Verzweiflung fochten in seinem Innern einen heftigen Kampf, und während die Hoffnung zu unterliegen drohte, kam Taro zu dem Schluss, dass die Erinnerungen sich nicht erzwingen ließen. Die Bilder waren zu ihm gekommen, als er am wenigsten damit gerechnet hatte. Vielleicht würden weitere auftauchen, wenn er sich in Geduld übte.

Doch das war leichter gesagt als getan. Was er auch tat, wie sehr er sich auch abzulenken versuchte, immer kehrten seine Gedanken zu dem Erinnerungsfetzen zurück wie zu einem Schatz, von dem er nicht lassen konnte und den er immer wieder ansehen musste. Natürlich hatte er stets gewusst, dass es ein Leben vor seinem Sklavendasein gegeben hatte, schließlich war er nicht als junger Mann geboren worden. Der kurze Ausschnitt aber hatte ihm erlaubt, einen winzigen Blick darauf zu werfen, und nun gierte er nach mehr wie ein Verhungernder, dem man einen Brotkanten gegeben hatte.

Am Ende war er nicht nur ob der Fesseln und der unbequemen Haltung froh, als die Karren endlich das Heerlager erreichten und auf den Platz einfuhren, auf dem die Waren abgeladen wurden.

»Was ist mit dem hier?« Ein stämmiger Krieger, dessen linke Gesichtshälfte von einer hässlichen Narbe entstellt war, wandte sich an Essien, während er gleichzeitig mit den drei Fingern der linken Hand auf Taro deutete.

»Der muss zu Olufemi gebracht werden«, erwiderte Essien.

Taro horchte auf. Endlich hatte ihn jemand bemerkt. Er hoffte, dass der Wagenführer ihn nun losbinden und aus seiner misslichen Lage befreien würde. Der Wagen, auf dem er mitgefahren war, war schon zur Hälfte entladen, aber bisher hatte sich noch niemand um ihn gekümmert. Es schien, als ob er Luft für die Krieger wäre, die unermüdlich Kisten, Körbe und Fässer in die Lagerzelte schleppten. Dann hörte er Essien sagen: »Aber erst wenn wir alles abgeladen haben.«

Tatsächlich verging fast noch eine ganze Stunde, bis der narbige Krieger endlich mit einem Messer kam und die Stricke durchtrennte, die Taro an den Pfosten fesselten.

»Steh auf!« Der Krieger packte Taro am Arm und zerrte ihn grob von der Ladefläche. Instinktiv versuchte Taro sich hinzustellen, aber die Beine versagten ihm nach der langen Fahrt den Gehorsam und knickten unter ihm ein, als wären sie aus Talg. Taro keuchte erschrocken auf. Mit gefesselten Händen konnte er den Sturz nicht abfangen, und so prallte er mit Schulter und Kopf hart auf den Boden. Staub und Steine füllten seinen Mund, als er einen tiefen Atemzug nahm, um gegen den Schmerz zu atmen, der seinen Körper durchzuckte. Auf keinen Fall durfte er weinen oder Schmerzlaute von sich geben, das hatte er in den wenigen Monaten bei den Rakschun schon gelernt. Wer offen Schmerz zeigte, galt nicht viel mehr als Dreck, und schlimmer noch, als ein Sklave zu sein, war es, ein verweichlichter Sklave zu sein. So ertrug er selbst das beißende Stechen in der Schulter, ohne zu klagen, als der Krieger ihn packte und in die Höhe riss.

»Was soll das, Essien?«, knurrte er, während er Taro auf der Ladefläche absetzte. »Gestern bringst du uns einen Stummen und heute einen Lahmen. Was wird es morgen sein? Ein Blinder?«

»Der ist nicht lahm, nur faul.« Essien lachte. »Gib ihm einen ordentlichen Tritt, dann rennt er wie ein Hase.«

»Aber ich spüre meine Beine nicht«, wagte Taro einzuwenden, was ihm eine schallende Ohrfeige des Kriegers einbrachte. »Wer hat dich denn gefragt?«, herrschte er ihn an und rief zu Essien hinüber: »Ich sag doch, der ist lahm.«

»Ist er nicht.« Offenbar fühlte Essien sich in seiner Ehre gekränkt. Er zückte einen Lederbeutel, in dem es verdächtig klimperte, kam auf den narbengesichtigen Krieger zu und streckte ihm die Hand entgegen: »Ein Goldstück, wenn er bis hundert gezählt hat und nicht wieder laufen kann.«

»Die Wette halte ich.« Der Krieger schlug ein, dann richteten beide ihre Blicke auf Taro. »Los!«, forderte der Krieger Taro auf.

»Ich ... ich verstehe nicht.« Verwirrt schaute Taro erst Essien und dann den Krieger an.

»Du sollst zählen, verdammt!« Der Krieger hob drohend die Faust. »Bis einhundert. Jetzt.«

»Eins ... zwei ... drei ...« Taros Stimme bebte, während er die Zahlen auf dem Wagen kauernd vor sich herstammelte. Er hatte Schmerzen, nicht nur in der Schulter, die heftig pochte, sondern auch an der Schläfe, wo sich eine dicke Beule gebildet hatte, und in den Beinen, in die das während der Fahrt gestaute Blut mit heißem Brennen zurückfloss. »... vier ... fünf ...«

»Schneller!«, zischte der Krieger.

»Nein, so ist's gut«, korrigierte Essien.

»... sechzehn ... siebzehn ... achtzehn ...«

»Schneller, sag ich.« Der Krieger zog geräuschvoll die Nase hoch und spie auf den Boden.

»Angst, die Wette zu verlieren?« Essien grinste. »Wenn er wirklich lahm sein sollte, spielt es doch keine Rolle, wie schnell er zählt – oder?«

Der Krieger murmelte etwas Unverständliches.

»... einunddreißig ... zweiunddreißig ...« Taros Beine fühlten sich nun heiß an und pochten. Er konnte förmlich spüren, wie das Leben und die Kraft zurückkehrten. »... einundvierzig ... zweiundvierzig ...«

»Das genügt.« Der Krieger trat vor und packte Taro am Arm, um ihn vom Karren zu ziehen, aber Essien war schneller. »Bis hundert, hatten wir gesagt«, entgegnete er und zwängte sich zwischen Taro und den Krieger.

»Aber er zählt viel zu langsam«, beharrte der Krieger. »Ich war schon bei einhundertundfünfzehn.« Missmutig ließ er von Taro ab.

»Er ist ein Sklave. Sei froh, dass er zählen kann.«

»Aber nicht so langsam!«

»... dreiundvierzig.«

»Sechzig.«

»Wie?« Allmählich verstand Taro gar nichts mehr. Mal zählte er zu schnell, dann zu langsam und nun sollte er auch noch Zahlen überspringen?

»Du musst bei sechzig weitermachen, weil du eben nicht weitergezählt hast.«

»... einundsechzig ...« Taro war zu der Erkenntnis gekommen, dass es besser war, den Narbengesichtigen nicht zu verärgern.

»Siebzig. Du bist wieder unterbrochen worden.«

»Jetzt reicht es!« Essien versetzte dem Krieger so unerwartet einen Stoß gegen die Schultern, dass dieser zurücktaumelte. »Lass ihn endlich in Ruhe. Wenn du ihn nicht ständig unterbrechen würdest, wären wir längst fertig!«

»Willst du Streit? Den kannst du haben.« Ehe Essien sich ducken konnte, schoss die Faust des Kriegers vor und versetzte ihm einen Kinnhaken, der ihn von den Füßen riss. Für einen Augenblick blieb er benommen liegen, dann befühlte er mit der Hand das Kinn und rappelte sich auf.

»Jetzt bist du zu weit gegangen«, presste er mit mühsam unterdrückter Wut hervor und stürzte sich ohne Vorwarnung auf den Krieger. Die Wucht des Aufpralls riss beide Männer von den Füßen. Gleich darauf wälzten sie sich schlagend, stoßend und würgend im Staub.

Die Schlägerei der beiden blieb nicht unbemerkt. Binnen weniger Augenblicke hatte sich eine dichte Menge von Kriegern um die Kämpfenden gebildet, die je nach Gesinnung den einen oder den anderen anfeuerten.

Taro kümmerte die Schlägerei wenig. Zwickend prüfte er seine Beine, deren Haut zuvor taub und ohne Schmerzempfinden gewesen war, und stellte erleichtert fest, dass inzwischen auch die Gefühle zurückgekehrt waren. Unbemerkt von den Rakschunkriegern, die einen dichten Ring um die beiden Männer am Boden gebildet hatten, glitt er von der Ladefläche, machte vorsichtig ein paar Schritte und bemerkte erfreut, dass er fast schon wieder so sicher laufen konnte wie am Morgen. Ein kurzer Blick über die Schulter bestätigte ihm, dass die Kämpfenden nicht so schnell voneinander lassen würden. Unter den Umstehenden wurden bereits Wetten abgeschlossen, wer von beiden gewinnen würde.

Taro seufzte. Wie auch immer der Kampf ausgehen mochte, eines war sicher: Keiner der beiden Streithähne würde hinterher in der Lage sein, ihn zu Olufemi zu führen. Wenn er seinem Herrn die Kräuter überbringen wollte, musste er den Weg zu ihm auf eigene Faust suchen. Nur wie? Ratlos schaute Taro sich um. Das Heerlager ähnelte mit seinen großen Rundzelten ein wenig dem Hauptlager in der Steppe, nur dass hier alle Zelte gleich aussahen. Wenn er den Auftrag erledigt haben wollte, bis Essien mit den Wagen den Heimweg antrat, würde er nicht umhinkommen, jemand nach dem Weg zu fragen. Die Krieger am Kampfplatz waren abgelenkt und erschienen ihm dazu kaum geeignet, deshalb entschied er sich für einen Halbwüchsigen, der zwischen den Zelten herumlungerte und offensichtlich nicht wusste, ob er bei dem Kampf zusehen oder lieber von ihm fernbleiben sollte. Kurz entschlossen ging Taro auf den Jungen zu.

»He, du.«

»Ja ...?« Der Junge zuckte zusammen, er hatte Taro nicht bemerkt. Nun drehte er sich um, Furcht im Blick. Offenbar erwartete er einen ranghöheren Krieger hinter sich zu sehen, denn er duckte sich und nahm eine demütige Haltung ein. Als er die Sklavenkleidung erkannte, die Taro trug, wechselte sein Verhalten schlagartig von Demut in Überheblichkeit. »Was willst du, Sklave?«, fragte er auf eine Weise, die seine Unreife unbeabsichtigt zur Geltung brachte.

Taro ging nicht darauf ein. Auch wenn der Junge nicht sein Herr war, so war er doch ein Rakschun und als solcher mit allen Ehren zu behandeln. »Verzeih, junger Herr«, sagte er hastig, um den ungebührlichen Ton der ersten Ansprache zu mildern. »Aber ich brauche deine Hilfe. Ich trage etwas bei mir, das ich dem Heerführer Olufemi übergeben muss. Aber ich kenne mich hier nicht aus und kann ihn nicht finden. Ich wäre dir sehr dankbar, wenn du mir den Weg zu ihm weisen würdest.«

Der Junge überlegte kurz, dann sagte er von oben herab: »Na gut. Folge mir.«

Gemeinsam gingen sie durch das Gewirr von Zelten. Taro war erstaunt, wie groß das Lager war. Die Rundzelte waren jedoch nur ein kleiner Teil davon, wie er bald darauf feststellen musste. Den meisten Platz beanspruchten die Freiflächen zwischen dem Lager und dem Gonwe, wo unzählige Baumstämme aus den fernen Wäldern lagerten und Hunderte Krieger dabei waren, die Stämme zu zersägen, zu bearbeiten und zu riesigen Flößen zusammenzubauen. Taro wusste, dass die Flöße dazu dienen sollten, das gesamte Heer der Rakschun in einem einzigen gewaltigen und überraschend geführten Schlag gegen die Truppen Baha-Uddins über den Gonwe zu setzen. Was es für einen Kraftakt bedeutete, die Flöße zu bauen, davon hatte er allerdings keine Vorstellung gehabt.

Als der Junge ihn mitten durch das Gewühl hindurchführte, beschlich Taro eine seltsame Beklemmung. Noch nie hatte er so viele Rakschunkrieger auf einem Haufen gesehen. Die Enge machte ihm Angst. Bei jedem lauten Geräusch, bei jeder hastig ausgeführten Bewegung zuckte er unwillkürlich zusammen, als handle es sich um eine gegen ihn gerichtete Bedrohung. Er schalt sich selbst einen Narren und kämpfte gegen die Furcht an, aber es wollte ihm nicht gelingen, denn immer wieder drängte ihn etwas, unverzüglich die Flucht zu ergreifen.

Feinde!

Wie aus dem Nichts tauchte das Wort in seinen Gedanken auf und setzte sich dort hartnäckig fest. Überall waren Feinde! Taro blinzelte und schüttelte verwirrt den Kopf. Was waren das nur für dumme Gedanken. Hier waren nirgends Feinde. Auch wenn die Rakschun ihre Sklaven nicht wie Freunde behandelten – Feinde waren sie nicht. Die, so hatte er gelernt, lagerten auf der anderen Seite des Flusses.

»Was ist los?« Erst als der Junge ihn ansprach, bemerkte Taro, dass er stehen geblieben war. »Hast du es dir anders überlegt?«

»Nein. Nein, verzeih. Natürlich nicht.« Hastig setzte Taro sich wieder in Bewegung. Der Junge ging neben ihm her, maß ihn mit einem schwer zu deutenden Blick, sagte aber nichts. Es dauerte nicht lange, da blieb er stehen, deutete mit dem ausgestreckten Arm auf eines der fertiggestellten Flöße, die am Ufer lagen, und sagte: »Da vorn ist er.«

»Danke, junger Herr.« Taro deutete eine ehrfürchtige Verbeugung an, wie man es von einem Sklaven erwartete. »Hab tausend Dank.«

Als er wieder aufblickte, war der Junge bereits verschwunden. Taro kümmerte das nicht. Er war am Ziel. Obwohl ihn noch mehr als fünfzig Schritte von dem Floß trennten, erkannte er Olufemi sofort.

Der hochgewachsene Rakschun trug seine leichte Rüstung mit den geschmiedeten Arm- und Beinschienen, die Taro schon so oft poliert hatte, dass sie im hellen Sonnenschein bei jeder Bewegung aufblitzten. Ein mit dünnen Metallplatten besetztes Wams schützte Olufemis Oberkörper, während ein Rock aus dicken Lederstreifen ihm im Kampf größtmögliche Bewegungsfreiheit garantierte. Mit den breiten Schultern, dem muskulösen Körperbau und den kunstvoll geflochtenen Haaren wirkte er wie der Inbegriff eines Heerführers. Stolz und furchtlos.

Taro spürte, wie sein Herz heftig zu pochen begann, als er sich zögernd der Gruppen ranghoher Rakschun näherte, die das Floß gemeinsam mit Olufemi begutachteten.

Feinde. Feinde ... Plötzlich war die Angst wieder da und schnürte ihm die Kehle zu. Alles in ihm drängte ihn zur Flucht, aber er kämpfte dagegen an und setzte seinen Weg fort.

»Stehen bleiben.« Ein Krieger war auf ihn aufmerksam geworden. Er packte ihn am Arm und riss ihn grob herum. »Was hast du hier zu suchen, Sklave?«, fragte er barsch.

»Ich ...« Taro schnappte nach Luft. »Ich will zu meinem Herrn, ich muss ihm etwas bringen.«

»Ah. Und wer ist dein Herr?«

»Olufemi.« Taro deutete mit einem Kopfnicken zu dem Floß hinüber.

»Die Heerführer beraten sich«, sagte der Krieger barsch. »Du kannst nicht zu ihm.«

»Aber es ist wichtig.«

»Wichtig?« Der Krieger zog in gespieltem Erstaunen eine Augenbraue in die Höhe, machte eine wohlbemessene Pause, in der er den Druck auf Taros Arm weiter verstärkte, und fragte dann: »Und was ... ist wichtig?«

»Das darf ich nicht sagen.« Taro biss die Zähne zusammen. Der Krieger war genauso groß wie er selbst und von ähnlich kräftiger Statur. Es wäre ihm ein Leichtes gewesen, sich gegen die grobe Behandlung zu wehren, aber er hatte erfahren, dass jedes Aufbegehren nur größere Qualen nach sich zog, und daher gelernt, sich zurückzunehmen, so wie es die meisten Sklaven taten.

»Ein Geheimnis.« Die Augen des Kriegers verengten sich zu schmalen Schlitzen.

»Es ist wirklich wichtig«, beteuerte Taro.

Statt zu antworten, drehte der Krieger sich um und rief einen der Halbwüchsigen zu sich, die ganz in der Nähe die Rinde von einem Baumstamm entfernten. Der Junge ließ augenblicklich das Werkzeug fallen und kam herbeigelaufen. »Ja?«

»Dieser Sklave hier behauptet, etwas bei sich zu führen, das für unseren Heerführer Olufemi sehr wichtig ist«, sagte der Krieger. »Lauf hinüber zu Olufemi und erkundige dich, was ich mit ihm machen soll.«

»Ja.« Der Junge nickte knapp und lief los. Taro sah ihn mit Olufemi reden, der nur einmal kurz zu ihm herüberschaute. Dann kehrte der Junge zurück.

»Er soll im Zelt des Heerführers warten«, teilte er dem Krieger mit.

»Na dann.« Der Krieger verstärkte den Griff noch etwas und drängte den widerstrebenden Taro von dem Floß fort.

»Aber das ... das geht nicht. Ich muss ...«

»Gar nichts musst du«, fiel der Krieger ihm ins Wort. »Wenn Olufemi sagt, du sollst warten, dann wartest du. Verstanden?«

Taro sagte nichts. Aber er wehrte sich auch nicht mehr. Was hätte er auch tun sollen? Olufemi hatte ihn gesehen und gewiss auch erkannt. Er hatte keine Wahl. Er musste warten, bis Olufemi sich Zeit für ihn nahm. Auch wenn ihn das vermutlich dazu verurteilte, die Nacht im Heerlager zu verbringen.

3

Noelani sah den Luantar kommen. Vor dem Hintergrund der untergehenden Sonne rauschte er über das Meer heran. Schnell, zornig, todbringend. Seine mächtigen Schwingen peitschten das Wasser, die Augen glühten wie Kohlenstücke in dem wuchtigen Schädel.

Dann war er bei ihr. Sie spürte seine Nähe und hielt in Todesfurcht den Atem an, als er mit kraftvollem Flügelschlag nur wenige Schritte von ihr entfernt in der Luft zu stehen schien. Noelani zitterte vor Angst und schloss die Augen. Sie wusste: Jeden Augenblick würde er sein gewaltiges Maul öffnen und sie in seinen Giftatem hüllen ...

Aber der tödliche Angriff blieb aus.

Als sie die Augen wieder öffnete, war der Luantar verschwunden, und sie sah sich selbst an der Seite von Jamak auf dem Plateau stehen, wo der versteinerte Leib des Luantar seit Generationen ruhte.

»... alles gründet sich auf Lügen, die die Alten in ihre Legenden verwoben haben«, hörte sie sich selbst wutentbrannt ausrufen. »Sie haben uns getäuscht.« Dann sah sie, wie sie ausholte und einen der fünf Kristalle, die sie in den Händen hielt, in das Gebüsch schleuderte.

»... getäuscht.« Dem ersten folgte ein weiterer Kristall.

»... getäuscht.« Wieder flog ein Kristall in die Büsche.

»... und noch mal getäuscht.« Auch der vierte Kristall landete irgendwo jenseits des freien Platzes. »All die Jahre, bis ...«

»Warte!« Jamak hielt ihren Arm fest. »Das darfst du nicht«, mahnte er. »Es ist ein Fehler, sie fortzuwerfen. Die Kristalle sind für uns von unschätzbarem Wert. Ihnen wohnt eine Magie inne, die nur du zu erwecken vermagst. Eine Magie, die du zum Wohle deines Volkes einsetzen kannst. Eine Magie, die uns vielleicht in Notzeiten zu helfen vermag.« Während er sprach, veränderte sich seine Stimme auf seltsame Weise. Sie wurde dunkler, und ein leises Grollen schwang darin mit. Noelani schaute ihn an und erstarrte. Es war nicht mehr Jamak, der da neben ihr stand. Es war der Luantar ...

Keuchend fuhr Noelani aus dem Schlaf auf. Mit klopfendem Herzen öffnete sie die Augen und fand sich auf dem schlichten Lager in der Hütte ihrer Eltern wieder. »Es war nur ein Traum«, versuchte sie sich zu beruhigen und fuhr sich mit den Händen über die Augen, aber der Traum haftete an ihr wie ein lebendiges Ding, und die Gefühle, die er in ihr geweckt hatte, ließen sich nicht so leicht abschütteln. Die Furcht ärgerte sie. Inzwischen wussten alle, dass der Legende vom Todesatem des Luantar keine Wahrheit innewohnte. Einen Luantar, der die Insel angriff, hatte es nie gegeben. Umso schlimmer, dass der Dämon sie im Traum immer noch verfolgte, sie ängstigte und ihr den Schlaf raubte.

Es wurde höchste Zeit, dass sie Nintau mit all den furchtbaren Erinnerungen, die der Anblick der zerstörten Inselwelt in ihr weckte, den Rücken kehrte. Noelani spürte, dass ihr Herzschlag sich beruhigte, atmete tief durch und legte sich wieder hin. Es war noch mitten in der Nacht, aber die Müdigkeit war fort, und der Schlaf wollte nicht zu ihr zurückkehren. Sie verschränkte die Arme hinter dem Kopf und blickte durch das löchrige Schilfdach der Hütte zu den Sternen empor, die wie winzige Kristalle am Himmel funkelten.

Es ist ein Fehler, sie fortzuwerfen. Die Kristalle sind für uns von unschätzbarem Wert.

Ohne dass sie wusste, warum, kehrten ihre Gedanken noch einmal zu dem Traum zurück und riefen ihr die Worte in Erinnerung, die Jamak gesprochen hatte. *... die uns in Notzeiten vielleicht zu helfen vermag ...*

In Notzeiten ... Je länger sie darüber nachdachte, desto mehr erschien ihr der Traum wie eine Botschaft, wie ein Hinweis darauf, dass sie bei ihren Vorbereitungen für die Abreise etwas Wichtiges übersehen hatte. Bisher hatte sie nur an die Flucht gedacht, was danach geschah oder geschehen konnte, darüber hatte sie sich keine Gedanken gemacht. Es genügte ihr zu wissen, dass Kaori nicht allzu weit entfernt ein Land entdeckt hatte, das geeignet schien, die Flüchtlinge von Nintau aufzunehmen. Sie wusste natürlich auch, dass das Land nicht unbewohnt war, aber sie war wie selbstverständlich davon ausgegangen, dass man sie dort freundlich empfangen und ihnen mit Freuden helfen würde, wenn die Menschen von ihrem Schicksal erführen.

Und wenn sie uns nicht willkommen heißen?

Die Frage durchzuckte sie wie ein Blitz. Zum ersten Mal, seit sie mit dem Bau der Boote begonnen hatten, kam ihr der Gedanke, dass es auch anders sein könnte. Dass man sie als Feinde betrachtete und sie nicht willkommen hieß. Was dann? Was?

Der Gedanke ließ Noelani nicht mehr los. Selten hatte sie sich so hilflos gefühlt. Einen Tag und eine Nacht bevor sie in See stechen wollten, wurde ihr schlagartig bewusst, dass auch Jamak und alle anderen immer davon ausgegangen waren, die Menschen in dem fremden Land würden wie die Bewohner von Nintau leben. Aber durften sie da sicher sein? Aus alten Legenden hatten sie erfahren, dass auch die Besatzungen der Schiffe, die einst nach Nintau gekommen waren, den Einwohnern gegenüber nicht immer freundlich gewesen waren. Es hatte Plünderungen gegeben, Überfälle, Vergewaltigungen und Morde ...

Konnte es nicht sein, dass in dem fernen Land Menschen lebten, denen der Sinn weder nach Harmonie noch nach Frieden stand? Menschen, die ihresgleichen unterdrückten und ihnen Gewalt antaten? Noelani erschauderte, als sie sich auszumalen versuchte, was geschehen würde, wenn die arglosen und unbewaffneten Flüchtlinge an solche Bewohner gerieten. Was sollten sie dann tun? Ohne Waffen würden sie sich nicht wehren können, die einzige Möglichkeit lag darin, mit dem Herrscher des Landes zu verhandeln und ihm etwas zum Tausch für ein Stück Land anzubieten – etwas sehr Wertvolles, Einzigartiges.

Die Kristalle.

»Natürlich!« Plötzlich war Noelani sicher, dass der Traum nicht zufällig zu ihr gekommen war. Irgendwo in ihrem Unterbewusstsein musste die ganze Zeit schon das Wissen geschlummert haben, etwas übersehen zu haben. Und heute, in dieser Nacht, hatte sie erkannt, was es war. Der Traum hatte sie auf den richtigen Weg geführt. Nun wusste sie, was zu tun war. Wenn die Sonne aufging, würde sie zum Plateau hinaufgehen und nach den Kristallen suchen.

***

»Wach auf.« Jemand rüttelte unsanft an Taros Schulter. »Aufwachen, sag ich.«

Es dauerte einen Moment, bis Taro seine Sinne so weit beisammenhatte, dass er Olufemis Stimme erkannte und wusste, wo er war. Hastig senkte er den Blick und stammelte: »Verzeiht, Herr. Ich ...«

»Du hast geschlafen.« Olufemi sagte das in der ihm eigenen tonlosen Art, die nicht preisgab, wie er darüber dachte. »Steh auf.«

Taro gehorchte. Der Stuhl, den man ihm in dem kleinen Vorraum des Rundzeltes zugewiesen hatte, mochte Besuchern die Wartezeit auf angenehme Weise erleichtern, zum Schlafen hingegen war er gänzlich ungeeignet. Taro glaubte, jeden Knochen in seinem Leib zu spüren, als er Olufemis Anweisung nachkam und seinem Herrn mit steifen Bewegungen ins Innere des Zeltes folgte. Unschlüssig blieb er stehen, während sich Olufemi der Arm- und Beinschienen entledigte und sich mit einem Seufzen in einem gepolsterten Stuhl an der Feuerstelle niederließ, die bereits entfacht war und eine wohlige Wärme verströmte. Müde schlug er die Hände vor das Gesicht, lehnte sich zurück und schloss die Augen. Es schien fast, als habe er Taro vergessen, doch gerade als dieser sich durch ein leises Räuspern bemerkbar machen wollte, schlug Olufemi die Augen wieder auf und starrte ihn an.

»Also, was gibt es Wichtiges, dass Dedra dich den langen Weg hierherschickt?«, fragte er matt.

»Ich ... ich soll etwas überbringen.« Noch während er sprach, zog Taro das sorgfältig verschnürte Bündel mit den Heilkräutern unter seiner Kleidung hervor, tat ein paar Schritte und überreichte es Olufemi. »Sie sagte, es sei vielleicht wichtig.«

Olufemi richtete sich auf und nahm das Bündel entgegen. Er betrachtete es nur kurz und roch daran. »Ah, ja.« Nicht die kleinste Regung in seinem Gesicht verriet, was in ihm vorging. Kein Wort des Dankes kam ihm über seine Lippen. Für ihn schien die Sache erledigt, als er das Bündel unter das Wams seiner Rüstung schob. »Und du?«, fragte er.

»Ich?« Die Frage überraschte Taro.

»Ja, du.« Olufemi musterte ihn, als sähe er ihn zum ersten Mal. »Was soll ich mit dir anfangen?«

»Ich ... äh ... ich soll ... ich muss zurück. Die Herrin hat es befohlen.«

»Zurück?« Olufemi fuhr sich mit der Hand nachdenklich über das Kinn. »Nein, das glaube ich nicht.«

»Aber die Herrin ...«

»Die Herrin?« In einer plötzlichen wie überraschenden Bewegung stand Olufemi auf. »Was die Herrin sagt, ist nicht von Belang. Ich bin dein Herr. Ich entscheide. Und ich sage, du bleibst hier.«

»Hier?« Taro dachte an Halona und schluckte trocken. Er hatte sich nicht von ihr verabschieden können. »Wie lange?«

»Wie lange?« Olufemi stieß ein schallendes Lachen aus. »Was für eine törichte Frage. Eben so lange, wie wir alle hier sind – bis das Land jenseits des Gonwe wieder uns gehört. Oder bis du tot bist. So lange bleibst du hier.« Er grinste schelmisch. Der Anblick war für Taro so ungewohnt, dass er zunächst an eine Täuschung glaubte. »Dedra wurde nicht müde, sich bei mir über dich zu beschweren«, hörte er Olufemi sagen. »Wenn du nicht zurückkehrst, wird sie wieder mit meinen anderen Frauen darüber streiten müssen, wer den Dung für die Herdfeuer einsammelt. Oder sie wird ihn selbst sammeln müssen. Das wird sie lehren, in Zukunft anders über den Wert eines Sklaven zu denken.« Er verstummte, als hätte er zu viel gesagt, räusperte sich und wurde schlagartig wieder ernst. »Den Rest der Nacht kannst du im Zelt der anderen Sklaven verbringen«, sagte er knapp. »Morgen wird man dir dort eine Aufgabe zuteilen.« Er rief einen Krieger herbei, der vor der Tür Wache stand, und sagte: »Bringe meinen Sklaven zu den anderen. Man soll ihm eine Arbeit zuteilen. Er bleibt hier.«

***

Die Sonne sandte ihre ersten Strahlen über den Horizont, als Kaori noch einmal den Weg zu dem Dämonenfelsen einschlug. Durch dichte Nebelschwaden, die sich in der feuchtwarmen Luft gebildet hatten, schwebte sie den Hang zum Plateau hinauf. Einsam und allein in einer stillen Welt, in der es für Leben keinen Raum gab.

Auch in der Welt der Lebenden war es still geworden. Obwohl der Todesnebel seit Monaten verschwunden war, waren die Wunden, die er Nintau geschlagen hatte, noch nicht verheilt. Nur wenige hundert Schritte unterhalb des Tempels verlief eine schnurgerade Linie, die die üppige Vegetation des Hochlands von einem verwüsteten Landstrich trennte, in dem weder Blatt noch Baum gedieh. Nicht einmal die robusten Moose und Flechten um die Felsen herum und an Bachläufen hatten sich bisher von den Nachwirkungen der Katastrophe erholen können. Die wenigen Vögel, die auf die Insel zurückgekehrt waren, und die Handvoll Affen, die das Unglück überlebt hatten, hielten sich ausschließlich in den höheren Regionen der Berge auf. Allein die Menschen hatten den Tempel verlassen und waren an den Strand zurückgekehrt. Für eine kurze Weile noch würde das Dorf ihre Wohnstatt sein, bevor sie sich mit den Booten auf den Weg in eine neue Heimat machen würden.

Morgen!

Morgen würde es endlich so weit sein.

Der Gedanke hatte etwas Unwirkliches an sich. Obwohl Kaori den Tag des Aufbruchs wie alle anderen herbeigesehnt hatte, konnte sie sich nur schwerlich vorstellen, dass es wirklich so weit war. Der Wind hatte aufgefrischt und auf Süden gedreht. Bald würde er die ersten schwarzgrauen Wolken der Regenzeit ins Land bringen. Es galt den Wind zu nutzen, ehe Regen und Sturm die Pläne der Flüchtlinge zunichtemachten.

Morgen ...

Kaori war nicht auf die Boote angewiesen. Weder Sturm noch Regen konnten ihr etwas anhaben. Sie war frei zu gehen, wann und wohin sie wollte. Das Land, dessen Küste ihr Ziel war, hatte sie schon zweimal besucht. Es war ein großes, weites Land, in dem nur wenige Menschen lebten und das genug Platz für die Flüchtlinge bot. Die Reise dorthin dauerte für sie nur wenig länger als die Reise zum Todesberg. Kein noch so gewaltiges Unwetter konnte sie davon abhalten. Sie hätte längst dort sein können, um die anderen zu erwarten, aber sie wollte in Noelanis Nähe bleiben, und so hatte sie entschieden, Nintau gemeinsam mit ihrer Schwester zu verlassen.

Zuvor aber zog es sie noch einmal auf das Plateau, auf dem der Körper des versteinerten Dämons ruhte. Einen Grund dafür gab es nicht, nur ein Gefühl, das sie leitete. Seit ihrer letzten Begegnung hatte der Dämon sich nicht wieder gezeigt und auch nicht mehr zu ihr gesprochen. Vermutlich zürnte er ihr doch noch, weil sie sich geweigert hatte, ihn von seinem schweren Schicksal zu erlösen, indem sie ihre Schwester tötete.

Dies war eine Bitte, die Kaori ihm nicht einmal dann hätte erfüllen können, wenn die Maor-Say für sie eine Fremde gewesen wäre. Die Bewohner von Nintau waren ein friedliches Volk. Das Leben war für sie das höchste Gut. Wann immer es nötig war, ein Tier zu töten, beteten sie für dessen Seele, und wenn die Fischer am Abend mit ihrem Fang heimkehrten, vergaßen sie nie, den Göttern des Meeres zum Dank ein Opfer darzubringen. Dass jemand fähig sein konnte, einen anderen Menschen zu töten, war für Kaori ein erschreckender Gedanke, der ihr Vorstellungsvermögen überschritt.

Dennoch, sie hatte dem Dämon viel zu verdanken. Er war es gewesen, der ihr die Wahrheit über die Legenden erzählt hatte. Er war es gewesen, der ihr, ohne es zu ahnen, den Weg zur Quelle des tödlichen Nebels gewiesen hatte. Und wenn man es ganz genau nahm, war er es auch gewesen, der ihr Volk zur Flucht bewegt und damit vor weiterem Unheil bewahrt hatte.

Es erschien ihr nicht richtig, zu gehen, ohne sich von ihm zu verabschieden und ihm für all das zu danken. Selbst wenn er sich ihr nicht zeigen würde und vermutlich auch keinen Wert auf einen solchen Dank legte, war sie gewiss, dass er sie hören konnte. Für sie war es eine versöhnliche Geste. Ein Abschluss. Etwas, zu dem sie sich verpflichtet fühlte, wenngleich sie die Worte in den Wind würde sprechen müssen.

Sie hatte das Plateau fast erreicht, als sie aus den Augenwinkeln eine Bewegung auf dem Pfad zu ihrer Rechten bemerkte. Offenbar war an diesem Morgen noch jemand auf dem Weg zum Plateau unterwegs. Kaori hielt inne und wartete, den Nebel über dem gewundenen Pfad fest im Blick. Die Gestalt, die den Berg heraufkam, war zunächst nur schemenhaft zu erkennen, aber wenige Herzschläge später erkannte sie, wer ihr da folgte.

Noelani.

Verwundert blieb Kaori stehen. Sie hatte Noelani in den vergangenen Wochen und Monaten häufig in der Sphäre der Geistreise getroffen und mit ihr gesprochen, aber nie, nicht einmal am Vorabend, als sie sich das letzte Mal begegnet waren, hatte Noelani erzählt, dass sie das Plateau aufsuchen wollte. Ganz zufällig konnte ihr Besuch aber auch nicht sein, denn die Art, wie sie sich bewegte, ließ den Schluss zu, dass sie es eilig hatte und sehr wohl ein Ziel verfolgte. Als sie das Plateau erreicht hatte, ging sie mit sicherem Schritt auf den versteinerten Dämon zu, bückte sich, hob etwas vom Boden auf und trat dann zu einem Gebüsch in der Nähe des Felsens. Schnell wurde klar, dass sie nach etwas suchte.

Als Kaori heranschwebte, um besser sehen zu können, unterbrach Noelani die Suche und blickte sich um. Längst hatte sie gelernt, auf die feine Kälte zu achten, die die Nähe ihrer Schwester begleitete, und nur selten geschah es, dass das Gefühl sie trog.

»Kaori?«, fragte sie, während ihr Blick suchend über den Platz irrte. »Bist du hier?«

Da sie nicht antworten konnte, schwebte Kaori nahe an Noelani heran und berührte deren Wangen gleichzeitig mit ihren Geisterhänden. Das kühle Gefühl auf beiden Wangen war das vereinbarte Zeichen, mit dem sich die Schwestern auch über die Grenzen der Sphären hinweg ihre räumliche Nähe zeigen konnten.

»Ich spüre dich.« Noelani lächelte. »Aber diesmal wäre es schön, dich auch zu sehen. Ich könnte ein wenig Hilfe gut gebrauchen.« Sie hob die Hand in die Höhe und zeigte Kaori den Kristall, den sie darin verborgen gehalten hatte. »Ich suche nach den Kristallen, die in den Statuen der Jungfrauen versteckt waren«, erklärte sie. »Ich will sie mitnehmen. Weißt du, wir besitzen nicht viel von Wert, was wir von der Insel mitnehmen können. Auch die Kristalle hatten hier keinen

Wert. Doch das mag in einem fremden Land anders sein. Vielleicht können wir dem Herrscher dort ein Stück Land abkaufen, auf dem wir siedeln werden.« Sie seufzte und schaute sich um. »Dummerweise habe ich die Kristalle vor Wut fortgeworfen, nachdem ich die Statuen zerstört hatte. Sie müssen hier irgendwo sein. Ich weiß, ich hätte Jamak oder Semirah bitten können, mir bei der Suche zu helfen, aber ich möchte nicht, dass sie von meinen Plänen erfahren. Verstehe mich bitte nicht falsch. Ich vertraue ihnen, aber möglicher Reichtum könnte Begehrlichkeiten wecken, und ich möchte verhindern, dass es Streit gibt.«

Kaori verstand. Die Bewohner von Nintau waren arm, aber sie hatten die Armut nie gespürt, weil die Natur ihnen immer alles gegeben hatte, was sie zum Leben brauchten. Durch die Flucht würden sie vieles zurücklassen müssen und noch ärmer werden.

Auf dem Festland würden sie auf Menschen treffen, die ein völlig anderes Leben führten. Kaori hatte Häuser aus Stein gesehen und Wagen, die von Pferden gezogen wurden. Sie machte sich nichts vor. Die Flüchtlinge würden es nicht leicht haben; wenn sie sich in der neuen Welt einleben und heimisch fühlen wollten, würde dies ein harter Weg für sie werden.

Kaori war froh, dass Noelani zugestimmt hatte, zunächst an einem unbewohnten Küstenstreifen an Land zu gehen. Von dort aus wollte sie Kontakte zu den Einwohnern knüpfen und prüfen, ob man ihnen wohlgesonnen war.

Es war sicher nicht falsch, die Kristalle mitzunehmen. Sie waren das einzig Wertvolle, was die Gruppe der Flüchtlinge besaß, und konnten ihnen vielleicht wirklich zu einem eigenen Stück Land verhelfen.

»... sie müssen irgendwo hier in den Büschen liegen«, hörte Kaori ihre Schwester sagen, die die Suche wieder aufgenommen hatte. Eine Weile sah sie sich schweigend um, dann riss sie den Arm triumphierend in die Höhe und rief: »Hier ist einer.«

Die Sonne hatte den Zenit bereits überschritten, als Noelani den letzten der fünf Kristalle vom Boden aufhob und sich auf den Weg zum Dorf machte, um die letzten Vorbereitungen für die Abreise zu treffen.

Kaori blieb allein auf dem Plateau zurück. Anders als Noelani hatte sie hier noch etwas zu tun. »Hörst du mich?«, wob sie eine Frage in den Wind, als ihre Schwester nicht mehr zu sehen war.

Niemand antwortete.

»Du musst nichts sagen. Ich weiß, dass du da bist«, fuhr Kaori fort. »Ich bin hier, um dir zu danken. Ohne deine Hinweise hätte ich den Todesberg vermutlich nie entdeckt. Und dass mein Volk die Insel nun verlassen kann, haben wir nicht zuletzt auch dir zu verdanken.« Sie verstummte und wartete, aber wieder gab es nicht den kleinsten Hinweis darauf, dass der Dämon sie gehört hatte. »Ich bin sehr froh, dass alles so gekommen ist«, sagte sie. »Und auch wenn ich dir nicht helfen kann, so wünsche ich dir, dass dein Martyrium vielleicht doch noch auf andere Weise ein Ende finden wird.« Diesmal wartete sie nicht auf eine Antwort. Ein letztes Mal schaute sie sich auf dem Plateau um. Dann schwebte sie den Pfad hinab und folgte ihrer Schwester ins Dorf, um dort den letzten Abend auf Nintau zu verbringen.

***

Das Einzige, was Taro von seiner ersten Nacht im Lager der Krieger in Erinnerung blieb, war die Kälte. Holz war ein kostbares Gut, und es gab nicht genug Vieh, um ein Dungfeuer zu entfachen. So waren es vor allem die Zelte der Sklaven, die in den kalten Nächten ohne eine wärmende Feuerstelle auskommen mussten. Obwohl Taro noch die Reisekleidung trug und man ihm eine gewebte Decke gegeben hatte, dauerte es nicht lange, bis die Kälte auch die letzte Schicht durchdrang und er auf seinem Lager zitternd und zähneklappernd den Morgen herbeisehnte.

Als die Dämmerung endlich heraufzog und der wachhabende Krieger die Sklaven mit lautstark gebrüllten Befehlen zum Aufstehen drängte, war Taro ihm dafür fast dankbar. Die dünne Suppe, die in angestoßenen und nur dürftig gereinigten Tonschalen an die Sklaven ausgegeben wurde, enthielt kaum etwas Sättigendes, aber sie war heiß, und Taro genoss das Gefühl der Wärme, die sie für kostbare Augenblicke in seine Glieder trug.

Die Sklaven aßen schweigend. War die Schüssel leer, erhoben sie sich und gingen davon. Jeder schien zu wissen, was seine Aufgabe war, und am Ende stand Taro allein mit der leeren Schüssel vor der Essenausgabe.

»He, du!«

Taro drehte sich um und schaute den Krieger an, der hinter ihn getreten war.

»Bist du der Neue?«

»Ich bin neu hier.« Taro nickte.

»Dann komm mit.« Der Krieger machte eine auffordernde Handbewegung, drehte sich um und ging los. Taro folgte ihm durch das erwachende Lager. Noch war von der Geschäftigkeit des Vortags nichts zu spüren, aber Taro war sicher, dass es nicht lange dauern würde, bis alle wieder an den Flößen arbeiteten oder sich im Waffengang übten.

Bei einem Zelt, vor dem Kohlen in zwei großen Becken glühten, hielt der Krieger an. Ein Rakschun mit dicker Lederschürze trat grußlos aus dem Zelt. Seine Arme waren so muskelbepackt, wie Taro es noch bei keinem anderen Mann gesehen hatte.

»Ist er das?«, fragte er grimmig.

»Von Olufemi persönlich für dich ausgewählt, Schmied«, gab der Krieger zur Antwort.

»Na, hoffentlich ist er nicht so ungeschickt wie der letzte, den ihr mir zugeteilt habt«, brummte der Schmied, während er Taro prüfend von oben bis unten musterte. »Kräftig sieht er ja aus.« Für einen Augenblick schien er noch zu überlegen, dann sagte er: »In Ordnung, ich nehme ihn.«

Der Krieger nickte und wandte sich an Taro. »Du arbeitest ab jetzt für Nuru«, sagte er knapp, verabschiedete sich mit einem kurzen Nicken und ging davon.

»Du bedienst den Blasebalg«, Nuru deutete auf die beiden Kohlebecken. Taro nickte und trat an eines der Becken, um sich den Blasebalg anzusehen. »Nicht den«, wies Nuru ihn an. »Den anderen. Du wirst Arkon zur Hand gehen. Fang schon mal an, die Glut zu erhitzen.«

Taro trat vor das andere Becken und machte sich an die Arbeit. Mit jedem Windzug, den der Blasebalg durch die Kohlen presste, erreichte ihn ein Schwall warmer Luft, die er nach der eisigen Nacht als ein Geschenk empfand. Mehr und mehr Kohlen begannen zu glühen, und Taro starrte fasziniert auf das feurige Farbenspiel, das die Flammen im Kohlebecken erzeugten. Der Anblick zog ihn wie magisch in seinen Bann. Selbst wenn er es gewollt hätte, er hätte den Blick nicht abwenden können.

Unter seinen Blicken wuchs die Glut zu Flammen heran, die immer höher loderten und mit ihren glutheißen Zungen alles verschlangen, was sich ihnen in den Weg stellte. Über das Knistern der Kohle und das Fauchen des Blasebalgs hinweg glaubte er, das Klirren von Waffen und entsetzliche Schreie zu hören. Schreie, so hoch und schrill, wie ein Mensch sie nur unter großen Qualen hervorzubringen vermochte – Todesschreie, die in seinen Ohren nachhallten und in ihm das Gefühl großer Schuld weckten ...

Taro begann zu zittern. Schweiß perlte auf seiner Stirn, aber er ließ den Blasebalg nicht los. Wie ein Süchtiger, dem es nach mehr verlangte, hob und senkte er den Blasebalg schneller und schneller, als könne ihm das Feuer seine verlorene Erinnerung zurückgeben. Als könne er ein Stück davon festhalten, wenn nur das Feuer nicht ausging. Und tatsächlich entstanden im Feuer immer neue Bilder, die ihm die Vergangenheit zeigten. Bilder von Feuer, Asche und Rauch, der die aufgehende Sonne verdunkelte. Dunkle Gestalten bewegten sich darin. Schlagend, kämpfend, sterbend. Es roch nach schwelendem Holz und verbranntem Fleisch, nach geronnenem Blut und Schweiß, und über allem lag ein Gefühl von Schuld, die Taro die Kehle eng werden ließ ...

»Nicht so schnell, verdammt!« Eine Hand packte ihn grob an der Schulter und riss ihn zurück. Der Blasebalg entglitt seinen Händen. Der Luftstrom versiegte. Die Bilder verblassten, die Schreie verstummten, und allein der Geruch des Feuers hielt den Nachhall der Erinnerungen noch ein wenig aufrecht. »Hat dir niemand gesagt, wie kostbar die Kohle ist?«, fuhr Nuru ihn an. »Wenn du so weitermachst, ist sie zu Asche zerfallen, ehe Arkon auch nur eine Pfeilspitze schmieden konnte. Also mäßige deinen Eifer und tu, was man dir sagt – verstanden?«

Taro nickte stumm. Den Blick hielt er gesenkt, so wie man es von einem Sklaven erwartet. Äußerlich wirkte er ruhig und beschämt, innerlich aber war er so aufgewühlt wie schon lange nicht mehr.

Bin ich ein Krieger gewesen? Die Bilder, die er im Feuer gesehen hatte, legten die Vermutung nahe, aber noch war es zu früh, um die wenigen Bruchstücke zusammenzufügen, die sich urplötzlich und unerwartet aus den Tiefen seiner verschütteten Erinnerungen gelöst hatten. Vielleicht war er auch damals nur ein Sklave gewesen, der Zeuge eines verheerenden Überfalls geworden war. Vielleicht ...

»Ah, Arkon.« Die Stimme des Schmieds lenkte Taros Aufmerksamkeit wieder auf das, was um ihn herum geschah. »Das hier ist dein neuer Sklave. Ich hoffe, er stellt sich nicht so ungeschickt an wie der erste.«

Verstohlen wagte er einen Blick aus den Augenwinkeln und hielt überrascht den Atem an. Arkon war kein Fremder für ihn. Er war der Stumme, dem er zwei Tage zuvor den Weg zum Heerlager gewiesen hatte.

4

Das Plateau des steinernen Dämons lag einsam und verlassen im Licht der Morgensonne. Ein leichter Wind neckte von Süden kommend die langen Halme der Gräser und trug ihre fedrigen Samenkörner weit auf den Ozean hinaus. Mit etwas Glück würden die Wellen sie früher oder später an einen fernen Strand tragen, wo sie neue Wurzeln schlagen und gedeihen konnten.

Zwei Schwarznasenäffchen huschten herbei. Die Näschen witternd gegen den Wind erhoben und die dunklen Knopfaugen aufmerksam in alle Richtungen wendend, näherten sie sich zögernd dem Altar, auf dem die Maor-Say den Göttern am Abend zuvor ein letztes Opfer aus Früchten und Blumen dargebracht hatte, um für ihr Volk eine glückliche Reise zu erbitten.

Die kleinen Baumbewohner fühlten sich auf dem freien Platz sichtlich unwohl, aber der Hunger war groß, und die saftigen Früchte waren viel zu verlockend, um den angeborenen Fluchtinstinkten nachzugeben. Ein letztes Zögern, dann überwanden sie ihre Furcht. Wie der Blitz sausten sie zum Altar, griffen sich ihre Beute und verschwanden in den Büschen jenseits des großen Felsens, dessen Umrisse die Körperformen eines Dämons noch deutlich erkennen ließen.

Auch andere hatten die Gaben bereits entdeckt. Kaum dass die Äffchen verschwunden waren, kamen vier Muschelmöwen herangeflogen. Sie waren weniger ängstlich; ohne zu zögern, ließen sie sich auf dem Altar nieder, um ihr Morgenmahl zu beginnen. Weder die Möwen noch die Schwarznasenäffchen bemerkten die nebelgleiche Gestalt des Dämons, der am Rand der Klippe verharrte und den zehn seltsam anmutenden Schiffen nachblickte, die Nintau bei Sonnenaufgang Richtung Norden verlassen hatten. Die ungeheure Weite des Ozeans ließ sie winzig erscheinen, wie zerbrechliche Spielzeugboote mit bunten Segeln, die allein von der Hoffnung auf ein besseres Leben zusammengehalten wurden. Die ersten hatten den Horizont schon fast erreicht. Bald würden sie nicht mehr zu sehen sein.

Der Dämon wandte sich nach Süden und stieß ein leises kehliges Grollen aus. Obwohl sich der Himmel auch dort wolkenlos und strahlend blau zeigte, verrieten ihm seine Sinne, dass dies nicht mehr lange so bleiben würde. Mit etwas Glück würde er schon bald frei sein.

***

»Wie lange fahren wir mit dem Boot?«
　»Das wissen wir noch nicht.«
　»Zwei Tage, vielleicht auch länger.«
　»Ich habe Angst.«
　»Das musst du nicht. Da, wo wir hinfahren, ist es schön.«

»So schön wie zu Hause?«

»Viel schöner.«

»Dort sind die Bäume noch grün, und wir haben immer genug zu essen.«

»Und es gibt keinen Nebel, der uns gefährlich werden kann.«

»Gibt es da auch Affen?«

»Ganz sicher.«

»Wie Bojo?«

»Bestimmt.«

»Bekomme ich einen?«

»Ja, Liebes. Natürlich bekommst du einen.«

»Und meine Mama? Ist meine Mama auch da?«

»Nein, Liebes. Deine Mama ist nicht da. Sie … sie wohnt jetzt bei den Sternen, an einem Ort, an den wir ihr nicht folgen können. Aber ich bin sicher, sie schaut uns zu und freut sich, dass wir bald in Sicherheit sind.«

»Ist Bojo bei Mama?«

»Ja. Sie kümmert sich jetzt um ihn.«

»Meinst du, er ist traurig, wenn ich einen neuen Affen habe?«

»Bestimmt nicht. Er weiß doch, wie sehr du um ihn geweint hast. Ich bin sicher, er freut sich, wenn du wieder glücklich bist.«

Noelani saß am Heck des Schiffes, das sie und dreißig weitere Flüchtlinge in die neue Heimat bringen sollte. Sie ließ den Blick über das ruhige Wasser des Ozeans schweifen und dachte darüber nach, was sie erwarten würde. Sie wollte nicht lauschen, aber die Stimme der jungen Frau, die zusammen mit ihrem Gefährten und ihrer kleinen Schwester nur eine Armlänge entfernt auf den Planken saß, ließ sich nicht ausblenden, und so zogen die Worte an ihr vorüber, ohne dass sie sich ihnen verschließen konnte. Was sie hörte, berührte ihr Herz. Die kleine Lulani war kaum fünf Jahre alt und hatte schon alles verloren. Nur weil sie am Morgen der Katastrophe mit ihrer Schwester auf dem Weg zum Tempel gewesen war, hatten die beiden überlebt. Ihre Mutter, ihr Vater, ihre vier Geschwister und ihr geliebtes Schwarznasenäffchen Bojo hatten in dem Nebel den Tod gefunden.

Es war das erste Mal, dass Lulani von ihrer Mutter sprach. Bisher hatte sie immer nur um ihren geliebten Bojo getrauert, ganz so, als wären alle anderen noch am Leben. Noelani nahm es als ein gutes Zeichen. Monate waren seit dem Unglück vergangen. Es wurde höchste Zeit, nach vorn zu blicken. Die Zukunft der Überlebenden von Nintau hing nicht nur von den Hoffnungen ab, die jeder Einzelne in diese Reise setzte, sondern auch von der Fähigkeit, die Vergangenheit ruhen zu lassen, und dem festen Willen, dem, was kommen mochte, mit Mut und Zuversicht gegenüberzutreten.

»Nintau ist weg!« Lulani sprang auf und deutete aufgeregt nach Süden. Um besser sehen zu können, stellte sie sich auf die Zehenspitzen, aber was sie auch tat, die Insel war nicht mehr zu sehen. »Nintau ist weg. Nein, nein!« Schluchzend flüchtete sich Lulani zu ihrer Schwester. Diese schloss sie tröstend in die Arme und sprach beruhigend auf sie ein, bis die Tränen versiegten.

Noelani sah es und seufzte. Sie hatte beobachtet, wie die Insel langsam hinter dem Horizont versunken war, und im Stillen endgültig Abschied genommen. Der Gedanke, ihre Heimat niemals wiederzusehen, schmerzte sie, und sie bedauerte, dass sie ihren Kummer diesmal nicht mit Kaori teilen konnte.

Am Abend vor dem Aufbruch hatte sie eine letzte Geistreise gewagt, um sich noch einmal mit ihrer Zwillingsschwester in der Sphäre der Geister zu treffen. Kaori hatte ihr Mut zugesprochen und sie darin bekräftigt, das Richtige zu tun. Die Worte hatten ihre Wirkung nicht verfehlt, und so war Noelani am nächsten Tag voller Zuversicht als eine der Ersten an Bord gegangen, fest entschlossen, ein leuchtendes Vorbild für all jene zu sein, denen es an Mut und Hoffnung mangelte.

So tapfer, wie sie sich gegeben hatte, war sie dann aber doch nicht geblieben. Je weiter Nintau ihren Blicken entschwand, desto mehr Fragen und Ängste hatten sich ihr aufgedrängt. Hatten sie wirklich alles bedacht? Waren ausreichend Vorräte und Wasser an Bord? Würde das schöne Wetter ihnen gewogen bleiben, und wenn nicht, würden die dicken Taue die Boote bei aufkommendem Wind und Wellengang zusammenhalten können?

Immer wieder war ihr Blick zur Insel zurückgewandert, deren Umriss der einzige feste Punkt inmitten der endlosen Wasserwüste zu sein schien. Solange die Insel sich im Süden über den Horizont erhob, konnte Noelani sicher sein, dass sie noch auf dem richtigen Kurs waren. Jetzt war sie verschwunden, und die Flüchtlinge mussten ihre Reise im Vertrauen auf Wind und Strömung fortsetzen.

Noelani wünschte, sie könne sich auch während der Reise mit Kaori austauschen, aber das war schon wegen der großen Enge und des schwankenden Bodens unmöglich. Obwohl sie in den Wochen vor der Abreise große Mengen von Lilienblüten gesammelt und getrocknet hatte, konnte sie diese nicht für eine Geistreise nutzen. Die trockenen Blütenblätter mussten verbrannt werden, und ein Feuer zu entfachen barg auf den hölzernen Booten ein zu großes Risiko. Auch wenn sie es sich noch so sehr wünschte, sie würde Kaori erst dann wiedersehen, wenn sie ihr Ziel erreicht hatten. Bis dahin wusste sie Kaori zwar in ihrer Nähe, hatte aber keine Möglichkeit, mit ihr zu sprechen.

»Versuche ein wenig zu schlafen, Lulani«, hörte sie die junge Frau neben sich sagen. »Dann vergeht die Zeit viel schneller. Wer weiß, vielleicht können wir das Land im Norden ja schon sehen, wenn du wieder aufwachst.«

***

»Versuche ein wenig zu schlafen, Lulani«, hörte Kaori die junge Frau sagen, die neben Noelani auf den hölzernen Planken saß und ein kleines Mädchen in den Armen hielt. »Dann vergeht die Zeit viel schneller. Wer weiß, vielleicht können wir das Land im Norden ja schon sehen, wenn du wieder aufwachst.«

Kaori seufzte und schüttelte den Kopf. Was die Frau sagte, war gut gemeint, aber es war eine Lüge. So schnell würden sie das Festland selbst bei günstigem Wind nicht erreichen. Zwei Nächte, vielleicht auch drei, würden die Boote noch auf See bleiben müssen. Eine schwere Geduldsprobe, nicht nur für die Kinder.

Kurzfristig betrachtet hatten die Worte allerdings Erfolg. Kaori sah, wie Lulani sich die Tränen von den Wangen wischte und sich zum Schlafen hinlegte. Sie war wirklich ein braves Mädchen.

Kaori wandte sich ihrer Zwillingsschwester zu. Den Blick sorgenvoll nach Norden gerichtet, schaute Noelani über die endlose Weite des Ozeans. Kaori musste ihre Gedanken nicht lesen können, der Ausdruck in ihrem Gesicht genügte, um zu erkennen, woran sie dachte.

Die steile Falte zwischen den Augenbrauen zeigte sich bei Noelani nur, wenn sie sich Sorgen machte oder das Für und Wider von Problemen erwog. Gewiss stellte sie sich zum hundertsten Mal die Frage, ob sie das Richtige tat, und ging zum hundertsten Mal die Menge an Wasser und Vorräten durch, die auf den Booten Platz gefunden hatte. Vielleicht zählte sie in Gedanken noch einmal die Namen all derer auf, die mitgekommen waren, um sicherzugehen, dass sie auch wirklich niemanden vergessen hatte.

Schon auf der Insel hatte Noelani alles perfekt machen wollen und nichts dem Zufall überlassen. Mehr und mehr war sie in die Rolle der Anführerin hineingewachsen und hatte dabei ein beachtliches Verantwortungsbewusstsein entwickelt.

Aus der stillen, jungen Frau, die sich gern zurücknahm, um anderen den Vortritt zu lassen, war in den vergangenen Monaten eine selbstbewusste Anführerin geworden, die sich vehement für das Wohl ihres Volkes einsetzte und sich nicht scheute, ihre Meinung auch gegen Widerstände zu vertreten, um durchzusetzen, was ihr wichtig erschien.

Kaori wusste, dass sich viele der Überlebenden vor der langen Reise und der Ungewissheit danach fürchteten. Noelani hatte es nicht leicht gehabt, die Bedenken und Ängste zu zerstreuen, und es war ihr hoch anzurechnen, dass es ihr am Ende gelungen war, auch den Letzten davon zu überzeugen, dass es keinen anderen Weg gab. Dabei hatte sie Kaori nicht ein einziges Mal erwähnt. Selbst Jamak wusste nicht, dass sie noch Kontakt zu ihrer Zwillingsschwester hatte. Kaori war froh, Noelani bei ihrer schweren Aufgabe unterstützen zu können, und war ebenfalls fest davon überzeugt, dass sie das Richtige taten. Das Leben auf dem Festland würde jeden einzelnen

Flüchtling vor neue Herausforderungen stellen, aber Kaori zweifelte inzwischen nicht mehr daran, dass sie unter Noelanis Führung auch diese meistern würden.

Voller Stolz strich Kaori Noelani mit der Hand über die Wange. »Du schaffst das, Schwester!«, sagte sie, und als hätte Noelani die Worte gehört, umspielte nun auch bei ihr ein Lächeln die Mundwinkel.

Unter dem Südwind, der die Segel füllte und die Flotte der seltsamen Gefährte zwar nicht schnell, aber stetig über das Meer trug, glitt der Vormittag dahin. Die Sonne erklomm den Zenit, überwand ihn und strebte dem Horizont entgegen, während sich die Welt rings um die Gruppe der Flüchtlinge so blau und eintönig gab, dass mancher an Bord schon laut ein Fortkommen bezweifelte.

Am späten Nachmittag tauchten Delfine auf. Die zutraulichen Tiere kamen ganz nah an die Boote heran und begleiteten sie ein Stück weit auf ihrer Reise. Mit gewagten Sprüngen und Tauchmanövern sorgten sie nicht nur bei den Kindern für Begeisterung. Alle waren ein wenig traurig, als die Tiere schließlich einen anderen Weg einschlugen und davonschwammen.

Auch Kaori hatte an den Delfinen ihre Freude gehabt. Die empfindsamen Tiere hatten sie aus ihren dunklen Augen angesehen, ganz so als wäre sie noch am Leben und nicht unsichtbar. Das Verhalten hatte sie neugierig gemacht, und sie hatte die Hand dicht über die Wasseroberfläche gehalten, so wie die Kinder auf dem Boot es taten, um die Delfine anzulocken. Und wie bei den Kindern waren sie auch zu ihr gekommen. Es war unglaublich. Obwohl sie nur ein Geist war, schienen die Delfine sie wahrzunehmen. Furcht hatten sie keine gezeigt und für einen kurzen Augenblick hatte Kaori tatsächlich das Gefühl gehabt, wieder lebendig zu sein.

Die Delfine hatten sie für eine Weile auch von dem Gefühl einer unheilvollen Vorahnung abgelenkt, das sie gegen Mittag zum ersten Mal gespürt hatte und das sich nicht abschütteln ließ, obwohl sie keinen Grund dafür erkennen konnte. Es war seltsam, wie eine leise Stimme, die ihr zuflüsterte, dass bald etwas Furchtbares geschehen würde. Tief in sich spürte sie, dass sie Noelani davon erzählen und sie warnen musste. Aber das war unmöglich, solange Noelani sich nicht in der Sphäre der Geister aufhielt. Mehrmals löste Kaori sich vom Deck und schwebte in die Lüfte, um den Horizont nach Wolken abzusuchen. Doch wohin sie auch blickte, überall zeigte sich der Himmel so wolkenlos, dass sie am Ende fest davon überzeugt war, sich zu täuschen. Vermutlich waren ihre eigenen Sorgen und Ängste schon so groß, dass sie ihr etwas vorgaukelten. Was sollte auch geschehen? Noelani hatte die Reise mit großer Sorgfalt vorbereitet. Der Wind stand günstig, und bis zum Beginn der Regenzeit war es noch weit.

Die Menschen auf den Booten hatten schon so viel durchgemacht und so viel Leid ertragen, dass dieses Vorhaben einfach gut gehen musste. Kein Gott konnte so grausam sein, sie noch mehr leiden zu lassen. Davon war Kaori überzeugt, und daran wollte sie glauben. »Es wird alles gut«, sprach sie sich selbst Mut zu und versuchte nicht auf das bohrende Gefühl zu achten, das ihr genau das Gegenteil sagen wollte. »Es wird alles gut gehen.«

***

Schweiß rann Taro über die Stirn. Das Untergewand klebte ihm feucht und kühl auf der Haut. Er war erschöpft wie noch nie in seinem Leben. Und durstig. So durstig! Gierig griff er nach der Kelle, schöpfte Wasser aus dem Bottich und führte die Kelle zum Mund. Sein Arm schmerzte und zitterte. Die Kelle zu heben, ging fast über seine Kräfte. Nur die Hälfte des Wassers erreichte seine Lippen, und der Durst zwang ihn, die Bewegung zu wiederholen. Wieder und wieder.

Den ganzen Tag hatte er den Blasebalg bedient und die Glut der Kohle am Leben gehalten, damit Arkon Pfeilspitzen schmieden konnte. Zehn, fünfzig, hundert ...

Irgendwann hatte Taro aufgehört zu zählen, und irgendwann hatte er auch den Schmerz in seinen Armen nicht mehr gespürt, mit dem seine geschundenen Muskeln gegen die ungeheure Anstrengung protestierten. An diesem Tag hatte er erfahren, dass es weitaus schlimmere Sklavendienste gab als das Dungsammeln und dass der Schmerz von Dedras Peitsche angesichts der qualvollen Arbeit am Schmiedefeuer geradezu lächerlich anmutete. Hatte er sich zunächst noch gefreut, der Kälte durch die Arbeit am Feuer entfliehen zu können, hatte er schon bald die Kehrseite der vermeintlichen Annehmlichkeit zu spüren bekommen. Seine Kehle war ausgedörrt, die Lippen aufgesprungen, und die wenigen Schlucke, die man ihm während der Arbeit zugebilligt hatte, hatten den Durst mehr verstärkt als gelindert. Der erste Tag im Lager der Krieger hatte ihm bewusst gemacht, wie angenehm sein Leben bei den Rakschun trotz der Sklavendienste und Dedras Willkür bisher verlaufen war.

Als er sich bei Einbruch der Dämmerung zu seinem Lager in einem Zelt nahe der Schmiede schleppte, waren seine Gedanken bei Halona, die er wohl niemals wiedersehen würde. Tief in sich war er davon überzeugt, dass er sterben würde. Morgen oder übermorgen, vielleicht auch erst in einer Woche, wenn sein geschundener Körper den unmenschlichen Strapazen Tribut zollte. Seltsamerweise machte der Gedanke ihm keine Angst. Angesichts dessen, was ihn erwartete, wenn es ihm tagaus, tagein so erging wie an diesem Tag, mutete der Tod fast wie eine Erlösung an. Taro seufzte ergeben, legte sich nieder, rollte sich in die viel zu dünne Decke und schlief trotz der Kälte im Zelt sofort ein.

Die Ereignisse des Tages ließen ihn auch in der Nacht nicht los. Im Traum sah er einen Mann mittleren Alters, der auf dem Kopf eine schäbige Lederkappe trug, unter der ein paar Büschel schwarzer Haare hervorschauten. Über dem rundlichen Bauch spannte sich eine Lederschürze, die nicht weniger abgenutzt und fleckig wirkte. Der Mann schwang einen Schmiedehammer und formte damit auf einem Amboss ein Messer aus glühendem Eisen.

Plötzlich blickte er auf. »Na, Junge, willst du wieder die Tauben füttern?« Er legte den Hammer fort, kühlte das Eisen in einem Eimer mit kaltem Wasser ab und gab Taro ein Zeichen.

Im nächsten Augenblick fand Taro sich inmitten einer Schar bunt gefiederter

Tauben wieder, die pickend und gurrend um seine bloßen Füße herumliefen und sich flügelschlagend um das Futter stritten, das er ihnen zuwarf.

Gurrr, gu-gurrr ...

Gurrr ...

Gurrr, gu-gurrr ...

Gurrr ...

Blinzelnd öffnete Taro die Augen. Im Zelt war es stockdunkel. Nur draußen vor dem Eingang spendete eine Fackel etwas Licht.

Gurrr, gu-gurrr ...

Gurrr ...

Tauben? Taro blinzelte verwirrt. Das war eine Taube. Träumte er immer noch, oder ...?

Gurrrr.

Es dauerte einige Herzschläge, bis Taro begriff, dass Traum und Wirklichkeit sich im Schlaf vermischt hatten. Die gurrenden Laute kamen zweifellos von draußen. Unbemerkt hatten sie sich in seinen Traum geschlichen und die passenden Bilder dazu geformt. Die Erkenntnis enttäuschte ihn. Er hatte gehofft, wieder einen winzigen Blick auf seine verlorene Vergangenheit erhascht zu haben. So aber war der Traum bedeutungslos.

Es war kalt im Zelt. Taro fror. Auf der Suche nach etwas Wärme rollte er sich unter der Decke zusammen, aber er zitterte immer stärker. An Schlaf war nicht mehr zu denken. Der Gedanke aufzustehen, um sich an der Glut in den Kohlebecken der Schmiedefeuer zu wärmen, tauchte verlockend hinter seiner Stirn auf. Dann fiel ihm ein, dass es den Sklaven im Lager bei Strafe verboten war, die Zelte in der Nacht zu verlassen, und die Furcht vor Entdeckung hielt ihn davon ab, der Versuchung nachzugeben.

So lag er einfach nur da, starrte in die Dunkelheit, lauschte auf die Atemzüge der anderen Sklaven, die in dem Zelt untergebracht waren, dachte an die warmen Nächte in Olufemis Rundzelt zurück und wartete auf den Morgen.

Ein Schatten huschte im Licht der Fackel am Zelteingang vorbei und erregte Taros Aufmerksamkeit. Seltsam. Es musste weit nach Mitternacht sein. Keiner außer den Wachen durfte sich im Freien aufhalten. Wer immer dort herumschlich, hatte es eilig. Die Gestalt wirkte groß und stämmig und trug den Umrissen nach zu urteilen keine Rüstung, wie es die Wachen taten.

Taro runzelte die Stirn. Was ging da draußen vor?

Die Gestalt hantierte jetzt im Schutz des Zeltes mit etwas, das Taro nicht erkennen konnte. Die Taube gurrte wieder. Jetzt lauter. Taro lauschte, aber im Zelt rührte sich keiner. Offenbar war er der Einzige, den das ungewöhnliche Gurren geweckt hatte.

Neugierig geworden, schlüpfte er aus dem Bett, schlich zum Zelteingang und pirschte vorsichtig um das Rundzelt herum. Im Schatten zwischen den Zelten sah er geflochtene Körbe, Kisten und andere Dinge stehen, die er nicht erkennen konnte. Von dem Fremden, den er gesehen zu haben glaubte, fehlte jede Spur. War es doch nur eine Täuschung gewesen?

Fröstelnd schlang Taro die Arme um den Körper.

Was geht mich das an, dachte er bei sich. Es wird höchste Zeit zurückzugehen. Hier draußen ist es noch kälter als im Zelt!

Er drehte sich um und wollte gerade zurückgehen, als sich über den Zelten ein Schatten mit dem klatschenden Flügelschlag einer Taube in die Lüfte erhob und davonflog.

»Du hast es gut, kleine Taube«, murmelte Taro leise vor sich hin. »Du kannst fliegen und bist frei. Du ...« Jemand packte ihn an der Schulter und riss ihn herum. Ein eisiger Schrecken fuhr Taro durch die Glieder, doch ehe ihm auch nur ein Laut über die Lippen kam, traf ihn etwas hart an der Schläfe und raubte ihm das Bewusstsein.

* * *

In der mondlosen Nacht sah Kaori das Unwetter nahen.

Die ersten Vorboten zeigten sich als ein schwaches Leuchten, das den sternenklaren Himmel für den Bruchteil eines Augenblicks erhellte, ohne dass zu erkennen war, woher es stammte. Langsam, aber stetig gewann das Leuchten an Helligkeit, während die Abstände zwischen dem Aufblitzen gleichzeitig immer kürzer wurden. Es war nicht auszumachen, wo das Unwetter aufzog. Und noch weniger war vorherzusehen, welche Richtung es einschlagen würde, aber dass seine Vorboten so weit zu sehen waren, deutete darauf hin, dass es ein gewaltiger Sturm sein musste.

Kaori wurde unruhig.

Die See war friedlich, der Wind blies sanft und stetig von Süden, und über der kleinen Flotte aus Flüchtlingsbooten breitete sich ein überwältigender Sternenhimmel aus. Die Menschen an Bord schliefen. Im Vertrauen darauf, dass Wind und Strömung sie sicher ans Ziel bringen würden, waren sogar die Männer eingeschlafen, die die primitiven Ruder überwachen sollten.

Obwohl für die Flüchtlinge noch keine unmittelbare Gefahr bestand, blieb Kaori wachsam. Immer wieder ließ sie den Blick in alle Himmelsrichtungen über den Horizont schweifen, in der Hoffnung, dass sich das Unwetter fernab ihrer Route austoben würde.

Das erste Grollen in der Ferne hätte auch eine Täuschung sein können, aber schon dem nächsten Aufblitzen folgte ein langgezogenes Dröhnen, das alle Zweifel beseitigte. Das Unwetter kam näher. Und es kam schnell.

»Noelani! Noelani!« Kaori berührte ihre Zwillingsschwester an der Wange, aber Noelani schlief tief und fest und spürte die Kühle nicht. »Noelani, wach auf!« Obwohl sie wusste, dass Noelani es nicht hören konnte, rief Kaori so laut sie konnte. Es war furchtbar, das Unheil nahen zu sehen und sich nicht bemerkbar machen zu können.

»Verdammt! Verdammt.« In hilfloser Verzweiflung betete sie zu den Göttern des Meeres, sie mögen die Flüchtlinge verschonen. Sie hatten doch schon so viel erdulden müssen...

Aber die Gebete blieben ungehört. Das Grollen wurde lauter und kam näher. Ein halbe Stunde nachdem Kaori es zum ersten Mal gehört hatte, entflammte ein gleißender Blitz den Himmel so hell, dass er das Licht der Sterne auslöschte. Dem grellen Licht folgte ein krachender Donnerschlag, der die Stille über dem Ozean zerfetzte und alle aus dem Schlaf riss. Kinder begannen zu weinen, Rufe hallten durch die Nacht, und die Blicke wanderten voller Sorge zum Himmel, wo eine tiefschwarze Wolkenwand im Süden das Licht der Sterne verschlang.

Als der Wind aussetzte, wurde es still auf den Booten. Ein jeder wusste, was das zu bedeuten hatte. Die Menschen waren wie gelähmt, die Furcht schnürte ihnen die Kehle zu. Über der kleinen Flotte lastete eine gespenstische Stille, die mehr war als nur Schweigen. Eine Stille, die Kaori schon einmal erlebt hatte, damals auf Nintau, auf ihrem Weg durch den Nebel – die Stille des Todes.

Wenig später fiel der Sturm wie aus dem Nichts kommend über die kleine Flotte her, brüllend und fauchend wie eine bösartige Bestie. Gischt schäumte. Orkanartige Böen peitschten das Wasser und fuhren mit erbarmungsloser Urgewalt in die Segel. Schon die erste Böe ließ bei einigen Booten die Masten wie trockene Halme knicken. Anderen Booten riss der Sturm die Segel ab. Sie wurden vom Wind davongetragen und verschwanden in der Dunkelheit, ohne dass jemand etwas dagegen unternehmen konnte. Wenige Herzschläge später gab es kein einziges Boot mehr, das noch ein intaktes Segel besaß.

Dann kamen die Wellen. Höher und höher türmte der Sturm die Wasserberge, auf denen die Boote wie winzige Nussschalen hin und her geworfen wurden. Über das Tosen des Windes hinweg hörte Kaori die Menschen schreien. Aber es gab keine Hilfe. Keine Rettung. Fernab von jeder Küste waren sie dem Unwetter schutzlos ausgeliefert, und nur die Götter allein wussten, wer von ihnen das Licht des Morgens erblicken würde.

Kaori selbst spürte vom Sturm kaum etwas. In ihrer Geistergestalt fegten Wind und Gischt einfach durch sie hindurch. Zum zweiten Mal in kurzer Zeit war sie dazu verdammt, ihr Volk in Not zu sehen, ohne helfen zu können. Entsetzt sah sie die Stricke reißen, die die Boote miteinander verbanden, während Menschen von den Wellen über Bord gerissen wurden und ohne Aussicht auf Rettung in den brodelnden Fluten versanken. Längst hatte die gischtende See die Kanus mit Wasser gefüllt, auf denen die Plattformen befestigt waren und in denen die Flüchtlinge ihr Hab und Gut verstaut hatten. Und als sei das alles nicht genug, öffneten nun auch die Wolken ihre Schleusen. Sintflutartiger Regen prasselte auf die Flüchtlinge nieder, und der Wind trieb die Regentropfen wie eisige Geschosse vor sich her.

Immer wütender tobte der Sturm und entfernte die Boote weiter voneinander. Turmhohe Wellenberge raubten Kaori die Sicht und machten es ihr unmöglich zu erkennen, was mit den anderen Booten geschah. In nur wenigen Minuten hatte der Verband sich aufgelöst. Inmitten entfesselter Naturgewalten kämpften die Flüchtlinge ums nackte Überleben, und oft, nur allzu oft verloren sie diesen Kampf.

Kaori sah, wie eines der Boote unter dem Ansturm einer riesigen Welle kenterte und die Menschen schreiend ins Wasser stürzten. Für einen kurzen Augenblick waren die Köpfe der Unglücklichen noch über der Wasseroberfläche zu erkennen, dann brach sich eine weitere Welle über ihnen und riss sie mit sich fort.

Kaori spürte, wie ihr das Herz schwer wurde. Sie dachte an ihre Schwester, wissend, dass Noelanis schlimmste Albträume zur schrecklichen Gewissheit geworden waren. Noelani hatte alles richtig machen und alles bedenken wollen. Sie hatte gewagt, was noch keine Maor-Say vor ihr gewagt hatte, und sie hatte verloren. Der Sturm, der eigentlich erst in ein paar Wochen die Regenzeit hatte einleiten sollen, war viel zu früh aufgezogen. Eine grausame Laune der Natur, die den Weg in die neue Heimat für die meisten Flüchtlinge, vielleicht sogar für alle, zu einem Weg in den Tod machen würde. Dann würde nur noch ein verlassenes Dorf auf Nintau davon künden, dass dort einmal Menschen gelebt hatten.

Kaori schaute sich um, entdeckte Noelani auf einem der Schiffe und atmete auf. Gemeinsam mit anderen Flüchtlingen hatte sie in der Mitte des Bootes einen dichten Ring um den Stumpf des abgebrochenen Mastes gebildet. Der Stumpf gab ihnen Halt, während sie sich geduckt aneinanderklammerten und versuchten, den Wellen zu trotzen, die das Boot immer wieder überrollten. Alle waren bis auf die Haut durchnässt und von der ungeheuren Anstrengung schon jetzt erschöpft, aber der Kampf ums nackte Überleben schien ihnen ungeahnte Kräfte zu verleihen, und Kaori betete darum, dass sie das Unwetter überstehen würden.

5

Dieser Sturm war anders als alle Stürme, die Noelani bisher erlebt hatte. Mit entfesselter Urgewalt peitschte er den Regen über den Ozean und trieb mit Blitz und Donner die tiefschwarzen Wolken vor sich her. In seinem Wüten wirkte er fast wie ein lebendes Ding, voller Hass auf jene, die dem tödlichen Nebel entkommen waren. Und obwohl es gegen jede Vernunft war, war Noelani davon überzeugt, dass er entschlossen war zu vollenden, was dem Nebel ein halbes Jahr zuvor nicht gelungen war.

Die Haare hingen ihr nass und strähnig ins Gesicht. Sie hustete und spuckte Wasser aus, nur um beim nächsten Atemzug gleich wieder Wasser zu schlucken. Wasser unter, Wasser neben und Wasser über ihr. Die Welt um sie herum schien nur noch aus Wasser zu bestehen, und die Luft war erfüllt von einem zornigen Dröhnen und Brausen, wie hundert Dämonen es nicht anstimmen konnten. In den wenigen ruhigen Augenblicken, die der Sturm ihr schenkte, versuchte Noelani zu erkennen, wie es den anderen erging, aber die Boote waren in der Dunkelheit hinter einem dichten Vorhang aus Regen und gischtenden Fluten verschwunden – oder gesunken ...

Nein! Noelani kämpfte gegen den Schrecken an, den der Gedanke ihr durch die Glieder jagte. Daran wollte sie nicht denken. Nicht jetzt! Mit aller Kraft klammerte sie sich an die Menschen, die neben ihr kauerten, und versuchte gleichzeitig all denen Halt zu geben, die sich an ihr festhielten.

Wenn wir es schaffen, dann können die anderen es auch, dachte sie fast trotzig und betete im Stillen darum, dass das Unwetter vorüber war, ehe den ersten aus der Gruppe die Kräfte verließen. Aber es wurde nicht besser. Es wurde schlimmer.

Sie konnten nichts tun außer warten und beten, dass das Boot nicht auseinanderbrechen würde. Schon die erste Böe hatte den Mast geknickt und das Segel fortgerissen. Die schaumgekrönte Dünung war immer höher geworden, die Wellen hatten die Plattform überspült und alles mit sich gerissen, was nicht festgezurrt war. Als das Boot immer heftiger zu schwanken begann, hatte Noelani Halt an dem Maststumpf in der Mitte der Plattform gesucht, dem einzigen Teil der Aufbauten, der wirklich fest mit dem Boot verbunden war. Die anderen hatten es ihr gleichgetan. Nun kauerten sie dicht beisammen um den Stumpf wie junge Kliffschwalben, die in ihren Nestern dem Wind auf den Klippen trotzten. Sie hielten sich aneinander fest und versuchten, die Kinder in der Mitte mit ihren Körpern vor der Wucht von Sturm und Wellen zu schützen.

Alle waren durchnässt, erschöpft und durchgefroren, aber der Sturm tobte weiter, heulte und pfiff und drückte die eisige Luft durch die nasse Kleidung bis auf ihre Haut, während sich die Wellen donnernd über dem schwankenden Boot brachen und die Flüchtlinge mit sich zu reißen versuchten.

Noelani schloss die Augen und versuchte die Todesängste zu verdrängen, indem sie das Wüten ringsumher aus ihrer Wahrnehmung aussperrte. Tatsächlich schien der Sturm bald nicht mehr so laut zu sein, das Schaukeln empfand sie als weniger stark, das Wasser als nicht mehr so eisig, und auch die Furcht war nicht mehr ganz so unerträglich wie zuvor. Im Gegenzug spürte sie die Nähe der anderen fast überdeutlich. Das Gefühl, nicht allein zu sein, verlieh ihr Zuversicht und gab ihr die Kraft, sich weiterhin festzuhalten.

Jetzt war sie dankbar für diese besondere Art der Meditation, die die alte Maor-Say sie für den Fall gelehrt hatte, dass schreckliche Gefahren auszustehen waren. Noelani hatte ihrer Lehrmeisterin damals nicht wirklich zugehört. Mit der Weisheit ihrer Jugend war sie davon überzeugt gewesen, dass es auf Nintau niemals eine Gefahr für sie geben würde. Schon gar nicht eine schreckliche.

Nun wusste sie, wie sehr sie sich geirrt hatte, und sie schämte sich für ihre Überheblichkeit. Hätte sie damals besser aufgepasst, wäre es ihr ein Leichtes gewesen, einen Teil der Ruhe, die sie verspürte, auch auf die anderen zu übertragen. So aber hatte sie schon Mühe, die Ruhe in ihrem Innern für sich selbst aufrechtzuerhalten.

Sie hatte die Überlegung noch nicht zu Ende geführt, als das Boot von einer gewaltigen Welle erfasst und in die Höhe gehoben wurde. Dabei drehte es sich einmal um die eigene Achse und geriet in eine dramatische Schieflage, die es fast zum Kentern brachte. Noelani wurde jäh aus der Meditation gerissen. Sie hörte die Frauen und Kinder aufschreien. Dann brach sich die Welle über ihnen, und die Stimmen wurden von einer tosenden Wasserflut verschluckt.

Noelani war überzeugt, dass dies das Ende war. Zwar spürte sie die anderen noch immer, aber das Wasser raubte ihr die Sicht und nahm ihr den Atem. In der Gier nach Luft öffnete sie den Mund, doch es flutete nur Wasser in ihre Lungen. Noelani musste husten und konnte sich nicht mehr richtig festhalten. Aber dann, gerade im rechten Augenblick, gab die Welle sie wieder frei …

»Lulani! Neiiiin!« Ein gellender Schrei lenkte Noelanis Aufmerksamkeit auf die junge Frau an ihrer Seite. Mit ihrem Körper hatte sie Lulani zu schützen versucht, aber ihre Kräfte hatten nicht ausgereicht, das Furchtbare zu verhindern.

Die Welle hatte Lulani aus dem schützenden Kreis der Erwachsenen gerissen. Nun hing das Mädchen halb im Wasser, die Hände verzweifelt um ein Stück der Reling geklammert, das die Wellen noch nicht zertrümmert hatten. Sie schrie nicht um Hilfe und weinte nicht. Die Augen in Todesfurcht weit aufgerissen, starrte sie Noelani an. Kein Vorwurf lag in dem Blick, doch die unendliche Traurigkeit, die Noelani darin fand, zerriss ihr fast das Herz.

»Lulani!« Die junge Frau neben ihr wollte ihrer Schwester helfen, aber zwei Männer hielten sie fest, wohl wissend, dass es für das Mädchen keine Rettung gab. »Dann sterbt ihr beide«, hörte Noelani einen der Männer sagen. Die Frau kümmerte das nicht. Wie ein wild gewordenes Tier beißend, kratzend und um sich schlagend, befreite sie sich gewaltsam aus den Armen der Männer, wandte sich ihrer

Schwester zu – und wurde noch in der Bewegung von einer weiteren Welle verschlungen, die in ebendiesem Moment donnernd über die Plattform hereinbrach.

Noelani hörte Schreie. Sehen konnte sie nichts, denn das Wasser nahm ihr erneut die Sicht. Sie presste die Augen fest zusammen, hielt den Atem an und betete zu den Göttern, dass es bald vorbei sein möge.

Ihre Gebete wurden erhört, aber es schien, als hätten die Götter sie dennoch verlassen. Als Gischt und Wasser das Boot wieder freigaben, war die junge Frau verschwunden. Auch von Lulani fehlte jede Spur.

***

Ein Sonnenstrahl brach sich auf dem Dolch, der in Taros Händen ruhte, und ließ die Klinge aufblitzen, als wolle er ihn verspotten.

»Stirb, Nichtswürdiger«, raunte eine Stimme ihm zu. »Du hast versagt. Versagt ...« Dann war das Licht fort. Der Dolch lag grau und stumpf in seiner Hand.

»Du weißt, was du zu tun hast.« Wieder glaubte er die Stimme zu hören. Eine Stimme, vertraut und gefürchtet. Zitternd schlossen sich seine Finger um das Heft des Dolches und richteten die Spitze auf sein Herz.

»Tu es!« Die Stimme dröhnte in seinem Kopf. »Tu es jetzt!«

Taro keuchte. Er umklammerte den Dolch so fest, dass die Knöchel seiner Hand weiß hervortraten. Er musste es tun. Jetzt. Jetzt.

Aber er konnte es nicht.

»Tu es!«

Taro wand sich unter dem ungeheuren Druck, den die Stimme in ihm auslöste. Die Furcht vor ihr war allgegenwärtig.

»Bring es zu Ende und stirb wie ein Mann!«

»Nein!«

»Nein!« Mit einem Schrei fuhr Taro aus dem Schlaf auf. Kalter Schweiß perlte auf seiner Stirn. Sein Herz hämmerte wie wild, seine Gedanken rasten. Ich will nicht sterben. Ich will nicht ...

Verwirrt schaute er sich um und fand sich auf einem Lager wieder, das nicht das seine war. Die Unterlage war weicher, die Decke wärmer, und es gab sogar ein Kissen. Das Zelt war kleiner als das der Sklaven und nicht so dunkel. In der Mitte befand sich eine Feuerstelle, in der brennende Dungfladen ein mildes Licht und etwas Wärme verbreiteten. Davon abgesehen war nicht viel zu entdecken. Wer immer hier wohnte, gab sich mit wenig zufrieden.

Taro entdeckte eine weitere Liegestatt und einen Tisch, auf dem tönernes Geschirr von der letzten Mahlzeit kündete. Daneben standen zwei einfache Schemel, und an den Wänden hingen allerlei Gerätschaften, die Taro in der Dunkelheit nicht erkennen konnte. Er wollte sich aufrichten, um besser sehen zu können, aber schon der Versuch brachte ihm heftige Kopfschmerzen ein, und so sank er mit einem Seufzen auf das Kissen zurück.

Als er die Hand hob, ertastete er an seiner linken Schläfe eine dicke Beule, die sich feucht anfühlte. Prüfend führte er die Hand zum Mund, berührte die Finger mit der Zungenspitze und fand seine schlimmsten Befürchtungen bestätigt: Blut.

»Verdammt!« Taro schloss die Augen und versuchte sich zu erinnern, was geschehen war. Tauben. Irgendetwas war mit den Tauben gewesen, deren Verschläge ganz in der Nähe des Sklavenzeltes standen. Taro runzelte die Stirn, was ihm gleich noch mehr Kopfschmerzen einbrachte. Dann entsann er sich. Er war aufgestanden, um zu sehen, wer da mitten in der Nacht um das Zelt herumschlich, hatte aber niemand gesehen. Als er ins Zelt zurückgehen wollte, hatte ihn jemand niedergeschlagen.

Taro seufzte erneut, da tauchte wie aus dem Nichts das Bild eines Kriegers vor seinem geistigen Auge auf. Ein Mann wie ein Bär. Groß, mit Schultern und Oberarmen, die selbst mit beiden Händen nicht umfasst werden konnten. Eine lange Narbe zog sich von seinem rechten Ohr bis hinab zum Kinn und verlieh ihm ein verwegenes Aussehen, ein Eindruck, der von der Augenklappe über dem rechten Auge noch verstärkt wurde.

»Trif... Trif... Trif...« Taro atmete schnell. Instinktiv spürte er, dass es wichtig war, sich zu erinnern. Der Name lag ihm auf der Zunge, aber sosehr er auch grübelte, mehr als die erste Silbe konnte er seiner Erinnerung nicht entlocken.

»Verdammt!« Wütend ließ Taro die geballte Faust auf die Decke niedergehen. Er musste sich erinnern. Er musste ...

»Ah, da ist er ja!«

Taro schlug die Augen auf und erkannte Nuru und Arkon, die gerade das Zelt betraten. Nuru wirkte zornig und aufgebracht, während Arkons Gesichtszüge wie immer unergründlich schienen.

»Was fällt dir ein, gegen die Gesetze zu verstoßen?«, fuhr Nuru ihn an. »Du weißt, dass du nach Einbruch der Dunkelheit das Zelt nicht verlassen darfst.« Er schüttelte den Kopf und hob theatralisch die Hände in die Höhe. »Ihr Götter, womit habe ich dieses nutzlose Sklavenpack nur verdient?«, seufzte er und wurde fast übergangslos wieder ernst, indem er sagte: »Raus mir der Sprache, was hattest du da draußen zu suchen?«

»Nichts.«

»Nichts?« Nuru stieß das Wort so spöttisch aus, dass es wie ein Lachen klang. »Willst du mir etwa weismachen, du riskierst dein Leben für nichts? Das glaube ich dir niemals.« Er verstummte, trat ganz nah an das Lager heran und fuhr dann mit drohend gesenkter Stimme fort: »Ich sage dir, was du wolltest: Das, was alle Sklaven wollen. Du wolltest dich fortstehlen – stimmt's? Weglaufen, so wie die meisten es hier auch schon versucht haben. Aber ich sage dir, daraus wird nichts. Wir kriegen euch. Immer. Hast du das verstanden?«

»Ja«, murmelte Taro kleinlaut. Für einen Augenblick hatte er erwogen, Nuru die Wahrheit zu sagen, aber vermutlich wollte er diese gar nicht hören.

»Sprich lauter!«, herrschte Nuru ihn an, packte ihn am Arm und zerrte ihn unsanft in die Höhe. »Ich warte.«

»Ja. Ich habe verstanden«, wiederholte Taro unter Schmerzen.

»Siehst du, geht doch.« Nuru stieß ihn unsanft auf das Lager zurück. »Du hast großes Glück, dass Arkon sich für dich verwendet hat«, sagte er grimmig. »Sonst würde ich dich bei Sonnenaufgang auspeitschen lassen. Zwanzig Hiebe gibt es für den ersten Fluchtversuch, fünfzig für den zweiten. Beim dritten ist dein Leben verwirkt.

Nur, dass du es weißt.« Er drehte sich um und wandte sich etwas gemäßigter an Arkon. »Er kann bei dir bleiben. Aber gib gut auf ihn acht«, mahnte er. »Wer es einmal versucht, scheut es auch ein zweites Mal nicht.« Arkon nickte ernst. Dann war Nuru fort.

Es war ein seltsames Gefühl, mit dem großen stummen Mann allein zu sein. Bei Tage hatte Taro so hart gearbeitet, dass ihm die Sprachlosigkeit des Schmieds gar nicht aufgefallen war, nun aber wusste er nicht, wie er sich verhalten sollte. Aus Nurus Worten glaubte er herausgehört zu haben, dass Arkon sich für ihn eingesetzt hatte. Deshalb bemühte er sich um ein Lächeln und sagte: »Danke, dass ich bleiben darf.«

Arkon nickte. Sein Gesichtsausdruck blieb weiter grimmig. Er ging zum Tisch, goss Wasser aus einem Krug in einen Becher und reichte ihn an Taro weiter. Dieser richtete sich auf und leerte den Becher mit einem Zug. »Danke.«

Wieder nickte Arkon nur, ging zurück zum Tisch und legte sich dann wortlos schlafen. Auch Taro schloss die Augen. Sein Kopf schmerzte noch immer. Er wusste nicht, wer ihn niedergeschlagen hatte, vermutete aber, dass es einer der Wachtposten gewesen sein musste. Dass Nuru davon erfahren hatte, wunderte ihn nicht, aber warum Arkon sich mitten in der Nacht seiner annahm, blieb ihm ein Rätsel.

Vielleicht fühlt er sich mir zu Dank verpflichtet, weil ich ihm vor ein paar Tagen den Weg zu den Wagen gezeigt habe, überlegte er.

Andererseits war es nun wirklich kein Dienst gewesen, der Arkon zu einer solchen Dankbarkeit verpflichtete. Wie er es auch drehte und wendete, die Sache blieb seltsam. Da er aber keinen Nachteil davon hatte, beschloss Taro, nicht weiter darüber nachzudenken. Arkon mochte ein grimmiger Herr sein, aber in seinem Zelt war es viel behaglicher als bei den anderen Sklaven, und Taro war entschlossen, alles dafür zu tun, sich diese Behaglichkeit zu erhalten.

Als er erwachte, war es draußen schon hell.

»Verdammt!« Ruckartig richtete er sich auf, was ihm neben hämmernden Kopfschmerzen auch ein heftiges Schwindelgefühl einbrachte. Für einen Moment blieb er regungslos sitzen und wartete, bis der Schwindel erträglich wurde, dann schlug er die Decke zurück und schwang die Beine aus dem Bett. Er hatte verschlafen! So etwas war ihm noch nie passiert. Aber er hatte auch noch nie einen so heftigen Schlag auf den Kopf bekommen. Der Gedanke, sich zu schonen, kam ihm erst gar nicht. Er hatte sich in der Nacht schon genug Ärger eingehandelt. Nuru war nicht gut auf ihn zu sprechen und würde ihn gewiss bestrafen, wenn er nicht rechtzeitig beim Schmiedefeuer erschien. Er musste sofort ...

»Aiiig!« Eine Hand legte sich auf seine Schulter und hielt ihn zurück. Als er sich umdrehte, sah er Arkon hinter der Liegestatt stehen. Ernst und wie immer mit unergründlicher Miene schüttelte der stumme Schmied den Kopf und deutete mit der freien Hand auf das Bett. »Afff!«, sagte er bestimmt.

Taro zögerte.

»Afff!«, sagte Arkon noch einmal, neigte den Kopf zur Seite und legte die Hand unter die Wange, um sein Anliegen zu verdeutlichen.

»Ich ... soll schlafen?«, fragte Taro gedehnt. »Aber ich muss arbeiten. Die Schmiedefeuer ... Nuru wird sehr wütend sein, wenn ich nicht ...«

Arkon ließ ihn nicht ausreden. Während er Taro mit beiden Händen packte und mit sanfter Gewalt auf das Bett zurückdrängte, schüttelte er energisch den Kopf. »Afff«, sagte er noch einmal. Taro fühlte sich viel zu schwach, um sich gegen die Behandlung zu wehren, und eigentlich wollte er das auch gar nicht. Der Gedanke, einen Tag ausruhen zu dürfen, war verlockend, wäre da nicht die Angst vor Nurus Zorn gewesen. So gab er sich ein wenig widerstrebend und fügte sich schließlich Arkons Willen. Arkon nickte zufrieden. Er bedachte Taro mit einem strengen Blick, deutete mit dem Finger auf ihn und sagte noch einmal: »Afff.«

»Ja, ich werde versuchen, noch etwas zu schlafen«, versprach Taro, zog die Decke höher und schloss die Augen, um zu zeigen, dass er verstanden hatte. Als er ein paar Herzschläge später die Augen einen Spalt weit öffnete, sah er, dass Arkon die Lederschürze angelegt hatte.

Mit einem letzten prüfenden Blick auf Taro nahm er die Handschuhe auf und verließ das Zelt.

Taro war jetzt allein. Ruhe fand er nicht. Das schlechte Gewissen machte ihm zu schaffen, und die Furcht, dass Nuru jeden Augenblick auftauchen und ihn zur Schmiede prügeln würde, tat ein Übriges, um ihn wach zu halten. So lag er einfach nur da und wartete auf das, was kommen mochte.

***

Es war pures Glück, das Noelani die nächsten Stunden überleben ließ. Durchnässt und frierend, die Muskeln verkrampft und am Ende ihrer Kräfte, kauerte sie mit den anderen Flüchtlingen in der Mitte der Plattform. Eng zusammengedrängt klammerten sie sich weiter an den Maststumpf, dem einzigen Teil in der schwankenden und von Wind gepeitschten Umgebung, der ein wenig Halt versprach.

Das Schwarz der Nacht wechselte zu einem dunklen Grau, ein Zeichen dafür, dass hinter den brodelnden Sturmwolken der neue Tag heraufgezogen war. Die Flüchtlinge auf dem zerstörten Boot bemerkten es kaum. Die ganze Nacht über hatte das Unwetter über dem Ozean mit unverminderter Härte getobt, hatte Menschen und Material über Bord gerissen und seine Zerstörungswut an dem Boot ausgelassen, als wäre es ein Feind, den es zu vernichten galt.

Die Menschen auf dem Boot hatte inmitten des Chaos eine seltsame Ruhe erfasst. Sie waren erschöpft und entmutigt. Fast gleichgültig schienen sie sich in ihr Schicksal zu fügen, das zu ändern ihnen unmöglich war. Das war jedoch nicht immer so gewesen. Als die Welle Lulani und ihre Schwester von Bord gerissen hatte, waren alle entsetzt gewesen. Ein paar hatten den Schwestern helfen wollen und hatten nur mit Mühe davor bewahrt werden können, ihr eigenes Leben aufs Spiel zu setzen.

Dessen ungeachtet hatte der Ozean sich inzwischen weitere Opfer geholt: einen jungen Mann, den die Kräfte verlassen hatten, und eine alte Frau, der es ähnlich ergangen war. Niemand hatte auch nur versucht, ihnen zu helfen. Die Verzweiflung war so vollkommen, dass jeder bloß an das eigene Überleben dachte. Eine unachtsame Bewegung oder aber das Lösen auch nur einer Hand konnten den Tod bedeuten.

Während so jeder für sich ums Überleben kämpfte, rang Noelani im Geiste mit einer weiteren erdrückenden Last, die mit jedem neuen Opfer schwerer auf ihren Schultern lastete. Jedes Mal, wenn sie die Augen schloss, sah sie Lulani vor sich. Sah, wie sich die Kleine an die zerstörte Reling klammerte. Der Blick aus den dunklen Kinderaugen hatte sich mitten in ihr Herz gebohrt, und sie wusste, dass sie ihn zeit ihres Lebens nie mehr würde vergessen können.

Ich habe sie getötet. Wieder und wieder zogen die Worte durch Noelanis Gedanken. Ich bin schuld, dass Lulani und all die anderen sterben mussten, und ich werde die Schuld an jedem Leben tragen, das dieser Sturm noch fordern wird.

Sie spürte, wie sich ihr Magen vor Kummer zusammenzog.

Oh, ihr Götter, was habe ich getan?

Noelani schluchzte innerlich auf, aber es gab keinen Trost. Sie wusste, dass nichts auf der Welt sie jemals von dem Vorwurf des Scheiterns würde befreien können, den diese Reise in ihre Seele gebrannt hatte. Wie immer das Abenteuer auch enden mochte, ganz gleich wie viele das Unwetter überlebten, Noelani glaubte fest daran, dass alle sie dafür hassen würden, die Reise in die Wege geleitet zu haben.

Je länger sie darüber nachdachte, desto mehr erschien es ihr als ein großes Unrecht, dass sie noch am Leben war, während der Ozean so viele Unschuldige verschlungen hatte, die ihr in gutem Glauben gefolgt waren. Die Verzweiflung gärte in ihr, fand immer neue Nahrung und wurde schließlich so unerträglich, dass sie kurz davor war, die Hände zu lösen und ihrem Leben selbst ein Ende zu bereiten …

Niemand vermochte zu sagen, wie weit der Tag schon vorangeschritten war, als der Wind endlich etwas schwächer wurde, die Wellen sich nicht mehr ganz so hoch türmten und der Regen nachließ. Zu erschöpft waren diejenigen, die dem Sturm getrotzt hatten, um auf solche Dinge zu achten. Viele waren verletzt, einige dem Tod näher als dem Leben. Wer ohne Wunden davongekommen war, war ausgezehrt, hungrig und durstig. Aber es gab keine Vorräte mehr, die die Not hätten lindern können, keine Decken, um sich zu wärmen, und keine Heilmittel, mit denen die Wunden hätten versorgt werden können.

Noelani glaubte jeden einzelnen Muskel in ihrem Körper zu spüren. Der Sturm war vorüber. Sie war erschöpft und ausgelaugt, aber am Leben. Sie hätte erleichtert sein müssen und glücklich, aber sie war es nicht. Warum hatte der Sturm sie verschont und andere nicht? Warum hatten die Götter sie nicht für das bestraft, was sie angerichtet hatte?

Warum hatte sie es nicht selbst getan?

Der Gedanke versetzte ihr einen Stich. Sie hatte versagt. Sie hatte den Menschen eine bessere Zukunft versprochen und ihnen damit nur noch mehr Leid angetan. Es wäre nur gerecht gewesen, dieses Versagen mit dem Leben zu bezahlen. Aber sie hatte nicht den Mut gehabt, diesen letzten Schritt zu tun. Feige hatte sie sich an die anderen geklammert und darauf gehofft, dass die Götter sie verschonen würde, während andere ihr Leben lassen mussten.

Noelani wusste, dass keine Ehre in dem lag, was sie getan hatte, und schämte sich dafür. Auch wenn ihr Verstand ihr sagte, dass ihr Tod nicht einen der Unglücklichen vor seinem Schicksal hätte bewahren können, saß die Scham darüber, versagt zu haben, wie ein Stachel in ihrem Herzen.

»Ich mache es wieder gut«, sagte sie leise zu sich selbst, und es klang wie ein Schwur. »Ich werde euch beweisen, dass die Opfer und das Leid nicht vergebens waren.« Sie hob den Blick zum Himmel, wo in diesem Augenblick ein Sonnenstrahl durch die Wolkendecke brach, der das Bootswrack in goldenes Licht tauchte, und sagte laut: »Ihr Götter des Meeres, hört mich an. Hier und jetzt schwöre ich, dass ich alle, die diesen Sturm überlebt haben, in eine Zukunft führen werde, die ihnen hundertfach vergeltet, was sie erlitten haben. Nie wieder sollen sie Not leiden. Nie wieder in Furcht leben müssen.

Dafür werde ich kämpfen und jedes Opfer bringen – auch wenn ich selbst daran zugrunde gehen müsste.«

Sie hatte das letzte Wort gerade gesprochen, als sich die Wolkenlücke schloss und der Sonnenstrahl verschwand. Die Welt um sie herum war wieder so grau und trist wie zuvor, aber Noelani spürte tief in sich, dass sich etwas verändert hatte. Was immer die Zukunft auch bringen mochte, sie war entschlossen, sich jeder Herausforderung zu stellen. Sie war bereit zu kämpfen – für ihr Volk und für sich selbst. Aber sie wusste auch, dass alles davon abhing, schnell eine rettende Küste zu erreichen. Ohne Wasser und Nahrung würde ihr Schwur bald nicht mehr wert sein als Worte, die in den Wind gerufen wurden.

Noelani gestattete es sich nicht, den Gedankenfaden weiter zu spinnen. Um sich abzulenken, richtete sie ihre Aufmerksamkeit wieder auf das, was in unmittelbarer Nähe geschah. Dreiundzwanzig Flüchtlinge, so zählte sie, hatten den Sturm auf ihrem Boot wie durch ein Wunder überstanden. Ob sie überleben würden, lag allein in den Händen der Götter. Niemand konnte vorhersagen, wohin Wind und Strömung sie führen würde. Mast und Segel waren fort, das Ruder gebrochen. So weit das Auge reichte, war kein Land in Sicht, und allein die Götter wussten, welches Schicksal ihnen bestimmt war.

6

In Baha-Uddin war die Nacht ruhig verlaufen. Die Fischer an der Küste hatten ihre Boote am Abend gesichert. Nun fuhren sie wieder hinaus, den Blick sorgenvoll auf den Horizont gerichtet, um ein nahendes Unwetter rechtzeitig zu erkennen. Die Tore der Hauptstadt, die am Abend verriegelt worden waren, weil die Menschen hinter den Mauern Plünderungen durch die Flüchtlinge vor den Stadtmauern fürchteten, wurden bei Sonnenaufgang wieder geöffnet, jedoch fand längst nicht jeder unter dem strengen Blick der doppelten Wachen Einlass.

Mehr als ein halbes Jahr war seit dem Fall der Festung am Gonwe vergangen, und die Lage der Menschen, die von den Ufern des Flusses an die Küste geflüchtet waren, hatte sich keineswegs gebessert. Immer mehr von ihnen begehrten auf und forderten mit Gewalt das ein, was sie zum Leben benötigten.

Um die Sicherheit der Stadtbewohner und damit nicht zuletzt auch seine eigene zu gewährleisten, hatte König Azenor einen Teil der Truppen vom Ufer des Gonwe zurückbeordert, die nun vor und in der Stadt patrouillierten und mit immer härteren Strafen versuchten, die Ordnung aufrechtzuerhalten.

Auf Raub oder Plünderung stand der Tod. Ein Verfahren gab es nicht. Die Krieger selbst entschieden an Ort und Stelle über Schuld und Unschuld derer, die ihnen in die Hände fielen. Und so verloren täglich auch Frauen und Kinder ihr Leben, weil Hunger und Verzweiflung ihnen keinen anderen Ausweg ließen, als gegen das Gesetz zu verstoßen.

Auch die Bewohner der Stadt bekamen die unliebsamen Auswirkungen immer stärker zu spüren, die das Zusammenleben mit den Flüchtlingen mit sich brachte. So konnten Händler die Stadt an Markttagen nur dann unbehelligt erreichen, wenn sie von einem Trupp Krieger begleitet wurden. Denn immer wieder wurden Händler auf dem Weg zum Markt von marodierenden Banden überfallen, ausgeraubt und sogar getötet.

»Das sind keine Menschen. Das sind Bestien.« Fürst Rivanon stand im Licht der Morgensonne auf den Zinnen der Stadtmauer und ließ den Blick über das umliegende Land schweifen, dorthin, wo sich jenseits der Stadtmauern das gewaltige Flüchtlingslager wie ein bunter Flickenteppich in alle Himmelsrichtungen ausbreitete. »Wenn das Land am Gonwe nicht bald wieder sicher ist, wird Baha-Uddin unweigerlich auf einen Bürgerkrieg zusteuern«, sinnierte er düster.

»Würde der König die Vorräte gerechter verteilen und den Menschen eine Aufgabe geben, hätten wir ein solches Problem gar nicht.« General Triffin entging der gegen ihn gerichtete Seitenhieb in Rivanons Worten nicht. Monate waren vergangen, aber der Fürst trug ihm immer noch nach, dass die Festung am Gonwe aufgegeben worden war. Vor allem aber ließ er keine Gelegenheit aus, Triffin zu zeigen, dass dies in seinen Augen ein großer Fehler war.

»Der König tut, was er kann«, erwiderte Rivanon kühl. »Es ist nicht seine Schuld, dass dieses undankbare Pack den Hals nicht vollkriegen kann.«

»Den Magen«, korrigierte Triffin trocken und fügte hinzu: »Ich weiß, dass die Lage schwierig ist. Dennoch gäbe es Möglichkeiten ...«

»... an die du nicht mal im Traum denken solltest«, unterbrach Fürst Rivanon ihn. »Lieber ehrenvoll in den Tod gehen, als Almosen von König Erell und Königin Viliana anzunehmen.«

»Verhungern ist nicht ehrenvoll.«

»Und doch birgt es mehr Würde als Betteln.« Rivanon ließ sich nicht beirren.

»Du nennst es Würde. Ich nenne es Sturheit und Arroganz.«

»Hüte deine Zunge, General. Das ist Hochverrat!« Fürst Rivanon wirbelte herum und funkelte Triffin wütend an. »Vergiss nicht, dass auch du nicht ganz unschuldig bist an diesem Elend.«

»Du weißt, dass das nicht stimmt.« Triffin blieb ganz ruhig.

»Wen interessiert schon die Meinung eines Einzelnen, wenn das Volk nach einem Sündenbock verlangt?« Ein spöttisches Lächeln umspielte die Lippen des Fürsten. »Du solltest mit deinen Äußerungen etwas vorsichtiger sein. Wer auf Zinnen steht, sollte sich nicht zu weit über die Stadtmauer lehnen.«

»Die Warnung gebe ich gern zurück.« Triffin straffte sich, schenkte dem verdutzten Fürsten ein wissendes Lächeln und verließ die Stadtmauer, um sich wichtigeren Dingen zuzuwenden.

Er war gerade erst vom Gonwe zurückgekehrt.

Der Zufall hatte es gewollt, dass er Fürst Rivanon unmittelbar nach seiner Ankunft in die Arme gelaufen war, der ihn sofort in Beschlag genommen hatte. Was mit einer belanglosen Plauderei begonnen hatte, hatte sich, wie so oft, rasch zu einem Streitgespräch entwickelt, und Streit war nun wirklich das Letzte, wonach Triffin an diesem Morgen der Sinn stand. Er war gekommen, um dem König Bericht über den Fortgang der Verteidigungsmaßnahmen zu erstatten, und natürlich auch, um zu erfahren, ob es schon Neuigkeiten von Arkon gab. So führte ihn sein erster Weg nach dem unangenehmen Gespräch nicht zum König, sondern direkt zu Maels kleiner Schmiede, wo er eine von Arkons Tauben zu finden hoffte.

»Ah, General!« Mael schürte gerade die Glut des Schmiedefeuers, als er eintrat. »Ihr kommt wie gerufen.«

»Gibt es Neuigkeiten?« Triffin hatte Mühe, nicht ungeduldig zu klingen.

»Oh ja, die gibt es.« Mael legte den Schürhaken fort, drehte sich um und nahm etwas zur Hand, das auf dem Tisch hinter ihm gelegen hatte. »Das hier ist heute für Euch angekommen«, sagte er mit breitem Grinsen, überreichte General Triffin ein kleines Röhrchen, dessen Enden mit Wachs verschlossen waren, und fügte hinzu: »Ich habe doch gesagt, dass meine Tauben schnell und zuverlässig sind.«

»Ja, das hast du.« Triffin hielt das Röhrchen ins Licht, betrachtete es prüfend von allen Seiten und nickte zufrieden. Das Wachs war nicht gebrochen, das Siegel unversehrt. »Und wie es scheint, hast du nicht zu viel versprochen.«

»Ich ... ich habe es nicht geöffnet«, beeilte sich Mael zu erklären, als hätte er einen unterschwelligen Vorwurf in Triffins Worten vernommen. »Wirklich nicht. Ich ...«

»Das sehe ich.« Vorsichtig löste der General das Siegelwachs, mit dem das Röhrchen verschlossen war, und zog mit spitzen Fingern ein zusammengerolltes Pergament daraus hervor. Aus dem Augenwinkel bemerkte er, wie Mael unauffällig näher rückte, wohl in der Hoffnung, einen Blick auf die Botschaft werfen zu können. »Ich lese sie später«, entschied er kurzerhand, steckte das Pergament in die kleine Röhre zurück, ließ diese in die Tasche seines Mantels gleiten und machte ein paar Schritte auf die Tür zu. Bevor er hinausging, blieb er noch einmal stehen und sagte: »Gib gut auf die Taube acht. Ich werde dir noch heute Abend eine Antwort für Arkon bringen.«

»Die Taube wird bereit sein.« Mael nickte ernst. Es war ihm nicht anzusehen, ob er sich über Triffins Geheimniskrämerei ärgerte. Und selbst wenn: Was in der Botschaft stand, ging niemanden etwas an. Triffin würde sie verbrennen, sobald er sie gelesen hatte. Als er die Tür der Schmiede öffnete, riss eine Windböe ihm diese aus der Hand. Mit einem lauten Krachen knallte sie gegen die Hauswand.

»Sieht aus, als ob es Sturm gibt«, hörte er Mael hinter sich sagen.

Triffin antwortete nicht. Er hatte Mühe, die Tür zu schließen, denn der ersten Böe folgten weitere, und ein Blick zum Himmel ließ erahnen, dass auch der Regen nicht mehr lange auf sich warten lassen würde. Wenn er den Palast von König Azenor noch im Trockenen erreichen wollte, musste er sich sputen.

***

Die Ruhe, die dem Sturm folgte, war für Kaori nur schwer zu ertragen. Anders als ihre Schwester, die die anderen im Sturm aus den Augen verloren hatte, wusste sie, dass sieben Boote den Sturm überstanden hatten. Und auch wenn sie in der kurzen Zeit nicht hatte feststellen können, wie viele Überlebende es auf jedem der Boote gab, so war es doch immerhin ein Hoffnungsschimmer und ein Zeichen dafür, dass nicht alles verloren war.

»Nicht alles ist verloren, nur drei Boote«, sagte Kaori zu sich selbst und versuchte, nicht daran zu denken, dass drei Boote immerhin den Verlust von neunzig Menschenleben bedeuteten. Für Trauer war keine Zeit. Der Sturm hatte die Boote der Flüchtlinge nicht nur in alle Richtungen auseinandergetrieben, er hatte sie auch weit vom Kurs abgebracht. So weit, dass es den Flüchtlingen unmöglich war, den ersehnten Küstenabschnitt lebend zu erreichen.

Kaori seufzte und unterzog die scheinbar aussichtslose Lage einer kurzen Prüfung: Die sieben Boote waren alle erheblich beschädigt und so weit auseinandergetrieben worden, dass sie die anderen nicht sichten konnten. Keines der Boote hatte noch Lebensmittel oder Trinkwasser an Bord. Die Menschen selbst waren erschöpft, hungrig und durchnässt. Ein paar Männer benutzten Planken der Plattform als primitive Paddel, um das Boot in der Flaute voranzubringen, aber sie schienen nicht zu wissen, in welche Richtung sie sich wenden sollten. Kaori war nicht entgangen, dass jedes Boot einen anderen Kurs eingeschlagen hatte.

Es war schlimm für sie zu sehen, wie schlecht es den Menschen auf den Booten ging. Noch schlimmer war es, die verzweifelten Bemühungen mit anzusehen, mit denen sie gegen das offenbar Unausweichliche ankämpften, und gleichzeitig zu wissen, dass es vergebens sein würde. Am schlimmsten aber war es zu wissen, wo rettendes Land zu finden war, und es den Flüchtlingen nicht mitteilen zu können.

Nachdem Kaori alle sieben Boote entdeckt hatte, hatte sie sich auf die Suche nach einer Küste gemacht und tatsächlich im Westen Land entdeckt. Kaori spürte, wie sich bei dem Gedanken an die Küste eine leise Hoffnung in ihr regte, aber sie machte sich nichts vor. Das Land war viel zu weit weg, um es ohne Segel und günstigen Wind zu erreichen. Selbst wenn alle auf den Booten bis zur Erschöpfung paddeln würden, würde es mindestens zwei Tage dauern, es zu erreichen. Eine lange, vermutlich zu lange Zeit, die ohne Wasser und Nahrung kaum einer überstehen würde.

Niedergeschlagen ließ Kaori sich neben Noelani auf die nassen Planken nieder. Sorgen, Kummer und Verzweiflung hüllten ihre Schwester wie ein düsterer Mantel ein. Sie hob die Hand und strich ihr tröstend über die Wange, aber Noelani war so in Gedanken versunken, dass sie es nicht spürte.

»Wenn ich doch nur mit dir reden könnte«, sagte Kaori traurig. »Dann könnte ich dir von den anderen Booten erzählen und von dem Land, das ich gesehen habe. Dann könnten wir gemeinsam überlegen, wie es weitergehen soll. Aber so?« Sie seufzte betrübt. War sie wirklich dazu verdammt, untätig zuzusehen, wie die Letzten ihres Volkes starben? Konnte sie gar nichts tun?

***

General Triffin hatte es eilig.

Der auflebende Wind zerrte an seinem Umhang und trug die Vorahnung von Regen in sich, während das Rauschen der fernen

Brandung unheilvoll von dem nahenden Unwetter kündete. Triffin zweifelte nicht daran, dass es schon bald über die Stadt hereinbrechen würde, denn im Süden türmte sich unübersehbar eine dunkle Wolkenwand auf, die sich rasch nordwärts schob und das Sonnenlicht auslöschte.

Er war froh, als er den Palast erreichte, wo hinter den dicken Mauern nichts von dem Sturm zu spüren war. Das Erste, was ihm auffiel, war, dass man die Wachen am Eingang des Palastes mehr als verdoppelt hatte. Wo noch vor einem halben Jahr zwei Posten Wache gestanden hatten, waren es nun sechs, die am Portal dafür sorgen sollten, dass kein Unbefugter in den Palast gelangte.

General Triffin kümmerte das nicht. Die Wachen erkannten ihn schon von Weitem, nahmen Haltung an und salutierten, als er an ihnen vorüberging. Allein ihre Anwesenheit war bezeichnend für die Stimmung, die in der Stadt herrschte, und ein Indiz dafür, dass König Azenor sich nicht mehr sicher fühlte.

Auch im Innern des Palastes hatte sich etwas geändert. Vor vielen Türen, an denen Triffin sonst achtlos vorübergegangen war, sah er nun Wachen stehen und fragte sich, was es dahinter wohl Wichtiges geben mochte, das den enormen Aufwand rechtfertigte. Er wusste, dass es ihm nicht zustand, darüber zu urteilen, dennoch konnte er nicht verhindern, dass er zunehmend wütender wurde, je mehr Wachen er in den Fluren und Gängen des Palastes antraf.

Als der königliche Befehl, der einen Teil der Krieger in die Stadt zurückbeorderte, am Gonwe eingetroffen war, war Triffin damit nicht einverstanden gewesen. Nur widerwillig war er König Azenors Anweisungen gefolgt, hatte dann aber eingesehen, dass die wenigen Truppen in der Hauptstadt vermutlich wirklich nicht ausreichten, um die Sicherheit der Bewohner zu gewährleisten.

Und nun das!

Triffin spürte, wie sein Herzschlag sich beschleunigte. Es war unglaublich. Anstatt die Truppen in der Stadt einzusetzen, wie er es angekündigt hatte, hatte der König offenbar die Hälfte der Männer in den Palast beordert, um sich und sein Hab und Gut in Sicherheit zu wissen. Nur mit Mühe gelang es Triffin, äußerlich gelassen zu bleiben, als er das Zimmer des königlichen Sekretärs betrat, der die Audienzen beim König regelte.

»Ah, General Triffin.« Der Sekretär, ein hagerer alter Mann mit Halbglatze und ergrautem Haarkranz, schaute von den dicken ledergebundenen Büchern auf, die er gerade studierte, und schenkte Triffin ein faltiges Lächeln. »Gerade gestern sprach der König von Euch.«

»Und schon bin ich da.« Der saloppe Tonfall entsprach keineswegs Triffins Gemütsverfassung, war aber nötig, um ebendiese vor dem Sekretär zu verbergen. Mit einem Kopfnicken deutete er auf die Tür zum Thronsaal und fragte: »Ist er da? Kann ich zu ihm?«

»Nun, das ... das weiß ich nicht.« Die direkte Art schien den Sekretär zu überraschen. Unbeholfen erhob er sich, stolperte über ein Stuhlbein und stammelte verlegen: »Wartet hier. Ich ... ich sehe nach.«

»Tu das. Und beeil dich.« Triffin war zu schlecht gelaunt, um freundlich zu sein. Dabei konnte der Sekretär sicher am wenigsten etwas für Azenors völlig überzogenes Sicherheitsbedürfnis.

Es dauerte keine drei Minuten, da tauchte der Sekretär wieder auf. »Der König speist gerade«, erklärte er mit gewichtiger Miene und fügte gönnerhaft hinzu: »Aber er empfängt Euch.«

»Zu gütig.« Triffin deutete mit einem Kopfnicken eine Verbeugung an, deren Spott dem Sekretär nicht entgehen konnte, durchquerte den kleinen Raum und betrat den Thronsaal durch eine Nebentür.

König Azenor speiste wie immer allein an einem kleinen Tisch, ganz in der Nähe des prächtigen Throns aus poliertem und mit Ornamenten reich verziertem Felsgestein. Sein langer schwarzer, mit Goldfäden verzierter Mantel aus Onyxpantherfell bildete einen starken Kontrast zu den schlohweißen Haaren, die in jungen Jahren einmal so schwarz wie der Mantel gewesen sein sollten.

Als Triffin eintrat, legte der König die gebratene Taubenbrust aus der Hand, von der er gerade gekostet hatte, wischte die Finger an einem Tuch ab und gab dem General durch ein Handzeichen zu verstehen, dass er näher treten solle.

»Mein König.« Triffin trat vor und verneigte sich ehrerbietend. »Ich habe Nachricht von Arkon erhalten.«

»Ah. Ja. Wunderbar! Und?« Der König schaute ihn aufmerksam an. Als Triffin nicht sofort antwortete, hakte er nach: »Was konnte er herausfinden? Wie viele Rakschun lagern auf der anderen Seite des Gonwe? Tausend? Zweitausend? Fünftausend? Welche Waffen haben sie? Wie weit sind sie mit den Vorbereitungen für den Überfall? Und wann und wo werden sie zuschlagen?«

»Mit Verlaub, Euer Majestät, aber so schnell konnte Arkon das sicher nicht in Erfahrung bringen«, versuchte Triffin die Neugier des Königs zu mäßigen. »Bedenkt, dass er den Gonwe erst vor wenigen Tagen überquert hat und sich in die Rolle eines Rakschun einfinden muss. Er ist ein Fremder, dem man gewiss zunächst mit Misstrauen begegnet. Es wird sicher noch eine Weile dauern, ehe er ...«

»Willst du damit sagen, dass es keine Neuigkeiten gibt?« Azenor verzog das Gesicht wie ein enttäuschtes Kind.

»Keine würde ich nicht sagen. Immerhin ist es uns zum ersten Mal gelungen, eine Taube mit einer Nachricht mitten aus dem Herzen des Feindes in die Hauptstadt zu schicken«, beeilte sich Triffin zu erklären. »Wir sind auf dem richtigen Weg, obwohl Rivanon und seine Gefolgsleute bis heute daran gezweifelt haben, dass mein Plan aufgehen würde. Nun aber ist die Taube aus dem Lager der Rakschun bei Sonnenaufgang angekommen und hat den Beweis erbracht, dass ein Austausch von Nachrichten innerhalb kürzester Zeit möglich ist.«

»Beweise, Beweise ...« Azenor seufzte und schüttelte den Kopf. »Mein lieber General«, hob er an, während er wieder nach der Taubenbrust griff. »Deine kleine Meinungsverschiedenheit mit Rivanon interessiert mich nicht. Was ich benötige, sind Zahlen und Tatsachen.«

»Die werden wir bekommen.« Triffin ließ sich nicht beirren. »Wie Arkon berichtet, ist es ihm gelungen, als Schmied im Lager am Gonwe unterzukommen. Er wird jetzt Augen und Ohren offen halten und uns alles berichten, was wir wissen müssen.«

»Mögen die Götter schützend die Hand über ihn und diese köstlichen Tauben halten.« Azenor gähnte und biss herzhaft in die Taubenbrust. Er machte keinen Hehl daraus, dass er Triffins angeblich wichtige Neuigkeiten für nebensächlich hielt. »Hoffen wir, dass seine nächsten Botschaften etwas Brauchbares enthalten«, sagte er kauend. »Wir haben schließlich einen Krieg zu gewinnen.«

»Das werden sie. Dessen könnt Ihr gewiss sein.« Obwohl Triffin innerlich vor Wut kochte, ließ er sich die Enttäuschung über Azenors Verhalten nicht anmerken, denn er hatte noch etwas anderes auf dem Herzen. »Im Palast sah ich erstaunlich viele Wachen«, wechselte er das Thema. »Ist etwas vorgefallen?«

»O ja, das ist es. In der Tat«, erwiderte der König mit vollem Mund. »Und nicht nur einmal. Mehrfach haben sich Kinder aus den Flüchtlingslagern heimlich in den Palast geschlichen und Vorräte aus den königlichen Speisekammern gestohlen. Einer der Küchenburschen hat ihnen dabei geholfen. Aber wir haben sie erwischt und hingerichtet – alle. Jetzt sorgen Wachen vor jeder Tür dafür, dass so etwas nicht noch einmal vorkommt.«

»Sie wurden ... hingerichtet?« Triffin glaubte, sich verhört zu haben. »Kinder?«

»Plünderer und Diebe!«, korrigierte Azenor ungerührt. »Unglaublich, dass sie nicht einmal vor den Palastmauern haltmachen.«

»Ja, unglaublich.« Triffin war zutiefst erschüttert. Azenor war dafür bekannt, dass er mit harter Hand regierte. Aber Kinder töten, die aus Hunger und Verzweiflung zu Dieben wurden ...? Das war etwas, das er selbst Azenor nicht zugetraut hätte.

»Das Beispiel hat seine Wirkung nicht verfehlt«, hörte er Azenor in seine Gedanken hinein sagen. »Und die Wachen tun ein Übriges, um das Pack fernzuhalten. Der Palast ist wieder sicher.«

»Nun dann ... ist ja alles in bester Ordnung.« Triffin verneigte sich zum Abschied, verließ den Thronsaal und suchte das Gästezimmer auf, das man für ihn hergerichtet hatte. Die Dinge entwickelten sich nicht nur am Gonwe zum Schlechteren. Er musste nachdenken.

***

Die Zeit tröpfelte dahin. Monoton und trostlos wie das Platschen der Planken, die die Männer in das Wasser tauchten, glitt sie dem Abend entgegen. Noelani starrte über das dunkle Wasser des Ozeans und versuchte nicht auf die Trauer zu achten, die sich in ihrem Herzen regte. Früher auf Nintau hatte sie es geliebt, bis zum Horizont blicken zu können. Damals hatte es ihr ein Gefühl grenzenloser Freiheit vermittelt. Jetzt war es einfach nur entmutigend. Wenn der Ozean doch nur nicht so groß wäre und das Boot nicht so klein ... Es war zum Verzweifeln.

Jetzt erst verstand sie wirklich, warum die Fischer von Nintau sich niemals weit von der Insel entfernt hatten. Und erst jetzt konnte sie wirklich nachempfinden, welche Ängste ihr Großvater ausgestanden haben musste, als er in jungen Jahren mit seinem Fischerboot von einer Strömung erfasst und weit aufs Meer hinausgetrieben worden war.

Noelani erinnerte sich noch gut daran, wie ihr Großvater die Geschichte am abendlichen Lagerfeuer wieder und wieder erzählt hatte. Es war sein größtes Abenteuer gewesen, und obwohl irgendwann jeder auf Nintau die Geschichte auswendig kannte, so hatten ihm doch alle immer wie gebannt gelauscht, denn dass er immer noch unter ihnen weilte und nicht auf dem Meer den Tod gefunden hatte, grenzte fast an ein Wunder. Glaubte man seinen Worten – und niemand zweifelte daran –, hatte er seine Rettung damals einzig und allein einem Delfin zu verdanken gehabt.

Nachdem er einen Tag und eine Nacht auf dem Meer verbracht hatte, war der Delfin aufgetaucht und hatte das Boot ein Stück begleitet. Froh, nicht ganz allein zu sein, hatte ihr Großvater begonnen, mit dem Delfin zu reden, und hatte ihn mit den Fischen gefüttert, die er gefangen hatte. Wie er es bei einem Freund getan hätte, hatte er dem Delfin von seinem Unglück erzählt, von seiner Familie, die er so sehr vermisste, und von der Insel, die seine Heimat war und die er nun wohl niemals wiedersehen würde.

Noch bis zu seinem Tod war ihr Großvater fest davon überzeugt gewesen, dass die Götter selbst den Delfin zu ihm geschickt hatten und dass dieser jedes seiner Worte verstanden hatte. Nur so konnte er es sich erklären, dass sich der Delfin eines der Taue geschnappt hatte, die von den Fischernetzen ins Wasser hingen, und das Boot hinter sich hergezogen hatte. Noch am selben Abend war ihr Großvater nach Nintau zurückgekehrt.

Noelani seufzte. Ihr Großvater hatte wahrlich Glück gehabt. Delfine waren ihnen auf der Reise auch schon begegnet, aber nach dem Sturm hatte sich kein einziger blicken lassen. Und selbst wenn ... die abenteuerliche Geschichte ihres Großvaters würde sich kaum wiederholen, denn sie hatten nichts, womit sie die Tiere füttern konnten ...

Noelani seufzte. Seit sie aufgebrochen waren, war alles fehlgeschlagen. So viele waren gestorben. Vielleicht waren die Flüchtlinge an Bord ihres Bootes ja sogar die Letzten ihres Volkes.

Sie schluckte gegen die Tränen an.

Schlimmer hätte es nicht kommen können. Dabei war sie so sicher gewesen, alles richtig zu machen. Und die anderen auch. Sie war die Maor-Say. Ihr hatten die Überlebenden vertraut – und sie hatte sie in den Tod geschickt.

Ich habe versagt. Die Erkenntnis war bitter, aber es wäre eine Lüge gewesen, die Augen vor der Wahrheit zu verschließen. Das Blut der mächtigen magiebegabten Frauen, die einst die Blutlinie der Maor-Say begründet hatten, floss nur noch dünn durch ihre Adern. Das Feuer der Magie war erloschen, die Macht, die Elemente zu beeinflussen, verloren. Sie war zu schwach. Sie hätte das Amt niemals annehmen dürfen. Niemals ...

Noelani wischte eine Träne fort. Es war dunkel geworden. Dunkel und still. Die Männer hatten aufgehört zu paddeln und sich auf die Planken gelegt, ein Zeichen dafür, wie erschöpft sie waren. Niemand klagte, niemand weinte, und niemand erhob Vorwürfe gegen Noelani. Erschöpfung und Verzweiflung hatte die Überlebenden des Sturms verstummen lassen, und es schien fast, als hätten sie sich mit ihrem Schicksal abgefunden.

Ach, wenn die Götter uns doch auch Delfine schicken würden, dachte Noelani. Auch wenn wir nichts haben, das wir ihnen geben können. Sie ließ den Blick erneut über das Wasser schweifen und dachte bei sich: Wo seid ihr, Delfine? Wo? Ihr habt meinen Großvater gerettet, lasst uns bitte nicht im Stich. Bitte lasst mein Volk nicht sterben.

Sie hoffte und betete, aber nichts geschah. Die Götter schienen sie verlassen zu haben.

Die Nacht schritt voran. Es wurde so kalt, dass die Menschen an Bord eng zusammenrückten, um sich gegenseitig zu wärmen und Trost zu spenden. Noelani wagte nicht, sich ihnen anzuschließen. Zu schwer lastete die Schuld auf ihr, zu sehr fürchtete sie, zurückgewiesen zu werden. Allein rollte sie sich auf dem harten Boden zusammen, um etwas Schlaf zu finden, frierend, mit knurrendem Magen und einem trockenen Mund, dem nach Wasser dürstete.

Es war mitten in der Nacht, als ein Ruck die Plattform des Bootes durchlief. Dem ersten folgte ein weiterer Ruck. Noelani richtete sich auf und schaute sich blinzelnd um, da rief eine Frau: »Ein Schiff! Den Göttern des Meeres sei Dank. Seht doch, es ist ein Schiff!«

Noelani zögerte, unfähig zu glauben, dass es wirklich ein Schiff war, das ihnen hier mitten auf dem Ozean in finsterer Nacht zu Hilfe gekommen war. Der dunkle Schemen aber, der unmittelbar neben dem Floß über der Plattform aufragte, vertrieb augenblicklich jeden Zweifel.

Ein Schiff! Es war unglaublich. Ein Wunder, das alles bisher Dagewesene in den Schatten stellte. Auf dem Schiff flammten Lichter auf. Laternen, die von Menschen über die Bordwand gehalten wurden.

»Da ist noch ein Floß!«, hörte Noelani eine Männerstimme rufen. »Schnell, holt eine Strickleiter. Es sind Menschen darauf.«

Was als Nächstes geschah, erlebte Noelani fast wie in einem wunderbaren Traum. Als Letzte erklomm sie die Strickleiter, wurde an Bord des Schiffes gehoben, in eine wärmende Decke gehüllt und unter Deck gebracht, wo man ihr einen heißen Tee und eine dünne Suppe reichte, die wohl das Köstlichste war, was sie jemals gegessen hatte.

Tee und Suppe vertrieben die Kälte aus ihrem Innern, während sie in ihre Decke gehüllt im Zwielicht einer kleinen Öllampe unter Deck hockte, aß und trank und einfach nur geradeaus starrte. Sie konnte an nichts denken, sich nicht einmal freuen. Alles war so unglaublich, dass es ihr immer noch wie ein Traum erschien, aus dem sie jeden Augenblick erwachen konnte. Nur ganz allmählich begriff sie, dass sie wirklich gerettet worden waren.

Nachdem sie ihre Gedanken ein wenig geordnet hatte, erkundete sie im Halbdunkel mit den Augen ihre Umgebung und stellte fest, dass sie nicht allein war. In dem großen Raum, der vermutlich ein leerer Laderaum war, entdeckte sie neben den Flüchtlingen ihres Bootes noch unzählige andere Menschen, die in Decken gehüllt am Boden lagen und schliefen. Der Anblick weckte Hoffnungen in ihr und ließ ihr Herz höher schlagen. Konnte es sein, dass noch andere Boote ...?

Ein dumpfes Dröhnen durchlief den Schiffsrumpf. Gleichzeitig spürte Noelani einen Ruck. Einige der Schlafenden regten sich, aber nur wenige erwachten. »Was war das?«, hörte sie ein Kind fragen, und eine vertraute männliche Stimme antwortete: »Vielleicht haben sie noch ein Boot entdeckt. Die Götter mögen geben, dass es so ist.«

Jamak? Noelani schlug das Herz bis zum Hals. Das musste Jamak sein. Die Stimme, diese wunderbare Stimme, die sie ihr halbes Leben lang begleitet hatte, würde sie auch im Stockfinstern unter Tausenden wiedererkennen. Sie drehte sich um, um nach dem Sprecher Ausschau zu halten, konnte bei dem schlechten Licht aber kaum etwas erkennen.

»Jamak?«, fragte sie laut ins Halbdunkel hinein. »Jamak, bist du da?«

»Noelani?« In der Dunkelheit regte sich etwas. Jemand erhob sich und kam geduckt auf sie zu. Noelani spürte, wie ihr die Kehle eng wurde, so aufgeregt war sie.

»Ja«, sagte sie leise. »Ja, ich bin es.« Unsicher schaute sie zu der Gestalt auf, die in eine Decke gehüllt vor ihr stand.

Er ist es. Er lebt, dachte sie und fühlte, wie eine heiße Woge des Glücks ihren Körper durchflutete. Er ist hier, bei mir. Ihr Götter habt Dank, ich bin nicht mehr allein.

»Noelani. Du lebst. Bei den Göttern, ich dachte schon, ich würde dich nie wiedersehen!« Jamak setzte sich zu ihr und schloss sie in die Arme wie ein Vater seine schmerzlich vermisste Tochter. Noelani ließ es wortlos geschehen, mehr noch, sie genoss es wie ein Kind, das Rettung in höchster Not erfährt, und wünschte, sie könne immer so dasitzen und teilhaben an der ruhigen Kraft und Stärke, die von Jamak ausging. Sie fühlte sich wie damals, als man sie, das schüchterne und zurückhaltende Mädchen, in den Tempel geholt hatte, um die Nachfolgerin der mächtigsten Frau der Insel zu werden. Ein Mädchen, das sich vor der Zukunft fürchtete und das Angst vor dem Versagen hatte, wohl wissend, dass mehr von ihr verlangt werden würde, als sie glaubte, geben zu können. Aber schlimmer noch als damals fehlte ihr diesmal gänzlich die Zuversicht, dass alles gut werden würde. Es war zu spät. Ein Zurück gab es nicht. Zu viele waren gestorben. Sie hatte versagt. Was sie ihrem Volk durch Unwissen und Selbstüberschätzung angetan hatte, würde keine Macht der Welt jemals wiedergutmachen können. Die Tränen kamen, ohne dass sie etwas dagegen unternehmen konnte. Immer stärker rannen sie ihr über die Wangen. Es war, als hätte Jamaks Berührung einen Damm gebrochen, der sich nun in einem Strom von Tränen leerte.

»Nicht weinen!« Jamak strich ihr sanft über das nasse Haar. »Wir sind in Sicherheit. Es wird alles gut.« Die Worte waren lieb gemeint, verfehlten aber ihre Wirkung. Statt Trost zu spenden, waren sie wie Öl für das Feuer aus Kummer und Verzweiflung, das in Noelani brannte. Wild und zerstörerisch loderte es auf, so stark, dass auch die letzten Barrieren dem Ansturm nicht länger standhielten.

»Nein! Nein! Nichts wird gut.« Noelani schluchzte auf und wand sich in Jamaks Armen wie ein gefangenes Tier. »Sie sind tot. Alle sind tot, und ich bin schuld daran.«

»Noelani, beruhige dich.« Jamak verstärkte den Griff noch etwas, blieb dabei aber sanft. »Was redest du da? Es ist doch nicht deine Schuld, dass ...«

»Doch, das ist es. Ich bin schuld. Ich allein. Ich habe sie getötet. Lass mich los! Lass mich ...!« Mit den Fäusten hämmerte sie auf Jamak ein, musste aber bald einsehen, dass ihr die Kraft fehlte, um sich wirklich gegen die Umarmung des großen und kräftigen Mannes zu wehren. So gingen ihre schwächlichen Versuche der Gegenwehr alsbald in ein wildes, hemmungsloses Schluchzen über, während Jamak sie weiterhin fest in den Armen hielt. Geduldig, sanft und verständnisvoll, so wie ein Vater es tun würde.

Es waren Stimmen, die Noelani aus den finsteren Abgründen ihrer Gedanken rissen. Als sie den Kopf hob, entdeckte sie Licht am Eingang zu dem Lagerraum und Gestalten, die sich darin bewegten.

»Siehst du, sie sind nicht tot«, hörte sie Jamak sagen, und die Freude, die in seiner Stimme mitschwang, war nicht zu überhören. Hastig wischte Noelani die Tränen mit dem zerschlissenen Ärmel ihres Gewandes fort und blinzelte, um besser sehen zu können.

Nahe dem Eingang drängten sich etwa zwanzig Männer, Frauen und Kinder, schweigend und mit Blicken, die nur erahnen ließen, was sie in den vergangenen Stunden durchgemacht hatten. Alle hatten eine Decke um den Körper geschlungen und hielten einen Becher mit heißem Tee in den Händen. Unsicher schauten sie sich um und suchten sich schließlich einen freien Platz nahe dem Eingang, wo sie sich hinsetzten oder niederlegten, zu schwach, um miteinander zu reden, und froh, in Sicherheit zu sein.

Ihre Ankunft blieb auch bei den anderen nicht unbemerkt. Aus den Augenwinkeln sah Noelani, dass viele der Geretteten sich aufgerichtet hatten und aus dem Halbdunkel zum von Fackeln erhellten Eingang blickten. »Vater!« Ein Halbwüchsiger sprang auf, stürmte auf die Neuankömmlinge zu und wurde von einem der Männer überglücklich in die Arme geschlossen.

»Mein Junge, du lebst!«

Das Wiedersehen der beiden rührte Noelani, und sie spürte erneut Tränen in den Augen. Diese beiden hatten Glück gehabt. Die meisten aber würden wohl vergeblich auf Angehörige und Freunde warten.

»Das ist schon das fünfte Floß, das sie entdeckt haben«, erklärte Jamak, ohne dass Noelani ihn danach gefragt hatte. »Das Boot, auf dem ich gewesen bin, haben sie als Erstes an Bord geholt. Da war es noch hell. Es war eine Rettung aus höchster Not. Die Nacht hätten wir nicht überlebt. Die Plattform war geborsten, und alle Boote darunter waren leckgeschlagen. Nur die Kinder saßen noch im Trocknen. Alle anderen klammerten sich an die Wrackteile ... Wir hatten die Hoffnung schon fast aufgegeben. Als wir dann das Schiff am Horizont sahen, haben wir geschrien und gewunken. Es grenzt an ein Wunder, aber sie haben uns tatsächlich bemerkt und gerettet. Ich habe mit dem Kapitän gesprochen und ihm von unserer Flucht erzählt. Daraufhin hat er mir versprochen, nach anderen Überlebenden zu suchen. Zwei Boote, die ganz in der Nähe waren, konnte er schnell finden. Dann wurde es dunkel. Ich fürchtete schon, dass er die Suche abbrechen würde, aber er hielt weiter Ausschau. Dann entdeckte er euer Floß, und nun hat er sogar noch ein weiteres gefunden.« Er lächelte. »Dieser Kapitän ist wirklich ein guter Mann.«

Noelani wusste, dass Jamak ihr das auch erzählte, um sie zu trösten, aber es war zu viel geschehen. Selbst wenn es Überlebende gab, änderte es nichts daran, dass sie großes Unheil über das ohnehin schon vom Schicksal hart gezeichnete Volk von Nintau gebracht hatte.

»Wie viele?« Sie blickte Jamak fragend an.

»Ich verstehe nicht ...«

»Wie viele von uns sind hier?«

»Bevor ihr an Bord gekommen seid, waren wir einundsechzig«, sagte Jamak. »Auf deinem Boot waren zwanzig, und wenn ich richtig gezählt habe, sind eben noch siebzehn gerettet worden.«

»Achtundneunzig«, rechnete Noelani nach und sagte leise: »Von einhundertfünfzig.« Sie seufzte. »So wenige ...«

»So darfst du das nicht sehen. Es sind viele«, korrigierte Jamak. »Wir hätten alle tot sein können.«

»Wir hätten alle am Leben sein können, wenn wir auf Nintau geblieben wären«, erwiderte Noelani verbittert. »Wir hätten es nicht leicht gehabt, aber wir hätten überlebt, so wie unsere Ahnen damals auch überlebt haben.« Sie schluchzte auf. »Sie haben mir ihr Leben anvertraut, und ich habe versagt. Oh, Jamak. Was habe ich getan? Was habe ich nur getan?«

»Du hast getan, was du für richtig hieltest«, erwiderte Jamak ruhig und ohne jeden Vorwurf in der Stimme. »Wir wussten alle um die Gefahren der Reise, und jedem stand es frei, auf Nintau zu bleiben. Aber keiner von uns wollte das. Wir konnten dort nicht weiterleben. Den Weg übers Meer zu wagen, das war unsere eigene freie Entscheidung. Du darfst dir deshalb keine Vorwürfe machen. Dass die Regenzeit in diesem Jahr so früh und vor allem mit einem so heftigen Sturm beginnen würde, konnte wirklich niemand vorhersehen.«

Noelani antwortete nicht. Jamaks Worte zogen an ihr vorbei, erreichten sie aber nicht. Sie saß einfach nur da, starrte ins Halbdunkel und wünschte, sie könne alles ungeschehen machen.

7

Den Mann, der vor ihm stand, sah Taro nicht. Nur die Augen, diese furchtbaren eisblauen Augen, die ihn in der von ihm so gefürchteten Strenge fixierten. Er wollte wegsehen. Zu Boden. Aber er konnte es nicht. Er hatte Angst. Furchtbare Angst.

»Tu es!«, forderte die Stimme, die zu den eisblauen Augen gehörte und deren Klang er fast noch mehr fürchtete als den Blick. »Tu es jetzt!«

Taro wünschte, er könne sich unsichtbar machen. Er war zehn Jahre alt, ein Kind noch, und alles in ihm sträubte sich dagegen, den Befehl auszuführen. »Ich ... ich kann nicht«, presste er mit dünner Stimme hervor, demütig wie ein geprügelter Hund, so wie er es immer tat, wenn er diesem Mann gegenüberstand und dieser ihn seine Macht spüren ließ.

Die Wucht, mit der die Hand des Mannes seine Wange traf, schleuderte ihn zu Boden. Beißender Schmerz trieb ihm die Tränen in die Augen, aber es blieb ihm keine Zeit zu klagen. Schon im nächsten Augenblick wurde er brutal hochgerissen. Und wieder sah er sich dem Blick der eisblauen Augen ausgeliefert.

»Kannst du es jetzt?« Das war keine Frage, es war ein Befehl.

Taro schluckte gegen die Tränen an. Sein Blick streifte die Sprenkeltaube, die der Mann ihm mit einer Hand entgegenhielt. Eine hübsche, rotbunte mit klugem Blick. Taros Wange brannte wie Feuer, tief in ihm brannte der Hass. Er wusste, was ihn erwartete, trotzdem schüttelte er den Kopf. »Nein.«

Er sah die Hand kommen und hätte sich wegducken können, aber er tat es nicht. Einmal hatte er das gewagt, und was darauf gefolgt war, wollte er nicht noch einmal erleben. Der Schmerz raubte ihm das Bewusstsein. Als das Zerrbild vor seinen Augen Konturen annahm, stand er bereits wieder und sah sich erneut der unschuldigen Sprenkeltaube gegenüber.

»Jetzt?« Die gefürchtete Stimme bebte vor Zorn.

Taro biss sich auf die Lippen und schwieg.

»Tu – was – ich – dir – sage.« Der Mann betonte jedes Wort auf so unheilvolle Weise, dass Taro eine eisige Kälte in der Magengegend spürte. Aber da war etwas in ihm, das mächtiger war als die Furcht. Etwas, das sich in den Augen der Taube spiegelte und sein Herz berührte. »Ich ...«

»Ich mache das.«

Taro schaute auf und sah einen Halbwüchsigen auf sich zukommen. Wie selbstverständlich nahm er dem Mann die Sprenkeltaube aus der Hand und brach ihr mit einer fast beiläufigen Handbewegung das Genick. »So geht das!«, sagte er voller Verachtung an Taro gewandt, während er dem Mann die leblose Taube reichte. Dieser nahm sie entgegen und lächelte. Die Strenge in seinem Blick wich Stolz und Hochachtung, als er dem Halbwüchsigen anerkennend über das dunkle Haar strich und sagte: »So ist wenigstens einer von euch ein Mann.«

»Vater, bitte ... ich ...!« Keuchend fuhr Taro aus dem Schlaf auf. Sein Herz schlug heftig, und tief in sich spürte er noch immer den Hass lodern, der ihn aus dem Traum in die Wirklichkeit begleitet hatte. Im Zelt war es dunkel. Es dauerte nur einen Augenblick, bis er wusste, wo er war. Das Herzklopfen und das Hassgefühl aber konnte er nur langsam abschütteln.

Vater! Der Gedanke versetzte ihm einen Stich. Er hatte seinen Vater gesehen. Ein Irrtum war ausgeschlossen. Auch wenn der Traum ihm nur die Augen und die Stimme offenbart hatte, so wusste er doch ganz sicher, dass er ihm ein Stück Erinnerung an seine Kindheit zurückgegeben hatte.

Ich habe meinen Vater gefürchtet und gehasst. Seltsamerweise erschreckte ihn der Gedanke nicht. Vermutlich, weil er es schon immer gewusst, aber vergessen hatte. Wie nahezu alles, was er erlebt hatte, bevor er als Sklave in das Lager der Rakschun gebracht wurde. So war er auch für diesen Traum dankbar, obwohl er ihm keine guten Erinnerungen beschert hatte.

»*So ist wenigstens einer von euch ein Mann.*« Die Worte, die sein Vater im Traum gesprochen hatte, gingen ihm nicht aus dem Kopf. Offenbar war sein Vater sehr streng gewesen und hatte ganz eigene Vorstellungen davon gehabt, wie sein Sohn sein sollte.

Aber wer mochte der Halbwüchsige gewesen sein, der die Taube an seiner statt getötet hatte? War es möglich, dass er einen Bruder hatte? Taro versuchte, sich zu erinnern, aber wie immer brachte der Versuch ihm auch diesmal nur heftige Kopfschmerzen ein. Es war zum Verrücktwerden. Die Erinnerungen kamen immer dann, wenn er am wenigsten damit rechnete. Wenn er sich hingegen zu erinnern versuchte, zeigten sich die Bilder nicht.

Seufzend legte er sich wieder hin und schloss die Augen. Der Traum war kurz gewesen, hatte ihm aber dennoch viel über seine Familie und über sich selbst verraten. Wenn er als Junge nicht hatte töten können, konnte er später kein Krieger gewesen sein. Der Gedanke hatte etwas Tröstliches an sich, denn Taro hasste das Töten, und den Krieg, der so viel Leid über die Menschen brachte, hasste er sowieso. Es wäre furchtbar gewesen zu erkennen, dass er sich in seinem Wesen verändert hatte. So aber konnte er nun mit ziemlicher Sicherheit sagen, dass die von den Rakschun so verachtete Sanftmut ihm angeboren war.

Ich bin einer von den Guten, dachte er und lächelte. Der Gedanke gefiel ihm.

Der Morgen kam und mit ihm das Ende der Schonzeit.

Jemand rüttelte Taro unsanft an der Schulter. Taro blinzelte und erkannte Arkon, der im ersten Licht der Dämmerung vor seinem Bett stand. Als er sah, dass Taro wach war, bedeutete er ihm mit einer unmissverständlichen Handbewegung, dass er aufstehen solle. Ein Kopfnicken in Richtung des Zelteingangs sollte wohl heißen, dass er wieder mit zur Schmiede gehen musste.

»Ich komme.« Dem Schlaf noch nicht ganz entronnen, setzte Taro sich auf. Der Kopf schmerzte noch, aber immerhin war ihm nicht mehr schwindelig. Vorsichtig stieg er aus dem Bett, unterzog Hände und Gesicht in einer Schüssel mit eisigem Wasser einer kurzen Wäsche und ging dann zum Tisch, an dem Arkon bereits Platz genommen hatte, um zu essen. Dort erlebte er eine Überraschung. Seit er bei den Rakschun war, hatte er nichts anderes als dünne Suppe, Brei, altes Brot und Wasser als Nahrung erhalten. Mit etwas Glück hatte er sich aus den Abfällen der Mahlzeiten, die Olufemis Frauen zubereitet hatten, etwas stehlen können, und hin und wieder hatte Halona für ihn Früchte oder etwas Gemüse zurückbehalten. Nicht ein einziges Mal aber hatte jemand ihm eine Morgenmahlzeit aufgetischt, wie Arkon es jetzt tat.

Taro traute seinen Augen nicht, als er auf einem Holzbrett Brot, Käse, Fleisch und einen halben Apfel liegen sah. Arkon muss Besuch erwarten, schoss es ihm durch den Kopf. Das kann nicht für mich bestimmt sein. Er zögerte und schaute den Schmied an, der nachdrücklich nickte und ihn mit einer Handbewegung aufforderte, sich zu setzen. »Für ... für mich?«, fragte Taro noch einmal, weil er nicht glauben konnte, dass Arkon ihm so ein königliches Mahl bereitet hatte.

»Al!« Arkon nickte, deutete erst auf Taro, dann auf das Brett und ahmte schließlich eine Essbewegung nach. »Al!«, sagte er noch einmal.

»Danke!« Taro lächelte schüchtern und setzte sich, wagte aber immer noch nicht, etwas zu essen. Erst nachdem Arkon ihn ein weiteres Mal unmissverständlich dazu aufgefordert hatte, nahm er ein Stück Käse zur Hand und biss hinein. Der Geschmack war atemberaubend und ...

... wieder sah er die Frau mit dem langen goldenen Haar. Sie beugte sich lachend über ihn. Ihre Haare kitzelten sein Gesicht, der Duft ihrer Haut brachte ihn fast um den Verstand. Sie aber lachte nur und führte die Hand zu seinem Mund, ein Stück Käse zwischen Daumen und Zeigefinger haltend. Er schnappte danach, gierig wie ein wildes Tier. Sie lachte noch mehr und entwand sich ihm, aber er setzte ihr nach, umfing sie mit den Armen und zog sie an sich ...

Arkons Faust fuhr krachend auf die Tischplatte und ließ das Bild zerplatzen wie eine Luftblase auf dem Wasser. Taro zuckte zusammen. »Ver… verzeiht«, stammelte er schuldbewusst und griff nach einer Scheibe Brot. Auf keinen Fall wollte er den Schmied verärgern, der ihn so zuvorkommend behandelte.

Arkon ließ als Zeichen des Unmutes ein kehliges Grollen erklingen. Dann nickte er ihm zu, als er in das Brot biss.

Der Rest der Morgenmahlzeit verlief schweigend. Taro war in Gedanken bei der schönen Frau, bemühte sich aber, Arkon das nicht spüren zu lassen. Er war sich sicher, dass sie ein Teil des Lebens gewesen war, das er verloren hatte. Vielleicht war sie seine Schwester oder ihm eine gute Freundin gewesen. Vielleicht aber hatte er sie auch geliebt. Der Gedanke flutete wie eine warme Woge durch seinen Körper, und er spürte, dass er auf dem richtigen Weg war, sich zu erinnern. Doch wie schon so oft war es ihm auch diesmal nicht möglich, weitere Bilder herbeizuzwingen. So sehr es ihn danach verlangte, den Namen der blonden Schönheit zu erfahren, so musste er wiederum erleben, dass er scheiterte.

»Omm!« Arkon erhob sich und bedeutete Taro mit einem Fingerzeig, ihm zu folgen. Diesmal reagierte Taro sofort. Das Essen war köstlich gewesen, und er fühlte sich so satt wie schon lange nicht mehr. Mehr denn je war er davon überzeugt, dass Arkon es gut mit ihm meinte, und er war entschlossen, ihm dies mit Fleiß und Ausdauer am Blasebalg zu vergelten.

* * *

Als der Morgen graute, entdeckte der Matrose im Ausguck zwei weitere Boote mit Flüchtlingen. Dicht beieinander trieben sie im Licht der aufgehenden Sonne inmitten der endlosen Weite des Ozeans, schwer beschädigt und ohne Masten.

Noelani stand am Bug des Schiffes und beobachtete voller Sorge, wie sich das Schiff den Booten langsam näherte. Auf den beiden Plattformen waren mehr als vierzig Gestalten zu erkennen, die wie schlafend auf den Planken lagen. Doch selbst als das Schiff schon sehr nahe war, rührten sie sich nicht.

Verhungert, verdurstet, erfroren oder an Erschöpfung gestorben ... Noelani ballte die Fäuste. O ihr Götter, betete sie in Gedanken, lasst sie am Leben sein. Bitte!

Mit einem dumpfen Geräusch stieß das Schiff gegen die gesplitterten Planken der Flüchtlingsboote. Die Erschütterung entlockte einigen der liegenden Gestalten eine Regung. Sie war so schwach, dass sie kaum zu erkennen war, aber dennoch ein Zeichen von Leben.

Hin- und hergerissen zwischen Hoffen und Bangen, verfolgte Noelani, wie die Matrosen auf die Plattformen stiegen und einen Flüchtling nach dem anderen an Bord brachten. Der Zustand der Geretteten war erbärmlich. Nur wenige hatten noch die Kraft, auf eigenen Beinen zu stehen, die meisten mussten getragen werden, und einige standen gar nicht mehr auf. Jedes Mal, wenn die Matrosen einen der Flüchtlinge tot vorfanden, spürte Noelani einen Stich, der ihr ins Herz fuhr und den Schuldgefühlen, die sie plagten, neue Nahrung gab.

Als die Sonne den Zenit überschritt, lagen die reglosen Körper dreier Männer, dreier Frauen und die von fünf Kindern in Segeltuch gewickelt und mit Steinen beschwert an Bord des Schiffes, um im Meer bestattet zu werden. Jedem Einzelnen fühlte Noelani sich freundschaftlich verbunden, am meisten aber Semirah. Ihre treue Dienerin aus dem Tempel war auch unter den Toten. Sie hier an Deck liegen zu sehen, bleich und leblos, brach Noelani fast das Herz. Sie war froh, dass Jamak an Deck gekommen war und ihr beistand, während die Matrosen einen Leichnam nach dem anderen herrichteten und über eine Planke ins Meer gleiten ließen, wo er von der dunklen Tiefe verschlungen wurde.

»Warum tust du dir das an?«, fragte Jamak leise, als er ihre Tränen sah. »Geh nach unten und quäle dich nicht mit Dingen, die du nicht ändern kannst.«

Noelani antwortete nicht. Sie wusste, dass Jamak recht hatte. Unter Deck gehen aber konnte sie nicht. Die elf Toten waren die einzigen von all denen, die ihr Leben auf dieser Reise gelassen hatten, denen sie die letzte Ehre erweisen konnte. Es war ihr wichtig, von ihnen stellvertretend für alle anderen Abschied zu nehmen. Wichtiger als ihr eigenes Seelenheil.

Jamak schien es zu spüren, denn er bedrängte sie nicht mehr. Schweigend stand er neben ihr, den Arm um ihre Schultern gelegt, und gab ihr Halt in dieser schweren Stunde.

»Sieh nach vorn, nicht zurück«, sagte er zu ihr, als der Letzte bestattet worden war. »Siebenunddreißig Leben konnten noch gerettet werden.« Er deutete in Richtung des Lagerraums. »Da unten warten einhundertdreiunddreißig Überlebende darauf, dass jemand sie an die Hand nimmt und sie in eine bessere Zukunft führt. Ihnen muss nun unser Augenmerk gelten.«

»Aber es fehlen noch drei Boote.« Noelani schaute Jamak erschrocken an. »Was ist mit ihnen?«

Jamak senkte den Blick.

Es war der Kapitän, der Noelani antwortete. Er hatte der Bestattung beigewohnt und jedem Toten ein paar Worte mit auf die letzte Reise gegeben, so wie er es wohl auch bei einem Mitglied seiner Mannschaft getan hätte. Die Worte entstammten den Seemannsbräuchen und waren nicht ganz passend gewesen für die Menschen von Nintau, aber es war die Geste, die zählte, und Noelani war ihm dankbar, dass er sich die Zeit für die ihm fremden Menschen genommen hatte. »Wir haben alles abgesucht«, sagte er mit einem Seitenblick auf Jamak, als wisse er nicht genau, an wen er die Worte richten sollte. »Es tut mir leid, aber mehr als sieben Boote konnten wir nicht finden.« Er machte eine bedeutungsvolle Pause und fuhr dann fort: »Wir müssen die Suche jetzt abbrechen. Die Aussicht, weitere Boote oder Überlebende zu finden, ist mehr als gering. Außerdem gehen unsere Vorräte durch die vielen Flüchtlinge an Bord rasch zur Neige. Es wird höchste Zeit, dass wir einen Hafen anlaufen.« Er nickte Noelani zu und sagte: »Habt keine Sorge. Wir werden euch und die anderen Überlebenden sicher zurück nach Baha-Uddin bringen und dann unseren Heimathafen in Hanter anlaufen.«

»Zurück nach Baha-Uddin?« Noelani warf Jamak einen verständnislosen Blick zu. »Aber wir …«

»Ich weiß, dass ihr nur ungern dorthin zurückkehrt«, fiel der Kapitän ihr ins Wort. »Und bei den Göttern, ich kann es verstehen. Aber Königin Viliana hat Befehl erlassen, dass keine weiteren Flüchtlinge in Hanter aufgenommen werden. Wir haben schon mehr, als unser kleines Land verkraften kann. Es tut mir leid, dass ich keine bessere Nachricht für euch habe. Doch bin ich gewiss, dass ihr in Baha-Uddin sicherer seid als hier auf dem Ozean.«

»Aber wir ...«

»Wir danken für Eure Hilfe, Kapitän.« Diesmal war es Jamak, der Noelani nicht ausreden ließ. »Ohne Euch wären wir gewiss alle tot. Bringt uns dorthin, wo Ihr es für richtig haltet. Hauptsache, wir haben wieder festen Boden unter den Füßen.«

»Das ist eine vernünftige Einstellung.« Der Kapitän nickte Jamak lächelnd zu. »Und falls ihr noch einmal über das Meer fliehen wollt, sucht euch lieber ein richtiges Schiff.«

»Das werden wir.« Auch Jamak gelang ein Lächeln. Noelani wollte auch etwas sagen, aber er verstärkte den Druck seiner Hand an ihrer Schulter und bedeutete ihr mit einem kaum merklichen Kopfschütteln zu schweigen. Dann führte er sie an der Reling entlang zu der Luke, hinter der eine Leiter unter Deck führte.

»Was soll das?« Als der Kapitän sie nicht mehr sehen konnte, entwand Noelani sich Jamaks Arm und schaute ihn aufgebracht an. »Baha-Uddin? Königin Viliana? Hanter? ... Ich verstehe kein Wort. Was will er uns damit sagen?«

Jamak seufzte. »Ich weiß nicht, warum, aber aus irgendeinem Grund scheinen hier alle zu glauben, dass wir aus einem Land namens Baha-Uddin geflohen sind. Offenbar fliehen von dort gerade viele Menschen über das Meer – oder sie versuchen es zumindest –, denn der Kapitän war nicht verwundert, als ich ihm nach der Rettung sagte, dass wir Flüchtlinge wären. Ich habe versucht, ihm zu erklären, woher wir kommen, aber er hat mir gar nicht zugehört und mich nicht richtig zu Wort kommen lassen. Am Ende war ich froh, als er mir zugesichert hat, auch nach den anderen Booten zu suchen und die Überlebenden an Land zu bringen. Mehr können wir nicht von ihm verlangen.«

»Aber drei Boote fehlen noch!«

»Ich bin überzeugt, dass er sein Möglichstes getan hat«, sagte Jamak und fügte hinzu: »Wir sind in einen furchtbaren Sturm geraten, Noelani. Auch wenn es bitter ist: Ich fürchte, wir müssen uns mit dem Gedanken abfinden, dass nicht alle Boote das Unwetter heil überstanden haben.«

»Aber er muss sie suchen. Er muss.« Noelani wollte zurück an Deck, aber Jamak hielt sie fest. »Tu es nicht«, sagte er sanft, aber bestimmt. »Der Kapitän ist ein guter Seemann. Er hat einen Tag und eine Nacht für die Suche geopfert. Wenn er sagt, dass es keine Hoffnung mehr gibt, dann ist es so.«

»Gibst du immer so leicht auf?«, fragte Noelani. Zum ersten Mal in ihrem Leben spürte sie Wut auf Jamak in sich aufsteigen. Wie konnte er so genügsam sein und drei Boote voller Freunde einfach aufgeben? Es war unfassbar. »Da draußen sind noch drei Boote«, wiederholte sie eindringlich. »Willst du sie wirklich im Stich lassen?«

»Wenn überhaupt, ist es nur noch ein Boot«, sagte Jamak leise und senkte den Blick.

»Was ... was heißt das?« Noelani spürte, wie sich eine eisige Kälte in ihrer Magengegend ausbreitete. »Sag schon.«

»Ich selbst habe ein Boot sinken sehen«, sagte Jamak bedrückt. »Ich wollte dir die traurige Wahrheit ersparen, aber ...« Er verstummte und fuhr dann fort: »Sie waren ganz in der Nähe. Wir hörten ihre Schreie durch den Sturm und konnten sie manchmal sogar sehen. Dann kam eine riesige Welle. Ihr Boot wurde angehoben, kenterte und brach auseinander. Alle wurden von Bord geschleudert. Danach war es ruhig.«

Noelani schluckte trocken. »Und ... das zweite Boot?«, fragte sie gedehnt. »Was weißt du davon?«

»Nicht viel. Aber der Kapitän berichtete uns, dass er ein zerstörtes Boot gesehen hätte, ehe er uns entdeckte. Es waren keine Menschen darauf.«

»Vielleicht war es das Boot, das du kentern gesehen hast«, folgerte Noelani hoffnungsvoll. Aber Jamak schüttelte nur traurig den Kopf. »Das Boot, das ich kentern sah, brach in unzählige Stücke«, sagte er. »Das, von dem der Kapitän sprach, war noch weitgehend seetüchtig.«

»Bei den Göttern!« Plötzlich fühlte Noelani sich unglaublich müde. »So viele«, sagte sie matt. »So viele sind tot.«

»Das ist wohl wahr.« Jamak seufzte. »Aber die da unten sind nicht tot. Wenigstens sie haben eine Zukunft.« Er fasste Noelani bei den Schultern und suchte ihren Blick. »Wir müssen jetzt nach vorn sehen!«, sagte er mit fester Stimme. »Was vergangen ist, können wir nicht ändern, aber wir können unserem Handeln trotz allem einen Sinn geben, wenn wir nicht aufgeben und weitermachen. So wie wir es von Anfang an geplant haben.«

»Können wir das denn noch?« Noelani wünschte, sie würde nur einen Bruchteil der Zuversicht verspüren, die Jamak ausstrahlte. Aber sie fühlte nichts. In ihr war nur Leere. »Ich muss nachdenken«, sagte sie matt. »Es ... es ist zu viel geschehen.«

»Ja, ruh dich aus und versuche ein wenig zu schlafen.« Jamak ließ sie los und deutete auf den Eingang zum Laderaum. »Es ist noch ein weiter Weg bis zur Küste«, sagte er. »Dort werden wir gemeinsam eine Lösung finden und unser Volk in eine bessere Zukunft führen. Dessen bin ich mir sicher.«

***

Die ganze Nacht über hatte der Sturm über Baha-Uddins Hauptstadt gewütet, hatte an Bäumen und Häusern gerüttelt und alles mit sich gerissen, was ihm nicht gewachsen war. Mit apokalyptischer Urgewalt hatte er die regenschweren Wolken über das Land gepeitscht, das schäumende Meer an die Küste geschleudert und die Flüchtlingslager vor den Stadtmauern in eine von Trümmern übersäte Sumpflandschaft verwandelt. Die Menschen in der Stadt hatten die Nacht in der Sicherheit der Häuser verbracht. Die Flüchtlinge in den Lagern hatten gebetet.

Als der Morgen kam, zog der Sturm nach Norden ab. Und während sich die Sonne im Osten aus dem grauen Dunst erhob, wagten sich auch die Menschen wieder aus ihren Unterschlüpfen, um die

Zerstörung zu betrachten, die das Unwetter angerichtet hatte, und zu retten, was noch zu retten war.

General Triffin hatte die Nacht in den Gästegemächern des Palastes verbracht und kaum etwas von der Katastrophe mitbekommen. Nur der Wind, der heulend selbst durch winzige Ritzen im Gemäuer drang und die Kerze auf dem Tisch flackern ließ, sowie der Regen, der unablässig gegen die Glasscheibe des kleinen Fensters getrommelt hatte, hatten ihn ahnen lassen, was für ein gewaltiges Unwetter nächtens über dem Palast niederging.

Wind und Regen gehörten der Vergangenheit an, als er sich nach der kurzen und kalten Morgenmahlzeit, die ein Page ihm aufgetragen hatte, ankleidete und auf den Weg zu Mael machte, um ihm eine Botschaft für Arkon zu übergeben.

Nachdem der erste Schritt geglückt war und der Schmied sich unerkannt ins Lager der Rakschun hatte einschleichen können, galt es nun, wichtige Hinweise über die Stärke des Heeres, dessen Ausrüstung und Waffen sowie möglichst genaue Angaben über Ort und Zeitpunkt des geplanten Angriffs zu bekommen.

Als Triffin den Palast verließ, deutete nur wenig darauf hin, mit welcher Zerstörungskraft der Sturm in der Nacht gewütet hatte. Bedienstete waren dabei, Tonscherben einzusammeln, die auf dem Platz vor dem Palasteingang verstreut lagen, und in den Ziegeldächern der Stallungen und Lagerhäuser klafften Lücken, während das Regenwasser, das sich in großen Pfützen gesammelt hatte, langsam im Boden versickerte.

Außerhalb des Palastes war das Ausmaß der Zerstörung weit größer. Auf dem Weg zur Schmiede sah Triffin unzählige Händlerstände, die großen Schaden genommen hatten. Holzgestelle waren geborsten und umgestürzt, das dicht gewebte und ölgetränkte Tuch, welches viele Händler als Dach für ihre Stände benutzten, war vom Sturm zerrissen und vom Wind fortgetragen worden. In die abschüssigen Gassen der Stadt hatte der Sturzregen tiefe Furchen gewaschen, auf denen es sich nur schwerlich gehen ließ. An mehreren Stellen hatte sich das Wasser gesammelt und stand so hoch, dass es ins Innere der Häuser gelaufen war.

Auch Mael hatte mit dem Wasser zu kämpfen. Noch ehe der General die Schmiede erreichte, hörte er den Schmied fluchen und schimpfen. Als er näher kam, sah er Mael vor dem Kohlenschuppen stehen, wo er mit einem Eimer unermüdlich Wasser aus einer Mulde schöpfte, die sich unmittelbar vor und vermutlich auch in dem Schuppen gebildet hatte. Die untere Schicht der Kohlen war völlig durchnässt und würde wohl erst im kommenden Sommer wieder richtig trocknen. Obwohl er beim Schöpfen pausenlos fluchte und wüste Beschimpfungen ausstieß, schien Mael Triffin zu bemerken, denn er hielt in seinem Tun inne, blickte auf, grüßte den General mit einem Kopfnicken und fragte: »Eine Nachricht?«

»Ja.« Triffin hatte das Röhrchen vom Vortag mit einem neuen Pergament gefüllt und sorgfältig mit Siegelwachs verschlossen. Nun hielt er es so zwischen Daumen und Zeigefinger, dass Mael es sehen konnte. »Es eilt.«

Mael stellte den Eimer fort, seufzte und kam auf Triffin zu. »Das Wasser läuft mir nicht weg«, sagte er mit einem Anflug von Bedauern und deutete zur Tür. »Kommt mit.« Gemeinsam gingen sie zu den Verschlägen, in denen die Tauben gehalten wurden. Mael wählte eine hellgraue Taube aus und befestigte das Röhrchen geschickt an deren Bein. »Warum die und nicht die andere?«, erkundigte sich Triffin, der sichergehen wollte, dass seine Nachricht nicht in falsche Hände geriet. Die Anweisungen auf dem Pergament waren zwar verschlüsselt, sodass ein Unkundiger den wahren Wortlaut nicht erkennen konnte, aber Triffin war ein vorsichtiger Mensch, der gern alle Unwägbarkeiten ausschloss.

»Die Taube, die gestern die Nachricht brachte, ist noch zu erschöpft«, erklärte Mael. »Dies ist ihre Schwester. Habt keine Sorge, sie wird ebenso zuverlässig fliegen wie die andere.«

»Das will ich hoffen.« Triffin überließ wichtige Dinge nur ungern anderen. Am liebsten regelte er sie selbst. In diesem Fall jedoch musste er Mael wohl oder übel vertrauen. Mit gemischten Gefühlen schaute er zu, wie Mael mit der Taube zum Fenster ging, ihr Arkons Namen zuflüsterte und sie mit einem »Flieg!« in die Freiheit entließ.

»Sie wird heute Abend ankommen«, hörte er den Schmied vom Fenster her sagen.

»Mögen die Götter der Lüfte ihr einen günstigen Wind schenken.« Triffin wandte sich zum Gehen, als am Fenster erneut Flügelschlag zu hören war. Triffin fürchtete, die hellgraue Taube sei zurückgekehrt, doch auf dem Brett hockte nun eine rotbunte Taube mit zerzaustem Federkleid, das vom Sturm völlig durchnässt war.

»Die kommt von Arkon.« Auch Mael schien überrascht. Offenbar hatte er nicht damit gerechnet, dass Arkon die Tauben in so kurzem Abstand schickte. »Sie muss durch den Sturm geflogen sein.« Liebevoll barg er das erschöpfte Tier in den Armen, löste das Röhrchen von seinem Bein und reichte dieses an Triffin weiter, ehe er die Taube in den Verschlag setzte und mit Futter versorgte.

Triffin ging zurück in die Schmiede, brach das Siegel und zog das Pergament heraus. Wenn Arkon so kurz nach der ersten eine zweite Botschaft schickte, musste diese von größter Wichtigkeit sein.

Es war eine lange Nachricht und Triffin las aufmerksam. Was darin stand, war so ungeheuerlich und unglaublich, dass er im ersten Moment an eine Lüge glaubte.

»Schlechte Neuigkeiten?«, hörte er Mael fragen, dem nicht entgangen sein konnte, wie sehr sich sein sonst so gelassener Gesichtsausdruck verändert hatte.

»Nein!« Hastig rollte Triffin das Pergament zusammen. »Nein, zum Glück nichts, das uns Sorgen bereiten müsste«, gab er ausweichend zur Antwort und fügte in Gedanken hinzu: Aber etwas von so außerordentlicher Tragweite, dass selbst ich nicht zu ermessen vermag, was sich daraus entwickeln wird.

Er verabschiedete sich mit knappen Worten und wandte sich zum Gehen. Da fragte Mael: »Werdet Ihr dem König sofort wieder Bericht erstatten?«

»Nicht sofort. Später«, wich Triffin aus. »Zunächst werde ich den Rat aufsuchen und klarmachen, dass unser Plan geglückt ist.« Er griff nach dem Türkauf und trat auf die Straße hinaus. Ja, dachte er bei sich und schloss die Finger fest um das Röhrchen in seiner Hand, ich werde dem Rat erzählen, dass wir eine Nachricht aus dem Lager der Rakschun erhalten haben. Eine. Nicht zwei.

* * *

Kaori schwebte durch den Laderaum des Schiffes, dessen Kapitän so vielen Flüchtlingen von Nintau das Leben gerettet hatte. Die Ausdauer und Selbstlosigkeit, mit der er die Suche die ganze Nacht hindurch fortgesetzt hatte, beeindruckte sie. Dafür gebührte ihm größter Respekt. Seine Offiziere hatten ihm mehrfach geraten, die Suche abzubrechen und in die Heimat zurückzukehren. Er aber war standhaft geblieben, und so war es allein sein Verdienst, dass die siebenunddreißig Flüchtlinge am Morgen noch hatten gerettet werden können.

Anders als Noelani hatte Kaori keine Einwände dagegen, dass die Suche damit für beendet erklärt wurde. Sie wusste, dass es keine Überlebenden mehr gab, und verfluchte die Umstände dafür, dass sie es Noelani nicht mitteilen konnte. Ihre Schwester leiden zu sehen, zu hören, wie sie sich Vorwürfe machte und mit Schuldgefühlen plagte, war für sie nur schwer zu ertragen. Aber sie konnte nichts für Noelani tun. Gefangen in einer Sphäre, die ihr zwar einen Blick in die Welt der Lebenden erlaubte, es ihr aber versagte, helfend einzugreifen, war sie nicht mehr als ein Zuschauer, solange Noelani sie nicht mithilfe der Geistreise aufsuchte.

Nachdenklich schwebte Kaori zwischen den Flüchtlingen umher. Was sie sah, beunruhigte sie. Alle waren erschöpft und froh, dem Ozean entkommen zu sein, aber es gab auch erschreckend viele Verletzte und einige wenige, die wirkten, als hätten sie im Wüten der Naturgewalten den Verstand verloren.

Allen gemein war die Armut. Sie hatten nur das retten können, was sie am Leib trugen. Alle Tauschwaren, Münzen und sonstigen Wertgegenstände, die man auf die Boote verladen hatte, um sich in der neuen Heimat ein wenig Wohlstand zu erkaufen, lagen nun auf dem Meeresgrund oder wurden von Wind und Strömung in alle Himmelsrichtungen verstreut. Diese Menschen hatten nichts. Ihr Leben war gerettet worden, aber bei den Göttern, um welchen Preis?

Ich muss ihnen helfen. Der Gedanke ging Kaori nicht aus dem Sinn. Aber wie sie es auch drehte und wendete, sie wusste beim besten Willen nicht, wie eine Hilfe aussehen könnte. Ratlos schwebte sie zu Noelani und Jamak hinüber, die dicht beieinandersaßen und leise miteinander redeten.

»Du meinst, er läuft einfach einen Hafen an, lässt uns an Land gehen und fährt davon?«, fragte Noelani gerade.

»So hat es sich zumindest angehört.« Jamak nickte.

»Aber was dann?« Noelani runzelte die Stirn. »In einem Hafen sind sicher viele Menschen. Anders als der Kapitän werden sie sofort erkennen, dass wir nicht zu ihnen gehören. Und dann? Was, wenn sie uns feindlich gesinnt sind? Wenn sie uns angreifen? Wir können uns nicht gegen sie wehren.« Sie überlegte kurz und fasste einen Entschluss. »Ich werde zum Kapitän gehen und ihm alles erklären«, sagte sie bestimmt. »Er muss wissen, dass wir nicht die sind, für die er uns hält. Damit ...«

»Damit was?«, fiel Jamak ihr ins Wort. »Damit er uns auch dort nicht an Land lässt? Wir sind Flüchtlinge, Noelani. Und Flüchtlinge sind dort, wo er herkommt, nicht mehr erwünscht. Das hat er uns klar gesagt. Es spielt keine Rolle, woher wir kommen.« Er schüttelte den Kopf. »Wenn du meine Meinung hören willst, wird es uns keinen Vorteil bringen, ihm die Wahrheit zu sagen. Im Gegenteil, es würde für ihn alles nur noch schwieriger machen. Und das hat er nicht verdient. Er ist ein guter Mann.«

»Du hast recht.« Noelani, die sich schon erhoben hatte, setzte sich wieder. »Das war kein guter Gedanke. Es ist nur ... Die Vorstellung, dass wir mitten in einem fremden Hafen unter wildfremden Menschen ausgesetzt werden, gefällt mir gar nicht. Lieber wäre mir eine abgelegene Bucht, von der aus wir die Gegend in Ruhe erkunden können und vielleicht auch Gelegenheit haben, die Bewohner kennenzulernen, ohne sie gleich zu überfallen.«

»Dann solltest du dem Kapitän genau das sagen.« Jamak nickte.

»Ich bin sicher, du bist hier nicht die Einzige, die eine abgelegene Bucht bevorzugen würde.«

»Du auch?«

»Ich ganz besonders.« Jamak lächelte. »Wir haben gewusst, dass es nicht leicht werden wird, in der neuen Heimat Fuß zu fassen«, sagte er. »In einem Land aber, dessen Bewohner offenbar so verzweifelt sind, dass sie selbst über das Meer flüchten, wird es noch schwerer für uns werden.«

»Vielleicht auch unmöglich?«

»Das wissen wir spätestens in ein paar Monaten.« Jamak seufzte. »Aber es ist auch nicht wichtig, denn ich fürchte, wir haben keine Wahl.«

»Nein, die haben wir nicht.« Noelani erhob sich. »Ich werde mit dem Kapitän sprechen und ihn unter einem Vorwand bitten, uns abseits der bewohnten Gebiete an Land zu bringen.« Sie wollte davoneilen, aber Jamak rief sie noch einmal zurück.

»Noelani?«

»Ja?«

»Vergiss nicht, wir sind das, was er in uns zu sehen glaubt.«

»Keine Sorge, das vergesse ich nicht.« Mit diesen Worten ging Noelani zur Tür.

Kaori folgte ihr lautlos. Nur die Schlafenden spürten ihre Nähe und zogen sich die Decken enger um den Körper, als sie vorbeischwebte. Sie hatte dem Gespräch aufmerksam gelauscht und herausgefunden, wie sie den Flüchtlingen helfen konnte. Noelani fürchtete sich ganz offensichtlich vor dem, was sie in dem fremden Land erwartete. Da konnte es nicht schaden, wenn sie sich dort schon mal ein wenig umsah.

8

Das Schiff hatte nur sanft geschaukelt.

Eine angenehme Nacht war es dennoch nicht gewesen. Die Holzplanken des Bodens waren hart, und es gab nichts, worauf Noelani ihren Kopf hätte betten können. Auch war die Luft im Laderaum verbraucht und stickig. Es roch nach Schweiß, feuchtem Gewebe und den Ausdünstungen zu vieler Menschen auf zu engem Raum. Am liebsten wäre sie an Deck gegangen, aber es war zu kalt, um die Stunden der Dunkelheit dort zu verbringen. So war sie unten geblieben, bei den anderen, die sie mieden und die sie, wie sie mehrfach zu erkennen glaubte, mit finsteren und hasserfüllten Blicken aus den Schatten heraus musterten.

Die Blicke hatten ihr Angst gemacht. Wie groß mochte der Hass sein, den die Überlebenden ihr gegenüber empfanden? Groß genug, sie für ihre Fehler zur Rechenschaft zu ziehen? Groß genug, um sich an ihr für das Erlittene zu rächen? Groß genug, um sie zu töten?

Der Gedanke, dass der eine oder andere vielleicht noch ein Messer besaß und im Stillen darüber nachsann, sie im Schlaf hinterrücks zu meucheln, hatte sie keine Ruhe finden lassen. Dass Jamak nicht von ihrer Seite wich und sich neben ihr schlafen gelegt hatte, war eine rührende Geste, beruhigte sie aber nicht wirklich, denn wenn Jamak schlief, tat er dies meist tief und fest. Vermutlich würde er einen Angriff auf sie gar nicht bemerken. Und selbst wenn, was konnte er allein gegen zwei, drei oder vier Männer ausrichten, die schlimmstenfalls bewaffnet waren und entschlossen, ihr ein Leid anzutun? Wie es aussah, gab es außer Jamak niemanden in diesem Laderaum, der auch nur einen Finger krümmen würde, um ihr beizustehen.

Diese und ähnliche Gedanken waren ihr während der Nacht durch den Kopf gegangen, in den endlosen Stunden, die sie wach gelegen und in Erwartung einer verdächtigen Bewegung ins Halbdunkel gestarrt hatte. Obwohl sie es verstehen konnte, war es schmerzhaft für sie zu erleben, dass keiner der mehr als hundertdreißig Geretteten auch nur einmal das Wort an sie gerichtet hatte.

Noch schlimmer als die stumme Missachtung aber war die offenkundige Ablehnung, mit der man sie gestraft hatte, wenn sie selbst das Wort an den einen oder anderen gerichtet hatte. Ganz gleich, ob Trost oder Zuspruch, alle hatten ihr den Rücken zugekehrt, und das auf eine Weise, die nur eines bedeuten konnte: »Du bist schuld an unserem Elend!«

Seltsamerweise war es genau diese Ablehnung, die in Noelani den Wunsch nährte, den letzten Überlebenden ihres Volkes zu beweisen, dass all die furchtbaren Opfer nicht vergebens waren. Dass es für sie doch noch das erhoffte gute Ende geben würde, auch wenn die schmerzlichen Erinnerungen noch lange ihre Schatten auf den Neubeginn werfen würden. In dieser Nacht schwor sie sich, dass sie die Überlebenden für all das entschädigen würde, was sie hatten erdulden müssen, in der Hoffnung, dass sie oder ihre Nachfahren eines Tages ohne Groll sagen konnten: »Es ist richtig gewesen, Nintau zu verlassen.«

Der Schwur war nicht neu, sie hatte Ähnliches schon einmal geschworen, damals, als sie sich entschlossen hatte, eine neue Bleibe für ihr Volk zu suchen. Diesmal aber war er stärker und mächtiger. Und anders als zuvor war sie geradezu davon besessen, den Schwur auch wirklich einzulösen. Zweimal schon hatte sie denen, die ihr vertrauten, Unglück gebracht. Ein drittes Mal würde das nicht geschehen. Dafür würde sie tun, was immer in ihrer Macht stand. Dafür würde sie alles tun.

Ihre ganze Hoffnung ruhte auf den fünf Kristallen, die sie in einem fest verschlossenen Lederbeutel unter ihrem Gewand verborgen bei sich trug. Wie durch ein Wunder hatten sie den Sturm unbeschadet überstanden.

Ein Zeichen ...?

Und selbst wenn nicht: Die fünf Kristalle waren das einzige von Wert, was ihr Volk jetzt noch besaß und Noelani war entschlossen, diesen Wert zum Wohl ihres Volkes zu verwenden. Gewiss würden fünf Edelsteine ausreichen, um für alle, mit denen sie den Lagerraum teilte, Land, Nahrung, Kleidung und die nötigsten Werkzeuge zu kaufen und somit den Grundstein für eine bessere Zukunft zu legen.

Verstohlen tastete Noelani nach dem vom Salzwasser gehärteten Lederbeutel. Niemand außer ihr wusste, welchen Schatz sie bei sich trug, aber obwohl die abweisenden und hasserfüllten Blicke der anderen sie schmerzten und ängstigten, wollte sie ihnen dieses letzte Geheimnis nicht vor der Zeit preisgeben. Diesmal würde sie ganz sichergehen. Diesmal würde sie ihr Volk nicht enttäuschen.

»Land in Sicht! Land! Es ist Land zu sehen!«

Die schrille, sich überschlagende Stimme eines Jungen, der in den Laderaum stürmte, schreckte Noelani aus ihren Gedanken auf.

Land!

Noelani horchte auf. Sie hatte nicht zu hoffen gewagt, dass die Reise schon so bald enden würde. Offenbar hatte die Kursänderung des Kapitäns, der am Abend eingewilligt hatte, sie an einem unbewohnten Küstenabschnitt einen halben Tagesmarsch von der Hauptstadt von Baha-Uddin entfernt an Land zu setzen, auch noch andere Vorteile.

Sie setzte sich auf, fasste Jamak an der Schulter und rüttelte ihn. Es war, wie sie befürchtet hatte: Ihr väterlicher Freund und Vertrauter schlief, Gestank und hartem Boden zum Trotz, so tief und fest wie ein Baumbrüller, den selbst Sturm und Regen nicht zu wecken vermochten. Seine einzige Reaktion war ein unwilliges Murren. Dann drehte er sich auf die andere Seite.

Und er glaubt wirklich daran, mich beschützen zu können. Ein dünnes Lächeln voller Zuneigung umspielte Noelanis Mundwinkel. Fast tat es ihr leid, Jamak aus den Träumen zu reißen, aber nahezu alle hatten sich schon erhoben und strebten dem Ausgang zu, um den Augenblick der Ankunft mitzuerleben. Da konnte sie ihn unmöglich schlafen lassen.

»Wach auf, Jamak!«, sagte sie nachdrücklich und rüttelte noch stärker an seiner Schulter. »Jetzt wach schon auf! Wir sind bald da.«

»Wo?« Diesmal schienen ihre Worte tatsächlich bis in Jamaks Bewusstsein vorgedrungen zu sein, denn er drehte sich zu ihr um und blinzelte. »Es ist Land in Sicht«, wiederholte Noelani die Botschaft des Jungen und deutete nach rechts, wo sich die Menschen gerade durch den Ausgang zwängten, um an Deck zu gelangen.

»Land? Wirklich? So bald schon?« Jamak richtete sich zum Sitzen auf, gähnte und rieb sich die Augen. Eine Angewohnheit, die Noelani schon als kleines Mädchen jeden Morgen bei ihm beobachtet hatte. »Es wird uns allen guttun, wieder festen Boden unter den Füßen zu haben«, sagte sie.

Jamak seufzte. »Festen Boden schon. Aber auch sicheren?«

»Sicherer als der Boden von Nintau auf jeden Fall.« Noelani gab sich zuversichtlich. Nach allem, was ihnen bisher widerfahren war, hatte sie sich ein wenig Glück wahrlich verdient.

»Hoffentlich sehen die Götter das auch so.«

»Das müssen sie. Wir haben schon genug Opfer gebracht.« Noelani erhob sich und reichte Jamak die Hand, um ihm beim Aufstehen zu helfen. »Jetzt komm. Oder willst du dir den ersten Blick auf unsere neue Heimat als Einziger entgehen lassen?«

»Nein!« Jamak lachte. Ein wenig unbeholfen kam er auf die Füße, schüttelte den Kopf und sagte: »Nein, das will ich auf keinen Fall.«

* * *

Eine fremde Küste hatte Kaori schon einmal erkundet, ein halbes Jahr zuvor, als sie nach einer neuen Heimat für das Volk von Nintau gesucht hatte, eine fremde Stadt noch nie.

Nachdem Noelani mit dem Kapitän gesprochen hatte und feststand, wo die Flüchtlinge an Land gehen würden, hatte sie sich auf den Weg gemacht, um zu erfahren, was die letzten Überlebenden ihres Volkes in der neuen Heimat erwarten würde. In Windeseile hatte sie das Meer überquert und im ersten Licht des Morgens die große Siedlung erreicht, die nur die Hauptstadt von Baha-Uddin sein konnte. In der Mitte der Stadt, die von einer hohen Festungsmauer mit Wehrgängen umschlossen war, verlief noch eine zweite Mauer, die ein Gelände mit einem prächtigen Gebäude, freien Plätzen und allerlei kleineren Bauwerken umschloss. Wer immer darin wohnte, musste sehr einflussreich sein. Vielleicht ein König oder ein anderer mächtiger Herrscher.

Vor dieser inneren Mauer drängten sich Häuser mit roten Schindeldächern, durchzogen von einem Geflecht von Straßen und schmalen Gassen, die von oben wie ein filigranes Spinnennetz anmuteten. Auf einem großen freien Platz waren trotz der frühen Stunde schon viele Menschen zu sehen. Das Durcheinander von Waren, Karren, Menschen und Tieren schien ganz offensichtlich einem vorbestimmten Muster zu folgen, denn die Leute bewegten sich zielstrebig und schienen genau zu wissen, was sie zu tun hatten.

Die Häuser nahe dem äußeren Festungsring wirkten weit weniger prächtig und baufälliger als die Häuser in der Stadtmitte. Vor Regen schützte Stroh; Schindeln suchte man hier vergebens. Zweifellos lebten hier Menschen, die nicht so wohlhabend waren.

Das schlimmste Elend aber fand Kaori außerhalb der Stadtmauern vor. Auf einem riesigen schlammigen Gelände erstreckte sich ein Ring aus armseligen Behausungen, die oft nicht mehr waren als aus Tüchern errichtete Zelte, die von langen Stöcken gestützt wurden. Von diesen primitiven Zelten aber standen kaum mehr als eine Handvoll. Riesige Pfützen, zerstörte Unterstände und gerissene Stoffbahnen, eine Flut von Unrat und unzähligen Menschen, die inmitten all der Verwüstung planlos umherirrten, zeugten davon, dass der Sturm, den die Flüchtlinge auf dem Meer erlebt hatten, auch hier gewütet haben musste. Der Anblick von Not und Elend verlieh den Worten des Kapitäns ein Gesicht, denn er machte deutlich, warum so viele aus diesem Land über das Meer zu fliehen versuchten.

Wie es dazu gekommen war, dass sich die Menschen an diesem einen Ort versammelten, wusste Kaori nicht, aber sie war fest entschlossen, es herauszubekommen.

Nachdem sie sich einen ersten Überblick verschafft hatte, glitt sie tiefer und mischte sich unter das Volk. Unbemerkt streifte sie durch das Flüchtlingslager und lauschte auf das, was die Menschen sich dort erzählten. Alle waren verzweifelt, die meisten litten Hunger und Durst, viele trauerten um Angehörige, die an Krankheiten oder Verletzungen verstorben waren. Es gab Kinder, die bettelnd umherirrten, mager und mit großen Augen, in denen die Hoffnungslosigkeit zu lesen stand wie in einem offenen Buch.

Viele Männer waren verstümmelt. Sie alle schienen Opfer eines Krieges zu sein, der, wie Kaori hörte, irgendwo gefochten wurde und immer wieder als Grund für Not und Elend genannt wurde. Einige Menschen weinten und flehten die Götter um Hilfe an, andere erklärten zornig, die Götter hätten sie längst verlassen.

Die Not der Menschen in dem vom Sturm zerstörten Lager war so ungeheuerlich, dass Kaori das Schicksal ihres Volkes im Nachhinein mit etwas anderen Augen sah. Auch die Bewohner von Nintau hatten unermessliches Leid erfahren. Viele waren gestorben, die Natur und mit ihr die Nahrung waren zu einem Großteil vernichtet worden. Und auch der Sturm hatte noch einmal viele Opfer gefordert. Ein Siechtum in Not und Elend aber, wie es diesen Menschen tagaus, tagein widerfuhr, war den Überlebenden von Nintau erspart geblieben – bis jetzt.

Kaori wagte nicht daran zu denken, was geschehen würde, wenn die Flüchtlinge die Hauptstadt erreichten. Ein Land, das für sein eigenes Volk nicht mehr tun konnte, als es in diesem jämmerlichen Zustand vor sich hin siechen zu lassen, würde für einhundertdreißig zusätzliche hungrige Mäuler kaum einen Finger rühren. Wenn Noelani nicht klug und besonnen handelte, würden sich die Letzten ihres Volkes schon bald unter diesen Menschen wiederfinden, die wie sie alles verloren hatten und sich an die verzweifelte Hoffnung klammerten, dass der Krieg bald ein glückliches Ende nehmen würde, damit sie in ihre Heimat zurückkehren konnten.

Aus den Gesprächen glaubte Kaori herauszuhören, dass eine entscheidende Schlacht unmittelbar bevorstand. Wann und wo diese stattfinden würde, darüber schien niemand etwas zu wissen. Um mehr darüber herauszufinden, musste sie sich woanders umsehen, dort, wo das Herz des Landes schlug, in der Mitte der Stadt, wo der Palast alle anderen Bauten überragte.

Sie ließ das Lager, die Verwüstungen und die Menschen mit ihren zerstörten Träumen hinter sich und schwebte zu den roten Ziegeldächern des Palastes, die wie stumme Zeugen einer besseren Zeit über der Stadtmauer aufragten. Unbemerkt glitt sie über den Platz vor dem Eingang auf das große Doppelflügeltor zu, das die Besucher des Palastes wie ein finsteres Maul verschlang oder ausspie.

Es war das erste Mal, dass sie ein Gebäude betrat, das größer war als die Hütten und der Tempel auf Nintau. Das Gefühl war unbeschreiblich, und die Eindrücke, die im Innern auf sie einstürmten, waren so überwältigend, dass sie für eine Weile ganz vergaß, warum sie hierhergekommen war. Schon in der Eingangshalle gab es so viel zu entdecken, dass sie gar nicht wusste, wo sie zuerst hinsehen sollte. Da waren breite Treppen, die sich wie die Schnecke im Innern einer Muschel nach oben wanden, und kunstvolle Teppiche, bunt und so dicht geknüpft, dass kein Laut zu hören war, wenn jemand darüber ging. Die gewölbte Decke war so hoch, dass nicht einmal ein Riese sie hätte berühren können. Dennoch war sie mit farbenprächtigen Bildern von Schiffen, Jagdszenen und Festlichkeiten geschmückt. An den Wänden hingen bunt gewebte Teppiche, die ähnliche Motive zeigten.

»Und, gibt es Neuigkeiten von unserem Boten, General?«

Kaori blickte sich um. Zwei Männer hatten die Eingangshalle betreten. Sie waren in ein Gespräch vertieft.

»Noch nicht.«

»Das ist bedauerlich. Ich hoffe nur, er hält lange genug durch, um uns zu sagen, wann und wo der Angriff der Rakschun stattfinden wird.«

»Keine Sorge, Fürst. Das wird er.«

Ohne Kaori zu bemerken, schritten die beiden einfach durch sie hindurch, ehe sie in einen der Gänge einbogen. »Nun, dann wollen wir mal hoffen, dass uns noch genügend Zeit bleibt, um unsere Truppen zu formieren.«

»Arkon nimmt seine Aufgabe sehr ernst. Der König vertraut ihm.«

»Der König hat auch seinem Sohn vertraut, und der ...«

Die Stimmen wurden leiser. Den Rest des Satzes verstand Kaori nicht mehr. Dennoch, die Männer hatten von Rakschun gesprochen und davon, dass ein Angriff bevorstand. Davon hatten auch die Menschen im Flüchtlingslager geredet. Diese beiden hier schienen sich damit aber sehr viel besser auszukennen. Kaori überlegte nicht lange und folgte ihnen. Bald hatte sie die beiden eingeholt. Der eine war groß und hatte breite Schultern. Ein Auge wurde von einer schwarzen Klappe bedeckt, das Gesicht trug eine lange Narbe. Der andere war einen halben Kopf kleiner und mindestens zehn Jahre jünger, aber prunkvoller gekleidet und von eher schmächtiger Statur.

Freunde waren die beiden nicht. Kaori spürte ganz deutlich das Unbehagen, das in dem Wortwechsel mitschwang. Obwohl der Tonfall höflich war und kein einziges böses Wort fiel, umgab vor allem den Einäugigen eine Aura in dunklem Violett, die darauf schließen ließ, dass er das Gespräch am liebsten sofort beenden würde. Dass er es nicht tat, lag vermutlich daran, dass beide das gleiche Ziel hatten. Wie auf ein geheimes Kommando hin blieben sie gleichzeitig vor einer Tür mit kunstvollen Schnitzereien stehen, wechselten kurz ein paar Worte mit den beiden Posten, die davor Wache standen, und traten ein. Kaori seufzte und folgte ihnen, indem sie einfach durch die Wand hindurchschwebte.

Der Raum schien ein Arbeitszimmer zu sein. Auf einem Tisch lagen unzählige Landkarten und Pergamente ausgebreitet, über die ein alter Mann mit langem schütterem, schlohweißem Haar gebeugt stand. Als er die beiden bemerkte, blickte er auf. »General Triffin, Fürst Rivanon«, sagte er ohne eine nennenswerte Gefühlsregung in der Stimme. »Ich hoffe doch, es gibt keine schlechten Neuigkeiten.«

»Nur gute, mein König«, erwiderte der Jüngere der beiden. »Dank Maels schneller Sprenkeltauben konnte das Heer rechtzeitig vor dem Sturm gewarnt werden. Zum Glück hatte das Unwetter bereits stark an Kraft verloren, als es auf unsere Truppen traf, sodass es keine Schäden zu vermelden gibt.«

»Erfreulich, in der Tat.« Der König nickte. »Und es klingt fast, als hättest du deine Meinung geändert und eingesehen, dass diese Tauben nicht nur als Braten taugen.«

»Nun, wie es aussieht, scheinen sie ganz nützlich zu sein.«

»Und nicht nur das«, warf der Mann mit der Augenklappe ein. »Sie werden entscheidend dazu beitragen, dass wir uns auf den Angriff der Rakschun vorbereiten können.«

»Gibt es neue Nachrichten von Arkon?«, wollte der König wissen.

»Ja, und sehr wertvolle, möchte ich meinen«, gab der General Auskunft.

Der Jüngere starrte den General erbost an: »Aber draußen hast du gesagt, du ...«

»Die Botschaften sind streng geheim.« Der General ließ den jungen Fürsten nicht ausreden. »Glaubst du wirklich, dass ich dir da draußen davon erzähle, wo jeder Lakai zuhören kann?«

»Aber hier sind wir unter uns«, kam der König einem Streit zuvor. Er deutete auf zwei Stühle, die vor seinem Arbeitstisch standen, und fügte hinzu: »Wollt ihr euch nicht setzen?« Der General und der Fürst wechselten einen kurzen Blick ohne jede Freundlichkeit und kamen der Aufforderung nach.

»Nun, General. Was gibt es zu berichten?«

»Leider nicht viel Gutes.« Der General seufzte. »Wenn Arkon sich nicht täuscht, umfasst das Heer der Rakschun mehr als doppelt so viele Krieger wie unseres. Offenbar sind auch Söldner aus Ländern jenseits der Steppe darunter und Sklaven, die hoffen, sich mit dem Dienst im Heer nach einem Sieg über Baha-Uddin die Freiheit erkaufen zu können. Das Lager am Gonwe ist gewaltig. Dort fertigen allein hundert Schmiede Tag und Nacht Waffen und Rüstungen an, während die Krieger selbst unermüdlich an den Flößen arbeiten, die die Rakschun über den Gonwe bringen sollen.«

»Das glaube ich nicht.« Der Fürst schüttelte den Kopf. »Es können unmöglich so viele sein. Davon hätten wir erfahren. Als die Festung am Gonwe noch stand, war das Heer der Rakschun lange nicht so ...«

»Ein halbes Jahr ist eine lange Zeit«, gab der General zu bedenken. »Es heißt, der Mut und die Entschlossenheit ihres Anführers Olufemi hätten die Herrscher jenseits der Steppe tief beeindruckt. So sehr, dass sich einige von ihnen dem Feldzug angeschlossen haben ...«

»... in der Hoffnung, hier reiche Beute zu machen.« Der Fürst gab einen verächtlichen Laut von sich. »Wie die Raben hoffen sie, sich die besten Stücke rauspicken zu können, wenn unser Land am Boden zerstört ist.«

»Ich vermute eher, dass sie die Rakschun jenseits des Gonwe sehen wollen«, wandte der General ein. »Ein so kriegerisches Volk vor den Toren des eigenen Landes zu wissen, dürfte manchem Herrscher schlaflose Nächte bereitet haben. Wir wissen, dass sie die Rakschun schon viele Jahre mit Nahrung, Sklaven und Handelswaren versorgt haben in der Hoffnung, dass Olufemi sie dann nicht angreifen wird. Nun sehen sie eine Möglichkeit, sich der fortwährenden Bedrohung durch die Rakschun zu entledigen, und zögern nicht, es zu tun.«

Der König hatte dem Gespräch aufmerksam gelauscht. »Wenn dem so ist, werden wir wohl zum allerletzten Mittel greifen müssen und unverzüglich alle Bewohner des Landes zu den Waffen rufen. Männer, Frauen, Kinder und Greise, wer immer ein Schwert zu halten vermag, wird seine Heimat verteidigen.«

»Aber so viele Waffen haben wir nicht«, gab der Fürst zu bedenken.

»Auch eine Spitzhacke vermag einen Rakschun zu töten.« Der König hatte seinen Entschluss gefasst.

»Frauen, Kinder und Greise werden den Rakschun kaum etwas entgegenzusetzen haben.« Der General schüttelte den Kopf. »Sie wären nicht mehr als Futter für ihre Pfeile und Schwerter.«

»Und wennschon. Jeder, den sie töten, kann sein Schwert nicht mehr gegen unsere Krieger erheben«, erwiderte der Fürst.

»Ein Rakschun für zehn?« Der General schüttelte den Kopf. »Ein wahrlich schlechtes Verhältnis, möchte ich meinen. Ich würde ...«

»Das war keine Bitte. Es war ein Befehl, General«, fiel der König dem Einäugigen ins Wort. »Vor den Toren dieser Stadt lungern Tausende nichtsnutziger Parasiten herum, die glauben, ein Recht darauf zu haben, sich an unseren Vorräten zu laben. Bisher habe ich es ihnen versagt, nun aber werde ich verfügen, jedem seinen Teil zukommen zu lassen, sofern er sich verpflichtet, unserem Heer in der Schlacht zur Seite zu stehen.«

»Du wirst sehen, wie schnell wir so ein neues Heer aus Freiwilligen zusammengestellt haben, die darauf brennen, in den Kampf zu ziehen«, sagte der Fürst an den General gewandt. »Hunger kann ein mächtiger Verbündeter sein.«

»Ihr schickt diese Menschen in den sicheren Tod.«

»Der Tod ist ihnen bereits sicher.« Fast sah es so aus, als würde der Fürst schmunzeln. »Entweder sie sterben qualvoll an Hunger und Seuchen oder ruhmreich auf dem Schlachtfeld. Wobei sie im Kampf wenigstens noch ein gutes Werk für ihre Heimat und, wenn sie überleben sollten, auch für sich selbst tun.«

»Das ist entwürdigend!« Der General schaute den Fürsten entrüstet an.

»Ach ja? Was würdest du denn tun? Den Rakschun das Land kampflos überlassen?« Der Fürst schüttelte den Kopf. »Du weißt so gut wie ich, dass das unmöglich ist. Sie würden unsere Krieger sofort hinrichten. Die Frauen würden sie als Gebärfrauen in ihre Zelte verschleppen, um mit ihnen ein Heer von Bastarden zu zeugen. Die Kinder würden sie versklaven. Wer nicht arbeiten kann und zu alt ist, endet auf ihren blutigen Opferaltären oder ...«

»Fürst Rivanon hat recht«, mischte der König sich in das Gespräch ein. »Das Heer aus Freiwilligen ist unsere einzige Hoffnung. Wir alle wissen, wie schlecht es um unsere Truppen bestellt ist, aber wenn das Heer der Rakschun wirklich so groß ist, wird es unsere Krieger schon im ersten Ansturm überrennen. So weit darf es nicht kommen. Baha-Uddin ergibt sich nicht kampflos. Noch sind wir nicht besiegt. Wir werden uns zur Wehr setzen – bis zum letzten Blutstropfen.« Sein grimmiger Gesichtsausdruck ließ keinen Zweifel daran, dass er jedes Wort ernst meinte. Dann fügte er etwas ruhiger hinzu: »Im Übrigen darf ich daran erinnern, dass der Beschluss über dieses letzte Aufgebot im Rat einstimmig gefasst wurde.«

»Auch mit deiner Stimme.« Der Fürst schaute den General von der Seite her an. »Vergiss das nicht.«

»Wir sind alle nicht frei von Fehlern«, räumte der General ein. »Aus heutiger Sicht würde ich anders entscheiden.«

»Es gibt aber nichts mehr zu entscheiden«, beendete der König das Gespräch und fragte: »Wie viel Zeit bleibt uns noch?«

»Darüber habe ich noch keine Kunde«, gab der General zu. »Ich vermute aber, dass es nicht mehr lange dauern wird. Der Sturm hat dem Winter Tür und Tor geöffnet. Die Rakschun werden gewiss nicht warten, bis Regen, Frost und Schnee den Boden schlammig werden lassen.«

»Dann sollten wir nicht säumen.« Der König nickte Rivanon zu: »Du weißt, was zu tun ist. Ich erteile dir hiermit alle königlichen Vollmachten, die nötig sind, um das Volk von Baha-Uddin zu den Waffen zu rufen.«

Kaori hatte genug gehört. Während die drei Männer noch heftig darüber diskutierten, welche Schritte eingeleitet werden mussten, entschwand sie durch die Zimmerdecke und glitt unter einem strahlend blauen Himmel über die Stadt hinweg auf die Küste zu, wo das Meer die Dünung in malerisch schönen, weiß schäumenden Wellen an den Strand warf. Es sah ein wenig so aus wie auf Nintau, nur dass die Küste länger, der Strand breiter und das Land dahinter flacher waren als in der verlorenen Heimat.

Am fernen Horizont konnte Kaori die Segel des Schiffes sehen, das die Überlebenden nach Baha-Uddin brachte. Nach allem, was sie bei ihrem Besuch in der Stadt erfahren hatte, hätte sie am liebsten verhindert, dass die Menschen von Bord gingen. Dieses von Krieg, Not und Elend so arg gebeutelte Land war alles andere als die friedliche Heimat, die sich die Menschen von Nintau erhofften. Eine erneute Enttäuschung schien unausweichlich, und diesmal gab es keine Boote und kein rettendes Schiff, mit dem sie die Reise würden fortsetzen können.

Traurig schüttelte Kaori den Kopf. Was hatte ihr Volk nur getan, dass die Götter es mit so vielen Schicksalsschlägen straften? Hatten sie denn noch nicht genug gelitten, dass ihnen auch noch ein Krieg aufgebürdet wurde? Das alles war so furchtbar ungerecht.

Während sie über das Meer auf das Schiff zuglitt, überlegte Kaori, was sie Noelani raten sollte. Zeigt euch nicht! Bleibt fort von der Stadt! Diese und andere Ratschläge gingen ihr durch den Kopf, aber sie wusste natürlich auch, dass die Flüchtlinge auf fremde Hilfe angewiesen waren und vermutlich gar nicht anders konnten, als sich den Einwohnern zu nähern. Sie konnte nur hoffen, dass Noelani an Land die Kraft dazu fand, in die Welt der Geistreise zu kommen, damit sie ihr erzählen konnte, was sie herausgefunden hatte.

9

Vierundzwanzig Mal hatte das Beiboot des Viermasters die Strecke zwischen dem Schiff und dem Strand zurückgelegt, dann hatte auch der letzte Überlebende von Nintau den Fuß auf das Land gesetzt, das die neue Heimat der Inselflüchtlinge werden sollte. Es war nicht der Ort, den Kaori und Noelani als Ziel ausgewählt hatten, aber sie hatten festen Boden unter den Füßen, und das war es, was in diesem Augenblick zählte.

Der Kapitän des Seglers hatte ihnen so viele Vorräte mitgegeben, wie er entbehren konnte. Dazu Decken, zwei Fässer mit frischem Wasser und Segeltuch, aus dem sie notdürftig Zelte herstellen konnten. Doch was am Strand an Gütern lagerte, erschien angesichts der vielen Menschen bitter wenig, und Noelani wusste, dass sie sich schon bald auf den Weg machen musste, um Hilfe und Unterstützung von der Bevölkerung zu erbitten.

Gemeinsam mit Jamak stand sie am Wasser und schaute dem Beiboot nach, in dem die Matrosen den Kapitän mit kräftigen Ruderschlägen zu seinem Schiff zurückbrachten. Sie hatte dem großmütigen und selbstlosen Mann zum Abschied aus ganzem Herzen gedankt, mit Worten, die ihr angesichts dessen, was er für sie und ihr Volk getan hatte, blass und wertlos erschienen.

Er aber hatte nur gelächelt und sich bescheiden gegeben und sich nochmals dafür entschuldigt, dass er sie nicht mit in sein Heimatland nehmen konnte. Dann hatte er ihr und allen anderen eine bessere Zukunft gewünscht und war in das Boot gestiegen, um zu seinem Schiff zurückzukehren.

»Ein guter Mann«, sagte Noelani gedankenverloren.

»Ja, das ist er. Aber jetzt sind wir allein auf uns gestellt.« Jamak seufzte. Ein Zeichen dafür, dass auch er mit Unbehagen daran dachte, wie es weitergehen sollte. »Womit wollen wir beginnen?«

»Wir brauchen Feuerholz.« Dieser erste Entschluss war nicht schwer zu treffen. »Es wird bald dunkel und kalt werden. Am besten, du teilst sie in zwei Gruppen ein.«

»Ich?« Jamak zog erstaunt eine Augenbraue in die Höhe. »Warum sagst du es ihnen nicht?«

»Weil sie mich hassen.«

»Das bildest du dir nur ein.«

»Ich habe ihre Blicke gesehen.« Noelani sah Jamak ernst an. »Glaub mir, es ist besser, wenn du hier die Führung übernimmst.«

»Sicher?«

»Sicher! Du hast schon den Bau der Boote überwacht. Dir vertrauen sie.«

»Nun, wenn du es für richtig hältst.« Jamak nickte. »Eine Gruppe kann in dem Wald hinter den Dünen einen Lagerplatz auswählen und versuchen, aus dem Segeltuch Unterstände zu errichten, die uns ein wenig Schutz vor dem Wind bieten. Die anderen können unterdessen Holz sammeln und Feuerstellen am Lagerplatz errichten.«

»Das dürfte nicht allzu schwer sein.« Noelani blickte den Strand entlang, wo der Sturm deutliche Spuren hinterlassen hatte. Hunderte Äste, ganze Seetanginseln und allerlei Unrat waren von den Wellen fast bis an den Waldrand herangetragen worden. Im Gegenzug hatte die Brandung Sand von den Dünen fortgerissen und mannshohe Abbruchkanten hinterlassen.

»Ich fürchte, doch.« Jamak bückte sich und nahm einen angeschwemmten Ast zur Hand. »Das Holz hier am Strand ist völlig durchnässt. Wir können nur hoffen, dass wir im Wald etwas Brennbares finden.« Er schaute Noelani an und fragte: »Und was hast du vor?«

Noelani bückte sich, nahm eine Holzschüssel und einen tönernen Krug zur Hand, die sie sich vom Kapitän erbeten hatte, und hielt sie so, dass Jamak sie sehen konnte. »Ich werde mir einen Ort suchen, an dem ich ungestört bin. Dort werde ich eine Geistreise in die Hauptstadt versuchen«, sagte sie. »Die wenigen Vorräte, die der Kapitän uns gegeben hat, werden schon bald aufgebraucht sein, und wir müssen eine richtige Unterkunft finden.« Sie lächelte matt. »Drück mir die Daumen, dass mir die Reise auch ohne den Duft der Lilienblüten gelingt. Ich möchte nicht unvorbereitet in die Stadt gehen.«

»Du schaffst das.« Jamak schenkte ihr ein aufmunterndes Lächeln. »Aber sei vorsichtig.«

»Das werde ich.« Noelani nickte. Mit dem Krug in der Hand ging sie zum Wasser, um ihn zu füllen, dann drehte sie sich um und lief in einem großen Bogen um die wartenden Inselflüchtlinge herum auf den Wald zu. Sie hatte Jamak nicht die volle Wahrheit gesagt. Sich in der nahen Stadt umzusehen, war nicht ihr einziges Ansinnen. Sie wollte vor allem Kaori suchen und sie um Hilfe bitten.

Noelani machte sich nichts vor. Sie hatten das Festland erreicht, aber ihre Lage war schlimmer als auf der Insel. Alles hing davon ab, dass nun rasch die richtigen Entscheidungen getroffen wurden. Nur wenn sie schnelle Erfolge vorzuweisen hatte, das war ihr bewusst, würden die Überlebenden ihres Volkes sie wieder in die Gemeinschaft aufnehmen. Dann und nur dann konnte sie darauf hoffen, dass man ihr die Fehler der Vergangenheit irgendwann verzeihen würde.

Auch das Waldstück hinter den Dünen zeigte deutliche Spuren der Verwüstung, die der Sturm angerichtet hatte. Bäume waren entwurzelt, Äste abgeknickt worden. Es war ein Glück, dass die Bäume keine Blätter mehr getragen hatten, sonst wäre wohl kaum einer von ihnen stehen geblieben. Der kahle und verwüstete Wald wirkte dunkel und abweisend. Auf dem Boden lag eine dicke Schicht aus feuchtem Laub, und der Gedanke, die Nacht unter solchen Voraussetzungen hier im Freien verbringen zu müssen, ließ Noelani frösteln.

Wären wir doch nur daheim geblieben. Noelani seufzte. Sie wollte so etwas nicht denken, aber die Worte schlichen sich einfach in ihre Gedanken, und sie konnte nicht leugnen, dass sie genau ihrer Stimmung entsprachen. Wären wir doch nie fortgegangen ...

Schluss damit! Noelani straffte sich und beschleunigte ihre Schritte. Trauer und Schuldgefühle würden nichts an ihrer Lage ändern. Es gab kein Zurück. Sie waren hier gestrandet und mussten versuchen, das Beste daraus zu machen.

Während sie durch den Wald ging, hielt sie nach einem Ort Ausschau, an dem sie ungestört das Ritual vollziehen konnte. Dass sie keine Lilienblüten mehr besaß, war dabei noch das geringste Problem. Viel schlimmer war, dass sie nur Salzwasser für das Ritual bei sich hatte. Die Holzschüssel zumindest würde für das, was sie vorhatte, genügen. Sie wusste, dass es keiner besonderen Tonschale bedurfte, um das Ritual zu vollziehen. Es konnte auch ein kleiner Teich sein oder eine Mulde im Stein, in der sich klares Quellwasser gesammelt hatte. Eine erfahrene Maor-Say hätte problemlos auch eine der unzähligen Pfützen verwenden können, die der Starkregen an einigen Stellen im Wald zurückgelassen hatte, aber das Wasser darin war trüb, und Noelani mangelte es an Erfahrung in solchen Dingen. Auf Nintau hatte es klares Quellwasser im Überfluss gegeben. Nie hätte sie es für möglich gehalten, dass sie einmal gezwungen sein würde, etwas anderes für eine Geistreise zu verwenden. Insgeheim hatte sie gehofft, irgendwo im Wald einen kleinen Bach oder eine Quelle zu entdecken, aber selbst wenn es hier dergleichen geben sollte, machte das heillose Durcheinander nach dem Sturm es ihr unmöglich, es zu finden. Außerdem wollte sie sich nicht weiter als nötig von den anderen entfernen. Die Gegend war ihr fremd, und sie fürchtete, den Weg zurück allein nicht zu finden. So stapfte sie weiter durch das unwegsame Gelände, bis die Rufe vom Strand nicht mehr zu hören waren, und noch ein ganzes Stück weiter, um ganz sicher ungestört zu bleiben.

Ein wuchtiger Nadelbaum schien für ihr Vorhaben hervorragend geeignet zu sein. Die unteren Äste hingen fast bis auf den Boden hinab und bildeten eine natürliche Höhle. Der Boden bestand aus einem dicken Nadelteppich, der erfreulich trocken war. Noelani musste nur ein paar dürre Zweige abbrechen, um sich Platz zu verschaffen, dann war der Raum groß genug, um ihr für die Dauer des Rituals als Unterschlupf zu dienen.

Mit überkreuzten Beinen setzte sie sich unter das Dach aus Tannenzweigen, den Rücken zum Stamm, das Gesicht dem Eingang zugewandt. Der unebene Boden und die Enge machten es ihr nicht leicht, eine erträgliche Sitzhaltung einzunehmen. Immer wieder verfingen sich ihre Haare in winzigen Zweigen, und bei jeder Bewegung fanden die Nadeln vom Boden einen Weg unter ihr Gewand und stachen ihr in die Haut.

Während Noelani ihre Haare von den Ästchen und die Kleidung von Nadeln befreite, fluchte sie leise vor sich hin. Aber sie wusste auch, dass sie kaum einen besseren Ort als diesen finden würde. Als sie alle störenden Einflüsse beseitigt hatte, nahm sie die Holzschüssel, stellte sie in die Mulde, die ihre überkreuzten Beine bildeten und goss das Wasser aus dem Krug hinein. Argwöhnisch betrachtete sie die Schüssel und das Wasser darin. Sie hatte noch nie eine Geistreise mithilfe von Meereswasser unternommen, und der Gedanke daran, was alles passieren konnte, erfüllte sie mit Unbehagen. Dennoch zögerte sie nicht länger. Als sich die Wasseroberfläche beruhigt hatte, kreuzte sie die Arme vor der Brust, schloss die Augen, nahm einen tiefen Atemzug und erschuf vor ihrem geistigen Auge das Bild des Ozeans, dessen Wellen sich an dem mit Hölzern, Seetang und Unrat übersäten Strand brachen. Dies war der Ort, den sie im Geiste aufsuchen wollte. Dort würde sie ihre Reise beginnen.

Als sie die Augen öffnete, sah sie im Wasser der Schale den Haufen aus Vorräten und Segeltuch am Strand liegen und dahinter die Flüchtlinge, die in kleinen Gruppen beisammenstanden und redeten oder allein im Sand saßen und auf das Meer hinausstarrten, als warteten sie auf jemanden.

Noelani blickte angestrengt auf das Wasser und konzentrierte sich. Langsam, viel langsamer als auf Nintau wurde das Bild größer und größer. Wie ein lebendiges Ding quoll es über den Rand der Holzschüssel, dehnte und streckte sich und nahm schließlich nahezu das gesamte Sichtfeld ein. Noelani spürte den Sog, der von dem Bild ausging und an ihrem Bewusstsein zerrte, aber er war zu schwach, um sie aus der Wirklichkeit zu lösen. Noch immer spürte sie die Kälte auf der Haut und den harten Boden unter ihrem Gesäß.

Sie merkte, dass sie unruhig und ungeduldig wurde, und kämpfte gegen die Gefühle an, so wie die Maor-Say es sie gelehrt hatte.

»Eine Geistreise lässt sich nicht erzwingen«, hatte ihre alte Lehrmeisterin zu ihr gesagt. »Du musst dich ihr hingeben wie einem Liebhaber, und sie muss dich willkommen heißen. Nur wenn die Schwingungen übereinstimmen, werdet ihr eins. Lass dich fallen. Lass es geschehen. Sei ohne Furcht und Sorge und frei von Ungeduld. Dann wirst du Erfolg haben.«

Frei von Ungeduld und ohne Sorge.

Das war leichter gesagt als getan. Zu viel hing davon ab, dass die Geistreise gelang. Noelani seufzte. Das Bild begann zu verschwimmen.

Nein!

Hastig schloss sie die Augen und versuchte sich wieder auf den Strand zu konzentrieren.

Ruhig.

Ganz ruhig.

Lass dich fallen. Im Geiste glaubte sie wieder die Stimme der alten Maor-Say zu hören, die ihrer oft so ungeduldigen Schülerin erst hatte beibringen müssen, was es bedeutete loszulassen.

Als sie die Augen öffnete, war das Bild vom Strand wieder da. Größer und klarer als zuvor, und ehe sie sich versah, war sie mittendrin.

»Ich denke nicht daran!« Ein junger Mann, der von allen Samui gerufen wurden und den Noelani nur flüchtig kannte, schien in einen Streit mit Jamak verwickelt zu sein. »Ich lasse mir nichts befehlen. Von niemandem, auch nicht von dir.«

»Das ist kein Befehl.« Jamak sprach ganz ruhig. »Aber wir müssen uns für die Nacht wappnen. Ohne ein wärmendes Feuer und Schutz gegen den kalten Wind wird es hier ganz schön ungemütlich werden. Wenn du es nicht für dich tun willst, dann denke wenigstens an die anderen. Viele sind verletzt und können kein Holz sammeln. Sie sind es, denen wir zur Seite stehen müssen.«

»Die anderen sind mir egal!«, rief Samui aus und ballte in hilfloser Wut die Fäuste. »Ich habe meine Eltern und Geschwister im Nebel verloren. Meine Frau und mein kleiner Sohn wurden im Sturm vom Meer fortgerissen. Wo waren die anderen, als ich ihre Hilfe gebraucht hätte? Wer hat mir geholfen? Niemand! Ich bin allein. Ich habe nichts mehr, für das es sich zu leben lohnt. Und ich werde keinen Finger für die rühren, die mich im Stich gelassen haben.«

»Ich verstehe deinen Kummer, aber nicht deinen Zorn. Du tust ihnen unrecht«, erwiderte Jamak mit bewundernswerter Ruhe. »Es ist keiner unter uns, der nicht traurige Verluste zu beklagen hat. Wir alle müssen ...«

»Ich muss gar nichts!«, herrschte Samui Jamak an. »Gar nichts, hörst du? Und jetzt verschwinde. Lass mich allein.«

Noelani lauschte den Worten mit wachsendem Entsetzen. Sie hatte damit gerechnet, dass die Überlebenden verstört waren, aber nicht geahnt, wie schlimm es wirklich um sie stand. Hilfsbereitschaft und Güte waren die Grundpfeiler der Gemeinschaft auf Nintau gewesen, starke und mächtige Pfeiler, die in der Erziehung zu Respekt und Toleranz gründeten und das friedliche Miteinander der Inselbewohner über Jahrhunderte unerschütterlich gewährleistet hatten.

Die fünf jungen Frauen, die selbstlos ihr Leben gegeben hatten, um ihr Volk vor dem Dämon zu schützen, waren nur eines von vielen Beispielen, in denen Menschen die eigenen Wünsche und Bedürfnisse um der Gemeinschaft willen zurückgestellt hatten. Worte, wie der junge Mann sie gerade gewählt hatte, wären auf Nintau niemals gefallen. Doch wie es aussah, stand er damit nicht allein. Obwohl der Nachmittag rasch voranschritt, hatte kein einziger der Gestrandeten damit begonnen, Feuerholz zu sammeln. Die Vorräte und die Segeltuchballen lagen unberührt noch so am Strand, wie die Matrosen sie dort abgelegt hatten.

So tief sind wir also schon gesunken, dachte Noelani und beobachtete betroffen, wie Jamak von einem zum anderen ging, jeden ansprach und oft nur ein Kopfschütteln zur Antwort bekam. Andere reagierten wütend, und wieder andere antworteten gar nicht und starrten einfach nur weiter aufs Meer hinaus.

»Sie haben die Hoffnung verloren.«

»Kaori?« Noelanis Herz machte vor Freude einen Satz, und für einen Augenblick verblasste der Kummer über den erbärmlichen

Zustand ihrer Landsleute. Obwohl sie wusste, dass sie ihre Schwester nicht sehen konnte, irrte ihr Blick suchend umher. »Kaori, bist du da?«

»Ich bin hier! Bei dir.«

Noelani spürte eine vertraute Kühle auf der Wange und wusste, dass ihre Schwester neben ihr stand. Für einen kurzen Moment erinnerte sie sich wieder daran, wie es sich anfühlte, glücklich zu sein. Etwas, das sie fast schon vergessen und verloren geglaubt hatte und das viel zu schnell wieder verflog.

»Es ... es tut mir so leid«, hörte sie Kaori sagen.

»Was?«

»Dass ich dir nicht helfen konnte. Im Sturm. Da draußen«, gab Kaori zur Antwort. »Ich war die ganze Zeit bei dir. Ich sah den Sturm heraufziehen und wollte euch warnen, aber ihr habt alle geschlafen, und ich hatte keine Möglichkeit, mich bemerkbar zu machen. Es ... es war furchtbar, alles mit ansehen zu müssen und nicht helfen zu können.«

»Du musst dir keine Vorwürfe machen«, erwiderte Noelani. »Auch wenn wir den Sturm früher bemerkt hätten, es hätte nichts geändert. Er war zu stark, und wir waren nicht darauf vorbereitet. Wenn einer von uns beiden Schuld an dem Unglück trägt, dann ich. Wir hätten niemals aufbrechen dürfen. Nicht so kurz vor Beginn der Regenzeit.«

»Du hast es nur gut gemeint.« Nun war es Kaori, die zu trösten versuchte.

»Das stimmt. Aber das ist keine Entschuldigung. Jetzt ist es zu spät. Was geschehen ist, lässt sich nicht rückgängig machen.« Noelani seufzte. »Alles, was ich noch tun kann, ist den Überlebenden Hoffnung auf ein besseres Leben zu geben.«

»Das wird nicht leicht werden.« Kaori ließ ein Seufzen ertönen.

»Warum nicht? Meinst du wegen der Flüchtlinge? Der Kapitän erzählte davon, dass es Menschen gibt, die dieses Land verlassen wollen. Er hielt uns wohl auch für Bewohner dieses Landes, darum brachte er uns hierher. Warum sie fliehen und wovor, darüber hat er nichts verlauten lassen.«

»Den Menschen hier geht es nicht gut«, erzählte Kaori. »Es herrscht Krieg. Offenbar steht ein fremdes und grausames Volk kurz davor, dieses Land zu erobern. Viele Menschen haben ihre Heimat verlassen und sind an die Küste geflohen, weil sie hier Schutz suchen und sich Hilfe erhoffen. Aber es gibt nicht genügend Nahrung für alle, und wie es aussieht auch nicht genügend Krieger, die die gefürchteten Barbaren aufhalten könnten.«

»Woher weißt du das alles?«, fragte Noelani. Was Kaori ihr da erzählte, war nicht eben dazu angetan, ihr Mut zu machen, und sie hoffte inständig, dass ihre Schwester sich täuschte.

»Ich war in der Stadt und habe die Menschen dort beobachtet«, sagte Kaori. »Während die Boote euch an Land brachten, habe ich mich vor und hinter den Stadtmauern umgesehen und konnte sogar ein Gespräch des Königs mit seinem General und einem Fürsten belauschen. Es ist, wie ich sage: Die Menschen hier leiden große Not und sind verzweifelt. Ich fürchte, sie werden euch nicht freundschaftlich gesinnt sein.«

»Ihr Götter, was müssen wir denn noch erdulden?« Noelani spürte, wie ihr Mut sank. Aber so schnell würde sie nicht aufgeben. Wenn es stimmte, was Kaori berichtete, wollte sie es mit eigenen Augen sehen. »Kannst du mich in die Stadt führen?«, fragte sie. »Ich will sehen, was du gesehen hast und hören, was du gehört hast. Ich muss es selbst erfahren, nur dann kann ich entscheiden, was zu tun ist.«

»Darum bin ich hier. Ich habe schon auf dich gewartet. Gib mir deine Hand.« Wie schon auf dem Weg zum Todesberg spürte Noelani auch diesmal eine Kühle in ihrer geisterhaften Handfläche, als Kaori sie berührte. »Folge mir«, hörte sie Kaori sagen. »Ich zeige dir, was ich herausgefunden habe.«

***

»Siehst du die vielen Freiwilligen? Hunger kann ungemein beflügelnd sein.« Mit einem breiten Grinsen betrachtete Fürst Rivanon von der Stadtmauer aus die Menschenmenge, die sich vor den Tischen gebildet hatte, an denen sich die Bewohner von Baha-Uddin für den Dienst bei den neuen Truppen des Landes registrieren lassen konnten.

»Ich sehe nur einen Haufen armseliger Gestalten, die für einen Laib Brot alles tun würden.« Triffin schüttelte verständnislos den Kopf. Er war erstaunt, wie schnell Fürst Rivanon alle erforderlichen Schritte eingeleitet hatte, um mit der Rekrutierung der Freiwilligen zu beginnen. Die Botschaften, die von den Herolden in den Flüchtlingslagern vor den Toren der Stadt verkündet worden waren, hatten schon auf dem Tisch in seinem Arbeitszimmer bereitgelegen, als sie von der Unterredung mit dem König zurückgekehrt waren, und waren im Nu verteilt gewesen. Angesichts der menschenunwürdigen Zustände in den Lagern war es nicht verwunderlich, dass die ersten Freiwilligen schon am Nachmittag vor der Stadtmauer gestanden hatten, um sich zum Dienst zu melden.

Doch auch darauf war der Fürst bestens vorbereitet gewesen. An diesem ersten Tag, so hatte er verfügt, sollten fünfhundert Freiwillige Nahrung und Kleidung aus den königlichen Beständen erhalten, um sich dann am nächsten Morgen mit einer Gruppe Berittener auf den Weg zum Gonwe zu machen.

Eine Vorhut war schon am frühen Nachmittag mit eigens dafür ausgerüsteten Planwagen aufgebrochen, um abseits des alten Heerlagers neue Unterkünfte für die erwarteten Freiwilligen zu errichten.

»Du hast es gewusst«, gab Triffin dem Fürsten seine Gedanken preis. »Du wusstest, dass der König die Rekrutierung befehlen würde – richtig?«

»Das war doch nicht schwer zu erraten.« Rivanon wirkte hochzufrieden. »Es war nur eine Frage der Zeit, bis er sich zu diesem letzten Schritt entschließen würde.«

»Ich kann das immer noch nicht gutheißen.« Triffin seufzte. »Sie gehen in den Tod.«

»Aber mit vollem Magen.« Obwohl es kaum möglich schien, glaubte Triffin zu erkennen, dass Rivanons Grinsen noch eine Spur breiter wurde.

»Das ist abscheulich.«

»Haben wir denn eine Wahl?«

»Man hat immer eine Wahl.«

»So?« Rivanon hob die Stimme gerade so weit, dass er überrascht klang. »Und welche?«

»Wir könnten versuchen zu verhandeln.«

»Verhandeln?« Rivanon gefror das Lächeln auf den Lippen. »Das habe ich nicht gehört, Triffin. Schon der Gedanke grenzt an Hochverrat.«

»Dennoch ist es die einzige Möglichkeit, sinnloses Blutvergießen zu verhindern.« Triffin war sich bewusst, dass seine Äußerungen gefährlich waren, aber er fühlte sich sicher. König Azenor konnte es sich in dieser Lage kaum leisten, seinen besten General des Hochverrats anzuklagen.

»Ich hätte nichts dagegen, wenn diese Barbaren einen hohen Blutzoll zahlen«, hörte er Rivanon sagen. »Sinnlos würde ich das nicht nennen.«

»Ich spreche nicht von den Rakschun. Ich spreche vom Volk Baha-Uddins.« Triffin schüttelte den Kopf. Glaubte Rivanon wirklich, dass die Rakschun sich von diesem armseligen letzten Aufgebot aufhalten oder gar zurückwerfen lassen würden?

»Höre ich da Mitleid in den Worten des Generals?«, spottete der Fürst.

»Ich sage nur, wie es ist.« Triffin tat, als hätte er den Spott nicht gehört. »Die Menschen da unten sind von Hunger und Krankheiten geschwächt. Die Rakschun werden sie im Falle eines Angriffs niedermähen wie reifes Korn.«

»Uns bleibt noch etwas Zeit. Wenn wir sie gut füttern, werden sie schon wieder zu Kräften kommen.«

»Besser wäre es, den Tatsachen ins Auge zu sehen.«

»Und die wären?«

»Dass die Rakschun uns zehnfach überlegen sind. Nicht nur in der Anzahl ihrer Krieger, sondern auch an Waffen und Ausrüstung. Welche Anstrengungen wir auch immer unternehmen, wir werden sie nicht besiegen können.«

»Höre ich da etwa Furcht in den Worten des großen Generals?«

»Nein, Vernunft.«

»Vernunft?« Rivanon stieß ein spitzes Lachen aus und schüttelte den Kopf. »Das ist nicht dein Ernst. Du weißt so gut wie ich, dass Azenor niemals verhandeln wird. Nicht mit Erell von Osmun, nicht mit Viliana von Hanter und schon gar nicht dem Anführer dieser Barbaren.« Er machte eine kurze Pause und fuhr dann fort: »Niemals wird er verraten, wofür unsere Großväter und Urgroßväter ihr Leben gegeben haben.«

»Ein wahrer Held.« Triffin machte sich nicht die Mühe, den Spott in seiner Stimme zu verbergen. Dann wurde er wieder ernst und sagte: »Machen wir uns nichts vor, Rivanon. Wir wissen beide, dass die bevorstehende Schlacht nicht zu gewinnen ist. Wenn kein Wunder geschieht, ist Baha-Uddin verloren.«

»Ja, vielleicht ist es das«, räumte Fürst Rivanon ein. »Aber wir haben wenigstens darum gekämpft.«

»Den Helden und den Narren trennt oft nur eine Haaresbreite«, murmelte Triffin vor sich hin. Er wollte noch etwas hinzufügen, aber ein Tumult am Fuß der Stadtmauer lenkte seine Aufmerksamkeit wieder auf die Menschen vor den Toren der Stadt. »Was ist da los?«

»Sie haben die fünfhundert beisammen und beenden die Rekrutierung für heute«, erklärte Rivanon. »Die anderen müssen bis morgen warten, aber das ist ihnen offensichtlich zu lange. Sieh nur, sie greifen die Wachen an.« Er beugte sich weit über die Stadtmauer. »Was für ein disziplinloses Pack.«

»Und du willst Krieger aus ihnen machen.« Triffin schnaubte verächtlich. »Es würde mich nicht wundern, wenn von den fünfhundert Freiwilligen nur dreihundert am Gonwe ankommen«, sagte er. »Die Hälfte wird vermutlich die erstbeste Gelegenheit nutzen, um unterwegs heimlich zu verschwinden.«

»Ich wäre mir da nicht so sicher.« Rivanon hatte sein Grinsen wiedergefunden. »Die Wachen haben Anweisung, jeden, der das versucht, unverzüglich und öffentlich auf abschreckende Weise hinzurichten.« Er fuhr sich mit dem Zeigefinger in einer eindeutigen Handbewegung an der Kehle entlang. »Glaube mir, schon bald wird es keinen mehr geben, der eine Flucht wagt.«

»Ich sehe, du hast an alles gedacht.« Das klang wie ein Lob, aber es lag keine Anerkennung in den Worten.

»An alles.« Rivanon nickte. »König Azenor kann sich auf mich verlassen.« Er machte ein paar Schritte auf Triffin zu und fragte: »Und wie steht es mit dir, General? Kann er sich auf dich verlassen?«

»Gibt es einen Grund, an meiner Loyalität zu zweifeln?« Triffin zog eine Augenbraue in die Höhe.

»Nun, immerhin hast du eben Verhandlungen vorgeschlagen.«

»Um Leben zu retten.«

»Wirklich?« Rivanons Stimme nahm einen lauernden Tonfall an. Er kam noch näher und fragte leise: »Weißt du, was ich denke?«

»Nein, aber du wirst es mir sicher gleich verraten.« Triffin gab sich gelassen, war jedoch auf der Hut. Der Fürst war nicht zu unterschätzen.

»Ich glaube, du erzählst uns nicht die ganze Wahrheit«, sagte der Fürst auf eine Weise, die verriet, dass er sich schon länger mit dem Gedanken trug. »Niemand außer dir hat bisher eine Botschaft von Arkon zu Gesicht bekommen. Niemand weiß, ob die von dir genannten Zahlen richtig sind.«

»Was willst du damit sagen?« Triffin horchte auf.

»Nun, du behauptest etwas, bleibst uns den Beweis dafür aber schuldig. Was, wenn die Rakschun gar nicht so stark sind? Wenn der Angriff gar nicht unmittelbar bevorsteht? Wenn das alles nur ein verlogenes Spiel ist, um Azenor an den Verhandlungstisch zu zwingen? Oder schlimmer noch, ihn dazu zu bewegen, sich den Barbaren kampflos zu ergeben?«

»Wenn du darauf bestehst, kann ich dir eine Nachricht zeigen«, erwiderte Triffin ruhig. »Aber du wirst nicht viel daraus erlesen können, denn sie ist in einem verschlüsselten Kodex verfasst, den nur die Kommandanten der Truppen entschlüsseln können.«

Fürst Rivanon räusperte sich. »Ich muss sagen, all diese Geheimnisse dienen nicht gerade dazu, aufkommendem Misstrauen entgegenzuwirken – findest du nicht?«

»Sie dienen allein dazu, Arkon zu schützen und unseren Plan vor den Rakschun zu verbergen.«

»Natürlich ... Das klingt einleuchtend, aber ganz wohl fühle ich mich damit nicht, denn es bringt uns alle hier in eine ... sagen wir, recht unglückliche Abhängigkeit von dir.« Fürst Rivanon machte eine bedeutungsvolle Pause, nahm einen tiefen Atemzug, als müsse er erst Kraft schöpfen für das, was er sagen wollte, und fuhr dann fort: »Woher weiß ich, dass Arkon da drüben wirklich zum Wohle Baha-Uddins handelt und nicht allein zu deinem? Wer sagt mir, dass er nicht insgeheim schon Verhandlungen mit den Anführern der Rakschun aufgenommen hat und mit ihnen die Bedingungen für eine Kapitulation aushandelt? Eine Kapitulation zu deinen Gunsten natürlich.« Er verstummte und schaute den General herausfordernd an. »Was haben sie dir versprochen, damit du ihnen deine Heimat ans Messer lieferst?«, fragte er provozierend. »Gold? Einen Statthalterposten? Oder ein Zelt voll bezaubernder Gebärfrauen, die dir ...«

»Schweig!« Ein wuchtiger Faustschlag ins Gesicht beendete Rivanons denunzierendes Geschwätz auf ebenso eindrucksvolle wie schmerzhafte Weise und ließ ihn zurücktaumeln. »Behalte deine niederträchtigen Gedanken für dich.« Triffins ruhige Stimme stand in krassem Gegensatz zur Härte des Schlags. »Ich bin kein Verräter.« Er wandte sich zum Gehen, drehte sich dann aber noch einmal um und richtete das Wort erneut an den Fürsten, der sich die schmerzende Wange rieb. »Wir waren nie Freunde, Rivanon, und wir werden es auch nie werden«, sagte er, den Fürsten mit dem gesunden Auge fixierend. »Mit diesen haltlosen Unterstellungen hast du in mir das Einzige zerstört, was ich je für dich empfunden habe: Respekt. Ich denke, wir beide haben uns nichts mehr zu sagen.«

Er drehte sich um und ging auf die Treppe zu, aber Rivanon war noch nicht fertig: »Ich behalte dich im Auge, General«, rief er Triffin mit zornesbebender Stimme nach. »Den König kannst du vielleicht täuschen. Mich nicht.«

3. Buch
Die Macht der Kristalle

1

»Den Menschen hier muss es wirklich sehr schlecht gehen.« Betroffen sah Noelani von der Wehrmauer des Palastes auf den Platz hinunter, wo sich etwa zweihundert Flüchtlinge eine heftige Auseinandersetzung mit den Palastwachen lieferten. Sie waren in der Überzahl, hatten aber gegen die bewaffneten und gut ausgebildeten Wachen keine Aussicht, sich durchzusetzen. Unzählige lagen verletzt am Boden, und es gab auch einige Tote, aber das hielt die anderen nicht davon ab, ihrer Wut weiter lautstark rufend und Steine werfend Luft zu machen.

»Sind sie wirklich so wütend, weil man sie nicht bei den Truppen aufgenommen hat?«, fragte Noelani verwundert. An der Seite von Kaori hatte sie das Gespräch der beiden Männer belauscht, die sich offensichtlich nicht über das weitere Vorgehen hinsichtlich der erwarteten Schlacht einig waren. Das Einzige, worin sie einer Meinung waren, war, dass keiner der Männer und Frauen, die sich da unten freiwillig zum Kampf gemeldet hatten, die bevorstehende Schlacht überleben würde.

»Sie haben Hunger und sind völlig verzweifelt«, hörte sie Kaori sagen. »Du hast die Worte des Generals gehört. Für einen Laib Brot würden sie alles tun. Und sie wollen nicht bis morgen warten.«

»Und am Strand warten noch einmal mehr als einhundert zusätzliche hungrige Flüchtlinge darauf, Nahrung und Hilfe zu bekommen.« Noelani seufzte. »Nun weiß ich, was du damit gemeint hast, als du zu mir sagtest, es würde nicht leicht werden.«

»Ich wünschte, ich hätte dir bessere Nachrichten überbringen können. Angesichts der Not in diesem Land wage ich ernsthaft zu bezweifeln, dass ihr hier Hilfe finden werdet.«

»Du meinst, die Edelsteine sind hier wertlos? Ich kann sie nicht so verwenden, wie ich es erhofft hatte?« Selten hatte Noelani sich so mutlos gefühlt. Die fünf Edelsteine gegen Land, Kleidung und

Nahrung einzutauschen, war ihre große Hoffnung gewesen. Aber nun ...

»Ich fürchte, ja«, antwortete Kaori. »Nahrung und Waffen sind es, die hier dringend gebraucht werden.«

»Und beides besitzen wir nicht.« Noelani schwieg lange, dann sagte sie: »Sei's drum. Ich habe keine Wahl. Die Überlebenden unseres Volkes benötigen Wasser, Nahrung, Kleidung und vor allem ein Dach über dem Kopf. Die Verletzten müssen versorgt werden. Ich kann nicht anders. Ich muss den König aufsuchen und ihn bitten, uns aufzunehmen. Ich muss den Menschen von Nintau helfen. Irgendwie. Das bin ich ihnen schuldig.«

»Versuchen kannst du es.« Kaori sprach ohne große Zuversicht. »Aus der Zeit, da noch Schiffe nach Nintau kamen, wissen wir immerhin, dass Könige Gold und Edelsteine über alles begehren. Ob das hier, unter diesen Umständen, auch noch der Fall ist, wage ich zu bezweifeln.«

»Dann müssen wir es herausfinden.« Noelani hatte genug gesehen und schickte sich an, die Geistreise zu beenden. »Sobald es morgen hell wird, werde ich mich auf den Weg in die Stadt machen und dem König mein Angebot unterbreiten.«

»Ein mutiger Entschluss«, sagte Kaori und fügte hinzu: »Ich wünsche dir viel Erfolg, Schwester. Möge die Gier nach Reichtum unserem Volk Glück bringen und den Grundstein für eine bessere Zukunft legen.«

***

»Ich sage dir, mit dem neuen Schmied stimmt etwas nicht.« Nuru hatte den ganz Nachmittag vor Olufemis Zelt ausgeharrt und darauf gewartet, dass dieser Zeit fand, ihn anzuhören. Als er endlich eingelassen wurde, hielt er sich nicht mit langer Vorrede auf und kam gleich zur Sache.

»Wie meinst du das?« Olufemi saß in einem gepolsterten Stuhl nahe der Feuerstelle und blickte stirnrunzelnd zu Nuru auf. »Liefert er schlechte Arbeit ab?«

»Nein, nein. Das nicht«, beeilte sich Nuru zu erklären. »Es ist sein Verhalten, das mir Sorgen bereitet.«

»Inwiefern?«

»Nun, er ... er hat seinen Sklaven zu sich ins Zelt genommen.« Nuru schaute zu Boden, wohl wissend, welche Tragweite seine Worte haben konnten. Sie mochten unverfänglich klingen, enthielten aber eine unmissverständliche Andeutung auf einen der schlimmsten Frevel, dessen ein Rakschun sich schuldig machen konnte. In einer Gesellschaft, die das Ansehen eines Mannes an der Zahl seiner Gebärfrauen und den männlichen Nachkommen maß, wurde eine innige Beziehung unter Männern nicht geduldet. »Er bewirtet ihn mit Speisen, die einem Sklaven nicht zustehen, und stellt sich schützend vor ihn, wenn eine Strafe angebracht wäre«, fuhr Nuru fort. »Natürlich kann ich mich täuschen, aber ich habe das Gefühl, dass er mehr in dem Sklaven sieht als nur einen Schmiedegehilfen.«

»Das ist eine schwere Anschuldigung.« Nicht die kleinste Regung in Olufemis Stimme ließ erahnen, wie er über die Sache dachte. »Hast du Beweise?«

»Nein.«

»Nun, dann werde ich auch nichts unternehmen.« Für Olufemi schien die Sache damit erledigt. »Ich werde niemandem vorschreiben, wie er seinen Sklaven zu behandeln hat, solange es nicht zum Schaden des Heeres ist. Außerdem können wir es uns nicht leisten, so kurz vor dem Angriff auch nur auf einen einzigen Schmied zu verzichten. Wir erhalten täglich Verstärkung von unseren Verbündeten jenseits der Steppe und haben aber immer noch nicht genug Pfeile, Speere und Schwerter.«

»Ich verstehe.« Nuru deutete eine Verbeugung an. »Ich wollte meinen Verdacht nur nicht für mich behalten.«

»Es schadet nichts, wenn du wachsam bleibst«, sagte Olufemi. »Sollten sich Beweise für ein schändliches und ehrloses Treiben im Zelt des neuen Schmieds finden, werde ich ihn und seinen Sklaven bestrafen lassen.«

»Ich werde Augen und Ohren offen halten.« Nuru nickte, machte aber keine Anstalten zu gehen.

»Ist noch etwas?«

Nuru glaubte einen leichten Unmut aus Olufemis Worten herauszuhören und straffte sich. »Ja ... da ist noch etwas.«

»Ist es wichtig?«

»Vielleicht ... ich ... ich weiß es nicht.«

»Worum geht es?« Der knappe Tonfall ließ keinen Zweifel daran, dass Olufemi das Gespräch längst als beendet betrachtete.

»Um die Tauben.« Nuru war sich nicht sicher, wie er sein Anliegen am besten vorbringen sollte. Dennoch wollte er sich die Gelegenheit nicht entgehen lassen, Olufemi seine Beobachtungen mitzuteilen.

»Tauben?« Olufemi zog erstaunt eine Augenbraue in die Höhe. »Welche Tauben?«

»Ich ... ich weiß auch nicht, woher sie kommen«, räumte Nuru ein. »Aber sie scheinen an Arkon einen besonderen Gefallen zu finden. Wo immer er ist, sind auch Tauben zugegen. Manchmal fängt er sie ein und verschwindet mit ihnen für kurze Zeit.«

»Um sie zu töten?«

»Nein, er fängt sie ein und lässt sie wieder frei.« Nuru freute sich, als er spürte, dass es ihm gelungen war, das Interesse des Heerführers zu wecken. »Ich bin ein guter Beobachter«, lobte er sich selbst. »Arkon fühlt sich sicher, aber mir entgeht so leicht nichts. Ich habe drei oder vier Tauben gezählt, die immer in seiner Nähe sind. Sie scheinen zahm zu sein, zumindest bei ihm. Ich habe versucht, eine einzufangen, aber es ist mir nicht gelungen.«

»Und Arkon? Kann er sie einfangen?«, wollte Olufemi wissen.

»O ja. Ja, das kann er.« Nuru nickte heftig. »Er muss nur die Hand hinhalten, und sie hüpfen darauf.«

»Hm.« Olufemi rieb sich nachdenklich das Kinn. »Das ist in der Tat seltsam. Ich habe noch nie von so zahmen Tauben gehört und auch keinen Rakschun getroffen, der etwas anderes mit den Tauben getan hätte, als sie zu rupfen und zu braten.« Er schaute Nuru durchdringend an. »Bist du dir ganz sicher, dass er sie nicht tötet?«

»Ganz sicher! Inzwischen kann ich sie schon an ihrem Gefieder auseinanderhalten.« Plötzlich fiel Nuru noch etwas ein. »Ach ja und sie haben manchmal etwas am Bein, wenn sie angeflogen kommen. Das ist immer dann, wenn Arkon sie einfängt. Wenn sie nichts am Bein haben, beachtet er sie kaum.«

»Am Bein?« Olufemi zog erstaunt eine Augenbraue in die Höhe. »Mir scheint, du bist wirklich ein guter Beobachter.« Er verstummte und schien etwas zu überlegen, dann sagte er: »So eine Taube würde ich mir gern einmal ansehen. Und das, was sie am Bein trägt, auch. Meinst du, du könntest mir eine beschaffen?«

»Ich werde mein Möglichstes tun.« Nuru verneigte sich.

Er war stolz, als er Olufemis Rundzelt verließ. Dieser neue Schmied war ihm von Anfang an nicht geheuer gewesen. Wie aus dem Nichts war er im Lager aufgetaucht. Niemand kannte ihn, keiner hatte ihn je zuvor gesehen. Die rührende Geschichte, die er in wenigen Worten auf ein Pergament gekritzelt hatte, um seine Herkunft zu erklären, konnte wahr sein, aber auch frei erfunden. Niemand konnte sie nachprüfen. Und dann noch sein seltsames Gebaren dem Sklaven gegenüber ...

Je länger Nuru darüber nachdachte, desto mehr kam er zu der Überzeugung, dass Arkon ihnen etwas verheimlichte. Aber nicht mehr lange. Ein dünnes Grinsen umspielte seine Mundwinkel, als er sich auf den Weg zur Schmiede machte. Olufemi hatte ihm den Auftrag gegeben, eine von Arkons Tauben einzufangen, und genau das würde er auch tun.

***

Nach der Geistreise gönnte Noelani sich nur einen kurzen Augenblick der Ruhe im Schutz der Tannenzweige. Es drängte sie, an den Strand zurückzukehren, und so machte sie sich schon bald auf den Weg, denn das Sonnenlicht schwand, und sie fürchtete, sich im Dunkeln zu verlaufen.

Als sie den Strand erreichte, bot sich ihr ein Bild, als wäre sie nicht Stunden, sondern nur Minuten fort gewesen. Obwohl die Sonne den Horizont schon fast erreicht hatte und ein frischer Wind vom Meer kommend eine kühle Nacht ankündigte, brannten am Strand nur zwei spärliche Lagerfeuer. Die Segeltuchballen waren unberührt, nur an den Vorräten hatte sich jemand zu schaffen gemacht und auch an einem Fass mit Trinkwasser.

Es war erschreckend zu sehen, wie die Überlebenden von Nintau einzeln oder in kleinen Gruppen in Decken gehüllt am Strand beisammensaßen. Stumm, antriebslos und offensichtlich ohne jegliches Gespür für das Notwendige.

Noelani überraschte das nicht. Nach allem, was sie zu Beginn der Geistreise am Strand gesehen und mit angehört hatte, wäre es geradezu ein Wunder gewesen, wenn Jamak die Flüchtlinge doch noch zum Errichten von einfachen Unterständen und dem Sammeln von Feuerholz hätte bewegen können. Nichts von alledem war geschehen. Die Menschen waren viel zu sehr mit sich selbst beschäftigt, als dass sie in der Lage gewesen wären, Verantwortung für andere zu übernehmen. Trauer, Schmerz und Verzweiflung lasteten so schwer auf ihren Schultern, dass kaum noch einer die Kraft besaß, nach vorn zu schauen. Die meisten, so schien es, hatten keine Angst mehr vor dem Tod. Sie fürchteten das Leben.

Im schwindenden Licht hielt Noelani nach Jamak Ausschau. Er war nicht schwer zu finden, eine einsame Gestalt an einem kleinen Feuer aus feuchtem Holz, das mehr Qualm als Wärme erzeugte. Der Anblick stimmte sie traurig. Jamak war so voller Tatendrang gewesen, als sie aufgebrochen war. Nun wirkte auch er mutlos.

Noelani nahm einen tiefen Atemzug und ging zu ihm. Sie war sicher, dass er sie kommen hörte. Er sah aber nicht auf – auch nicht, als sie sich neben ihn setzte.

Noelani wartete geduldig. Schweigend harrte sie neben Jamak aus, blickte wie er aufs Meer hinaus und hoffte darauf, dass er irgendwann das Wort an sie richten würde. Aber Jamak schwieg.

Die glutrote Scheibe der Sonne berührte den Horizont und entflammte den Himmel in leuchtenden Farben, aber immer noch schien es, als habe Jamak die Sprache verloren.

»Ich habe es versucht«, sagte er schließlich.

»Ich weiß.«

»Aber ich kann sie nicht zwingen.«

»Nein.« Noelani lächelte. »Das würde ich auch nie von dir verlangen.«

»Ich hätte nicht gedacht, dass es ihnen so schlecht geht«, fuhr Jamak fort, dem offenbar klar wurde, was Noelani schon an Bord des Schiffes gespürt hatte. »Aber ich kann sie verstehen.«

»Ich auch.« Noelani seufzte. »Und ich werde alles tun, um ihnen zu helfen.«

»Was hast du herausgefunden?« Jamak blickte Noelani von der Seite her an. »Stimmt es, was der Kapitän uns erzählt hat? Ist die Lage hier wirklich so schlimm?«

»Schlimmer.« Noelani nickte und fügte hinzu: »Aber das müssen die anderen nicht wissen.«

»Was hast du vor?«

»Ich werde in die Stadt gehen und den König bitten, uns aufzunehmen«, sagte Noelani. »Hier können wir nicht bleiben.«

»Einfach so?« Jamak runzelte die Stirn.

»Nein, nicht einfach so. Ich werde ihm dafür etwas anbieten.«

»Aber wir haben nichts, das wir ...«

»Doch, etwas haben wir.« Noelani löste den Lederbeutel mit den Kristallen von ihrem Gürtel, öffnete ihn und hielt ihn so ins Licht der Flammen, dass Jamak den Inhalt erkennen konnte.

»Die Kristalle ...« Jamak riss erstaunt die Augen auf.

»Ja.« Noelani schloss den Beutel wieder und verbarg ihn unter ihrem Gewand. »Die anderen müssen nicht erfahren, dass ich sie bei mir habe«, sagte sie und fuhr mit gespielter Zuversicht fort: »Ich hoffe sehr, dass die Steine genug Wert besitzen, damit wir in diesem Land den Grundstein für eine neue und bessere Zukunft legen können.« Dass Kaori angesichts der herrschenden Not in der Stadt und der bevorstehenden Schlacht große Zweifel an dem Wert der Kristalle hegte, behielt Noelani lieber für sich. Die Menschen am Strand hatten ein Recht auf einen Hoffnungsschimmer, und diesen wollte sie ihnen nicht gleich wieder rauben.

»Wann willst du aufbrechen?«, fragte Jamak und fügte sogleich hinzu: »Ich begleite dich.«

»Sofort.«

»Sofort?«

»In der Stadt rüstet man sich für eine große Schlacht, die irgendwo im Norden stattfinden soll«, erklärte Noelani. »Wir dürfen keine Zeit verlieren, sonst treffen wir den König dort nicht mehr an.«

»Aber es wird bald dunkel.«

»Der Mond wird uns Licht spenden«, sagte Noelani mit einem Blick zum wolkenlosen Himmel. »Und der Weg ist einfach zu finden. Wir müssen nur am Strand entlanggehen.« Sie deutete mit einem Kopfnicken auf die anderen Flüchtlinge. »Ich werde ihnen sagen, was ich vorhabe. Wer mag, kann mich begleiten, die anderen müssen die Nacht hier verbringen und warten, bis wir zurückkehren.«

***

Taro lag auf seinem Lager und ließ den Tag in Gedanken an sich vorüberziehen. Mit seinem Dienst bei Arkon hatte er es zweifellos gut getroffen. Nach allem, was er als Sklave bisher erlebt hatte, verhielt sich der stumme Schmied ihm gegenüber völlig anders als andere Rakschun.

Bei der Arbeit in der Schmiede war nur wenig davon zu spüren. Hier musste Taro nach wie vor den Blasebalg bedienen, während Arkon unermüdlich Pfeilspitzen herstellte. Wenn sie aber allein waren, kümmerte sich Arkon so fürsorglich um ihn, dass es ihm schon unangenehm war. Die Art, wie der Schmied seine von Blasen übersäten Hände mit Kräutersalbe bestrichen und mit einem Verband umwickelt hatte, hatte Taro ebenso verwundert wie das gute Essen, das er wie selbstverständlich für ihn beschaffte. Außerdem hatte er sich schon zweimal schützend vor Taro gestellt, als Nuru ihn wegen einer Unachtsamkeit hatte schlagen wollen.

An diesem Morgen hatte Nuru sich deshalb mit Arkon gestritten, der sein Verhalten damit begründet hatte, dass er nicht noch einmal einen Gehilfen verlieren wollte. Taro hatte gehört, wie Nuru mürrisch etwas von einem Buhlen gemurmelt und die Worte mit einer eindeutig obszönen Geste unterstrichen hatte.

Taro hatte weggesehen und so getan, als hätte er es nicht bemerkt. Vergessen konnte er es nicht. Es war Nuru durchaus zuzutrauen, dass er im Lager das Gerücht verbreitete, Arkon und er würden das Nachtlager miteinander teilen. Ein Gerücht, das Arkon neben Spott und Häme auch Peitschenhiebe und Verbannung einbringen konnte, denn eine Liebe zwischen Männern war bei den Rakschun bei Strafe verboten.

Aber es gab sie. Von anderen Sklaven hatte Taro hinter vorgehaltener Hand erfahren, dass manche Männer nur zum Schein mit einer Handvoll Frauen in einem Zelt lebten, diese aber kaum anrührten. Hier waren es vor allem die Sklaven, die die Wünsche ihrer Herren zu erfüllen hatten. Ein Martyrium, aus dem so mancher nur einen Ausweg gesehen hatte: den Tod.

Aber so einer war Arkon nicht, dessen war Taro sich sicher. Auch wenn ihm das Verhalten des Schmieds Rätsel aufgab, war es eindeutig, dass dessen Fürsorge nicht als Annäherungsversuch gedacht war. Was immer Arkon zu dem ungewöhnlichen Verhalten bewog, er hatte andere Gründe.

Überhaupt war Arkon ein seltsamer Mensch, dem in seinem Leben gewiss schon viel Furchtbares widerfahren war. Glaubte man Nuru, so hatten Truppen aus Baha-Uddin Arkon vor vielen Jahren gefangen genommen, ihn gefoltert und ihm die Zunge herausgeschnitten. Daraufhin hatte Arkon sich lange in den Bergen versteckt und sich allein durchgeschlagen, ehe er den Mut fand, sich seinem Volk wieder anzuschließen. Leicht war es nicht. Was immer er mitteilen wollte, musste er aufschreiben oder durch Gesten verständlich machen, die er mit gutturalen Lauten unterstützte. Für viele war er daher ein Krüppel, dem sie aus dem Weg gingen. Vermutlich hätte man ihn im Lager nicht aufgenommen, wenn er nicht das Schmiedehandwerk beherrscht hätte. Der Angriff auf Baha-Uddin stand unmittelbar bevor, und ein zusätzlicher Schmied war für das Heer von unschätzbarem Wert.

Seine einzigen Freunde waren vier bunte Tauben, die furchtlos im Zelt ein- und ausflogen. Arkon hatte Taro zu verstehen gegeben, dass er die Tauben in einem verlassenen Nest in den Bergen gefunden und aufgezogen hatte. Seitdem würden sie nicht mehr von seiner Seite weichen. Es war eine rührende Geschichte, die Taro gern geglaubt hätte, aber ihm war aufgefallen, dass Arkon sich seltsam verhielt, wenn eine Taube zu ihm kam. Ganz gleich, ob bei der Arbeit in der Schmiede oder abends im Zelt. Immer, wenn eine Taube angeflogen kam, fing Arkon sie ein und verschwand mit ihr für einen kurzen Moment. Dann ließ er sie wieder fliegen.

Als wären seine Gedanken eine Vorahnung gewesen, kam in diesem Moment eine Taube mit klatschendem Flügelschlag ins Zelt geflogen. Geschickt landete sie auf dem Tisch, an dem Arkon saß und sein Messer schärfte, und pickte ein paar Brotkrumen auf, die noch von der Abendmahlzeit zurückgeblieben waren.

Arkon schaute auf. Taro schloss hastig die Augen und stellte sich schlafend. Er war gespannt, was nun passieren würde, und hoffte, dass Arkon ihm den Schlaf abkaufen würde. Durch die halb geschlossenen Lider beobachtete er, wie Arkon das Messer fortlegte, die Taube liebevoll und sanft vom Tisch in die Hand nahm und ihr mit leise summenden Lauten das Gefieder streichelte. Dabei warf er immer wieder einen prüfenden Blick zu Taro hinüber, der vor Anspannung kaum zu atmen wagte.

Schließlich schien Arkon sicher zu sein, dass sein Sklave schlief. Mit einer geübten Bewegung drehte er die Taube auf den Rücken und hielt sie fest, während er mit einer Hand etwas von ihrem Bein löste, das wie ein kleines Röhrchen aussah. Danach ließ er die Taube wieder frei, öffnete das Röhrchen und zog ein zusammengerolltes Pergament daraus hervor, das er aufmerksam studierte.

Eine Botschaft! Taro staunte nicht schlecht, als er den Zusammenhang erkannte. Die Tauben waren mehr als nur Arkons Freunde. Sie waren Boten. Wenn er es nicht mit eigenen Augen gesehen hätte, hätte Taro es nicht für möglich gehalten. So aber konnte er nur staunen. Irgendjemand schrieb Arkon Botschaften, die von den Tauben überbracht wurden. Und ganz sicher schrieb Arkon auch Antworten. Heimlich natürlich. Das erklärte auch seine Vorsicht. Taro spürte, wie sein Herz heftig zu pochen begann, als ihm das ganze Ausmaß dessen, was er gerade gesehen hatte, bewusst wurde. Wenn niemand etwas von dem wissen durfte, was Arkon tat, dann konnte das nur eines bedeuten: Arkon war ein Verräter!

2

Ein erster, einsamer Sonnenstrahl brach durch die bleigraue Wolkendecke des erwachenden Morgens und ließ die Oberfläche des Meeres wie poliertes Metall glänzen. Die Luft war kühl und feucht und erfüllt von den Gerüchen nach Seetang und feuchtem Sand.

Noelani nahm einen tiefen Atemzug, ließ die Luft beim Ausatmen als helle Wolke zum Himmel aufsteigen, schaute sich um und nickte zufrieden. Die kleine Gruppe, die am Abend aufgebrochen war, war immer noch beisammen. Wie sie es erhofft hatte, hatte der Mond ihnen genügend Licht gespendet, um die Nacht hindurch zu marschieren. Als der Morgen graute, hatte er sein Antlitz hinter dem Horizont verborgen, während von Osten Wolken herangezogen waren und den Sonnenaufgang verborgen hatten.

Sie waren sieben: Jamak, zwei junge Frauen und vier Männer, von denen einer Samui war, der Mann, der am Abend zuvor einen heftigen Wortwechsel mit Jamak ausgefochten hatte. Sie alle hatten darauf bestanden, Noelani zu begleiten, die meisten, ohne Gründe zu nennen. Allein Samui hatte offen gesagt, dass er weder zur Maor-Say noch zu ihrem Berater Vertrauen habe und deshalb mitkommen wolle. Die anderen Flüchtlinge waren am Strand zurückgeblieben, weil sie verletzt oder zu schwach waren, um die ganze Nacht hindurch zu marschieren, oder auch, weil ihnen ihr Schicksal schlichtweg gleichgültig war.

Noelani war das nur recht. Angesichts der unsicheren Lage in der Hauptstadt war es in ihren Augen wenig ratsam, mit einer Horde von mehr als einhundertdreißig Flüchtlingen überraschend in die Stadt einzufallen. Eine kleine Abordnung von acht Menschen, so hoffte sie, würde weniger Aufsehen erregen und keine vorzeitige Ablehnung erfahren.

Bis auf Jamak wusste niemand, was sie vorhatte. Sie hatte den anderen nur erklärt, dass sie beim König vorsprechen und ihn um Hilfe bitten wolle. Damit schienen alle zufrieden zu sein – bis auf Samui, der schon vor dem Aufbruch Zweifel an dem Erfolg von Noelanis Plänen geäußert hatte. Nun schloss er zu ihr auf, ging eine Weile schweigend neben ihr her und fragte schließlich: »Wie weit ist es noch?«

»Hinter der Landzunge dahinten müssten wir die ersten Vorboten der Stadt erkennen können.« Noelani hob den Arm und deutete voraus. »Die Stadt liegt auf einer Anhöhe ein Stück im Landesinnern. Zwei halbmondförmige Steinwälle reichen weit ins Meer hinaus, um die Hafenanlage bei Sturm zu schützen. Sie sind es, nach denen du Ausschau halten musst.«

»Aha.« Die knappe Antwort verriet Noelani, dass Samui noch etwas anderes auf dem Herzen hatte. Sie fragte aber nicht nach, sondern stapfte weiter neben ihm her und wartete darauf, dass er erneut das Wort an sie richtete.

»Warum sollten sie uns helfen?«, fragte er schließlich nach einigem Zögern.

»Warum nicht?«, erwiderte Noelani. Sie hatte solch eine Frage erwartet, aber auch nach reiflichem Überlegen keine passende Antwort darauf gefunden.

»Der Kapitän des Schiffes sagte, dass es den Menschen hier nicht gut geht«, gab Samui seine Gedanken preis. »Wenn sie selbst kaum etwas besitzen, werden sie schwerlich etwas für uns entbehren können.«

»Ich werde nicht die Menschen um Hilfe bitten, sondern den König«, sagte Noelani. »Aus den Überlieferungen der Seefahrer, die einst vor Nintau ankerten, wissen wir, dass Könige sehr wohlhabend sind. Ich bin sicher, dass er uns helfen wird.«

»Wenn er wirklich so reich ist, sollte er dann nicht erst einmal seinem eigenen Volk helfen?« Samui ließ nicht locker.

»Schwer zu sagen«, erwiderte Noelani. »Ich kenne weder dieses Land noch dessen König.«

»Wenn wir ihm etwas geben könnten, wäre alles einfacher«, überlegte Samui laut. »Gold zum Beispiel. Gold wäre genau richtig. In den alten Überlieferungen heißt es, den Seefahrern würde es nach Gold verlangen.«

»Vielleicht ist er ein guter Mensch und hilft uns auch so«, versuchte Noelani einzulenken, die Samui nichts von den Kristallen verraten wollte und auch nicht davon, dass seine Gedanken den ihren recht nahe kamen.

»Das kann ich mir nicht vorstellen.« Samui schüttelte den Kopf. »Dann würde sein Volk doch nicht von hier fliehen.«

»Das mag andere Gründe haben.« Sie umrundeten die Landzunge und Noelani atmete auf. »Sieh nur, dahinten kann man die Steinwälle im Meer sehen«, sagte sie, froh, das Thema wechseln zu können. »Jetzt ist es nicht mehr weit. Vom Hafen führt eine breite und gut ausgebaute Straße direkt zur Stadt. Nicht mehr lange, dann sind wir da.«

Eine halbe Stunde später hatten sie die ersten Ausläufer des Hafens erreicht: armselige Fischerhütten mit heruntergekommenen Bewohnern, denen es nur deshalb etwas besser erging als den Flüchtlingen von Nintau, weil sie vier Wände und ein löchriges Dach über dem Kopf hatten und ein kleines Boot ihr Eigen nannten.

Während die Männer wie überall schon früh zum Fischen hinausgefahren waren, saßen die Frauen, die Alten und die Kinder vor den Hütten und flickten Netze. Viele reparierten auch die Dächer ihrer Hütten, denen der Sturm offenbar einen Teil der Strohbedeckung weggerissen hatte.

Als Noelani mit den anderen vorbeiging, schauten die Menschen nur kurz auf und wandten sich gleich wieder ihrer Arbeit zu. Es war ein beklemmendes Gefühl, für Noelani aber auch ein beruhigendes. Sie hatte befürchtet, dass das fremdartige Äußere und die zerlumpte Erscheinung ihrer Gruppe die Aufmerksamkeit der Bevölkerung auf sich ziehen würden. Diese hatten jedoch, wie es schien, selbst so viel Not und Elend erfahren, dass sie kaum Notiz von ihnen nahmen.

Sie ließen den Strand hinter sich und erreichten die breite gepflasterte Straße, die vom Hafen zur Hauptstadt führte. Schnurgerade verlief sie mitten durch die von Binsen und niedrigem Gestrüpp bewachsene Küstenlandschaft, bis hin zu einer imposanten Mauer aus roten Ziegeln, die in der Ferne aufragte.

Nach dem langen Marsch durch feuchten und lockeren Sand entlang der Küste war das harte und ebene Pflaster eine Wohltat. Noelani beschleunigte ihre Schritte. Die Sonne konnte noch nicht lange aufgegangen sein, und sie war guter Hoffnung, die Stadt bis zum Mittag zu erreichen.

»Du hast es aber eilig.« Jamak schloss zu ihr auf und deutete auf den Boden. »Diese Straße zeugt von großem handwerklichem Geschick«, lobte er. »Sieh nur, wie passgenau die Steine bearbeitet wurden. Ein Meisterwerk.«

»Es muss ja nicht alles schlecht sein in diesem Land.« Noelanis Stimme klang gereizter als beabsichtigt, aber sie war in Gedanken schon in der Stadt und überlegte fieberhaft, wie sie es anstellen konnte, dass man sie zum König vorließ. Während ihrer Geistreise hatte sie gesehen, dass am Eingang des Palastes Soldaten Wache standen, die vermutlich erst einmal davon überzeugt werden mussten, dass ihr Anliegen wichtig war. Es galt, die richtigen Worte zu wählen. Was sollte sie sagen?

Das Letzte, wonach ihr der Sinn stand, war, mit Jamak ein Gespräch über das Straßenpflaster zu führen. Selbst wenn die Steine aus purem Gold gewesen wären, hätte sie ihnen in diesem Augenblick keine Beachtung geschenkt.

»Nein, das muss es nicht«, stimmte Jamak ihr zu. »Aber findest du nicht, dass es hier ungewöhnlich leer ist?«

»Nun, es ist noch früh ...« Noelani schaute sich um und erkannte, was Jamak meinte. Außer ihnen und einer Gruppe von Reitern, die sich ihnen in der Ferne näherten, war die Straße wie leergefegt.

»Natürlich ist es früh.« Jamak nickte. »Aber nicht mehr so früh, dass hier alle noch schlafen würden. Diese Straße verbindet die Hauptstadt mit dem Hafen, und du hast selbst gesehen, wie viele Menschen sich dort und um die Stadt herum aufhalten. Sie müsste eine wichtige Lebensader für Waren aller Art sein. Stoffe, Nahrungsmittel, Waffen. Die Straße müsste voll sein von Wagen, mit denen die Händler ihre Waren in die Stadt schaffen. Aber es ist nichts und niemand zu sehen.«

»Stimmt.« Noelani wunderte sich, dass ihr das nicht selbst aufgefallen war. Sie musste wohl so in Gedanken versunken gewesen sein, dass sie ihre Umgebung gar nicht richtig wahrgenommen hatte. »Das ist wirklich seltsam, aber das ist es nicht, worüber ich mir Sorgen mache.«

»Was bedrückt dich?« Jamak schaute sie aufmerksam von der Seite her an.

»Ich überlege die ganze Zeit, wie es mir gelingen könnte, zum König vorgelassen zu werden«, gab Noelani ihm ihre Gedanken preis.

»Nun, das kann doch nicht so schwer sein.« Jamak schien ihre Sorgen nicht zu teilen. »Sag einfach die Wahrheit.«

»Dass wir einhundertunddreißig Flüchtlinge von einer todgeweihten Insel sind, die der Sturm zufällig hier an Land gespült hat? Dass wir Hunger und Durst haben? Dass wir weder etwas zum Anziehen noch ein Dach über dem Kopf haben und hoffen, er möge uns all das schenken?« Noelani lachte bitter. »Du hast noch nicht gesehen, was ich gesehen habe«, sagte sie. »Wenn wir in die Nähe der Stadt kommen, wirst du verstehen, warum wir mit so einem Anliegen scheitern werden.«

»Warum?«

»Weil der König sich das vermutlich an jedem Tag Hunderte Male anhören müsste, wenn er seinem Volk Gehör schenken würde. Die Menschen, die rings um die Stadt lagern, sind Flüchtlinge wie wir, und es geht ihnen keinen Deut besser als uns.« Sie schüttelte den Kopf und seufzte. »Verzeih«, fuhr sie schließlich versöhnlich fort. »Ich weiß, dein Vorschlag war ernst und nur gut gemeint, aber ich fürchte, in diesem Fall ist der einfachste Weg nicht der richtige.«

»Und was hast du vor?«

»Ich weiß es nicht.« Noelani sprach so leise, dass die anderen sie nicht hören konnten. »Gestern Abend musste ich Entschlossenheit zeigen«, erklärte sie. »Es ist wichtig, dass unsere Leute nach all dem

Furchtbaren das Gefühl haben, es gehe weiter. Und dass es Hoffnung gibt. Deshalb der schnelle Aufbruch. Einen Plan hatte ich nicht. Ich habe gehofft, dass mir unterwegs etwas einfallen würde, aber meine Gedanken drehen sich nur im Kreis.«

»Und jetzt?« Nun wirkte auch Jamak ratlos. »Was ist, wenn die Wachen uns nicht einlassen? Wenn wir den König gar nicht zu Gesicht bekommen?«

»So weit ist es noch nicht.« Noelani war nicht gewillt, vorschnell aufzugeben. Dass sie noch keine Lösung gefunden hatte, hieß nicht, dass es keine gab. Solange sie noch nicht abgewiesen worden waren, war noch vieles möglich. Und vielleicht geschah ja noch ein Wunder.

Jamak sagte nichts dazu. Schweigend setzte er den Weg an ihrer Seite fort und hing seinen Gedanken nach. Wenn Noelani ihn anschaute, glaubte sie fast den Wortlaut seiner Gedanken hören zu können. Auch er hatte nun keine Augen mehr für das kunstvoll gearbeitete Pflaster.

* * *

> Dei elec reh.
> Abe nur guss reife ich fotun friede.
> Bed eine gün ist nabla nug tod.
> Imme nur. Zel enei habe naluab.
> Taube als grube einweh nur. Arkon

Triffin las die wirren Zeilen zweimal, sog die Luft scharf durch die Zähne und rollte das Pergament wieder zusammen, das eine Taube am späten Vormittag in die Hauptstadt getragen hatte.

»Gute Neuigkeiten?« Mael hatte die erschöpfte Taube mit Futter versorgt. Nun betrat er die Schmiede und blickte den General aufmerksam an.

»Die einzige gute Nachricht wäre zu hören, dass die Rakschun abgezogen sind.« Triffin schnitt eine Grimasse. Mael konnte es einfach nicht lassen. Immer wieder versuchte er, etwas über den Inhalt der Botschaften zu erfahren. Und wie immer würde er damit auch diesmal keinen Erfolg haben. »Aber auf so eine Nachricht zu hoffen wäre vergebens.« Er verließ die Schmiede ohne ein Wort des Abschieds und machte sich unverzüglich auf den Weg zum Palast, um dem König von den wichtigen Neuigkeiten zu berichten.

Noch zehn Tage, dann würde der Angriff beginnen.

Ein Irrtum war ausgeschlossen. Der Text dieser wichtigen Botschaft war lange vor Arkons Aufbruch mit dem stummen Schmied abgestimmt worden.

Noch zehn Tage ...

Triffin spürte, wie sich sein Herzschlag bei dem Gedanken beschleunigte. Die Nachricht von dem bevorstehenden Angriff kam nicht überraschend. Er hatte täglich damit gerechnet. Dennoch konnte er sie nicht einfach ruhig hinnehmen. Diese Nachricht würde alles verändern.

Zehn Tage waren keine lange Zeit, und obwohl sich die Truppen am Gonwe schon seit Monaten auf die alles entscheidende Schlacht vorbereiteten, plagte Triffin sich jede Nacht mit dem Gedanken, ob auch alles bedacht und vorbereitet war.

Das Heer der unfreiwilligen Freiwilligen, wie er die von Hunger und Not getriebenen Flüchtlinge nannte, die die Truppen des Königs im Kampf unterstützen sollten, würde den Gonwe vermutlich gerade noch rechtzeitig erreichen, um in die Schlacht zu ziehen. Den Umgang mit der Waffe oder Kampftechniken hingegen würde ihnen niemand mehr beibringen können. Am Ende würde ihre Aufgabe tatsächlich allein darin bestehen, als ein lebender Schutzschild so lange Pfeile und Schwerthiebe abzufangen, bis es den erfahrenen Kriegern möglich war, den Rakschun den Garaus zu machen.

Der Gedanke gefiel Triffin nicht. Alle wehrfähigen Männer und auch Frauen, die Baha-Uddin noch aufbringen konnte, waren längst im Heer vereint. Der Abschaum, der Bodensatz der Gesellschaft, wie Fürst Rivanon die Alten, Kranken und Schwachen gern verächtlich bezeichnete, hatte sich in den Lagern rings um die Stadt versammelt. Sie in den Kampf zu schicken, hatte für Triffin einen bitteren Beigeschmack, ganz so, als wollten der König und Rivanon sich ihrer dadurch geschickt entledigen, ohne sich die Finger schmutzig zu machen. Darüber und über das weitere Vorgehen wollte er sich mit den beiden beraten.

Er hatte das Tor der inneren Palastmauer erreicht, wo er die Wachen zu seinem Entsetzen schlafend an die Mauer gelehnt vorfand. Ein Krug, dessen einstiger alkoholischer Inhalt sich noch immer am scharfen Geruch verriet, lag achtlos fortgeworfen ganz in der Nähe auf dem Boden. »Ihr nichtsnutzigen Trunkenbolde!« Außer sich vor Wut schleuderte Triffin den Krug so hart gegen die Wand, dass er in tausend Scherben zersprang, und versetzte den beiden Wachen mit dem Stiefel einen kräftigen Tritt in den Hintern.

Verschlafen, den Geist noch immer von Alkohol umnebelt, rafften die beiden sich auf und versuchten mit fahrigen Bewegungen ihre Kleidung zu richten. Als sie erkannten, wer da vor ihnen stand, murmelten sie unverständlich eine Entschuldigung.

»Das wird Folgen haben!«, prophezeite Triffin düster, wohl wissend, dass es vermutlich eine leere Drohung bleiben würde. Die mangelnde Disziplin unter den Kriegern war ein Problem, das kaum noch in den Griff zu bekommen war. Dem Genuss von berauschenden Getränken und anderen Drogen konnten selbst härteste Strafen keinen Riegel vorschieben, während sich die aufgestauten Aggressionen, die das beengte und wenig abwechslungsreiche Lagerleben unter den Kriegern hervorrief, nahezu täglich in Schlägereien und brutalen Übergriffen entluden. Besonders schlimm war es Berichten zufolge geworden, seit Azenor verfügt hatte, auch Frauen zu rekrutieren.

Triffin seufzte. Angesichts solcher Auswüchse war es fast zu begrüßen, dass die zermürbende Warterei auf den Angriff der Rakschun in zehn Tagen endlich ein Ende haben würde.

Mit weit ausgreifenden Schritten überquerte er den Hofplatz vor dem Palast. Nicht zum ersten Mal fiel ihm dabei auf, wie still es geworden war. Von dem bunten Treiben, das hier noch vor einem halben Jahr geherrscht hatte, war nichts geblieben. Die Stallungen waren leer, weil die Pferde für die Truppen gebraucht wurden, und von den Bediensteten hatten sich nur wenige einer Zwangsrekrutierung widersetzen können. Mit den verlassenen Plätzen und Gebäuden wirkte der Palast so öde und leblos wie eine unheilvolle Vorahnung. Ganz so, als sei die Schlacht schon geschlagen – und verloren.

Die kleine Gruppe von Neuankömmlingen, die sich vor dem Portal zum Palast eingefunden hatte, erschien angesichts der allgegenwärtigen Leere wie ein Relikt aus längst vergangenen Tagen, und gerade deshalb erregte sie Triffins Aufmerksamkeit. Während er auf das Portal zuging, beobachtete er die Menschen aufmerksam. Es schienen Leute aus dem Flüchtlingslager zu sein, die, wie es aussah, Einlass in den Palast oder eine Audienz beim König verlangten. Dass man ihnen diese verweigerte, war nicht zu übersehen, denn die Wachen bildeten vor der Tür eine geschlossene Reihe und hielten die Spitzen ihrer Speere drohend nach vorn gerichtet.

Die Flüchtlinge wirkten verunsichert und ratlos. Sie standen beisammen und redeten, machten aber keine Anstalten, das Palastgelände zu verlassen. Als Triffin näher kam, bemerkte er, dass es sich bei den Flüchtlingen fast ausschließlich um junge Männer und Frauen in wehrfähiger Verfassung handelte.

Seltsam. Warum waren sie nicht bei den Kriegern am Gonwe?

Er betrat die breite Treppe, die zum Palasteingang hinaufführte, mäßigte seine Schritte und behielt die Flüchtlinge im Auge. Dass sie so weit gekommen waren, war sonderbar. Seit in der Stadt so viel gestohlen wurde, hatten die Wachen an der Stadtmauer strikte Anweisung, keine Flüchtlinge mehr ins Innere der Stadtmauern zu lassen. Wenn man diesen allen Anweisungen zum Trotz Einlass gewährt hatte, musste es dafür gute Gründe geben. Gründe, die offenbar nicht überzeugend genug waren, um auch die letzten Wachen zum Einlenken zu bewegen.

Triffin hatte die Gruppe fast erreicht. Aus der Nähe betrachtet, schienen ihm dies keine normalen Flüchtlinge zu sein. Da schwang ein fremder Ton in ihren Stimmen mit, ihre Hautfarbe schien um einige Töne dunkler zu sein, und auch ihr Auftreten entsprach nicht gerade dem von Menschen, die schon viele Monate ein Dasein in Elend und Armut fristeten.

Eine junge Frau drehte sich zu ihm um, als er vorüberging, und einen Herzschlag lang glaubte er ein Wiedererkennen in ihren Augen aufblitzen zu sehen. Er hatte die Frau nie zuvor gesehen und wollte seinen Weg fortsetzen, da trat sie auf ihn zu und versperrte ihm den Weg.

***

Noelani hatte den General sofort wiedererkannt und ohne lange zu überlegen einen gewagten Entschluss gefasst. Sie war verzweifelt. Ihre Mission stand kurz vor dem Scheitern. Die Wachen an der Stadtmauer hatte sie noch mit einer kleinen Lüge dazu bewegen können, sie einzulassen. Die Wachen an der inneren Mauer hatten so fest geschlafen, dass sie unbemerkt vorbeischlüpfen konnten. Aber am Eingang des Palastes waren sie gezwungen, die Wahrheit zu sagen, und ausgerechnet hier trafen sie auf starrköpfige Wachtposten, die ihnen unerschütterlich den Weg versperrten. Dass General Triffin gerade jetzt auftauchte, erschien ihr wie ein Wink des Schicksals, und sie war entschlossen, die Gelegenheit zu nutzen.

Als er an ihr vorbeiging, trat sie vor und versperrte ihm den Weg. »General Triffin?«

Der General blieb stehen und runzelte die Stirn, während ihre Begleiter erstaunte Blicke tauschten. Für endlose Herzschläge hielt die Welt den Atem an. Niemand sagte etwas. Je länger der Augenblick des Schweigens andauerte, desto mehr war Noelani überzeugt, dass der General einfach weitergehen würde. Schließlich fragte er: »Was gibt es?«

»Ihr seid ein mächtiger Mann, General.« Noelani war bemüht, die ehrwürdige Anrede zu verwenden, so wie es in Baha-Uddin üblich zu sein schien. Sie war sich ihres ärmlichen Äußeren wohl bewusst und fürchtete, er würde sie einfach stehen lassen, ohne sie anzuhören. »Ihr seid ein Freund des Königs. Er schätzt Euren Rat. Bitte, verwendet Euch für uns. Wir müssen den König sprechen. Es ist sehr wichtig.«

»Ihr wollt den König sprechen? Ihr?« Triffin schmunzelte und schüttelte dabei fast unmerklich den Kopf. »Das wundert mich nicht, denn das würden die vielen hundert Flüchtlinge vor den Toren wohl auch gern. Aber es herrscht Krieg, und der König ist ein viel beschäftigter Mann. Er kann nicht mit ...«

»Bitte. Ich muss zum König. Das Leben vieler Menschen hängt davon ab.« Noelani ließ nicht locker. Sie wusste, dass alles verloren war, wenn der General ihr nicht helfen würde.

»Das ist unmöglich. Tut mir leid.« Triffin schüttelte den Kopf und wollte weitergehen, aber Noelani war schneller. Vom Mut der Verzweiflung getrieben, packte sie den Ärmel seines Gewandes mit einer überraschend schnellen Bewegung, stellte sich auf die Zehenspitzen und raunte ihm zu: »Dann wird morgen jeder in der Stadt wissen, dass Fürst Rivanon Euch für einen Verräter hält.«

Triffin starrte Noelani an. »Das ist eine infame Lüge.«

»Es ist wahr, und Ihr wisst es.« Noelani schlug das Herz bis zum Hals. Sie war nie besonders mutig gewesen, aber sie hatte viel gewagt und musste das Spiel weiterspielen, ganz gleich, was am Ende dabei herauskam. »Rivanon hat Euch gestern oben auf der Mauer Heimlichtuerei vorgeworfen«, fuhr sie fort, um zu bekräftigen, dass sie sehr wohl wusste, wovon sie sprach. »Er hat vermutet, dass Ihr mit den Rakschun ...«

»Still!« Triffin warf einen prüfenden Blick über die Schulter, aber die Wachen schienen dem Wortwechsel keine Beachtung zu schenken. In seinem Gesicht arbeitete es. Offenbar versuchte er fieberhaft zu ergründen, wie es möglich war, dass Noelani den Wortlaut der Unterredung kannte. »Du weißt nicht, was du da sagst.«

»Und Ihr wisst nicht, was für mich auf dem Spiel steht«, zischte Noelani ihm zu. »Ich muss mit dem König sprechen. Sofort. Das ist alles, was ich verlange.«

»Wie kann ich sicher sein, dass du die Lügen über mich nicht dennoch verbreitest?«, fragte Triffin.

»Ich habe keinen Streit mit Euch.« Noelani lächelte. »Es liegt mir fern, Euch zu schaden.«

Triffin zögerte. »Also schön«, lenkte er schließlich ein. »Ich werde versuchen, ob ich etwas erreichen kann. Aber mach dir nicht zu viele Hoffnungen. Ich bin nicht der König.«

»Danke!« Noelani fiel ein Stein vom Herzen. Gerade noch rechtzeitig unterdrückte sie den Impuls, den General vor Freude zu umarmen. »Oh, danke. Vielen Dank. Ihr ... Ihr seid ein guter Mensch. Mögen die Götter ...«

»Was soll ich dem König sagen?«, wollte Triffin wissen. »Was ist so wichtig, dass du ihn unbedingt sprechen musst?«

»Sagt ihm, ich möchte ihm ein Angebot machen«, verlangte Noelani selbstbewusst. »Ein gutes Angebot, das Euch im Kampf gegen Eure Feinde nützlich sein kann.«

»Du?« Triffin musterte sie von Kopf bis Fuß und lachte. »Was könntest du einem König schon anbieten? Du kannst ja nicht mal ein Schwert halten.«

»Das werde ich nur dem König selbst erzählen.« Noelani hielt dem Blick des Generals gelassen stand und sagte: »Ihr solltet nicht vorschnell urteilen. Nicht immer ist das Offensichtliche auch das Wahre, denn nichts ist leichter zu täuschen als das Auge.«

»Das klingt ja sehr geheimnisvoll.« Der General machte sich nicht die Mühe, den Spott in seiner Stimme zu verbergen. »Aber sei's drum. Wartet hier. Ich werde sehen, was ich für euch tun kann.«

***

»In zehn Tagen?« König Azenors Stimme klang tonlos, als er die Nachricht seines obersten Generals noch einmal wiederholte. »Weiß Rivanon davon?«

»Nein.« Triffin schüttelte den Kopf. Er hatte nicht vor, dem König von seiner Auseinandersetzung mit dem Fürsten zu berichten, und antwortete ausweichend: »Er ist voll und ganz mit dem Heer der Freiwilligen beschäftigt. Daher bin ich gleich in den Palast gekommen.«

»Er muss es wissen. Sofort!« Azenor hob die Hand, schnippte mit den Fingern und winkte einen Pagen herbei. »Lauf zu Fürst Rivanon und sag ihm, der König wünscht ihn unverzüglich zu sprechen«, befahl er.

Der Page nickte und eilte davon.

»Hat Arkon geschrieben, wo sie an Land gehen werden?«, richtete

Azenor das Wort wieder an Triffin, sobald der Page die Tür hinter sich geschlossen hatte.

»Sie werden vermutlich an Ort und Stelle übersetzen.«

»Aber unser Heer lagert dort.« Azenor zog erstaunt eine Augenbraue in die Höhe.

»Ich fürchte, das schreckt sie nicht mehr. Ihr Heer ist inzwischen fast doppelt so groß wie das unsere«, erklärte Triffin. »Dazu kommt, dass in der Gonweebene um diese Jahreszeit ein dichter und beständiger Nebel herrscht. Ich bin sicher, sie zielen darauf ab, uns aus dem Nebel heraus mit einem Angriff zu überraschen.«

»Nun, zumindest das wird ihnen jetzt nicht mehr gelingen.« König Azenor nickte grimmig. »Wann kehrst du zum Heer zurück?«

»Noch heute«, erwiderte Triffin.

»Gut.« Azenor nickte ernst. »Du weißt, was zu tun ist. Ich verlasse mich auf dich.«

Triffin räusperte sich. »Da ist noch etwas, mein König«, sagte er gedehnt.

»Noch eine Nachricht?«

»Nein.« Triffin machte eine wohlbemessene Pause und fuhr dann fort: »Draußen vor dem Portal warten einige Flüchtlinge, die Euch zu sprechen wünschen.«

»Flüchtlinge!« Azenor spie das Wort aus, als hätte es einen bitteren Beigeschmack. Dann stutzte er. »Vor dem Portal, sagst du? Wie sind sie dahin gekommen? Warum haben die Wachen an den Toren sie nicht aufgehalten? Sie haben strikte Anweisung, keine Flüchtlinge in den Palast zu lassen.«

»Die Wachen am Palasteingang haben sie auch nicht eingelassen«, beeilte sich Triffin zu erklären. »Es scheint jedoch wichtige Gründe zu geben, die sie Euch vortragen wollen. Gründe, mit denen sie die Wachen an den Toren überzeugen konnten. Mir sagten sie, sie wollten Euch ein Angebot machen.«

»Ein Angebot? Mir?« Azenor brach in schallendes Gelächter aus. »Was glauben diese halb verhungerten und zerlumpten Kerle mir anbieten zu können außer Läusen, Krätze und Dreck?«

»Ihre Anführerin ist eine junge Frau«, korrigierte Triffin. »Sie sprach mich an und bat mich, bei Euch ein gutes Wort für sie einzulegen. Sie wirkte sehr selbstbewusst und ...«

»... muss wohl auch sehr hübsch sein, dass du dich für sie verwendest.«

»Hübsch? Ja, das auch.« Triffin räusperte sich. »Auf jeden Fall sieht sie sehr ungewöhnlich aus. Sie hat eine sehr dunkle Hautfarbe und Augen wie eine Katze.« Er wählte bewusst einen leicht bewundernden Unterton, während er sprach. Sollte der König ruhig glauben, dass er der Frau aufgrund ihrer bezaubernden Erscheinung helfen wollte. Dann würde er wenigstens nicht nach anderen Gründen suchen. »Noch mehr aber als ihr Äußeres beeindruckte mich die Hartnäckigkeit, mit der sie mir ihr Anliegen vortrug. Sie scheint tatsächlich davon überzeugt zu sein, dass sie uns im Kampf gegen die Rakschun helfen kann.«

»Oho, das wird ja immer besser.« Der König schüttelte lachend den Kopf. »Was ist sie? Eine Gesandte der Götter? Eine mächtige Magierin oder eine dieser Berserkeramazonen, die es der Sage nach allein mit einem ganzen Heer aufnehmen können?«

»Vielleicht solltet Ihr sie das selbst fragen.« Triffin spürte, dass er Azenors Interesse geweckt hatte, und fügte hinzu: »Mir hat sie es nicht verraten. Aber sie ist ausgesprochen hübsch.«

»Nun, dann sollte ich sie mir heute Abend vielleicht doch einmal ansehen.« König Azenor grinste. »Wenn sie es wagt, mich mit Belanglosigkeiten zu behelligen, wird sich zur Strafe sicher eine angemessene Verwendung für sie finden.«

Die Tür ging auf und der Page kehrte zurück. »Mein König, Fürst Rivanon schickt mich«, sagte er, während er sich tief verneigte. »Er hält gerade eine Beratung mit den Kriegern ab, die die Freiwilligen zum Gonwe führen sollen, und wird Euch unverzüglich aufsuchen, sobald diese abgeschlossen ist.«

»Was bildet der sich ein?« König Azenors Gesicht färbte sich rot. »Wofür hält er sich? Ich bin der König. Mich lässt man nicht warten. Auch dann nicht, wenn man den Rang eines Fürsten trägt. Wenn ich nach ihm schicke, hat er zu folgen. Sofort. Geh und sag ihm ...«

»Mein König«, unterbrach Triffin Azenors wütenden Redefluss.

»Angesichts der Lage sollten wir Rivanon die Zeit geben, die er braucht, um die nächsten Freiwilligen an den Gonwe zu schicken. Meine Krieger können jetzt jede helfende Hand gebrauchen. Ich bin sicher, Rivanon wird unverzüglich hier erscheinen, wenn alles geklärt ist. Derweil könnten wir die Zeit nutzen, um uns anzuhören, was diese Berserkeramazone zu sagen hat.«

Azenor seufzte und fuhr sich mit der Hand müde über die Augen. Dabei wirkte er älter, als er es wirklich war, aber der Moment verging rasch, und er sagte mit fester Stimme: »Also schön, lassen wir sie herein.«

»Sie ist nicht allein«, erinnerte Triffin den König.

»Ja, richtig. Wie viele sind bei ihr?«

»Sieben!«

»Das sind zu viele.« Azenor schüttelte den Kopf, überlegte kurz und sagte dann: »Ich gewähre der Anführerin und zwei Begleitern die Gunst eines Empfangs.« Er gab dem Pagen, der immer noch wartete, ein Zeichen und sagte: »Du hast es gehört. Also eile dich. Lauf zum Tor und sage den Wachen, dass die Anführerin der Flüchtlinge und zwei ihrer Begleiter passieren dürfen.« Er nickte Triffin bedeutungsvoll zu und sagte: »Ich bin gespannt ...«

3

»Also? Ich höre.« König Azenor blickte von seinem Thron auf die armselig gekleideten Flüchtlinge herab, die drei Stufen tiefer mit gesenktem Haupt vor ihm auf dem Boden knieten.

Noelani wusste, dass sie etwas sagen musste, aber ihre Kehle war wie zugeschnürt. Sie zitterte vor Aufregung, aber auch vor Furcht. Noch nie hatte sie einen Menschen mit so weißem Haar gesehen, noch nie einem so stechenden Blick wie dem der eisblauen Augen standhalten müssen. Vor allem aber war sie noch nie einem Menschen begegnet, der so viel Härte und Menschenverachtung ausstrahlte und gleichzeitig eine solche Machtfülle innehatte. Schon als sie den Thronsaal betreten hatte, hatte sie gespürt, dass es in dem schmucklosen Gewölbe keinen Platz für Güte und Wärme gab. Hier waren Unbarmherzigkeit und Kälte zu Hause. Wer diesen Raum als Bittsteller betrat, würde ihn auch als solcher wieder verlassen.

Die Erkenntnis war mit der Wucht eines Sturms über sie hereingebrochen, hatte ihr den Boden unter den Füßen weggerissen und ihr allen Mut genommen. Was immer sie erwartet hatte, schien von einem Augenblick zum nächsten ins Gegenteil verkehrt, ihr Ansinnen von vornherein zum Scheitern verurteilt. Erschüttert war sie nach wenigen Schritten stehen geblieben, wohl wissend, dass sie hier keine Hilfe zu erwarten hatte.

Dass sie nicht sofort kehrtgemacht hatte, war allein Jamaks Verdienst. Er schien ihre Entmutigung gespürt zu haben, denn er hatte sie am Arm gefasst und sie mit den geflüsterten Worten »Wir sind so weit gekommen und werden jetzt nicht mehr umkehren« zum Thron geführt. Seine Nähe hatte ihr die Kraft gegeben, den Raum zu durchqueren. Die Zuversicht aber, die sie noch bis vor Kurzem gespürt hatte, war nicht zurückgekehrt. Instinktiv spürte sie, dass sie hier falsch war, dass sich ihre Hoffnungen hier nicht erfüllen würden. Aber Jamak hatte recht, sie waren so weit gekommen und mussten es wenigstens versuchen.

»Mein Herr ...«, hob sie mit dünner Stimme an.

»Ich bin dein König, nicht dein Herr.« Azenors scharfer Tonfall ließ Noelani innerlich zusammenzucken. Sie hatte nur zwei Worte gesagt und schon alles falsch gemacht. Das unheilvolle Gefühl verstärkte sich; die Worte weckten aber auch noch etwas anderes in ihr: Ehrgeiz, Stolz und Trotz. Für wenige Herzschläge schwieg sie, unsicher, ob sie sich von den mächtigen Gefühlsregungen leiten lassen oder lieber zurückstecken sollte. Dann nahm sie all ihren Mut und das verbliebene Selbstbewusstsein zusammen, hob den Kopf, um den Blick der eisblauen Augen zu erwidern, und sagte mit klarer Stimme. »Du bist der König dieses Landes. Der meine bist du nicht!«

Sie hörte, wie Jamak hinter ihr nach Luft schnappte, sah, wie der General überrascht sein gesundes Auge aufriss, und wappnete sich innerlich gegen einen möglichen Wutausbruch des Königs. Doch dieser zog trotz der kühnen Worte nur leicht eine Augenbraue in die Höhe und fragte: »Und wer ... ist dein König?«

Noelani wollte antworten, aber Samui war schneller: »Es gibt keinen«, rief er ungefragt aus, Noelanis Blick ignorierend, die ihn erbost anstarrte. »Sie ist selbst eine Königin.«

»Ist das wahr?« Azenors Blick ruhte nun wieder auf Noelani. Seine Stimme war ruhig, aber es schwang etwas darin mit, das Noelani an eine lauernde Raubkatze erinnerte, und so wählte sie ihre Antwort mit Bedacht: »In meinem Volk gibt es weder Könige noch Königinnen«, sagte sie. »Ich bin die Maor-Say.«

»Volk?«, hakte Azenor nach. »Welches Volk? Hier gibt es nur ein Volk, das Volk von Baha-Uddin. Von einer Maor-Say habe ich noch nie etwas gehört.«

»Wir stammen nicht von hier«, erklärte Noelani ruhig, um den König nicht weiter zu verärgern. »Unsere Heimat ist die Insel Nintau, weit draußen auf dem Meer. Aber sie wurde zerstört, und wir mussten fliehen ...«

»Eine Insel ...« Nachdenklich hob Azenor die Hand ans Kinn. Für endlose Augenblicke herrschte Stille im Thronsaal. Dann fragte er: »Wann wurde sie zerstört, warum und wodurch? Und wie seid ihr hierhergekommen?« Je länger er sprach, desto mehr wich der lauernde Unterton in seiner Stimme einem aufrichtigen Interesse. Sein Blick war nicht mehr stechend, sondern aufmerksam. Es war, als liefe ein Aufatmen durch das Gewölbe. Noelani konnte förmlich spüren, wie die Spannung, die alle im Raum erfasst hatte, wich und fühlte sich etwas freier. »Das ist eine lange Geschichte«, sagte sie.

»Die ich hören will.« Azenor erhob sich von seinem Thron und deutete auf eine Tafel, wo mehrere gepolsterte Stühle um einen wuchtigen Tisch aus dunklem Holz bereitstanden. »Kommt, lasst uns dort weiterreden.« Er nickte Noelani zu, grinste und sagte: »Eine Königin sollte wahrlich nicht auf dem kalten Boden knien.«

Eine halbe Stunde später hatte Noelani dem König alles berichtet. Von dem abgeschiedenen Leben, das ihr Volk über Generationen hinweg geführt hatte, von dem giftigen Nebel, der fast alle getötet hatte, von der Flucht über den Ozean und von dem Sturm, den nur wenige überlebt hatten. Sie hatte von dem Schiff aus Hanter berichtet, das sie gerettet und nahe der Hauptstadt an Land gesetzt hatte, weil der Kapitän sie für Flüchtlinge aus Baha-Uddin hielt, und auch nicht verschwiegen, dass noch etwa einhundertdreißig Flüchtlinge ihres Volkes am Strand auf Hilfe warteten. Einer plötzlichen Eingebung folgend, blieb sie bei den alten Legenden und behauptete, der tödliche Nebel sei der Atem eines Dämons gewesen, der Nintau heimgesucht hatte. Dass dies eine Lüge war, mit der sie viele Jahrzehnte lang gelebt hatten, erwähnte sie nicht.

»Wir haben alles verloren«, schloss sie ihren Bericht. »Unsere Heimat, unsere Familien, unser Hab und Gut – alles. Wir sind Entwurzelte auf der Suche nach einem Land, in dem wir ein ruhiges und friedliches Leben beginnen und die Schrecken der Vergangenheit vielleicht irgendwann einmal vergessen können.« Sie verstummte kurz und fügte dann noch hinzu: »Ich bin die Maor-Say von Nintau. Keine Königin, aber die Anführerin derer, die Nebel und Sturm überlebt haben. Ich bin gekommen, um für mein Volk all das von dir zu erbitten.«

Azenor antwortete nicht sofort. Er hatte Noelanis Bericht aufmerksam gelauscht und sie nicht ein einziges Mal unterbrochen. Nicht die kleinste Regung hatte verraten, was er von der Geschichte hielt. Und auch jetzt ließ sich nicht ergründen, ob er Noelani Glauben schenkte oder sie für eine Lügnerin hielt.

General Triffin hingegen wirkte tief berührt. Auch er schwieg, aber die Mimik in seinem Gesicht sprach eine deutliche Sprache. Er glaubte Noelani jedes Wort und fühlte mit ihr.

Je länger das Schweigen andauerte, desto unerträglicher wurde es. Noelani musste sich zusammenreißen, um nicht wieder das Wort zu ergreifen. Sie wusste, dass der König am Zug war, doch der ließ sich Zeit.

»Ich glaube dir«, sagte er schließlich kühl und ohne jedes Bedauern in der Stimme. »Aber ich habe nichts, das ich euch geben könnte. In diesem Land herrscht Krieg. Mein Volk hungert und leidet. Du hast es sicher selbst gesehen. Die Lager vor den Toren der Stadt sind voll von darbenden und kranken Menschen, die sterben werden, wenn nicht ein Wunder geschieht. Es mag grausam klingen, aber als König dieses Landes muss das Wohl meines Volkes für mich an erster Stelle stehen. Was ich entbehren kann, gebührt ihnen. Es würde zu Unruhen und Gewalt führen, wenn ich deinen Leuten etwas zukommen ließe, was ich den meinen vorenthalte.«

Aus den Augenwinkeln sah Noelani, wie General Triffin die Braue des gesunden Auges in die Höhe zog, ganz so, als überraschten ihn die Worte des Königs. Die Bedeutung der Geste erschloss sich ihr nicht, aber sie spürte, dass der König kurz davorstand, die Unterredung zu beenden und fasste den Entschluss, ihr Geheimnis zu lüften.

»Wir erbitten keine Geschenke von dir«, sagte sie. »Wir werden für alles, was wir erhalten, bezahlen.«

»Bezahlen?« Azenor ließ ein verhaltenes Lachen erklingen. »Womit? Sagtest du nicht eben, dass ihr alles verloren habt?«

»Alles bis auf das hier.« Noelani löste den Beutel mit den Kristallen von ihrem Gürtel, öffnete ihn und ließ die fünf funkelnden Edelsteine auf den Tisch gleiten.

»Das sind doch ...« Samui sprang auf und beugte sich weit über den Tisch, um besser sehen zu können, aber Jamak riss ihn zurück. »Schweig!«

»Das ist der Schatz meines Volkes«, erklärte Noelani. »Das Wertvollste, was wir je besessen haben, und das Einzige, was wir aus der Heimat retten konnten. Ich möchte die Steine dafür verwenden, Nahrung, Kleidung und Handwerkszeug zu erwerben und etwas Land, auf dem wir siedeln können.«

»Das sind die größten Edelsteine, die ich jemals gesehen habe.« Ehrfürchtig nahm Azenor einen der Steine zwischen Daumen und Zeigefinger, hielt ihn ins Licht und besah ihn sich von allen Seiten. »Ein vortrefflicher Schliff«, sagte er bewundernd. »Kostbar und perfekt. Nie habe ich etwas Schöneres gesehen.« Er verstummte, sichtlich ergriffen von der Pracht der Kristalle. Zum ersten Mal, seit sie den Thronsaal betreten hatte, schöpfte Noelani wieder Hoffnung, dass sich doch noch alles zum Besseren wenden würde. König Azenor mochte kein gütiger Herrscher sein, aber sein Verlangen nach Reichtum würde ihn vielleicht dazu bringen, ihnen das Gewünschte zuzubilligen.

»Einer wie der andere einzigartig und makellos«, hörte sie ihn murmeln, während er nacheinander jeden Stein zur Hand nahm und begutachtete. Noelani war so aufgeregt, dass sie fast zu atmen vergaß, und überglücklich, weil sie daran gedacht hatte, die Steine mitzunehmen. Endlich hatte sie etwas richtig gemacht. Die Steine würden den Grundstock für eine neue Zukunft bilden. Jamak schien ähnliche Gedanken zu hegen, denn er lächelte ihr zu und nickte anerkennend. Samui war einfach nur sprachlos.

»Schön, aber leider ohne Wert.« König Azenor seufzte und legte den fünften Stein wieder zu den anderen.

»Wie ... ohne Wert?« Zum zweiten Mal an diesem Tag hatte Noelani das Gefühl, der Boden unter ihr würde seine Festigkeit verlieren. Die Kristalle waren nicht wertlos. Niemals. Sie musste sich verhört haben, oder der König täuschte sich. Oder ...

»Wertlos?« Es war das erste Mal, dass Jamak sich zu Wort meldete, und Noelani war ihm dafür unendlich dankbar. Sie war wie vor den Kopf geschlagen und unfähig, etwas zu sagen. »Das ist nicht wahr, König! Und du weißt es. Diese Kristalle sind von unschätzbarem Wert. Es ist nicht viel, was wir dafür verlangen. Für dich aber bedeutet es unermesslichen Reichtum.«

»Und doch sind es in Notzeiten wie diesen nur schöne Steine«, erwiderte der König. »Mein Volk hungert. Was nützen mir Steine, die man nicht essen kann?«

»Mit Verlaub, Euer Majestät«, mischte sich Triffin in das Gespräch ein. »Wenn die Steine so wertvoll sind, könnten wir in Hanter oder Osmun davon Nahrung kaufen. Oder Waffen, die das Heer so dringend benötigt.«

»Du sagst es ganz richtig, mein lieber General: Wir könnten. Aber Königin Viliana und König Erell haben die Grenzen vor fünf Tagen geschlossen. Es gibt keinen Handel mehr mit ihnen. Und um ein Schiff zu entsenden, bleibt nicht mehr genügend Zeit.«

»Das ... das wusste ich nicht.« General Triffin ließ sich auf seinen Stuhl zurücksinken und schaute betroffen drein.

»Heißt das, du willst uns nicht helfen?«, fragte Jamak den König herausfordernd. »Wir bieten dir einen Schatz, und du weist uns ab?«

»Ich habe wahrlich genug hungernde Schmarotzer, die vor den Toren der Stadt herumlungern«, erwiderte König Azenor kühl. »Und ich habe euch auch nicht gebeten herzukommen. In wenigen Tagen wird in der Gonweebene die alles entscheidende Schlacht stattfinden, und bei den Göttern, es sieht nicht gut für uns aus. Wenn ihr mir Waffen geboten hättet, viele Waffen, einen mächtigen Zauber, der die drohende Niederlage abzuwenden vermag, oder ein Heer kampferprobter Krieger, dann hätten wir verhandeln können. So aber bietet ihr mir nur wertlosen Tand für noch mehr Schmarotzer ...« Er schüttelte den Kopf. »Wenn diese Steine hier das unwiderstehliche Angebot sind, von dem mein General gesprochen hat, sind die Verhandlungen für mich beendet. Ich habe wahrlich Wichtigeres zu tun, als mich mit den Sorgen und Nöten ungebetener Gäste zu beschäftigen.«

Noelani hörte den König reden, verstand aber kaum etwas von dem, was er sagte. Ihr war schwindlig und übel. Seine Worte zogen an ihr vorbei wie Nebelschleier, aus denen die Geister der Toten ihr hämisch zuriefen, erneut versagt zu haben.

Versagt ... versagt ... versagt ...

Weg, geht weg! Noelani war den Tränen nahe.

... wenn ihr mir Waffen geboten hättet, viele Waffen. Einen mächtigen Zauber, der die drohende Niederlage abzuwenden vermag, oder ein Heer kampferprobter Krieger ... Azenors Worte hallten in ihren Gedanken nach und entwickelten dort ein Eigenleben. *Einen mächtigen Zauber, der die drohende Niederlage abzuwenden vermag ... Einen mächtigen Zauber ...*

Sie spürte, dass eine Lösung irgendwo in diesen Worten lag. Sie waren wie ein Rettungsseil, das ihr Unterbewusstsein ihr zuwarf, dessen Ende sie jedoch nicht fassen konnte, weil das Ausmaß ihres Scheiterns sie fast um den Verstand brachte.

Nicht schon wieder, dachte sie bei sich. Oh, ihr Götter, lasst mich nicht schon wieder gescheitert sein ...

»Wir haben einen Zauber, der euch helfen kann!« Samuis Stimme durchdrang wie aus weiter Ferne das Chaos in Noelanis Gedanken. »In den Adern der Maor-Say fließt das Blut mächtiger Zauberinnen, die einst über unsere Insel herrschten. Sie kann ...«

»Schweig, du Narr! Du weißt nicht, was du da redest.« Jamaks erboste Stimme brachte Samui zum Verstummen, aber es war zu spät. König Azenors Interesse war geweckt, und er wollte mehr wissen. »Ist das wahr?«, fragte er Noelani.

»Nein, ist es nicht«, antwortete Jamak an Noelanis Stelle. »Der Junge redet Unsinn. Noelani hat nie ...«

»Ich habe die Maor-Say gefragt.« Azenor brachte Jamak mit einer herrischen Handbewegung zum Schweigen. »Sie soll antworten.«

Noelani zögerte, unsicher, was sie antworten sollte. Natürlich hatte Samui maßlos übertrieben, indem er sie als Nachfahre von mächtigen Zauberinnen dargestellt hatte, andererseits war es aber auch nicht ganz gelogen, denn obwohl das alte Wissen weitgehend verloren war, gab es doch zumindest einen Zauber, den sie sicher wirken konnte. Einen Zauber, der ursprünglich dazu gedacht war, den Dämon wieder in sein Gefängnis aus Stein zu verbannen, falls er diesem einmal zu entkommen drohte. Einen Zauber, den jede angehende Maor-Say erlernen musste. Er konnte nur mithilfe der fünf Kristalle gewirkt werden und war so mächtig und zerstörerisch, dass er tatsächlich wie eine Waffe angewendet werden konnte.

»Hast du die Sprache verloren?«, hörte sie Azenor fragen. »Was ist? Bist du nun eine Zauberin oder nicht?«

»Nein.« Noelani schüttelte den Kopf. »Ich bin keine Zauberin.«

»Ich sagte doch, der Junge redet wirr«, warf Jamak sichtlich erleichtert ein, verstummte aber sofort, als König Azenor ihm einen scharfen Blick zuwarf. »Dann gibt es diesen Zauber nicht, von dem der Junge gesprochen hat?«, wandte er sich wieder an Noelani.

... Wenn ihr mir Waffen geboten hättet, viele Waffen. Einen mächtigen Zauber, der die drohende Niederlage abzuwenden vermag, oder ein Heer kampferprobter Krieger ... Dann hätten wir verhandeln können.

Wie von selbst tauchten Azenors Worte wieder in Noelanis Gedanken auf, und diesmal verstand sie die Botschaft, die darin mitschwang. Die Steine, so wertvoll sie auch sein mochten, würden ihrem Volk nicht helfen können. Zusammen mit dem Wissen aber, das in ihr schlummerte, konnte sie viel – konnte sie alles – erreichen, was sie sich erträumt hatte. Und mehr noch: Sie konnte dem bedrängten Volk von Baha-Uddin nicht nur helfen, sich erfolgreich gegen die Angreifer zu wehren, es wäre ihr sogar möglich, den Krieg zu beenden, ehe er begann und auch nur ein einziges Opfer in diesem Land forderte.

Wenn König Azenor das erfuhr, würde er gewiss einlenken. Dann wäre nicht nur ihr Volk gerettet, sondern auch das Volk von Baha-Uddin. Der Gedanke war verlockend, aber es regte sich auch Widerstand in ihr. Die Hilfe, die sie König Azenor anbieten konnte, würde unter den Angreifern viele Opfer fordern. Hunderte, wenn nicht sogar Tausende der Krieger würden auf ein Wort von ihr ihre Leben lassen. Sie würde sie töten. Alle. Vielleicht auch Unschuldige.

War es das wert?

Noelani biss sich verzagt auf die Unterlippe. König Azenor gehörte nicht zu den Menschen, denen sie sich verbunden fühlte. Auch in seinem Volk schien er wenig beliebt zu sein. Zudem verbot ihr der Ehrenkodex ihres Volkes, um des eigenen Vorteils willen zu töten. Die Menschen von Nintau sahen das Leben von jeher als das höchste Gut an. Es galt als unantastbar, außer wenn es, wie bei der Jagd, dazu diente, das Überleben zu sichern. Deshalb war Jamak so erschrocken. Deshalb zögerte sie noch immer.

Andererseits lag das Überleben ihres Volkes in des Königs Hand. Wenn er den Zurückgebliebenen am Strand nicht schnell Hilfe zukommen ließ, würde nicht einmal ein Bruchteil von ihnen den nächsten Vollmond erleben.

Es war zum Verrücktwerden. Ganz gleich, wie Noelani es auch drehte und wendete, am Ende standen immer Hunderte Tote. Entweder Fremde oder Freunde.

Was sollte sie nur tun?

»Ich rede mit dir, Weib!« Azenors ungeduldige Stimme drang durch die wirbelnden Gedanken bis zu ihr durch. »Antworte!«

Noelani schluckte trocken. Sie musste etwas sagen. Nur was? Das

Wohl und Wehe ihres Volkes hing von ihrer Antwort ab. Aber noch hatte sie keine Entscheidung getroffen. Wie auch? Alles ging so schnell, viel zu schnell. Sie musste nachdenken. Sie musste sich mit Kaori beraten und mit Jamak. Sie musste Zeit gewinnen. »Doch«, sagte sie mit bebender Stimme. »Es gibt diesen Zauber, von dem Samui gesprochen hat. Es ist der einzige, den ich zu wirken vermag, und seine Macht ist an die Kristalle gebunden.«

Jamak ächzte und ließ sich schwer gegen die Stuhllehne sinken. Es war unschwer zu erkennen, dass er Noelanis Antwort für falsch hielt.

»Wie mächtig ist dieser Zauber?« Azenor versuchte, seine Aufregung hinter einer Maske aus Gelassenheit zu verbergen, was ihm nicht wirklich gelang.

»Sehr mächtig.«

»Und was bewirkt er?«

»Er verwandelt alles zu Stein, was sich innerhalb eines Rings aus den fünf Kristallen befindet.«

Azenor schüttelte den Kopf. »Das glaube ich dir nicht. Du willst doch nur, dass ich euch helfe«, sagte er ärgerlich. »Aber so einfach lasse ich mich nicht hinters Licht führen. Wenn es diesen Zauber wirklich gibt, musst du es mir beweisen.«

Noelani überlegte kurz, dann nickte sie. In ihrer Ausbildung war sie mit der Maor-Say regelmäßig zum Plateau des Dämons hinaufgestiegen, um den Zauber zu üben. Meist hatten sie Blumen in den Kreis der steinernen Jungfrauen gelegt und versucht, sie mittels Magie in Stein zu verwandeln. Es hatte fast ein Jahr gedauert, bis sie den Zauber richtig beherrschte, aber dann war es ihr immer leichter gefallen, und sie war sicher, dass es ihr auch hier gelingen würde. »Ich zeige es dir.«

Mit wenigen Handgriffen legte sie die Kristalle so auf den Tisch, dass sie einen kleinen Kreis bildeten. Weil sie nichts anderes zur Hand hatte, platzierte sie kurzerhand den Lederbeutel in der Mitte. Aus der Tasche ihres Gewandes holte sie einen schneeweißen flachen Stein hervor, den sie am Strand gefunden und mitgenommen hatte, nahm ihn in die linke Hand und schloss die Finger fest darum. Dann steckte sie die gespreizte rechte Hand den Kristallen entgegen, schloss die Augen und konzentrierte sich.

Im Thronsaal war es so still, dass man eine Nadel auf den Boden hätte fallen hören können. Alle hielten den Atem an und starrten auf den Lederbeutel.

Noelani bemerkte es nicht. Mit allen Sinnen spürte sie nach dem Stein in ihrer Hand, erschuf sein Ebenbild vor ihrem geistigen Auge und wob die Worte, die man sie gelehrt hatte, um dieses Bild herum. Obwohl er klein war, ging eine ungeheure Kraft von dem Stein aus. Eine Kraft, die er vor Urzeiten in sich aufgenommen hatte, damals, als alles seinen Anfang genommen hatte. Die Kraft strömte ihr zu, sammelte sich in ihr und mischte sich mit den uralten Worten, die man sie gelehrt hatte. Die Macht der Worte und des Steins wurden eins und formten eine gewaltige Magie, die in ihren Fingerspitzen zu kribbeln begann. Ihre Hände wurden heiß. Die Finger begannen zu schmerzen, aber es war zu früh, den Zauber zu weben. Noch war die Magie nicht bereit, entlassen zu werden. Erst als sie den Schmerz nicht mehr aushalten konnte, gab Noelani sie frei.

Unter den staunenden Blicken der Zuschauer floss aus jedem Finger ein schillernder Lichtbogen zu einem der Kristalle, die, kaum dass die Lichtbogen sich berührten, sofort von innen heraus zu glühen begannen. Heller und heller leuchteten die Kristalle, verbanden ihre Kräfte untereinander und schufen so eine leuchtende Kuppel über dem Lederbeutel. Das Licht war so hell, dass es in den Augen schmerzte. Es machte es den staunenden Zuschauern unmöglich, zu erkennen, was darunter geschah. Nur ein eigentümliches Knirschen war zu hören.

Als Noelani wenige Herzschläge später den Arm sinken ließ, verblasste das Licht und gab den Blick frei auf einen schneeweißen Steinklumpen in der Form des Lederbeutels, der auf einem weißen Stück Tischplatte mit fünf Ecken ruhte.

»Oh ... Das ... das wollte ich nicht.« Betroffen starrte Noelani auf das steingewordene Holz, das die ebenmäßige, dunkle Tischplatte als weißer Fleck verunstaltete. Auf Nintau hatte sie die Blumen immer auf den felsigen Boden gelegt und einen Stein verwendet, der aus demselben Gestein bestand. So war ihr nicht aufgefallen, dass der Zauber auch auf den Boden wirkte.

»Ein nettes Kunststück.« Azenor schien das Missgeschick nicht weiter zu bemerken. Sichtlich beeindruckt nahm er den Stein vom Tisch, wog ihn in der Hand und besah ihn sich von allen Seiten. In seinem Gesicht arbeitete es. Offenbar sann er bereits darüber nach, ob und wie sich der Zauber für seine Zwecke anwenden lassen könnte. »Aber wirkt es auch bei Lebewesen?«, fragte er.

»Darauf hast du mein Wort.« Noelani nickte.

»Dein Wort genügt mir nicht.« Azenor winkte einen der Pagen heran, die neben der Tür bereitstanden, und befahl: »Lauf und hol einen der Hunde aus dem Zwinger.«

»Ja, Herr.« Der Page nickte und eilte davon.

Es dauerte nicht lange, da kehrte er mit einem braunen Hund zurück. Er reichte die Leine dem König, verneigte sich und nahm seinen Platz neben der Tür wieder ein. Azenor schaute Noelani an und deutete dann auf den Hund: »Und? Was ist?«

Noelani starrte den Hund an, der sich hingesetzt hatte und verspielt in das Ende der Leine biss. Er war noch jung, das erkannte sie auf den ersten Blick. Und sie sollte ihn töten.

Azenor deutete ihr Zögern richtig. »Willst du, dass ich deinem Volk helfe oder nicht?«, fragte er drohend.

»Ja.« Noelani ärgerte sich über ihre dünne Stimme. Sie wäre so gern stark und selbstsicher aufgetreten, aber der Hund tat ihr leid. Ihn zu töten würde ihr das Herz brechen und gegen ihre innerste Überzeugung verstoßen.

»Tu es nicht«, hörte sie Jamak flüstern, der keinen Hehl daraus machte, dass ihm die Entwicklung, die das Gespräch nahm, überhaupt nicht gefiel.

»Wenn du es nicht kannst oder dich weigerst, es zu versuchen, könnt ihr auf der Stelle von hier verschwinden«, sagte Azenor kühl und wechselte fast übergangslos in einen sanften Tonfall. »Wenn es dir aber gelingt und du dich dafür entscheidest, deine Fähigkeiten zum Wohle Baha-Uddins zu verwenden, soll es dir und deinem Volk an nichts mangeln.«

»Es ist nur ein Hund«, raunte Samui ihr zu. »Denk an die vielen Leben, die du retten kannst. Die Fischer und Jäger haben auf Nintau auch getötet, um unser Überleben zu sichern. Das hier ist nichts anderes. Ist dieses Tier dir etwa wichtiger als die Menschen am Strand?«

Noelani nahm einen tiefen Atemzug und nickte. Der Hund tat ihr noch immer unendlich leid, aber Samui hatte recht. Sein Tod würde dazu beitragen, ihrem Volk das Überleben zu sichern. Wie die Jäger auf Nintau durfte auch sie kein Mitleid empfinden. Und dennoch ...

Die Lippen zu einem schmalen Strich zusammengepresst, nahm sie die Kristalle vom Tisch und legte sie auf den Boden um eines der Tischbeine herum. Der Hund sprang auf und leckte ihr freudig die Hand, als Azenor ihr die Leine reichte. Während sie die Leine am Tischbein befestigte, waren ihre Wangen nass von Tränen. »Verzeih mir«, flüsterte sie dem Hund leise zu, strich ihm zärtlich über den Kopf und griff nach dem weißen Stein, der noch immer auf dem Tisch lag.

Azenors zufriedenes Lächeln übersah sie ebenso wie Jamaks entsetztes Kopfschütteln. General Triffin war aufgestanden, um besser sehen zu können, zeigte aber keine Gefühlsregung. Samui schien ihre Entscheidung zu billigen. Ein letztes Mal schaute Noelani den Hund an, der ihren Blick aufmerksam erwiderte. Dann schloss sie die Augen und erschuf im Geiste erneut das Ebenbild des weißen Steins ...

»Unglaublich!« In Azenors Stimme schwang ein Tonfall mit, als betrachte er ein Kunstwerk. »Das ist mehr, als ich erwartet hätte.« Er hatte den Hund aus weißem Stein aufgehoben, ihn auf den Tisch gestellt und gab sich ganz seiner Bewunderung hin. Der Hund saß noch immer in derselben Haltung, wie Noelani ihn das letzte Mal gesehen hatte. Der Tod musste ihn schnell ereilt haben, denn nichts deutete darauf hin, dass er Qualen gelitten hatte. Im Gegenteil. Sogar im Tod zeigten die Augen noch immer den freudig aufgeregten Blick, mit dem er Noelani zuletzt angesehen hatte.

»Ja, die Skulptur ist in der Tat sehr lebensnah.« Jamak machte sich nicht die Mühe, seine Verbitterung zu verbergen. Die Art, wie er Noelani ansah, zeugte von Verachtung und tat ihr weh. Gern hätte sie ihm erklärt, was sie dazu bewogen hatte, Azenors Willen nachzukommen, aber dazu war jetzt keine Zeit. Das musste bis später warten. Alles, was sie tun konnte, war zu hoffen, dass er ihre Beweggründe verstehen und ihr verzeihen würde.

»Er hat keine Schmerzen gelitten.« General Triffin war näher getreten und legte Noelani mitfühlend die Hand auf die Schulter. Als Einziger im Raum schien er sich nicht nur für das Ergebnis des Zaubers zu interessieren, sondern auch ihre wahren Gefühle wahrzunehmen. »Danke.« Noelani wischte eine Träne fort und versuchte stark zu sein. Innerlich litt sie wie ein geprügelter Hund. Sie hatte getötet. Zum ersten Mal in ihrem Leben hatte sie bewusst über Leben und Tod eines anderen entschieden und ihm dann eigenhändig das Leben genommen. Der Gedanke war furchtbar und verursachte ihr Übelkeit, auch wenn sie es nicht für sich getan hatte, sondern für ihr Volk. So ähnlich musste sich damals die Maor-Say gefühlt haben, die den fünf Jungfrauen das Leben genommen hatte.

»Komm her!« Azenor winkte einen Pagen herbei und überreichte ihm die Hundeskulptur mit den Worten: »Stell ihn neben meinen Thron. Er bekommt einen Ehrenplatz.« An Noelani gewandt, fuhr er fort: »Wahrhaftig. Du hast mich überzeugt. Wie groß, sagtest du noch, darf der Raum zwischen den Kristallen sein?«

»Soweit ich weiß, gibt es da keine Grenze«, sagte Noelani, die sich darüber noch nie Gedanken gemacht hatte. »Meine alte Lehrmeisterin meinte einmal scherzhaft, dass man mit den Kristallen mühelos ganz Nintau in Stein verwandeln könne.«

»Wunderbar, hervorragend.« Azenors Grinsen wurde noch eine Spur breiter, ganz so als reife hinter seiner Stirn bereits ein Plan heran. »Wenn ich es nicht besser wüsste, würde ich sagen, dich schicken die Götter. Nun sage mir, wo deine Leute lagern, damit ich ihnen einen Wagentross schicken kann, mit dem sie in die Stadt gelangen können.«

4

Kaori hatte es am eigenen Leib erfahren. Und sie hatte es auch schon am Felsen des Dämons erlebt. Trotzdem war das, was sie in König Azenors Thronsaal mit ansehen musste, etwas, das sie niemals vergessen würde.

Mit Spannung hatte sie beobachtet, wie ihre Schwester den Lederbeutel in Stein verwandelte. Sie hatte mit ihr um das Leben des jungen Hundes getrauert und um nichts in der Welt mit ihr tauschen wollen. Jamaks Empörung war ihr nicht entgangen, aber sie wusste auch, dass Noelani es sich nicht leicht machte, und konnte sogar verstehen, warum ihre Schwester sich gegen Jamaks Überzeugung auf einen Pakt mit dem König einließ.

Der Anblick, als sich der Hund in einen weißen Stein verwandelte, war auch für sie nur schwer zu ertragen gewesen, obwohl es so schnell gegangen war, dass der Hund selbst es nicht einmal gespürt haben durfte. Dann aber war etwas geschehen, das außer ihr niemand sehen konnte, und das war das Wunderbarste, was ihr widerfuhr, seit sie gestorben war.

Sie war nicht mehr allein.

In dem Maße, wie das Leben aus dem Hundekörper gewichen war, hatte sich sein Geist aus der sterblichen Hülle gelöst. Kaori hatte es gesehen und fest damit gerechnet, dass er schon bald die Reise zu den Ahnen antreten würde. Aber anstatt sich in Rauch aufzulösen und dem Himmel entgegenzustreben, wie es die Geister Verstorbener gewöhnlich zu tun pflegten, war die nebelhafte Hundegestalt verängstigt und verwirrt auf sie zugekommen und hatte ihre Nähe gesucht.

»Dann bist du also auch hier gestrandet, was?« Kaori beugte sich hinab und strich dem körperlosen Hund mit ihrer Geisterhand so über den Kopf, wie sie es im Leben bei einem Hund getan hätte. »Du verstehst es nicht, wie? Wir sind tot. Du und ich. Na ja, nicht richtig tot, sonst wären wir ja nicht hier. Aber wir leben auch nicht mehr, und die da«, sie deutete auf Noelani und den König, »können uns weder hören noch sehen.« Der Hund bellte und wedelte freudig mit dem Geisterschwanz, als hätte er jedes Wort verstanden.

»Und wir haben noch etwas gemeinsam«, fuhr Kaori fort. »Wir können diese Sphäre nämlich erst dann verlassen, wenn meine Schwester stirbt. Du wirst dann wieder lebendig, und ich kann gemeinsam mit ihr den Weg zu den Ahnen antreten.« Sie seufzte und kraulte dem Hund das Fell. Der Hund bellte wieder. »Sieht so aus, als müssten wir beide hier noch eine ziemlich lange Zeit verbringen«, sagte sie und fügte hinzu: »Was meinst du, wollen wir zusammenbleiben? Allein ist es hier ziemlich langweilig.«

Der Hund legte den Kopf schief und wedelte freudig mit dem Schwanz. »Das heißt ja, nicht wahr? Du bleibst bei mir.« Kaori lachte und lauschte wieder auf das, was am Tisch gesprochen wurde. »Wie auch immer«, sagte sie zu dem Hund, ohne sich von der Unterredung abzuwenden. »Ich freue mich sehr, dass du da bist.«

***

»Wie konntest du nur, Noelani?«

Noch nie hatte Noelani Jamak so aufgebracht erlebt. Außer sich vor Wut schritt er in dem prachtvollen Gemach auf und ab, das der König ihnen zugewiesen hatte, rang die Hände und versuchte, die richtigen Worte zu finden. »Dieser Mann ist ein Tyrann. Das sieht selbst ein Blinder. Er fürchtet sein Volk, und bei den Göttern, wenn ich sehe, unter welch unwürdigen Umständen diese Menschen vor den Toren leben müssen, kann ich es ihnen nicht verdenken, dass sie ihn hassen. Und du hast nichts Besseres zu tun, als ihm deine Hilfe anzubieten.«

»Ich habe ihm noch gar nichts angeboten«, korrigierte Noelani ruhig. »Ich habe mir lediglich einen Tag Bedenkzeit erbeten.«

»Aber du hast ihm Hoffnung gemacht. Warum, Noelani? Warum?«

»Weil ich hoffe, dass sich noch eine Lösung findet, die uns beiden gerecht wird«, erklärte Noelani.

»Und wenn nicht? Meinst du, er wird dich einfach so gehen lassen, jetzt wo er weiß, was du zu vollbringen vermagst?«, erwiderte Jamak scharf. »Das hier ist Krieg, Noelani. Nicht das Waitunfest.«

»Das weiß ich.«

»Dann wach endlich auf. Dieser Azenor ist zu allem entschlossen.«

»Er kann mich zu nichts zwingen.« Noelani schob trotzig das Kinn vor. »Die Magie unterliegt allein meinem Willen. Und das weiß er.«

»Glaubst du denn, dass du noch eine Wahl hast?« Jamak schüttelte resignierend den Kopf. »Die Bedenkzeit hättest du dir vorher erbeten müssen, um dich mit mir zu besprechen. Jetzt ist es zu spät.«

»Vorher?« Noelani hob leicht die Stimme. »Wann denn?«

»Nachdem du den Lederbeutel versteinert hast.« Jamak seufzte. »Da hat der König noch an der Macht des Zaubers gezweifelt. Diese Zweifel hätten wir nutzen können, aber du musstest ihm ja unbedingt noch mehr zeigen. Und dann das ...« Er holte tief Luft, hob die Stimme etwas an und zitierte Noelani mit den Worten: »*Soweit ich weiß, gibt es da keine Grenze. Meine alte Lehrmeisterin meinte einmal scherzhaft, dass man mit den Kristallen mühelos ganz Nintau in Stein verwandeln könne.*« Er verstummte, sah Noelani erbost an und fuhr dann in dem ihm eigenen Tonfall fort: »Wenigstens das hättest du für dich behalten können.«

»Aber es ist die Wahrheit.«

»Eine Wahrheit, die den König nichts angeht.« Jamak schnaubte wie ein aufgebrachter Seelöwenbulle. »Jedenfalls nicht, bevor wir beide uns beraten hätten.«

»Dafür war keine Zeit.«

»Doch. Ein Tag mehr oder wenigstens ein halber hätte keinen Unterschied gemacht.«

»Für uns nicht, das ist wahr.« Noelani deutete auf den Korb mit frischem Brot und saftigen Früchten, die auf dem Tisch für sie bereitstanden. »Wir werden hier ja auch bestens umsorgt.« Dann deutete sie zum Fenster, gegen das ein böiger Wind dicke Regentropfen drückte. »Wir sitzen im Warmen und Trockenen. Aber denkst du auch an die anderen, die schutzlos am Strand ausharren? Ohne ausreichend Wasser und Nahrung und ohne ein Dach über dem Kopf? Ich habe das nicht für mich getan, Jamak. Bei all meinen Entscheidungen habe ich nur an sie gedacht. Sie haben keine Zeit. Sie sind geschwächt, hungrig, und viele sind zudem auch verletzt. Ein halber Tag, der ohne die erhoffte Hilfe verstreicht, kann weitere Tote fordern. Tote, die ich ob meines Zögerns zu verantworten hätte.« Sie seufzte und schüttelte den Kopf. »Die Menschen haben mir vertraut, und ich habe sie enttäuscht. Zweimal schon konnte ich ihnen nicht helfen. Die Menschen, die am Strand auf Hilfe warten, haben schon so viel durchgemacht, so viel Leid und so viele bittere Verluste ertragen müssen. Ich will sie nicht noch einmal enttäuschen und nicht noch mehr Leben auf mein Gewissen laden.«

»Auch wenn du dich dafür in die Dienste eines Tyrannen stellen musst?«

»Wenn es der Preis ist, um sie zu retten – ja.«

»Damit verrätst du alles, woran wir geglaubt und wofür wir gelebt haben.« Jamak schüttelte verständnislos den Kopf.

»So weit ist es noch nicht.« Allmählich wurde auch Noelani ärgerlich. Es war ungerecht, dass Jamak ihr Gedankenlosigkeit und Leichtsinn vorwarf. Sie hatte sich die Entscheidung wahrlich nicht leicht gemacht. »Anders hätte er uns nicht geholfen. Jetzt ist Samui mit einem Wagentross auf dem Weg zum Strand, um unsere Gefährten zu holen. Bevor es dunkel wird, werden sie hier sein. Sie werden etwas zu essen und zu trinken erhalten und die Nacht im Schutz dieses Gebäudes verbringen dürfen. Ein Heiler wird zudem die Verwundeten versorgen. Und das alles für ein ›Vielleicht‹. Ist das etwa nichts? Wäre es dir lieber, sie würden die Nacht hungernd, frierend und durchnässt am Strand verbringen?«

»Mir wäre es lieber gewesen, wenn nicht alles so überstürzt abgelaufen wäre.«

»Mir doch auch.« Noelani wollte sich nicht mit Jamak streiten und bemühte sich um einen versöhnlichen Tonfall. »Aber nachdem der König die Kristalle nicht gegen Nahrung und Land eintauschen wollte und Samui das mit dem Zauber verraten hatte, ging plötzlich alles so schnell. Ich dachte wirklich, wir wären gescheitert, aber dann hat sich diese neue Tür geöffnet, und ich wollte sie auf keinen Fall wieder zuschlagen lassen.« Sie blickte Jamak eindringlich an. »Ich habe in der Vergangenheit so viel falsch gemacht, Jamak«, sagte sie. »Ich habe Menschen enttäuscht und ihnen Kummer bereitet. So viele sind gestorben, aber denen, die überlebt haben, werde ich beweisen, dass sie sich auf mich verlassen können.«

»Das ehrt dich.« Auf Jamaks Lippen zeigte sich ein trauriges Lächeln. »Aber bei den Göttern, um welchen Preis?«

»Um den Preis, dass mein ... dass unser Volk überleben wird. Und um den Preis, dass auch das Volk von Baha-Uddin keine Not mehr leiden muss. All diese Menschen vor den Toren, deren Leid dein Herz berührt hat, werden in ihre angestammte Heimat zurückkehren können, wenn es mir gelingt, den Krieg zu beenden. Dann wird auch ihr Elend ein Ende haben.«

»Und was ist mit dem fremden Volk?«, fragte Jamak. »Hat es nicht auch ein Recht auf Leben und Freiheit?«

»Doch, natürlich. Aber dann hätte es den Krieg nicht beginnen dürfen.« Noelani sagte das so überzeugt, als wäre es ihre ureigene Meinung. »Du hast gehört, was der König gesagt hat. Es sind räuberische Barbaren, die ohne Gnade rauben, morden, vergewaltigen, plündern und brandschatzen. Bevor sie dieses Land überfallen haben, war Baha-Uddin ...«

»Das hat er gesagt, aber ist es auch wahr?« Jamak seufzte. »Ehe du dich zur Herrin über Leben und Tod aufschwingst, solltest du prüfen, ob es wirklich so ist«, riet er. »Dieser Krieg ist nicht der unsere. Wir kennen die Geschichte dieses Landes nicht und auch nicht die Sicht der anderen Seite. Bedenke, dass Azenor ein König ist, der kurz davorsteht, einen Krieg zu verlieren. In dieser Lage wird er nach jedem Strohhalm greifen, der sich ihm bietet, und es mit der Wahrheit gewiss nicht so genau nehmen, um seine Ziele zu erreichen.«

»Das ändert nichts daran, dass diese Rakschun sein Land hinterhältig angegriffen haben«, beharrte Noelani. »Sie sind schuld daran, dass alles so gekommen ist, und sie sind auch schuld an dem, was aus diesem Angriff erwächst.«

»Auch das sind Azenors Worte. Es ist seine Sicht der Dinge.« Jamak schaute Noelani eindringlich an. »Deine Absichten mögen ehrbar sein, Kind«, sagte er sanft. »Achte darauf, dass deine Taten es auch sind.«

»Das werde ich«, Noelani nickte. »Vielleicht genügt es ja wirklich, dem Gegner zu drohen, damit er sich zurückzieht«, gab sie Jamak ihre Gedanken preis. »Dann wäre der Krieg zu Ende, ohne ein weiteres Opfer gefordert zu haben.«

»Das glaube ich nicht.« Jamak schüttelte den Kopf. »Diese Rakschun sind zu allem entschlossen.«

»Dann muss man ihnen eine deutlichere Warnung zukommen lassen.«

»Einen versteinerten Hund?« Jamak schaute Noelani prüfend an. »Oder mehr?«

»Ach, so weit wird es schon nicht kommen.« Noelani vermied es, Jamak anzusehen. Sie atmete tief durch und sagte betont locker: »Vertrau mir. Ich will doch nur das Beste für die Überlebenden unseres Volkes.«

»Gerade das ist es, was mir Sorge bereitet.« Jamak seufzte.

»Beruhigt es dich, wenn ich dir sage, dass ich heute Nacht eine Geistreise ins Lager der Feinde antreten werde?«, fragte Noelani. »Ich werde mich dort umsehen und mich auch in dem Lager vor der Stadt umhören, um zu erfahren, was das Volk von König Azenor hält.«

»Das ist ein guter Gedanke.« Jamak nickte zustimmend. »Es ist immer wichtig, beide Seiten zu kennen, wenn man eine Entscheidung treffen muss. Ich wünschte dennoch, wir hätten mehr Zeit, die Erfahrungen abzuwägen.« Er verstummte und fragte dann: »Es ist eine weite Reise. Soll ich bei dir bleiben?«

»Das musst du wohl.« Noelani machte eine ausladende Handbewegung. »Wir haben nur dieses eine Gemach.« Sie lächelte. »Außerdem ist es gut, dich an meiner Seite zu wissen.«

***

»Unfassbar.« Mit Staunen betrachtete Fürst Rivanon den versteinerten Hund, der seinen Platz neben König Azenors Thron gefunden hatte. »Und der hat heute Mittag noch gelebt?«

»Ein Page holte ihn eigens für die kleine Vorführung aus dem Zwinger.« Triffin nickte.

»Diese Maor-Say schicken uns die Götter.« Fürst Rivanon stand die Erleichterung ins Gesicht geschrieben. Er hatte den Thronsaal erst betreten, nachdem Noelani gegangen war, und war von General Triffin und dem König umfassend über die überraschende Wendung informiert worden. »Wenn wir es geschickt anstellen, kann sie das gesamte Heer zu Stein verwandeln, ehe auch nur ein Floß den Gonwe überquert hat«, sagte Rivanon, der offensichtlich bereits damit beschäftigt war, sich einen Plan auszudenken.

»Sie könnte«, korrigierte Triffin.

»Wieso könnte?«

»Weil sie sich Bedenkzeit erbeten hat«, erklärte Triffin. »Sie tut sich schwer mit dem Gedanken, auf diese Weise in den Krieg einzugreifen. Vor allem bekümmert es sie, töten zu müssen.«

»Aber Ihr habt doch gesagt, dass sie eingewilligt hat, uns zu helfen?« Fürst Rivanon schaute den König verwirrt an.

»Sie hat darauf bestanden, dass wir vorher einen Boten zu den Rakschun schicken, um diesen von der Macht ihrer Magie zu berichten und ihnen die Möglichkeit zum Rückzug zu geben«, sagte Triffin weiter. »Mir scheint, sie hofft noch auf eine friedliche Lösung.«

»Aber dazu ist keine Zeit!«, rief Rivanon aus. »Ein Bote ist zu Pferd mindestens zwei Tage unterwegs, und dann muss er auch noch den Gonwe überqueren. Selbst wenn alles gut geht, wird er mindestens fünf Tage unterwegs sein.«

»Das habe ich ihr auch gesagt, aber ...« Er verstummte, weil die Tür geöffnet wurde und ein Page hereinhuschte.

»Was gibt es?« Azenor sah den Knaben missbilligend an.

»Ein Kurier vom Gonwe ist soeben angekommen«, berichtete der Page. »Er sagt, er habe eine wichtige Nachricht für General Triffin.«

»Ich komme.« Triffin erhob sich und meinte mit einem Seitenblick auf Rivanon: »Wir haben alles besprochen. Ich denke, dem gibt es nichts mehr hinzuzufügen.« Er nickte dem König und Rivanon zu. Dann folgte er dem Pagen und verließ den Thronsaal.

»Erlaubt mir noch eine Frage«, wandte Rivanon sich wieder an den König, als Triffin gegangen war: »Was ist, wenn die Maor-Say nicht einwilligt, das Heer für uns zu vernichten?«

Azenor grinste, ein Zeichen dafür, dass er für diesen Fall vorgesorgt hatte. »Dann, mein lieber Rivanon, werde ich zu anderen, weit weniger freundlichen Mitteln greifen müssen. Du glaubst doch nicht, dass ich dieses Pack vom Strand aus reiner Nächstenliebe in den Palast schaffen lasse?«

***

Der Kurier erwartete Triffin in einem der Räume, die den Gästen im Palast für Unterredungen zur Verfügung standen. Die Besprechung war kurz und nicht dazu angetan, Triffin auf andere Gedanken zu bringen. Der Kurier führte beunruhigende Zahlen und Fakten zur aktuellen Lage am Gonwe mit sich und einen besorgten Brief des befehlshabenden Kommandanten, der einen baldigen Angriff der Rakschun befürchtete.

Triffin entließ den Boten mit einem Dank und dem Befehl, sich am kommenden Nachmittag für eine Rückkehr zum Gonwe bereitzuhalten. Dass er zu der Zeit selbst an den Gonwe zurückzukehren plante und fest damit rechnete, dass die Maor-Say ihn begleiten würde, um von dort aus ihre zerstörerische Magie zu wirken, behielt er aber noch für sich.

Kaum dass der Kurier gegangen war, griff Triffin nach einem Pergament, schnitt es mit einem Messer auf die richtige Größe, nahm die bereitstehende Schreibfeder zur Hand und schrieb mit geschwungenen Buchstaben folgenden Text auf das weiße Blatt:

> »Vesiw enri Reier lass ackene such Seele Tieren
> somnu otan Fests ob Reime talli
> dud asse sennem Lofap anuf gune er rund!«
> T.

Er steckte die Feder wieder in das Tintenfass zurück, überflog noch einmal die Zeilen und überprüfte die Botschaft, die sich darin verbarg: Verlasst sofort das Lager!

Dies war eindeutig und lange zuvor so abgesprochen worden für den Fall, dass eine unvorhergesehene Wendung auftrat. Arkon würde nicht zögern, dem Befehl Folge zu leisten und sich in Sicherheit bringen, ehe die Maor-Say das gesamte Heer der Rakschun in Stein verwandeln konnte. Sobald klar war, ob die Maor-Say zur Zusammenarbeit bereit war, würde er Arkon eine Nachricht darüber zukommen lassen, wann und wo ihn die Krieger Baha-Uddins am Ufer des Gonwe erwarten würden, um ihn in Sicherheit zu bringen. Triffin rollte das Pergament zusammen, verließ das spärlich eingerichtete Zimmer und machte sich auf den Weg zur Schmiede.

Mael war nicht da, aber Triffin kannte sich inzwischen gut genug aus, um die Botentaube selbst herzurichten. Mit sicherer Hand holte er eine der Tauben, die Arkon selbst aufgezogen hatte, aus ihrem Verschlag und befestigte das versiegelte Röhrchen mit der Botschaft an ihrem Bein. Dann trat er auf den Hof hinaus und ließ sie in den Abendhimmel aufsteigen. Für einen Augenblick beobachtete er noch, wie sich die Taube mit klatschendem Flügelschlag über die Dächer des Palastes erhob, zwei Runden über dem Hofplatz drehte und in Richtung des Gonwe davonflog. Dann drehte er sich um und machte sich auf den Weg zurück in den Palast.

Weit kam er nicht. Er hatte den Platz vor der Schmiede noch nicht verlassen, als eine dunkle Gestalt aus den Schatten trat und ihm den Weg versperrte. »Es muss wahrlich eine wichtige Botschaft sein, mit der du die Taube so spät noch auf die Reise schickst.« Fürst Rivanon trat ins Licht einer Öllampe und musterte Triffin aufmerksam.

»Arkon ist einer von uns«, sagte Triffin ruhig. »Er hat gute Arbeit geleistet. Ich bin nicht bereit, ihn zu opfern.«

»Und da hast du ihn mal eben vorgewarnt?«, fragte der Fürst lauernd.

»Er erhält den Befehl, das Lager zu verlassen«, entgegnete Triffin kühl, weil er genau wusste, worauf der Fürst anspielte. »Nicht weniger, aber auch nicht mehr. So wie wir es vor seiner Abreise besprochen haben. Die Gründe dafür kennt er nicht.«

»Das will ich hoffen.« Rivanon bedachte sein Gegenüber mit einem vielsagenden Blick. Dann drehte er sich ohne ein Wort des Abschieds um und stapfte davon.

* * *

»Kaori?« Suchend blickte Noelani sich in dem Zimmer um. »Bist du da?« Nur wenige Schritte hinter ihr sah sie ihren Körper auf dem Boden vor der flachen Wasserschale sitzen. Die Beine untergeschlagen, die Hände entspannt im Schoß ruhend, die Augen geschlossen. Der Anblick erschreckte sie längst nicht mehr. Wenn es ihr auch nicht immer leichtfiel, den Weg zur Geistreise zu öffnen, so war ihr alles, was damit zusammenhing, doch schon zur Gewohnheit geworden. Meist begann sie die Reise, ohne sich noch einmal umzublicken. Diesmal aber kannte sie das Ziel nicht und hoffte darauf, dass Kaori sie führen und begleiten würde.

»Ich bin hier!« Ein kühler Windhauch streifte Noelanis Arm, und die vertraute Stimme ihrer Schwester ließ ihr Herz höher schlagen. Dennoch, etwas war anders als bei ihrer letzten Begegnung. Es war nichts, das Noelani in Worte fassen konnte, nur ein Gefühl. Aber es war da. »Bist du allein?«, fragte sie zaghaft.

»Ja und nein.«

»Wie meinst du das?« Noelani war verwirrt.

»Sei unbesorgt, es ist niemand hier, der uns hören könnte«, sagte Kaori. »Der Hund ist bei mir.«

»Der Hund?« Noelani staunte. »Wie ist das möglich?«

»Wer immer durch den Zauber einer Maor-Say in Stein verwandelt wird, dessen Geist ist in dieser Sphäre gefangen«, erklärte Kaori.

»Oh, das ... das wusste ich nicht!« Noelani war erschüttert, schöpfte aber auch ein wenig Hoffnung. »Dann ist er nicht tot?«

»Doch. Er ist tot. Er kann nicht zurück in deine Welt. Aber auch die Welt der Ahnen ist ihm verschlossen. Es ergeht ihm nicht besser als mir.«

»Aber dann ...« Noelani ging nicht weiter auf den Hund ein, weil etwas anderes ihr siedend heiß in den Sinn kam. »... dann sind auch die fünf Jungfrauen und der Dämon hier?«

»Die Jungfrauen waren hier, ja«, bestätigte Kaori. »Aber sie sind jetzt frei und konnten nach Jahren des Wartens endlich zu den Ahnen aufsteigen, weil du ihre Skulpturen zerstört hast. Der Dämon ... ja, der ist noch hier. Aber wir werden ihm nicht begegnen, denn er verlässt die Insel nicht.«

»Warum hast du mir das nicht früher gesagt?«

»Ich wollte dich nicht beunruhigen.«

»Aber das ist wichtig.«

»Warum?«

»Weil ich ... weil ...« Noelani brach ab und fragte: »Du weißt es nicht, oder?«

»Was?«

»Was der König von mir verlangt. Ich ... ich dachte, du hättest alles mit angehört.«

»Das habe ich auch. Aber es macht doch keinen Unterschied, ob die Krieger nun ganz tot sind oder ob sie in dieser Sphäre gefangen sind.«

»Ja, vermutlich hast du recht.« Noelani seufzte. »Verzeih. Ich bin sehr durcheinander. Der König hat mir vorhin ein wahrlich großzügiges Angebot unterbreitet. Er verspricht mir blühendes Land, Wohlstand, Frieden und ein sorgloses Leben für alle, die die Flucht von Nintau überlebt haben. Aber Jamak will nicht, dass ich dem König helfe. Er hat Mitleid mit den Angreifern. Ach, was rede ich, du weißt ja alles. Ich finde, Jamak sollte vielmehr an unser Volk denken. Er vergisst, dass hier ein Krieg tobt, in dem es so oder so Tote geben wird. Ganz gleich, ob ich eingreife oder nicht. Es wird Tote geben, und darunter werden auch viele Unschuldige sein, Frauen und Kinder. Ist es nicht besser, wenn ich den Krieg beende, indem ich nur die Krieger der Rakschun in Stein verwandle, bevor diese hier einfallen und alle abschlachten?«

»Sind das deine Worte?«, fragte Kaori abwartend. »Oder sind es nicht vielmehr Worte, die der König dir vorhin in den Mund gelegt hat?«

»Jetzt redest du auch schon wie Jamak.«

»Mag sein.«

»Auf wessen Seite stehst du eigentlich?« Noelani spürte, dass sie wütend wurde. Hatte denn niemand Verständnis für ihre Lage?

»Auf wessen Seite stehst du?«, antwortete Kaori mit einer Gegenfrage.

»Auf der Seite meines Volkes!« Noelani sagte das mit voller Überzeugung. »Die Menschen hier kümmern mich ebenso wenig wie diese Rakschun jenseits des Gonwe. Es ist ihr Krieg, nicht der meine. Was immer ich auch tun werde, ich werde es allein für das Wohl des Volkes von Nintau tun.«

»Auf Nintau haben wir geschworen, dass uns jedes Leben heilig ist«, erinnerte Kaori.

»Ja, das haben wir.« Noelani nickte, während ihre Stimme einen harten Tonfall annahm. »Und was hat es uns gebracht? Gar nichts. Und warum nicht? Weil es eben nicht genügt, friedlich zu sein, wenn alles andere nicht auch friedlich ist – nicht einmal die Natur selbst. Sanftmut mag eine Tugend sein, allein mit ihr kommt man nicht weit. Auf Nintau in unserer kleinen abgeschiedenen Gemeinschaft mag es noch funktioniert haben. In diesem großen Land aber gelten andere Gesetze und wenn wir uns denen nicht beugen, werden wir untergehen.«

»Du hast dich verändert.«

»Wir alle haben uns verändert.« Noelani machte eine bedeutungsvolle Pause und sagte dann: »Ich habe es mir nicht ausgesucht, Kaori. Die Götter haben es so gewollt. Darum haben sie mir all diese Prüfungen auferlegt.«

Die beiden schwiegen eine Weile, dann fragte Noelani: »Was soll ich tun, Kaori? Was nur?«

»Willst du darauf wirklich eine Antwort?«

»Warum nicht?«

»Weil ich spüre, dass du dich längst entschieden hast.«

»Bin ich so leicht zu durchschauen?«

»Für andere nicht. Für mich schon.« Das klang, als lächelte Kaori.

»Du konntest mir früher schon nichts vormachen und jetzt erst recht nicht.«

»Wirst du mich hassen, wenn ich dem König helfe?«, fragte Noelani.

»Nein. Nein, das werde ich nicht. Ich möchte nicht mit dir tauschen, aber ich verstehe deine Beweggründe, und wer weiß, wenn wir es klug anstellen, können wir vielleicht auch mit wenig Wirkung viel erreichen.«

»Wie meinst du das?« Noelani horchte auf. Sie hatte so sehr darauf gehofft, dass Kaori einen Rat wusste, aber den Glauben daran schon fast verloren. Nun schöpfte sie neue Hoffnung.

»Ich weiß, wo das Lager der Rakschun ist«, sagte Kaori. »Lass uns hinfliegen und es uns ansehen. Dann können wir gemeinsam beraten, was zu tun ist.«

»Ich habe so sehr gehofft, dass du das sagst.« Noelani lächelte, streckte die Hand aus und spürte Kaoris vertraute Kühle in der Handfläche. »Komm, lass uns keine Zeit verlieren. Ich habe dem König versprochen, ihm meine Entscheidung morgen mitzuteilen.«

5

Was Noelani in dieser Nacht erblickte, war erschreckend und furchteinflößend, gleichzeitig aber auch von einer so ergreifenden Schönheit geprägt, die sie nicht in Worte zu fassen vermochte.

Der Wind hatte nachgelassen, die Wolken hatten sich verzogen und den Regen mit sich genommen, sodass nun wieder Mond und Sterne am Himmel zu sehen waren. An der Seite ihrer Schwester glitt Noelani über das schlafende, menschenleere Land hinweg, dorthin, wo in der Ferne das Band des Gonwe im Mondlicht funkelte. Weiter ging es flussaufwärts, bis am Horizont der Widerschein von Feuer zu sehen war. Was zunächst wie ein mitternächtlicher Sonnenaufgang anmutete, entpuppte sich beim Näherkommen als der Schein unzähliger Lagerfeuer, die sich wie Abertausende leuchtender Käfer in einem weiten Umkreis auf dem Boden niedergelassen hatten.

Der Anblick der Lichtpunkte in der Dunkelheit übte auf Noelani eine ungeheure Faszination aus. Ein Kunstwerk von außergewöhnlicher Gestalt, das unbewusst entstanden war und das ob des ungewöhnlichen Blickwinkels wohl sonst nur von den Vögeln bewundert werden konnte.

Bei aller Begeisterung entging ihr nicht, dass die meisten Feuer auf der rechten Seite des Flusses brannten. Nur ein kleiner Teil war auf der linken Seite zu sehen. General Triffin und der König hatten die Wahrheit gesagt. Gemessen an der Zahl der Feuerstellen, war das Heer von Baha-Uddin dem der Rakschun vier zu eins unterlegen, und es stand zu befürchten, dass die wahre Truppenstärke noch ein viel schlechteres Verhältnis aufzeigen würde.

Gern hätte Noelani noch länger so hoch über den beiden Heerlagern geschwebt, aber Kaori schien keinen Sinn für die Schönheit der vielen Lichter am Boden zu haben, denn sie hielt zielstrebig auf das Lager der Rakschun in der Nähe des Flusses zu.

Hier gab es nur wenige Lagerfeuer, dafür viele Rundzelte, Stapel von Baumstämmen und anderen Baumaterialien, die auf dem ufernahen Schwemmland lagerten. Einen Herzschlag später erreichten sie das Flussufer. Noelani erschrak. Der König und General Triffin hatten ihr erzählt, dass die Rakschun den Gonwe mithilfe von Flößen überqueren wollten. Sie kannte Flöße von Nintau und hatte geglaubt, eine Vorstellung davon zu haben, was sie im Lager vorfinden würde. Doch was hier im seichten Wasser lag und sich mit den Wellen friedlich auf und ab bewegte, übertraf selbst ihre kühnsten Erwartungen. Die Flöße waren riesig und so gebaut, dass mindestens hundert Mann darauf Platz fanden. Ein doppelter Boden sorgte für den nötigen Auftrieb, und eine massive Reling stellte sicher, dass bei dem zu erwartenden Gedränge niemand ins Wasser fallen würde.

Zwanzig solcher Flöße lagen am Ufer vertäut und zum Ablegen bereit. Mindestens ebenso viele waren dahinter so geschickt aufgereiht, dass sie schnell zu Wasser gelassen werden konnten, ohne dass man sie von der anderen Seite des Flusses aus jetzt schon sehen konnte. Auch in diesem Punkt hatte der König die Wahrheit gesagt und wahrlich nicht übertrieben. Wie es den Anschein hatte, planten die Rakschun schon sehr bald einen massiven Angriff, und wenn Noelani daran dachte, wie wenige Feuer auf der anderen Seite des Flusses zu sehen gewesen waren, konnte sie verstehen, warum man sich in Baha-Uddin davor fürchtete.

»Sieh nur, all die Waffen«, hörte sie Kaori bestürzt sagen und entdeckte auch gleich, wovon ihre Schwester sprach. Etwas abseits der Flöße lagen Tausende Speere, Schwerter und andere, seltsam anmutende Waffen, wie stachelige Kugeln an Ketten und stachelbewehrte Keulen, die Noelani nie zuvor gesehen hatte, sorgsam aufgeschichtet in einem gut bewachten Rundzelt nebeneinander. Ganz so, als sei schon alles dafür vorbereitet, sie an die Krieger auszugeben. Ein anderes, nicht weniger gut bewachtes Zelt war voll mit Tausenden Pfeilen, die in ledernen Köchern steckten, und Stapeln von kurzen, stark geschwungenen Bogen.

»Das wird kein Kampf, sondern ein sinnloses Abschlachten«, sagte Kaori voller Abscheu. »Du hast recht, wir sollten wirklich alles tun, um das zu verhindern.«

»Der König verlangt, dass ich alle diese Krieger hier in Stein verwandle.« Noelani seufzte bekümmert. »Aber das ... das kann ich nicht«, sagte sie betrübt. »Niemals.«

»Das verstehe ich«, stimmte Kaori ihr zu. »Aber vielleicht geht es ja auch anders.«

»Wie meinst du das?« Noelani horchte auf.

»Das ist doch ganz einfach«, sagte Kaori verschwörerisch. »Ohne Waffen können die Krieger nicht kämpfen und ohne die Flöße den Gonwe nicht überqueren. Wenn sich beides urplötzlich in Stein verwandelt, können sie Baha-Uddin nicht mehr angreifen.«

»Kaori, das ... das ist wunderbar. Danke. Was würde ich nur ohne dich machen?« Noelani fühlte sich mit einem Mal, als wäre ihr eine große Last von den Schultern genommen worden. »Das würde bedeuten, dass ich niemanden töten muss, wenn es mir gelingt, die Kristalle nur um diese Zelte und die Flöße zu platzieren.«

»Nun, die Wachen ...«

»Ach, da fällt mir sicher etwas ein.« Noelani war so begeistert, dass sie sich durch nichts von dem Plan abbringen lassen wollte. Wenn König Azenor sich auf ihren Vorschlag einließ, konnte sie ihr Volk retten und ihr Versprechen einlösen, ohne dass dafür Menschenleben geopfert wurden. »Lass uns zurückkehren«, sagte sie voller Tatendrang. »Ich muss Jamak sofort von dem Plan berichten. Wenn er erfährt, was ich vorhabe, kann er nicht mehr dagegen sein, dass ich dem König helfe.«

***

Über den Rundzelten des Rakschunlagers wechselte die Farbe des Himmels langsam von Tiefschwarz zu Hellgrau. Die Sterne verblassten, und der Nebel, der sich gegen Ende der Nacht über der Ebene gebildet hatte, verschwand, während weit im Osten ein dünnes, rosafarbenes Wolkenband vom Beginn des neuen Tages kündete.

Nuru fror. Seit einer Stunde harrte er bereits nahe Arkons Zelt aus und suchte den Himmel im Süden nach Vögeln ab.

Nach Tauben.

Seit er von dem Gespräch mit Olufemi zurückgekehrt war, hatte er Arkon nicht aus den Augen gelassen, aber er hatte vergeblich gewartet. Den ganzen Tag über hatte sich nicht eine Taube blicken lassen. Und selbst wenn, hätte es für ihn keine Möglichkeit gegeben, sie abzufangen, ohne dass der stumme Schmied es bemerkt hätte, denn Arkon schien immer auf der Hut zu sein. Erst jetzt, da Nuru ihn unauffällig, aber sehr genau beobachtet hatte, hatte er bemerkt, wie oft Arkons Blick während der Arbeit zum Himmel wanderte, wo er, wie es schien, nach den Tauben Ausschau hielt.

Die einzige Zeit, in der es möglich war, eine Taube unbemerkt zu fangen, war, wenn Arkon schlief. Nuru kannte sich nicht besonders gut mit Tauben aus, vermutete aber, dass sie wie die meisten Vögel des Nachts nicht flogen. So hatte er sich schon vor dem Morgengrauen auf seinen Posten begeben, um ihnen in der knappen Zeit, bis Arkon erwachte, aufzulauern.

Wenn sie denn kamen.

Nuru seufzte, hob die Hände vor den Mund und hauchte gegen die kalten Finger, um sie zu wärmen. Diese morgendliche Wache war ein Glücksspiel, da machte er sich nichts vor. Wenn das Schicksal es wollte, konnte er noch bis zum Angriff jeden Morgen hier vor dem Zelt ausharren, ohne auch nur eine einzige Taube zu Gesicht zu bekommen. Wohl schon zum hundertsten Mal tastete er nach dem kurzen, stark geschwungenen Bogen, der zusammen mit einigen Pfeilen neben ihm auf dem Boden lag. Nur wenige im Lager wussten, dass er nicht nur ein begnadeter Schmied, sondern auch ein hervorragender Bogenschütze war. Wenn eine Taube auf Arkons Zelt zuflog und er sie rechtzeitig entdeckte, würde es ein Leichtes für ihn sein, sie mit einem gezielten Schuss vom Himmel zu holen.

Es wurde heller. Das Leben im Lager erwachte. Schon stiegen in der windstillen Luft die ersten dünnen Rauchfahnen der Herdfeuer über den Rundzelten auf. In der Ferne waren Stimmen und rasselndes Husten zu hören, und irgendwo ganz in der Nähe schlurfte jemand zum Abort, um sich zu erleichtern. Jeden Augenblick würde auch Arkon erwachen, dann konnte ...

Nuru führte den Gedanken nicht zu Ende. In einer ansatzlosen Bewegung fanden Pfeil und Bogen den Weg in seine Hand, während er mit den Augen einen dunklen Punkt am südlichen Himmel fixierte, der sich rasch näherte.

Eine Taube!

Nuru hielt den Atem an, legte den Pfeil auf die Sehne, spannte den Bogen, zielte und schoss. Lautlos sirrte der Pfeil durch die Luft und bohrte sich in den Leib der Taube, die hilflos flatternd zu Boden trudelte. »Ein sauberer Schuss!« Nuru grinste, sammelte die restlichen Pfeile auf und eilte mit großen Schritten zu der Stelle, an der die Taube liegen musste. Er fand sie erst nach einigem Suchen. Eine rotbunte mit weißen Einsprengseln. Wie ein Federknäuel lag sie im Schatten eines Zeltes, den Pfeil im Leib, einen Flügel gebrochen. Nuru hob sie auf und betrachtete sie, doch erst als er ins Licht trat und die blutigen Federn von den Beinen entfernte, erkannte er, dass er Glück gehabt hatte. Am Bein der Taube war ein dünnes Röhrchen befestigt, das sorgfältig mit Siegelwachs verschlossen war.

Diese Taube war zweifellos auf dem Weg zu Arkon gewesen. Nuru spürte eine tiefe Genugtuung in sich aufsteigen. Zu gern hätte er das Siegel gebrochen und die Botschaft gelesen, die die Taube mit sich führte, aber er wusste, dass diese nur dann als Beweis taugte, wenn das Siegel unversehrt war. Plötzlich hatte er es sehr eilig. Er musste die Taube zu Olufemi bringen – und zwar sofort.

* * *

»... Das würde bedeuten, dass ich die Rakschun mit der Macht der Kristalle besiegen kann, ohne dass auch nur ein Menschenleben dafür geopfert wird«, schloss Noelani ihre Ausführungen und erwiderte den Blick von Azenors eisblauen Augen so stolz und selbstbewusst, wie es sich für eine Maor-Say geziemte. Gleich nach ihrer Rückkehr von der Geistreise hatte sie mit Jamak über den Plan gesprochen, den sie mit Kaori erdacht hatte. Er hatte sich erleichtert gezeigt und nichts gegen eine solche Form der Unterstützung einzuwenden gehabt.

Zur Mitte der Nacht war Samui dann mit den Flüchtlingen im Palast eingetroffen. Der König hatte veranlasst, sie in den Gesindehäusern unterzubringen, in denen ein halbes Jahr zuvor noch die Bediensteten des Palasts gewohnt hatten. Drinnen war es beengt, aber warm und trocken, und nachdem alle eine warme Suppe aus der Palastküche erhalten und die königlichen Heiler sich um die Verletzten gekümmert hatten, waren die Blicke, die die Flüchtlinge Noelani und Jamak bei ihrem Besuch zugeworfen hatten, schon nicht mehr ganz so feindselig gewesen.

Noelani war beruhigt, dass alle vorerst in Sicherheit waren. Es war keine Lösung auf Dauer, aber ein Schritt in die richtige Richtung, und so hatte auch sie in der Nacht noch etwas Schlaf gefunden.

Als bei Sonnenaufgang ein Diener gekommen war und sie eingeladen hatte, die Morgenmahlzeit gemeinsam mit dem König, Fürst Rivanon und General Triffin einzunehmen, hatten Noelani und Jamak die Einladung gern angenommen. Kurz darauf hatten sie sich in einem prunkvollen Raum wiedergefunden, der dem König mit seiner langen Tafel und den mehr als dreißig Stühlen ganz offenbar allein dazu diente, hier die Speisen einzunehmen. Die Morgenmahlzeit gestaltete sich dann auch nicht weniger königlich, und obwohl sich Noelani an der mit Köstlichkeiten überreich beladenen Tafel verloren fühlte, hatte sie nicht gezögert, dem König noch während des Essens ihren Plan zu schildern, als dieser sie danach fragte.

»Habe ich das richtig verstanden?«, hakte Fürst Rivanon nach. »Ihr wollt die Kristalle um die Flöße und Waffenlager positionieren und nur die Gegenstände in Stein verwandeln?«

»So ist es.« Noelani nickte. »Flöße aus Stein schwimmen nicht, und mit steinernen Bogen kann man nicht schießen. Der Angriff wird scheitern, ehe er überhaupt begonnen hat.«

»Damit gewinnen wir eine Schlacht, nicht aber den Krieg!« Rivanon schüttelte den Kopf und schaute den König eindringlich an. »Mein König«, sagte er mahnend. »Der Plan der Maor-Say hat durchaus seinen Reiz, aber es ist nicht genug. Ihr kennt die Rakschun. Ein solcher Angriff mag für sie einen Rückschlag bedeuten, aber er wird sie nicht von ihrem Vorhaben abbringen, unser Land zu erobern. Das ist gewiss.«

»Es ist alles, was ich euch anbieten kann.« Noelani war entschlossen, sich nicht einschüchtern zu lassen. »Zu töten verstößt gegen meine innerste Überzeugung. Wenn ihr das von mir verlangt, werde ich mein Volk sammeln und weiterziehen.«

»Ach ja, ist es das? Aber wenn Ihr geht, ist das Volk von Baha-Uddin dem Tode geweiht«, erwiderte Rivanon scharf. »Könnt Ihr das mit Eurer innersten Überzeugung vereinbaren? Hilfe zu unterlassen und den Tod Tausender billigend in Kauf zu nehmen, ist auch eine Form von Töten. Ich sehe da keinen Unterschied. Oder sind die Rakschun Euch mehr wert als mein Volk?«

»Ich werte nicht«, sagte Noelani. »Jedes Leben ist kostbar.«

»Und doch stellt Ihr die Rakschun über das Volk von Baha-Uddin.«

»Das ist nicht wahr. Ich stelle nur die Ausgangslage wieder her. Ganz so, als hätte der Sturm uns nie an Land gespült.«

»Aber er hat!« Rivanon war außer sich. »Ich bin überzeugt, dass es nicht zufällig geschehen ist. Es war der Wille der Götter, der Euch in höchster Not zu uns geführt hat. Da könnt Ihr nicht so tun, als ob es die vergangenen Tage nicht gegeben hätte.«

»Das hier ist nicht unser Krieg.« Auch Noelani wurde allmählich wütend. »Nehmt meine Hilfe an oder lasst es bleiben. Das ist mein letztes Wort.«

»Wir nehmen an!« König Azenors Stimme erfüllte den Raum auf eine machtvolle Weise, wie es wohl nur Könige vermögen.

»Was?« Rivanon wirbelte herum und starrte den König an, als wäre er ein Verräter. »Aber das ist Irrsinn. Die Rakschun werden neue Flöße und neue Waffen bauen und es wieder versuchen.«

»Die wir dann erneut zerstören werden. Nicht wahr, Noelani?«

Etwas an der Art, wie der König zu ihr sprach, gefiel Noelani nicht. Aber der Eindruck war zu flüchtig, um ihn in Worte zu fassen, und so sagte sie nach einer kurzen Pause: »Solange dafür kein Leben durch meine Hand genommen werden muss, werde ich dir helfen.«

»Da hörst du es, mein lieber Rivanon.« Das Lächeln von König Azenor wirkte so befremdlich wie seine Wortwahl, dennoch konnte Noelani sich nicht dagegen wehren, dass sie etwas daran störte. »Ich denke, wir sollten der Maor-Say dankbar sein und ihr vertrauen.«

Noelani entging der rasche Blickwechsel nicht, den der König mit Fürst Rivanon tauschte, während er sprach, und für einen Moment hatte sie das Gefühl, dass zwischen seinen Worten noch sehr viel mehr geschrieben stand, als sie heraushören konnte. Es beunruhigte sie, dass die beiden Männer so verschwörerisch taten, aber sie tröstete sich mit dem Gedanken, dass sie es war, die hier die Bedingungen stellen konnte. Immerhin wollten die beiden ihre Hilfe. »Bist du auch einverstanden?«, fragte sie den Fürsten.

»Natürlich ist er das«, antwortete König Azenor, ehe Fürst Rivanon etwas sagen konnte. »Wie wir alle ist er froh und glücklich, dass du dich entschieden hast, uns zu helfen. Wenn du Erfolg hast, soll es dein Schaden nicht sein. Sofern es in meiner Macht liegt, werde ich dir und deinem Volk helfen und alles dafür tun, damit ihr fortan in Wohlstand und Frieden leben könnt.«

»Dann ist es also beschlossen«, sagte Noelani abschließend. »Wann brechen wir auf?«

»Noch heute Nachmittag.« Es war General Triffin, der antwortete. »Meine Getreuen haben bereits Anweisung erhalten, die Pferde zu satteln und eine Kutsche bereitzuhalten.« Er schaute Noelani und Jamak an und fügte hinzu: »Ist euch das recht?«

»Sehr!« Noelani schenkte dem General ein Lächeln. Sie hatte schon befürchtet, auf einen dieser hohen Vierbeiner steigen zu müssen, die in Baha-Uddin als Reit- und Lasttiere verwendet wurden, und war froh, dass es eine andere Möglichkeit gab, den Gonwe zu erreichen. »Jamak und ich werden uns nur noch von unseren Leuten verabschieden. Dann können wir aufbrechen.«

***

»*Vesiw enri Reier lass ackene such Seele Tieren*
somnu otan Fests ob Reime talli
dud asse sennem Lofap anuf gune er rund!«
T.

»Beim Blute meiner Väter, was ist das für ein Unsinn?« Verwirrt starrte Olufemi den kleinen Zettel an, den er in dem Röhrchen am Bein der Taube gefunden hatte. »Wer immer das geschrieben hat, muss den Verstand verloren haben.«

»Oder er ist besonders klug«, wandte Nuru ein. »Vielleicht verbirgt sich hinter den Worten eine geheime Botschaft.«

»Das werden wir bald wissen.« Olufemi gab den beiden Kriegern, die am Zelteingang Wache hielten, ein Zeichen. »Schafft mir Arkon, den Schmied, und seinen Sklaven unverzüglich hierher!«, befahl er und fügte hinzu: »Nehmt Verstärkung mit und bindet sie. Arkon wird vermutlich versuchen zu entkommen.«

Die Wachen nickten stumm und verließen das Zelt.

»Wie lange geht das schon?«, fragte Olufemi, als die Wachen gegangen waren. Erst jetzt, da Nuru ihm einen Beweis für seinen Verdacht geliefert hatte, schien er sich wirklich dafür zu interessieren, was es mit den Tauben auf sich hatte.

»Wie ich schon sagte: seitdem er zu uns gekommen ist«, erwiderte Nuru. »Allerdings habe ich den Tauben zunächst keine Beachtung geschenkt.«

»So lange schon?« Olufemi stützte sich auf die Tischplatte, auf der die tote Taube lag, und fragte: »Wer ist T.?«

»Vielleicht eine Geliebte.«

»Oder ein Feind.« Olufemi hob die Hand ans Kinn, während er nachdenklich im Zelt auf und ab schritt. »Wenn er die Tauben nach Baha-Uddin geschickt hat, ist unser Plan in großer Gefahr.«

»Das ist gut möglich.« Nuru nickte. Noch nie hatte er Olufemi so beunruhigt erlebt. Der Anführer der Rakschun war dafür bekannt, umsichtig und besonnen aufzutreten. Dass die unerwartete Wendung ihn so mitnahm, zeigte, wie ernst die Lage war. »Ich fürchte aber, er wird es uns nicht sagen.«

»Natürlich nicht. Er ist stumm.« Olufemi blieb vor dem Zelteingang stehen, spähte hinaus und kehrte dann zu Nuru zurück. »Aber er kann es aufschreiben. Und beim Blute meiner Väter, das wird er. Verlass dich drauf.«

Später als erwartet, kehrten die Wachen zurück, den gefesselten Arkon in der Mitte mit sich führend. Einer der Männer hatte eine blutige Lippe, der andere ein geschwollenes Auge. Es war nicht zu übersehen, dass erst das blanke Eisen ihrer Schwerter und die beiden Speerspitzen hinter Arkons Rücken den Schmied hatten dazu bewegen können, ihnen zu folgen.

»Hier ist er!« Während der eine Arkon einen Stoß in den Rücken versetzte, brachte der andere ihn zu Fall, indem er ihm mit dem Fuß die Beine unter dem Leib wegriss. Arkon stürzte wie ein gefällter Baum, schlug auf dem Boden auf und wurde von den beiden wieder so weit in die Höhe gerissen, dass er vor Olufemi kniete.

Ohne Taro auch nur eines Blickes zu würdigen, der hinter Arkon von zwei weiteren Wachen gefesselt ins Zelt geführt worden war, ging Olufemi zu dem Tisch, nahm die Taube zur Hand und warf sie vor Arkon auf den Boden. »Erkennst du sie?«, fragte er knapp.

Arkon gab ein paar gutturale Laute von sich.

»Ich weiß, dass du nicht sprechen kannst«, sagte Olufemi so ruhig, als plaudere er mit Arkon bei einem Tee über das Wetter. »Das ist auch nicht nötig. Für Ja bewegst du den Kopf auf und ab.« Er deutete die Bewegung an. »Für Nein schüttelst du ihn.« Auch diese Bewegung machte er vor. »Hast du mich verstanden?«

Arkon presste die Lippen fest zusammen und starrte zu Boden. Ohne eine Vorwarnung schoss Olufemis Faust vor und versetzte ihm einen so harten Schlag gegen den Wangenknochen, dass Nuru vor Schreck scharf die Luft durch die Zähne zog. Arkon kippte zur Seite, aber die Wachen hielten ihn und sorgten dafür, dass er nicht umfiel. »Und jetzt?«, fragte Olufemi lauernd. »Hast du mich jetzt verstanden?« Arkon zögerte. Dann nickte er.

»Gut.« Olufemi zog das Wort so in die Länge, dass es wie eine Drohung klang. »Ich frage dich noch einmal. Erkennst du dieses Tier?«

Arkon schüttelte den Kopf und fing sich sogleich den nächsten Fausthieb ein. Seine Lippe platzte auf. Blut tropfte zu Boden, aber niemand kümmerte sich darum. »Erkennst du sie?«, fragte Olufemi noch einmal. Wieder schüttelte Arkon den Kopf. Nuru war sicher, dass Olufemi noch einmal zuschlagen würde, aber dieser seufzte nur und sagte: »Du machst es mir nicht leicht, Schmied.« In aller Ruhe säuberte er seine Hand mit einem Tuch, zog einen Stuhl heran und sagte, an die Wachen gewandt: »Ich fürchte, es dauert etwas länger. Setzt ihn da hin und bindet ihn«, während er gleichzeitig jemandem ein Zeichen gab, der an der Tür wartete. Nuru sah sich um und erschauderte. Der Krieger, der das Zelt betreten hatte, überragte alle anderen um mehr als Haupteslänge, mit Schultern, die so breit und muskelbepackt waren, dass er kaum durch den Eingang passte. Sein Schädel war kahl, die Haut schwarz wie die Nacht. Nuru kannte seinen Namen nicht, aber er ahnte, dass dies Olufemis gefürchteter Leibwächter sein musste, dem man im Lager hinter vorgehaltener Hand entsetzliche Grausamkeiten nachsagte.

»Das ist Aboul«, stellte Olufemi Arkon den hünenhaften Krieger vor. »Du kennst ihn noch nicht, und ich kann dir versprechen, dass du dir wünschen wirst, ihm nie begegnet zu sein, wenn du dich nicht fügsam zeigst.« Er nickte Aboul zu, der sich drohend vor Arkon aufbaute, und ließ sich selbst lässig auf einem Stuhl nieder, ganz so, als ginge ihn der Fortgang des Verhörs nichts mehr an. »Also noch einmal von vorn«, sagte er ruhig. »Die Frage war: Erkennst du dieses Tier?«

Arkon schüttelte den Kopf. Olufemi gab Aboul ein Zeichen, worauf dieser Arkon einen Schlag in die Magengrube versetzte. Der Schmied gab einen keuchenden Schmerzlaut von sich, dachte aber offenbar nicht daran, seine Aussage zu ändern.

»Immer noch nicht?«, fragte Olufemi. Arkon schüttelte den Kopf und zahlte dafür mit weiteren Schmerzen.

***

Das grausame Verhör nahm kein Ende. Während Olufemi dieselbe Frage wieder und wieder stellte, blieb Arkon ungeachtet der Schmerzen bei seinem Nein. Selbst als Olufemi ihm eröffnete, dass es Zeugen gebe, die ihn mit der Taube gesehen hatten, zeigte Arkon sich weiter verstockt. Auch als Aboul dazu überging, ihm nacheinander die Finger zu brechen, änderte sich das nicht.

Taro hörte die Knochen brechen. Das Geräusch drehte ihm den Magen um, und er wünschte, der Schmied würde endlich die Wahrheit sagen. Er hatte die Taube sofort erkannt, die oft zu Arkon gekommen war, und war sicher, dass Nuru der Zeuge war, von dem Olufemi gesprochen hatte. Arkon musste sich all dessen bewusst sein, aber er blieb beharrlich bei seiner Lüge. Warum? Warum nur? Vielleicht war er tatsächlich ein Spitzel, wie Taro schon vermutet hatte. Vielleicht steckte auch etwas anderes hinter den geheimnisvollen Botschaften. Aber was es auch sein mochte, offenbar ging seine Ergebenheit so weit, dass er sein Leben geben würde, um jene zu schützen, die ihm die Botschaften schickten.

Wieder versetzte Aboul dem störrischen Schmied einen schmetternden Fausthieb, aber diesmal blieb sogar der Schmerzlaut aus. »Er hat die Besinnung verloren«, hörte er Olufemi sagen. »Holt kaltes Wasser. So kommen wir nicht weiter.«

Als das eisige Wasser Arkon aus einem Kübel über den Kopf gegossen wurde, wachte dieser aus der Ohnmacht auf.

Obwohl Taro etwas abseits stand, entging ihm nicht, dass er mehr tot als lebendig war. Zwar hatte er die Augen geöffnet, aber die Bewegungen waren schwach, und sein Blick war so leer, als wäre sein Geist bereits weit fort.

Olufemi kümmerte das nicht. Mit stoischer Ruhe setzte er das Verhör fort, während Abouls Folter weitere grausame Blüten trieb.

Längst waren seine Hände schlüpfrig von Blut, aber der Anblick schien ihn nur noch weiter anzustacheln. Je länger das Verhör andauerte, desto mehr gewann Taro den Eindruck, als hätte der hünenhafte Krieger eine diabolische Freude an den Grausamkeiten.

Schließlich hielt Taro es nicht mehr aus, das Leid des Mannes mit anzusehen, der ihm so viel Gutes getan hatte. »Haltet ein!«, rief er aus. »Ihr bringt ihn ja um.«

Aboul wollte fortfahren, den Schmied zu quälen, aber Olufemi gab ihm mit einem Fingerzeig zu verstehen, dass er aufhören sollte. »Was weißt du, Taro?«, fragte er.

»Ich weiß, dass die Taube öfter zu Arkon geflogen kam«, sagte er wahrheitsgemäß. Im ersten Moment fürchtete er, Arkon könnte wütend auf ihn sein, weil er verriet, was dieser so heldenhaft für sich zu behalten versuchte, aber als er zu Arkon hinüberschaute, sah er, dass der Schmied schon wieder die Besinnung verloren hatte.

»Erzähl uns mehr davon. Hast du gesehen, dass er durch sie Botschaften erhielt?« Olufemi sprach freundlich, aber Taro war sich der Gefahr wohl bewusst, in der er sich befand. Olufemi schien zu wissen, dass die Tauben Botschaften bei sich trugen. Ein falsches Wort, und ihn würde als Arkons Komplize dasselbe Schicksal ereilen. Aber um den Mund zu halten, war es zu spät. Er hatte bereits zu viel gesagt. Niemand würde ihm glauben, dass Arkon ihn nicht in seine Machenschaften eingeweiht hatte. Nun musste er sich etwas einfallen lassen.

»Ja.«

»Warum hast du das nicht gleich gesagt?«, fragte Olufemi. »Du hättest deinem Meister großes Leid erspart.«

»Ich musste ihm versprechen, es niemandem zu verraten.«

»Auch dann nicht, wenn sein Leben in Gefahr ist?«

»Auch dann nicht.«

»Und warum hast du dein Versprechen jetzt gebrochen?«

»Weil ich nicht will, dass er stirbt. Er war immer gut zu mir.« Taro warf Nuru einen unsicheren Blick zu, aber dieser tat, als bemerke er es nicht. Es wäre eine gute Gelegenheit gewesen, Arkon noch weiterer Schandtaten zu bezichtigen, aber offenbar hatte Nuru kein Interesse daran, Arkon eine Liebschaft mit seinem Sklaven zu unterstellen.

»Komm her, Taro.«

Taro ging langsam auf Olufemi zu. Er hatte Angst, furchtbare Angst. Er wollte nicht wie Arkon enden.

»Was weißt du über Arkon und die Tauben?«, fragte Olufemi in einem fast väterlichen Tonfall.

Taro zögerte. Binnen weniger Herzschläge wog er die Aussicht ab, das Zelt lebend zu verlassen. Dann sagte er: »Ich glaube, er ist verliebt.« Das war eine Lüge. Wer auch immer diese Tauben schickte, eine Frau war es nicht, dessen war Taro sich sicher. Aber es war eine gute Lüge, und er hoffte, dass niemand sie durchschauen würde.

»Verliebt?« Olufemi lachte in gespielter Fröhlichkeit. »Dieser Krüppel? Wie kommst du darauf?«

»Nun, er wirkte immer sehr glücklich, wenn er die Botschaften las«, erwiderte Taro, und diesmal fiel ihm die Lüge nicht schwer.

»Hast du sie gelesen?«, fragte Olufemi lauernd. »Ich weiß, dass du lesen kannst.«

»Nein.« Taro schüttelte den Kopf. »Ich habe sie nie ansehen dürfen. Er hat sie immer gleich verbrannt.«

»Hat er geantwortet?«

»Ja.«

»Was weißt du noch?«

»Nichts. Das ist alles.« Taro zitterte, weil er fürchtete, nun auch geschlagen zu werden.

»Das ist schade, sehr schade.« Olufemi seufzte, erhob sich und ging zu Arkon, der zusammengesunken und nur von den Fesseln gehalten auf dem Stuhl saß.»Da werden wir ihn wohl wecken und ihm noch ein paar Fragen stellen müssen.« Er griff dem Schmied in die Haare und bog den Kopf nach hinten. Arkons Gesicht war blutverschmiert und von unzähligen Platzwunden verunstaltet. Die geschwollenen Augen waren nur halb geschlossen. Aus den Mundwinkeln floss Blut. »Verdammt.«

»Was ist mit ihm?« Die Frage rutschte Taro heraus, bevor er sie zurückhalten konnte. Aber Olufemi schien ihn gar nicht gehört zu haben. »Schafft ihn raus!«, wies er die Krieger an, die Arkon ins Zelt geführt hatten. »Er ist tot!«

»Tot?« Fassungslos starrte Taro auf den Schmied. Das konnte nicht sein. Das war unmöglich. Arkon hatte schlimme Misshandlungen erfahren, aber davon starb ein so starker Mann doch nicht. Jedenfalls nicht so schnell. Bestürzt beobachtete er, wie die Krieger Arkon losbanden und den leblosen Körper aus dem Zelt schleiften.

»Bist du von Sinnen?«, hörte er Olufemi neben sich ausrufen. »Du solltest ihn foltern, aber nicht töten.«

»Ich habe es wie immer gemacht, Herr«, sagte Aboul kleinlaut. »Bisher ist noch keiner davon gestorben.«

»Dann bist du diesmal wohl zu weit gegangen.« Olufemi war außer sich. »Meinst du, ich mache das hier zum Spaß?«, herrschte er seinen Leibwächter an. »Er war wichtig. Und du Narr bringst ihn einfach um.«

»Er hätte nichts gesagt«, wagte Aboul einzuwenden. »Jeder andere hätte längst gestanden. Auch wenn es nicht die Wahrheit gewesen wäre. Wer so lange durchhält, dem entlockt man nichts.«

»Ach, wie auch immer. Es ist vorbei. Jetzt kann er nichts mehr sagen.« Olufemi machte eine wegwerfende Handbewegung, schaute Taro von der Seite an und sagte: »Jetzt haben wir nur noch dich.«

»Mich!« Taro schluckte trocken. Sein Herzschlag beschleunigte sich, und er spürte, wie seine Knie weich wurden. Was hatte Olufemi vor? »Aber ich habe alles gesagt, was ich weiß.«

»Vielleicht, vielleicht auch nicht. Komm her.« Olufemi nahm ein kleines Pergament zur Hand und hielt es so ins Licht, dass Taro sehen konnte, was darauf geschrieben stand. »Diese Botschaft trug die

Taube bei sich«, sagte er. »Ich will wissen, was sie zu bedeuten hat. Arkon ist tot, du bist niemandem mehr verpflichtet. Ich mache dir ein Angebot, Taro. Wenn du mir sagen kannst, was das hier bedeutet, lasse ich dich frei. Dann kannst du gehen, wohin du willst. Niemand wird mehr über dich bestimmen.«

»Frei?« Taro starrte Olufemi fassungslos an. Nach Arkons Foltertod hatte er mit allem gerechnet. Damit nicht. »Wirklich?«

»Habe ich je mein Wort gebrochen?«

Taro verzichtete auf eine Antwort, stattdessen starrte er den Zettel an und begann zu lesen:

>»Vesiw enri Reier lass ackene such Seele Tieren
>somnu otan Fests ob Reime talli
>dud asse sennem Lofap anuf gune er rund!«
>T.

Der Text ergab keinen Sinn, und doch wusste er sofort, was zwischen den Zeilen geschrieben stand: *Verlasst sofort das Lager!* Die wahre Botschaft tauchte in seinen Gedanken auf, ohne dass er darüber nachdenken musste. Aber das war nicht das Einzige, was in diesem kurzen Augenblick in ihm vorging. Es war unglaublich. Ein Wunder. Als hätte das Lesen einen Vorhang gehoben, konnte er mit Gewissheit sagen, von wem die Nachricht stammte: General Triffin.

Triffin!

Der Name löste eine wahre Flut von Bildern in ihm aus, die mit der Wucht eines Sturms über ihn kamen und ihm mit einem Schlag alle Erinnerungen zurückgaben, die er verloren glaubte.

Alle Träume und Visionen, die ihn in den vergangenen Monaten heimgesucht hatten, ergaben plötzlich einen Sinn und rückten wie von selbst an ihren angestammten Platz. Die schöne junge Frau in dem Garten, die er so sehr geliebt hatte und die dann doch einen anderen für sich erwählte. Sein Vater, streng und unnachgiebig, und General Triffin ...

In Gedanken stand Kavan wieder auf der Brustwehr des inneren Rings aus hölzernen Palisaden und starrte auf die brennende Festung. Über das Knistern und Fauchen der Flammen hinweg lauschte er dem Klirren der Waffen und den Todesschreien seiner Krieger. Die Gewissheit, versagt zu haben, und das Wissen darum, dass sein Vater einen Rückzug niemals dulden würde, bewegten seine Gedanken.

Seine Hand zitterte, als er unter sein Gewand griff, um den Dolch hervorzuholen, der sein Leben im Falle einer Niederlage beenden sollte. Er wusste, was sein Vater von ihm erwartete, wusste, dass er es tun musste. Jetzt. Sofort.

Aber er konnte es nicht.

»Mein Prinz!« Eine Hand legte sich auf seine Schulter. Er drehte sich um und erblickte General Triffin. »Wir können die Festung nicht länger halten, wir müssen uns zurückziehen.«

»Rückzug?« Taro hörte seine eigene Stimme hell und schrill in Gedanken. »Du kennst die Befehle. Von einem Rückzug ist darin nicht die Rede. Die Brücke muss gehalten werden. Ich muss dir nicht sagen, wie wichtig sie ist. Deshalb wird die Festung verteidigt. Bis zum letzten Mann – verstanden? Jetzt verschwinde und...« Das Letzte, was er sah, war Triffins Gesicht, das zu einer ausdruckslosen Maske erstarrt schien. »Vergebt mir, mein Prinz«, hörte er den General murmeln, dann traf ihn ein wuchtiger Schlag am Kopf und ließ das Bild vor seinen Augen erlöschen.

Ich bin nicht Taro! Und ich bin kein Sklave!

Ich bin Prinz Kavan von Baha-Uddin!

Die Erkenntnis drohte ihm den Boden unter den Füßen fortzureißen. In seinem Kopf wirbelten die Gedanken schnell und ungeordnet umher. Träume und Visionen, die er in den vergangenen Wochen und Monaten gehabt hatte, bekamen plötzlich einen Sinn und fanden nahtlos ihren Platz in seinen Erinnerungen, während er gleichzeitig versuchte, seine Lage und mögliche Gefahren abzuschätzen.

Ich bin Prinz Kavan von Baha-Uddin, und ich stehe hier inmitten meiner Feinde, die nicht wissen, wer ich bin. Der Gedanke trieb ihm den Angstschweiß auf die Stirn. Angestrengt starrte er auf das Pergament, in der Hoffnung, dass Olufemi nichts von dem spürte, was in ihm vorging. Die Botschaft stammte ohne Zweifel von General Triffin. Es war eine Warnung. Offenbar hatte Arkon für Triffin gearbeitet. Vielleicht war er einer von ihnen gewesen und hatte ihn als den Prinzen erkannt. Das würde auch erklären, warum er seinen Sklaven so zuvorkommend behandelt hatte.

»Und? Kannst du es lesen?« Olufemi klang ungeduldig. Taro wusste, dass er etwas antworten musste, etwas Kluges, was den Anführer der Rakschun zufriedenstellen und zu seiner Lügengeschichte von Arkons heimlicher Liebe passen würde. Einen anderen Code als den der Anfangsbuchstaben, den man bei den Truppen von Baha-Uddin verwendete. Einen Code, der ihm einen brauchbaren Satz und eine gute Erklärung dazu liefern würde. Nur welchen? Verbissen starrte er auf die Zeilen, in der Hoffnung, eine Antwort zu finden ...

6

Die Sonne hatte den Zenit gerade überschritten, als die kleine Gruppe auf dem Innenhof des Palastes die letzten Vorbereitungen für die Abreise traf. General Triffin und zwei weitere Krieger hatten ihre Pferde gesattelt und Proviant für zwei Tage in den Packtaschen am Sattel verstaut.

Für Noelani und Jamak stand ein vierspänniger Planwagen bereit, der von einem weiteren Krieger geführt wurde. Auf der Ladefläche türmten sich Kisten mit Pfeilspitzen, Körbe mit Arznei und Heilkräutern und allerlei Gerätschaften, Dinge, die man im Heerlager schon sehnlichst erwartete.

Jamak und Noelani hatten nur wenig Gepäck. Noelani war froh, dass sie die weite Reise nicht in den abgetragenen und schlecht sitzenden Kleidern antreten mussten, die sie auf dem Schiff erhalten hatten. Auch hier hatte König Azenor sich großzügig gezeigt und ihnen warme Reisekleidung zukommen lassen, denn obwohl die Sonne schien, war es sehr kalt, und man erwartete Frost für die Nächte.

Die dicke, mit weißem Fell besetzte Jacke aus dunkelbraunem Leder fühlte sich für Noelani ungewohnt an. Auf Nintau war es das ganze Jahr über warm gewesen, selbst in der Regenzeit, und sie war es nicht gewohnt, Fellkleidung zu tragen. Obwohl sie warm und ihr Nutzen unverkennbar war, fühlte Noelani sich wie in einem Panzer, der sie schwer und unbeweglich machte, und wünschte sich nichts sehnlicher, als die lästigen Kleidungsstücke bald wieder ablegen zu können.

Jamak, der neben ihr auf dem Kutschbock saß, schien ähnliche Gedanken zu hegen. Noelani sah, wie er den Kopf unwillig hin und her bewegte, weil der Fellbesatz der Jacke ihn am Kinn kitzelte. Arme und Schultern bewegte er immer wieder auf eine Weise, als müsse er sich vergewissern, dass dies überhaupt noch möglich war. Wie Noelani hatte er sich geweigert, die Fellmütze mit den Ohrenklappen aufzusetzen und die warm gefütterten Handschuhe anzuziehen. Beides lag zusammen mit Noelanis Handschuhen und ihrer Mütze unbeachtet hinter ihm auf dem Wagen.

General Triffin und die drei Krieger hingegen schienen sich in der dicken Kleidung durchaus wohlzufühlen. Noelani beobachtete staunend, wie geschickt sie sich in die Sättel schwangen und die nervös tänzelnden Pferde ruhig hielten. Alles schien bereit zu sein, aber noch gab General Triffin nicht den Befehl zum Aufbruch.

»Warum geht es nicht los?«, richtete sie eine Frage an Jamak.

»Darum.« Er deutete mit der ausgestreckten Hand zum Palast hinüber, wo König Azenor und Fürst Rivanon gerade mit einem Gefolge von zehn vornehm gekleideten Ratsmitgliedern die breite Treppe zum Hofplatz hinunterstiegen. »Offenbar lässt es sich der König nicht nehmen, dir persönlich gute Wünsche mit auf den Weg zu geben.«

Wenige Augenblicke später war die Gruppe bei den Reisenden angekommen. Während die Mitglieder des Rates respektvoll Abstand hielten, traten der König und Fürst Rivanon vor. »Verehrte Maor-Say«, hob der König an und schenkte Noelani ein strahlendes Lächeln. »Im Namen des Volkes von Baha-Uddin spreche ich Euch meinen tief empfundenen Dank aus für das, was Ihr für uns auf Euch nehmen wollt. Mögen die Götter schützend die Hand über Euch halten, auf dass Eure mutige Tat von Erfolg gekrönt sein wird.«

»Danke. Ich werde tun, was in meiner Macht steht.« Noelani nickte dem König zu.

»Mein König, wir sind bereit.« General Triffin lenkte sein Pferd um den Planwagen herum. »Wenn die Sonne ein drittes Mal aufgeht, werde ich Mael durch seinen Sohn eine Taube mit der Nachricht des Sieges schicken lassen.«

»Ich zähle auf dich, mein lieber Triffin. Diese Tauben sind wirklich bemerkenswert. Wir hätten sie schon viel früher für das Heer verwenden sollen.« Der König bedachte auch den General mit einem Lächeln. Etwas daran war anders, das erkannte Noelani sofort – und erhielt auch gleich die Bestätigung dafür. »Allerdings hat sich über Nacht noch eine kleine Änderung in unserem Plan ergeben.« Er wandte sich Fürst Rivanon zu und sagte: »Der Fürst wird euch begleiten. Er hat von mir persönlich das Kommando über den Einsatz der Kristalle erhalten.«

»Aber ...?« General Triffin war über die Wendung so überrascht, dass ihm die Worte fehlten.

»Ja, ich weiß, gestern habe ich dir das Kommando übergeben. Aus heutiger Sicht erscheint mir das allerdings etwas übereilt. Oder hast du ein Problem damit, dass ich meine Meinung geändert habe?«, fragte Azenor lauernd.

»Nein, Majestät. Nein.« Die Antwort kam ein wenig zu hastig, um ehrlich zu klingen. Triffin schien das selbst zu spüren und fügte schnell hinzu: »Es ... es ist nur so, dass Fürst Rivanon noch keinerlei Erfahrung im Kämpfen und im Umgang mit den Rakschun hat.«

»Nun, wenn alles wie geplant abläuft, ist das wohl auch nicht nötig«, erwiderte der König. »Wenn ich mich recht entsinne, handelt es sich um einen geheimen nächtlichen Einsatz, der beendet sein wird, ehe auch nur ein Rakschun bemerkt, was vor sich geht.«

»Im Krieg verläuft nur selten etwas so, wie es geplant war«, gab Triffin zu bedenken. »Wenn etwas schiefgeht ...«

»Ich bin mir der Gefahren sehr wohl bewusst, General«, fiel Rivanon Triffin scharf ins Wort. »Der König vertraut mir. Also sag mir nicht, was ich nicht tun soll.«

»Die Sorge um das Wohlergehen des Fürsten ehrt dich, General«, mischte der König sich wieder in das Gespräch ein. »Aber ich habe mich entschieden. Rivanon wird den Angriff leiten. Das ist mein letztes Wort.« Er griff unter seinen Umhang und zog ein zusammengerolltes Pergament darunter hervor. »Hier sind meine Befehle«, sagte er. »Nur für den Fall, dass auch am Gonwe jemand Bedenken hegt.«

»Mein König!« Triffin nahm die Rolle entgegen, verneigte sich ehrerbietend und steckte sie in seine Packtasche. Es war nicht zu übersehen, wie sehr ihm die neuerliche Entwicklung missfiel, aber er fügte sich.

Rivanon stieß einen Pfiff aus und gab jemandem ein Zeichen, den Noelani nicht sehen konnte. Gleich darauf war das Klappern von Hufen zu hören, als ein Page das fertig gesattelte Pferd des Fürsten am Zügel herbeiführte. Rivanon saß auf, grinste und sagte: »Also, worauf warten wir noch? Lasst uns losreiten und den Krieg gewinnen.« Er reckte die Faust in die Höhe und rief: »Für Baha-Uddin! Lang lebe König Azenor!« Bei diesen Worten ließ er sein Pferd mit wirbelnden Vorderhufen steigen; dann setzte er sich so selbstverständlich an die Spitze des Zuges, als hätte der König ihm auch dafür das Kommando übertragen.

Als die Gruppe das Palastgelände verlassen hatte und der Hufschlag verklungen war, verließen auch der König und sein Gefolge aus Ratsmitgliedern den Hofplatz. Während jeder einem anderen Ziel zustrebte, suchte einer der Männer die Nähe des Königs. »Auf ein Wort noch, mein König«, sagte er.

»Was gibt es?« Azenor blieb stehen und schaute sein Gegenüber mit einer Mischung aus Gleichmut und Langeweile an.

»Stimmt es, dass diese Maor-Say nur die Flöße und die Waffen der Rakschun in Stein verwandeln soll?«

»Das zu tun ist sie losgezogen.« Azenor nickte.

»Aber das genügt nicht. Um den Krieg zu gewinnen, müssten auch die Rakschun selbst ...«

»Beruhige dich, mein Freund.« Azenor lächelte und legte dem Mann in einer väterlichen Geste die Hand auf die Schulter. »Fürst Rivanon trug sich am Abend mit denselben Befürchtungen, und auch ich bin da ganz bei euch.«

»Dennoch habt Ihr dem Plan zugestimmt.«

»Vordergründig ja.« Azenors Lächeln wurde eine Spur breiter. »Aber nur, weil die Maor-Say sonst niemals zum Gonwe aufgebrochen wäre. Sie ahnt es nicht, aber Rivanon hat seine ganz eigenen Befehle. Er ist es, der den wahren Sieg für uns erringen wird. Sei also unbesorgt. Wenn die Sonne zum dritten Mal aufgeht, wird unser Sieg über die Rakschun vollkommen sein.«

***

>»Vesiw enri Reier lass ackene such Seele Tieren
somnu otan Fests ob Reime talli
dud asse sennem Lofap anuf gune er rund!«

Prinz Kavans Lippen bewegten sich leicht, als er die Zeilen überflog. Er glaubte sich zu erinnern, dass in dem Geheimcodex eine Sicherung eingebaut war, aber anders als der Codex selbst dauerte es eine Weile, bis er sich wieder daran erinnerte. Dann fiel es ihm wieder ein. Die Endbuchstaben!

Das war es. Der Text des Codex wurde meistens so verfasst, dass jeweils die Anfangs- und Endbuchstaben einen sinnvollen Satz ergaben, wobei die Botschaft selbst sich hinter den Anfangsbuchstaben verbarg. Als Befehlshaber der Truppen hatte Kavan sich nie die Mühe gemacht, die Endbuchstaben zu entziffern, diesmal jedoch war es seine Rettung.

»Wir ... sehen ... uns ... bei ... dem ... Pferd«, las er stockend, nickte und sagte: »Ja, es stimmt. Scheinbar ist es wirklich die Botschaft für eine geheime Verabredung.«

»Wo steht das?« Olufemi nahm ihm das Pergament aus der Hand und schaute es prüfend an. »Ich sehe nichts.«

»Es ist nicht sofort zu erkennen, aber eigentlich ganz einfach. Man muss die letzten Buchstaben der Wörter zusammensetzen«, erklärte Kavan dem Heerführer. Nun war er froh, dass er von Arkons Verhältnis zu einer Frau gesprochen hatte, obwohl er davon nichts wusste und das nur so dahingesagt hatte, um Arkon weitere Folter zu ersparen. Der Text passte vollkommen dazu. »Wie es scheint, hatte Arkon tatsächlich eine Liebschaft.«

»Du hast recht. Es geht hier offenbar tatsächlich nur um eine Verabredung.« Olufemi zerknüllte das Pergament und warf es auf den Boden. »Warum hat er das nicht gesagt? Das hätte ihm das Leben gerettet.«

»Vermutlich wollte er die Frau schützen.«

»Schützen? Eine Frau?« Olufemi schüttelte den Kopf. »Wir haben hier so viele Frauen. Warum sollte er das tun?«

»Vielleicht hat er sie geliebt«, meinte Kavan schulterzuckend.

»So sehr, dass er dafür in den Tod geht?« Olufemi gab ein verächtliches Lachen von sich. »Welch ein Narr.« Dann seufzte er und wechselte das Thema. »Nun, wie auch immer. Arkon ist tot, daran können wir nichts ändern. Immerhin wissen wir jetzt, dass er kein Spitzel war und der Angriff wie geplant stattfinden kann.« Er setzte sich, griff nach dem Weinkrug und nahm daraus einen großen Schluck. Kavan sah, wie Nuru das Zelt verließ, zögerte aber, es ihm gleichzutun.

»Was ist?«, fragte Olufemi unwirsch. »Worauf wartest du? Ich halte mein Wort. Du bist frei. Du kannst gehen, wohin du willst.«

»Ich habe noch eine Frage.« Kavan hatte große Schwierigkeiten, sich unauffällig zu verhalten. Jetzt, da er um seine Vergangenheit wusste, war die Furcht vor den Rakschun allgegenwärtig, obwohl er schon mehr als ein halbes Jahr unerkannt unter ihnen lebte.

»Dann frag. Aber fass dich kurz.« Es war offensichtlich, dass Olufemi sich gedanklich bereits mit anderen Dingen beschäftigte.

»Ihr wisst, dass ich mein Gedächtnis verloren habe. Deshalb möchte ich wissen, wie ich damals zu Euch gekommen bin.«

»Na, wie schon?«, knurrte Olufemi. »Wie alle Sklaven zu uns kommen. Ich habe dich bei einem Händler erworben. Er sagte, er hätte dich aufgegriffen, als du halbnackt und verwirrt am Ufer des Gonwe herumgeirrt bist. Das hat mir gefallen. Ein Sklave, der sich nicht an seine Heimat und an seine Familie erinnern kann, hegt keine Fluchtgedanken.« Er schaute Kavan von der Seite her an und fügte hinzu: »Falls du gehofft hast, dass ich dir etwas über deine Vergangenheit sagen kann, muss ich dich enttäuschen. Jetzt verschwinde. Ich habe nicht ewig Zeit.«

»Danke, Herr!« Kavan verneigte sich, wie es sich für einen Sklaven geziemte, und verließ das Zelt. An den Händler und daran, wie er zu Olufemi gekommen war, konnte er sich kaum noch erinnern. Aber was er eben gehört hatte, brachte Licht in die dunkle Stelle, die sich in seinen Erinnerungen auftat.

General Triffin hatte ihn niedergeschlagen, weil er sich geweigert hatte, den Rückzug zu befehlen. Vermutlich hatte Triffin ihn für tot gehalten und dann selbst den Rückzug befohlen. Die Festung war gefallen und die Brücke gesprengt worden.

Er musste irgendwann erwacht sein und sich aus den Trümmern der Festung geschleppt haben. Vielleicht hatte er noch einen Rest Verstand behalten oder auch nur instinktiv gehandelt, als er sich der Rüstung des Thronfolgers von Baha-Uddin entledigt hatte. Auf jeden Fall schien ihn niemand gesehen und erkannt zu haben, bis der Sklavenhändler ihn irgendwo am Ufer des Gonwe aufgelesen und als sein Eigentum mitgenommen hatte.

Kavan seufzte. Seine eigenen Erinnerungen hatten erst in Olufemis Zelt wieder eingesetzt. Es war unfassbar. Ein halbes Jahr lang hatte er in dem Glauben, ein Sklave zu sein, mitten unter seinen Todfeinden gelebt, und obwohl die Vergangenheit ihn nun mit Macht eingeholt hatte, war es unendlich schwer für ihn, die Persönlichkeit des Sklaven Taro abzulegen und wieder Prinz Kavan zu sein.

Ohne dass er es vorhatte, führten seine Schritte ihn zurück zu Arkons Zelt. Für einen Augenblick spielte er mit dem Gedanken, dass er eine von Arkons Tauben verwenden könnte, um die Menschen in Baha-Uddin vor dem bevorstehenden Angriff der Rakschun zu warnen und gleichzeitig die Nachricht, selbst noch am Leben zu sein, an seinen Vater zu senden. Aber dann fiel ihm ein, dass Arkon das sicher schon alles getan hatte. Zudem stürzte ihn der Gedanke an seinen Vater, den er so sehr geliebt, gehasst und gefürchtet hatte, in ein solches Gefühlschaos, dass er am Ende froh war, keine einzige Taube im Zelt vorzufinden.

Ich muss nachdenken, dachte er bei sich. Ich muss allein sein. Ich habe lange bei den Feinden meines Volkes gelebt. Ich kenne ihre Geschichte und sie selbst besser als irgendjemand anders in Baha-Uddin. Als ihr Sklave Taro habe ich sie nicht lieben gelernt, aber ich kann sie auch nicht mehr hassen, so wie Prinz Kavan es einst getan hat. Zu viel ist geschehen, als dass ich einfach in die Heimat zurückkehren und mein altes Leben wieder aufnehmen könnte.

Diese und andere Gedanken bewegten ihn, als er seine wenigen Habseligkeiten zusammenpackte, um das Heerlager zu verlassen. Er hatte kein Ziel, wusste nicht, wohin er gehen sollte. Er wusste nur, dass er nicht im Lager bleiben konnte. Was immer Triffin vorhatte, die Warnung war eindeutig gewesen.

Verlasst sofort das Lager!

Neben warmen Decken, Proviant und Werkzeug zum Feuermachen fanden auch einige Waffen, die Arkon gehört hatten, den Weg in sein Bündel. Am Ende stand er abmarschbereit und schwer beladen in dem Rundzelt und schaute sich ein letztes Mal um.

»Du gehst?«

Kavan wirbelte herum und sah Nuru im Zelteingang stehen »Warum nicht? Ich bin frei«, sagte er ruhig.

»Wohin?«

»Irgendwohin.« Kavan zog die Schultern in die Höhe. »Ich kenne meine Heimat nicht und weiß nicht, wo meine Familie lebt. Irgendwo werde ich schon eine neue Heimat finden.«

»Oder dem nächsten Sklavenhändler begegnen.« Nuru grinste. »Gib acht, Taro. Sonst sehen wir uns schneller wieder, als dir lieb ist.«

»Das glaube ich kaum.« Taro machte einen Schritt auf den Schmied zu. »Diesmal bin ich vorsichtig. Und jetzt lass mich vorbei. Da draußen wartet die Freiheit auf mich.« Mit diesen Worten zwängte er sich an dem Schmied vorbei und verließ das Lager in

Richtung Norden, dorthin, wo der Gonwe nicht nur die beiden Landesteile Baha-Uddins, sondern auch die verfeindeten Heere voneinander trennte.

* * *

Am späten Abend des zweiten Tages, nachdem die kleine Gruppe unter General Triffins Führung die Hauptstadt Baha-Uddins verlassen hatte, entdeckte Noelani in der Ferne einen feurigen Widerschein, der nur von den Lagerfeuern der beiden Heerlager stammen konnte.

Fröstelnd schmiegte sie sich in ihre mit wärmendem Fell gefütterte Jacke, an die sie sich zwar immer noch nicht gewöhnt, deren Vorzüge sie auf der langen Reise aber zu schätzen gelernt hatte, und freute sich, dass sie nicht noch eine Nacht unter freiem Himmel würde verbringen müssen.

Abgesehen von der nächtlichen Kälte war es eine ruhige Reise ohne Fährnisse und Zwischenfälle und sogar ohne Sturm und Regen gewesen. Die Landschaft hatte dem Auge nur wenig Abwechslung geboten. Ihr Weg hatte durch karges Ackerland mit verlassenen Bauernhöfen geführt, über herbstbraune Wiesen und gerodete Flächen und durch lichte Wälder, in denen unzählige Baumstümpfe von dem ungestillten Holzhunger der Menschen kündeten. Noelani hatte sich alles sehr aufmerksam angesehen. Hin und wieder hatte sie das Gespräch mit Jamak gesucht, aber die Gespräche litten unter der schlechten Stimmung, die in der kleinen Gruppe herrschte, und waren meist sehr knapp ausgefallen.

Obwohl Noelani General Triffin und Fürst Rivanon nur flüchtig kannte, war für sie rasch klar, dass die beiden kaum Sympathien füreinander hegten. Die Entscheidung des Königs, Fürst Rivanon das Kommando für ihren Angriff gegen die Rakschun zu übergeben, schien General Triffin so sehr verärgert zu haben, dass er auf der ganzen Reise kein einziges Wort mit dem Fürsten gewechselt und so getan hatte, als sei dieser Luft für ihn. Rivanon hingegen hatte die Nähe Triffins tunlichst gemieden, auch wenn es Noelani nicht entgangen war, dass er den General aus der Ferne heimlich beobachtet hatte, ganz so, als ob er ihm nicht vertraute.

Der Graben zwischen den beiden schien sehr viel tiefer zu sein, als es nach außen hin den Anschein hatte, aber Noelani hatte entschieden, dass es sie nicht zu kümmern hatte, auch wenn der schwelende Zwist sich ungünstig auf die Stimmung aller auswirkte. So hatte sie noch einen Grund mehr, sich zu freuen, dass die Reise endlich ein Ende hatte.

»Da vorn ist das Heerlager.« Der Krieger, der das Gespann fuhr und sich in der ganzen Zeit kaum mit ihr oder Jamak unterhalten hatte, glaubte offenbar, sie schlafe, denn er berührte sie leicht an der Schulter und deutete voraus. »Wir sind gleich da.«

»Na endlich.« Noelani wollte ihn nicht enttäuschen und behielt es für sich, dass sie den Feuerschein schon längst gesehen hatte. »Ich bin froh, wenn das Durchschaukeln ein Ende hat.«

Eine halbe Stunde später fanden Noelani und Jamak sich in einem geräumigen Zelt wieder, das bereits fertig für sie hergerichtet worden war. Auch die Begrüßung verlief so, als ob ihre Ankunft schon lange bekannt sei. Auf Noelanis Frage, wie das möglich sei, hatte Triffin nur knapp geantwortet, jemand hätte vom Palast aus eine Taube mit der Nachricht ihrer Ankunft zum Heerlager vorausgeschickt. Dann hatte er sich wieder dem stellvertretenden Heerführer zugewandt, der es nicht erwarten konnte, Triffin mitzuteilen, was während seiner Abwesenheit vorgefallen war. Die Antwort hatte Noelani nicht wirklich zufriedengestellt, aber sie dachte nicht weiter darüber nach und freute sich einfach nur, dass sie sich auf dem weichen und mit wärmenden Fellen bedeckten Bett ausstrecken konnte.

»Wenn wieder Nebel aufzieht, hast du es morgen um diese Zeit bereits hinter dir«, hörte sie Jamak sagen, der sich an den Tisch gesetzt hatte und von den bereitgestellten Speisen kostete. »Hast du Angst?«

»Wovor?«

»Dass die Rakschun dich erwischen könnten oder etwas anderes fehlgeht.«

»Mach dir keine Sorgen, die Rakschun erwischen mich nicht«, sagte Noelani. »Du weißt doch, dass ich im Boot bleiben werde. Fürst Rivanon wird den fünf Kriegern genaue Anweisungen geben, wo sie die Kristalle abzulegen haben. Wenn das geschehen ist, muss ich nur noch die Magie anrufen, und alles ist vorbei.«

»Klingt einfach.«

»Das ist es auch.« Noelani lächelte versonnen und seufzte. »Ich kann mir nicht vorstellen, dass irgendetwas misslingt, solange der Nebel über dem Fluss dicht genug ist und wir unbemerkt an Land gehen können.« Sie schloss die Augen, genoss die Ruhe im Lager und die Wärme unter der Felldecke und murmelte: »Dann wird endlich alles gut.«

Für eine Weile hatte sie noch das Gefühl, der Untergrund, auf dem sie lag, würde schaukeln, so wie er es in den zwei Tagen der Reise auf dem Planwagen getan hatte. Dann übermannte sie der Schlaf.

***

Prinz Kavan saß am Ufer des Gonwe, starrte in den Nebel, der den Fluss und die Welt um ihn herum verschlungen hatte, und ärgerte sich. Es war der dritte Abend, den er allein abseits des Heerlagers verbrachte. Der Proviant, den er in Arkons Zelt eingesteckt hatte, war fast aufgebraucht, das Feuerholz feucht und seine Kleidung klamm und kalt vom Nebel.

Ich hätte längst drüben sein können, dachte er bei sich und ärgerte sich gleich noch ein wenig mehr, weil er so unentschlossen gewesen war.

Nachdem er das Heerlager verlassen hatte, hatte er sich flussabwärts am Ufer des Gonwe einen Unterschlupf gesucht. Eine kleine Aushöhlung in der steilen Böschung, die Schutz vor Wind und Regen versprach und ihm einen guten Ausblick auf das bot, was fast dreißig Jahre lang sein Heimatland gewesen war, erschien ihm dafür gerade recht. Er hatte beschlossen, dort zu verweilen, um nachzudenken, während die Rakschun sich auf den bevorstehenden Angriff vorbereiteten und die Truppen von Baha-Uddin am anderen Flussufer völlig ahnungslos erschienen. Zwei Tage lang hatte Prinz Kavan das Lager auf der anderen Seite beobachtet und mit sich gerungen. Sein Pflichtgefühl sagte ihm, dass er hinüberschwimmen und die Krieger warnen musste. Sein Verstand aber warnte ihn vor der Gefahr und hielt dem entgegen, dass Arkon den Heerführern die Nachricht sicher längst hatte zukommen lassen, denn sonst hätten sie ihm nicht befohlen, das Lager zu verlassen. Allerdings waren all das nur Vermutungen, für die er keine Beweise hatte. Wenn er sichergehen wollte, das wurde ihm mit der Zeit bewusst, würde ihm nichts anderes übrig bleiben, als den Fluss tatsächlich schwimmend zu durchqueren und die Heerführer selbst vor dem Angriff zu warnen. Besser, eine Nachricht wurde doppelt überbracht als nie.

Drei Dinge hatten ihn bisher davon abgehalten, dies in die Tat umzusetzen. Das Wasser des Gonwe war kalt und der Fluss strömte sehr schnell dahin. Soweit er sich erinnern konnte, hatte es bisher nur sein Freund Pever geschafft, den Fluss aus eigener Kraft schwimmend zu durchqueren. Außerdem hielt man ihn in der Heimat sicher schon lange für tot. Mit der Sklavenkleidung der Rakschun und der ausgemergelten Erscheinung würde in ihm niemand den vermissten Prinzen erkennen, und vermutlich würde ihm auch kein Wachtposten Glauben schenken, wenn er behauptete, Kavan zu sein.

Hin- und hergerissen zwischen Pflichtgefühl und der Furcht vor dem Ungewissen, hatte er einen Tag und noch einen verstreichen lassen, ohne eine Entscheidung getroffen zu haben. Am dritten Nachmittag hatte schließlich das Pflichtgefühl gesiegt, und er hatte sich dazu durchgerungen, bei Einbruch der Dunkelheit den Weg durch das Wasser zu wagen – auch wenn ihn das vielleicht das Leben kosten würde.

Dann war der Nebel aufgezogen.

Zuerst hatte er noch gehofft, er würde nicht so dicht werden, aber seine Hoffnung hatte sich nicht erfüllt. Kaum eine halbe Stunde nach Sonnenuntergang hatte der Nebel das andere Ufer und den größten Teil des Gonwe seinen Blicken entzogen und seine Pläne zumindest für diese Nacht zunichtegemacht.

Kavan nahm einen Stein zur Hand und schleuderte ihn weit auf den Fluss hinaus. »Verdammter Nebel. Verdammte Kälte. Verdammter Krieg!« Fast wünschte er sich, wieder Taro sein zu können. Ein einfacher Sklave ohne Vergangenheit und Zukunft, der nur das tat, was man ihm auftrug, dafür etwas zu essen erhielt und im warmen Zelt bei den Frauen schlafen durfte. Im Zelt bei den Frauen ...

Halona!

Kavan seufzte, als er an die junge Gebärfrau Olufemis dachte, die ungeahnt zärtliche Gefühle in ihm geweckt hatte, obwohl er wusste, dass er sie niemals würde in die Arme schließen können. Halona, die er aus der Ferne bewundert und nie berührt hatte. Mit der er immer nur wenige Worte gewechselt hatte und die so stolz und schön war, wie es nur eine Königin sein konnte. Halona, die so entsetzlich gedemütigt worden war, die ein Kind ihres Peinigers unter dem Herzen trug und sich stark und klug in ihr Schicksal fügte, obwohl ihr Widerstand noch lange nicht gebrochen war.

Sie war immer freundlich zu ihm gewesen. Und obwohl er manchmal geglaubt hatte, ihre Blicke auf sich ruhen zu spüren, hatte sie ihm nie Hoffnung gemacht, dass sie seine Gefühle erwiderte. Keine Geste, kein Wort ... Nichts hatte darauf hingedeutet, dass sie in ihm mehr sah als nur den schmutzigen, nach Dung stinkenden Sklaven. Er hatte sie trotzdem geliebt.

Jetzt war er frei und hatte seine Erinnerung wieder – glücklicher fühlte er sich nicht. In der alten Heimat hielt man ihn für tot, in der neuen würde man ihn töten, wenn seine wahre Identität herauskäme. Er war entwurzelt und allein und fest davon überzeugt, dass es nie einen einsameren Menschen gegeben hatte als ihn.

Wie wohl schon ein Dutzend Mal zuvor glitt seine Hand zu Boden. Die Finger ertasteten einen großen Stein und schlossen sich darum, und zwei Atemzüge später flog dieser in hohem Bogen durch Dunkelheit und Nebel, bis er weit draußen auf dem Fluss mit einem lauten Platschen niederging.

»Was war das?«

Drei Worte, mehr geflüstert als gesprochen, ließen Kavan zusammenzucken. Hastig blickte er sich um, konnte im Nebel aber nichts erkennen.

»Ein Fisch.«

»Schscht. Seid leise, verdammt. Wir sind gleich da.«

Kavan hielt den Atem an. Täuschte er sich, oder klangen die Stimmen vom Fluss zu ihm herüber? Er horchte und lauschte, atmete leise und wagte nicht, sich zu bewegen, aber niemand sprach mehr. Alles blieb ruhig – fast.

Als er schon glaubte, sich getäuscht zu haben, hörte er ein leises Platschen, als ob etwas in regelmäßigen Abständen ins Wasser getaucht und wieder herausgehoben wurde.

Ruder!

Kavans Gedanken überschlugen sich. Sein Herz raste. Da kam ein Ruderboot über den Fluss. Heimlich! Und es war schon ganz nah. Das Boot konnte nur aus Baha-Uddin stammen. Warum sonst verhielt sich die Besatzung so unauffällig? Prinz Kavan konnte sein Glück kaum fassen. Die Götter schienen es wirklich gut mit ihm zu meinen. Am liebsten wäre er aufgesprungen und hätte laut nach den Männern an Bord gerufen, aber etwas hielt ihn zurück.

Was ist, wenn sie mich für einen Rakschun halten?

Der Gedanke war gar nicht so abwegig, schließlich konnten die Männer im Boot nicht wissen, dass ihr verlorener Prinz hier einsam am Ufer saß und darüber nachdachte, wie er den Fluss überqueren sollte. Sie zu überraschen konnte leicht tödlich enden. Er musste vorsichtig sein. Prinz Kavan erhob sich so leise, wie es ihm möglich war, und wich langsam zur Böschung zurück. Keinen Augenblick zu früh. Kaum dass der Ufersaum vor ihm im Nebel verschwunden war, hörte er das leise Knirschen, mit dem der Rumpf eines Bootes auf das Ufer glitt.

»Bereit?«, hörte er eine flüsternde Stimme fragen, und fünf leise Stimmen antworteten gleichzeitig: »Bereit!«

»Dann los. Beeilt euch, aber seid vorsichtig.«

Steine knirschten unter Stiefelsohlen, als die Männer das Boot verließen und nahezu lautlos davonhuschten. Kavan wartete bangend, aber er hatte Glück; keiner der Männer schlug seine Richtung ein. Offenbar waren sie auf dem Weg zum Heerlager, das ein Stück weiter flussaufwärts lag. Nur, was wollten sie dort?

Für einen Moment war Kavan geneigt, den Männern zu folgen, musste aber einsehen, dass er sie in dem dichten Nebel nur schwerlich finden würde. Wenn er wissen wollte, was hier vor sich ging, musste er wohl oder übel warten, bis sie zurückkehrten.

Und er war nicht allein.

»Angst?«, hörte er die schon vertraute männliche Stimme flüstern.

»Nur davor, dass man sie entdeckt, ehe ich den Zauber weben kann«, antwortete eine sehr junge und helle Stimme.

Eine Frau? Kavan traute seine Ohren nicht. Und dazu eine, die zaubern konnte? In Baha-Uddin musste sich in den Monaten seiner Abwesenheit einiges verändert haben. Magie war etwas, das weder den Rakschun noch seinem Vater in dem langen Krieg bisher zur Verfügung gestanden hatte. Doch wie es schien, hatte sich das geändert.

Kavan entschloss sich zu handeln. Die beiden waren allem Anschein nach allein. Die Gelegenheit war günstig. Leise pirschte er durch den Nebel auf das Boot zu. Auf keinen Fall durfte es ohne ihn ablegen

»Hörst du das?« Die Frau flüsterte so leise, dass Kavan es kaum verstehen konnte.

»Was?«

»Schritte. Da kommt jemand.«

Kavan blieb stehen.

»Jetzt ist es weg.«

»Ich habe nichts gehört.«

Ich muss etwas sagen. Prinz Kavans Herz raste. Er war seinem Ziel so nah. Nur noch wenige Schritte trennten ihn von dem Boot.

»Da ist es wieder!« Furcht schwang in der Stimme der Frau mit.

Jemand fluchte und zischte: »Komm heraus und zeig dich, Feigling. Wir wissen, dass du da bist.«

Kavan nahm allen Mut zusammen. Wenn er in seine Heimat zurückkehren wollte, hatte er keine Wahl. Er musste sich zu erkennen geben. »Ich bin ein Freun...« Weiter kam er nicht. Etwas sirrte heran und bohrte sich mit einem dumpfen Schlag unmittelbar vor seinen

Füßen in den Boden. Kavan wich erschrocken zurück, da sirrte auch schon der nächste Pfeil heran und verfehlte ihn nur um Haaresbreite. Er zitterte und spürte Panik in sich aufsteigen. Er wollte nicht sterben. Nicht hier, nicht so und schon gar nicht von der Hand eines Freundes. Kurz entschlossen wirbelte er herum und stolperte davon, aber der Mann aus dem Boot war schneller. Kavan sah gerade noch, wie sich etwas Langes und Dunkles durch den Nebel unaufhaltsam auf ihn herabsenkte. Dann spürte er einen Schlag am Kopf und danach gar nichts mehr ...

7

»War das ein Wachtposten?« Noelani schaute Fürst Rivanon besorgt entgegen, als dieser mit einem Ruder in der Hand zum Boot zurückkehrte.

»Nein.« Rivanon schüttelte den Kopf. »Der Kleidung nach zu urteilen ein Sklave. Vielleicht ist er geflohen und wollte uns um Hilfe bitten. Aber da hat er sich leider den falschen Augenblick ausgesucht.«

»Ist er ... tot?«

»Noch nicht.« Rivanon kam zum Boot zurück, legte das Ruder fort, griff nach einem langen Messer und sagte grimmig: »Aber gleich.«

»Nein.« Noelani griff nach der Hand, die das Messer umfasste und hielt sie fest. »Keine Toten!«, sagte sie bestimmt. »Nicht einen einzigen!«

»Und wenn er uns verrät?«

»Ist er besinnungslos?«

»Ja.«

»Dann sollten wir uns darüber keine Sorgen machen«, sagte Noelani leise. »Ehe er erwacht, ist alles vorbei.«

»Da wäre ich mir nicht so sicher.« Rivanon schien mit Noelanis

Haltung nicht einverstanden zu sein. Er zögerte, dann legte er das Messer fort, nahm stattdessen ein Seil zur Hand und löste den Schal, den er um den Hals trug.

»Was hast du vor?«, fragte Noelani, die sich immer noch um den Sklaven sorgte.

»Ich werde ihn fesseln und knebeln – für alle Fälle.« Ohne eine Antwort abzuwarten, verschwand der Fürst im Nebel.

Fast zeitgleich mit dem ersten der fünf Krieger, die die Kristalle rings um die Flöße und Waffenlager in Stellung bringen sollten, kehrte er zurück.

»Gab es Schwierigkeiten?«, erkundigte er sich im Flüsterton bei dem Krieger.

»Nein.« Der Krieger schüttelte den Kopf. »Bis auf ein paar Wachen, die vor den Zelten vor sich hin dösen, scheinen alle zu schlafen.«

Auf dem steinigen Untergrund waren schnelle Schritte zu hören. Gleich darauf trat ein weiterer Krieger aus dem Nebel. »Auftrag ausgeführt!«, berichtete er um Atem ringend, setzte sich zu seinem Kameraden ins Boot und wartete.

Es dauerte lange, bis der dritte Krieger zurückkehrte. Noelanis Unruhe war mit jeder Minute, die verstrich, weiter angestiegen, und sie war froh, endlich wieder Schritte zu hören. Der Mann wirkte erschöpft.

»Im Lager ist alles ruhig«, wusste er zu berichten. »Ich musste lediglich aufpassen, dass die Wachen mich nicht entdecken. Zum Glück ist der Nebel so undurchdringlich, dass sie mich nicht gesehen haben.«

»Gut gemacht«, lobte Rivanon. Er bemühte sich, ruhig und zuversichtlich zu wirken, aber Noelani konnte er nichts vormachen. Sie spürte seine Angst zu scheitern, als wäre es ihre eigene, und beneidete ihn nicht darum, die Verantwortung für das Gelingen des wichtigen Überfalls zu tragen, denn nur wenn alle Krieger ihre Aufgabe gewissenhaft erledigten, würde der Zauber gelingen.

Die Geduld der Wartenden wurde auf eine harte Probe gestellt. Von den beiden letzten Kriegern fehlte jede Spur. Dabei lag ihr Ziel nicht viel weiter entfernt als das der anderen. Am Nachmittag hatte

Noelani Fürst Rivanon die ungefähre Form und Größe des Rakschunlagers aus dem Gedächtnis aufgezeichnet, so wie sie es bei ihrer Geistreise von oben gesehen hatte. Dabei hatte sie ein besonderes Augenmerk auf die Lage der Flöße und die Zelte mit den Waffen gelegt und betont, dass diese durch den breiten Streifen mit Baumaterial sehr gut vom Lager getrennt waren.

Die Krieger hatten die Anweisung erhalten, die Kristalle auf der dem Fluss zugewandten Seite dieser Grenze abzulegen. Noelani hatte lange überlegt, wie sie die Wachen vor den Zelten retten konnte, aber feststellen müssen, dass dies nicht möglich war, ohne das ganze Unterfangen in Gefahr zu bringen.

Jamaks eindringlichen Worten war es zu verdanken, dass sie sich schließlich schweren Herzens damit abgefunden hatte. Es war unumgänglich, dass der Zauber einige wenige Opfer aufseiten des Feindes fordern würde. Angesichts der vielen Krieger aber, die auf diese Weise nicht sterben mussten, war der Preis für den Sieg gering, und Noelani tröstete sich mit dem Gedanken, dass sie alles dafür getan hatte, so viele Leben wie möglich zu retten. Sie war jetzt so weit gegangen und entschlossen, auch den letzten Schritt zu tun und den Zauber zu weben – selbst wenn andere dabei zu Schaden kamen.

»Endlich!« Fürst Rivanons Stimme riss sie aus ihren Gedanken, als auch der vierte Krieger wohlbehalten den Weg zurück gefunden hatte. Jetzt verfluchte sie den Nebel, der, wie es schien, noch dichter geworden war.

Alle warteten nun auf den fünften und letzten Krieger. Die Spannung wurde schier unerträglich. »Wenn ihm etwas zugestoßen ist?«, hörte Noelani einen Krieger murmeln. »Wenn sie ihn geschnappt haben und er den Kristall nicht ablegen konnte? Dann war alles umsonst.«

Der junge Mann sprach aus, was auch Noelani bewegte, aber noch wollte sie nicht an ein Scheitern denken. Es konnte doch nicht alles schiefgehen, was sie begann. Nicht hier. Nicht schon wieder.

Schier endlos tröpfelte die Zeit dahin. Der Nebel hüllte die Wartenden ein, und sie selbst hüllten sich in Schweigen. Nur einmal ging Fürst Rivanon fort, um nach dem gefesselten Sklaven zu sehen, aber der war noch nicht erwacht und stellte keine Gefahr dar.

Dann endlich – Schritte!

Die Krieger griffen nach den Waffen, unsicher, wer oder was sich ihnen da im Nebel näherte. Da trat der fünfte und letzte Krieger aus dem Dunst, verneigte sich leicht und sagte leise: »Es ist alles bereit, Ehrwürdige. Ihr könnt beginnen.«

»Danke.« Noelanis Mund war plötzlich ganz trocken. Die ganze Zeit hatte sie auf diesen Moment gewartet, gehofft und gebangt, und nun, da es endlich so weit war, übermannte sie Aufregung. Ihre Hand zitterte, als sie in die Tasche griff und einen schwarzen porösen Stein hervorholte, den Jamak von Nintau mitgenommen hatte. Er war nicht sehr massiv und verwitterte schnell, Eigenschaften, die ihr für das, was sie vorhatte, besonders geeignet erschienen. So würden die Flöße und Waffen der Rakschun nicht als Mahnmal der erlittenen Niederlagen bis in alle Ewigkeit am Ufer des Gonwe stehen, sondern von Wind und Wetter zu Staub zermahlen und mit dem Wasser davongetragen werden.

Den Stein fest in der linken Hand haltend, streckte sie die gespreizte rechte Hand dem Lager der Rakschun entgegen, schloss die Augen und konzentrierte sich. Mit allen Sinnen spürte sie nach dem dunklen Stein in ihrer Hand, erschuf sein Ebenbild vor ihrem geistigen Auge und wob die Worte, die man sie gelehrt hatte, um dieses Bild herum. Auch von diesem Stein ging eine ungeheure Kraft aus. Eine Kraft, die er vor Urzeiten in sich aufgenommen hatte. Damals, als Feuer und Glut ihn im Innern der Erde geboren und Wind und Regen an der Oberfläche ihm seine Form gegeben hatten. Die Kraft strömte ihr zu, sammelte sich in ihr und mischte sich mit den uralten Worten. Die Macht der Worte und des Steins wurden eins und formten eine gewaltige Magie, die in ihren Fingerspitzen zu kribbeln begann, als sie nach außen drängte. Ihre Hände wurden heiß. Die Finger begannen zu schmerzen, aber sie biss die Zähne zusammen und hielt den Zauber zurück, denn diesmal war es mehr als nur ein Lederbeutel oder ein Hund, den es zu verwandeln galt. Tief in sich spürte sie, dass die Magie noch nicht stark genug war, um zu vollbringen, was sie sich erhoffte. Noch durfte sie nicht entlassen werden. Auch als sie glaubte, den Schmerz nicht mehr aushalten zu können, gab Noelani sie nicht frei. Tapfer hielt sie dem Druck stand, der sie innerlich zu zerreißen drohte, ging bis an ihre Grenzen und darüber hinaus und entließ die Flut der Macht schließlich mit dem Aufschrei einer Gebärenden, die ein neues Leben aus ihrem Leib presst.

Unter den furchtsamen Blicken der Krieger, die dergleichen noch nie gesehen hatten, schoss aus jedem Finger ein schillernder Lichtbogen in den Nebel hinaus, der sich in Dunkelheit und Grau rasch verlor. Für endlose Augenblicke geschah nichts, doch gerade in dem Moment, da der eine oder andere geneigt sein mochte, an einen Fehlschlag zu glauben, erhob sich in der Ferne gespenstisch lautlos eine gleißende Lichtkuppel über dem Lager der Rakschun, so hell, dass sie die Nacht zum Tag machte und die Krieger geblendet die Augen schlossen. Kein Laut war zu hören. Nur die Kuppel schwoll weiter an wie eine mitternächtlich aufgehende Sonne, erreichte ihre größtmögliche Helligkeit und verlor dann langsam wieder an Glanz.

Als Noelani wenige Herzschläge später den Arm sinken ließ, verblasste das Licht ganz. Die Kuppel verschwand, und die Nacht kehrte zurück in die Gonweebene. Was blieb, war die Stille. Eine Stille, die Noelani einen eisigen Schauder über den Rücken jagte. Eine Stille, die von Tod und Verderben kündete – nicht von einem Sieg.

Noelani spürte, dass etwas Unvorhergesehenes geschehen war, aber ihr fehlte die Kraft, darüber nachzudenken. Die Magie hatte ihr das Letzte abverlangt und ihr so viel Kraft entzogen, dass sie kaum noch aufrecht sitzen konnte. Ihr war schwindelig und übel, und sie nahm dankbar die Hilfe der Krieger an, die sie stützten und ihr halfen, sich im Boot hinzulegen. Fast beiläufig nahm sie wahr, dass ihre Hände stark verbrannt waren. So stark, dass sie keinen Schmerz darin spürte. Die Ohnmacht griff nach ihr, aber sie wehrte sich dagegen, denn es gab noch etwas zu tun.

»Ich will ... will, dass du den Sklaven befreist«, sagte sie stockend an Fürst Rivanon gewandt. »Er ... soll leben.«

»Das wird er.« Rivanon nickte, eilte davon und kam gleich darauf mit dem Schal und den Seilen zurück. »Er schläft noch«, sagte er zu Noelani und hielt die Sachen so, dass sie sie sehen konnte. »Seid unbesorgt. Er lebt.«

Noelani seufzte und lächelte: »Dann ist es gut«, sagte sie. Erleichtert, dass es keine Toten gegeben hatte, schloss sie die Augen und gestattete dem Schlaf, sie an einen Ort zu tragen, an dem es weder Schmerz noch Erschöpfung gab.

***

Als Prinz Kavan erwachte, war es noch dunkel. Der Nebel lastete wie ein schmutziges Bahrtuch über der Gonweebene, und nichts deutete darauf hin, dass es bald hell werden würde.

Umständlich richtete Kavan sich zum Sitzen auf und rieb sich stöhnend den Hinterkopf. Er hatte rasende Kopfschmerzen und eine dicke Beule, aber das war nebensächlich, solange er seine gerade wiedergewonnenen Erinnerungen nicht wieder verloren hatte.

Was bin ich doch für ein Narr, schalt er sich selbst in Gedanken. Wenn ich im Boot gesessen hätte und mir wäre an diesem Ufer jemand begegnet, hätte ich ihn auch für einen Feind gehalten. Ein Wunder, dass sie mich nicht getötet haben.

Kavan wusste nicht, welchem glücklichen Umstand er sein Leben zu verdanken hatte, aber er ehrte die Götter im Stillen dafür, dass sie schützend die Hand über ihn gehalten hatten. Sein nächster Gedanke galt dem Boot. Ob es noch da war? Mit unbeholfen wirkenden Bewegungen kam er auf die Beine und tat torkelnd ein paar Schritte in die Richtung, in der er das Boot vermutete. Die Vernunft warnte ihn, nicht noch einmal denselben Fehler zu machen, aber der Wunsch, das andere Ufer zu erreichen, war größer.

Als er das Wasser erreichte, war das Boot fort. Nur eine tiefe Spur des Kiels auf dem steinigen Grund zeugte davon, dass er nicht geträumt hatte. »Verdammt!« Wütend trat Kavan einen Stein in den Fluss. Er war so nah dran gewesen und hatte alles verdorben.

Entmutigt und voller Wut über die eigene Unzulänglichkeit

starrte er auf den Gonwe hinaus, wo der Nebel sich ein wenig gelichtet hatte und es ihm erlaubte, bis zur Flussmitte zu blicken. Dort hinter dem grauen Vorhang lag Baha-Uddin. So nah und doch so unerreichbar fern. Die Lagerfeuer aus dem Lager der Krieger waren das Einzige, was er vom gegenüberliegenden Ufer erkennen konnte. Winzige feurige Punkte, die sich langsam durch den Nebel bewegten ...

Bewegten?

Kavan blinzelte, weil er glaubte, seine gemarterten Sinne spielten ihm einen Streich. Lagerfeuer bewegten sich nicht – diese schon. Endlose Minuten verstrichen, ehe er den Irrtum erkannte. Das waren keine Lagerfeuer, sondern Fackeln. Wenig später tauchte das erste Ruderboot in der Flussmitte auf. Am Bug stand ein Krieger mit einer Fackel in der Hand. Und das Boot war nicht das einzige. Nach und nach schälten sich immer mehr aus dem Nebel und strebten dem Lager der Rakschun zu, dorthin, wo die Flöße schon abfahrbereit im Wasser lagen.

Fünf, zehn, zwanzig kleine Ruderboote! Kavan traute seinen Augen nicht. Seine Gedanken überschlugen sich. Das war völlig verrückt. Die wenigen Krieger waren den Rakschun doch hoffnungslos unterlegen. Die Rakschun mussten sie längst gesehen haben. Wer immer da in den Booten saß, ruderte in den Tod. Wussten die Krieger das denn nicht?

Ich muss meine Leute warnen!

Ungeachtet der hämmernden Kopfschmerzen rannte Kavan los, am Ufer entlang auf das Heerlager zu. Dort erlebte er die nächste Überraschung. Die Männer in den Booten waren offenbar nicht die Ersten, die über den Fluss gekommen waren. Im Schein Dutzender Fackeln sah Kavan Krieger, die die Rüstung Baha-Uddins trugen, auf und zwischen den Flößen hantieren, die die Rakschun gebaut hatten.

Ein Überfall, zweifellos. Und nicht einmal heimlich. Licht und Lärm mussten bis weit ins Lager hinein zu hören sein, aber weit und breit war kein einziger Rakschun zu sehen.

Wo sind die Wachen? Warum schlägt niemand Alarm? Kavan

blinzelte, schüttelte den Kopf und fuhr sich mit den Händen über die Augen. Aber das Bild änderte sich nicht. Was ging hier vor? Angesichts der unglaublichen Ereignisse begann er an seinem Verstand zu zweifeln. Schon einmal hatte ihm ein Schlag auf den Kopf die Sinne verwirrt. Vielleicht war er gar nicht wach. Vielleicht träumte er das alles nur?

Nun, da er wusste, dass den Kriegern aus Baha-Uddin keine Gefahr drohte, wurde die Neugier zur Treibfeder seines Handelns. Ich muss ins Lager, dachte er bei sich. Ich muss wissen, wo die Rakschun sind. Die können doch nicht alle schlafen. Er zögerte nicht und rannte los. Zunächst im Schutz niedriger Büsche, die rings um das Lager wuchsen, dann, als er vom Ufer aus nicht mehr gesehen werden konnte, über freie Flächen mitten ins Lager hinein. Niemand begegnete ihm. Nirgends war auch nur ein Laut zu hören, der auf die Nähe von Kriegern hindeutete. Er war allein. Kavan lief schneller, erreichte die ersten Zelte und atmete auf. Vor einem der Zelte stand ein Krieger. Endlich! Kavan hätte es nicht für möglich gehalten, dass ihn der Anblick eines Rakschun einmal erfreuen könnte. Er ging jetzt langsamer, behielt den Krieger aber fest im Auge. Es dauerte nicht lange, bis seine anfängliche Erleichterung in Ratlosigkeit umschlug. Obwohl der Krieger ihn sehen musste, rief er ihn nicht an. Mehr noch, er bewegte sich nicht. Kavan war nun endgültig davon überzeugt, in einem wirren Traum gefangen zu sein. Entschlossen, das Rätsel zu lösen, nahm er all seinen Mut zusammen und trat auf den Krieger zu, der das Zelt offenbar gerade verlassen wollte und mitten in der Bewegung erstarrt schien.

»He!«, rief Kavan ihn an und erschrak vor dem Klang seiner eigenen Stimme. »He, du!« Der Mann rührte sich immer noch nicht. Kavan trat noch etwas näher. Nur eine Armeslänge trennte ihn noch von dem Krieger, dessen Kleidung, wie Kavan erst jetzt bemerkte, eine eigentümliche dunkle Farbe trug. Und nicht nur die Kleidung. Kavan erschauderte, als er bemerkte, dass auch Haut und Haare des Kriegers dieselbe Farbe aufwiesen.

Wie eine Statue!

Zögernd hob Kavan die Hand und berührte den Krieger mit einem

Finger. Er war kalt. Kalt und leblos. Hastig zog Kavan die Hand zurück und versuchte es nach kurzem Zögern noch einmal. Das Ergebnis war dasselbe. Es fühlte sich an, als streiche er mit der Hand über poröses Gestein.

»Ich träume.« Kavan sagte das so nachdrücklich, als könne er die aufkommende Panik damit vertreiben. »Ich träume nur. Das ... das ist unmöglich.«

Er wandte sich dem Zelt zu – und erstarrte. Auch das Zelt bestand gänzlich aus dunklem porösem Stein!

***

General Triffin erwachte von den Geräuschen hektischer Betriebsamkeit, die durch die dünnen Wände von draußen in sein Zelt drangen. Blinzelnd schaute er sich um. Das Feuer in der Öllampe war erloschen. Durch die Nähte der Zeltplanen fielen Sonnenstrahlen auf sein Bett und zeichneten ein Muster aus leuchtenden Punkten auf die gewebte Decke. Es musste fast Mittag sein.

Mittag?

Der Gedanke jagte Triffin einen eisigen Schrecken durch die Glieder. Augenblicklich war er hellwach. *Warum habe ich so lange geschlafen?* Die Frage kreiste durch seine Gedanken, während er sich aufsetzte und aus dem Bett sprang. *Warum habe ich überhaupt geschlafen?*

Das Letzte, an das er sich erinnerte, war eine Zusammenkunft am Abend mit Fürst Rivanon, Noelani, Jamak und einigen anderen Hauptleuten im Zelt des Fürsten. Es war die letzte Besprechung, bevor Rivanon und fünf ausgewählte Krieger mit Noelani in einem Boot über den Gonwe fahren sollten. Der Zeitpunkt war günstig gewählt. Die Götter schienen auf ihrer Seite zu sein, denn nachdem sich der Nebel in den vergangenen Nächten rar gemacht hatte, war er am Abend dichter als jemals zuvor aufgezogen und hatte eine perfekte Deckung für das Boot und die Besatzung versprochen. Gegen Mitternacht, so war es beschlossen worden, sollte die Gruppe in das Boot steigen und die Überfahrt beginnen.

Triffin erinnerte sich noch, dass Rivanons Diener allen einen Pokal mit schwerem Wein gereicht hatten, um auf ein gutes Gelingen des Plans anzustoßen. Der Wein hatte einen seltsamen Beigeschmack gehabt, aber Triffin, der nur selten Wein trank, hatte dem keine Bedeutung beigemessen. Er hatte nicht unhöflich sein wollen und den Pokal bis zur Neige geleert. Danach wusste er nichts mehr.

Nur langsam fügte sich alles zusammen, und er begann zu ahnen, was die Lücke in seinen Erinnerungen zu bedeuten hatte. Zwölf Stunden Schlaf waren doppelt so viel, wie er sich für gewöhnlich zugestand. Dass er gerade an diesem wichtigen Tag so lange außer Gefecht war, war ganz gewiss kein Zufall. Jemand musste ihm etwas in den Wein gemischt haben – und er hatte auch schon einen Verdacht, wer das gewesen sein könnte.

Eilig kleidete er sich an, gürtete sein Schwert um, trat aus dem Zelt und wäre fast mit einer Gruppe junger Krieger zusammengestoßen, die mit Schwert, Schild und Bogen bewaffnet im Laufschritt zwischen den Zelten hindurcheilten.

»Könnt ihr nicht aufpassen?«, brüllte er ihnen nach, aber sie waren schon in Richtung des Flusses davongeeilt und hörten ihn nicht mehr. Triffin schnaubte wütend und packte einen Pagen am Arm, der gerade mit einem Eimer voll Wasser vom Fluss heraufkam. »Was geht hier vor?«

»Herr?« Der Junge riss erschrocken die Augen auf und schaute Triffin an.

»Was hier vorgeht, will ich wissen!«, sagte Triffin barsch. »Warum haben es alle so eilig? Was ist hier los?«

»Sie ... sie setzen über«, stammelte der Page, offensichtlich verwirrt darüber, dass ein General ihm eine solche Frage stellte.

»Über?«

»J... ja.« Der Page nickte und fügte hinzu: »Auf ... auf die andere Seite.«

»Sie überqueren den Fluss? Alle? Womit? Warum?« Triffin konnte nicht glauben, was er da hörte. Ohne eine Antwort abzuwarten, ließ er den verdutzten Pagen los und machte sich auf den Weg zum Fluss. Was er dort erblickte, war so unglaublich, dass es ihm die Sprache verschlug. Am Ufer lagen fünf der riesigen Flöße, die die Rakschun gebaut hatten. Fünf weitere überquerten mit Dutzenden Kriegern an Bord gerade den Fluss, indem sie an langen Seilen hinübergezogen wurden, die man von einem Ufer des Gonwe zum anderen gespannt hatte. Von den Rakschun selbst war weit und breit nichts zu sehen.

»Bei den Göttern!« Triffin war fassungslos. Mit weit ausgreifenden Schritten rannte er zum Ufer, wo einer der Befehlshaber gerade dabei war, eine Gruppe Krieger für eines der Flöße zusammenzustellen. Als Triffin den Hauptmann erreichte, packte er ihn grob an der Schulter und riss ihn herum. »Was geht hier vor?«, brüllte er ihn über den Lärm hinweg an.

»Wir setzen über.« Der Hauptmann war sichtlich verwirrt.

»Auf wessen Befehl?«

»Auf Befehl des Königs.«

»Der König ist nicht hier.« Triffin war so wütend, dass er sich kaum noch beherrschen konnte.

»Aber Fürst Rivanon hat ...« Der Hauptmann brach ab, weil Triffin ihn abrupt losließ und wortlos davonstapfte.

Rivanon! Natürlich! Triffin schnaubte verächtlich. Das hätte er sich auch denken können. Wer sonst wäre in der Lage, die Truppen ohne Absprache in Bewegung zu versetzen. Wer sonst wäre kaltblütig genug, getroffene Vereinbarungen zu brechen, um eigene Interessen durchzusetzen. Was hier geschah, lag weit jenseits dessen, was den Fremden zugesagt worden war. Rivanon würde ihm einiges zu erklären haben.

Zehn Minuten später entdeckte er den Fürsten inmitten einer Gruppe von Befehlshabern. Triffin war inzwischen so aufgebracht, dass er nicht einmal davor zurückgeschreckt wäre, dem König seine Wut offen ins Gesicht zu schleudern. Rücksichtslos bahnte er sich einen Weg durch die Umstehenden, indem er sie einfach zur Seite drängte oder ihnen grob einen Stoß versetzte.

Rivanon bemerkte Triffin erst, als dieser vor ihm stand. »Ah, mein lieber Triffin«, sagte er mit strahlendem Lächeln. »Bist du endlich aus dem Rausch erwacht? Der Wein gestern ...«

Triffins Fausthieb setzte Rivanons Lächeln und den Worten ein jähes Ende. »Schweig«, herrschte er den Fürsten an. »Du weißt so gut wie ich, dass es kein Rausch war, der mich außer Gefecht gesetzt hat. Und jetzt erkläre mir, was hier los ist.«

»Was schon? Wir haben gesiegt.« Rivanon rieb sich mit der Hand das schmerzende Kinn. »Jetzt setzen wir über und geben diesen Barbaren, was sie verdient haben.«

»Heißt das, da drüben wird gekämpft?«

»Gekämpft?« Rivanon lachte kurz auf, verzog aber gleich wieder das Gesicht. »Nein. Es gibt dort niemanden mehr, gegen den wir kämpfen könnten.«

»Aber die Feinde ...« Triffin brach erschüttert ab. Die Flöße, die noch schwammen ... und nirgends war auch nur ein Rakschun zu sehen ... Allmählich fügte sich eines zum anderen, und endlich begriff er.

»Du hast sie betrogen!«, rief er aus, packte den überraschten Rivanon am Kragen und zog ihn so dicht heran, dass er dessen Atem im Gesicht spüren konnte. »Wir hatten ihr versprochen, nur die Flöße zu versteinern«, zischte er dem Fürsten wutentbrannt zu. »Aber du hattest das nie vor – nicht wahr? Du wolltest die Krieger. Von Anfang an.«

»Es war sehr neblig. Da kann es schon mal passieren, dass die Männer sich verlaufen.« Fürst Rivanon keuchte.

»Verlaufen?« Für einen Augenblick sah es so aus, als wolle Triffin den Fürsten erneut schlagen. Dann überlegte er es sich anders und stieß ihn so hart von sich, dass dieser hinfiel. »Ich wusste immer, dass du verlogen bist. Aber so ...?« Er spie neben Rivanon auf den Boden. »Du widerst mich an.«

»Und ich wusste immer, dass du ein Freund unserer Feinde bist!«, konterte Fürst Rivanon, während er sich aufrappelte. »Du hättest sie gewarnt. Darum hat der König mir die Verantwortung für den Zauber übertragen. Und darum habe ich dir den Wein gegeben. Damit du uns nicht in die Quere kommst.«

»Der König hat der Maor-Say sein Wort gegeben.« Triffin ging bewusst nicht auf Rivanons haltlose Vorwürfe ein.

»Worte ...«, Rivanon grinste, »... sind schnell vergessen. Azenor selbst gab mir den Befehl, sein Wort zu brechen.«

»Das glaube ich dir nicht!«

»Dann frag ihn.« Rivanon ließ sich nicht beirren. »Er ist bereits auf dem Weg hierher. Heute Abend erwarten wir ihn zur Siegesfeier im Lager.«

»Was sagt die Maor-Say zu dem Wortbruch?«, fragte Triffin.

»Nichts.«

»Nichts?« Triffin blinzelte verwirrt.

»Sie weiß es nicht.« Rivanons Grinsen wurde eine Spur breiter. »Und vermutlich wird sie es auch nie erfahren.« Er seufzte ohne echtes Bedauern. »Die Arme scheint sich mit der Magie etwas übernommen zu haben. Sie liegt im Sterben.«

***

Das Gefühl, aus sich selbst herauszutreten, war für Noelani nicht neu, aber diesmal war es anders. Etwas war falsch, das spürte sie genau. Sie war nicht vorbereitet. Sie wollte es nicht, und trotzdem gab es eine Kraft, die mit Macht an ihr zerrte und versuchte, sie ihrer sterblichen Hülle zu entreißen.

»Nein!« Noelani wehrte sich und stemmte sich gegen den Sog, den sie auf jeder Geistreise so herbeigesehnt hatte. »Ich will nicht!« Vergebens. Ihre Gegenwehr war zu schwach. Sie konnte Körper und Geist nicht zusammenhalten. Schwerelos löste sie sich aus ihrem Leib, der wie schlafend auf ein Lager gebettet lag.

»Wir verlieren sie. Bei den Göttern. So tut doch etwas!« Jamaks Stimme versetzte Noelani einen Stich. Während der Sog sie langsam immer weiter von ihrem Körper entfernte, drehte sie sich um und erkannte, dass sie nicht allein war. Jamak war da. Er beugte sich über sie und hielt die Wange dicht vor ihren Mund. »Sie atmet nicht mehr!«, rief er aus, Verzweiflung im Blick.

»Die Verletzungen sind zu schwer.« Ein Heiler in schlichter grauer Gewandung legte Jamak mitfühlend die Hand auf die Schulter. Sein Kittel war voller Blut. Ein zweiter stand neben ihrem Lager und schaute Jamak kopfschüttelnd an. »Wir haben alles versucht, was in unserer Macht steht, aber wir können nichts mehr für sie tun. Ihr Leben liegt jetzt allein in der Hand der Götter«

»Könnt ihr nichts tun, oder wollt ihr es nicht?« Jamak war außer sich. »Sie hat getan, was der König von ihr verlangt hat. Und ihr? Ihr habt sie verstümmelt, ihr eine Hand abgenommen, die Wunde ausgebrannt – und wozu? Ist das euer Dank? Der Tod?«

Tod? Noelani stutzte. Worüber regte Jamak sich so auf? Sie war nicht tot. Sie war nur auf einer ungeplanten Geistreise, wie sie sie schon häufig unternommen hatte. Das musste er doch wissen. Noelani seufzte. Es tat ihr weh, Jamak so außer sich zu sehen, und sie entschloss sich, in ihren Körper zurückzukehren, um ihm zu zeigen, dass er sich keine Sorgen machen musste. Aber was sie auch versuchte, sie konnte nicht zurück. Der Sog des Lebens, den sie auf jeder Geistreise verspürt und der sie immer in ihren Körper zurückgezogen hatte, war nicht da. Der Sog, den sie so nachdrücklich spürte, wirkte in die entgegengesetzte Richtung.

Bei den Göttern! Noelani erschrak, als ihr die Bedeutung dessen bewusst wurde: Jamak hat recht. Ich sterbe!

Tot ... tot ... Ihre Gedanken überschlugen sich, wehrten sich gegen das Offensichtliche und wollten es nicht wahrhaben. Es war unmöglich. Sie konnte doch nicht sterben. Nicht jetzt, wo endlich alles gut werden würde. Wo sie ihr Volk in eine neue und bessere Zukunft führen konnte ...

»Kaori!« Noelani schluchzte auf. »Kaori, hilf mir! Wo bist du?« Sie schaute sich gehetzt um und stellte fest, dass sie sich noch immer in dem Zelt befand, wo Jamak hilflos und mit Tränen in den Augen an ihrer Seite wachte, während die Heiler schweigend ihre Gerätschaften säuberten.

»Kaori?« In Noelanis Stimme schwang Panik mit. Sie musste zurück. Irgendwie. Schnell. Und sie hoffte, dass Kaori ihr helfen konnte.

»Ich bin hier, Schwester.« Eine Gestalt schwebte durch die Zeltplane herein. Bleich und durchscheinend, in denselben Gewändern, die Kaori auf Nintau immer getragen hatte. Das Gesicht war geisterhaft, mit einem Antlitz, das wächsern und fließend erschien, aber unzweifelhaft die Züge ihrer Zwillingsschwester trug. Ihr folgte die Erscheinung des kleinen Hundes, den Noelani versteinert hatte.

»Kaori, endlich!« Noelani verschlug es die Sprache. Erst nach einigem Zögern sagte sie: »Ich ... ich kann dich sehen.«

»Und ich sehe dich.«

»Dann ... dann bin ich auch ... tot?«

»Tot wohl noch nicht, aber du stirbst.« Kaori nickte. »Dein Geist hat den Körper verlassen. Du bist jetzt wie ich.«

»Aber das ... das geht nicht!«, begehrte Noelani auf. »Ich muss zurück. Ich muss doch darauf achten, dass der König sein Versprechen hält, damit unser Volk ...«

»Ich verstehe dich. Besser als du denkst.« Kaori nickte zustimmend. »Du hast völlig recht. König Azenor kann man wirklich nicht trauen. Er verspricht etwas und tut dann etwas ganz anderes.«

»Wie meinst du das?«, fragte Noelani.

»Komm mit!« Kaori schwebte auf die Zeltplane zu und mitten hindurch. »Ich zeige es dir.«

»Aber ich ...« Noelani warf einen kurzen Blick auf ihr bleiches Gesicht und entschied dann, Kaori zu folgen. »Warte!« Schwebend bewegte sie sich durch das Zelt, ohne auf ein Hindernis zu stoßen, und glitt wie Kaori mitten durch die Zeltplane hindurch.

Draußen schien die Sonne. Im Lager herrschte hektische Betriebsamkeit. Krieger liefen umher, Befehle wurden gebrüllt, und auf dem fernen Gonwe schwammen die Flöße der Rakschun.

Die Flöße? Noelani blinzelte, aber das Bild änderte sich nicht. »Die Flöße!«, sagte sie verwundert, als sie zu Kaori aufschloss. »Sie schwimmen.«

»Ja, sie schwimmen.« Kaori seufzte. »Und das ist noch nicht alles. Folge mir.«

Seite an Seite schwebten die Schwestern über den Gonwe, den die Krieger von Baha-Uddin scharenweise auf den Flößen der Rakschun überquerten. Entsetzt und bestürzt zugleich musste Noelani mit ansehen, was aus dem Zauber erwachsen war, den sie in gutem Glauben gewoben hatte.

»Betrogen«, sagte sie fassungslos. »Er hat mich betrogen.«

»Das kann man wohl sagen.« Kaori schwebte höher hinauf, bis sie über die Zelte der Rakschun hinweg auf eine freie Fläche im Norden blicken konnten. »Sieh, was du angerichtet hast.«

»Bei den Göttern!« Unfähig zu glauben, was sie da sehen musste, starrte Noelani auf die abertausend bleichen Gestalten, die sich auf dem Feld versammelt hatten. »Sind das alles ...«

»Rakschun!« Kaori nickte. »Du hast sie alle versteinert.«

»Aber zwischen den Zelten ist kaum jemand zu sehen.«

»Weil sie geschlafen haben.« Kaori deutete auf eines der Rundzelte. »Willst du es sehen?«

»Nein.« Noelani wusste, dass sie den Anblick nicht würde ertragen können. »Aber das ... das ist unmöglich.« Sie spürte wilde Panik in sich aufsteigen. »Da muss etwas schiefgelaufen sein. Die ... die Krieger hatten genaue Anweisungen, wo sie die Kristalle ablegen sollten. Keine Toten, so war es abgemacht.« Noelani schaute ihre Schwester flehend an. »Das ... das wollte ich nicht. Du musst mir glauben.«

»Das weiß ich.« Kaori schenkte ihr ein trauriges Lächeln. »Aber ich weiß noch mehr. Ich war dabei, als der König Fürst Rivanon unter vier Augen den vertraulichen Befehl gab, die Kristalle an eine andere Stelle zu legen. Nur deshalb hat er General Triffin des Kommandos enthoben, denn Triffin gilt als ein ehrenhafter Mann, der sein Wort hält. Er hätte dich niemals so hintergangen.

Ich war auch dabei, als Fürst Rivanon seinem Diener den Kelch mit Wein reichte, der ein Schlafmittel für den General enthielt. So sehr fürchtet er ihn, dass er ihn für die Nacht außer Gefecht setzen musste. Ich habe gehört, wie Rivanon den Kriegern neue Befehle für die Lage der Kristalle erteilte, bevor sie das Boot bestiegen. Und ich weiß, dass er ihnen das Versprechen abnahm, es dir nicht zu sagen. Ich war auch dabei, als die ...«

»Du ... du wusstest das alles?« Mit einer Mischung aus Empörung, Wut und Verachtung starrte Noelani ihre Schwester an. »Warum hast du mich nicht gewarnt?«

»Weil ich dich nicht erreichen konnte.« Kaori erwiderte den Blick so unendlich traurig, dass Noelani ihr nicht böse sein konnte. »Es war wie bei dem Sturm auf den Booten. Ich sah das Unheil kommen und konnte nichts tun, weil du keine Geistreise mehr unternommen hast. Bei den Göttern, ich habe wirklich alles versucht. Aber ich bin ein Geist, und die Welt der Lebenden ist mir verwehrt ...«

»Und ich habe fest daran geglaubt, dass der König sein Wort hält.« Noelani war tief erschüttert. »Ich war so sicher, dass ich diesmal alles bedacht habe, und dann habe ich schon wieder versagt?«

»Es war nicht dein Fehler«, sagte Kaori. »Du wolltest die Rakschun schützen, aber der König hat dich betrogen und ausgenutzt. Er ist kein guter Mensch. Er ist verblendet in seinem Hass und verfolgt seine Ziele rücksichtslos und ohne Gnade. Er ist geradezu besessen davon, einen endgültigen Sieg über seine Feinde zu erringen. Ein Ziel, das schon sein Vater und sein Großvater verfolgt haben. Dabei haben die Rakschun ein angestammtes Recht darauf, in Baha-Uddin zu leben, denn einst gehörte ihnen das Land zwischen der Küste und dem Gonwe. Azenors Großvater war es, der sie von dort in blutigen Gemetzeln vertrieben hat, um im ganzen Land und im Delta des Flusses ungestört nach Gold suchen zu können.«

»Woher weißt du das?«, wollte Noelani wissen.

Kaori deutete mit einem Kopfnicken auf das Geisterheer. »Von ihnen.«

»Du ... du hast mit ihnen gesprochen?«

»Warum nicht? Ich kannte die Ansichten des Königs und wollte auch die der anderen Seite hören. Es ist schon erstaunlich, wie viele Lügen und Halbwahrheiten sich in den Köpfen der Menschen festsetzen, wenn ein Zwist über eine so lange Zeit ausgetragen wird. Da werden Gerüchte zu Tatsachen und die Wahrheit so lange verfälscht, bis sie den Mächtigen einen Grund liefert, um ihre Pläne durchzusetzen.« Kaori seufzte. »Ich fürchte, was man sich heute auf beiden Seiten erzählt, enthält nur noch einen Kern der Wahrheit. Alles andere wurde munter hinzugedichtet und abgeändert, bis es den Interessen der Herrschenden dienlich war.«

»Und ich bin auch noch darauf reingefallen.« Noelani ließ beschämt den Kopf hängen. »Es tut mir so leid«, sagte sie. »Ich wünschte, ich könnte alles ungeschehen machen.«

»Nun, ich würde sagen, dann bist du auf dem besten Weg.«

»Wie meinst du das?«

»Weißt du das nicht?« Kaori schaute Noelani verwundert an. »Hat die alte Maor-Say dich den Zauber etwa gelehrt, ohne mit dir darüber zu sprechen, wie er gelöst werden kann?«

»Ja.« Noelani nickte. »Sie starb vor der Zeit. Vielleicht wollte sie es mir noch sagen, kam aber nicht mehr dazu. Vielleicht aber auch nicht. Dieser Zauber hatte auf Nintau nie eine andere Bedeutung als die, den Dämon in seiner Steingestalt zu bewahren – für immer. Ihn für etwas anderes zu verwenden, wäre undenkbar gewesen.« Sie schaute ihre Schwester eindringlich an. »Alles, was ich weiß, ist, dass ich rechtzeitig eine neue Maor-Say benennen muss, damit der Zauber bestehen bleibt, wenn ich einmal nicht mehr bin.«

»Aber dann weißt du doch, wie man ihn auflöst.« Kaori zögerte, dann sagte sie: »Der Zauber verliert seine Kraft, wenn du stirbst und keine Nachfolgerin da ist, die dein Amt übernehmen kann.«

Noelani überlegte kurz. »Aber ich bin tot«, sagte sie schließlich. »Und trotzdem sind alle noch versteinert.«

»Du bist hier nur in einer Zwischenwelt«, sagte Kaori. »Und du bist offensichtlich auch nicht tot. Das bist du erst, wenn du in das Licht gegangen bist.«

»Und wie komme ich da hin?« Noelani war so beschämt über das, was sie angerichtet hatte, dass sie den Rakschun am liebsten sofort ihr Leben zurückgegeben hätte – auch wenn ihr eigenes auf diese Weise endete.

»Das wissen nur die Götter.« Kaori schüttelte den Kopf. »Es geschieht einfach. Von allein. Ich vermute aber, die Götter haben entschieden, dass deine Zeit noch nicht gekommen ist.«

»Heißt das, ich kann gar nichts tun, um meinen Fehler wiedergutzumachen?«

»Im Augenblick nicht. Ich bin aber sicher, dass ein tieferer Sinn darin liegt, dass du hier bist. Wer immer darüber bestimmt, was uns widerfährt, verfolgt damit ein ganz bestimmtes Ziel. Auch wenn wir es jetzt noch nicht erkennen, muss es etwas mit dem ...« Kaori brach ab, weil Bewegung in das Heer der Rakschun kam. Rufe wurden laut, und die Krieger strebten auseinander, als ob dort gerade etwas Beängstigendes geschah.

»Was ist da los?«, fragte Noelani.

»Einige der Rakschun sind verschwunden.«

»Sie verschwinden? Wohin?« Noelani verstand nun gar nichts mehr.

»Sieh mal, da unten«, sagte Kaori, ohne auf die Frage einzugehen, und deutete auf eines der Zelte, vor dem ein Krieger aus Baha-Uddin gerade dabei war, einen versteinerten Wachtposten mit einer Axt in Stücke zu schlagen. »Dieser Krieger ist so voller Hass, dass er die Steinfigur zerstört, so wie du es auch mit den fünf Jungfrauen getan hast.«

»Was geschieht dann?«, wollte Noelani wissen.

»Dann gehen die Geister der zerstörten Statuen ins Licht.«

»Nein!«, rief Noelani aus. »Das darf nicht sein. Sie dürfen nicht sterben. Ich möchte ihnen doch helfen, sonst hat Azenor gewonnen.« Noelani fühlte sich noch hilfloser als zuvor. »Ich muss zurück, Kaori!«, sagte sie bestimmt. »Ich muss versuchen, das Wüten aufzuhalten, ehe die Krieger das ganze Heer zertrümmern.«

»Aber das ist unmöglich.« Kaori schüttelte den Kopf. »Für uns gibt es kein Zurück.«

»Vielleicht doch.« Noelani kramte fieberhaft in ihren Erinnerungen. Vage glaubte sie sich daran zu erinnern, was die Maor-Say ihr damals für den Fall geraten hatte, dass die Verbindung zu ihrem Körper bei einer Geistreise einmal reißen sollte. Und dann fand sie es.

»Komm mit«, sagte sie zu Kaori und war schon auf dem Weg zurück über das Lager und den Fluss hinweg zu dem Zelt, in dem ihr Körper darauf wartete, dass sich die Totengräber um ihn kümmerten.

Was sie kurz darauf auf dem Lager vorfand, schien nicht mehr zu sein als die abgestreifte Haut einer Schlange. Eine Hülle, bar jeden Lebens, dazu bestimmt, den Weg des Verfalls zu gehen. Als sie die

Hülle zaghaft berührte, war das Gefühl kalt und fremd. Noelani schluckte trocken. Es ist zu spät, dachte sie niedergeschlagen. Ich bin zu lange fort gewesen. Es gibt nichts mehr, an das ich die pulsierende Energie des Lebensfadens anknüpfen könnte ...

... andererseits bin ich noch hier und nicht in dem Licht, von dem Kaori gesprochen hat. Dann kann ich nicht tot sein. Irgendwo in dieser so leblos wirkenden Hülle muss es noch einen Lebensfunken geben, und den gilt es zu finden. Noelani seufzte. Sie wusste: Die Aussichten auf eine Rückkehr ins Leben waren sehr gering, wenn der Lebensfaden gerissen war, daran hatte die Maor-Say keinen Zweifel gelassen. Aber Noelani war fest entschlossen, es zu versuchen.

Sie fühlte sich wie eine Ertrinkende, die nach einem Strohhalm greift, als sie sich in die tiefe Konzentration begab, die nötig war, um in ihren eigenen Körper einzutauchen und sich dort auf die Suche nach einem winzigen Rest der Lebensflamme zu machen, mit deren Hilfe sie das Band zwischen Körper und Geist wiederherstellen konnte.

Die Methode des Eintauchens wurde von den Maor-Say vornehmlich dazu verwendet, um Kranke zu heilen. Noelani hatte sie erst ein einziges Mal unter der Aufsicht ihrer alten Lehrmeisterin angewendet und erinnerte sich noch gut daran, wie überwältigend das Erlebnis für sie gewesen war. Die Welt des Innersten war damals erfüllt gewesen von roten Farben und pulsierendem Leben. Ihren eigenen Körper aber fand sie dunkel und still vor wie ein leeres Haus – tot.

Weiter!, spornte sie sich an und bewegte sich langsam dorthin, wo sie das Herz vermutete. Auch hier war es dunkel, aber noch wollte sie die Suche nicht aufgeben. Sie musste einen Lebensfunken finden. Ein einziger würde genügen, einer nur, an dem sie ihr Leben neu entzünden konnte ...

Und dann sah sie es. Ein Licht, so schwach, als würde es jeden Augenblick erlöschen, wies ihr den Weg durch die Dunkelheit des Todes. In einer verzweifelten Bewegung griff sie danach, barg es in ihrer Handfläche und sprach die Worte, die nötig waren, um Körper und Geist wieder zu einen. Kaum war das letzte Wort ihren Lippen entflohen, wurde sie fortgerissen von einer Macht, die alles bisher Dagewesene übertraf, die sie brutal zurückschleuderte in den Körper, den sie kaum eine halbe Stunde zuvor verlassen hatte, und ihr die Besinnung raubte.

8

In schwindelnder Höhe kauerte Prinz Kavan auf dem ausladenden Ast eines immergrünen Baums am Rande des Rakschunlagers und beobachtete aus dem schützenden Dickicht der Nadeln heraus, was im Lager vor sich ging.

Es hatte lange gedauert, bis er den Schrecken und das Entsetzen überwunden hatte, die ihn angesichts des zu Stein gewordenen Rakschunkriegers überkommen hatten. Er hatte einen Blick in das Zelt werfen wollen, aber keinen Zugang gefunden, weil auch die Vorhänge vor den Eingängen zu Stein geworden waren. Vorsichtig hatte er daraufhin das Lager erkundet und festgestellt, dass ausnahmslos alles, was sich innerhalb des äußeren Rings aus Zelten befunden hatte, zu Stein geworden war. Waffen, Gerät und die Feuerstellen, ja sogar die Hunde ... Es war schlimmer als in einem Albtraum, und obwohl er nicht begreifen konnte, was geschehen war, hatte er einsehen müssen, dass dies kein Traum war.

Je weiter der Tag vorangeschritten war, desto mehr Krieger waren in das Lager gekommen. Zweifellos war der Angriff von langer Hand geplant, denn es konnte kein Zufall sein, dass ausgerechnet die Flöße, die sie zum Übersetzen nutzten, von dem Steinzauber verschont geblieben waren. Kavan seufzte. Er hätte froh und erleichtert sein können, immerhin waren es seine Leute, die gesiegt hatten, aber er war es nicht. Tage waren vergangen, seit seine Erinnerungen zu ihm zurückgekehrt waren. Tage, in denen er viel Zeit gehabt hatte, über alles nachzudenken und abzuwägen.

Solange er denken konnte, waren die Rakschun für ihn verhasste und blutrünstige Barbaren gewesen. Nun aber, da er einige Monate bei ihnen gelebt hatte, sah er sie mit anderen Augen. Sie waren nicht seine Freunde geworden, aber er hatte gelernt, ihre Art des Lebens zu respektieren. Er kannte ihre Geschichte und verstand auch, warum sie so erbittert und unnachgiebig Krieg gegen Baha-Uddin führten. Die Gründe dafür hatte man ihm daheim so nie erzählt. Und genau diese Gründe waren es nun, die ihn daran zweifeln ließen, dass der Sieg seines Vaters gerechtfertigt war.

Am meisten aber erschreckte ihn die kaltblütige Art, wie sein Vater diesen Sieg errungen hatte. Nicht ehrenhaft im Kampf Mann gegen Mann, wie es in Baha-Uddin Tradition war, sondern heimtückisch und feige, mithilfe eines Zaubers, der die Männer im Schlaf überrascht und ihnen keine Möglichkeit zur Gegenwehr gegeben hatte. Mit einem Schlag war das Volk der Rakschun seiner Männer beraubt worden und damit dem Untergang geweiht. Die Frauen im fernen Lager in der Steppe wussten sicher noch nichts von der schrecklichen Wendung, die der Krieg genommen hatte. Welches Schicksal mochte sie jetzt erwarten?

»Das nenn ich erfolgreich.«

Eine Stimme ganz in der Nähe ließ Kavan erstarren. Vorsichtig spähte er durch das Astwerk zum Boden hinunter und sah zwei Krieger aus Baha-Uddin, die gemächlich am Rand des Lagers entlanggingen und auf den Baum zuhielten. »Ein Heer aus Stein, im Schlaf überrascht von einem mächtigen Zauber«, hörte er einen der beiden sagen. »Ich möchte mal wissen, mit welchen Mächten Azenor einen Pakt geschlossen hat, damit ihm das gelingen konnte.«

»Mir genügt es, dass wir gesiegt haben.« Der andere gähnte. »Und ich bin froh, dass ich nicht kämpfen muss.«

»Hast wohl Angst gehabt, wie?«

»Na ja ... Hast du gesehen, wie ... wie viele Waffen die Rakschun hatten? Und so viele Krieger ... Die ... die hätten uns überrannt und niedergemetzelt, ehe wir ...«

»Aber so weit ist es nicht gekommen.« Der Krieger grinste und blieb unmittelbar unter dem Ast stehen, auf dem Kavan hockte. »Hast du gehört, was der Hauptmann gesagt hat?«, fragte er. »Morgen brechen wir auf und holen uns die Frauen.«

Die Frauen! Kavan horchte auf. Halona! Der Gedanke, dass ihr etwas zustoßen könnte, versetzte ihm einen Stich. Plötzlich wusste er, was er zu tun hatte: Er musste die Frauen warnen. Sobald die beiden da unten verschwunden waren, musste er sich zu den Pferden schleichen, die abseits des Lagers grasten, und zu den Frauen reiten, um sie zu warnen. Wenn er schnell und ohne Pause ritt, würde den Frauen vielleicht noch genügend Zeit bleiben, um das Lager zu verlassen und in die Steppe zu fliehen.

»Welche Frauen?«, hörte er den anderen, etwas schwachköpfig wirkenden Krieger zu seinen Füßen fragen.

»Na, die Frauen der Rakschun, du Dummkopf.« Der Krieger versetzte seinem Kameraden einen freundschaftlichen Klaps auf die Schulter. »Die Handvoll Krieger, die wir gefangen nehmen konnten, waren sehr gesprächig. Sie haben verraten, dass es zwei Tagesritte von hier ein Lager gibt, in dem die Frauen und Kinder der Krieger leben.« Er lachte laut und schmutzig. »Der Hauptmann hat gesagt, sie gehören zur Kriegsbeute. Jeder von uns darf sich nehmen, was ihm gefällt.«

»Oh.« Auf dem Gesicht des zweiten Kriegers zeigte sich ein dümmliches Lächeln. »Du meinst, ich bekomme dann auch eine ab?«

»Na klar. Da fragt man doch nicht lange. Schnapp dir eine Hübsche und hab mal so richtig Spaß mit ihr. Das haben wir uns verdient.« Der Krieger unterstrich seine Worte mit eindeutig obszönen Bewegungen. »Ich werde mir zwei junge, dralle aussuchen«, prahlte er, »und mich von denen verwöhnen lassen. Die sollen so richtig Feuer haben, sagt man.«

»Feuer?«

»Ach, du verstehst aber auch gar nichts.« Der Krieger seufzte. »Hast du etwa noch nie ...?«

»Äh, nein.«

»Ihr Götter, womit habe ich das verdient?« Der Krieger breitete die Arme aus, legte den Kopf in den Nacken und ... wirbelte in einer ansatzlosen Bewegung herum, griff nach seiner Armbrust und richtete sie drohend in Richtung des Astwerks. »Runterkommen! Sofort!«, befahl er barsch.

»Was ist?« Sein Kamerad schaute blinzelnd nach oben.

»Da versteckt sich einer!« Der Krieger ließ sich nicht beirren.

Prinz Kavan wusste, dass er verloren hatte. Der Krieger hatte ihn gesehen. Wenn er den Baum nicht freiwillig verließ, würde der Mann ihn herunterschießen. Für einen Augenblick wog er die Möglichkeit einer Flucht ab, entschied sich dann aber dagegen. Er war unbewaffnet. Die Krieger hingegen waren gut ausgerüstet. Und sie waren zu zweit! An eine Flucht war nicht zu denken.

»Komm runter, oder ich erschieße dich!« Die Drohung des Kriegers war unmissverständlich.

»Nicht schießen!« Kavan entschloss sich, keinen Widerstand zu leisten. Er wollte leben. »Ich komme.« Umständlich kletterte er von Ast zu Ast, während die Spitze des Armbrustpfeils jeder seiner Bewegungen folgte. Dann sprang er zu Boden und breitete die Arme aus. »Ich bin unbewaffnet.«

»Der sieht aber nicht wie ein Rakschun aus«, bemerkte der zweite Krieger, der inzwischen sein Kurzschwert gezogen hatte und einen halben Schritt hinter seinem Kameraden stehen geblieben war.

»Das ist auch kein Rakschun. Das ist einer ihrer Sklaven«, erklärte der Krieger mit der Armbrust, ohne Kavan aus den Augen zu lassen. »Von denen haben wir heute Morgen schon ein paar gefangen genommen.«

»Falsch.« Prinz Kavan straffte sich und legte alles Selbstbewusstsein, das er aufbringen konnte, in seine Stimme. Bärtig und ungewaschen, wie er war, mit zerrissenen Kleidern und ohne Schuhe, war er sich seiner jämmerlichen Erscheinung wohl bewusst. Aber er wusste auch, dass er Halona und die anderen Frauen nur dann schützen konnte, wenn er jetzt keine Zeit verlor. Auf keinen Fall wollte er die nächsten Tage in einem Gefangenenlager fristen, während die Krieger Baha-Uddins im Frauenlager wüteten. Um das zu verhindern, gab es nur einen Weg ...

»Du hast recht, ich bin kein Rakschun«, sagte er laut und deutlich. »Aber ich bin auch kein Sklave. Ich bin Prinz Kavan von Baha-Uddin, Sohn von König Azenor und dessen rechtmäßiger Thronfolger.«

»Du lügst!« Der Krieger mit der Armbrust dachte nicht daran, die Waffe zu senken. »Prinz Kavan ist tot!«

»Nein, er lebt.« Kavan sprach ganz ruhig. »Er steht vor dir. Mehr als ein halbes Jahr lang lebte ich in Gefangenschaft bei den Rakschun und musste ihnen als Sklave zu Diensten sein. Doch das ist jetzt vorbei. Bringt mich zu General Triffin, er wird bestätigen, dass ich die Wahrheit sage.«

***

Als Noelani die Augen aufschlug, war die Welt um sie herum in leuchtendes Weiß gehüllt. Ihr Kopf schmerzte, und ihre Glieder fühlten sich an, als wären sie aus Stein, aber sie wusste sofort, dass ihr die Rückkehr in den eigenen Körper gelungen war, und das machte sie glücklich.

»Sie soll mit einem Boot auf das Meer hinausfahren?«, hörte sie eine tiefe unbekannte Stimme sagen. »Tot? Was für ein Unsinn. Außerdem ist das Meer viel zu weit weg.«

»Aber so schreibt es die Tradition meines Volkes vor.« Es war Jamak, der antwortete. »Die Maor-Say wird bei uns seit Generationen mit einem von Blumen geschmückten Boot auf das Meer hinausgeschickt, um die letzte Reise zu begehen. Sie ruht auf ölgetränktem Astwerk und Stroh, das von den Jägern mit Bandpfeilen entzündet wird, sobald das Meer sie angenommen hat. So war es immer, und so wird es auch für Noelani sein.«

»Unmöglich.« Der Mann mit der tiefen Stimme ließ ein rasselndes Husten erklingen, zog die Nase hoch und sagte: »Wir verscharren unsere Toten in der Erde, einfache Soldaten zusammen in einem Loch, Ranghöhere bekommen ein eigenes. Das kann ich für sie auch machen.«

»Ihr grabt sie ein?« Jamak war erschüttert. »Niemals. Noelani wird mit allen Ehren meines Volkes zu den Ahnen gehen.«

»Ich gehe nirgendwo hin.« Nur mit einer gewaltigen Willensanstrengung gelang es Noelani, die Worte zu formen, das Tuch von ihrem Gesicht zu ziehen und sich aufzurichten. Ihre Kehle war wie ausgedörrt, die Lippen aufgesprungen und die Gelenke unbeweglich.

»Beim Blute meiner Väter!« Der Totengräber riss furchtsam und erschrocken zugleich die Augen auf, schnappte nach Luft und stürmte aus dem Zelt.

»Noelani!« Jamak strahlte über das ganze Gesicht und kam auf sie zu. »Du ... du lebst. Aber du warst doch tot«, sagte er in ungläubigem Staunen. »Oder nicht?«

»Ich habe meinen Körper für eine Weile verlassen«, sagte Noelani langsam. »Tot war ich nicht. Es war mehr wie ... bei einer Geistreise.«

Der Blick, mit dem Jamak sie bedachte, verriet, dass er ihr das nicht so einfach glauben konnte. Zu oft schon hatte er während einer Geistreise an ihrer Seite gewacht. Er musste den Unterschied gespürt haben. »Ich weiß, dass du tot warst, Noelani«, sagte er noch einmal auf eine Weise, als wolle er sich dafür entschuldigen, den Totengräber gerufen zu haben. »Sonst hätte ich nie ...«

»Lass es gut sein, Jamak.« Noelani lächelte, gerührt von dessen hilflosem Versuch, sein Verhalten zu rechtfertigen. »Ich bin zurück. Das allein zählt. Aber es ist gut zu wissen, dass du dich für mich einsetzt. Ich möchte wirklich nicht irgendwo hier in der Steppe verscharrt werden.«

»Darüber müssen wir uns jetzt keine Gedanken machen«, sagte Jamak erleichtert. Er goss etwas Wasser aus einem Krug in einen Becher, reichte ihn Noelani und sagte: »Du lebst. Alles wird gut.«

»Das hoffe ich.« Noelani trank alles aus, schob das weiße Laken fort und schwang die Beine vom Lager. »Bring mich zu General Triffin«, forderte sie. »Ich muss mit ihm sprechen.«

Eine Viertelstunde später betraten Noelani und Jamak das Zelt des Generals. Triffin saß in einem gepolsterten Stuhl, hielt einen Pokal mit Wein in der Hand und blickte ihnen entgegen, als sie eintraten. Noelani war überrascht, dass er nicht bei den Kriegern auf der anderen Seite des Flusses war, aber sie sagte nichts und grüßte höflich.

»Was gibt es so Wichtiges, dass Ihr mich sprechen wollt?«, knurrte Triffin grußlos und so übellaunig, dass Noelani fast schon der Mut verließ. Für einen Moment überlegte sie, ob sie das Richtige tat, dann straffte sie sich und sagte: »Ich bin betrogen worden.«

»Das müsst Ihr mit dem ehrwürdigen Fürsten Rivanon besprechen«, murmelte Triffin verächtlich. »Ich habe damit nichts zu tun.«

»Das weiß ich.« Noelani ließ sich nicht beirren. »Sonst hätte er dir sicher nicht das Schlafmittel in den Wein geschüttet.«

»Ihr wisst davon?« Zum ersten Mal blitzte so etwas wie Interesse in Triffins Augen auf.

»Davon und von noch vielem mehr«, sagte Noelani, ohne weiter auf die Frage einzugehen. »Und ich kann dir sagen, dass ich darüber nicht glücklich bin.«

»Ich auch nicht.« Triffin seufzte. »Die Götter sind meine Zeugen, dass ich Euch nicht so schändlich hintergangen hätte. König Azenor selbst schmiedete den Plan, um die Rakschun zu besiegen. Rivanon war dabei nur sein ergebener Handlanger.« Er schenkte sich noch etwas Wein ein, nahm einen großen Schluck und sagte: »Ich habe es gesehen. Ich war drüben und habe mit eigenen Augen gesehen, welch mächtige Magie die Kristalle zu wirken vermögen. Es ist unfassbar! Wir haben gesiegt und dabei keine eigenen Verluste zu beklagen. Ich sollte glücklich sein, so wie die anderen, aber ich bin es nicht. Es ist ein Sieg ohne Ehre, und ich schäme mich dafür.«

»Ich auch.« Noelani nickte. »Wenn ich könnte, würde ich alles ungeschehen machen, und bei den Göttern, das werde ich.«

»Ihr wollt es ungeschehen machen?« Triffin lachte hart. »Wie denn? Die Rakschun sind tot. Alle. Ihr mögt eine mächtige Magierin sein, eine Göttin aber seid Ihr nicht.«

»Wäre ich das, stünde ich jetzt nicht hier, um dich um Hilfe zu bitten«, griff Noelani Triffins Worte geschickt auf.

»Warum?«

»Um den Kriegern Einhalt zu gebieten, die im Lager der Rakschun damit begonnen haben, die Steinfiguren der Rakschun zu zerstören.«

»Ist das wahr?« Triffin erhob sich entrüstet und schaute Jamak fragend an.

»Leider ja.« Jamak nickte. »Der Hass und die Wut einiger weniger scheinen so groß zu sein, dass sie sich an den Steinfiguren vergehen.«

»Bei den Göttern, ich muss sie aufhalten.« Plötzlich hatte Triffin es eilig. »Der König wird bald hier eintreffen. Er hat befohlen, dass das Lager der Rakschun zur Mahnung und Abschreckung der Feinde Baha-Uddins unversehrt stehen bleiben soll.«

»Das klingt, als hätte der König viele Feinde«, bemerkte Jamak trocken.

»Sagen wir mal so: Viele Freunde hat er nicht.« Triffin begleitete Jamak und Noelani nach draußen. Dort verabschiedete er sich knapp und machte sich unverzüglich auf den Weg zum Gonwe.

»Mir scheint, wir haben ihm einen großen Dienst erwiesen«, meinte Jamak.

»Nicht nur wir ihm.« Noelani lächelte versonnen. »Er uns auch. Viel mehr, als er ahnt. Und ich musste ihn nicht einmal darum bitten.«

* * *

Während Noelani und Jamak in ihr Zelt zurückkehrten, machte Triffin sich auf den Weg zum Gonwe, wo inzwischen unablässig Flöße von einem Ufer zum anderen fuhren, um Krieger und Gerätschaften ins Lager der Rakschun und die erbeuteten Waffen von dort ins eigene Lager zu schaffen.

Er hatte Glück. Als er das Ufer erreichte, legte gerade ein Floß ab. Ein gewagter Sprung brachte ihn an Bord, und keine zehn Minuten später hatte er das gegenüberliegende Ufer erreicht.

Als er das Lager betrat, sah er sofort, wovon Noelani gesprochen hatte. Ein versteinerter Rakschun war umgestürzt und zertrümmert worden. Einem anderen fehlte der Kopf. Der Anblick machte Triffin wütend. Hatte Rivanon den königlichen Befehl etwa nicht erhalten? Oder ließ er sich absichtlich Zeit, diesen zu verkünden? Was auch immer der Grund sein mochte, die sinnlose Zerstörung konnte nicht geduldet werden.

Entschlossen, dem ein Ende zu bereiten, rief Triffin die umstehenden Krieger zusammen. »Im Namen unseres geliebten Königs Azenor erreichte mich heute folgender Befehl«, verkündete er. »Dieses Lager muss unversehrt erhalten bleiben. Das gilt vor allem für die steinernen Krieger. Als ein Mahnmal sollen sie jene abschrecken, die sich heute und in Zukunft mit dem Gedanken tragen, die Waffen gegen Baha-Uddin zu erheben. Ihr Anblick wird dafür sorgen, dass die Allmacht unseres Königs weithin bekannt und gefürchtet wird, auf dass Baha-Uddin niemals wieder einen solchen Krieg erleben muss.«

Dass sich der Befehl schnell herumsprechen und Wirkung zeigen würde, daran zweifelte er nicht. König Azenor war bei seinen Männern nicht weniger gefürchtet als die Rakschun. Niemand würde es wagen, seinem Willen zuwiderzuhandeln, und so konnte Triffin sich kaum eine Stunde nach seiner Ankunft schon wieder auf den Rückweg machen.

Bei den Flößen angekommen, entdeckte er zwei Krieger, die einen Gefangenen mit sich führten und offensichtlich auf ihn gewartet hatten. »General Triffin!«, rief der eine ihn an, während er ihm entgegeneilte. »Wartet!«

»Was gibt es?« Triffin blieb stehen.

»Verzeiht, General, dass wir Euch stören«, sagte der Krieger, »aber wir haben hier einen Gefangenen, der offenbar im Geiste gestört ist.« Er verstummte, als wisse er nicht, ob er weitersprechen sollte. Dann sagte er: »Er behauptet, Prinz Kavan zu sein.«

»Prinz Kavan?« Triffin versuchte, sich sein Erstaunen nicht anmerken zu lassen. Er war der Einzige, der wusste, dass Prinz Kavan entgegen aller anders lautenden Nachrichten vermutlich am Leben war, und entschied, dass dies auch noch eine Weile so bleiben sollte. »Das kann nicht sein.«

»Er verlangt Euch zu sprechen.« Mit einem Kopfnicken deutete der Krieger auf den Gefangenen, der in respektvollem Abstand bei dem zweiten Krieger wartete.

»Also schön.« Triffin seufzte. »Bring ihn her.«

Ein Fingerzeig des Kriegers genügte, und sein Kamerad setzte sich mit dem Gefangenen in Bewegung.

»Ist er das?«, fragte Triffin betont missmutig, als die beiden ihn erreichten. Trotz des Bartes, der langen verfilzten Haare und der schmutzstarrenden Kleidung erkannte er Prinz Kavan sofort, ließ es sich aber nicht anmerken.

»Ja.« Der Krieger nickte.

»Du behauptest also, Prinz Kavan zu sein«, richtete Triffin das Wort an den Gefangenen.

»Ich behaupte es nicht nur, ich bin es – General«, erwiderte der Gefangene selbstbewusst.

»Prinz Kavan ist tot«, sagte der Krieger, aber Triffin ermahnte ihn mit einem strengen Blick zu schweigen. »Warum sollte ich dir das glauben?«, fragte er.

»Weil die Leiche des Prinzen nie gefunden wurde«, erklärte der Gefangene. »Er ist verschollen, aber nicht tot. Und nun steht er vor dir, denn er lebte all die Monate unerkannt als Sklave unter den Rakschun.«

Triffin sagte nichts. Er legte die Hand ans Kinn und musterte Kavan prüfend von oben bis unten, als müsse er sein weiteres Vorgehen erst noch abwägen. »Nun ja, eine gewisse Ähnlichkeit lässt sich nicht leugnen«, sagte er schließlich und fügte hinzu: »Ein Bad, ein Bartscherer und ein Verhör dürften rasch Klarheit bringen.«

»Frag mich jetzt!«, verlangte der Gefangene. »Irgendetwas, das nur der Prinz wissen kann.«

»Nicht hier.« Triffin schüttelte den Kopf und streckte die Hand nach dem Strick aus, mit dem Kavan gefesselt worden war. »Gib mir das Seil«, forderte er den Krieger auf, der das Ende in den Händen hielt. »Ich nehme ihn mit.«

»Sollen wir Euch nicht begleiten?«, fragte der Krieger, während er Triffin das Seil reichte. »Nur für den Fall, dass ...«

»Nicht nötig. Mit einem halb verhungerten und gefesselten Sklaven werde ich schon noch allein fertig.« Triffin fasste das Seil kurz und gab dem Gefangenen mit einem Ruck zu verstehen, dass er sich in Bewegung setzen sollte. Gemeinsam gingen sie zum Flussufer, wo gerade ein Floß zur Abfahrt bereitlag. »General, ich ...«

»Nicht jetzt!« Triffin schüttelte den Kopf, vermied es aber, Kavan anzusehen. »Du bist mein Gefangener«, zischte er mahnend. Dann nickte er den Kriegern zu, die salutierten, als er das Floß betrat.

»Wer ist das?«, wollte der Hauptmann wissen, dem die Verantwortung für das Floß oblag.

»Ein Sklave der Rakschun, der verhört werden soll.«

»Gut.« Dem Hauptmann schien das zu genügen. Er ließ Triffin mit dem Gefangenen passieren. Dieser suchte sich einen Platz in der Mitte des Floßes, wo Kisten mit Schwertern und Pfeilspitzen aufgestapelt worden waren, und setzte sich.

Der Gefangene tat es ihm gleich.

Das Floß legte ab. Zehn Krieger waren nötig, um die schwer beladene Holzplattform an einem vorgespannten Seil über den Gonwe zu ziehen. In der Mitte des Flusses war die Strömung so stark, dass sie fast mit einem entgegenkommenden Floß zusammenstießen. Allein dem beherzten Eingreifen von vier weiteren Kriegern, die die Flöße mit langen Stangen auf Abstand hielten, war es zu verdanken, dass kein Unglück geschah.

»Arkon ist tot.« Der Gefangene schaute Triffin von der Seite her an.

Die Nachricht versetzte dem General einen Stich. Gern hätte er mehr erfahren, aber er wollte nicht den Eindruck erwecken, mit einem Gefangenen zu plaudern. So starrte er weiter auf den Fluss hinaus, als hätte er nichts gehört. Kavan schien das Verhalten richtig zu deuten, denn er sagte im Flüsterton: »Sie hatten eine Taube abgefangen und wollten von ihm wissen, was die Botschaft bedeutet. Er hat nichts verraten.«

»Ein tapferer Mann.«

»Und ein guter.« Der Gefangene nickte zustimmend.

Für den Rest der Überfahrt schwiegen beide. Die neugierigen Blicke der Krieger folgten ihnen, als sie vom Floß an Land und durch das Lager zu Triffins Zelt gingen. »Lass niemanden ein!«, ermahnte der General den Posten vor dem Eingang, froh, die Plane endlich schließen zu können. Dann waren sie allein.

»Wann hast du es gewusst?«, fragte Kavan scheinbar zusammenhangslos, während er sich setzte und die gefesselten Hände so auf den Tisch legte, dass Triffin die Fesseln lösen konnte.

»Sofort.« Triffin zog sein Messer. »In ganz Baha-Uddin haben nur König Azenor selbst und seine Söhne diese eisblauen Augen.«

»Sein Sohn«, korrigierte Kavan.

Triffin sagte nichts.

»Du hast mich niedergeschlagen«, hob Kavan schließlich ohne Groll und ohne auch nur die Spur eines Vorwurfs in der Stimme an, während Triffin ihm die Fesseln löste.

»Es musste sein.«

»Ich weiß.« Prinz Kavan rieb sich die geröteten Handgelenke und schaute den General an. »Ich hätte tot sein können.«

»Es war eine militärische Entscheidung, keine persönliche.« Triffin war noch immer fest davon überzeugt, das Richtige getan zu haben, und nicht bereit, sich zu entschuldigen. »Ein Leben für Hunderte.«

»Auch wenn es das Leben eines Thronfolgers ist?«

»Auch dann.«

»Ich wusste schon immer, dass du sehr mutig bist.« Prinz Kavan lächelte. »Dafür habe ich dich bewundert, seit ich ein kleiner Junge war.«

»Das war vielleicht ein Fehler.«

»Nein.« Kavan schüttelte den Kopf. »Baha-Uddin braucht Männer wie dich. Ich habe mir immer gewünscht, einmal wie du zu sein. Aber Vater ...« Er verstummte kurz und sagte dann: »Ich werde dich nicht verraten.«

»Es ist kein Verrat, die Wahrheit zu sagen«, erwiderte Triffin gelassen. »Ich könnte es dir nicht verdenken.«

»Nein.« Kavan schüttelte den Kopf. »Du hast den Mut gehabt zu tun, was ich längst hätte tun müssen. Aber die Furcht vor meinem Vater war zu groß. Ich hätte es niemals gewagt, den Befehl zum Rückzug zu geben.«

»Es freut mich, dass du das so siehst.« Triffins Erleichterung war echt. So viel Einsicht hatte er von dem jungen Prinzen nicht erwartet. Kavan war gewachsen, nicht körperlich, die Verfassung des Prinzen war eher schlecht, aber im Geiste, ganz so, als hätten ihm die Monate bei den Rakschun eine andere Sicht der Dinge ermöglicht.

»Dann hegst du keinen Groll gegen mich?«

»Groll? Nein!« Kavan schüttelte den Kopf. »Ich habe das unbestimmte Gefühl, dass in alledem, was geschehen ist, ein tieferer Sinn liegt und wenn sich dieser mir bisher auch noch nicht erschlossen hat, so hat die Zeit bei den Rakschun mir immerhin Erfahrungen und Einsichten vermittelt, die ich nicht missen möchte.«

»Du bist zum Mann geworden«, bemerkte Triffin anerkennend und beendete das Thema, indem er sagte: »Ich werde dir ein Bad richten lassen, etwas zu essen besorgen und dir den Bartscherer schicken. Vielleicht gelingt es mir auch, passende Kleidung für dich aufzutreiben. Es wird höchste Zeit, aus dir wieder Prinz Kavan zu machen.«

»Wann willst du es bekanntgeben?«, fragte Kavan.

»Nun, ich denke, noch nicht so bald.« General Triffin grinste. »Dein Vater wird am Abend hier im Lager eintreffen. Ich würde ihm ungern die Überraschung verderben.«

»Mein Vater kommt?« Für einen Augenblick verlor Prinz Kavans Gesicht alle Farbe, ein Zeichen dafür, dass die alte Furcht wieder aufflammte. Dann aber straffte er sich und sagte: »Auch gut. Dann habe ich es hinter mir.«

Triffin legte ihm die Hand auf die Schulter und nickte ihm anerkennend zu. »Du bist wahrlich zum Mann geworden«, wiederholte er noch einmal und wandte sich zum Gehen.

»Triffin, warte!«

»Was gibt es noch?«

»Ich habe gehört, dass die Krieger morgen aufbrechen wollen, um das Lager der Rakschun in der Steppe zu überfallen, die Zelte zu plündern und sich die Frauen gefügig zu machen«, sagte der Prinz. »Das muss unter allen Umständen verhindert werden.«

»Sie wollen was?«, brauste Triffin auf. Von solchen Plänen hatte er noch nichts gehört, und selbst wenn, hätte er es niemals gestattet. »Rivanon!«, knurrte er und ballte die Fäuste. »Dieser verdammte Mistkerl schreckt aber auch vor keiner Schandtat zurück.« Er holte noch einmal tief Luft und sagte: »Ich danke dir, Prinz. Sei versichert, dass ich alles in meiner Macht Stehende tun werde, um den Überfall zu verhindern.«

»Ich zähle auf dich.« Der Prinz wirkte erleichtert.

»Ich werde dich nicht enttäuschen.« Triffin nickte dem Prinzen noch einmal zu und verließ das Zelt.

9

»Was hast du vor?« Jamak beobachtete, wie Noelani eine flache Schale mit Wasser füllte.

»Ich werde eine Geistreise ins Lager der Rakschun machen und nachsehen, ob der General Erfolg hatte.«

»Das meinte ich nicht.« Jamak seufzte. »Du hast gesagt, Triffin hätte uns mehr geholfen, als er ahnt. Wie meinst du das?«

Noelani stellte die Schale auf den Boden, trat vor Jamak, ergriff dessen Hände und schaute ihm fest in die Augen. »Vertrau mir«, sagte sie ernst. »Es wird alles gut.«

»Willst du es mir nicht verraten?«

»Doch. Später.« Noelani lächelte. »Es ist noch zu früh. Nach dieser Geistreise werde ich mehr wissen. Dann können wir reden.«

Jamak gab sich geschlagen. »Dann warte ich.«

»Es dauert nicht lange.« Noelani ließ Jamaks Hände los, setzte sich mit untergeschlagenen Beinen vor der Wasserschale auf den Boden und schloss die Augen. Die Geistreise begann so schnell, dass sie selbst erschrak und fast hätte abbrechen müssen. Für einen Augenblick fürchtete sie, nicht wieder zurückkehren zu können, aber dann spürte sie den Sog des Lebens, der sie mit ihrem Körper verband, und entspannte sich. Entgegen ihrer Ankündigung machte sie sich aber nicht auf den Weg ins Lager der Rakschun, sondern blieb an Ort und Stelle, rief nach Kaori und wartete.

»Du hast gerufen, Schwester?« Es dauerte nicht lange, bis sie Kaoris Stimme ganz in der Nähe hörte. Ein wenig bedauerte sie es, ihre Schwester nicht sehen zu können, aber wichtig war, dass sie mit ihr sprechen konnte.

»Ja.« Noelani verstummte. Weil sie nicht wusste, wie sie beginnen sollte, fragte sie schließlich: »General Triffin hat mir versprochen, das Zerstören der Steinkörper zu verbieten. Hat er Erfolg?«

»Ja.«

»Gut.«

Für endlose Augenblicke herrschte Schweigen, dann fragte Kaori: »Du hast mich doch nicht deshalb gerufen, oder? Immerhin könntest du hinschweben und dich selbst von seinem Wirken überzeugen.«

»Du hast recht, das ist es nicht.«

»Was dann?«

Noelani zögerte. Dann sagte sie: »Ich will es ungeschehen machen.«

»Was?«

»Du hast gesagt, dass ich die Rakschun wieder zum Leben erwecken kann.« Noelani nahm all ihren Mut zusammen. »Und das werde ich tun.«

»Wirklich?«

»Ja.« Jetzt, da es raus war, fühlte Noelani sich besser.

»Du kennst den Preis dafür.«

»Ja, aber das ist mir gleich.«

»Sicher?«

»Ganz sicher. Es ist nur ... ich brauche deine Hilfe.«

»Habe ich sie dir je versagt?«

»Nein.« Noelani lächelte. In diesem Augenblick fühlte sie sich Kaori so nah wie damals, wenn sie als Kinder in ihrer Höhle am Strand gemeinsam etwas ausgeheckt hatten.

»Was soll ich tun?«, fragte Kaori.

»So genau weiß ich das noch nicht«, gab Noelani zu.

»Dann brauchen wir einen Plan. Einen guten.« Kaori schien etwas zu überlegen. »Die Rakschun hier sind voller Hass. Wenn du sie einfach wieder zum Leben erweckst, wird der Krieg härter und grausamer fortgeführt werden als bisher«, sagte sie nachdenklich.

»Ich weiß.« Noelani nickte. »Ich habe schon hin und her überlegt. Der einzige Weg scheinen mir Verhandlungen zu sein.«

»Geister und Lebende können nicht miteinander verhandeln«, sagte Kaori bestimmt. »Daraus wird nichts.«

»Vielleicht doch ...« Noelani verriet nicht, woran sie dachte, sondern sagte: »Mal angenommen, es gelingt uns, die Anführer der Rakschun und Baha-Uddins an einen Verhandlungstisch zu bekommen, wie können wir sicherstellen, dass ein dauerhafter Frieden möglich ist?«

»Das geht nur, wenn König Azenor den Rakschun gestattet, in ihrer alten Heimat zu leben«, erwiderte Kaori, ohne zu zögern. »Die Vertreibung der Rakschun ist der einzige und wahre Grund für diesen Krieg.«

»Aber die Rakschun können das Volk von Baha-Uddin nicht mehr aus dem Land vertreiben«, gab Noelani zu bedenken. »Es ist inzwischen auch ihre Heimat.«

»Dann werden sie sich wohl oder übel vertragen müssen«, folgerte Kaori. »Das Land ist groß und bietet Platz für alle.«

»Ob das gut geht? Nach allem, was geschehen ist?« Noelani seufzte.

»Wenn die Anführer einsichtig sind und einen Vertrag schließen, wird das Volk sich fügen«, sagte Kaori. »Olufemi und König Azenor sind mächtig genug, um so etwas durchzusetzen. Außerdem sind beide Völker des Kämpfens müde und sehnen sich nach Frieden. Es wird eine Weile dauern, bis sich die Wunden geschlossen haben, die der Krieg gerissen hat, aber ich bin sicher, die nächsten Generationen werden keinen Groll mehr gegeneinander hegen – solange man die Völker selbstbestimmt leben lässt und niemand unterdrückt wird.«

»Ich wünschte, es wäre so einfach.« Noelani seufzte, überlegte kurz und sagte dann: »Ich fürchte, uns bleibt nichts anderes übrig, als es einfach darauf ankommen zu lassen. Vielleicht haben wir Glück, und die Vernunft ist stärker als die alte Feindschaft. Pass auf, ich denke es mir so ...«

* * *

König Azenors Ankunft im Lager kam einem Triumphzug gleich. Boten waren vorausgeritten, um sein Nahen zu verkünden und so hatten sich Tausende Krieger eingefunden, um dem Mann zuzujubeln, den sie gleichermaßen fürchteten und verehrten. Dass er ihnen im Augenblick tiefster Verzweiflung mit List und Magie einen Sieg ohne eigene Verluste beschert hatte, ließ sie die Entbehrungen der vergangenen Monate und das Elend in den Flüchtlingslagern vergessen. Selbst die Willkür und die Ungerechtigkeit, mit der König Azenor seit Jahren über Baha-Uddin herrschte, waren in diesem Augenblick aus den Gedanken der Krieger verschwunden. Der Sieg über die Rakschun, auf den niemand mehr zu hoffen gewagt hatte, stellte alles andere in den Schatten, und so ließen sie ihren König jubelnd hochleben, der in prächtiger Rüstung auf einem zweispännigen Streitwagen in das Heerlager einzog.

»Ein wahrhaft königlicher Empfang.« Fürst Rivanon wirkte so selbstbewusst, als gelte der Jubel ihm. Zusammen mit General Triffin, Noelani, Jamak und den wichtigsten Befehlshabern des Heeres stand er vor dem großen Zelt, in dem alle Zusammenkünfte und Besprechungen abgehalten wurden, und blickte dem König entgegen.

»Erstaunlich, wie schnell er die Gunst der Krieger zurückgewonnen hat«, bemerkte Triffin.

»Einem Sieger folgt man eben gern.« Rivanon grinste.

Triffin schluckte die bissige Bemerkung herunter, die ihm auf der Zunge lag. Nach allem, was geschehen war, war es offensichtlich, dass der König Fürst Rivanon das größere Vertrauen entgegenbrachte. Auch wenn er mit vielem, was geschehen war, nicht einverstanden war, durfte er es nicht riskieren, sein Ansehen durch unbedachte Äußerungen weiter zu schwächen. Immerhin war Baha-Uddin aus diesem Krieg als Sieger hervorgegangen, und König Azenor würde noch lange die Geschicke des Landes lenken, bevor sein Sohn die Macht übernehmen konnte.

Ein dünnes Lächeln umspielte Triffins Mundwinkel, als er an Prinz Kavan dachte, der in seinem Zelt darauf wartete, seinem Vater gegenüberzutreten. Außer ihm selbst und dem Bartscherer, den er unter Androhung grausamster Strafen zum Stillschweigen verpflichtet hatte, wusste niemand im Lager, dass der Prinz zurückgekehrt war. Triffin war schon sehr gespannt darauf, wie der König und die anderen die Neuigkeit aufnehmen würden, wenn er ihnen Prinz Kavan bei dem geplanten Festessen am Abend vorstellen würde.

Das Schnauben von Pferden und das Scharren ihrer Hufe rissen Triffin aus seinen Gedanken. König Azenor hatte die Gruppe der Befehlshaber erreicht, die Pferde gezügelt und den Streitwagen anhalten lassen. Mit einem selbstbewussten Lächeln auf den Lippen reichte er einem herbeigeeilten Pferdeburschen die Zügel, verließ den Wagen und schritt auf seine Befehlshaber zu. »Fürst Rivanon«, sagte er in salbungsvollem Ton, ganz so, als wäre niemand anderes da, den es zu begrüßen galt. »Ganz Baha-Uddin spricht von dem triumphalen Sieg, den Ihr für uns errungen habt. Ihr habt Eurem Land einen unschätzbaren Dienst erwiesen und Tausende Krieger vor dem Tod bewahrt. Seid gewiss, diese ruhmreiche Tat wird nicht vergessen werden und einen würdigen Platz in den Geschichtsbüchern Baha-Uddins einnehmen.«

Er legte Fürst Rivanon anerkennend die Hand auf die Schulter, trat einen halben Schritt zur Seite und drehte sich so zu den umstehenden Kriegern um, dass sie den Fürsten sehen konnten. »Hier steht der Bezwinger der Rakschun!«, rief er aus und hob beifallheischend den freien Arm.

Augenblicklich brandete Jubel auf. Die Krieger ließen den Fürsten hochleben und stießen wüste Beschimpfungen gegen die Rakschun aus, die ihrer Ansicht nach ein gerechtes Schicksal ereilt hatte.

Triffin sah das Leuchten in Rivanons Augen und spürte Wut in sich aufsteigen. »Vergesst nicht, auch unseren Gästen zu danken«, sagte er laut, als der Jubel abgeklungen war. »Ohne Noelanis Hilfe stünden wir jetzt auf einem Schlachtfeld und würden die Gefallenen betrauern.«

Rivanon wollte etwas antworten, aber der König kam ihm zuvor. Er trat dicht an Triffin heran und zischte: »Sie bekommt, was sie sich für ihre Dienste erbeten hat. Ruhm gehörte nicht dazu.« Laut sagte er: »Und natürlich wollen wir nicht vergessen, unseren Gästen zu danken, die mit ihrem Wirken wesentlich dazu beigetragen haben, dass wir diesen Krieg gewinnen konnten.« Er winkte Noelani und Jamak zu sich, stellte sich zwischen die beiden und legte jedem kameradschaftlich die Hand auf die Schulter.

Triffin entging nicht, wie unwohl Noelani und Jamak sich fühlten, als der Jubel erneut, aber längst nicht so stürmisch wie zuvor aufbrandete. Er rechnete fest damit, dass Noelani die Gelegenheit nutzen und den König vor allen Kriegern öffentlich des Betrugs anklagen würde, weil er die Rakschun entgegen ihrer Abmachung durch eine List hatte versteinern lassen.

Dass sie es nicht tat, überraschte und verwirrte ihn. Wäre er an ihrer Stelle gewesen, hätte er den König zur Rede gestellt. Die beiden aber wechselten nur betroffene Blicke, sagten nichts und schienen froh zu sein, als der König sie wieder aus dem Mittelpunkt der Aufmerksamkeit entließ.

»Und jetzt«, sagte der König gönnerhaft, »lasst uns den Sieg gebührend feiern! Dutzende Fässer aus den königlichen Weinkellern warten auf meine tapferen Krieger ...« Kaum hatte er das gesagt, brandete der Jubel so gewaltig auf, dass seine nächsten Worte darin völlig untergingen: »... und ich habe Hunger.«

***

Wenig später hatten sich alle an der festlich gedeckten Tafel in dem großen Versammlungszelt eingefunden: König Azenor, die beiden wichtigsten Ratsmitglieder, die ihn auf seiner Reise begleiteten, Fürst Rivanon, General Triffin und eine Handvoll ranghoher Hauptleute sowie Noelani und Jamak, denen als Ehrengäste die Plätze an der Seite des Königs gebührten. Ein Stuhl blieb unbesetzt, was für verwunderte Blicke sorgte. Offenbar vermutete jeder, dass man die Anzahl der Gäste falsch eingeschätzt hatte.

Noelani nahm den freien Platz nur beiläufig wahr, so wie alles, was an der langen Tafel vor sich ging. Während sie die Fragen, die man ihr stellte, höflich beantwortete und sich zwang, etwas von den köstlichen Speisen zu essen, die von den Dienern aufgetischt wurden, war sie in Gedanken mit ganz anderen Dingen beschäftigt. Gleichzeitig versuchte sie zu verbergen, wie aufgeregt sie war.

Als der Bote von General Triffin zu ihr ins Zelt gekommen war, um sie von der Ankunft des Königs und dem bevorstehenden Festmahl zu unterrichten, hatte sie ihr Glück kaum fassen können. Nur wenige Minuten zuvor hatte sie die Geistreise und ihr Gespräch mit Kaori beendet. Niemals hätte sie damit gerechnet, dass sie so schnell Gelegenheit bekommen würde, den Plan, den sie mit ihrer Schwester ersonnen hatte, in die Tat umsetzen zu können.

Die Vorbereitung erforderte zum Glück nicht viel Aufwand. Jamak hatte sie nur so weit in ihre Pläne eingeweiht, wie sie es für nötig hielt. Ohne seine Hilfe würde sie scheitern, so viel war sicher. Aber sie wollte auch nicht riskieren, dass er sie in stundenlangen Gesprächen davon abzuhalten versuchte. Sie wusste, dass er wütend war. Wäre es nach ihm gegangen, hätte sie dem König vor allen Kriegern Vertragsbruch und Verrat vorwerfen müssen, als dieser Fürst Rivanon in aller Öffentlichkeit den Ruhm und die Ehre für den Sieg über die Rakschun hatte zukommen lassen. Dass sie es nicht getan hatte, konnte er ebenso wenig verstehen wie die Tatsache, dass sie die Einladung zu diesem Festessen mit einem freundlichen Lächeln angenommen hatte.

Noelani konnte es ihm nicht verdenken. Für Jamak war der König ein Unmensch, der tatenlos zusah, wie sein Volk litt, dessen Denken und Handeln allein von seinem blinden Hass auf die Rakschun geprägt war und dem Tugenden wie Ehre, Mitleid und Hilfsbereitschaft fremd waren. Für Jamak war König Azenor die Quelle allen Übels, und er hatte es Noelani nicht verziehen, dass sie ihm ihre Hilfe angeboten hatte.

Noelani war das gleichgültig. Sie mochte den König nicht und war wütend, weil er sie betrogen hatte, aber sie wusste auch, dass Worte nichts würden bewirken können. Sie hatte anderes im Sinn. Verstohlen tastete sie mit einer Hand nach den Kristallen, die sie in der Tasche mit sich führte. Es galt, sie unbemerkt so im Zelt zu verteilen, dass sich der Tisch in der Mitte befand und keiner der Anwesenden etwas davon bemerkte. Den ersten Kristall hatte sie schon beim Eintreten in dem üppigen Blattwerk eines Blumenschmucks versteckt, der im Rücken des Königs den Raum zierte, einen zweiten in einem weiteren Gebinde am anderen Ende der Tafel. Die übrigen drei mussten unauffällig an den Längsseiten des Tisches jenseits der Stuhlreihen versteckt werden.

Nur wie?

Während sie aß, hielt Noelani aufmerksam nach geeigneten Verstecken Ausschau, doch die waren nur spärlich gesät. Ein Stuhl, auf dem ein paar Kleidungsstücke abgelegt waren, bot sich an, ebenso ein langer Tisch an der Zeltwand, auf dem die Gonweebene mit den beiden Lagern und dem Fluss selbst in winzig kleinem Format nachgebildet waren. Eine Standarte mit dem Wappen Baha-Uddins konnte die letzte Möglichkeit bieten, aber solange alle am Tisch saßen, war es ihr unmöglich, unbeobachtet zu den Plätzen zu gelangen. Andererseits musste sie ihren Plan vollenden, ehe die Gäste sich erhoben, denn nur während des Essens waren alle beisammen. Mit klopfendem Herzen wartete sie auf einen günstigen Augenblick, doch wie es schien, vergeblich.

Die Vorspeisen wurden abgeräumt und der Wein für das Hauptgericht ausgeschenkt. Die anwesenden Gäste unterhielten sich angeregt, aber niemand erhob sich, sodass es sofort aufgefallen wäre, wenn Noelani um den Tisch herumgegangen wäre. Immer wieder wanderte ihre Hand zu den Kristallen in ihrer Tasche, um sich zu vergewissern, dass sie noch da waren, und jedes Mal hatte sie weniger Hoffnung, ihr Ziel doch noch zu erreichen.

Das Hauptgericht, dampfende Geflügelbraten mit Beilagen, deren Namen Noelani nicht kannte, wurde aufgetragen. Doch gerade als die Gäste mit dem Essen beginnen wollten, erhob sich General Triffin und bat um Ruhe. »Eure Majestät, verehrte Gäste, liebe Freunde«, begann er seine Rede in der für Baha-Uddin üblichen Form. »Die Stunde des Sieges über den verhassten Feind ist wahrhaftig ein Grund zu feiern. Doch fast noch mehr freut es mich zu verkünden, dass wir heute noch einen und nicht weniger wundersamen Grund haben, die Pokale zu heben und die Götter für ihren Großmut zu preisen.«

»Was soll das sein?«, rief einer der Hauptleute. »Hast du endlich eine Frau gefunden?« Alle lachten.

»Besser!« Triffin ging nicht weiter auf die Bemerkung ein. Er gab einem der Diener an der Tür ein Zeichen, worauf dieser das Zelt verließ. Dann sagte er: »Ich habe jemanden gefunden, den wir alle lange verloren glaubten und dessen Verlust wir sehr betrauert haben. Ich möchte diese feierliche Zusammenkunft nutzen, um euch stolz und glücklich einen Gefangenen vorzustellen, den wir wie durch ein Wunder unversehrt aus dem Lager der Rakschun befreien konnten.«

Alle wandten ihre Gesichter dem Eingang zu, vor dem sich im Licht der untergehenden Sonne schattenhaft Gestalten bewegten. Endlose Augenblicke lang geschah nichts, dann schlüpfte der Diener wieder in das Zelt und gab Triffin mit einem Kopfnicken zu verstehen, dass alles bereit war.

»Eure Majestät, verehrte Gäste, liebe Freunde«, hob der General noch einmal an, während der Diener wieder hinausschlüpfte. »Was wir nie zu hoffen gewagt haben, ist Wirklichkeit geworden. Prinz Kavan ist zu uns zurückgekehrt!«

Noch während er das sagte, wurde die Plane vor dem Eingang zurückgeschlagen, und ein junger Mann in edlem Gewand betrat das Zelt. Sein Gesicht war unter der Kapuze seines Umhangs nicht zu erkennen, doch kaum dass er das Zelt betreten hatte, schlug er diese zurück.

Im Zelt brach ein Tumult aus. Alle sprangen auf, umringten den Prinzen, den sie offenbar für tot gehalten hatten, und riefen überschwänglich durcheinander. Freude und Überraschung standen ihnen in die Gesichter geschrieben. Noelani hatte noch nie von dem Prinzen gehört, aber ein Blick in seine eisblauen Augen genügte, um ihr zu zeigen, dass er der Sohn von König Azenor war. Dieser war als Einziger auf seinem Stuhl sitzen geblieben und beobachtete das Durcheinander am Eingang mit unbewegter Miene.

Er scheint sich gar nicht zu freuen, dachte Noelani, schob den Gedanken dann aber fort, weil sie in der allgemeinen Unruhe die lang ersehnte Gelegenheit erkannte, die Kristalle unbemerkt an ihre

Plätze zu bringen. Niemand beachtete sie, als sie sich erhob und um den Tisch herumging, als wollte auch sie den Prinzen begrüßen. Und es bemerkte auch niemand, wie sie ihre Hand in die Tasche ihres Gewandes schob, unauffällig einen Kristall nach dem anderen hervorholte und diese auf den Tisch mit dem Miniaturlager legte, unter den Gewändern auf dem Stuhl versteckte und am Fuß der Standarte platzierte. Als sie damit fertig war, setzte sie ihren Weg in Richtung des Prinzen fort, doch ehe sie ihn erreichte, erhob sich der König und befahl allen mit lauter Stimme, an ihre Plätze zurückzukehren. Noelani war das nur recht. Sie hatte lange genug auf diesen Moment gewartet. Jetzt konnte sie endlich beginnen.

Als eine der ersten nahm sie ihren Platz wieder ein und beobachtete, wie auch die anderen sich setzten. Prinz Kavan ging wie selbstverständlich zu dem freien Platz, aber sein Vater gestattete ihm nicht, sich zu setzen. Noelani war gespannt, was er sagen würde. Auch wenn er nicht glücklich ausgesehen hatte, war sie sicher, dass er sich freute, seinen totgeglaubten Sohn wiederzusehen. Aber sie täuschte sich.

»Du hättest tot sein müssen, Kavan!«, rief Ażenor seinem Sohn über den Tisch hinweg wutentbrannt zu. »Warum bist du es nicht?«

Wie abgeschnitten trat Schweigen ein. Alle starrten erst den König und dann Prinz Kavan an, der wie vom Donner gerührt an seinem Platz stand und den Blick seines Vaters mit einer Mischung aus Furcht, Hass und Abscheu erwiderte.

Obwohl Noelani unmittelbar neben dem König saß, beachtete sie niemand. Das war die Gelegenheit, auf die sie gewartet hatte. Mit angehaltenem Atem tastete sie nach dem Stein in ihrer Tasche, schloss die Hand fest darum, erhob sich, ging zu Jamak und tippte ihm auf die Schulter, als müsse sie ihm etwas sagen. Während Prinz Kavan am Tisch zu einer Antwort ansetzte, führte sie Jamak vom Tisch fort.

Er wusste nicht, was geschah, und wollte sie etwas fragen, aber sie schüttelte nur den Kopf und legte den Finger auf die Lippen.

Dann schloss sie die Augen und erschuf im Geiste erneut das Ebenbild des porösen Gesteins, in das sie auch schon die Krieger der Rakschun verwandelt hatte ...

Kaum eine Minute später war alles vorbei.

Die Stille im Zelt war gespenstisch. Der Anblick der versteinerten Tafel, an der steinerne Gäste vor zu Stein gewordenen Speisen saßen und ein Prinz aus Stein dem versteinerten König bittend die Hände entgegenstreckte, war von einer so entsetzlichen Schönheit, wie es nur ein Kunstwerk sein konnte, das der Tod selbst geschaffen hatte.

»Bei den Göttern! Was hast du getan?« Obwohl Jamak flüsterte, war sein Entsetzen nicht zu überhören.

»Das einzig Richtige!« Noelani eilte zum Eingang und tauschte ein paar Worte mit den Wachen. Dann verschloss sie den Eingang sorgfältig und kehrte zu Jamak zurück. »Ich habe gesagt, dass die Gesellschaft nicht gestört werden möchte«, erklärte sie im Flüsterton, während sie die flache Schüssel, die zum Reinigen der Hände mit Wasser gefüllt neben der Tür bereitstand, aus dem schmiedeeisernen Ständer nahm.

»Was hast du vor?« Jamak war immer noch erschüttert. »Wir können hier nicht bleiben. Wir müssen weg. Schnell. Wenn herauskommt, dass du sie getötet hast ...«

»Sie sind nicht tot.« Noelani stellte die schwere Schale auf den Boden und setzte sich mit untergeschlagenen Beinen davor. »Ihre Geister sind in einer Zwischenwelt, so wie die der Rakschun. Auch sie sind nicht tot.« Sie schaute Jamak ernst an. »Du musst mir glauben, Jamak. Es ist dieselbe Welt, die ich während der Geistreise besuchen kann. Ich könnte sie sogar wieder lebendig machen, aber dafür ist es noch zu früh, denn ich habe einen Plan. Ich will versuchen, die Anführer der Rakschun mit den Herrschern von Baha-Uddin in der Geisterwelt zusammenzubringen und sie dazu bewegen, miteinander zu verhandeln, damit dieser Krieg friedlich und ohne weitere Opfer beendet werden kann. Nur deshalb habe ich die Magie der Kristalle noch einmal gewirkt. Es ist meine letzte Hoffnung, dass doch noch alles ein gutes Ende nimmt.«

Jamak schüttelte den Kopf. »Aber sie sind zu Stein geworden«, sagte er mühsam beherrscht. »Sie wieder zum Leben zu erwecken ist unmöglich.«

»Nein, das ist es nicht.« Noelani schaute Jamak eindringlich an. »Solange die Steinkörper unversehrt sind, können alle wieder zum Leben erweckt werden. Erst wenn die Skulpturen zerstört werden, sind sie unwiderruflich tot.« Sie brach ab, verstummte kurz und sagte dann noch einmal: »Vertrau mir, Jamak. Und versprich mir, dass du niemanden in das Zelt hineinlässt. Gemessen an den Gesetzen dieser Welt werde ich nicht lange fort sein, aber ohne dich wachsam an meiner Seite zu wissen, würde ich die Geistreise nicht wagen.«

»Ich vertraue dir. Auch wenn ich das alles nicht verstehe.« Jamak lächelte, aber es war nicht zu übersehen, dass ihm die Antwort schwerfiel. »Ich werde auf dich aufpassen. Das verspreche ich.«

»Dann ist es gut.« Noelani straffte sich, schloss die Augen, atmete ruhig und regelmäßig und glitt schon nach wenigen Herzschlägen sanft in die schlafähnliche Trance, die ihr das Tor zur Geistreise öffnen würde.

***

Fassungslos starrte General Triffin die graubraune Steinfigur an, die unverkennbar seine Gesichtszüge trug, in dieselben Gewänder gehüllt war und seinen Platz an der Tafel eingenommen hatte. Er selbst hatte das Gefühl zu schweben, leicht wie eine Feder, mitten im Raum.

Was ging hier vor?

Ein kurzer Blick in die Runde bestätigte den grausigen Verdacht, der in ihm aufkeimte. Nicht nur er, alles war zu Stein geworden. Der Tisch. Die Speisen. Die Kerzen. Teller und Besteck. Die Stühle und alle, die darauf gesessen hatten: Fürst Rivanon, Prinz Kavan, die Hauptleute ... ja, sogar der König selbst. Sie alle schienen mitten in der Bewegung erstarrt und zu Skulpturen aus porösem graubraunem Stein geworden zu sein.

Alle? Nein! Nahe dem Eingang entdeckte er Noelani und Jamak, beide lebend und, wie es schien, in bester Verfassung.

Diese elende Verräterin hat uns eine Falle gestellt! Wütend ballte

Triffin die Fäuste. Vielmehr wollte er es tun, musste dann aber feststellen, dass seine bleichen, durchscheinenden Finger auf keinen Widerstand trafen.

Ein Geist ... Ich bin ein Geist! Triffin erschauderte. Ich bin tot!

Sein Blick irrte umher, unfähig, das ganze Ausmaß dessen, was ihm widerfahren war, zu begreifen. Als Krieger war er dem Tod immer nah gewesen. Allerdings hatte er ihn sich als etwas Endgültiges vorgestellt. Wie eine große Dunkelheit und ewiges Vergessen. Sich hier wiederzufinden mit denselben Gefühlen und Gedanken wie zu Lebzeiten, erschütterte ihn zutiefst, und er fragte sich, ob es vielleicht eine Strafe der Götter sein mochte, die ihn aufgrund all seiner Verfehlungen zu einem Leben zwischen den Welten verdammt hatten. Nicht tot und nicht am Leben. Allein ...

»Bei den Göttern! Was ist geschehen?«

Fürst Rivanons Stimme ganz in der Nähe ließ Triffin herumfahren. Der bleiche Geist des Fürsten entstieg soeben sichtlich verwirrt seinem Steinkörper. Auch bei den anderen Steinfiguren am Tisch regte sich etwas. Triffin atmete auf. Was immer geschehen sein mochte, allein war er nicht.

Wenige Augenblicke später hatten sich alle um Noelani und Jamak versammelt und lauschten.

»Sie sind nicht tot«, sagte Noelani gerade. »Ihre Geister sind in einer Zwischenwelt, so wie die der Rakschun. Auch sie sind nicht tot.«

»Die Rakschun sind hier!«, rief einer der Hauptleute entsetzt aus, und augenblicklich begannen alle durcheinanderzureden. Triffin hätte zu gern gehört, was Noelani Jamak noch zu sagen hatte, aber der Lärm war so groß, dass er sie nicht verstehen konnte.

»Ja, sie sind hier!«

Die Stimme einer Frau erhob sich hell und klar über das allgemeine Durcheinander. Einige verstummten sofort, andere etwas später. Am Ende starrten alle die geisterhafte Frauengestalt an, die durch die Zeltplane hindurch auf sie zugeschwebt kam.

»Willkommen in der Welt zwischen den Welten, dem Ort, an dem all jene verweilen, die von der Macht der Kristalle dazu verdammt wurden.« Sie stieß einen leisen Pfiff aus, worauf ein geisterhafter

Hund durch die Zeltplane gestürmt kam und sich brav neben sie setzte. »Meinen vierbeinigen Freund muss ich euch sicher nicht vorstellen«, sagte die Frau. »Einige von euch werden sich noch gut an ihn erinnern. Er war das erste Opfer der Kristallmagie in Baha-Uddin!« Der Hund bellte und wedelte mit dem Geisterschwanz.

»Wer bist du?« König Azenor hatte den ersten Schrecken überwunden und gab sich befehlsgewohnt.

»Erkennst du mich nicht?« Der Frau lächelte vielsagend.

»Ich erkenne dich«, sagte Fürst Rivanon. »Du bist Noelani, die Magierin.« Er deutete dorthin, wo Noelani nun mit untergeschlagenen Beinen und geschlossenen Augen vor der Wasserschale saß. »Du lebst und bist trotzdem hier. Wie machst du das?«

»Ich bin eine Magierin, vergiss das nicht«, sagte die Frau, ohne die Frage zu beantworten.

»Und was willst du von uns?« König Azenor riss das Gespräch wieder an sich. »Du verdammte Verräterin hast uns alle in Stein verwandelt. Dafür werde ich dich öffentlich foltern und hinrichten lassen, sobald ...«

»... deine Stimme in Baha-Uddin wieder gehört werden kann«, beendete die Frau den Satz gelassen. »Doch ob das jemals wieder der Fall sein wird, muss sich erst noch herausstellen.« Sie schwebte auf den König zu und schaute ihn herausfordernd an. »Nicht ich bin der Verräter, sondern du«, sagte sie selbstbewusst. »Denn du warst es, der sein Wort gebrochen hat. General Triffin war dabei, als wir den Angriff gegen die Rakschun planten. Er kann bezeugen, dass ich nur die Flöße und die Waffen der Rakschun, nicht aber die Krieger in Stein verwandeln wollte.«

»Fürst Rivanon war auch dabei«, erwiderte der König gelassen. »Er kann bezeugen, dass alles so geschehen ist, wie wir es vereinbart haben.«

»Dann lügt er.« General Triffin hatte genug gehört. Er trat vor und stellte sich neben die Frau. »Die Maor-Say hat ausdrücklich darauf bestanden, dass kein Rakschun zu Schaden kommt«, bestätigte er die Aussagen der Frau. »Nur weil ihr das zugesichert wurde, hat sie sich bereit erklärt, uns zu helfen.«

»Das ist nicht wahr!« Nun gesellte sich Fürst Rivanon zu den beiden. »Die Mâor-Say wusste von dem Plan, das ganze Lager zu versteinern, und war damit einverstanden.«

»Du lügst!« General Triffin schaute Fürst Rivanon verächtlich an. »Aber das wäre ja nicht das erste Mal.«

»Dasselbe könnte ich von dir auch behaupten.« Rivanon grinste und wollte noch etwas sagen, aber der König kam ihm zuvor.

»Da hört ihr es!«, sagte er so laut und selbstzufrieden, dass alle es vernehmen mussten. »Die Sache hat sich geklärt. Die Maor-Say wird uns nun wieder zurückverwandeln.«

»Nein!«

König Azenor blieb ganz ruhig. »Vergiss nicht, dass ich dein Volk in meinem Land aufgenommen habe«, sagte er mit drohendem Unterton in der Stimme. »Ich bin auch dein König. Und ich befehle dir, diesen unglaublichen Frevel augenblicklich wieder ungeschehen zu machen.«

»Nein!« Die Frau blieb hart. Triffin war überrascht, wie selbstbewusst und mutig die sonst so zurückhaltende Noelani in dieser sonderbaren Welt auftrat. Er hatte sie als eine zurückhaltende und besonnene junge Frau kennengelernt, die ihre Ziele zwar nachdrücklich verfolgte, der er aber nicht zugetraut hätte, dass sie dem König so beharrlich die Stirn bot.

»Ihr könnt erst dann zurückkehren, wenn ihr eure Aufgabe hier erfolgreich abgeschlossen habt«, hörte er sie sagen.

»Aufgabe? Was für eine Aufgabe?«, fragte Fürst Rivanon.

Die Frau lächelte vielsagend. »Folgt mir«, sagte sie und schwebte ein Stück auf die Zeltwand zu. »Dann werdet ihr es erfahren.« Kaum hatte sie das gesagt, entschwand sie nach draußen.

»Wir bleiben hier!« Der König machte keine Anstalten, der Maor-Say zu folgen. »So weit kommt es noch, dass ich mir von einer dahergelaufenen Hure sagen lasse, was ich zu tun habe.«

»Aber sonst erhalten wir unsere Körper nicht zurück«, wagte einer der Hauptleute einzuwenden.

»Und wennschon.« Der König gab ein verächtliches Lachen von sich. »Sie kann uns hier nicht ewig festhalten.«

»Da wäre ich mir nicht so sicher.« Es war das erste Mal, dass Prinz Kavan sich zu Wort meldete. »Ich habe jedenfalls keine Lust, hier länger als nötig auszuharren. Nach mehr als einem halben Jahr in Gefangenschaft war ich froh, endlich wieder in der Heimat zu sein, und dorthin werde ich auch zurückkehren.«

Er drehte sich um und schwebte in die Richtung, in der die Frau verschwunden war.

»Kavan!« König Azenors Stimme hallte mit der Wucht eines Peitschenhiebs durch den Raum. »Du bleibst hier!«

»Die Zeiten, da du mir befehlen konntest, sind vorbei – Vater.« Kavan nickte dem König zu und glitt durch die Zeltwand hindurch.

»Mein eigener Sohn – ein Verräter!« König Azenor ballte wütend die Fäuste. »Das wird er mir büßen.« Mit wildem Blick schaute er sich um und fragte: »Und? Will irgendjemand hier meinem missratenen Sohn folgen?«

»Ich!« General Triffin hatte seinen Entschluss längst gefasst. »Auch ich ziehe mein wahres Leben diesem elenden Dasein vor. Stolz mag eine Tugend sein. Hier aber wäre es dumm, aus Stolz zu verharren.« Er schaute die Hauptleute an und fragte: »Kommt ihr mit?« Die Männer zögerten und tauschten unsicher Blicke. Dann nickten sie.

»Verrat!« König Azenor war außer sich vor Wut. »Ihr seid alle Verräter!«, rief er Triffin und den anderen hinterher, als diese sich anschickten, das Zelt zu verlassen. Dann fiel sein Blick auf Rivanon, der noch immer vor ihm stand, und er sagte: »Wenigstens du handelst ehrenhaft.«

»Nun ... wenn ich es mir recht überlege, würde ich auch lieber in meine sterbliche Hülle zurückkehren«, räumte Rivanon vorsichtig ein. »In dieser flüchtigen Hülle scheint mir das Dasein ein wenig fad zu sein. Was wäre das für ein Leben ohne köstliche Speisen, edlen Wein und die weiche Haut einer Frau ...« Er verstummte und meinte dann: »Vielleicht sollten wir uns wenigstens einmal ansehen, was die Maor-Say von uns erwartet.«

»Rivanon hat recht«, mischte Triffin sich in das Gespräch ein. »Es kann nicht schaden, wenn Ihr Euch selbst ein Bild macht. Nein sagen könnt Ihr immer noch.«

König Azenor überlegte kurz, dann straffte er sich, nickte und sagte: »Also gut. Sehen wir es uns an.«

Offenbar hatte die Maor-Say fest damit gerechnet, dass der König ihr noch folgen würde, denn sie wartete mit den anderen vor dem Zelt, als er mit Triffin und Rivanon herauskam. Nicht die kleinste Regung verriet, was sie gerade dachte. Als alle beisammen waren, sagte sie nur: »Folgt mir.«

Es war ein seltsames Gefühl für Triffin, im schwindenden Tageslicht durch das vertraute Lager zu schweben, ohne den Boden unter den Füßen zu spüren. Überall waren die Krieger dabei, ihr Tagwerk zu beenden, aber niemand sah auf, als die Gruppe vorüberzog. Niemand grüßte. Und selbst wenn jemand etwas Verbotenes tat, gab er sich keine Mühe, dies vor ihnen zu verbergen.

Weil wir nicht da sind ... Der Gedanke ließ Triffin erschaudern und führte ihm mehr als alles andere vor Augen, wie weit er sich von der Welt der Lebenden entfernt hatte, obwohl er sich im Innersten noch mittendrin wähnte. Mehr noch als im Zelt spürte er, dass Prinz Kavan recht hatte: Diese Welt war keine, in der er auch nur einen Augenblick länger als nötig ausharren wollte.

Die Maor-Say führte sie zum Fluss, wo ein wenig abseits eine Gruppe von Kriegern wartete. Die Sonne stand tief und blendete Triffin, sodass er lange nicht erkennen konnte, um wen es sich handelte. Dann sah er es. Rakschun. Am Fluss standen acht Rakschun – und erwarteten sie!

»Was soll das?« König Azenor blieb abrupt stehen. »Ich gehe da nicht hin!«, sagte er bestimmt. »Niemals!«

»Dann haben die Rakschun dir etwas voraus«, sagte die Maor-Say.

»Was sollen diese Barbaren mir voraushaben?«

»Vernunft!« Die Maor-Say schwebte zum König zurück und sagte: »Die Anführer der Rakschun haben bereits eingesehen, dass allein eine Verhandlung, an deren Ende ein dauerhafter Frieden steht, die Lösung sein kann.«

»Verhandlung? Ich soll mit diesen Barbaren verhandeln und Frieden schließen?«, rief der König empört aus. »Niemals! Ich habe sie besiegt. Sie haben mir zu gehorchen.«

»Du hast sie nicht besiegt«, widersprach die Maor-Say.

»Sie haben den Krieg verloren, das allein zählt.« Der König blieb stur. »Mit den Rakschun verhandle ich nicht. Niemals. Ich werde nicht verraten, wofür meine Vorfahren so ehrenhaft gekämpft haben.«

»Gekämpft?« Die Maor-Say lachte leise. »Du meinst wohl, was deine Vorfahren angerichtet haben. Das Leid und das Elend, das sie mit ihren Schwertern über das friedliche Volk brachten, das die Rakschun einst waren, ist mit Worten nicht zu beschreiben. Die vielen tausend Toten, die sie auf ihren Eroberungsfeldzügen gegen die wehrlosen Menschen zurückgelassen haben, bis auch der letzte schwimmend über den Gonwe in die karge Steppe floh und kein Einziger mehr auf dem Boden Baha-Uddins lebte, zeichnen ein erschreckendes Bild der Ehrenhaftigkeit, von der du sprichst. Ist es das, was du unter Ehre verstehst?«

»Jeder Krieg fordert Opfer«, sagte der König leichthin. »Es ist das Gesetz des Krieges, dass der Schwächere am Ende unterliegt.«

»Das war kein Krieg! Das war ein gnadenloses Abschlachten Wehrloser. Ein Völkermord mit dem Ziel, auch den letzten Rakschun vom Angesicht der Erde zu tilgen.«

»Haben sie dir das erzählt?«, wollte Rivanon wissen.

»Ja, das haben sie.«

»Dann ist es gelogen.« Offenbar dachten die anderen Hauptleute ebenso, denn es war zustimmendes Gemurmel zu hören.

»Es ist die Wahrheit!« Prinz Kavan trat vor. »Ich habe mehr als sechs Monate unter den Rakschun gelebt«, sagte er. »Ich habe viel über sie erfahren und sie als Menschen zu respektieren gelernt. Ich kann bestätigen, dass diese Frau die Wahrheit sagt.«

»Woher weißt du das?«, fragte Rivanon.

»Aus den Schriften ihrer Vorfahren.«

»Die Schriften lügen dann auch.« Rivanon ließ sich nicht beirren. »Die Texte wurden damals bewusst so verfasst, dass der Hass auf Baha-Uddin über Generationen hinweg erhalten blieb.«

»Nicht ihre, eure Schriften sind es, die Lügen erzählen«, mischte sich die Maor-Say in das Gespräch ein.

»Wie kannst du es wagen?« Azenor hob drohend die Hand zum Schlag.

»Weil die Geschichte vom Tod des Prinzen Marnek – deines ältesten und ach so geliebten Sohnes, der einen Frieden mit den Rakschun herbeisehnte – darin auch nicht der Wahrheit entspricht«, wandte die Frau ungerührt ein. »Du müsstest das wissen, denn du bist derjenige, der alles veranlasst hat. Den Überfall mit den als Rakschun verkleideten Kriegern aus Baha-Uddin. Den grausamen Tod des Prinzen, dessen Gliedmaßen dem Volk von Baha-Uddin einzeln zurückgegeben wurden, um ihren Hass zu schüren, und das darauffolgende Massaker an den beteiligten Kriegern, die während eines Erkundungsritts am Ufer des Gonwe angeblich in einen Hinterhalt der Rakschun gerieten.«

»Du hast Marnek töten lassen?« Prinz Kavan war fassungslos.

»Ihr ... Ihr habt Euren eigenen Sohn getötet?« Fürst Rivanon, der dem Prinzen Marnek immer eng verbunden gewesen war, starrte den König an, als sähe er ihn zum ersten Mal.

»Das ist eine infame Lüge!« König Azenor war außer sich. »Ich ... ich würde niemals ...«

»Du würdest niemals etwas dulden, was deinem Ziel, die Rakschun bis auf den letzten Mann zu töten, im Wege steht – selbst wenn es um deinen eigenen Sohn geht.« Die Maor-Say sprach ganz ruhig.

»Wer behauptet das?« Triffin sah sich zum Einschreiten gezwungen. Die Gemüter waren erhitzt, Streit lag in der Luft. »Wenn du so etwas behauptest, solltest du Beweise haben.«

»Die habe ich.« Die Frau schien sich ihrer Sache ganz sicher zu sein. »Mehr noch, es gibt sogar einen Zeugen.«

»Wen?« Die Stimme des Königs bebte vor Zorn. »Wer wagt es, solch infame Lügen gegen seinen König zu verbreiten?«

»Ich!« Eine Gestalt löste sich aus der Gruppe am Ufer und schwebte auf den König und die anderen zu.

»Pever!« Triffin traute seinen Augen nicht. Pever war sein Freund gewesen. Ein Kamerad, mit dem er die ganze Ausbildung hindurch Blut, Schweiß und Tränen geteilt hatte. »Wie ist das möglich? Ich dachte, du bist tot.«

»Das glaube ich gern.« Pever lachte, aber es lag keine Freude darin. »Ich bin der einzige Krieger, der dem Hinterhalt am Gonwe damals entkommen ist«, erklärte er mit einem finsteren Seitenblick auf den König. »Die Häscher des Königs überraschten uns im Schlaf und töteten alle meine Kameraden. Ich hatte Glück, weil der erste Schwerthieb daneben ging, und rettete mich mit einem Sprung ins Wasser. Sie suchten mich lange und glaubten dann wohl, dass ich ertrunken sei. Ich aber bin ans andere Ufer geschwommen, wo ich mehr tot als lebendig von einem Sklavenhändler gefunden und an die Rakschun verkauft wurde.« Er nickte Prinz Kavan zu. »Ein Schicksal, das ich mit dem Prinzen teile.«

»Pever!« Prinz Kavan trat auf den Sklaven zu und bedachte ihn mit einem langen Blick. »Hast du es gewusst?«, fragte er schließlich. »Wusstest du, wer dein Freund Taro, der Sklave ohne Gedächtnis, wirklich war?«

»Ja.« Pever nickte. »Ich habe Euch sofort erkannt, als ich Euch das erste Mal beim Dungsammeln begegnet bin. Zuerst war ich erstaunt, dass die Rakschun Euch wie einen gewöhnlichen Sklaven behandelten, aber dann hörte ich, wie es Euch ergangen war, und beschloss, um Eurer Sicherheit willen zu schweigen.« Er senkte den Blick und sagte: »Der Tod Eures Bruders lastet schwer auf meinem Gewissen. Ich wollte nicht, dass Euch etwas zustößt.«

»Ich danke dir.« Prinz Kavan nickte Pever zu.

»Wie bist du hierhergekommen?« Triffin konnte die Frage nicht länger zurückhalten, die ihm auf der Zunge brannte.

»Ich war im Heerlager und bin mit den Rakschun versteinert worden«, erzählte Pever. »Anders als bei dem Prinzen kennt Olufemi die Geschichte und die Hintergründe meiner Flucht vom ersten Tag an. Er war es auch, der der Maor-Say bei ihren Beratungen die Wahrheit über den Tod des Prinzen Marnek erzählt hat.« Er verstummte, senkte den Blick und wandte sich noch einmal Prinz Kavan zu. »Verzeiht mir, mein Prinz«, sagte er reumütig. »Wir alle haben das nicht freiwillig getan. Der König hatte unsere Frauen und Kinder in den Kerker werfen lassen und drohte, sie grausam zu töten, wenn wir uns weigern würden, den Prinzen umzubringen.«

»Er lügt! Sie alle ... alle lügen!« König Azenor blickte hektisch von einem zum anderen. »Ihr glaubt diesem verlogenen Kerl doch nicht etwa – oder?« Niemand sagte etwas, aber die Blicke, die die anderen sich zuwarfen, sprachen Bände. Ohne Zweifel war es Pever und kein Rakschun, der da vor ihnen stand, und selbst wenn manche noch zweifelten, trauten doch alle ihrem König die Abscheulichkeiten zu, den eigenen Sohn für seine Ziele zu opfern.

»Ich hasse und verachte dich!« Prinz Kavan warf seinem Vater einen finsteren Blick zu. »Du bist nicht mehr länger mein Vater. Ich wünschte, du wärst tot.«

Für einen Augenblick herrschte betroffenes Schweigen. Jeder hing seinen eigenen Gedanken nach, und wenn auch keiner diese preisgab, war doch deutlich zu spüren, dass Pevers erschütternder Bericht etwas verändert hatte.

»Nachdem das geklärt ist, sollten wir gehen«, sagte die Maor-Say in das Schweigen hinein.

»Die Rakschun sind bereit zu verhandeln.« Ohne dass es jemand bemerkt hatte, war Olufemi vom Fluss heraufgekommen. »Trotz allem, oder gerade weil uns so viel angetan wurde, wünschen wir uns angesichts der misslichen Lage nichts mehr, als einen dauerhaften Frieden mit Baha-Uddin schließen zu können, sofern uns gestattet wird, in unsere angestammte Heimat zurückzukehren.«

»Niemals!« König Azenor blieb stur. »Solange ich lebe, wird kein einziger Rakschun seinen Fuß auf den Boden von Baha-Uddin setzen. Ich bin der König. Ich entscheide. Mein Wort ist Gesetz.«

»Ist das dein letztes Wort?«, fragte die Maor-Say.

»So wahr ich hier stehe.«

»Dann wird es keine Rückkehr geben. Nicht für dich, nicht für die Rakschun und für niemanden hier. Fortan werden zwei Mahnmale die Ufer des Gonwe schmücken. Das Lager der Rakschun zum Zeichen, dass man einen unterlegenen Feind nicht unterschätzen sollte, und die Tafel des Königs als Zeichen dafür, wohin Stolz und Überheblichkeit führen können.«

»Du willst mir drohen?« Auf König Azenors Gesicht zeigte sich ein breites Grinsen. »Das würde ich mir an deiner Stelle sehr gut überlegen. Denkst du wirklich, dass ich völlig unvorbereitet aus meinem Palast aufgebrochen bin? O nein. Ich habe schon damit gerechnet, dass dir meine kleine Planänderung nicht gefallen hat und dass du versuchen wirst, dich dafür an mir zu rächen. Deshalb habe ich verfügt, dass all die armseligen Geschöpfe, die du in unser Land geschleppt hast, auf der Stelle getötet werden, falls mir etwas zustoßen sollte ...« Sein Grinsen wurde noch etwas breiter. »Was glaubst du, wie lange dein Diener die Wachen noch davon abhalten kann, ins Zelt zu kommen? Eine Stunde oder zwei? An deiner Stelle würde ich mich jetzt sehr beeilen, uns wieder lebendig zu machen, sonst sieht es für die, denen du eine bessere Zukunft versprochen hast, gar nicht gut aus.«

»Das kann ich nicht, ohne dass die Rakschun auch wieder lebendig werden. Alle oder keiner!« Zum ersten Mal spürte Triffin die Selbstsicherheit der Maor-Say wanken. Die Drohung des Königs, sich an ihrem Volk zu rächen, schien sie in Bedrängnis zu bringen. Offenbar hatte sie nicht damit gerechnet, dass er auf einen Angriff gegen seine Person vorbereitet sein könnte.

»Falsche Antwort. Sollten die Rakschun wieder lebendig werden, ist der klägliche Rest deines Volkes bei den Ahnen, lange bevor du sie warnen kannst«, drohte der König selbstbewusst. »Also überlege dir gut, was du tust.«

10

»Sollten die Rakschun wieder lebendig werden, ist der klägliche Rest deines Volkes bei den Ahnen, lange bevor du sie warnen kannst.«

Die Worte des Königs schnürten Noelani die Kehle zu. Sie verfolgte die Ereignisse mithilfe ihrer Geistreise, zur Untätigkeit verdammt, weil sie die Geister zwar hören, aber nicht sehen konnte.

Nun aber war es genug!

Sie hatte gewusst, dass Azenor skrupellos war, aber nicht im Traum damit gerechnet, dass er so unbarmherzig sein würde. Sie hatte ihr Volk in der Hauptstadt in Sicherheit gewähnt und geglaubt, frei handeln zu können. Aber das Blatt hatte sich überraschend gewendet, und es schien fast, als gäbe es keinen Ausweg.

»Warte hier. Ich muss mich mit Jamak beraten«, flüsterte sie Kaori so leise zu, dass niemand anders es hören konnte, und kehrte in ihren Körper zurück, noch ehe ihre Schwester antwortete. Da sie sich nicht lange und auch nicht weit von ihrem Körper entfernt hatte, war es diesmal nur ein winziger Schritt zurück in die Wirklichkeit, fast wie ein Aufwachen aus einem kurzen Schlummer.

»Noelani! Den Göttern sei Dank. Du bist zurück. Die Diener haben schon zweimal gefragt, ob die Nachspeisen aufgetischt werden können.« Jamak kam auf sie zu, als sie die Augen aufschlug.

»Wenn sie wiederkommen, nimm ihnen die Speisen am Eingang ab«, sagte Noelani. »Und sag ihnen, dass die geheime Zusammenkunft noch nicht beendet ist.«

»Wird sie denn je beendet sein?« Jamak ließ den Blick über die versteinerten Menschen schweifen.

»Sie muss beendet werden«, sagte Noelani. »Sonst sieht es für unser Volk nicht gut aus. König Azenor erpresst mich mit dem Leben der Menschen von Nintau. Wenn ich nicht tue, was er von mir verlangt, oder wenn ihm etwas zustoßen sollte, werden alle getötet.« Sie schaute Jamak traurig an und seufzte.

»Er will sie töten – alle?« Jamak war entsetzt. »Bei den Göttern.«

Noelani fühlte sich so hilflos wie schon lange nicht mehr. Sie war so sicher gewesen, diesmal alles richtig zu machen, und nun wurde wieder alles nur noch schlimmer. »Ich weiß nicht, was ich tun soll«, gestand sie Jamak. »Wenn ich die Männer hier am Tisch wieder zum Leben erwecke, kehrt auch das Heer der Rakschun ins Leben zurück. Für den König kommt das einem Verrat gleich, und er hat mir gedroht, unsere Leute zur Strafe zu töten. Wenn ich alle versteinert lasse, wird man im Lager schon bald feststellen, was los ist. Alle werden sofort wissen, dass ich es war, und dann werden unsere Leute getötet, weil dem König etwas zugestoßen ist.« Sie schluchzte auf. »Ach Jamak, was soll ich nur tun? Ich kann doch nicht zulassen, dass sie alle umgebracht werden.«

»Nein, das darfst du nicht.« Jamak hob nachdenklich die Hand ans Kinn. »Können diese Geister, von denen du gesprochen hast, mich sehen?«, fragte er.

Noelani schüttelte den Kopf. »Sie sind nicht mehr hier.«

»Was ist mit dem Prinzen?«, fragte Jamak weiter, als reife in seinem Kopf ein Plan heran. »Wie nah steht er seinem Vater? Ist er für oder gegen Verhandlungen mit den Rakschun?«

Noelani überlegte nicht lange. »Er ist sehr zornig und hat sich von seinem Vater abgewendet, weil der König den Tod seines Bruders Marnek veranlasst hat, um das Volk von Baha-Uddin auf den Krieg einzustimmen und seine Macht zu festigen. Außerdem hat Prinz Kavan ein paar Monate bei den Rakschun gelebt und selbst gesagt, dass er gelernt hat, sie zu respektieren. Ich denke, er ist jemand, der verhandeln würde.«

»Gut. Dann gibt es nur eines, was wir tun können …«

»Was hast du vor?«

Jamak blieb ihr die Erklärung schuldig. Für einen Augenblick stand er einfach nur da, dann drehte er sich um und ergriff den geschmiedeten Ständer der Wasserschale. In einer ansatzlosen Bewegung holte er damit aus und zertrümmerte mit einem einzigen, wuchtig geführten Schlag die Statue von König Azenor.

»Jamak! Bei den Göttern, bist du von Sinnen?« Fast hätte Noelani laut geschrien. Erst im letzten Augenblick besann sie sich und schlug entsetzt die Hände vor den Mund. »Was hast du getan?«

»Das einzig Richtige.« Jamak wirkte wie befreit, als er das schmiedeeiserne Gestell fallen ließ und Noelanis Worte wiederholte. »Der König ist tot. Es lebe der neue König«, sagte er gerade so laut, dass Noelani es hören konnte. »Ich denke, der Weg für Verhandlungen ist jetzt frei.«

***

Kaori hörte ein leises brunnentiefes Seufzen, das überall war und keinen Ursprung zu haben schien. Verwundert blickte sie sich um und sah, wie die durchscheinende Gestalt des Königs sich aufzulösen begann. Er schien zu spüren, dass er sich veränderte, wusste aber nicht, wie ihm geschah, denn auf seinem Gesicht spiegelten sich in rascher Folge Überraschung, Erschrecken und Furcht. Kaori sah, wie er den Mund öffnete, um etwas zu sagen, doch alles, was zu hören war, war ein grausiges Heulen, das mit dem schwindenden Körper langsam verklang.

Dann war er fort. Das Seufzen verstummte, und Stille kehrte ein.

Niemand sagte etwas. Fassungslos starrten alle dorthin, wo eben noch die Gestalt von König Azenor zu sehen gewesen war.

Kaori ahnte, was geschehen war, und beschloss kurzerhand, den Augenblick für sich zu nutzen. »Ist noch jemand unter euch, der gegen Verhandlungen mit den Rakschun ist?«, fragte sie auf eine Weise, die vortäuschen sollte, dass das Verschwinden des Königs von Anfang an geplant war.

Niemand antwortete.

»Gut!« Kaori gab sich zufrieden. »Es hätte mich auch sehr betrübt, ein weiteres Beispiel dafür geben zu müssen, wie ernst es uns mit den Friedensverhandlungen ist.« Sie schaute einen nach dem anderen an und fuhr dann fort: »Prinz Kavan wird als der rechtmäßige Thronfolger seines Vaters die Verhandlungen an dessen Stelle führen.« Das war keine Frage, sondern eine Feststellung.

Niemand erhob Einwände.

Kaori seufzte wie eine Mutter, die bei ihren störrischen Kindern um Einsicht kämpfte. »König Azenor ist tot!«, sagte sie so eindringlich, dass auch der Letzte es verstehen musste. »Er ist fort und kehrt nie wieder zurück. Wenn einer von euch das Bedürfnis verspüren sollte, ihm zu folgen, möge er jetzt vortreten. Wer hingegen unter der Herrschaft von Prinz Kavan einen Frieden mit den Rakschun aushandeln und einen Neubeginn wagen möchte, der sollte sich jetzt dazu bekennen.«

Einen Augenblick lang geschah nichts. Dann trat General Triffin vor. »Frieden!«, sagte er laut und verneigte sich mit den Worten »Mein Schwert und mein Leben für Euch, Majestät« vor Prinz Kavan.

Es war, als ob die Worte einen Damm gebrochen hätten. Einer nach dem anderen trat vor und tat es ihm gleich. Fürst Rivanon kam als Letzter. Es war nicht zu übersehen, wie schwer es ihm fiel, dem neuen König zu huldigen, aber dass er es am Ende doch tat, war ein gutes Zeichen.

Als alle ihren Schwur geleistet hatten, trat Kaori auf Prinz Kavan zu und sagte: »Es ist ein schweres Erbe, das du antrittst. Vieles ist zu tun. Steine müssen aus dem Weg geräumt und Brücken gebaut werden, damit zwei Völker, die sich hassen, nebeneinander in Frieden leben können. Bist du bereit, die Aufgabe anzunehmen?«

»Noch nie ist ein König in Baha-Uddin unter solch wundersamen Umständen erwählt worden«, sagte Prinz Kavan gedehnt. »Ich sollte um meinen Vater trauern. Aber ich weiß, was für ein schlechter Mensch, Vater und König er war, und ich kann es nicht. Ich mag von seinem Blute sein, aber ich bin nicht wie er. Als sein Sohn bin ich bereit, seine Fehler und die meiner Vorfahren wiedergutzumachen und alles zu tun, was in meiner Macht steht, damit zwei Völker endlich Frieden finden.«

Kaori lächelte. Der Plan, den sie mit Noelani ersonnen hatte, hatte eine unerwartete Wendung genommen, aber eine gute.

»Dann lasst uns mit Olufemi zum Fluss gehen«, sagte sie voller Zuversicht. »Die Rakschun erwarten uns.«

***

»Majestät?«

Jemand rüttelte an der Plane vor dem Zelteingang, die von innen fest verschlossen war. »Majestät? Ist alles in Ordnung?«

Jamak warf Noelani einen warnenden Blick zu und eilte zum Eingang. »Sei still!«, raunte er dem wartenden Wachtposten durch einen Spalt in der Zeltplane zu. »Befehl des Königs. Die geheimen Beratungen dürfen nicht gestört werden.«

»Verzeih, aber die Geräusche ließen Schlimmes erahnen«, erwiderte der Posten im Flüsterton. »Außerdem ist es so still geworden ...«

»Die Gäste speisen und beraten sich«, erklärte Jamak. »Was den Lärm angeht, das war die Wasserschale, die zu Boden gefallen und in Scherben zersprungen ist. Ein Missgeschick.«

»Soll ich eine neue holen lassen?«

»Nein.« Jamak schüttelte den Kopf. »Der König wünscht zurzeit keine Ablenkung. Also auch keine Früchte oder Süßspeisen. Richte das den Dienern aus. Man wird sie rufen, sobald die geheime Beratung abgeschlossen ist.«

»V.erstanden.« Der Wachtposten nickte und wandte sich ab.

Jamak verschloss den Spalt wieder sorgfältig und kehrte zu Noelani zurück. »Er hat es verdient«, sagte er mit einem Blick auf den zertrümmerten Körper von König Azenor. »Sein Sohn wird schon bald ein besserer König werden, als er es jemals gewesen ist.«

»Ich hoffe, du behältst recht.« Noelani setzte sich wieder vor die Wasserschale. »Die Wachen da draußen werden sich nicht mehr lange hinhalten lassen«, sagte sie düster.

»Was hast du vor?«, wollte Jamak wissen.

»Ich will sehen, ob die anderen Prinz Kavan als Thronfolger anerkennen«, erklärte Noelani. »Und ich will sehen, ob sie mit den Rakschun verhandeln.« Sie blickte Jamak bittend an. »Ich hoffe nur, dass mir noch genügend Zeit dafür bleibt.«

Jamak verstand. »Ich werde die Wachen aufhalten, solange ich kann«, versprach er. »Aber beeil dich.«

»Das werde ich.« Noelani schenkte Jamak ein Lächeln. »Ich sehe ja, was hier geschieht, und kann jederzeit zurückkommen.« Sie verstummte, richtete den Blick wieder auf die Wasserschale ... und fand sich kurz darauf an derselben Stelle in der Welt der Geistreise wieder.

»Kaori?« Obwohl sie alles in ihrer Umgebung erkennen konnte, fühlte sich Noelani wie eine Blinde. Waren die Geister noch hier? Oder waren sie fortgegangen? »Kaori? Bist du da?« Weil sie nicht wusste, wo sie nach den anderen suchen musste, blieb Noelani einfach, wo sie war, und wartete ab. Wenn Kaori in der Nähe war, würde sie ihr antworten, dessen war sie gewiss.

Die Zeit verstrich, und nichts geschah.

Obwohl die Wachen Jamak vorerst in Ruhe ließen, konnte Noelani das wachsende Gefühl der Dringlichkeit kaum noch leugnen, das sie immer heftiger verspürte. Wenn Kaori nicht bald auftauchte, um ihr zu erzählen, was hier vorgefallen war, mochte es zu spät sein.

»Kaori?«, rief sie wohl schon zum hundertsten Mal – und erhielt wieder keine Antwort. Dafür bemerkte sie, wie erneut jemand an der Zeltplane rüttelte, und hörte eine befehlsgewohnte Stimme rufen: »Mein König?«

Jamak eilte zum Eingang und wechselte ein paar Worte mit dem Krieger vor der Tür, doch der ließ sich diesmal nicht so leicht abweisen. Noelani entging nicht, dass Jamak unruhig wurde. Immer wieder drehte er sich zu ihr um, als wolle er sich vergewissern, dass sie schon von der Geistreise zurückgekehrt war.

»Kaori! Komm schnell.« Noelanis Worte kamen einem Hilferuf gleich. Wenn Kaori nicht bald erschien und ihr sagte, was sie wissen musste, war der ganze Plan in Gefahr. »Beeil dich! Ich habe nicht mehr viel Zeit.«

»Ich bin hier!« Eine sanfte Berührung an der Wange unterstrich die Worte und ließ Noelani aufatmen. »Dank Jamaks Hilfe ist unser Plan aufgegangen. Alles wird gut!«, hörte sie Kaori sagen. »Prinz Kavan und Olufemi haben Verhandlungen aufgenommen. Sie haben sich gegenseitig versichert, den Krieg beenden zu wollen, und sich darauf verständigt, weiter zu verhandeln, wenn sie in die Welt der Lebenden zurückgekehrt sind.«

»Können wir ihnen vertrauen?« Nach so viel Betrug und Lügen, die sie hatte erleben müssen, war Noelani misstrauisch.

»Ich denke, ja.« Kaori klang zuversichtlich. »Ohne dass ich ihn darauf angesprochen habe, hat Prinz Kavan mir zugesichert, dass er den Befehl seines Vaters gegen unser Volk unverzüglich aufheben wird. Die Menschen von Nintau können in Baha-Uddin siedeln und sich mit seiner Hilfe ein neues Leben aufbauen.«

»Das ist gut!« Noelani warf einen Blick zum Zelteingang, wo Jamak inzwischen heftig mit denen stritt, die Einlass begehrten. Einen Augenblick zögerte sie, dann sagte sie: »Dann ist es so weit.«

»Ja.« Kaori schien sich ihrer Sache sicher zu sein. »König Azenor ist tot, und auch wenn Fürst Rivanon noch nicht ganz hinter Prinz Kavan steht, so bin ich doch sicher, dass er gegen die Übermacht der anderen keine Aussicht auf Erfolg haben wird. Er steht allein da. Ohne den König ist seine Macht gering. Am Ende wird auch er einsehen müssen, dass es besser ist, mit den Affen zu brüllen, als gegen sie anzuschreien.« Sie verstummte kurz und sagte dann: »Die Rakschun waren übrigens sehr erfreut, dass sie nicht mit König Azenor verhandeln müssen. Dass ihr ehemaliger Sklave ein Prinz war, hat sie überrascht, es macht die Verhandlungen aber auch einfacher, weil Kavan die Befindlichkeiten der Rakschun sehr genau kennt.«

»Das klingt alles sehr gut.« Noelani spürte, wie ihr die Kehle eng wurde, als sie zum Abschied sagte: »Ich ... ich gehe jetzt zurück. Bis gleich.«

»Bis gleich.« Kaoris Stimme war so voller Zuneigung, dass Noelani ein warmes Gefühl durchflutete. Was auch geschehen mochte, es würde nur halb so schlimm sein, weil sie nicht allein war und Kaori ihr beistehen würde.

Ein kurzes Ausatmen genügte, um loszulassen und in ihren Körper zurückzukehren.

Keinen Augenblick zu früh.

Kaum dass sie die Augen aufschlug, wurde die Plane vor dem Zelteingang von einem Schwert durchtrennt. Jamak sprang zurück, und eine Gruppe aufgebrachter Krieger stürmte ins Zelt. Noelani war noch zu benommen, um zu verstehen, was sie riefen. In den Augen der Krieger aber sah sie, wie sich Besorgnis zuerst in Schrecken, dann in Entsetzen und schließlich in Wut verwandelte. Einige ließen die Schwerter sinken und näherten sich vorsichtig dem Tisch, ganz so als fürchteten sie, selbst in Stein verwandelt zu werden, wenn sie den Figuren zu nahe kamen. Andere hoben ihre Schwerter mit wildem Blick und kamen auf Jamak zu. Dieser hatte sich schützend vor Noelani gestellt, die immer noch am Boden saß. Den Ständer der Wasserschale abwehrbereit vor sich haltend, erwartete er unbeholfen den Angriff der Krieger, die einen dichten Ring um ihn und Noelani bildeten und immer näher rückten.

»Ihr elenden Verräter!« Der Anführer der Gruppe schäumte vor Wut. »Was habt ihr getan? Das werdet ihr büßen.«

»Wir ... wir mussten es tun«, versuchte Jamak sich an einer Erklärung. »Es war ...«

»... der einzige Weg, um einen wahren Frieden zu erlangen.« Noelani erhob sich und beendete den Satz an Jamaks Stelle. Sie fühlte sich schwach. Der Wunsch, ausruhen zu dürfen, war übermächtig, aber sie riss sich zusammen und erwiderte den hasserfüllten Blick des Kommandanten stolz und ohne Reue. »Sie sind nicht tot!«, sagte sie, obwohl es noch niemand ausgesprochen hatte. »Sie sind in einer Zwischenwelt. Dort, wo auch die Rakschun sind. Sie verhandeln gerade miteinander.«

»Das kannst du deinen Ahnen erzählen.« Der Kommandant glaubte ihr kein Wort. »König Azenor würde eher sterben, als mit einem Rakschun zu verhandeln.«

Noelani sah, wie Jamak zu einer Antwort ansetzte, aber sie kam ihm zuvor. »Und doch ist es der König selbst, der die Verhandlungen führt.«

»Du lügst!« Der Kommandant gab seinen Männern ein Zeichen. »Tötet sie!«

Jamak hob den schmiedeeisernen Ständer in Erwartung der ersten Schwerthiebe.

»Wenn ihr uns tötet, kann ich sie nicht wieder zum Leben erwecken!«, rief Noelani über den anschwellenden Lärm hinweg. »Nur ich kenne die wahre Macht der Kristalle. Ich allein kann sie verwenden, um Leben zu nehmen oder zu schenken.« Ein erstes Schwert krachte klirrend auf den Eisenständer.

»Wartet!« Der Kommandant bahnte sich einen Weg durch die Reihe der Krieger und maß Noelani mit einem prüfenden Blick. »Du kannst sie zurückholen?«, fragte er argwöhnisch. »Auch den König? Die Figur ist zerstört worden.«

»Ja.« Noelani verzichtete auf weitere Erklärungen.

»Wann?«

Noelani überlegte kurz, dann kam ihr ein Gedanke: »Wenn die letzten Krieger aus Baha-Uddin das Lager der Rakschun verlassen haben.«

»Es sind nur ein paar Wachen dort. Es wird bald dunkel, die meisten sind bereits in ihre Zelte zurückgekehrt.«

»Alle«, beharrte Noelani. »Sie müssen alle fort sein.«

»Du bist es nicht, die hier die Bedingungen stellt«, grollte der Kommandant.

»Und du bist es nicht, der das da«, Noelani deutete auf die versteinerte Tafelrunde, »ungeschehen machen kann. Räumt das Rakschunlager, und ich werde den Bann lösen.«

Der Kommandant seufzte und bedeutete zwei Kriegern mit einem Kopfnicken, das Zelt zu verlassen. »Lauft zum Ufer und sagt den Wachen, sie sollen das Signal zum Räumen geben«, sagte er und fügte mit einem misstrauischen Blick auf Noelani hinzu: »Wir warten hier.«

Kaum fünf Minuten später schallte ein Hornsignal durch die Nacht.

»Zufrieden?« Der Kommandant blickte Noelani mürrisch an. »Jetzt bist du an der Reihe.«

Noelani tauschte einen Blick mit Jamak, der sie verwundert und besorgt zugleich anschaute. Er wusste nicht, was sie vorhatte, und das war auch besser so, denn er würde es gewiss zu verhindern versuchen. Noelani setzte sich. Sie war vorbereitet auf das, was zu tun war. Angst hatte sie trotzdem. Ohne dass jemand es bemerkt hatte, hatte sie eines der scharfen Messer an sich genommen, die auf der Tafel zum Schneiden des Bratens bereitgelegen hatten. Nun war es Zeit, es seiner Bestimmung zuzuführen.

»Noelani!« Jamak schien das Unheil zu ahnen, als er sah, wie sie das Messer zusammen mit fünf Kristallen unter ihrem Gewand hervorholte und vor sich auf den Boden legte. Bitte, tu das nicht, schienen seine Blicke zu sagen. Die Liebe und Zuneigung, die sie in seinen Augen fand, machten ihr die Entscheidung doppelt schwer, gereichten aber nicht dazu, sie von ihrem Vorhaben abzubringen.

Ein Leben für Hunderte.

Ihr Leben.

Sie nahm das Messer zur Hand und starrte die blitzende Klinge an. Im schwindenden Licht glaubte sie darin Kaoris Gesicht zu sehen, die ihr aufmunternd zulächelte. »Hab Mut«, meinte sie ihre Schwester in Gedanken sagen zu hören. »Alles wird gut. Ich warte auf dich.«

Noelani seufzte. Sie wusste, dass sie am Ende ihrer Reise angekommen war. Alles schien vorherbestimmt, und sie spürte tief in sich, dass sie nie wirklich eine Wahl gehabt hatte. Wie von selbst tauchten die Bilder der vergangenen Monate noch einmal in ihren Gedanken auf. Monate voller Leid, Entbehrungen und zerstörter Hoffnungen.

Der giftige Rauch, der ihr Volk und ihre Heimat fast völlig vernichtet hatte, und schließlich die Hoffnung, die alle in eine Flucht von der Insel gesetzt hatten. Der Sturm, in dem so viele umgekommen waren, die unverhoffte Rettung und das Land, das ihnen zur Heimat hatte werden sollen. Der Betrug des Königs und Tausende Krieger eines fremden Volkes, die durch die Macht der Kristalle ihr Leben hatten lassen müssen. All das reihte sich in ihren Gedanken aneinander wie Perlen an einer Schnur, immer begleitet von dem bitteren Beigeschmack der Hilflosigkeit und des Versagens. Wie oft hatte sie sich gewünscht, helfen zu können. Wie oft hatte sie die Götter angefleht, ihr Leben zu nehmen und die anderen zu verschonen, aber nie, nicht ein einziges Mal, hatte sie damit etwas ändern oder gar bewirken können.

Bis jetzt!

Hier und jetzt hatte sie die Möglichkeit, alles zum Guten zu wenden. Nicht nur das Schicksal ihres Volkes, sondern auch das der Rakschun und der Menschen von Baha-Uddin.

Endlich.

Noelani spüre, wie die Entschlossenheit in ihr weiter anschwoll und die Furcht verdrängte.

Was zählte schon ein Leben, wenn dafür Hunderte gerettet werden konnten?

Ihre Hände umklammerten das Heft des Messers so fest, dass die Knöchel weiß hervortraten. Die Klinge war auf ihre Mitte gerichtet. Sie zitterte nicht. Ein letztes Mal hob sie den Blick und schaute Jamak an, der wie erstarrt vor ihr stand und sich verzweifelt an die Hoffnung klammerte, dass nicht geschehen würde, was er in ihren Augen sah.

»Ich danke dir für alles«, sagte sie leise, schloss die Augen – und stach zu.

»Neiiiiiin!« Jamaks Aufschrei begleitete den Schmerz, der wie glühendes Eisen durch ihren Körper floss und ihr für einen Augenblick die Besinnung raubte. Dann war Jamak bei ihr, schloss sie in die Arme und hielt ihre Hand. Als sie die Augen öffnete, schaute sie in sein Gesicht, das von Kummer und Verzweiflung gezeichnet war. Hinter ihm standen die Krieger, allen voran der Kommandant mit zornesrotem Gesicht. »Diese feige Hure hat uns betrogen«, wetterte er, außer sich vor Zorn. »Sie flüchtet sich in den Tod, statt ihre Taten wie versprochen rückgängig zu machen. Diese verdammte ...«

»Schweig!« Noch nie hatte Noelani eine solche Kraft in Jamaks Worten verspürt. Eine Kraft, die nicht nur den Kommandanten, sondern auch alle anderen schlagartig verstummen ließ. Es wurde still. Totenstill.

Jamak nahm einen tiefen Atemzug und wandte sich ihr zu. »Warum?«, schluchzte er unter Tränen. »Warum?«

»Weil nur dann alles gut wird.« Noelani tat sich schwer, die Worte hervorzubringen. Leise, viel zu leise kamen sie ihr über die Lippen, während sie gleichzeitig spürte, wie das Leben in stetem Strom aus ihr herausfloss. Schmerzen spürte sie keine, nur eine große Schwere, die sich unaufhaltsam in ihrem Körper ausbreitete. Aber noch wollte sie nicht gehen. Nicht bevor sie gesehen hatte, dass ihr Opfer nicht vergebens war. »Der ... der König ...«, flüsterte sie matt. »Ich ... ich will ihn sehen.«

Jamak verstand. »Macht Platz!«, wies er die Krieger an, die Noelani den Blick auf die Tafel versperrten, und unterstrich die Worte mit einer herrischen Geste. »Weg da! Verschwindet!«

Die Krieger gehorchten wie unter einem Bann. Nacheinander traten sie zur Seite, bis sich eine Gasse auftat, an deren Ende die versteinerte Tafelrunde zu sehen war.

»Heb ... mich hoch.« Noelani war so schwach, dass ihr die Worte kaum noch von den Lippen kamen. Sie konnte sich nicht mehr bewegen, ihr Kopf war leer. Aber noch hielt sie die Augen offen. Jamak richtete sie zum Sitzen auf und stützte sie. Ihr Blut machte seine Hände schlüpfrig, aber das kümmerte ihn nicht.

»Warum?«, fragte er noch einmal unter Tränen. »Warum hast du das getan?«

»Darum!« Noelani spürte, wie eine große Wärme durch ihren Körper floss, und als hätte diese die Farben zurückgebracht, begann sich die Tafel aus Stein wie von Zauberhand zu verändern. In das einheitliche Rotbraun mischten sich mehr und mehr andere Farbtöne, und ein ehrfürchtiges Raunen lief durch die Reihen der Krieger, als sie erkannten, was vor sich ging.

»Dann ist es gut.« Noelani seufzte und entspannte sich. Ihr letzter Blick galt Jamak, der sie so fest umklammerte, als könne er ihr Sterben damit aufhalten. »Nein«, schluchzte er unter Tränen. »Nein, nein ...«

»Nicht ... weinen!« Mit letzter Kraft gelang Noelani ein Lächeln. Ein langer Atemzug füllte ihre Lungen, dann schloss sie die Augen. »Alles ... wird ... gut.«

***

Grau.

Alles war grau. Und still.

Noelani war allein. Sehen konnte sie nichts, dafür war es zu dunkel, aber sie wusste instinktiv, dass niemand in der Nähe war. Im hintersten Winkel ihres Bewusstseins blitzte der Gedanke auf, dass sie sich fürchten müsse, doch als sie in sich hineinhorchte, fand sie keine Regung. Keine Furcht und keine Besorgnis. Das graue dunkle Nichts, durch das sie sich bewegte, schien ihre Empfindungen ausgelöscht zu haben.

Sie versuchte, sich daran zu erinnern, was geschehen war, aber dieser Versuch scheiterte schon im Ansatz, und da sie keine Gefühle besaß, nahm sie auch die Erkenntnis, keine Erinnerungen zu besitzen, wie selbstverständlich hin.

Alles war richtig, alles war gut. Das Grau war überall. Sie selbst war das Grau. Körperlos, ohne Gefühle und Erinnerungen, ohne Namen, ohne Vergangenheit und ohne Zukunft, aber nicht ohne Ziel. Obwohl sie nicht wusste, wohin ihr Weg führte, war es doch offensichtlich, dass sie sich zielstrebig auf etwas zubewegte.

Wie lange sie so dahintrieb, wusste sie nicht. Die Zeit, so schien es, spielte an diesem Ort keine Rolle. Dann entdeckte sie in der Ferne ein Licht, warm und einladend im allgegenwärtigen Grau. Es schien sie zu sich zu rufen, und ihr war, als ob sie nun schneller vorankam.

Und irgendwann war sie nicht mehr allein. Eine Handvoll gesichtsloser grauer Gestalten bewegten sich in dem Grau und strebten mit ihr auf das Licht zu. Körperlos und doch nicht unsichtbar, mit fließenden Konturen wie sie. Schweigend gesellte sie sich zu ihnen.

Das Licht war wichtig, das fühlte sie. Es war die Erfüllung. Das Ende und doch auch ein Anfang. Was immer vorher gewesen sein mochte, hier zählte es nicht, denn an diesem Ort lief alles zusammen, um jenseits des Leuchtens einen neuen Anfang zu nehmen.

Aus der Ferne sah sie, wie eine Gestalt in das Leuchten trat und selbst zu einem Teil des Lichts wurde. Hell und frei. Der Anblick weckte eine große Sehnsucht in ihr. Schneller, sie wollte sich schneller bewegen, musste aber feststellen, dass sie machtlos war. So ließ sie sich treiben und wartete voller Ungeduld auf den Augenblick, in dem auch sie eins werden würde mit dem Licht.

Als sie sehr nahe war, sah sie Gestalten, die sich schwebend in dem Licht bewegten. Auch sie waren konturlos, aber nicht grau, sondern strahlend und schön. Lichtgeschöpfe, wie sie bezaubernder nicht hätten sein können, hießen die grauen Gestalten willkommen, schlossen sie in die Arme und trugen sie davon, während das Grau verblasste und ein neues Lichtgeschöpf geboren wurde.

Noelani konnte den Blick nicht von den Lichtgeschöpfen abwenden. Gleich! Gleich würde auch sie an der Reihe sein. Gleich würde auch sie ...

»Du nicht!«

Ein Schatten schob sich vor das Licht, und sie spürte, wie sie aufgehalten wurde. Es war niemand zu sehen, aber die Worte hatten die Macht, sie aufzuhalten.

»Warum?« Ihre Stimme bebte. So groß war die Sehnsucht nach Licht und Wärme, so groß die Furcht, das Licht nie zu erreichen.

»Weil du nicht vollkommen bist. Gemeinsam seid ihr aufgebrochen, und nur gemeinsam könnt ihr zurückkehren. So lautet das Gesetz. Und jetzt ...«

»Sie ist nicht allein!« Wie aus dem Nichts tauchte eine graue Gestalt neben Noelani auf und gesellte sich zu ihr. »Gemeinsam sind wir aufgebrochen, und gemeinsam werden wir zurückkehren«, sagte sie, indem sie die Worte des Schattens wiederholte. Kaori! Der Name tauchte wie von selbst in Noelanis Gedanken auf. Kaori ist hier. Alles wird gut!

»Wir sind bereit«, hörte sie Kaori sagen.

Der Schatten zögerte einen Augenblick, als müsse er erst prüfen, ob Kaori die Wahrheit sagte, dann glitt er langsam zur Seite.

»So hat zusammengefunden, was zusammengehört!«, hörte sie den Schatten sagen. »Geht und findet Frieden. Der Weg ist frei.«

Kaum waren die Worte verklungen, glaubte Noelani eine Stimme singen zu hören, lieblich und lockend, und obwohl sie keine Erinnerung mehr an ihre Vergangenheit besaß, erkannte sie das Lied und seine Bedeutung sofort.

Es war Nanalas Lied. Das Lied der sagenumwobenen Meeresprinzessin, die in einem Schloss in der Tiefe des Ozeans wohnen sollte und in Vollmondnächten auf dem Riff vor Nintau sehnsuchtsvolle Lieder für ihren Liebsten sang. Noelani hatte als Kind immer nach ihr gesucht. Jetzt hatte sie sie gefunden. Sie wusste nicht, was Kaori hörte oder sah, aber sie spürte in ihr dasselbe Sehnen, das auch sie empfand – das Sehnen, endlich anzukommen ... Frieden zu finden ... frei zu sein.

Obwohl körperlos, glaubte sie eine Berührung zu spüren, dort, wo einst ihre Hand gewesen sein musste. Kaori ist bei mir, dachte sie, während sich ein warmes Gefühl in ihr ausbreitete. Alles wird gut. Ein letztes Mal schaute sie Kaori an. Dann schwebten sie gemeinsam in das Licht.

***

Ein prächtiger Sternenhimmel wölbte sich über der verlassenen Insel mitten im Ozean. Die wenigen verbliebenen Schwarznasenäffchen hatten sich in den Baumkronen schlafen gelegt, und nur vereinzelt war noch das kehlige Schreien eines Brüllaffen zu hören.

In der verlassenen Tempelanlage der Maor-Say erhob sich ein gefleckter nächtlicher Jäger aus seinem Versteck und streifte auf der Suche nach Beute lautlos in den verwilderten Gärten umher. Nur wenig war noch von den Beeten und Rabatten zu erkennen, die die Menschen hier angelegt hatten. Die Natur hatte bereits weite Teile dessen zurückerobert, was ihr abgerungen worden war. Nicht mehr lange, dann würde nur noch die steinerne Tempelruine davon künden, dass auf dieser Insel einmal Menschen gelebt hatten.

Alles war wie immer und doch nicht. Die Schwarznasenäffchen bemerkten es ebenso wenig wie die Brüllaffen; nur die gefleckte Raubkatze im Garten spürte es. Witternd blieb sie stehen, bleckte die Zähne und legte die Ohren an. Doch die Gefahr, die sie spürte, war weit entfernt, nicht mehr als eine Ahnung, die der Wind ihr zutrug. So setzte sie nach einem kurzen Innehalten ihren Streifzug fort, während sich hoch oben auf dem Plateau des steinernen Dämons etwas regte.

Im Licht der Sterne begann sich der graue Fels zu verändern. Büsche und Gräser, deren Wurzeln in den Rissen und Spalten des Felsens Halt gefunden hatten, fielen wie dürres Laub zu Boden, das Steingrau wandelte sich in Schwarz, und langsam, unendlich langsam formten sich Gliedmaßen: Arme, Beine und ein Flügelpaar, das sich dicht an den Körper schmiegte.

Dann kam Bewegung in den Koloss. Träge wie nach einem langen und erschöpfenden Schlaf, bewegte er Klauen und Zehen, Arme und Beine und setzte sich schließlich so ruckartig auf, dass er für endlose Augenblicke in eine Wolke aus Staub und Stein gehüllt war.

»Frei!« Sein stimmgewaltiges Brüllen ließ den Dämonenfels erbeben und schreckte ein paar Vögel auf, die in dem nahen Dickicht geschlafen hatten und nun kreischend davonflogen. Im fernen Wald antworteten die Brüllaffen mit gereizten Schreien, und die kleinen Schwarznasenäffchen beschwerten sich schnatternd über den nächtlichen Lärm.

»Endlich frei!« Den schwarzen Dämon, der auf dem Felsplateau aus einem viele hundert Jahre alten Schlaf erwachte, kümmerte das Zetern der Tiere nicht. Mit noch steif anmutenden Bewegungen richtete er sich zur vollen Größe auf, schüttelte sich wie ein nasser Hund und ließ erneut Staub und Steine zu Boden rieseln. Als müsse er sich erst vergewissern, dass ihm seine Muskeln noch gehorchten, stampfte er erst mit dem einen und dann mit dem anderen Fuß auf. Die Erschütterungen trieben Risse durch den Boden und ließen an der Klippe eine kleine Steinlawine in die Tiefe stürzen. Doch auch das nahm der Dämon nur beiläufig zur Kenntnis.

Er hatte die schwarzen Flügel ausgebreitet, mächtige, furchteinflößende Schwingen, wie sie nur Dämonen zu eigen waren. Erst langsam, dann immer schneller peitschten sie durch die Luft, wirbelten Staub und Blätter auf und drückten die langen Halme der Gräser wie ein Sturm zu Boden.

»Frei! Ich bin frei!« Der Dämon konnte sein Glück kaum fassen. Einen Augenblick lang zögerte er noch, unsicher, ob er das alles vielleicht nicht doch nur träumte. Dann trat er mit wenigen Schritten an die Kante des Plateaus, stieß sich kräftig mit den Beinen ab, breitete die Flügel aus und ließ die Insel mit mächtigen Flügelschlägen hinter sich zurück. Unter dem nächtlichen Sternenhimmel flog er über das schimmernde Wasser des Ozeans dahin, frei und glücklich ...

... und endlich nach Hause.

Epilog

»Es ist vollbracht!«

Zufrieden betrachtete König Kavan die neue Landkarte des einstigen Königreichs von Baha-Uddin. Die Zeichner hatten es in den vergangenen zwei Jahren wahrlich nicht leicht gehabt. Immer wieder hatten sie die Karte überarbeiten müssen, weil es Änderungen gegeben hatte.

An diesem Abend aber war das Werk vollendet. In einem warmen Orange waren die Gebiete eingezeichnet, in denen die Rakschun gesiedelt hatten und fortan siedeln würden, in leuchtendem Gelb die Gebiete, die dem Volk von Baha-Uddin zugesprochen worden waren. Ein grüner Bereich an der Küste markierte das Land, das den Flüchtlingen von Nintau vorbehalten war.

Über alle drei Gebiete herrschte der Rat des neu geschaffenen Landes Baharakschun, in dem neben König Kavan, General Triffin und drei weiteren Fürsten des ehemaligen Baha-Uddin auch Olufemi und vier seiner Stammesoberhäupter gleichberechtigt vertreten waren. Die Flüchtlinge von Nintau wurden von Jamak vertreten, der allerdings nur dann seine Stimme erheben durfte, wenn eine Entscheidung die Menschen aus Nintau direkt betraf.

»Und es sind wirklich alle zufrieden?« Halona trat an den Tisch und begutachtete das Pergament mit kritischem Blick. »Du weißt, dass die Wunden, die der Krieg hinterlassen hat, noch lange nicht verheilt sind«, gab sie zu bedenken. »Und wenn es nicht die Vergangenheit ist, die zu Problemen führt, sind es die unterschiedlichen Lebensweisen, der Glaube, das Streben nach Macht ...« Sie seufzte. »Frieden zu schaffen ist schwer, ihn zu bewahren ist noch viel schwerer.«

»Olufemi und ich sind Freunde geworden.« Kavan lachte und zog Halona in seine Arme. »Und was die unterschiedlichen Lebensweisen angeht, können diese durchaus auch einmal ihre Vorteile haben.« Er gab ihr einen Kuss und sagte: »Ein Mann aus Baha-Uddin hätte mir nie seine Frau zum Geschenk gemacht.«

»Weil eure Männer nur eine Frau haben ...«

»... die sie lieben und verehren und hüten wie einen kostbaren Schatz.«

»Er hat dich betrogen.« Halona löste sich aus Kavans Armen.

»Warum?«

»Das Geschenk war in seinen Augen nichts wert. Ich hatte ihm eine Tochter geboren.«

Kavan grinste und zog sie wieder an sich. »Wobei wir wieder bei den Vorzügen unterschiedlicher Lebensweisen wären«, sagte er und strich ihr eine widerspenstige schwarze Locke aus der Stirn. »Für mich bist du das Wertvollste auf der Welt, aber nicht, weil du mir einen Sohn geschenkt hast. Ich liebe dich, seit ich dich das erste Mal gesehen habe. Hätte er dich nicht freiwillig hergegeben ... ich fürchte, ich hätte einen Krieg beginnen müssen.«

Die Tür ging auf, und ein kleines Mädchen kam ins Zimmer. Es rieb sich die Augen und murmelte: »Ich kann nicht schlafen.«

»Das solltest du aber längst, Prinzessin.« Kavan nahm sie auf den Arm und trug sie zurück in ihr Schlafgemach.

»Erzählst du mir noch eine Geschichte, Vater?«, fragte die Kleine.

»Welche möchtest du denn hören?« Kavan legte sie wieder ins Bett und deckte sie zu.

»Die von Noelani.« Die Augen der Kleinen leuchteten, als sie den Namen aussprach. »Von der Prinzessin der wunderschönen Insel Nintau, die einen Dämon bezwungen hat, um ihr Volk zu retten.«